文学与
当代史
丛书

丛书主编
洪子诚

革命／叙述

中国社会主义文学—文化想象
(1949—1966)（第2版）

蔡翔 著

北京大学出版社
PEKING UNIVERSITY PRESS

图书在版编目(CIP)数据

革命·叙述:中国社会主义文学—文化想象:1949—1966 / 蔡翔著. —2版. —北京:北京大学出版社,2018.4
(文学与当代史丛书)
ISBN 978-7-301-28507-7

I.①革… II.①蔡… III.①中国文学—当代文学—文学研究—1949—1966 IV.①I206.7

中国版本图书馆CIP数据核字(2017)第166853号

书　　　名	革命/叙述:中国社会主义文学—文化想象(1949—1966)(第2版) GEMING / XUSHU: ZHONGGUO SHEHUIZHUYI WENXUE —WENHUA XIANGXIANG (1949—1966)
著作责任者	蔡　翔　著
责任编辑	黄敏劼
标准书号	ISBN 978-7-301-28507-7
出版发行	北京大学出版社
地　　址	北京市海淀区成府路205号　100871
网　　址	http://www.pup.cn　新浪微博:@北京大学出版社 @培文图书
电子信箱	pkupw@qq.com
电　　话	邮购部 62752015　发行部 62750672　编辑部 62750112
印刷者	天津光之彩印刷有限公司
经销者	新华书店
	660毫米×960毫米　16开本　25.25印张　367千字 2010年8月第1版 2018年4月第2版　2022年3月第2次印刷
定　　价	69.00元

未经许可,不得以任何方式复制或抄袭本书之部分或全部内容。
版权所有,侵权必究
举报电话:010-62752024　电子信箱:fd@pup.pku.edu.cn
图书如有印装质量问题,请与出版部联系,电话:010-62756370

目 录

导　论　"革命中国"及其相关的文学表述 …………………… 1
第一章　国家/地方：革命想象中的冲突、调和与妥协 ……… 23
　　　一、"地方"风景的叙述以及"风景"再建的困惑 ……… 26
　　　二、动员和改造中的"地方" …………………………… 37
　　　三、脱域、在地和"地方"的保存或者现代性的转换 … 57
　　　结语 ……………………………………………………… 70
第二章　动员结构、群众、干部和知识分子 ………………… 74
　　　一、动员结构 …………………………………………… 74
　　　二、群众 ………………………………………………… 91
　　　三、干部 ………………………………………………… 100
　　　四、知识分子 …………………………………………… 117
　　　结语 ……………………………………………………… 124
第三章　青年、爱情、自然权利和性 ………………………… 127
　　　一、青年或者"青年政治" ……………………………… 128
　　　二、爱情或者"爱情故事" ……………………………… 145
　　　三、性或者"性的叙述" ………………………………… 160
　　　结语 ……………………………………………………… 167
第四章　重述革命历史：从英雄到传奇 ……………………… 169
　　　一、"平凡的儿女，集体的英雄" ……………………… 170
　　　二、传奇和一个故事的旅行 …………………………… 187
　　　三、"读者"和"市场" ………………………………… 196
　　　四、为何或者怎样重述革命历史 ……………………… 208
　　　结语 ……………………………………………………… 220

第五章 劳动或者劳动乌托邦的叙述 ·· 224
　　一、《地板》的政治辩论和法令的"情理"化 ····················· 227
　　二、《改造》以及改造的故事 ··· 235
　　三、《创业史》和"劳动"概念的变化 ································ 248
　　四、《万紫千红总是春》：女性解放还是性别和解 ············· 264
　　结语 ·· 272

第六章 "技术革新"和工人阶级的主体性叙事 ························ 275
　　一、弱者的武器和工匠精神 ··· 275
　　二、"文化诉苦"与"技术革新" ·· 288
　　三、反智主义还是反专业主义 ·· 302
　　结语 ·· 324

第七章 1960年代的文化政治或者政治的文化冲突 ··············· 326
　　一、物质丰裕和物的焦虑 ··· 328
　　二、"脱离领土"的运动和"重建领土"的努力 ···················· 337
　　三、生活小事和国家大事 ··· 356
　　结语："文学青年"为何再次出现 ······································ 364

结束语 社会主义的危机以及克服危机的努力 ························ 368
　　一、什么是社会主义危机 ··· 369
　　二、克服危机的努力 ·· 380
　　三、1980年代的知识转型 ·· 388
　　结语 ·· 392

主要参考文献 ··· 394
后记 ·· 397

导　论　"革命中国"及其相关的文学表述

一

在我的感觉中，当代思想或者当代理论的深刻分歧，可能并不完全在于对社会现状的表面的感知、异议或批评上，相反，更多的冲突将来自历史领域。这一冲突也未必都因为知识层面的逻辑缠绕，甚至，无关个案的真实性。史料或多或少都会被各自的理论结构所"征用"，个案将被夸大，并被用来证明自己是一个"读史者"的身份。可是，那能说明什么呢？每个人都能列举出一大摞的"个案"，并以此臧否历史。观念、阶级记忆、立场甚至各自的身体感觉，隐蔽在眼花缭乱的理论术语背后，在自欺欺人的"去政治化"的喧嚣声中，却是更为强劲的政治性诉求，只是，有的人愿意承认，有的人不愿意承认罢了。按照韦伯的说法：如果你决定赞成某一立场，你就将侍奉这个神，同时，"你必得罪所有其他的神"①。在这一意义上，恰如我曾所言，当代文学六十年，实际上已经成为一个战场。

陈寅恪在冯友兰《中国哲学史》上册的审查报告中说，"凡著中国古代哲学史者，其对于古人之学说，应具了解之同情，方可下笔"，"所谓真了解者，必神游冥想，与立说之古人，处于同一境界，而对于其持论所以不得不如是之苦心孤诣，表一种之同情"。②陈寅恪这一所谓"了解之同情"近年逐渐为许多人所接受，并成为解释中国当代历史的一种治学路径。

但是，什么是"了解之同情"？"了解"什么，又"同情"什么？按照

---

① 韦伯：《学术与政治》，第44页，冯克利译，北京：生活·读书·新知三联书店，1998年。
② 陈寅恪：《冯友兰中国哲学史上册审查报告》，陈寅恪：《金明馆丛稿二编》，第279页，北京：生活·读书·新知三联书店，2001年。

陈寅恪的说法,"同情"是和"态度"联系在一起的,即所谓"同情之态度"。因此,在这一意义上,"了解之同情"是有前提的,即确立什么样的"历史态度",这一态度既是学术的,更是政治的,因为在我看来,起码在"当代"这一历史范畴,本就不存在什么超然或者纯粹的"学术",所以,这一"历史态度"就必然指向"弱者的反抗"这一既是具体历史的也是理论的命题。而在 20 世纪,这一"弱者的反抗"在中国也在其他地方被马克思主义化,更进一步说,被列宁主义化。按照巴丢对《共产党宣言》的极其精练的概括:共产主义"首先意味着,自古以来便天经地义的那种安排——作为基础的劳动从属阶级隶属于占统治地位的阶级这一阶级逻辑——绝非必然;这种阶级逻辑是可以被克服的。共产主义设想还认为,有一种可行的完全不同的集体组织方式,这种组织方式将消除财富的不平等甚至劳动分工。大量财富的私人占有及其继承的转移方式将被取消。与市民社会相分离的高压国家的存在将不再必要,以生产者自由联合为基础的漫长重组过程将注定使这样的国家逐渐消亡"[①]。支持或者反对这一"弱者的反抗",所要争辩的不仅是中国革命的正当性,也事关未来的正义。各自不同的政治立场往往决定了各自不同的历史态度,包括不同的学术思想。如果彼此的立场或历史态度截然相反,我并不相信,思想与思想之间存在着妥协甚至沟通的可能性,辩论的结果,往往是朋友成为路人,并渐行渐远。

如果我们为自己确立了这样一种"历史态度",即对中国革命的正当性的强调——这一正当性正是建立在"弱者的反抗"的基础之上,它要求把劳动,也把劳动者从异化的状态中解放出来。我想,我没有任何理由把这一现代的"造反行为"解释成为一种非正当的政治诉求。

但是,这样一种态度,却可能隐含着一种学术甚至思想的危险性,即把我们的历史解释成为一个"伊甸园",这个伊甸园是静止的,也是美好的,这样一种解释会生产出一种新的"原罪"意识,不仅可能取消所有在社会主义时期的思想探索与反抗的合法性,并使我们丧失创造未来的勇气和力量。实际上,我更同意陈寅恪对所谓"了解之同情"的进一步解释,"此种

[①] 阿兰·巴丢:《共产主义设想》,赵文译,《生产》第 6 辑,桂林:广西师范大学出版社,2008 年。

同情之态度，最易流于穿凿附会之恶习"，但这种"恶习"却是"因今日所得见之古代材料，或散佚而仅存，或晦涩而难解，非经过解释及排比之程序，绝无哲学史之可言"。也就是说，当我们用"此刻"的理论、知识和态度去重新建构"历史"的时候，最容易犯的一个错误就是："其言论愈有条理统系，则去古人学说之真相愈远"。① 因此，我们不可能仅仅停留在对中国革命的正当性的强调上，相反，我可能更在意的，除了这一正当性所创造出来的巨大的经验形态，还在于这一正当性又如何生产出了它的无理性。这样，我们又势必克服自己的单纯的立场和态度，而回到更为复杂的历史脉络之中，当然，这一历史脉络并不仅仅是由某些个案或历史细节构成——我们已经习惯了某些个案或细节如何被另一种叙事从历史语境或历史结构中抽离出来并无限夸大，这些所谓的普遍性叙事恰恰是非常意识形态化的——而是指的历史的整体结构和运动过程以及其中多重的逻辑缠绕。

巴丢以一种决断性的修辞方式阐释了西方左翼在今天的命运和工作："从许多方面看，我们今天更贴近于 19 世纪的问题而不是 20 世纪的革命历史。众多而丰富的 19 世纪现象正在重新搬演：大范围贫困，不平等加剧，政治蜕变为'财富仪式'，青年人群中大部分所秉持的虚无主义，众多知识分子的奴性屈从，探索表达共产主义设想的众多小团体的实验精神，也是受群起之攻、被围追堵截的实验精神……无疑就是因为这种情况，和 19 世纪一样，今天最关键的不是共产主义假设的胜利，而是它的存在条件。处在目前压倒性的反动间隔期之中，我们的任务如下：将思想进程——就其特质而言总是全球化的，或普遍的——和政治经验——总是地方性的和独一无二的，但毕竟是可传播的——结合起来，从而使共产主义设想得以复生，既在我们的意识之中，也在这片大地之上。"② 在某种大致的也是粗略的意义上，我可能倾向于巴丢的说法，但问题是，我们怎样回到 19 世纪？没有别的路径，我们只能带着 20 世纪的思想遗产——这一遗产既是正面的，也是负面的，包括 20 世纪的失败教训——回到 19 世纪，重新地思考、探

---

① 陈寅恪：《冯友兰中国哲学史上册审查报告》，陈寅恪：《金明馆丛稿二编》，第 279、280 页，北京：生活·读书·新知三联书店，2001 年。
② 巴丢：《共产主义的设想》。

索和准备另一个世纪的到来——也许，这个世纪遥遥无期。但是，也正如鲍曼所言："知识本身并不决定我们对它做何种使用。归根到底，这事关我们自己的选择。然而，没有这种知识，任何选择就无从展开。有这种知识，自由人至少有行使其自由之机会。"①

当然，我也知道，在当下，尤其是在中国当下的文学语境中，这一"知识"将被视为"高调"。

二

在我的叙述框架中，"革命中国"只是一个比喻性的说法，使用这一说法，目的在于划出一条它和"传统中国"与"现代中国"之间的必要的边界，尽管，这一边界在许多时候或者许多地方都会显得模糊不清。所谓"传统中国"，我指的是古代帝国以及在这一帝国内部所生长出来的各种想象的方式和形态；所谓"现代中国"则主要指称晚清以后，中国在被动地进入现代化过程中的时候，对西方经典现代性的追逐、模仿和想象，或者直白地说，就是一种资产阶级现代性——当然，这也是两种比喻性的说法——而"革命中国"毫无疑问的是指在中国共产党人的领导之下，所展开的整个20世纪的共产主义的理论思考、社会革命和文化实践。我想我有必要提及唐小兵主编的《再解读》一书，这本书初版于1990年代中期，它在香港出版，但通过各种渠道流入大陆学界。在我看来，这本书引发的不仅是中国当代文学研究的方法论上的革命，而且，它对"现代性"的中国阐释，客观上使"当代"这一历史／文学的概念从1980年代所建构起来的"封建"的释义中解放出来，并进而打开一个广阔的讨论空间。但是，过于宽泛的"现代性"的讨论，却极有可能抹消"革命"与"现代"之间的差异性，包括我们怎样解释资本主义和社会主义的区别。

我并不是说，"革命"与"现代"之间不存在某种公开或隐秘的历史关联，相反，我以为，无论从哪一个方面，中国革命都可看作"五四"这一政治／文

---

① 齐格蒙·鲍曼：《寻找政治》，第2页，洪涛等译，上海：上海人民出版社，2006年。

化符号的更为激进的继承者,或者说,中国革命本身就是"现代之子"。将中国革命视为一场"农民革命",无非是因为论述者察觉到了这一革命的主要参加者的经验形态,但却忽视了领导这一革命的政党政治的现代性质,包括这一政党核心的现代知识分子团体。这一政党政治的现代性质不仅因为它本身是一个国际性的政党组织,还因为"现代"已经成为这一"革命"最为主要的政治、经济、文化等等的目的诉求,显然,无论是大工业的社会形态,还是民族国家的现代组织模式,乃至文化上激进的个性解放——即使在文学形式的激烈的辩论中,追求一种内在的、有深度的个人描写,也曾经是中国当代文学一度共同追寻的叙事目的,无论这一有深度的个人以何种形态被表征出来——"社会主义新人"或者"典型环境中的典型人物",等等。

这样一种"现代"痕迹在"革命中国"的叙事中处处可见,比如,只要我们稍微熟悉一下梁启超批评"旧史学"是"皆为朝廷上之君若臣而作,曾无有一书为国民而作者也",是"知有个人而不知有群体","知有陈迹而不知有今务","知有事实而不知有理想",等等①,就会大约知道毛泽东那段著名的历史论述:"历史是人民创造的,但在旧戏舞台上(在一切离开人民的旧文学旧艺术上)人民却成了渣滓,由老爷太太少爷小姐们统治着舞台,这种历史的颠倒,现在由你们再颠倒过来,恢复了历史的本来面目,从此旧剧开了新生面,所以值得庆贺"②,就并不是无源之水。

正是因为这一"现代",而导致了"革命中国"的强烈的"反传统"色彩,这一点毋庸多言。但"革命中国"所追求的"现代"决不能完全等同于资产阶级现代性,这一点,在根本的意义上,当然是因为马克思主义意识形态的影响。一方面,我们不能将"中国革命"视之为一场纯粹的民族主义的革命(尽管它有强烈的民族色彩),相反,这场革命一直带有浓厚的世界主义倾向,无论是早期的共产国际,还是后来"第三世界"的理论和实践,均可证明"革命中国"的世界性背景;但是另一方面,这一国际或世界的根

---

① 梁启超:《新史学》,夏晓虹点校:《清代学术概论》,第232—234页,北京:中国人民大学出版社,2004年。
② 毛泽东:《给杨绍萱、齐燕铭的信》,《毛泽东文集》(第三卷),第88页,北京:人民出版社,1996年。

本性质是无产阶级的,这就决定了"革命中国"和"现代中国"的价值取向上的不同差异,包括它拒绝进入资本主义的世界体系。这一差异主要表现在它从"民族国家"力图走向"阶级国家";下层人民的当家做主,从而创造出一种新的尊严政治;对科层制的挑战和反抗;一种建立在相对平等基础上的新的社会分配原则,等等。这一切,又都显示出它的"反现代"性质,按照汪晖的说法,也许可称之为一种"反现代的现代性",当然,还可以有多种的解释,比如,"另类现代性""革命现代性",等等。重要的不只是某种命名,而是深入其中的分析和讨论。

但是,这一对现代性的挑战和反抗,同时具有一种浓郁的本土色彩——我并不愿意把这一本土性完全纳入民族主义的框架中进行讨论——强调这一本土性,只是因为任何一种政治经验"总是地方性的和独一无二的",但是,我们不能认为地方性的政治经验中不能生长出某种普遍性,这也是为什么"革命中国"后来会加入对世界的普遍性的争夺之中——哪怕这一争夺只是局限在马克思主义内部,这一争夺并不仅仅意味着"地方"的政治经验的合法性问题,而是意味着如何构造一种既是普遍的又是差异的世界图景,而我以为这正是"革命中国"最为重要的 20 世纪的思想遗产之一。

正是这样一种"地方性"的政治经验——同时也是一种"地方性"的文学经验——如同"革命中国"和"现代中国"之间多重的逻辑缠绕一样,"革命中国"和"传统中国"也呈现出极其复杂的关系,有时,这种关系甚至是悖论的。一方面,中国革命极为彻底地颠覆了传统的等级秩序,甚至瓦解了乡村的宗族社会,这一瓦解显示了"革命中国"的现代性质,但是,另一方面,它又"征用"了多方面的传统资源并同时成功地转换为一种"地方性"的现代形态。这一转换的例证是多重的,比如说,我们既可以看到乡村宗族社会在革命的扫荡之下如何土崩瓦解,而另一方面,由于中国的当代社会保留了"自然村"的治理形态,又得以成功利用了传统的宗族治理模式,包括"带头人"(或"当家人")的文学叙述(比如《创业史》中的梁生宝),多少可以使我们感觉到传统的"德性政治"在中国当代社会的延续及转换的可能性。

实际上,在和"现代"与"传统"的复杂的逻辑关系中,中国革命创造出了巨大的甚至是成功的经验形态,而如何研究这一经验形态也依然是重要的研究领域之一。比如,我们如何研究社会主义时期的"抗争性政治"。显然,仅仅讨论那些显在的"异议",并不是一件非常困难的事情,如同讨论索尔仁尼琴的《古拉格群岛》和苏联共产主义的关系一样。困难在于,如何认识并进而讨论中国的社会主义如何在体制内保留了这一"抗争性政治",并给予了它一定的合法性。群众运动(包括"大鸣大放大字报大辩论"),不仅创造了一种体制内的抗争性政治的运动形式,而且构成了一种社会主义社会中人的"感觉结构",即反官僚的天然的合法性,这种合法性进而导致的是中国反体制运动的绵绵不绝。我并不完全同意将这一反体制运动的历史统统归结于西方或者传统的思想影响,因为这样一种描述很可能将此叙述为精英知识分子的历史或者根本的活动场域,并进而将这一反体制运动纳入资本主义——比如自由主义——的思想体系的运作过程之中。相反,这一反体制运动更多地可能来源于体制(包括毛泽东)的支持,而且,在某种意义上,它是在共产主义理念和设想的召唤之下,对具体的社会主义实践的一种异议或者抗争。我以为,这才是社会主义时期抗争性政治的实质性内容,而且更具研究的复杂性。问题正在于,在社会主义时期,这一抗争性政治的边界极其难以界定,一方面,体制希图利用这一抗争性政治来克服体制自身的弊端,而另一方面,一旦这一抗争性政治越出了它所划定的边界,又必然对群众运动加以镇压——反右、"文革"等等,莫不如此。但是,由于这一抗争性政治(群众运动)在体制内(包括意识形态上)的合法性地位,又使得这一抗争性政治不断地突破它的被镇压的"记忆",从而召唤着一代又一代人的热情投入——我们必须看到,即使在社会主义时期,这一抗争性政治仍然有着极大的风险性。这样才能解释为什么在中国前三十年的社会主义时期,反体制运动一直存在——无论它以何种形式被表征出来,甚至"阶级斗争"的形式——并且在根本的意义上构成了这一社会的内在的活力,进而成为一种"传统",直到今天仍然在影响我们。而在另一方面,也是因为我一直拒绝将中国的现代历史简单地描述为一种精英知识分子的"思想史",我更愿意将其处理为一种空间化的"场域"。在这一"场域"中,各种力量在进行不同的思想或利益博弈,甚至包括许多偶然的政治机遇。

但是,我们又必须看到,这样一种"地方性"的政治或文化的经验形态,又一直处于和某种普遍性的理念的冲突之中,有时,它也会被这一普遍性所压抑。比如说,在中国革命的实践过程之中,曾经创造了一种"差序性"的政治格局,无论是对少数民族地区的治理,还是城乡之间的分而治之,等等。但是,这样一种"差序性"格局,必然要受到两方面的挑战,一是治理方式,要保证国家的高度的现代化建设,势必需要一个高效的中央集权模式,那么如何治理这样一种差序性格局就必然提出治理模式的挑战;二是意识形态,意识形态的普遍性,要求的是一种同质化的历史运动过程,这样,又和差序性思想形成激烈的冲突。因此,我们既要看到"革命中国"所创造的"地方性"的政治经验,又要看到这一经验形态和普遍性的冲突过程。而在某种意义上,我们甚至可以说,所谓前三十年的形式创新(包括制度创新)是远远不够的(包括"文革"期间)。

但是,一些想法,甚至某些观念却有可能就此被转移到文学领域。在这一意义上,我并不完全同意滥用洪子诚先生的"一体化"说法,这一说法很可能因为望文生义,而将这一时期的文学作一种绝对的同质化处理。但是不这样处理,将要面临极大的困难,因为我们面对的对象,面容模糊并且缠绕不清,既可以视为体制的,又含有反体制的因素,或可描述为体制的反体制性,反体制的体制性。但是,它提供了一种文本细读的可能性,当然,它也同时要求一种新的方法论的出现。

三

但是,在讨论"革命中国"的正当性的过程中,将会遇到诸多的挑战和质疑,这并不是仅仅依靠某种"历史态度"就能解决的。比如说,"暴力"问题。

毫无疑问,中国革命,如同其他所有的革命,包括资产阶级革命,总是会程度不等地伴随着血腥和暴力。我想,没有谁会赞美"暴力",问题只在于,如何研究这样一种"暴力"。一种说法是,革命是被"逼"出来的,因此,它天然地具有暴力倾向,几乎与生俱来。但是,它只是一种描述,并不能继续深刻地告诉我们这一暴力的复杂的构成因素。事实上,对暴力的研究——无论是国家暴力,还是群众暴力——已经有诸多论著出版,但是对中国革命的本土性的暴力形式,也仍然缺乏一种更具历史性的深入讨论。阻碍这一讨论的因素是极其复杂的,它可能来自于某种阶级记忆,但更多也更常见的是一种机会主义式的批评。当批评者面对反抗者的暴力时,"人道主义"总是适时地出现;可是,当他们面对压迫者的暴力时,要么充耳不闻,要么视而不见。这时候,"人道主义"总是会奇怪地消失。对于这样一种批评,当然不必特别认真地对待,但最难应付的,也恰恰是这样一种批评。因为当我们准备认真应对这一批评的时候,它总是会迅速地转移到另一个逻辑系统之中。

但是,这并不能证明"暴力"不是一个特别重要的研究领域,情况可能恰恰相反。在某种意义上,暴力已经不是暴力本身,反而构成了一个辩论的场域,经由这一场域,不仅能够深入当时具体的历史语境,甚至得以把握我们当下的思想结构。比如说,在所有的对暴力的批评性意见中,"土改"可能是最为重要的象征性符号之一,而在这些批评意见中,多少存在着对传统的士绅结构的过于美好的想象,包括一种道德化的处理。他们显然并没有考虑到在漫长的历史迁移的过程之中,这一结构事实上已经趋于解体,尤其是近代以来,现代民族国家的兴起,本身就意味着对这一结构的摧毁,它要求建立的是另一种历史结构——而在这一摧毁的过程中,同时产生了地主的恶霸化趋向——中国革命只是延续了这一历史性的诉求,并将其付诸实践。杜润生曾将"土改"的意义归结为两点:一是为了"政令统一",即建立一个现代民族国家的政治体制;二是使农民获得自己的阶级意识[①]。显然,对这一重要的历史事件无法完全进行道德化的处理。但是,我不能同意的是1949年之后的暴力性,包括某种歧视性暴力,因为这个时候,"无产阶级"已经成为"强者",显然,我的"了解之同情"更多地在于

---

① 杜润生:《杜润生自述:中国农村体制变革重大决策纪实》,第18—20页,北京:人民出版社,2005年。

"弱者的反抗"这一层面之上。更重要的是,对这种歧视性暴力的反思,才可能确认遇罗克《出身论》的重要的思想意义。但是,我仍然不同意的是,即使对这样一种暴力行为也不能仅仅停留在道德层面,相反,可以有多种的讨论途径。比如,所谓前三十年的国际/地缘政治的影响,这一影响一方面导致了某种政治/文化的不自信状态,而另一方面则因此加强了国家机器的暴力性。所以,不仅是"暴力"问题,即使对其他诸如此类的问题,也应该有更具学理性的讨论。

在我个人而言,更值得重视的可能是来自我们的学术共同体的思想内部的批评。一种意见要求回到中国的现代历史,在这历史的开端,就已经闪烁着社会主义的理论和思想。这样的思考路径有其重要的思想意义,哪怕这一"社会主义"的现代图景只是由一些片言断语拼凑而成。但它仍然是重要的。这一重要性在于,我们必须扩大我们的思想资源,因此,理论必然要"征用"某些思想。实际的情况也正在于,我们目前讨论的中国"社会主义"理论过于单一,包括过于集中在毛泽东的个人论述上,而其他的学者,即使共产党理论研究者,比如张闻天、谢觉哉等等,也很少进入我们的研究视野,因此,这一说法的确能打开我们的思想空间。但是,我只是在理论"征用"的意义上认同这一说法,而不是将其确认为一个"正确"的逻辑起点,并指责而后的历史因为偏离了这一逻辑所导致的逻辑错误。我仍然倾向于将理论置放于具体的历史进程中予以考察,这一具体的历史进程即中国的革命历史,包括这一历史所塑造的"革命中国"这一经验形态。因为,只有正面进入这一经验形态,我们才可能真正进入中国的当代历史,总结其中的经验和教训,只有带着这一20世纪的思想遗产,才能真正面对未来,也才可能真正地"征用"那些现代历史上的"社会主义"设想。

四

实际上,我的叙述重点并不完全在于"革命",而在于"革命之后",或"革命之后"的中国。"革命"在这里首先指的是一种具体的历史实践,在中国，我们无妨暂时界定它为一种大规模的武装反抗以及夺取国家权力的社会政治实践，相对于这一"革命"而言，1949年之后的中国，在某种意义上，也可以说，开始进入了"革命之后"的历史阶段。当然，这也是一种比喻性的说法。

我所谓的"革命之后"，并不完全等同于丹尼尔·贝尔在《资本主义文化矛盾》中所提及的"革命的第二天"——"真正的问题都出现在'革命的第二天'。那时，世俗世界将重新侵犯人的意识。人们将发现道德理想无法革除倔强的物质欲望和特权的遗传。人们将发现革命的社会本身日趋官僚化，或被不断革命的动乱搅得一塌糊涂。"① 我并不否认这些明显的"革命之后"（或者"革命的第二天"）的表面特征，但是，在中国，这一"革命之后"还具有更为复杂的意味，或者各种逻辑的自我缠绕。而在某种甚至是根本的意义上，它显然和列宁主义——尤其是"一国实现社会主义"这一具体的革命理念——有着密切的内在联系。

问题或许正在于这一社会主义的"一国"如何处理。一方面，在国际／地缘政治的格局中，民族国家的存在意义反而被空前地凸现出来，包括国家机器的强化甚至集权化的治理模式；另一方面，这一"一国"又和世界分享着"现代"，而在这一"一国"之内的现代化的建设过程中，又如何保持社会主义的纯粹性？等等。诸如此类的问题，都构成了"革命之后"的中国的复杂性，包括内部的矛盾对立、冲突、紧张以及由此构成的张力。

如果说，革命的理念构成了革命的根本动力，包括"一国实现社会主义"的具体的政治实践，那么，"革命之后"的中国社会主义却在回应这一理念的过程中提出了许多创造性的命题。因此，在我的讨论中，社会主义除了是一种普遍性的政治理念，我还希望能在以下三个层面继续进行解释：

（一）我把中国的社会主义解释成为一个历史的运动过程，在这一过程中，充满了一种自我否定的紧张乃至继续革命的冲动。这样一种紧张或冲动，固然基于中国革命的阶段性特征——比如新民主主义，更和这一阶段性特征引发的革命理念的焦虑有关。如果我们将"统一战线"处理成一

---

① 丹尼尔·贝尔：《资本主义文化矛盾》，第75页，赵一凡等译，北京：生活·读书·新知三联书店，1989年。

个隐喻,那么这个隐喻实际包含的可能就是葛兰西意义上的某种"妥协",这一"妥协"规定了具体的社会主义的阶段性实践模式,包括国家的制度管理方式。但是,在更隐蔽的意义上,我把这一历史的运动过程解释为对革命理念(共产主义设想)不断回应的过程。显然,任何一种政治实践都不可能完全在理论的规定下合乎逻辑地展开,它总是受到各种因素(包括种种偶然的历史机遇)的影响或制约,因此,一方面是所谓的"远大理想",另一方面则是因地制宜的"地方性"的政治经验,这两者之间必然形成内部的紧张关系甚至激烈的辩论和冲突。因此,对现状的克服甚至否定恰恰构成了中国社会主义内部的继续革命的冲动。在这一不断自我否定的历史的运动过程中,固然出现了激进的实验精神乃至具体的制度实践,但是更重要的,可能是搅乱并直接影响了人民的生活世界,这是导致1980年代产生的直接原因之一。但是,如何重新进入这一自我否定的历史过程仍然是最为重要的研究任务之一。历史固然不可以假设,但我们也无妨假设一下,假如没有这一自我否定的历史过程,中国又可能怎样?比如说,如果没有合作化运动,中国的农村会出现怎样的状况。赵树理在1960年代,对"公社化"多有激烈而又言辞恳切的批评,但这一批评仍然恪守着他的根本的前提,即合作化"停止了土改后农村阶级的重新分化"[①]。赵树理的这一描述,在三十年前我们未必能深刻体认,但在今天,却可能感同身受。显然,作为一种革命理念,中国的社会主义不可能仅仅停留在起点平等,它势必要考虑过程平等甚至结果平等。至于在这一过程平等的实践过程中出现了什么问题,这是一方面,但它的理念前提则是另一方面。因此,在赵树理的批评中,就构成了一种极其宝贵的思想张力。我以为,仅就这一点而言,所谓"20世纪的思想遗产"就已经显得非常的具体化。

(二)我同时愿意把中国的社会主义(即"革命之后")进行一种空间化的处理,即把它解释为一个"场域"。这一场域实际包含着两层意思:1.它是国际的,也就是说它本身处在一种地缘政治的结构之中,所谓地缘政治,

---

[①] 赵树理:《写给中央负责同志的两封信》,《赵树理全集》(第五卷),第323页,太原:北岳文艺出版社,2000年。

按照沃勒斯坦的解释,"它指涉的是一些结构性制约因素,这些因素控制着世界体系中的主要行为者为求取长期性政治和经济利益而发生的互动",而"对地缘政治的分析就是对中长期的结构和趋势的分析,是在特定时间点上对不确定的未来的评估"①。如果我们考虑到 1949—1966 年的国际政治的冷战格局,就会了解什么是地缘政治的"结构性制约因素",正是这些因素的存在,才在某一方面决定了中国社会主义的政策调整,这些调整不仅影响着政治和经济,也影响了文化,比如 1960 年代的"和平演变"所引发的"日常生活的焦虑"。因此,哪怕是对一种激进的政治实验,也依然要考虑到这样一些"结构性制约因素"的存在,这些因素构成了中国社会主义的地缘性的"他者"。2. 它同时也是国内的,各个阶级和集团的存在,包括他们之间的利益博弈构成了这样一个场域。一些阶级被消灭了,但是更多的阶级被保留了下来,包括工商资产阶级。他们"和平"进入了社会主义阶段,这似乎是中国社会主义的一个特征。但是,无论是被消灭的阶级,还是被保留的阶级,阶级记忆,尤其是这一阶级的文化记忆并不可能完全消失,相反,这些记忆被"深埋",但是在某一特定的时候,这一被"深埋"的记忆将会重新浮现,并深刻地影响人的"生活世界",因此,意识形态的尖锐冲突,在更多的时候,转化成记忆和记忆的冲突,包括 1960 年代所谓的"家庭史"撰写。同时,这个场域也在生产新的阶层,这些新的阶层带着自己的利益诉求同样加入了这一场域的冲突之中。因此,50—70 年代的社会实践从来就是一个"阶级斗争"的战场,这一战场甚至是没有边界的,它不仅挑战私有化的制度,也在挑战这一私有化制度生产出来的文化,甚至挑战这一文化所构成的某种潜意识的"集体记忆"。在一种悲观的甚至是宿命的意义上,也许,社会主义在 20 世纪"一国"之内的胜利,可能已经决定了相关激进的社会实践的失败命运。当然,暂时的失败并不意味着永远的失败。

(三)这一"革命之后"(制度化)的社会主义,也许还能被解释成某

---

① 伊曼纽尔·沃勒斯坦:《东北亚和世界体系——处于体系性大危机之世界的地缘政治分析》,《文化纵横》2009 年第 2 期。

种生产性的"装置"。这一装置的构成因素是极为复杂的,既有革命理念包括这一理念的制度或非制度的实践,也有现代的治理或管理模式,等等。因此,这一装置,一方面在生产平等主义的革命理念,也在生产社会的重新分层;一方面在生产政治社会的设想,另一方面也在生产生活世界的欲望;一方面在生产集体观念,另一方面也在生产个人;一方面强调群众参与,另一方面也在生产科层化的管理制度;等等。所有这些被生产出来的矛盾,才可能构成这一时期中国社会主义的复杂景观。这些相互矛盾的因素被并置在"革命之后"的社会主义时期,从而也形成了这一时期激烈的矛盾冲突。在这一意义上,我并不认为社会主义的矛盾完全来自传统遗留或外部的威胁因素,而是应该深入这一社会的结构内部或者它们的生产装置,只有这样,才能寻找这些矛盾产生的原因。而当矛盾无法解决的时候,就会形成一定程度的社会性危机。因此,社会主义不仅在生产自己的支持者,也在生产自己的反对者,社会主义国家的出现不仅没有结束革命,相反,它很可能意味着另一个革命时代的开始。当然,这一反对者和新的革命时代是需要做详尽的分析的。反体制的力量,有可能来自对革命理念的支持,因此,对现行体制的批评恰恰是为了回应或拒绝革命理念的失落;也有可能来自对另一种——比如现代化——理念的支持,而如何理解"现代"(实际上也是被社会主义的装置生产出来的)尤其是技术意义上的现代化,在社会主义中的重要位置以及它对个人和国家的询唤作用,不仅对理解中国前三十年的社会主义,也对理解后三十年,有着重要的意义。

五

当然,我无意在此重述一段具体的历史,这并不是我的专业,我讨论历史的目的仅仅在于,在这一历史的运动过程中,文学叙述了什么,或者怎样叙述。我也并不企图纠缠于所谓的"真实性"——这属于"反映论"的理论框架。尽管在后三十年中,很少有人会再用"反映论"来定义文学,但是我们的确会看到一种奇怪的现象:一些人为了论证当下的合法性,总是会强调文学的虚构特质；可是，当他们转身面对历史的时候，又会强调文学是否"真实"地"反映"了生活。显然，理论在此成了一种模棱两可的东西，或者说，只是成为一种自我合法性的论证工具。

我在此需要考察的文学，基本属于1949—1966年的时间范畴，也就是我们通常所说的"十七年文学"。当然，个别的叙述很可能会溢出这一时间范畴，比如赵树理某些写于1940年代的作品。我既然并不希望纠缠于所谓的"真实性"，那么，我考察的目的更多在于这一时段的文学究竟提供了哪些想象，包括这些想象构成的观念形态。实际上，我更在乎的，或者说我认为文学主要提供的，恰恰在于这样一些观念，这些观念既是理论的，也是情感的，而我们总是根据某种观念来塑造自己的日常生活——在这一意义上，文学总是"有用"的。

考察这一时段的文学，根本的任务并不是匆忙地剥离它和政治的关系，情况可能相反，我们必须将其置放在和政治的关系中，才能更深刻地进行讨论。在这一意义上，我同意德勒兹对卡夫卡的评价："写作或写作的优先地位仅仅意味着一件事：它绝不是文学本身的事情，而是表述行为与欲望连成了一个它超越法律、国家和社会制度的整体。然而，表述行为本身又是历史的、政治的和社会的。"① 在文学性的背后，总是政治性，或者说政治性本身就构成了文学性。讨论国家和集体固然是一种政治化的表述行为，可是，讲述个人的故事又何尝不是另一种政治？

在某种笼统的意义上，这一时段的文学主要集中在国家／世界、个人／群体、民族／阶级等等的想象范畴中，并提出自己的看法或想法。正是对国家、民族和阶级的强调，构成了这一时段的文学强烈的政治化特征。现在的问题是：一谈国家，就变成了国家主义；一谈民族，就变成了民族主义；一谈人民，就变成了民粹主义。此一问题可能才是制约某些批评性意见的根本原因，实际上，它并不总是牵涉文学性的——当然，它总会以"文学性"问题的形式被表征出来。我并不否认在这一政治化的表述行为中，一些文学（即使是相当优秀的文学作品）也会成为政治的"传声筒"，有的

---

① 吉尔·德勒兹等：《什么是哲学》，第93页，张祖建译，长沙：湖南文艺出版社，2007年。

甚至成为某些政策的论证工具,按照德勒兹的说法,就是无法"超越法律、国家和社会制度的整体"。在这一意义上,我仍然同意1980年代反对文学成为阶级斗争的工具的文学运动。但是,另一方面,我不能同意的,是那种将"国家／个人"处理成一种二元对立的思维模式。实际上,国家政治的视角给这一时段的文学提供了一种非常深刻的观察世界的叙事方式,我曾经概括为一种"自上而下"的叙事。这一叙事角度同时也提供了一种形式经验。这一经验不仅表现在对一种"大历史"的叙事把握上,也表现出一种对民族——国家的政治想象,而在我看来,所谓的政治性固然表达殊异,但国家政治仍然是其中最为重要的因素之一。而拒绝这一"宏大"(包括国家、历史等等)的政治视角的介入,极端化的发展,也可能会使我们丧失对话世界的政治能力,这类能力也包括相应的叙事能力。

但是,即使这一所谓的"十七年文学"和国家政治保持了亲密的关系,我们也依然能够感觉到其中的某种超越性的形态,这一形态由多方面的因素构成。一方面,我们可以看到,当国家政治和写作者的立场形成一种高度默契的时候,写作者和政治总是呈现出一种亲密的关系,可是,一旦这一政治和写作者的个人立场发生冲突,其中的关系就会变得非常暧昧。赵树理是一个典型的例子。因此,我以为,讨论"赵树理方向"固然重要,同样重要的可能是"赵树理方向"为什么会被终结。这一终结的原因是多方面的,既有国家现行政治的干预(比如对"中间人物"论的批评),也未必不存在中国现代历史所形成的另一种知识传统,这一传统在某种粗略的意义上,用罗岗的说法,也可以描述为一种激进的城市知识分子对世界的浪漫想象。而赵树理究竟对中国的当代文学产生了什么样(甚至有没有)的重大影响,也仍然是一个可以讨论的问题。实际上,占据所谓"十七年文学"主流位置的仍然是西方"成长小说"的各种变体,而我们已经知道赵树理的小说是很难被纳入这一"成长小说"叙事范畴的;但是,另一方面,更重要的或许是,即使在这一文学和政治的亲密关系中,我们如何讨论一种更隐蔽的"超越法律、国家和社会制度的整体"的写作倾向。这一超越性的写作倾向,显然来自一种平等主义的价值观念。这一价值观念强调一种利益共享,因此,它总是将个人置放在群体中间进行考察,同时反对任何一种极端化的个人主义（而且通常会被解释为一种丛林原则），而且，它也反对任何一种形式的压迫，因此，"反官僚、反特权"一直是"十七年文学"最为重要的叙事主题之一。而在形式上，则提供了一种如何讲好"他人的故事"的叙事能力。而我以为，如何讲好"他人的故事"不仅是对写作者价值观念和生活经验的挑战，更是对叙事技艺的挑战。显然，这一平等主义的理念，包括对底层人民的尊重，未必能为极端的个人主义者所能理解。正是因为这一理念的存在，无论是赞颂还是激烈的批评——当然，这类批评也总是在现行政治的允许范围内，因此更增添了分析的困难——都难以为具体的"法律、国家和社会制度的整体"所能详尽解释。

因此，对这一时段的文学的分析实际上困难极多，一方面固然文学作品良莠不齐（如同所有的文学时代），另一方面，在文学和政治的关系中，不能匆忙地剥离，而是在文学和政治的积极互动中，考察文学和文学的历史。当然，这一考察还包括细致的文本阅读和文本分析。

六

本书分为七章。

第一章："国家／地方：革命想象中的冲突、调和与妥协"，主要讨论在"革命之后"的社会主义的历史语境下，国家和地方的关系，包括现代性和地方性知识之间的相互纠缠。在我们强调中央政府的集权控制的同时，我们仍然得看到，"地方"以及"地方性知识"的存在。在某种意义上，我并不认为中国的社会主义是全面反传统的，事实上也不可能。"革命中国"继承了传统的领土空间，势必也继承了相关的空间知识。而关键在于，我们对所谓"传统"需要有一个辩证的认识。我更倾向于认为，这一所谓的"传统"较多地被保留在"地方性知识"的形态之中，或者说是一种已经被地方化了的传统，这一传统区别于纯粹精英意义上的传统（经典）。因此，现代和传统实际上也构成了一种相互征用的关系。比如说，当"自然村"的形态被完整地保留下来，尤其是继续作为国家治理的基本单位，那么，这一内蕴在"自然村"里的文化—权力关系事实上也会被相应地保留下来，这一保留，既导致激烈的政治—意识形态的冲突，同时，也可能被现代性知识所征用。比如，在文学叙事中常见的所谓"带头人"经常会得到一种道德化的描写（比如《创业史》里的梁生宝），这一描写很难得到科层制意义上的现代解释，而只能从传统宗族关系中去寻找它的叙事"原型"。而"村庄"一直是所谓"十七年文学"最为重要的表现空间之一。它的意义，甚至超过"家庭"。

第二章："**动员结构、群众、干部和知识分子**"，主要讨论所谓的"动员结构"以及处于这一结构之中的各个群体之间的关系。这一"动员结构"当然是一种非制度性的社会组织形式，但是它在中国的政治乃至文化生活中的重要意义却是不言而喻的。这一所谓的"动员"当然含有一种列宁主义的倾向，即从外部灌输"阶级意识"，但是它对中国革命的重要性在于，能够有效地解决中国产业工人相对匮乏的现实乃至理论困境。在这一意义上，"无产阶级"甚至是能够被创造的，即"政治无产阶级"。这一政治性的介入，不仅主导了中国的阶级斗争的形式化，而且寻找到了它的"无产阶级"载体——军队。只要我们稍微留意一下当代文学中"复员军人"的形象，就能明白这一"政治无产阶级"的内涵所在，也因此，它就相应突出了"改造"的重要性。而另一方面，它又强调了群众的"首创精神"，认为群众身上具有一种自发的社会主义倾向，因此，要尊重群众，相信群众是革命的主体。这一倾向又在客观上导致了不仅是群众作为社会的道德主体，也相信"社会主义新人"的塑造是有可能的。所以，即使在"动员结构"内部，也缠绕着多重的矛盾表述。

第三章："**青年、爱情、自然权利和性**"，主要讨论这几个概念之间的关系。在此需要补充的是，革命是需要激情的，而被革命缠绕的社会主义同样需要激情的生产。如果说，这一激情曾经通过性和爱情被源源不绝地生产出来，也曾通过激烈的战争描写（牺牲或献身）生产出来，那么，在"革命之后"的社会主义时代，尤其是超越或克服了个人主义（包括个人的爱情和性）的情况下，这一激情的生产便转移到了文学领域，因此，如何生产出一种符合社会主义政治需要的激情就成为文学的重大命题，否则，我们就无法理解,为什么在"革命中国",政治会对文学给予那么多的关注。在这一意义上,我们甚至可以假设,包括"新民歌"运动在内的文学普及都和这一激情的生产有关。文学在生产激情的同时,也在生产"青年",即所谓的"文学青年",尽管我在第七章对"文学青年"有简单的回应,但显然还是不够的。这类"文学青年"一方面作为"社会主义新人"承担了对未来的想象,但同时也是反体制的重要力量,因此,如何解释这类"文学青年",包括如何解释社会主义的文学生产装置的复杂构成因素,就是一个极其重要的研究领域。它事实上不仅涉及中国社会主义的前三十年,更关涉到整个1980年代重要的思想解放运动。

第四章:"重述革命历史:从英雄到传奇",则讨论了在"革命之后"的社会主义,为何要重述革命历史,以及在这一重新讲述的过程中,形式的变迁和相应的变化。一个所谓的现代民族,首先是一个政治民族,但是这一政治民族仍然需要文化的支持,而如何讲好这一现代民族的历史以及相应的神话建构,就成了叙述的重要命题。在这一叙述中,首要的就是确立一种集体的价值观念,从而形成民族内部的政治认同,这一认同既是政治的,也是历史的。在这一点上,我们已经可以清楚地看到,"去政治化"往往需要首先从"去历史化"开始。

第五章:"劳动或者劳动乌托邦的叙述",在所谓的"革命中国"的叙述中,"劳动"始终是最为重要的概念之一。围绕这一概念的叙述,不仅仅是政治的,同时更是"情理"(赵树理的)。正是这一概念在"情理"上的确立,不仅由此构建了一种"情感结构",同时也确立了这一社会的正义观。而更重要的是,它的正面化或价值化,使得劳动群众因此获得了一种尊严,在某种意义上,中国革命实际上同时也是一种有关劳动群众的尊严的革命,或者说,它本身即是一种尊严政治的社会实践。

第六章:"'技术革新'和工人阶级的主体性叙事",尽管我们一直在讨论社会主义和资本主义的边界问题,而且在很多地方这一边界也未必那么清晰,但是,边界却一直存在,并因此区别出"革命中国"和"现代中国"不同的历史语境。这一边界所在,就是所谓的"主人"问题。尽管在社会主义的实践过程中,工农的"主人"的承诺未必都被完全兑现,但是这一努力也并未终止。且这一努力也一直获得文学的积极响应。在这一实践及表述的过程中,也折射出激烈的现代性冲突,即专家社会和群众参与的冲突。群众参与不仅仅是政治参与,同时也是一种知识参与,或者说,政治参与必然要获得知识参与的支持。而在这一群众参与的过程中,民主化也逐渐地从政治领域转向经济领域,所谓的"鞍钢宪法"也正是政治民主在经济领域的一种回应形式。当然,这一群众参与,究竟落实到何种程度,而对专业主义的抑制,又引发了另外的什么样的社会危机,这些都可专门讨论,但是,所谓的群众的主体性只有在参与的过程中才可得到确立,而真正的问题则在于,什么时候,这一群众参与宣告终结,而伴随着这一终结的,正是底层民众的主体性的消失。

第七章:"**1960年代的文化政治或者政治的文化冲突**",我在这里所谓的"1960年代",实际指的是1960年代前期,即"文革"爆发之前的时期。1960年代前期的重要性在于,在这一时代,"城市"及其相应的重要性逐渐突显,同时开始生产出一系列中国革命需要面对的重要问题:个人、欲望、消费,等等。我们不能因为中国的社会主义强调集体而认为个人在这一时代已经消失,情况可能相反,社会主义在生产集体的时候,同时也在生产个人。问题只是,这一被社会主义生产出来的"个人"并没有获得相应的合法性。因此,一方面社会主义在源源不绝地生产"个人",同时在另一方面,又通过对"个人主义"的批评抑制着这一被自己生产出来的"个人"。也因此,不仅集体和个人之间构成了内在的紧张和冲突,个人和个人主义之间也构成了一种理论的紧张和冲突。在某种意义上,这一紧张构成了一种张力,也在某种程度上导致了1980年代的对个人"正名"的政治诉求。为了重新约束这一个人尤其是个人欲望,"阶级斗争"成为这一冲突的形式化的政治方式,但是在这一"阶级斗争"的形式背后,却要求确立一种服从性的人格,包括自我的欲望控制。然而,这一服从性的"新人"却马上面临着另一个问题,也就是这一"新人"能否承担起"继续革命"的使命。"继续革命"要求的是一种政治决断,一种挑战和颠覆的政治品格,同时也要求一种"激情"的生产方式,因此,在《年青的一代》中,我们会感觉到"文学青年"如何被政治再度"征用"。在这一意义上,我倾向于认为,"文革"

的爆发恰恰是为了克服 1960 年代"服从性社会"所隐含的继续革命的危机，当然，这只是因素之一。

结束语："社会主义的危机以及克服危机的努力"，我愿意在此重申我的历史态度，一方面我们必须认真总结中国革命成功的经验形态，另一方面我又试图对社会主义进行一种危机化的处理，这一处理既涉及社会主义的生产装置，也涉及对这一危机的克服以及克服的资源。如果我们把这一对危机的克服进行历史化的处理，那么它最早表现在 1957 年的所谓的"反右"运动，而后是 1960 年代的"千万不要忘记阶级斗争"，再而后是"文化大革命"，终结在 1980 年代。整个 20 世纪也由此宣告结束。一方面它折射出中国的反体制运动的思想特征，另一方面这一运动也表现出寻找新的资源的努力。这一努力既表现出对在传统社会主义理论内部寻找克服危机的资源的怀疑，也意味着在 1980 年代当对这一资源的寻找转向"西方"后将产生并形成更大的社会危机。但是，我并不认为这一寻找已经终结，寻找还在继续，直到我们创造出一种新的社会正义的形态。当然，如何描述 1980 年代，这是我另外的一个工作。

七

当文学如海登·怀特所言"装着让世界自己说话"的时候，或许已经划定了想象和实践、虚构和事实等等之间的区别。可是，在想象和虚构之间，我们也依然能够感觉到一种"叙述的历史话语"，这一话语受到多方面的影响或制约。这些影响或制约有些是显在的，但更多的却来自一个时代的政治无意识的支持。我需要探索的是"为什么要这样写"，因此，我努力在文学和社会政治之间构置一种互文的关系，这是我的方法论的设想。我不认为这是唯一正确的研究方法，事实上我也从来不认为文学研究中存在着唯一一种正确的方法；我也不认为这是一种最好的研究方法，但是我在这里只能使用这样一种方法。我更愿意讨论的是，对当代文学研究来说，方法论已经成为一个至关重要的问题，每一种方法只有当它发展到极端的时候,才可能相对形成我们自己的叙述模式,当然,也同时暴露出它的局限性,并引发我们克服这一局限性的冲动。在这个意义上,我不会否认我的方法论的局限,同时我会尊重其他的研究范式。

但这并不是最重要的。

重要的是,我希望重建一种叙事,无论世事怎样变化,堕落或者失败,我仍然希图回应那一平等的革命理念,也即巴丢所说的"共产主义的设想"。我们只有带着这一20世纪的思想遗产,才能重回"19世纪"。

第一章　国家／地方：革命想象中的冲突、调和与妥协

　　我在此使用的"地方"一词，只是相对于国家中央政权的一个空间概念，当然，这一概念并不仅仅局限在它的区域性的行政设置或者自然地理的概貌描述上，我的兴趣更多地在于构成这一空间的诸多元素，比如，制度、习俗、社群、人口形态乃至语言（方言），等等，以及隐藏于这一空间之中的深刻的文化心理的积淀。这诸多的元素及其内在的文化心理方才构成了我们所谓的"地方"甚至"地方性知识"。①

　　当然，我无意于把"地方"处理成一个完全自律或者自足性的空间，相反的是，我更倾向于把"国家"和"地方"视为一种互动的关系。国家不仅利用各种形式，包括制度的方式，对"地方性知识"进行有效的吸纳（比如古代的"采风"制度），同时，亦将自己的政治愿景、权力诉求乃至知识形态，通过各种方式深深地植入"地方"之中（比如"说书人"形式），甚至成为一种指导性的意识形态。

　　正是由于"国家"和"地方"之间这种复杂的互动关系，在中国的现代化进程中，国家政权的变更，就并不仅仅指涉一种权力对另一种权力的替代，它同时还意味着国家制度乃至意识形态的变化。正是由于国家意识形态承担着对"地方"的指导性功能，因此，旧有的国家意识形态的解体，常

---

① 对中国的"地方"的关注，无论是历史学、社会学或者文化人类学的学者，都已有众多的著述，比如，费孝通的《江村经济》既是一本社会学的经典著作，同时也可以视为对现代中国的"地方"，尤其是江南"地方"的一种深刻叙述。杜赞奇的《文化、权力与国家》以华北乡村为其叙述对象，深刻阐释了在中国的现代化进程中，"地方"的政治—政权与宗教结构的变动和重组。而在杨念群主编的《空间·记忆·社会转型》中，我们同样看到"地方"这一概念如何曲折地进入了"新社会史"的研究视野，并得到了田野调查的尽力支持，等等。我在这里主要以1949—1966年中国当代文学中的"乡村"为叙述对象，"城市"问题我有另文讨论。

常会波及"地方",甚至造成"地方"秩序的不安和动荡。在一些对历史的细节描写比如在《郑超麟回忆录》中,我们看到,漳平乡间的民乱,是在辛亥革命的四五年之后才开始的。在这四五年中,"为了表示和专制朝代有所区别,便改变官制称谓,'总督'改称为'都督','知县'改称为'知事'",渐渐地,"州府二级也撤销了",同时"打破了几百年'回避省籍'的禁忌"。也就是说,"本省人可以做本省的县官"……在制度变革的背后,正是知识形态乃至意识形态的深刻变动,这一变动的结果,是"老百姓起初还是把卢知事看得同以前的'老爷'(县太爷)一样",但是,"'老爷'背后没有皇帝,毕竟减损了威风。以前人们怕'老爷',不敢滞纳钱粮,不敢反抗苛政,并非害怕衙里几个'亲兵',而是害怕皇帝支持'老爷',要多少兵派多少兵。现在,这个客家人,住家离我们不远……又没有皇帝撑腰,我们怕他什么?于是城里的流氓胆子大起来了"。甚至"卢知事在县衙门里也失去威风了。粮房收了钱粮不及时上交,拿去放利息,做生意,拖了很久,催了几遍,才交上去,有时只交一部分。文书房的职员,要求加薪,不遂则罢工";私盐也管不住了,"在城里大街上公开出卖。最盛时,中水门街上两边都是私盐"。卢知事想整顿,抓了几个盐贩子,"在四知堂过堂,刚审问几句,被捉的盐贩子就在堂上闹起来了。为首的是一个三十多岁,身强力壮的人。……他带着其余的盐贩子向公案冲去,亲兵和差役制止不住。卢知事看见形势不好,便从堂后逃走了",城里开始闹事,"只有一部分是盐贩子和流氓,大多数是普通市民"。而最后事情的解决,"说来滑稽,原来是前朝末任知县,一个姓钟的山东人,出来解决的",最后总算没有酿成暴动。在这一叙述中,有两个细节也许能吸引我们的注意,一是"前朝卸任的官比本朝现任的官,更有权威",而且,还讲着一口当地人根本听不懂的方言;二是"皇帝没有了,这一点,漳平县老百姓无论如何想不通。世界怎么可以没有皇帝呢?自从盘古开天地就有皇帝"。① 我以为,它说明了,或者部分地说明,起码在文化或者意识形态的意义上,"地方"并不可能摆脱"国家"的控制或者说国家的"权威性叙述"而完全独立存在。

---

① 郑超麟:《郑超麟回忆录》(上),第 5—10 页,北京:东方出版社,2004 年。

中国自晚清以后，由于西方现代性的进入，造成了所谓"数千年未遇之变局"。这一变动的根由之一，即是所谓现代民族—国家的出现。而按照安德森的说法，所谓现代民族—国家，实为一"想象的政治共同体——并且，它是被想象为本质上有限的，同时也享有主权的共同体"①。在这一想象的过程中，个人同时被设想为"公民"，其权利和义务不受种族、宗教、族裔或阶级的限制，而且平等地享受社会提供的各种资源，因此，这一概念又内蕴着参与国家主权的政治含义，也即所谓现代参与性政治。② 柄谷行人也认为："所谓 nation 应该理解为由脱离了此种血缘地缘性共同体的诸个人（市民）而构成的。"或者说，nation 是由"从封建束缚中解放出来的市民而形成的"③。因此，在现代民族—国家的建构过程中，对个人的改造，也即如何使其从封建社会的"臣民"转化为现代意义上的"公民"，便相应成为文化政治的重要任务，此亦梁启超"新民"说或鲁迅"国民性改造"的由来。在这一过程中，"地方"或由"地方"体现出来的"地方性知识"（比如宗族、迷信、政治结构乃至生产方式，等等），往往会被视为实现现代化的空间障碍。这种心态，在鲁迅的早期小说，比如《狂人日记》或者《祝福》中，多少都有所流露。尤其是，当旧有的国家政权解体，其国家知识或者国家意识形态则会以各种方式流入"地方"，并得以保存，甚至成为"地方性知识"的重要组成部分。在知识或者文化的意义上，有时候，"国家"和"地方"的确难以区分。但这只是问题的一个方面，另一方面则在于，"nation 也并非仅以市民之社会契约这一理性的侧面为唯一的构成根据，它还必须根植于如亲族和族群那样的共同体所具有的相互扶助之同情心（sympathy）。我们甚至可以说，nation 是因资本主义市场经济的扩张族群共同体遭到解体后，人们通过想象来恢复这种失掉的相互扶助之相互性（reciprocity）而产生的"，或者说，"在这个过程中被解体的乡村农业共同

---

① 本尼迪克特·安德森：《想象的共同体——民族主义的起源与散布》，第 5 页，吴叡人译，上海：上海人民出版社，2003 年。
② 查特吉：《社群在东方》，陈光兴主编：《发现政治社会——现代性、国家权力与后殖民民主》，第 46 页，台湾：巨流图书公司，2000 年。
③ 柄谷行人：《日本现代文学的起源》，"中文版作者序"，第 4、3 页，赵京华译，北京：生活·读书·新知三联书店，2003 年。

体的理想状态,即互酬的相互扶助性的理想状态还必须通过想象重新恢复起来"①。尽管柄谷行人对自己的解释尚无把握("这是否可以和民族这一概念联系在一起还没有定说"),可是我们仍然能够感觉到他对社群的重视,以及社群与由此体现的传统在现代民族—国家建构中的重要性。而实际上,西方现代社会理论也并非仅仅是自由个人主义一路,当然,我们将其着意挑选出来并加以夸大,自有另外复杂的社会历史原因。但是,在中国的现代史上,包括现代文学史,对"地方"的批评同时也一直伴随着"地方"的重新发现,这一重新发现不仅体现在沈从文等人的小说里,也纠缠在鲁迅的作品之中,比如《故乡》。批评和眷恋,往往复杂地纠缠在一起。

1949年之后,在中国的社会主义想象之中,同样包含着现代民族—国家的建构冲动,因此,纠缠在现代思想史上的一些重要命题,也同样被延续下来。也因此,在1949—1966年的文学叙述中,既包含着"国家"对"地方"的改造以及空间上重新形塑的企图,但同时,"地方"也一直在被重新发现,并以各种方式被"国家知识"或"现代性知识"所吸纳,从而构成了一种复杂的社会文化形态。

一、"地方"风景的叙述以及"风景"再建的困惑

我所要讨论的"风景",其分析模式借助于柄谷行人《日本现代文学的起源》中的"风景之发现"以及霍尔的某些论述。在柄谷行人看来,对对象(风景)的描述,并不仅仅只是一种单纯的对自然的模仿行为,恰恰相反,这一所谓对象,只是存在于叙述之中,而所谓叙述也永远只是一种主体的叙述,或者说,客体并不先于主体而存在,而只是主体叙述之物。而在霍尔所谓的文化构成主义的理论中,物自身并不产生意义,而是"通过我们对事物的使用,通过我们就它们所说、所想和所感受的,即通过我们表征它们的方法,我们才给予它们一个意义",或者说,意义"产生于我们围绕

---

① 柄谷行人:《日本现代文学的起源》,"中文版作者序",第4、5页。

这些'物'编织叙述、故事(及幻想)之时",也因此,"正是通过文化和语言,意义的生产和循环才能发生"①。然而,进一步的问题则在于,这一"我们"或"主体",又是如何产生的。正是在这里,柄谷行人引入了"装置"这一概念,在柄谷行人看来,主体或主体性同样不是先验的存在,而是一个被不断建构的过程。在这一过程中,充斥着国家、社会、制度、政治、意识形态等等力量的介入,也正是这诸种力量的介入,才构成了某种生产性的"装置"。这一"装置"生产并建构了个人的主体或主体性,同时也相应地生产并建构了主体的叙述之物。因此,所谓对象,也就是主体的叙述之物,总是和叙述者的主体性有着某种隐秘的联系,换句话说,我们看到的,可能就是我们想要看到的东西。为了强调这一点,柄谷行人通过"风景"阐述了风景之发现的重要意义,并借助对《难忘的人们》的分析表明,"风景是和孤独的内心状态紧密联接在一起的。这个人物对无所谓的他人感到了'无我无他'的一体感,但也可以说他对眼前的他者表示的是冷淡。换言之,只有在对周围外部的东西没有关心的'内在的人'(inner man)那里,风景才能得以发现。风景乃是被无视'外部'的人发现的"②。而这一所谓"内在的人"正是日本明治维新以来现代性的产物(个体、自我、主体性,等等),因此,"风景"实际之发现,"是在某种制度中出现的"③。柄谷行人着重讨论的,显然是想通过对"风景"的分析来指出:"所谓风景乃是一种认识性的装置,这个装置一旦成形出现,其起源便被掩盖起来了。"④

我并不在意柄谷行人对日本文学中的"风景"的具体分析,我借助于这一概念以及这一概念背后的理论,只是想说明,我同样不把中国当代文学(1949—1966)中的"风景"看成一种纯粹的"自然"描写。而是想通过对"风景"的分析,来讨论1949年以后,中国作为现代民族—国家的建构

---

① 斯图尔特·霍尔:《表征:文化表征与意指实践》,第3、4、5页,徐亮、陆兴华译,北京:商务印书馆,2003年。
② 柄谷行人:《日本现代文学的起源》,第15页。
③ "柄谷行人所谓的'制度'或者文学的制度性包括两层含义:一个是如经济、法律、政治、教育等外在物质性的制度即国家机器;另一个是指人的意识思维中凝固不变的认识模式或范型即内在化的制度",参见赵京华《日本现代文学的起源》的译后记。
④ 柄谷行人:《日本现代文学的起源》,第12页。

冲动,是如何介入当代文学的"风景"之发现中,以及隐藏其中的"国家"和"地方"之间复杂的互动关系,同时由于阶级政治的进入,所造成的"地方"风景再建的叙述困难和内在的悖论语境。

孟悦在《〈白毛女〉演变的启示——兼论延安文艺的历史多质性》一文中,通过对《白毛女》的个案研究,讨论了"解放区政治文化的生产过程",以及这一"生产过程"中的"政治文学中的非政治性实践"。孟悦所谓的"非政治性实践"可能指的是在"政治话语"("旧社会把人变成鬼,新社会把鬼变成人")的叙事层面下,还隐藏着某种"非政治的、具有民间文艺形态的叙事惯例"。或者说,"政治话语塑造了歌剧《白毛女》的主题思想,却没有全部左右其叙事的机制","而倒是在某种程度上以一个民间日常伦理秩序的道德逻辑作为情节的结构原则"。① 而在这一叙事结构中,地主黄世仁不仅作为阶级政治的敌人而存在,同时也作为"民间伦理秩序的敌人"而存在("一系列的闯入和逼迫行为不仅冒犯了杨白劳一家,更冒犯了一切体现平安吉祥的乡土理想的文化意义系统……作为反社会的势力,黄世仁在政治身份明确之前早已就是民间伦理秩序的天敌")。孟悦进一步指出的是,在歌剧《白毛女》中,"民间伦理逻辑的运作与政治话语之间的互相作用就表现在这里:民间伦理秩序的稳定是政治话语合法性的前提。只有作为民间伦理秩序的敌人,黄世仁才能进而成为政治的敌人"。孟悦的这一解释,对当代文学史的研究有着极其重要的意义,不仅"闯入者"构成了当代文学一个相当普遍的结构模式,同时所谓的"多质性"既存在于延安文艺之中,也相对地存在于1949—1966的社会主义文学—文化想象之中。

这一叙事上的"多质性"固然有其复杂的构成因素,但同时也可能与中国革命的特殊性质有着某种隐秘的关联。中国革命不仅深深地根植在乡村之中,因此对乡土理想常取一种尊重或妥协的姿态,同时,由于中国革命的阶段性性质(比如,民族革命／阶级革命,新民主主义／社会主义,

---

① 孟悦:《〈白毛女〉演变的启示——兼论延安文艺的历史多质性》,王晓明主编:《二十世纪中国文学史论》(下卷),上海:东方出版中心,2003年。本段引文引自同一文章。有关"民间"问题,另可参见陈思和:《民间的浮沉:从抗战到文革文学史的一个解释》,出处同上。

等等），尽管阶级政治始终是一种主导性的权力诉求，但并没有也不可能完全排除其他的政治性诉求以及相关的文学—文化想象。因此，在这一"多质性"的政治语境中，所谓的"他者"也并不完全相同，有时甚至是多重的。而在这一"多重的"的"他者"规定下，所建构起来的政治主体，也就势必含有"多质性"的特点。当然，这并不是说，这一所谓的"多质性"始终处在某种平衡甚至静止的状态，恰恰相反，这一"多质性"所导致的正是思想—文化的激烈斗争，也正是经由这样的斗争，政治话语才能确立自己的"霸权"地位。因此，所谓的"改造"或"自我改造"，在某种意义上，正是这一"多质性"的政治语境所致，并且，预伏了"自我否定／不断革命"的可能性。

但是，这一"多质性"的政治语境，在某种意义上，也导致了中国革命的"妥协"姿态，所谓"现代性知识"（政治话语）常常会主动或被动地吸纳某种"地方性知识"（民间伦理），同时将其有效地转化为自身的叙事资源。当然，这一吸纳的过程同样也充满了矛盾和冲突。

理解中国革命的"多质性"，也许可以帮助我们不至于简单片面地理解洪子诚先生关于中国当代文学"一体化"的论述[①]，而是把所谓的"一体化"视为某种充满矛盾和冲突的当代文学史的建构过程。同时，中国革命的这一"多质性"特征，也相应地导致了当代文学内在的复杂结构，以及叙事上的多重视角或者某种意义上的多样化。比如说，在某种"阶级政治"的视角中，"地方"风景可能难以再现。李六如《六十年的变迁》写季交恕大革命失败后，乘船到上海，"船越驶近岸，无数高楼和灯火，煞像是默默蹲着的一群巨兽，想要吃人似的闪动着眼光"[②]。所谓良辰美景，均不再现。显然，在这一政治视角下，所谓"地方"实暗喻旧中国，并成革命之对象，其"风景"自然相应隐匿不见。但是，如果注入其他的革命元素，比如"民族"视角，"地方"风景的叙述就不仅可能，而且在复杂的、多质的政治语境中，往往会出现相异的风景形态。

在当代作家中，孙犁极其擅长写景，比如《荷花淀》，小说开头就写：

[①] 洪子诚：《问题与方法》，北京：生活·读书·新知三联书店，2002年。
[②] 李六如：《六十年的变迁》（第三部），北京：人民文学出版社，2005年再版。

"月亮升起来了。院子里凉爽得很,干净得很。女人坐在当中,手指上缠绞着柔滑修长的苇眉子。苇眉子又薄又细,在她面前跳跃着。这女人编着席。不多一会儿,在她身子下面就编成了一大片。她像坐在一片洁白的雪地上,也像坐在一片洁白的云彩上。她有时望望淀里,淀里也是一片银白世界。水面笼起一层薄薄的透明的雾,风吹过来,带着新鲜的荷叶荷花香。"这一类的写景手法,在孙犁的其他作品中也常可见到,并为论者称赞。《风云初记》写秋分居所:"秋分在小屋的周围,都种上菜,小屋有个向南开的小窗,晚上把灯放在窗台上,就是船家的指引。她在小窗前面栽了一架丝瓜,长大的丝瓜从浓密的叶子里垂下来,打到地面。又在小屋的西南角栽上一排望日莲,叫它们站在河流的旁边,辗转思念着远方的行人……"再写春儿:"这时候,春儿躺在自己家里炕头上,睡得很香甜,并不知道在这样夜深时,会有人想念她。她也听不见身边的姐姐长久的翻身和梦里的热情的喃喃。养在窗外葫芦架上的一只嫩绿的蝈蝈儿吸饱了露水,叫得正高兴;葫芦沉重地下垂,遍体生着像婴儿嫩皮上的绒毛,露水穿过绒毛滴落。架上面,一朵宽大的白花,挺着长长的箭,向着天空开放了。蝈蝈叫着,慢慢爬到那里去。"①但是,这一优美的"地方"风景,因为日本对中国的侵略战争,而面临着被破坏的危险,在《风云初记》接下来的叙述中,我们看到的另一种景象则是,因为战争,"夜晚,逃难的人们,就在熄灭的柴火堆旁边睡下了,横倒竖卧。河水汹涌地流着,冲刷着河岸,不断有土块坍裂的隆隆的声音。月光照着没边的白茫茫大水和在水中抖颤的趴倒的庄稼。远近的村庄,担着无比的惊惶和恐怖,焦急和无依的痛苦,长久不能安眠。在高四海的小屋里,发出小孩子的撕裂喉咙的哭声。'日本!日本!'在各个村落,从每一个小窗口里,都能听见人们在睡梦里,用牙齿咬嚼着这两个字"。我们看到,孟悦通过《白毛女》而总结出来的"闯入/破坏"的叙事结构,相当普遍地进入了中国的当代小说,并且往往以一种"异己"的形象出现。只是,在孙犁或其他的以抗日战争为背景的作品中,比如袁静和孔厥的《新儿女英雄传》,这一"异己"者更多地以民族敌人的形象出现。而在这一叙

---

① 孙犁:《风云初记》,北京:人民文学出版社,1963年出版,2005年再版。本书相关引文引自此版本。

事结构中,"风景",尤其是"地方"风景往往承担着极其重要的叙事功能。而所谓"地方"风景的建构,也正有赖于"闯入／破坏"这一"他者"规定下的政治语境。并且,由于"民族话语"的强烈介入,政治话语的控制在某种程度上也开始出现松动,"地方"(民间伦理、乡土生活理想,等等)不仅不再机械地成为革命或改造的对象,相反,在这一语境中,反而成为需要保卫或捍卫的"家园"。

在某种意义上,所谓"地方",在这一语境中,已经悄悄地转喻为"本土"。按照柄谷行人的说法,民族——国家的建构,仅仅依靠社会契约来进行表征是远远不够的,而必须通过想象来构筑某种"共通的感情",或者说恢复那种"失掉的相互扶助之相互性",但是,这一"共通的感情"在现代民族——国家中,已经不可能诉诸"血缘",所以"只好诉诸'大地'",并且往往通过"风景"之发现,或对"风景"的赞美来完成民族——国家的表征①。

显然,在"民族"话语的支持下,"地方"不仅可能转喻为"本土",同时,通过对"地方"风景的叙述,还得以构筑共同体内部的"共通的感情"。但是,这一诉诸"大地"的民族——国家的表征,却内蕴着某种阶级和解的危险性。在传统的马克思主义者的眼中,这种危险性不仅存在,而且经由民族——国家的表征,极可能导致阶级话语的被颠覆。比如,在围绕"巴黎公社墙"的真伪性上,"巴黎公社之友协会"曾复信一位持有疑问的女孩,并坚定地表明自己的立场:"亲爱的朋友:您把位于甘必大林荫道街心花园靠拉雪兹神父墓地的那座大型雕塑当成了公社战士墙,该雕塑是莫罗——沃蒂耶的作品,它表现一位忧伤的妇女——法兰西,让公社社员和凡尔赛分子在死亡里和解。本协会成立的宗旨是维护公社英烈的荣耀,故始终拒绝这种把被枪杀的三万巴黎人与枪杀者并列的象征。"②显然,在阶级话语的制约下,需要追问的,始终是"谁的国家",从而拒绝在"法兰西妇女"这一民族——国家的表征中达成阶级的和解。但是,民族话语和阶级话语却始

---

① 柄谷行人:《日本现代文学的起源》,第 5 页。
② 沈大力:《巴黎"公社墙"考辨》,《巴黎声影》,北京:北京出版社,1989 年。

终并置在社会主义国家内部,这显然源自于列宁主义的社会主义革命实践,从"世界革命"到"国家革命",社会主义就势必继承既有的现代民族—国家形式。安德森就指出:"第二次世界大战后发生的每一次成功的革命,如中华人民共和国、越南社会主义共和国等,都是用民族来自我界定的;通过这样的做法,这些革命扎实地植根于一个从革命前的过去继承来的领土与社会空间之中。"因此,安德森支持埃里克·霍布斯鲍姆的说法:"马克思主义运动和尊奉马克思主义的国家,不论在形式还是实质上都有变成民族运动和民族政权——也就是转化成民族主义——的倾向。没有任何事实显示这个倾向不会持续下去。"同时,安德森还以"民族资产阶级"这个概念为例,提出自己的疑问:"如果以生产关系来界定,资产阶级明明是一个世界性的阶级,那么,为什么这个特定部分的资产阶级在理论上是重要的。"① 这一现象也导致了厄内斯特·盖尔纳不无幽默的说法:"马克思主义者们一般认为,历史的精神或者人类的意识犯了一个极为愚蠢的错误。唤起人们觉悟的信息是针对阶级的,但是,由于某个可怕的邮政错误,却使它传到了国家手里。"② 但是,在中国革命的实践中,阶级话语始终是一个强大的"在者",并时时监视着民族话语的发展,而一旦这一民族话语偏离阶级话语的监控,阶级话语便会与之进行争斗。比如,1931年九一八事变以后,国民党官方提倡民族主义文学运动,但是这一混乱不堪的官方民族主义文学即遭到鲁迅和瞿秋白等左翼作家的猛烈抨击和辛辣讽刺③,同时这一斗争也始终贯穿在左翼文学内部,比如"国防文学"与"民族革命战争的大众文学"的冲突,即著名的"两个口号"之争。中国革命的这一具体实践,使得情形并非如盖尔纳嘲弄的那样,是把送给阶级的信息错误地送到了民族的手里,恰恰相反,"在中国,邮递员似乎把给阶级和民族的'觉醒的消息'送到了同一个地方"④。而与此相联系的则是,阶级话语同时也参与到"地方"风景的叙述之中,并形成了相对复杂的叙事结构。

---

① 本尼迪克特·安德森:《想象的共同体——民族主义的起源与散布》,第2—3页。
② 厄内斯特·盖尔纳:《民族与民族主义》,第169—170页,韩红译,北京:中央编译出版社,2002年。
③ 旷新年:《民族主义、国家想象与现代文学》,《上海文化》2007年第2期。
④ 费约翰:《唤醒中国》,引自旷新年《民族主义、国家想象与现代文学》。

严格地说，即使在民族话语的"本土"意义上，我们也很难说，当代文学有关"地方"的风景叙述，完全就是现代性的产物。实际上，将"风景"暗喻为"故国"之思，在古代文学亦已有之。比如，丘迟的《与陈伯之书》："暮春三月，江南草长，杂花生树，群莺乱飞。见故国之旗鼓，感平生于畴日，抚弦登陴，岂不怆悢"①，就可视为一例。我更倾向于认为，所谓当代文学中的风景"实际之发现"，乃是依靠下层视角的引入，或者说，叙事者依靠下层（劳动）人民的视角，而重新"发现"了"地方"风景。也正是在这样的风景叙述中，民族话语与阶级话语才获得了某种默契以及高度的统一性。

实际上，在孙犁的《荷花淀》中，我们已经能感觉到这一下层视角的存在，只是因了短篇小说的篇幅限制，或者在其创作时间（1945年）仍然受到"抗日民族统一战线"的规约，所谓"阶级话语"并未明显突出，在作品中，这一下层视角隐蔽得较深，倒反而成全了小说的艺术性。1949年以后，所谓"阶级话语"开始重新统摄全局，包括对革命历史的重新叙述，这时候所谓的"地方"风景，就必须以阶级的观点来重新进行辩证。这样。我们就能看到，比如，在孙犁的《风云初记》中，就出现了这样的"风景"描写："在村正北有一所大庄基，连场隔院。左边是住宅，前后三进院子，都是这几年……一色的洋灰灌浆，磨砖对缝，远远望去，就像平地上起了一座恶山。右边是场院，里边是长工屋，牲口棚，磨房碾房，猪圈鸡窝。土墙周围，栽种着白杨、垂柳、桃、杏、香椿，堆垛着麦秸、秋秸、高粱茬子。五六匹大骡子在树阴凉里拴着，三五个青石大碌在场院里滚着。"一边是由"长工屋"等构成的"风景"，另一边则是地主住宅形成的"恶山"。这一区别，显然是因为这所"大庄基"属于地主田大瞎子，而"田大瞎子（那年暴动，他跟着县里的保卫团追剿农民，打伤了一只眼睛）在村里号称'大班'，当着村长。他眼下种着三四顷好园子地，雇着四五个长工"。这样的"风景"叙述，显然满足了"阶级话语"的需要，而在这样的叙述中，真正要完成的，则是"民族话语"和"阶级话语"的相互融合。也就是说，"民族敌人"同时必须是"阶级敌人"，或者，反过来说，"阶级敌人"势必成为"民族敌人"。因此，

---

① 丘迟：《与陈伯之书》，钱伯诚主编：《古文观止新编》，第488页，上海：上海古籍出版社，1988年。

一种较为通常的叙述模式是，这类"敌人"往往具有镇压农民或者反共的血腥历史，而在民族战争中，又自然地卖身投靠侵略者。无论是《风云初记》或者其他的相似题材的小说，比如梁斌的《红旗谱》《播火记》，这一叙述模式都得到了坚决的贯彻。也因此，在所谓的"抗战题材"的小说中，"侵略者"的描写有时候并不复杂，反而落墨更多的是那些"汉奸"，而一般来说，这些"汉奸"大都具有"民族／阶级"敌人的双重身份。经由这样的"风景"处理，"闯入／破坏"不仅是民族的，也是阶级的。比如《播火记》写千里堤："庄稼浴着露水，草上披满了露珠，堤岸上开满了红的、白的小花。……牛沿着堤坡，一步一步吃着，一直吃到锁井村东，千里堤拐弯的地方。严萍觉得累了，跑上堤坝，顺着河流向东一看，通红的日头，从水面上钻出来，照得河水通红火亮。天上映出锦缎般的彩云。一时高兴，跑到堤上，跳起脚尖喊：'春兰，春兰，来！'春兰把牛拴在树上，跑上来说：'干什么，出了什么事？'严萍指指河水，又指指天上，说：'你看，这有多么好看！'……"但是，这一"风景"却因为李德才的"闯入"而遭到"破坏"。显然，在《红旗谱》及其续篇《播火记》中，冯老兰父子以及帮凶老山头、李德才等人构成的，正如孟悦所说的是一股"反社会的势力"。然而，在另一个层次上，"民族话语"又同时介入，日本的入侵，开始构成对"风景"的更大的"闯入／破坏"的力量。因此，1930年代，冀中平原上的农民革命，就具有了双重含义，既是阶级革命，同时也是民族革命。它暗喻着，地主阶级已经无法领导民族革命，甚至还将成为民族革命的敌人。这样，"地方"风景的叙述就获得了阶级话语和民族话语的双重支持。

这样，在民族话语的语境中，"地方"风景常常转喻为"本土"，在阶级话语的语境中，这一"风景"又暗指"人民"，在民间伦理秩序中，"风景"还时常意味着某种"乡土理想"。中国革命在其历史过程中，曾经有效地将这三者统一在自己的叙述中，并且形成某种想象的愿景。这一愿景根植在中国的乡土社会之中，同时形成以"土地"为核心的革命形态。比如，在《红旗谱》中，严志和家的"宝地"曾一度构成小说的主要情节之一："'宝地'上的泥土，是黑色的。拿到鼻子上一嗅，有青苍的香味。这是长好庄稼的泥土，它从爷爷血液里生长出来。爷爷亲手耕种它，揉搓它，践踏着它。爷爷走了,把它留给孩子们。父亲耕种它,运涛耕种它,如今,江涛又在耕种它了。"①这样的"风景"叙述,已经暗含了农民和土地的某种血缘般的"共通的感情",因此,把"大地"作为民族—国家的表征时,就必须把农民的这一因素考虑进去。也因此,中国的"土地革命"不仅获得了农民利益的支持,也同时获得了"乡土理想"的支持。但是,中国革命,包括所谓的阶级话语,其构成成分又极其复杂,在所谓的"革命历史小说"中,常常融合了多种话语元素。比如,在《红旗谱》中,有着这样一段"风景"叙述:"春兰睁起又黑又大的眼睛,静谧地看着运涛。青年少女到了这刻上,会感到人生无边的幸福。做起活儿,不再孤单。睡起觉来,像有个人儿伴随。她的眼睛,成天价笑啊,笑啊,合不拢嘴儿地笑。她的心情,像万里星空里,悬着一个圆大的月亮,窥视世界上一切都是美好的。当她一个人在小窝铺上做着活儿的时候,把身子靠在窝铺柱上想:革命成功,乡村里的黑暗势力都打倒。那时,她和运涛成了一家人。哪,他们就可自由自在的,在梨园里说着话儿收拾梨树。黎明的时候,两人早早起来,趁着凉爽,听着树上鸟叫,弯下腰割麦子……不,那就得在夜晚,灯亮底下,把镰头磨快。她在一边撩着水儿,运涛蹭蹭磨着。还想到:像今天一样,在小门前头点上瓜,搭个小窝铺,看瓜园……"这样的"男耕女织"的生活愿景,固然体现了某种"乡土理想",但是,它更获得了"五四"启蒙话语(比如恋爱自由、婚姻自由)的合法性支持,而且,得到了革命的幸福承诺和保证("革命成功,乡村里的黑暗势力都打倒")。我们也可以同时看到,所谓现代性想象,是如何有效地吸纳了"地方"的乡土理想。

因此,在"地方"风景的叙述中,中国革命有效地统摄进多种话语元素,同时重新发现"地方",并完成了"国家/地方"的关系互动。

可是,在这样的叙述中,却隐藏着一种危险性。如果说,"宝地"曾经暗喻了中国(土地)革命的正当性,那么我们怎样重新解释1950年代的乡村合作化运动?如果说,"乡土理想"曾经有效地被政治话语吸纳,那么,我们又怎样理解毛泽东有关小农经济及其相关的意识形态必须得改造的论

---

① 梁斌:《红旗谱》,北京:人民文学出版社,2005年。本书相关引文引自此版本。

述以及相应的政治实践？显然，所谓的社会主义，在中国，并不是一个固定的、静止的概念，而是一个漫长的革命过程。而在这一过程中，不断地呈现出革命对自身的自我否定，并相应具备着明显的"不断革命"的中国特征。

1950年代的社会主义改造，不仅指向知识分子，也指向农民；不仅指向城市，同时更指向广袤的乡村。如果说，所谓的"地方"风景曾经根植于某种"乡土理想"，那么此时，在社会主义的进一步实践中，这一"地方"风景的叙述却遭遇了新的障碍。显然，以自然经济形态为主要背景的"地方"风景，此时，恰恰开始成为社会主义改造的对象。曾经隐匿的"新民"或者"国民性改造"，在1949年以后，开始重新成为国家知识或者现代性知识的重要组成部分，并积极支持社会主义改造的革命实践。在这一语境中，"地方"也同时成为"国家"的改造对象，而在某种意义上，"地方"更有待于"国家"的重新命名。因此，所谓的"地方"风景，也再次回到早期的革命叙述之中。它不再是美丽、丰饶和自足的，相反，在相关的叙述中，"地方"呈现出的是某种贫瘠、荒凉甚至愚昧。只有在这样的"地方"风景的叙述中，社会主义改造的革命实践，才可能获得某种正当性乃至合法性的支持。如果说，在所谓的"革命历史小说"中，由多种话语元素构成的"地方"风景，在叙述上多少显得迟疑不定，那么，在社会主义改造的语境中，这一"地方"风景则被彻底改写。

比如，在陈登科的《风雷》[①]中，我们读到的是这样的"风景"描写："天上的雪花，越飘越大，风越刮也越来劲了。眼看着地上已落有半寸多深的雪，天冷路滑，一步难上一步。他埋着头，顶着风，一口气走下有五六里的光景。……纷纷的雪片，不是迎头向他打来，而是从他的左边，灌进他的颈项。……他向周围望望，眼前一片白茫茫，看不到一户人家，只好到一堵破墙壁根，避避风雪，吸支烟，歇歇脚再说。"这个"他"，就是小说的主人公祝永康。祝永康转业到淮北农村，师政委应维业告诉他："我们党目前在农村的任务，主要是领导农民走互助合作的道路，建设社会主义的新农

[①] 陈登科：《风雷》，北京：中国青年出版社，1964年。本书相关引文引自此版本。

村……"因此,在"社会主义新农村"的理想设计中,所谓"地方"便会相应被处理成"旧"的农村。这一"旧"的农村,也自然是"眼前一片白茫茫,看不到一户人家"。实际上,在相类的小说中,充斥"地方"的,往往是地主、富农以及坏分子,怀有发财梦想的富裕中农,丧失革命立场的干部,等等。优美的自然风景常常隐匿,代之而起的,常常是某种"荒原"的意象,比如《风雷》中的青草湖,或者柳青《创业史》里的"终南山"等等。"人事"和"自然",都相应构成这一类的小说的风景叙述,而这一叙述正受制于社会主义改造的革命实践。

二、动员和改造中的"地方"

1949 年,中国革命成功,由此开始的则是现代民族—国家的重新建构,以及随之而来的大规模的社会主义改造和现代化建设。而有关未来中国的种种设想,也开始频频出现在党和国家领导人的各类著述之中,并且形成各种正式文件,以指导并规范国家革命与建设的各项具体工作。而其中最为突出的,正是所谓的"社会主义改造"运动。显然,在这一"改造"运动中,仍然延续了晚清以来的现代性诉求,也因此,它获得了相当部分的知识分子的支持,我们至今尚无证据说明这一运动当时曾经遭遇知识分子的大规模抵制。①

在这一"社会主义改造"运动中,曾经支持过中国革命的乡土社会乃至根植其中的乡土理想,此时则开始转变为社会主义改造的对象。而在另一种意义上,这意味着"国家"对"地方"的规训,并努力将其纳入自己的想象愿景之中。显然,"合作化"运动正是这一改造的具体的社会实践。详

---

① 尽管在党内,关于新民主主义向社会主义过渡的时间问题,当时意见并不完全一致,比如在1951年围绕山西农业合作社问题,党内就曾展开了一场争论(参见罗平汉:《当代历史问题札记二集》第25—38页,桂林:广西师范大学出版社,2006年。另可参见薄一波:《若干重大决策与事件的回顾》上卷,北京:中共中央党校出版社,1991年)。但这些争论似乎并没有影响社会主义想象在当代文学中的展开。其中固然有政治对文学的规训作用,但也不能完全排除现代性对知识分子叙述的诱惑,比如社会化的大生产、平等主义的诉求、对传统小农经济及其文化的改造等等。

细讨论所谓的"合作化"运动,并不是我在这里所要完成的工作,我更关注的是在这一背景之下,当代文学所展开的想象愿景,以及这一想象在文本中的具体展现,当然,还应包括制约这一想象的各种力量及其介入方式。

马克·赛尔登在回顾中国的土地革命的历史过程时,曾经有过这样的论述:"1935年以来处在最高党领导地位的毛泽东长期以来赞成温和土地政策,强调保存中农利益,他本人在江西时期被批评为右倾。毛对江西的失败记忆犹新,寻求一项土地政策可以获得农民的广泛支持,并且对原始的农村经济做最小的变动。红军供给和农民生活都仰赖这一落后的经济。"①所谓"原始的农村经济",也就是传统的自然经济形态,是"地方"的主要构成模式,同时这一模式也支持了"地方"的权力制度和文化形态。因此,在某种意义上,也可以说中国的"土地革命"是一种并不彻底的现代性表现。这一灵活多变的革命策略,实际上正是"统一战线"的另一种表现形式,这一表现形式也同时决定了中国革命对"地方"的某种妥协度。②这一"妥协"不仅保留了"地方"的自然经济形态,也相应保留了乡村的伦理秩序和观念习俗乃至根植其中的"乡土理想",同时造成的正是孟悦所谓的革命文艺的"多质性"特点。可是,这一源于灵活多变的革命策略的"妥协",并不能彻底取代中国革命最终的政治诉求,包括其中的现代性诉求,比如社会化的大生产和传统小农经济的内在冲突。而在另外一种意义上,也正是中国革命的这一灵活多变的"妥协"策略,不仅造成了"不断革命"的现实需要,也加剧了"社会主义改造"的迫切性与任务的艰巨性。因此,在1951年围绕山西农业合作社的党内争论中,尽管刘少奇持反对意见,但这

---

① 马克·赛尔登:《革命中的中国:延安道路》,第101页,魏晓明、冯崇义译,北京:社会科学文献出版社,2002年。
② 比如在陕南和河南一带,有过所谓的"红枪会"组织,而按照马克·赛尔登的说法,"红枪会代表着大片农村地区最军事化、组织良好的农民武装力量",然而,当时的共产党人却从"革命者要彻底粉碎'封建'的观念和习俗的观点看问题,认为红枪会代表许多旧社会阶层最坏的成分。1926年7月中国共产党中央委员会《农民运动决议》申明了党对红枪会的立场。'因其散漫与迷信,故不耐战斗,且富破坏性而少建设性……红枪会的指挥权常常容易落在土豪手中'"。一方面,是"党的领导拒绝与这些复杂成分结盟",另一方面则是毛泽东等"一些最出色的农民运动领袖认识到这些组织的革命潜力",因此开始了"一项战略规划,把秘密会社、土匪和其他'痞子'整合到运动中来",从而向当时党的领导及其观念"提出了持续的挑战"。同上书,第33—35页。

并不意味着他对"社会主义改造"的整体上的否定,相反,争论仍然只是局限在时间或者策略的意义上①。事实上,合作化运动可以追溯到延安时期,毛泽东在一次讲话中就指出:"在农民群众方面,几千年来都是个体经济,一家一户就是一个生产单位,这种分散的个体生产,就是封建统治的经济基础,而使农民自己陷于永远的穷苦。克服这种状况的唯一办法,就是逐渐地集体化;而达到集体化的唯一道路,依据列宁所说,就是经过合作社。"②然而,支持合作化运动的另一个显著的理由,却是土地改革后出现的新的贫富分化现象以及是否可能出现一个新的剥削阶级的政治或者意识形态的焦虑。比如,中共中央东北局政策研究室1950年底对黑龙江省白城县三个村进行了调查,调查显示:"中农已占三个村总户数的63.8%,占总人口的67.3%,劳力的69.5%,畜力的87.5%,土地的75.7%。由此可以看出,中农已成为农民的主体,在农业生产中起到了重要作用。与此同时,农村的土地买卖和雇工现象也已经发生,如吉林省舒兰县的天德区,1950年共出卖土地14.67垧,其中雇农出卖土地占73.2%,贫农占12.3%,中农占15.5%。卖地的原因很多,有回关内的,有缺少生产资料无力耕种的,也有卖坏地换好地的。农村的新富农也开始产生,如被调查的吉林省舒兰县的三个村中,已出现了4户新富农,占总户数581户的0.5%。"③这样,"土地集中和贫富分化的苗头,使人们不得不思考这样一个问题:农村在打倒封建地主阶级之后,会不会出现一个新的剥削阶级?贫农中农化的结果,将会有一部分富裕中农富农化,出现新富农,是允许其发展还是限制其发展,成为土地改革后面临的新问题"④。当然,对这一贫富分化的现象,究竟该

---

① "刘少奇和华北局不同意山西发展农业合作社,其根本的依据,还是基于由新民主主义向社会主义过渡,需要一个比较长的阶段的认识,这也是刘少奇所一再强调的只有在经过十至十五年生产发展后,才可以采取社会主义的步骤。……只有先机械化和土地国有化,才能搞合作化。总之,现在还不具备农业集体化的条件,不要急于建立农业生产合作社。"罗平汉:《当代历史问题札记二集》,第35页。
② 毛泽东:《组织起来》,《毛泽东选集》(第三卷),第885页,北京:人民出版社,1966年。
③ 中央农业部计划司编:《两年来的中国农村经济调查汇编》,第11—12页,北京:中华书局,1952年。引自罗平汉《当代历史问题札记二集》,第15页。
④ 罗平汉:《当代历史问题札记二集》,第15页。

怎样评价，当时党内也曾意见不一。①赛尔登在讨论延安地区的合作运动时，有一段话也许可以引起我们的注意，他说："陕甘宁边区土地革命的一个带有讽刺意味的后果是强化了小农生产、削弱了传统的劳动互助。"②这可能不是导致合作化运动的最直接的原因，但所谓的"相互扶持的互助性"却是叙述合作化运动的小说的一个极为重要的主题，并成为这一主题的重要的伦理资源。塞尔登的另一段话也同样重要，他在分析了延安时期的合作化运动之后，解释说："按照毛泽东的想法，合作社是农户与国家之间的中介。合作社将逐步对其成员的税额作出评估，而不需要政府直接向农民收税；由于本地举办学校和民兵等所需的款项可用合作社的利润来支付，政府也就不必向群众集资了。合作社将在安排本地的经济、社会、政治和军事生活等方面大显神通。农村发展的关键将不再是农户和政府机关，而是合作社。"③晚清以来，由于"士绅"阶层的退出，实际上造成了"国家"和"地方"的某种权力结构的断裂。毛泽东关于合作社的这一系列论述，实际上包含了他对未来中国的政治权力结构以及对"地方"治理方式的某种设想。而事实上，1950年代开始的大规模的合作化运动包括尔后的人民公社制度，也可以说是毛泽东的这一政治设想的不同程度的实现。显然，所谓的合作化运动，其构成因素是极其复杂的，有直接的，也有间接的；有显在的，也有潜在的。既有经济因素（生产方式），也有意识形态因素（取消差别）；既有伦理因素（相互扶持），也有政治因素（权力结构）。在某种意义上，也可以说，这四个方面的原因，实际上构成了整个社会主义改造的政治特征。同时，也构成了此类小说极其重要的四个叙事主题。

当然，在这四个主题之间，一直充满矛盾、冲突乃至某种悖论性。而

---

① 比如1951年7月25日，华北局向中共中央作了《关于互助组问题的报告》，其中说："富农已经开始发展，但这并不可怕，到将来适当时期可予以限制，如实行农业累进税等；但现在即提出以限制富农的政策来阻止和避免农村阶级分化，不但不可能，而且对发展农业生产是有妨碍的，所以也是不对的。上述错误思想的实质，是一种空想的农业社会主义思想。"参见罗平汉：《当代历史问题札记二集》，第34—35页。华北局的这一报告显然受到刘少奇的思想影响，而刘少奇在1950年就在某次谈话中表达了对农村贫富问题的类似看法，这一谈话也引起了毛泽东的不满，参见薄一波：《若干重大决策与事件的回顾》（上卷），第198页。
② 马克·赛尔登：《革命中的中国：延安道路》，第226页。
③ 同上书，第236—237页。

合作化运动，正是社会主义改造的政治特征的集中体现，这似乎也能说明，为什么当代文学给予了这一运动持续的关注。我想，在某种意义上，这一运动已经构成了某种"想象的政治共同体"，因此，在叙述的意义上，它超越了这一运动的实践层面，而表达了知识分子对国家／未来的某种想象。我并不完全同意把"十七年文学"视为政治的复制品，尽管，这一时期的文学有着强烈的政治因素，但是，它仍然延续了"五四"以来的现代性想象，同时加入了社会主义的叙事元素。比如，1951年3月下旬，山西长治地委召开全区互助组代表会议，集中讨论试办农业合作社问题。会上，地委书记王谦作了试办农业合作社的报告，他说："总的方面说，应该是贯彻组织起来与新的科学技术相结合的方针。……为了克服目前农民思想上的涣散情绪，及提高与改造农民小生产者前进一步，为了使我们的农业生产更便于走向集体化的途径，所以在现在组织起来的基础上，试办一种比之现在的互助组较高的形式——农业生产合作社。"① 这是一种知识分子及其现代性想象的经典的表述方式。而且，我们会看到，这一表述，与某些知识分子的思想有着某种非常接近的地方，比如，梁漱溟晚年有一个观点，认为中国缺乏的是两个东西，一是团体组织，二是科学技术："从乡村入手……主要往哪个方向去做呢？两条，就是让散漫的农民渐渐地有了团体组织，一面呢，从旧的生产技术来提高人力，要引用近代的科学技术。团队组织、科学技术这两面，这两面现在毛主席说的，他从开头初级合作社、高级合作社，最后人民公社，这是往组织里头去，不可避免，中国想要进步，一定要散漫的农民要组织起来，组织起来才好引用进步的科学技术。事实上大家只能走一条路。"② "五四"以来，科学与民主是一面，组织与科学是另一面，这两面在中国现代的历史实践中，一直互为表征。因此，我们在看到政治对文学的规训之外，也要看到知识分子对政治的认同背后，有着更为重要的思想支持。

---

① 王谦：《在长治区互助代表会上关于试办农业生产合作社的报告》，引自罗平汉《当代历史问题札记二集》，第28—29页。
② 艾恺采访，梁漱溟口述，一耽学堂整理：《这个世界会好吗——梁漱溟晚年口述》，第87页，上海：东方出版中心，2006年。

但是，这些想象，经由"农业合作化"这一运动符号而生发出来的对大生产方式的想象、对取消差别的想象、对相互扶持的想象、对政治结构的想象，在此类小说中，被纳入某种我称之为"动员—改造"的叙事结构之中。周立波《山乡巨变》的开头，就写："一九五五年初冬，一个风和日丽的下午，资江下游一座县城里，成千的男女，背着被包和雨伞，从中共县委的大门口挤挤夹夹拥出来，散到麻石铺成的长街上。他们三三五五地走着，抽烟、谈讲和笑闹。到了十字街口上，大家用握手、点头、好心的祝福或含笑的咒骂来互相告别。分手以后，他们有的往北，有的奔南，要过资江，到南面的各个区乡去。"① 这些"成千的男女"是一群干部，小说的重要人物邓冬梅是其中一员，他们的任务正是要到乡村进行农业合作化运动的动员和改造，"省委开过区书会议后，县委又开了九天三级干部会，讨论了毛主席的文章和党中央的决议，听了毛书记的报告，理论、政策，都比以前透彻了；入乡的做法，县委也有了详细的交代"。小说的这一开头，极易使我们想到作者的另一部作品《暴风骤雨》，工作队的萧队长和他的队员乘着老孙头的大车下乡土改②。在某种意义上，这一"动员—改造"的叙事结构正是发端于"土改小说"（比如丁玲的《太阳照在桑干河上》），而在叙述"合作化运动"的文学中，这一叙事结构不仅得到延续，而且更成为主要的结构形式之一。比如，柳青的《创业史》同样延续着这一结构模式。其中，唯一变化的是梁生宝的身份，梁生宝不再是外来的干部，而是土生土长的农民。《创业史》的这一身份叙述上的变化，可能直接影响到 1964 年出版的浩然的《艳阳天》，在《艳阳天》中，萧长春也是一个农民干部，但同样承担着"动员—改造"的叙事功能。注意到这一变化也许是重要的，或许它意味着群众掌握真理的重要性，或许它意味着这一所谓的"动员—改造"的叙事结构潜在的人民的合法性支持。

在某种意义上，这一"动员—改造"的叙事结构恰好对应着中国当代的社会政治结构。在讨论"中国政治"的时候，詹姆斯·R.汤森和布兰特

---

① 周立波:《山乡巨变》(上部)，北京：人民文学出版社,1957年。
② 周立波:《暴风骤雨》，北京：人民文学出版社,1952年。

利·沃马克对"中国研究"的集权主义理论模式提出了质疑:"集权主义理论原本是从对纳粹德国和斯大林主义俄国的研究中发展起来的,它把苏联当作战后时代集权主义的主要模式",但是,"中华人民共和国与这一模式之间存在着重要的差别。学术界对集权主义模式最清楚、最有代表性的阐述指出了'集权主义专政'的四个'基本特征':一个官方意识形态;一个单一的大众政党,其典型特征是由一人独断领导;通过技术垄断了的对传播媒介的控制权;通过官僚来实现的对整个国民经济的中央控制和指导。然而在中国,毛泽东对中共的领导体制看起来并不能与希特勒和斯大林的独裁统治相提并论;毛泽东的统治更多地仰赖着灌输和说服的心理压力,依靠干部进行严格的个人监督,而不是警察的恐怖手段;特别是在1957年以后,中央官僚计划和控制不像苏联那么突出。而且,有关集权主义的理论把集权主义现象看作是对现代国家的反动或悖逆,而现代国家'只能在大众民主和现代技术的历史条件中产生'。中国革命正是在这样一个具有全球意义的历史条件中产生的,并不能把它与集权主义这一特定的历史类型联系在一起。"① 尽管,汤森和沃马克在对"中国政治"的描述中不乏理想之辞,而且,我们在"中国政治"中也的确能找出某些集权特征。但是,总体上,我仍然感兴趣于汤森和沃马克对"中国政治"的另一种介绍模式:"中国所属的那种制度几乎显示出所有发展中国家的形态特征,人们根据这些特征而多样化地称之为动员系统、运动政权、新列宁主义的大众政党系统,或是激进的或集权主义的一党体制。不同的著作家对这一类型的定义也有区别,但都认为这一类型包含下述核心因素:一个政党垄断了政治权力并渗入所有其他具有政治意义的组织;一个明确的官方意识形态使革命的目标合法化和神圣化;将全体公民政治化和动员起来的决定,其典型方式是通过党领导的群众运动来实现。用戴维·阿普特的术语来说,这种动员体制显然与集权主义具有某些共同点,但它将统治的政党置于很不相同的历史条件之下。集权主义的模式表现为不可渗入、一元化、官僚的和技术上

---

① 詹姆斯·R.汤森、布兰特利·沃马克:《中国政治》,第13—14页,顾速、董方译,南京:江苏人民出版社,2004年。

有能力的政权,而动员体制则以转变一个'转型'社会的永不停息的流动性的斗争方式运作。后者似乎更接近中国的现实,更恰当地符合其社会状况,并强调在精英们激进的、未来主义的目标下动员人口的公开斗争。"①汤森和沃马克似乎并不完全同意将中国纳入这一"发展中国家模式"来研究,但是他们也并没有彻底摒弃"动员"这一概念,而在他们所谓的"中国模式"的叙述中,既强调"中国政治中的多样性与变革",同时亦给予了"政治动员"以极大的关注。而在事实上,"动员"和"改造"正是屡次出现在中国的政治文献中的核心概念之一。即使我们不把"动员系统"处理为中国普遍的社会模式,可是,这一模式却有效地转化为小说的某种叙事结构②。

然而,在此类小说中,赵树理的《三里湾》或许是一个例外。在这部作品中,我们并没有看到类似《创业史》或者《山乡巨变》那样的叙事结构,但是,赵树理却以一种更内在的方式来讲述这一"合作化"的故事。因此,小说以这样简约的叙述开头:"三里湾的村东南角上,有前后相连的两院房子,叫'旗杆院'。"③在作者娓娓的交代中,我们开始知道,"旗杆"这东西"不是哪家地主想竖就可以竖的,只有功名等级在'举人'以上的才可以竖",而"三里湾的'举人'是刘家的祖先,至于离现在有多少年了,大家谁也说不清。有些人听汉奸刘老五说过,从刘家的家谱上查起来,从他本人往上数,'举人'比他长十一辈,可是这家谱,除了刘老五,刘家户下的人谁也没有见过,后来刘老五当了日军的维持会长,叫政府捉住枪毙了,别人也再无心去细查这事"。这样的叙述,极易使我们想起孟悦所总结的"读史者"形象,按照孟悦的说法,从"五四"一代知识分子开始,"读史"便成为共同的"社会象征行为"——"'读史者'与所读出的'历史'的关系,酷似于新文学作家与其作品的关系,仿佛正是这种关系成了新文学最重要的传统:小说叙事真正一直是'关于'历史、'关于'民族生存的叙事"④。然而,赵树理的"读史",目的却是使这一"历史"悬空("可是这家谱,除了刘老

---

① 詹姆斯·R.汤森、布兰特利·沃马克:《中国政治》,第15—16页。
② 关于"动员"结构,我在本书的第二章《"动员"结构、群众、干部和知识分子》中会有更详细的讨论。
③ 赵树理:《三里湾》,北京:人民文学出版社,2005年。本书相关引文出自此版本。
④ 孟悦:《历史与叙述》,第18页,西安:陕西人民教育出版社,1998年。

五,刘家户下的人谁也没有见过")。一般来说,历史或传说往往支持着"地方"的权威性建构,甚至构成所谓"地方性"知识的某一重要组成部分。因此,历史的悬空(或解构),则意味着"地方"从某一权威或权威性的说法中解放出来,这也是"破除迷信"内在的政治含意。这一从权威"说法"中解放出来的"地方",在赵树理的小说中,就成为一个急需重新组织乃至重新命名的空间,于是,"一九四二年枪毙了刘老五,县政府让村子里把这两院房子没收归村;没收之后,大部分做了村里公用的房子——村公所、武委会、小学、农民夜校、书报阅览室、俱乐部、供销社都设在这两个院子里……"这一空间上的重新命名是极其重要的。杜润生在"土地改革"的历史回忆中说:"过去谈论土地改革的必要性,往往偏重于分配土地。从中国农村看,可分配的土地并不很多,地主富农占有的土地不到50%,而不是一向所说的70%～80%。直到最近,有几位学者对民国以来的历次调查重新做了整理,发现地主占有的土地,还不到总量的40%,其人口约占5%。改革的结果,农民所得只有为数不大的一块地租。"既然如此,那么,"土地改革"的意义究竟何在?杜润生认为:"由于土地的稀缺性,需要满足农民的土地情结,打破地主对土地的垄断,刺激商品经济发展,为国家工业化准备条件。这方面的意义绝不可低估。"然而,更重要的意义则在于:"中国共产党的土地改革,不讲政府恩赐,而是要推翻封建统治,树立农民群众在农村中的政治优势,提高农民阶级自觉性,发动阶级斗争,使群众自求解放,实现'土地还家'。这就要求不同于旧时代的'改朝换代',不同于某几个皇帝君王用恩赐办法,'均土地,抑豪强',实行'让步政策'。而是要粉碎旧的反动统治权,代之以人民政权,彻底推翻乡村的旧秩序,使中国借以完成20世纪的历史任务:'重组基层',使上层和下层、中央和地方整合在一起。使中央政府获得巨大的组织动员能力,以及政令统一通行等诸多好处。这对于一个向来被视为'一盘散沙'的农业大国来说,意义尤为重大。"① 在某种意义上,尤其是在政治的意义上,我们亦可以将农业合作化运动视为土

---

① 杜润生:《杜润生自述:中国农村体制变革重大决策纪实》,第18—20页,北京:人民出版社,2005年。

地改革的延续,也就是所谓的"重组基层"。所以,赵树理在"旗杆院"的空间描述中,特意说道:"一九五一年村里成立了个农业生产合作社,开会、算账都好借用这座房子,好像变成了合作社的办公室。"而三里湾的政治,也正借助于这一具有社会象征意义的空间展开并完成。梁漱溟一方面对农业合作化运动有所批评,比如,"上边领导方面干涉太过,命令行事",另一方面又高度评价了这一运动内含的政治意义:"从前农民散漫得很哪,各自自顾身家,没有组织……现在的确是组织起来了……完全组织起来了,政治经济都合起来了。这人民公社并不单纯是一个经济组织。"①

因此,"组织起来"首先是一个政治行为,关涉权力的运作,而所谓的"动员—改造"的社会政治结构,也必须依靠这一权力的组织系统("使中央政府获得巨大的组织动员能力,以及政令统一通行等"),所以,艾恺对梁漱溟说:"当年您觉得政权本身是坏的东西,一有政权,一有政府……乡下就受害而不会受益……中国共产党为什么成功呢?因为有个政权。您依靠的是逐渐的一套理性而又实行您的计划了。中国的共产党成立了这个政府,以后就可以用别的办法啦。"对于艾恺的说法,梁漱溟似乎并没有反驳,相反,如果梁漱溟曾经比喻"乡下农民是像一块豆腐",那么在1980年代,梁漱溟已经认为这个政府在"帮豆腐的忙",而且,"现在已经实现,现在没有散漫的农民啦。又有了组织,农业改良也有了新的技术,都可施行了,都施行了"。这也正是梁漱溟一贯的乡村政治理想:"一方面呢组织起来,有团体组织,一方面那,能够利用科学技术。"② 在梁漱溟和"政府"之间,共享的正是"现代化"的想象图景,在某种意义上,这一图景也统辖并控制着中国当代作家在1949—1966年的政治想象和写作活动。

这样,我们似乎不难理解,为什么在此类小说中,通常都会围绕"干部"问题展开情节冲突。在《三里湾》中,这一冲突围绕三里湾村长范登高展开,而在柳青的《创业史》中,这一形象则被置换为下堡村的代表主任郭振山。范登高或者郭振山,都是土地改革以后登上了乡村政治的权力舞台,但是

---

① 梁漱溟:《这个世界会好吗》,第265—266页。
② 同上书,第266页。

也都相继成为农业合作化的障碍。应该说,相比较以后出版的浩然的《艳阳天》,赵树理或者柳青在此类人物的处理上,仍然显得相对温和,范登高雇工赶骡子贩货,从事的是一种乡村商业活动;郭振山"外头有人干事,屋里有人种地",向往的是富裕中农郭世富的发家理想①。不像浩然将萧长春与马之悦的冲突定义为党内的阶级斗争。但是,赵树理或者柳青仍然将范登高和郭振山纳入农村自发的资本主义势力范围进行考察,并且视之为一种不能容忍的共产党员的个人行为。柳青的态度似乎更激烈些,将郭振山和富农姚士杰并置,"现在,这两个仇人一同在郭士富家做客了,而且都等着第二轮坐席",这是一种极具象征意义的行为表述。而关于范登高和郭振山的形象塑造,也是有着一定的史料依据。1940年代后期,东北农村土地改革后就出现了党员雇工致富的现象,而围绕党员能否致富的问题,党内亦有过小范围的争论,后来因为毛泽东的态度而又重新统一。②这固然关涉意识形态问题,但是在《三里湾》和《创业史》的叙述中,更涉及乡村的政治权力。也就是说,我们只有把此类矛盾放在"重组基层"这一历史的政治语境中,才能更深刻地把握。因此,围绕范登高和郭振山的矛盾和冲突,最终要完成的,正是土地改革后又一次的乡村政治结构的重新整合。

经过这样的权力整合,农业合作社(包括尔后的人民公社)就"不单纯是一个经济组织",而是一种新的乡村政治结构模式。这一模式被有效地纳入"动员"系统,并开始承担国家"现代化"的组织和动员功能。因此,在农业合作化的小说叙事中,我们同时看到的,正是"国家"这一概念被有力地嵌入"地方"之中,并完成对"地方"的改造,也即《风雷》开篇所说的"建设社会主义的新农村"。这一"新农村"是国家的一个有效的组成部分,而不再是自足性的地方空间。在这个意义上,《创业史》的结尾或许隐含着一定的意味:"改霞像全国所有的工人、军人和外出干部一样,给家乡的庄稼人写了信,要求乡亲们把余粮卖给国家,支援工业化,走互助合作的道路……铸工学徒改霞的信和军人梁生容、电工郭振江的信一样,是

---

① 柳青:《创业史》,北京:中国青年出版社,1963年。
② 比如刘少奇当时曾说:"认为党员便不能有剥削,是一种教条主义的思想。"据说,毛泽东对"刘少奇谈话的不满,形于颜色"。参见罗平汉:《当代历史问题札记二集》,第21页。

在村民大会上朗读的。"也正是在这样的政治结构中,王汶石的《黑凤》才能围绕"大炼钢铁"展开其"全民动员"的叙述①。固然,在这一现实叙述中,小说有意无意地回避或者遮蔽了某些事实,比如1949—1966年的中国乡村如何成为国家"现代化"的资源汲取对象。其中当然有着政治控制的因素,但是另外一方面,我们仍然应该看到,农业合作社(包括尔后的人民公社)如何成为"农户与国家之间的中介",这一中介有效地缓和了"国家"和"农户"之间利益上的面对面的直接冲突,这或许也是造成事实遮蔽的另一种原因。而在此类小说中,"国家"还在事实上承担着另一种未来主义的象征功能。这一未来主义,在叙事中,比如在柳青的《创业史》里,又被有效地转换为现实——"土改后,梁三老汉曾经梦想过,未来的富裕中农梁生宝他爹要穿一套崭新棉衣上黄堡街上,暖和暖和,体面体面的!梦想的世界破碎了,现实的世界像终南山一般摆在眼前——灯塔农业社主任梁生宝他爹,穿上一套崭新的棉衣,在黄堡街上暖和而又体面",而这"还不是人的尊严吗"?在象征的意义上,农业合作化经过叙事转换,而成为一种"召唤"结构,一种对人的"未来"的召唤。

因此,在"动员—改造"的叙事结构中,"组织起来"是一个极其重要的概念,这一概念不仅关涉乡村的政治权力结构,同时还指向某种生产方式,甚至指向一种伦理态度。

农业合作化最终要解决的问题之一,就是企图从原有的小农经济形态走向现代化的大农业的生产方式,这一现代化的农业生产方式,在小说中,常常以某种机械化(科学技术)形态出现。但是,这一生产形态,并不多见于直接叙述农业合作化的小说中,这也是当时中国的农村现实所致②。因此,这一生产形态,在当时,更多地出现于另一类小说,比如白危的《垦荒曲》、徐怀中的《我们播种爱情》等等。这些小说或依托于农场,或依托于

---

① 王汶石:《黑凤》,北京:中国青年出版社,1963年。
② 这也是刘少奇"先工业国有化,然后才是农业集体化"的依据之一,也就是农业集体化要等机器,不要机器不受当,农业集体化必须以国家工业化使农业能用机器耕种和土地国有为条件。而薄一波在1951年6月29日的《人民日报》上发表《加强党在农村中的政治工作——纪念中国共产党三十周年》中,亦强调没有强大的国有化的工业,就不能有全体规模的农业集体化。参见罗平汉:《当代历史问题札记二集》,第33—34页。

农业站,在某种意义上,我们也可以说,这些小说为中国的农村(现实)确立了一个有意义的他者(未来)的形象,事实上,它也一直成为农业合作化运动的现代性的召唤目的。因此,在叙述农业合作化的小说中,这一现代化的农业生产方式更多地被转换为一种集体劳动的形态,并被给予极高的评价。柳青在《创业史》的扉页,即引用了一句乡村格言:"家业使弟兄们分裂,劳动把一村人团结起来。"这一劳动,应该是指的集体劳动。有意思的是,在这些小说中,相继出现了荒蛮的自然意象,比如《风雷》中的"青草湖"、《创业史》里的终南山,等等。在这里,自然是一个有待征服和被改造的对象,而这种对自然(世界)的征服和改造,被马歇尔·伯曼称之为一种"现代主义"的态度:"现代的男男女女试图成为现代化的客体与主体、试图掌握现代世界并把它改造为自己的家的一切尝试。"[1]但是,这种态度并没有导致"个人敢于追求个性"的现代主义倾向,而是被社会主义的集体性观念所替代。因此,《风雷》中的任为群企图以一己之力改造青草湖,实际上四处碰壁,而在《创业史》中,梁生宝、高增富却以"集体"的力量,成功地向终南山获取了生活和生产资源。也许,这一"组织起来"的"集体劳动"并未展示出某种现代化的农业生产形态,但是,却由此获得一种通向现代性的有效途径的想象,以及经由这一想象而生产出来的热情。因此,在《三里湾》中,便有了第二十五节:三张画。这三张画上都标着字:第一张是"现在的三里湾",第二张是"明年的三里湾",第三张是"社会主义时期的三里湾"。而在"社会主义时期的三里湾"中,我们看到这样的描述:"山上、黄沙沟里,都被茂密的森林盖着,离滩地不高的山腰里有通南彻北的一条公路从村后边穿过,路上走着汽车,路旁立着电线杆。村里村外也都是树林,树林的低处露出好多新房顶。地里的庄稼都整齐化了——下滩有一半地面是黄了的麦子,另一半又分成两个区,一个是秋粮区、一个是蔬菜区;上滩完全是秋粮苗儿。下滩的麦子地里有收割机正在收麦,上滩有锄草机正在锄草。"赵树理如下的叙述也许更为重要:"一切情况很

---

[1] 马歇尔·伯曼:《一切坚固的东西都烟消云散了——现代性体验》,第1页,徐大建、张辑译,北京:商务印书馆,2003年。

像现在的国营农场。"事实上,几乎所有这一类小说,都将乡村和乡村的合作化运动置放于国家"现代化"的语境之中加以叙述,或者说,所谓"地方"事实上已被纳入国家现代性的想象愿景之中。比如《风雷》写春芳:"春芳已有很长时间没有进城了。一到城里,对城市里各项建设的飞跃发展,非常惊讶!解放前,这个城市是什么样子,她不知道,因她没有进过城。解放后她第一次进城,还不知街在什么地方,也没有看到楼房是什么样子;看到的,只是遍地瓦碴子与炮弹坑。第二次进城,不见瓦碴了,炮弹坑上盖起了新房,修了马路。这是她第三次进城,不仅见到了楼房,还有好几条老高老高的烟囱伸向天空,仰头向上看,心都怦怦跳。"当"集体劳动"被置放在这样的语境之中,所谓的"合作化运动"就获得了极其重要的现代性意义,这一意义事关未来,或者说,是在"激进的、未来主义的目标下"所展开的一种想象,因此,"集体劳动"的生产方式在这里被更多地赋予乌托邦的意义。也许,这一想象在其具体的历史实践中,并未获得预期的成果,但是,今天,我们却没有丝毫的权力嘲笑中国当代文学的这一曾经蕴藏着巨大热情的乌托邦想象。

在"集体劳动"的设想中,当然蕴含了某种意识形态的干预,也就是所谓"个人致富"和"共同富裕"之间激烈的思想冲突,这一冲突贯穿在中国整个的当代历史之中。① 可是,在1950年代的历史语境中,如果我们考虑到"剥削/压迫"这一语词的象征意义,或者说,这一语词曾经直接引发了中国革命,并成为革命的最终目的(消灭剥削),那么,我们不难想象,这一革命的巨大惯性(平等主义的政治诉求)又是如何自然地被延续到了1950年代,并规定着中国当代文学的想象方式,这也是政治学意义上的所谓的"路径依赖"。不管后人怎样评说,在当时,我们看到的,仍然是中国作家如何坚定地维持着自己的理想,并继续自己的文学叙述。在这样一种历史语境之中,"集体劳动"这一新的生产形态,恰好为中国革命提供了一种实践方式,这一实践方式也同时被当代文学赋予了巨大的乌托邦热情乃

---

① 这一冲突在1980年代随着"包产到户,包干到户"以及后来的人民公社的解体,而宣告结束,"个人致富"也因此获得政治合法性的支持。但这只是在社会实践的层面上而言,并不意味着这一冲突同时在意识形态乃至思想文化领域中的"终结"。

至意识形态的意义。因此，柳青在其《创业史》中，便设置了这样两个颇具意味的空间场景：一是富裕中农郭世富"在三合头瓦房院前面盖楼房了。前楼后厅，东西厢房……"，而且，"分头邀请匠工们、送礼的亲戚们和帮忙的邻居们，到后院里入席；从那里发出来煮的和炒的猪肉的香味，强烈的、醉人的烧酒气味"；二是梁生宝、高增富召集了"二十来个从前熬长工、卖零工的人，现在聚集在一块，商量他们自己组织到一块行不行"。这两个场景形成一种巨大的差别，同时也隐含着一种焦虑："历史如果停留在这查田定产以后的局面，停留在一九五三年的话，那么，他们将要很快倒回一九四九年前的悲惨命运里头。"这一焦虑意味着一种对乡村可能出现的新的阶级分化的紧张和不安。柳青或者柳青们的焦虑是否被"夸大"①是一回事，但是在这一焦虑的叙述背后，同时存在着的，却是意识形态的正当性的支持。

在这一焦虑的叙述当中，我们看到，"富裕中农"开始成为某种符号性的象征，这一符号象征着的，可能正是一种"富农化"的倾向。有意思的是，在此类小说中，"富裕中农"不仅被描写为精明、强干，同时还被叙述为自私、冷漠、吝啬，等等。比如在赵树理的《三里湾》中，互助组的规矩是："互助组是工资制，不是分红制……给谁做活如果吃谁的饭，抵三斤米"，不过，"（富裕中农）糊涂涂家爱让人家在他家吃饭，可是他家的饭吃不饱"。这是一个极小的细节，但是却留给人一种"糊涂涂"爱占小便宜的印象。同时，"糊涂涂"的老婆"常有理"也被置换成传统的"恶婆婆"形象，媳妇菊英说"常有理"："从早晨上架磨到现在，只吃了有翼送来的那么一碗饭，半饥半饱挨到晌午也不让歇磨，这像是待人吗？"这还不算，"她们趁我在家，总是爱说米完了、面完了，差不多隔三天就要叫我上一次碾磨，攒下的米面叫她们吃一冬天，快吃完了的时候我就又该回来了"。我以为，这些细节真正着意的，可能正在于抽空了这一"富农化"过程的道德上的合法性支持。孟悦所总结的"非政治的、具有民间文艺形态的叙事惯例"又一次潜藏在"政治话语"之中，同时支持着这一"政治话语"。也就是说，在某种

---

① 薄一波对此有较为详细的回顾和论述，参见薄一波：《若干重大决策与事件的回顾》（上卷）。

意义上,"糊涂涂"等人冒犯了一种体现相互扶助的"乡土理想的文化意义系统"。这一文化的"意义系统",同时也是伦理的"意义系统"。相反,这一"意义系统"却被"集体劳动"以及支持这一劳动形态的"农业合作化运动"所激活。因此,柳青写梁生宝,更多地写他"纯良而富于同情的心":"他又从心底里深深同情这些没牲口或牲口弱的、非和旁人联络在一块不能耕种的困难户",所以他把互助组进终南山"割竹子"的计划扩展为全村的行动,"现在,生宝想改变计划,索性让原来准备运扫帚的那帮人,也参加割竹子,而改由另一帮人运扫帚,这样就可以帮助全村的困难户,解决一部分问题了。""农业合作化"经由这样的叙述,也获得了伦理上的合法性支持,这一支持同时来自于相互扶助的乡土理想,在梁生宝,"一个共产党员对群众的困难要帮助的那种责任感"也同时使这一乡土理想获得一种现代性的转换。

在"动员—改造"的叙事结构中,"农业合作化"经由这样的想象,政治结构的想象、生产方式的想象、意识形态的想象、道德伦理的想象,而获得一种合法性的支持,同时,也更多地被注入一种巨大的乌托邦热情。这一想象的图景被纳入整个国家的现代化建设当中,因此,"地方"同时也被纳入"动员—改造"的现代性规划之中。这一现代性的愿景同时还被叙述为一种群众自发的利益要求,因此,"动员—改造"就不仅是自上而下的,更被表述为一种自下而上的群众运动。

因为这一"农业合作化运动",乡村政治才可能获得现代性的表述,而在这一政治叙述中,"地方"被纳入国家的"政令统一通行"之中。这是一种非常经典的发展主义的叙述方式。

在某种意义上,"地方"又常常含有"社群"的意思,所谓社群,在查特吉看来,就是一种"既成的社会隶属网络……而这个网络可以被称为社群"。但是,在现代性理论中,"并不是所有的社群都能够在现代的政治生活中被认可或推崇。特别是强调继承、原始、地域性或传统的隶属关系被大部分的理论家认定是保守与封闭的实践",而且被视为"一群落后的社群,缺乏转变为现代工业国家的内在动力"①。在一种更加激进的叙述中，比如王汶石的《黑凤》，这一"缺乏转变为现代工业国家的内在动力"的"社群"，被具体表述为某些"落后／保守"的农民，而要转变这一"落后／保守"的农民思想，也就是说，在文化或者思想观念上，使"地方"从"保守而封闭"的"原始、地域性或传统的隶属关系"中解放出来，必须依靠某种力量的介入。这一力量，在小说中，通常被定义为"青年"。因此，在王汶石的叙述中，黑凤不仅意味着"地方"的未来，这一"未来"因了"大炼钢铁"而被有效地纳入国家的现代化表述之中，同时，她还承担着另一种叙事功能，即对"落后／保守"的观念斗争。在她二叔丁世昌的眼里，黑凤"标新立异"，而且回乡后，"成天这儿找毛病，那儿寻不是，鸡蛋里挑骨头，办了个墙报，在你那批评栏里，人无分老幼，事不分大小，整天价三齐王乱点兵，点得全村老幼都不得安生"。但是，黑凤却认为这位二叔"惯于按照立春、惊蛰、芒种、白露等等四时八节的顺序，平平静静地做庄稼；她觉得，轰轰烈烈的群众运动把二叔惊呆了，搞糊涂了。……这位做惯了小庄稼的毫无远大抱负的二叔，有跟不上时代脚步的沉重的痛苦"，是"老保守"，是"促退派"。《黑凤》的故事背景，显然和1958年的"大跃进"有直接的关系，但是，这一运动在小说中，更多地转换为一种国家现代化的想象，而这一想象又和"青年"的幻想、热情以及朝气蓬勃和谐地统一在一起。当然，应该说明的是，《黑凤》的叙述活泼、幽默，虽然偶有"右倾"之类的概念，但也并非在政治的意义上使用，同时因了黑凤淘气、天真和善良的形象塑造，也使国家对"地方"的召唤和改造（使其成为"现代工业国家的内在动力"）有了更多的艺术感染力。

将"青年"处理成这样一种现代的力量，实际上正是中国现代文学的传统之一。它固然和梁启超"少年中国"的想象性叙述有直接或间接的关系，同时，也和"青年"的整体特征有关。这一整体特征包括献身于一种激进的新观念，以及对献身事业的忠诚。但是，按照赛尔登对中国西北地区的

---

① 查特吉(Partha Chatterjee)：《社群在东方》，陈光兴主编：《发现政治社会——现代性、国家暴力与后殖民民主》，第40—41页，台北：巨流图书公司，2000年。

观察:"敬老和偏好稳定的传统使中国青年地位低下。官僚政治和当地名流的领导人中,年龄是威信和权利的重要因素。"① 因此,革命首先解放的,正是这一"地位低下"的中国青年,并使他们成为中国革命的重要力量,而在小说中,则被叙述为"地方"的现代性的介入者②。

但是,我们没有任何证据,可以据此说明,在1949—1966年间,这一对"青年"的定义或叙述,来自于"进化论"的理论支持。相反,几乎在所有涉及此类题材的小说中,"青年"同样被纳入"进步/落后"的叙述框架,而这一区别标准,既不是缘于个人性格,也并非因了文化知识。一种更重要的力量,开始介入对"青年"的形塑,这一力量,或许可以称之为"教育"。王汶石写黑凤:"从落地到会跑会走,这期间,从没离开过妈妈一步。……直到十多岁,如果没有爸爸或妈妈作陪,黑凤还不敢独自一人出村去玩耍呢。"但是,"由于一个偶然的机缘,黑凤的心,在不知不觉中,发生了大变化"。这一"机缘",是由于黑凤二舅(革命军人)和另一个革命女战士的介入。"腰间挂着短枪的二舅,和在杏树下大碗喝水的那个女战士"构成了一种"形象",对黑凤来说,这一形象的意义是双重的,既包含着某种女性解放的现代性的政治诉求("女人……什么都能干啊,你长大了,想干什么事都行"),也蕴含着革命关于未来的承诺("等仗打完了,舅带你到外边去上学"),而最终,"革命/女性"被有效地统一在"革命女战士"的身上("那许许多多革命女战士的故事,……越加活跃动人")。所谓"教育",在此承担的,正是某种意识形态的说服—训练功能。因此,在有关"青年"的叙述中,某种程度上,暗含着"成长"主题,而在这一成长的过程中,革命或革命的意识形态,往往会以"领路人"的形象在小说中出现,比如《红旗谱》中贾老师之于江运涛。而在女性的成长过程中,比如《青春之歌》,我们一般会注意卢嘉川、江华对林道静的影响,但是其中出现的林红形象,似乎亦值得关注,正是在这一形象中,再现了"革命/女性"的主题。在

---

① 马克·赛尔登:《革命中的中国:延安道路》,第97页。
② 在这一时期的小说中,"青年/老年"经常被叙述为"进步/保守",但是这一叙述模式,在1960年代,似乎得以改变,比如《千万不要忘记》《年青的一代》等等,这一问题,我在本书的第七章中另有讨论。

这一意义上，女性的意义上，我们看到的，可能正是中国革命如何承继了"五四"启蒙主义的现代性想象。教育或者教育所承担的意识形态的说服—训练功能，便使得这一成长的过程，同时具有了自我改造的性质，这一改造在某种意义上，也是一种自我或对象的克服，而在克服中，逐渐完成主体性的建构。

由于"教育"概念的引进，环境的因素便被凸现出来。《三里湾》写马家院："马家的规矩与别家不同：三里湾是个老解放区，自从经过土改，根本没有小偷，有好多院子根本没有大门，就是有大门的，也不过到了睡觉的时候，把搭子扣上防个狼，只有马多寿家把关锁门户看得特别重要——只要天一黑，不论有几口人还没有回来，总得先把门搭子扣上，然后回来一个开一次，等到最后一个回来以后，负责开门的人须得把上下两道门栓关好，再上上碗口粗的腰栓，打上个像道士帽样子的楔子，顶上个连榍椴刨起来的顶门杈。又因为他们家里和外边的往来不多——除了他们互助组的几户和袁天成家的人，别人一年半载也不到他家去一次，把个大黄狗养成了个古怪的脾气，特别好咬人——除见了互助组和袁天成家的人不咬外，可以说是见谁咬谁。"而有翼的房间更被描述为："黑咕隆咚连人都看不见……原来在有翼的床后还有两个向野外开的窗户，糊涂涂因为怕有人从外边打开窗格钻进来偷他，所以早就用木板钉了又用砖垒了。满屋子东西，黑得看不出都是什么。"赵树理如此不厌其烦地描写"马家院"，除了将其排除在乡土生活秩序之外，从而使农业合作化获得一种伦理上的支持，同时，亦将这一空间处理成一种保守、落后、封闭的家庭形态。这一叙述，明显继承了中国现代文学的"反封建"主题，比如巴金的《家》。因此，"有翼革命"便具有了背叛家庭的社会象征意义，而这一"背叛"，显然受到了外在因素的介入和干预，比如玉梅和灵芝。

而在知识的层面上，我们亦可以说，在"青年"的问题上，同时充斥着知识和知识的冲突，也即现代性知识和地方性知识的冲突。有翼的家庭被处理成这样一个落后、保守和封闭的空间，那么，所有关于"家族"的地方性知识（继承或者顺从），便会被视为一种陈旧或落后的观念。因此，"有翼革命"同时获得的，是一种现代性知识的正当性支持。当然，在什么是

"现代性知识"的问题上,意识形态领域一直存在着激烈的冲突,尤其是当社会主义革命的意识形态受到现代性知识(比如科学主义、专业主义等等)挑战的时候,意识形态便会做出激烈的反应,这不仅体现在"大跃进运动",同时更直接影响到中国"文化大革命"时期对 1949—1966 年教育问题的整体性评价①。但是,1950 年代,在"现代性知识"的问题上,中国作家仍然持有一种相对温和的态度。比如,在《三里湾》中,赵树理一方面认为灵芝"找爱人……把文化放在第一位"是一种"错误的想法",暗示了"思想/知识"的从属位置,但是,在灵芝和玉生的关系上,又有意设置了灵芝"把自己在学校里用的那些圆规、半圆量角器、三角板、米达尺借给玉生用一用"的细节,而玉生也在灵芝面前感叹:"咱们要是早会算的话,哪里用得着费那么多的工夫。"在这些细节描写中,同样暗示着赵树理对现代科学知识的肯定乃至推崇,显然,这和 1950 年代国家的现代化建设有着某种内在的联系。

经由这样的叙述,"地方"开始成为国家现代化愿景的一个有机的组成部分,比如黑凤就这样展开对自己村庄的想象:"她抱着一个强烈的愿望,要回到农村来实现她的革命理想,改变农村的旧面貌。她的头脑里有无穷无尽的计划,她设想着将来会有无数排列成行横过高原的铁塔,电线,拖拉机,康拜因,渠道,流水,像小城一样布满楼房的新式村庄。"而一种更加激进的叙述也在《黑凤》中出现:在"大炼钢铁"的鸭儿山,农民们以一种准军事化(营、连、排)的形式被重新组织起来,并替代了旧有的"地方"性(村庄或家族)联系。显然,1950 年代的"大跃进"运动,包括其中的大炼钢铁、水利建设,等等,为小说叙述提供的,是一种现代化的组织和动员形式,这一想象,恰恰受制于现代性对国家和个人的整体性规划,从而遮蔽了或者无视了这一运动的实践性结果。在某种意义上,这一所谓的

---

① 这一整体性评价,即所谓"两个估计",是在 1971 年 4—7 月召开的全国教育工作会议上提出的。这次会议的《纪要》,是经姚文元修改,张春桥定稿,毛泽东圈阅批准的。"两个估计",一个是认为,"文化大革命"前 17 年的教育战线是资产阶级专了无产阶级的政,是"黑线专政";另一个是说,知识分子的大多数世界观基本上是资产阶级的,是资产阶级知识分子。参见徐庆全:《文坛拨乱反正实录》,第 62 页,杭州:浙江人民出版社,2004 年。

"现代性",也可解释为吉登斯的"脱域"理论:"社会关系从彼此互动的地域性关联中,从通过对不确定的时间的无限穿越而被重构的关联中'脱离出来'。"① 这些"社会影响"——现代的,或者革命的——穿越了"地方"的可见形式,从而建构了另一种现代民族—国家意义上的"场所"。可是,在这样的想象或者叙述中,"地方"真的消失、隐匿或者"脱域"了吗?

三、脱域、在地和"地方"的保存或者现代性的转换

齐格蒙特·鲍曼曾经将现代性比喻为一种"液化"的力量,这一力量导致"旧有的结构、格局、依附和互动的模式统统被扔进熔炉中,以得到重新铸造和形塑;这就是天生要打破边界、毁灭一切、具有侵犯色彩的现代性历史中的'砸碎旧框架、旧模型'的阶段"②。这一"液化"的力量所导致的,也正是《共产党宣言》中所感叹的:"一切坚固的东西都烟消云散了。"在某种意义上,这一所谓"流动的现代性"或许正呼应了吉登斯的"脱域"概念。而在社会实践的层面上,这一"流动的现代性"又往往依靠人口的自由迁徙和国际自由贸易体系等等来得以实现。

可是,我们怎样在中国当代的历史语境中来理解这一"脱域"或者"流动的现代性"呢?1957年12月19日,《人民日报》刊载了中共中央和国务院于18日通过的《关于制止农村人口盲目外流的指示》:"去冬今春曾有大量农村人口盲目流入城市,虽然各地分别劝阻和遣送返乡,但是还没有能够根本制止……农村人口大量外流,不仅使农村劳动力减少,妨碍农业生产的发展和农业合作社的巩固,而且会使城市增加一些无业可就的人口,也给城市的各方面工作带来了不少困难。"这也是语言史上"盲流"一词的正式来源。而在1958年1月9日颁布的《中华人民共和国户口登记条例》

---

① 安东尼·吉登斯:《现代性的后果》,第18页,田禾译,南京:译林出版社,2000年。在吉登斯的脱域理论中,这一脱域机制必须依靠象征标志的产生和专家系统的建立,而它们都内在地包含于现代社会制度的发展之中。
② 齐格蒙特·鲍曼:《流动的现代性》,第10页,欧阳景根译,上海:上海三联书店,2001年。

则在法律上确定了"人户一致"的原则,并以法规的形式限制农村户口迁往城市①。这一人口迁徙方式的变化,似乎也影响到了当代小说的叙述,比如在《创业史》中,青年团县委的王亚梅就对改霞说:"工业建设需要人,是个事实。青年们积极参加经济建设,也是个事实。不过看起来,大多数闺女是不安心农村,不愿嫁给农村青年……党中央和国务院有个教育农村青年不要盲目流入城市的指示哩,昨天才到咱县上。"但是,这一人口迁徙方式的变化,对小说叙述的影响,并不仅仅局限在这些直接的政策解释上。

"农业合作化"运动的实际结果之一,是将农民个人从"地方"——这一"地方"既暗指传统的"以血缘和本地士绅为基础的非正式地方权力机制",也实际指涉某种"文化权力场域"(家庭、亲缘、社区,等等)——中解放出来,这一解放的方式乃是通过将个人甚至家庭卷入国家政治的方式而得以实现,从而为个人的发展创造了新的社会空间②。可是,这一新的社会空间究竟是什么呢?是"异乡"还是"故土"?《创业史》的第一部,替改霞设计了一个"出走"的结局,"坚决奔赴祖国工业化的战线",然而,在"人口政策"这一具体的历史语境下,改霞的出走,终究是一个特例("卢支书知道改霞……愿意出外,选中了她,把她介绍去了")。

显然,更具意味的,是另外一种叙述模式,比如《三里湾》中的"有翼革命"。这一叙述模式一方面承继了"五四"文学的反传统主题,而另一方面却放弃了"五四"文学中的关于"出走"的想象和叙述。因此,"有翼革命"是以"分家"的形式完成"入社"的目的。"入社"实际指涉的,正是某种

---

① 1951年7月16日,公安部颁布实施的《城市户口管理暂行条例》中,其第一条指明制定该条例的目的是"保障人民……居住、迁徙自由",然而中间多有曲折,比如,1955年6月,国务院发出《建立经常户口登记制度》的指示,8月,国务院又发出《农村粮食统购统销暂行办法》和《市镇粮食定量供应暂行办法》,规定粮食凭城镇户口实行按人定量供应,农民吃粮自行解决。11月7日,国务院再次颁发《关于城乡划分标准的规定》,确定"农业人口"和"非农业人口"作为人口统计指标。但从总体上看,这时期的户籍制度还没有对公民的迁徙自由加以严格控制。据统计,1954年至1956年全国迁移人数达7700万,其中包括大量农民自发进入城镇居住并被企业招工。因此,1958年的《中华人民共和国户口登记条例》标志着中国的人口政策从自由迁移到控制城市人口规模的重大调整。参见齐鹏飞、杨凤城主编:《当代中国编年史》,第184—186页,北京:人民出版社,2007年。
② 参见阎云翔:《私人生活的变革:一个中国村庄里的爱情、家庭与亲密关系,1949—1999》,第256页,龚小夏译,上海:上海书店出版社,2006年。

国家政治，而个人只有卷入这一国家政治，才能获得某种正当性的支持，包括爱情的支持，但是，这一卷入的方式，却是"在地"的，也即是家庭的分裂形式。讨论这一问题，也许是重要的。一方面，国家政治通过"合作化"将个人从某种"文化权力场域"中解放出来，但是另一方面，某些具体的国家政策，比如户口登记制度，又限制了人口的自由流动，并在某种程度上，恢复甚至巩固了传统的家庭模式，因此，个人变化的趋势在这一限定中，实际上又是被遏制的。或者说，中国的社会主义的现代化建设，从一开始，就走上了与西方迥异的道路，也即城乡的分治。这一人口自由迁徙的限制，其影响，已经远远越出了法规的层面，从而规定了中国现代性想象的"在地"特征。实际上，这一"在地"性，迫使中国承继了旧有的"地方"空间，所谓的现代性的"脱域"只能在这一空间中完成，同时也承继了这一空间的所有的传统形态，包括家庭。也因此，这一"在地"特征限制着小说对未来的现代想象，这一想象的最极端的另类表现，可能还是《三里湾》中灵芝和玉生对新的家庭形态的设想："咱们……不用另立户口，你做的工还记在你家，我做的工还记在我家，只是晚上住在一块；这办法要行不通的话，后天食堂就开门了，咱们就立上个户口，到食堂吃饭去！"即使在这一极端的想象中，旧有的家庭形式仍然存在。当"出走"不再可能，那么，空间内部的冲突就会显得异常激烈，这也是"动员—改造"能够在社会主义中国持续存在的原因之一。但是，反过来，我们亦可以说，这一冲突又是相对温和的，对传统的改造同时也意味着对传统的承继。

这一中国的社会主义的"在地"特征，同时也使"地方"这一空间形态得以自然地延续下来，这一空间形态的意义并不仅仅在于它的自然地理的层面，而是有可能同时保留旧有的传统形态，包括习俗、观念、亲缘、伦理关系，等等。在某种意义上，这一现象，也引起了小说叙述的警觉。在《创业史》的结尾，我们读到这样一段叙述："梁生宝、冯有万和任志光，从县上回到蛤蟆滩的第三天，灯塔农业生产合作社的新名词，就在汤河流域几百个大小村庄里，风快地传开了。"这是一种极为典型的国家政治对"地方"空间的重新命名，而这一国家政治的重新命名，包含的意义可能在于，经过"命名"这一社会象征仪式，而将"地方"彻底纳入国家的普遍性乃至某种现代性想象之中①。但是无论在社会实践还是在小说叙述中,这一"命名"的普遍性都是值得怀疑的②。比如,在浩然的《艳阳天》中,我们读到的,是"东山坞农业社",自然地名的进入,在某种意义上,我们甚至可以将其视为一种"国家"和"地方"的妥协象征。而实际上,我们很难在中国找到"纯粹"的现代。安德森在讨论"现代—民族国家"的时候,集中论述了所谓的"同时性"概念:"一种过去和未来汇聚于瞬息即逝的现在的同时性",而这一同时性是"由时钟和日历所测量的,时间上的一致",因此和世俗的科学发展有关。正是这一同时性,使得那些相互没有时间或因果关联的事件之间,某种关联被建立起来了。安德森在这一同时性的时间观念中,甚至找到了"民族主义那隐微而不易辨识的起源",尤其是在巴尔扎克等人的小说中——在安德森的理论中,小说与报纸是现代民族—国家的极其重要的想象形式——安德森发现了"一种以'同质的、空洞的时间'来表现同时性的设计,或者说是对'其时'这两个字的一种复杂注解",而"穿越同质而空洞的时间的想法,恰恰是民族这一理念的准确类比,因为民族也是被设想成一个在历史中稳定地向下(或向上)运动的坚实的共同体",比如,"一个美国人终其一生至多不过能碰上或认识他2.4亿多美国同胞中的一小部分罢了。他也不知道在任何特定的时点上这些同胞究竟在干什么。然而对于他们稳定的、匿名的和同时进行的活动,他却抱有完全的信心"③,而这一缘于欧洲的时间观念,随着资本主义的全球性扩张,逐渐延伸到世界的其他地方。在所谓的现代性概念中,时间是其中最为重要的核心内涵之一。正是那种进步的、发展的和变化的时间观念,深刻地影响并改变了现代中国。而同时性的时间观念也在"地方"和"地方"之间,建立起某种内在的关联。比如,在王汶石的《黑凤》中,黑凤劝"杨李大队"的李月艳加

---

① 最为激进的"命名"行为是在"文革"期间,比如,"街道和商店的名字换新了,新名字有股幼稚劲,比如'反修',比如'红太阳',比如'战斗',直白至此,倒有几分胸襟。"王安忆:《启蒙时代》,第1页,北京:人民文学出版社,2007年。
② 这一"命名"的确存在,比如北京郊区的"四季青人民公社",因此不能说是完全虚构。但是,也很难说它是普遍的。我曾经在淮河流域"插队"数年,当地的人民公社,都加上了旧有的地名,比如"杨庙人民公社",等等。一般都是以公社所在的村庄名字来加以命名。
③ 参见本尼迪克特·安德森:《想象的共同体:民族主义的起源与散布》,第23—36页。

入丁王庄的生产劳动:"请你想一想……现在,全国六亿人,上至中央委员,下至老婆老汉,为了建设国家,没一个人闲着,大家都是没明没夜地干哩!许多人出门作客,都带着家伙,是不是?咱们这儿倒是不要你自带家具哪!再说,你在这儿作客也几天了,一定也闲得心慌了吧?来吧,咱们一块儿干,用不着什么客套。"在黑凤的叙述中,"国家"并不是一个静止的、本质的概念,相反,它被设想成一个历史主体,是一个稳定的向上运动的坚实的共同体,黑凤终其一生,也不会认识"上至中央委员,下至老婆老汉"的"全国六亿人"中的绝大多数,但是,"对于他们稳定的、匿名的和同时进行的活动,他却抱有完全的信心"。因此,在黑凤的叙述中,自然没有了"主/客"之分。当然,在中国的"动员"系统中,这一所谓的"同时性",必须依靠某一事件(政治或政治运动)来进行结构,而支持这一结构的,正是某种总体性的观念。而在这一同时性的时间结构中,政治对于个人来说,不是外在的,而是一种内在的理解和要求,每个人都被设想成为一个政治主体。也因此,个人和国家之间,也同时建立起一种认同关系,于是,就像浩然《艳阳天》第一部的结尾,通过群众的言论所表述的那样:"萧支书说得对,丰收可别忘了国家,多吃点,多留点,也得多卖余粮。"但是,这样一种叙述,显然是危险的,它容易导致一种"纯粹"的现代印象。比如,我们怎样解释,在1949年之后,中国的乡土社会,仍然普遍保留着另一种"日历"(时间观念),即所谓的"农历"(阴历)。这一"日历"方式,曾经统一了传统中国的时间观念,只有到了现代,"农历"才退出"国家"时间,但却通过"地方"(乡村)这一空间形式获得另一种延续可能,并在实际生活中,组织"地方"的生产劳动和日常生活。尽管这一传统的"时间"经常会受到现代的"时间"的挑战,比如,在王汶石的《黑凤》中,黑凤就嘲笑她二叔:"惯于按照立春、惊蛰、芒种、白露等等四时八节的顺序,平平静静地做庄稼。"但是,这一传统的"时间"仍然普遍地存在于乡土社会的日常生活之中①。这一时

---

① 颇有意味的是,1949年以后,在乡土社会中,"农历"只作用于月和日及节令的计算,比如初一、十五、端午、中秋等等,而"年"的计算方式,一般都采用"公历"(阳历)。我在农村"插队"的时候,甚至几乎没有见到有农民说甲子年或者丁亥年的。一种解释也许是,农民已经习惯于将"年"纳入"国家"(现代)时间,而将"月/日"及"节令"纳入"地方"(传统)时间,并以此分别组织自己的"政治生活"和"日常生活"。

间不仅作用于个人的起源（出生时间），而且经常被用来组织乡村的社区生活，比如集市①。而在"国家"（现代）和"地方"（传统）时间之外，还存在着另一种"个人"（自然）时间。可能因为乡村生活中钟表的普遍匮乏，人们仍然普遍地以"太阳／月亮"的自然升落来组织自己的个人生活，因此，在这一时期的小说中，我们能经常接触到"晌午""傍晚"这一类的自然时间的概念。在一种粗略的意义上，我们也许可以说，人们用"国家"（现代）时间来组织自己的政治或者公众生活；用"地方"（传统）时间来组织自己的劳动或者日常生活；用"自然"（个人）时间来组织自己的家庭或者私人生活。这一时间的并置现象，或许可以表征"地方"或者"传统"的形式保留，也或许可以表征中国的乡土社会并不存在一种"纯粹"的现代生活。

这一时间的并置，固然妥协性地组织了社会主义时期中国乡土社会的复杂生活形态，但是并不能消除时间与时间之间的紧张关系。尽管我们尚不能在1949—1966年的小说中，读到有关这一时间现象的更为深刻的叙述，但是，能够明显感觉到的，则是"国家"（现代）时间进入乃至改造"地方"（传统）和"个人"（自然）时间的企图，而这一进入或者改造，通常又都以空间的形式展开。

在王汶石的小说中，"集市"是经常会涉及的一个叙述空间，比如《大木匠》②，开头就写"镇上逢大会"，所谓"大会"也即"大集"，通常都以"地方"（传统）时间来进行组织。这一社区生活的形式保留了传统的习俗，所以，"社管理委员会被社员群众的呼声降服，决定大放假，预备了十乘大车，让社员们美美地去畅快一天"。这一集市，需要满足的是个人的日常性需求，"私事人人有，各人的私事却不一般。有买油的，有担炭的，有扯布的，还有进戏院的，有那些热恋的青年男女，进照相馆去拍照的，也有和介绍人一起，到女家去送礼求婚，和未来的丈人丈母娘正式见面的"。这一"日常性"的叙述显得极为生动，也表征着这一时期"私人生活"在叙述上的正当性存在。但是，这一经由传统的时间和空间形态表达出来的日常生活，却又

---

① 在我插队的地方，当地的集市即是用"农历"计算，比如逢一逢五是小集，逢十则是大集，而每年的三月初三则是县里的"骡马大会"，等等。
② 王汶石：《风雪之夜》，北京：人民文学出版社，1977年。

内含着某种紧张。这一紧张集中体现在大木匠和李栓的对话关系中。在李栓看来，大木匠的技术革新，是"政府给了你多少……多了不给，每一件，千儿百八元的奖，总不能再少"，但是，"大木匠肺都要气炸了"，因为他觉得"李栓深深地侮辱了他"。李栓实际破坏的，是大木匠已经建立起来的个人和国家之间的认同关系，这一认同不仅是政治的，也是道德的[①]："李栓还在嬉皮笑脸地奚落着，逼问着，时而生气地诡笑，时而不信任地摇头。大木匠微微地冷笑着站起来，拿起茶杯，转过身去，在邻近货摊上讨了一杯茶，倾倒在李栓的茶壶里，又把灭掉的半截大前门，装回李栓的烟包去，然后，提起铁棒，说了声：'咱们二人两清了！'说完，在李栓呆若木鸡的目光下，扬长而去。"大木匠从集市退出，却在家里遇到另一个"技术革新迷"，女儿桃叶的对象——"'好娃，好娃！'大木匠还在夸女婿。""丈人（老年）/女婿（青年）"在"现在"这一时间中，建立起某种关联，这一时间恰恰是"现代"的、"同时性"的。但是，这一关联又是通过"亲缘/地缘"的形式被重新建立，或者说是在"地方"（传统）时间组织起来的社区生活（集市/相亲）中得以完成。在某种意义上，我们或许可以说，大木匠的"现代"观念，或者支持这一观念的"现代性知识"的传播，借用的正是"地方"或者"传统"的形式。

李杨在讨论"现代性知识"的传播方式时，曾经有过这样的论述："对'民间'或'传统'的借用，正是现代性知识传播的典型方式。现代政治是通过共同的价值、历史和象征性行为表达的集体认同，因而无一例外具有自己的特殊的大众神话与文化传统。在'民族国家'或'阶级'这些'想象的共同体'的制造过程中，传统的认同方式如种族、宗教、伦理、语言等都是重要的资源。当这个'想象的共同体'被解释为有着久远历史和神圣的、不可质询的起源的共同体时，它的合法性才不可动摇。也正是通过这样的方式，现代政治才被内化为人们的心理结构、心性结构和情感结构。"[②]

[①] "政治道德化"，是李杨分析"50—70年代文学"的一个重要概念："政治道德化是50—70年代小说使用得最为普遍的修辞方式。"参见李杨：《50—70年代中国文学再解读》，第146页，济南：山东教育出版社，2003年。

[②] 李杨：《50—70年代中国文学经典再解读》，第288页。

这一"现代性知识"的传播方式是否是"无一例外"的，当可讨论。但是，在中国的当代小说中，政治叙述的确是"借用"了"民间或传统"的形式或资源。

早在延安时期，比如歌剧《白毛女》，这种对"民间"或"传统"的借用，已经非常明显。《白毛女》第四幕第三场，写八路军进村：

栓：哎呀，老赵，西南上下来队伍啦！

众：什么？（穆等也为此消息惊讶）

栓：西南上下来队伍啦！这里都瞭见了。（众瞭望）

穆：哼，我看是日本皇军来啦，看你们……

栓：哎，不……刚才我在地里看见都是中国人。

众：可别是败兵吧！

赵：不像，看那队伍走的怪整齐的。

虎：咳！说不定是八路军，听说要往这边开呢。

众：说不定。

　　来近了。

　　前头两个到咱庄上来啦。

　　我看还是先躲一躲吧！

　　对！先躲一躲吧。

　　　　（后台喊："哎！老乡。"众急忙躲下）

　　　　……

　　　　（大春着八路军装背枪，锁穿破褴衣服同上）

锁：大春哥，你这一喊把人都吓跑了，我看刚才站在那里的像赵大叔哪！

春：叫一声，试试。

锁：赵大叔！……虎子……

　　　　（半晌赵、虎等上……）

春、锁：赵大叔！虎子！

赵、虎：是大春大锁啊！你们回来啦！

……

虎：赵大叔，大春哥当的就是八路军，城里的全是这样。

众：噢，大春这是当了八路军啦！

　　大春，你怎么当的兵啊！

　　大锁，你怎么回来的啊！

春：赵大叔，乡亲们！

（唱）自从那年离家园，

　　　我到山西去逃难，

　　　山西来了老红军，

　　　……

　　　从那时，

　　　我跟上红军把革命干。

　　　自从鬼子打进了关，

　　　改编成八路军上前线，这回开到咱这里来，

　　　这地方也该要变天。……

赵：噢，八路军就是从前的红军啊？

春：是嘛，就是你常说的那红军。

众：啊，就是红军啊！

赵：哎，还记得那年五月十三，

（唱）西南上红军下了山，

　　　打恶霸来赶地主，

　　　分了房子又分田，

　　　这回红军再到，

众：(合) 咱穷人有望把身翻。……

（三大纪律八项注意歌声起）

农乙：看，队伍来近了！

赵：对，咱该准备些饭吧！好让队伍打打尖。……"①

---

① 贺敬之、丁毅执笔：《白毛女》，第 90—93 页，山东新华书店，1949 年。

这段叙述极为精彩,从疑虑到最后接纳,其中虽然有"红军"这一不可质询的起源,但是八路军最终转化为"自己的队伍",却完全依靠大春的出场。这固然出于戏剧结构的形式考虑,但是在形式背后,我们仍然能够感觉到,中国革命进入乡村社会,依靠的恰恰是"熟人社会"这一"地方"资源,在某种意义上,这一社会也是伦理的。因此,叙述中,仍然保留了传统的伦理称谓,比如"大叔""哥",等等。而革命只有获得乡村的伦理支持,才能转化为"自己的队伍"。在某种意义上,我们也可以说,这是一种政治的伦理化。

　　政治的伦理化,在某种意义上,也可以说,是承认或者尊重了乡村的"地方"秩序。这一承认或者尊重,也隐含了"地方"的空间承继。实际上,比如,在柳青的《创业史》中,我们也能读到相似的描写。郭振山最后被排除在合作社的建社领导名单之外,使得这个"倔强的郭振山的大眼睛,竟被泪水罩起来了"。郭振山的"尴尬",不仅仅是因此退出了乡村政治权力结构——"自己在村里退到次要地位的那个尴尬",更潜在的因素可能在于,这一"退出"还意味着他因了"个人主义的顽梗"而失去了乡村伦理的信任。而梁生宝为梁三老汉"缝全套新棉衣,给老人圆梦",则使政治获得了乡村的伦理支持——"当排队的庄稼人顾客知道这是灯塔农业社梁主任他爹的时候,一致提议让老汉先把油打回去,老汉上了年纪,站得久了腿酸"。在中国的乡村,尊重永远是一种极为重要的伦理关系。

　　在对旧有的传统以及这一传统支持着的地方空间的继承中,"日常性"的描写因此也成为1949—1966年许多小说的叙事领域,这也是所谓"生活气息"的重要的来源之一。我们不能因为政治而否认了这一时期的日常生活的存在,恰恰相反,日常生活领域中的政治冲突,正显示了中国现代性的某种"在地"特征,它与对传统和传统支持的这一地方空间的继承有关。而所谓"地方"或者"地方性知识"也因了这一"继承",以多种方式进入小说叙事,并相应构成一种并置、冲突、斗争甚而妥协的关系。

　　在这多种方式之中,语言仍然是极为重要的一个因素。1950年代,中国的当代文学就因"方言"问题而展开过讨论。比如,1950年8月1日天津出版的《文艺学习》第二卷第一期发表了邢公畹《谈"方言文学"》,这一文章后来引起注意,并在《文艺报》上展开讨论。1951 年 3 月 10 日,《文艺报》第三卷第十期在"编辑部的话"中,特意介绍了这篇文章的内容:"在《文艺学习》第二卷第一期(一九五〇年八月一日出版)上,有一篇邢公畹同志的题为《谈'方言文学'》的文章。这篇文章的主要内容,是指出他自己在一九四八年五月三日在天津的一个纪念'五四'的文艺晚会的讲话中,曾经提到了关于'方言文学'的问题,那时他复述了茅盾同志在当时所发表的对于'方言文学'的意见,大致说:'……方言就是某一地区的白话,离开方言的白话,在理论上是不通,在事实上是没有,……理论上的大众语言正如理论上的国语,今日并不存在;今天有的是实际上的大众语,就是各地人民的方言。把今天实际的大众语,就是各地人民的方言用作文学的中介,就是方言文学。'但到后来,当他读过了斯大林的《论马克思主义在语言学中的问题》后,觉得他过去的意见'有仔细检讨的必要',他指出了方言文学这个理论至少有两个错误的倾向:第一:方言文学这个口号不是引导着我们向前看,而是引导着我们向后看的东西;不是引导着我们走向统一,而是引导着我们走向分裂的东西。第二:方言文学这个口号完全是从中国语言的表面形态的基础上提出了的;不是从中国语言的内在的本质的基础上提出了的。"在今天看来,邢公畹在"方言"问题上的意见,比如"方言"可能"引导着我们向后看"或者"引导着我们走向分裂",都已经涉及了"语言"和"现代民族—国家"之间的重要关系①。但是,这一观点却引起了异议。因此,《文艺报》第三卷第十期发表了刘作骢的批评文章《我对"方言文学"的一点意见》,刘作骢的批评,主要是在提高/普及的层面上,依据了鲁迅的观点"旧形式是采取,必有所删除,既有删除,必有所增益,这就是新形式的出现",强调的是一种渐进的方式,或者兼容的态度,因此肯定了"方言"存在的合理性。邢公畹在同期杂志上发表了《关于"方言文学"的补充意见》,从历史和现实两个角度,作出回应:"在过去的解放战争初期,主要支援战争的是农民,革命的阵地也在农村,因此文

---

① 语言和现代民族—国家的关系,是学者最为关注的问题之一,比如安德森在《想象的共同体——民族主义的起源与散布》的第五章"旧语言,新模型"中就专门论述了这一问题,柄谷行人的《日本现代文学的起源》亦有"书写语言与民族主义"的专章讨论。

艺活动主要是反映农民的活动,而文艺作品所使用的表现中介主要也是地方色彩极为浓厚的语言(方言)。那个时候,我们要在国民党统治地区进行文艺上的斗争(甚至在我们最初进入大城市的时候),我们就必须介绍农村,介绍农民,因为那也就是介绍革命。因而在表现中介的问题上,我们提出了'方言文学'的口号,从那个阶段来说,并不是不正确的。因为这个口号,就是作为对反动统治阶级斗争的策略之一而提出的,是具有一定的革命意义的。但是,自从中国人民的革命力量解放了若干大城市之后,就迅速地在全国范围内得到了胜利。中国人民的任务是要在政治上、经济上、文化上完成新民主主义的改革,实行民族的统一与独立,由农业国变成工业国。特别是在人民政治协商会议召开之后的今天,我们可以说,我们的国家已经是一个独立、民主、和平、统一,并且不断走向富强的国家了。那么,在今天,我们是应该以正在发展中的统一的民族语来创作呢?(那就是说在我们的创作中要适当地避开地方性土话)还是应该用方言来创作呢?(那就是说我们的创作中特别去使用并且强调那些地方性的土话)当革命力量没有进入大城市或刚刚进入大城市的时候,我们提出'方言文学'的口号,这是正确的;当革命在全国范围内取得了胜利之后,我们要求以正在发展中的民族共同语(全民语)来创作,这也是正确的。这两个不同的口号适应于两个不同的时代,但这两个口号本身却是互相矛盾的,要求它们不矛盾是不可能的。"邢公畹的"民族共同语"(全民语),也就是所谓"国语"(国族语言),后来,这一语言以"普通话"的形式固定下来。如果我们假设所谓"现代民族—国家"是一"想象的政治共同体",那么,这一"民族共同语"(全民语)就必然是国家的、政治的、甚或是意识形态的,因此,"方言"问题上的争论,就内在地含有"国家/地方"包括"统一/分裂"之间的冲突。但是,这一语言问题,落实在文学创作上,却没有如此简单。周立波也在这一期的《文艺报》上,发表《谈"方言问题"》,表述了自己的看法。在周立波看来,根本就没有存在过"方言文学"这一口号("据我所知,过去和现在,都没有人正式提出'方言文学'的口号"),而且强调了语言的工具性质("我能往,寇亦能往")。因此,周立波真正着意的是"方言"在文学中的表现能力,比如"采用方言……使它更适宜于表现人民的实际的生活"。但是，这一"人民的实际的生活"又是政治的，因此，在"民族共同语／方言"的语言争论中，同时隐含了某种意识形态的冲突。① 周立波另外强调的是"方言"在真实性问题上的重要作用，尤其在人物对话上，比如，他以东北方言"牤子"（公牛）为例，认为，"在反映东北农村生活的文章里，有时有用'牤子'的完全的必要"，而"真实"正是"现实主义"的重要内涵之一。而在"方言"不好懂的问题上，周立波则认为"反复的使用几次以后，读者就会自然而然的理解"，比如，"像煞有其事"这一江浙方言，"现在凡是能看书报的，都懂它的意义了"。这实际上强调的，正是"方言"进入"书面语"（民族共同语）的可能性。而"人民"和"真实"正是毛泽东《在延安文艺座谈会上的讲话》中着力讨论的问题②。后来，唐弢的《关于文学语言》，实际延续的，正是周立波的这一看法，在强调"向人民的口头学习，学习他们准确、鲜明、生动的语言"这一政治立场的规定下，肯定了"方言、土话和谚语"在文学中的合理性的存在③。当然，相反的意见仍然存在，比如，茅盾就强调："我们文学工作者就应当特别严格要求自己，使得自己的作品能为推广语言规范化服务。……我们应当把学习'普通话'，今后是学习汉语规范化，看作不但是提高写作能力的必要的措施，而且是一项政治任务。但是，也有些作者是为了某种理由而有意地多用方言、俗语。理由之一是使得作品富有地方色彩；我们不反对作品有地方色彩，尤其不反对特殊题材的作品不可避免地需要浓厚的地方色彩，但是地方色彩的获得不能简单地依靠方言、俗语，而要通过典型的风土人情的描写，来创造特殊的气氛。"④ 但是，在1949—1966年的小说中，我们实际看到的，仍然是"方言"的存在，当然，这一存在是有限度的（比如在人物语言上）。因此，在文学中，普通话／方言的并置性存在，我们仍然不妨将

---

① 如果说"新民主主义"着力于"现代民族—国家"的建立，那么，"社会主义"更强调在这一"现代民族—国家"框架中的阶级政治，这一冲突在1950年代就已表现在意识形态的各个领域，同时加速了"社会主义改造"的速度，比如"提前进入社会主义"的口号提出。
② 比如，"人民的语言是很丰富的，生动活泼的，表现实际生活的"。
③ 唐弢：《关于文学语言》，《文艺月报》1959年第8期。
④ 茅盾：《关于艺术的技巧——在全国青年文学创作者会议上的报告》(1956)，洪子诚主编：《二十世纪中国小说理论资料（1949—1976）》，第161页，北京：北京大学出版社，1997年。

其看成一种观念和观念之间斗争的妥协性结果。而这一结果,是容许了"方言"的进入。"方言"的进入,却在另一种意义上,表征着"地方"或"地方性知识"通过"方言"这一语言形态得以在文学中的有限度的保存。

因此,在多种意义上,时间、空间、日常性、伦理关系甚或语言,"国家／地方"之间的冲突,常常会以某种妥协性的结果出现,而这一妥协,使得这一时期的社会主义想象并没有完全的"去传统化",反而出现了某种对传统的"召回"现象,有时,"地方(传统)"甚至会成为这一想象的资源,同时,"地方(传统)"也同时获得某种现代性的转换可能。因此,并没有一个"纯粹"的现代。

结　语

"国家／地方"之间的矛盾和冲突,在各种力量的介入中,常常会以一种妥协性的姿态出现,而在制度层面,我们当不可低估"统一战线"和"政治协商"的重要作用。这一"妥协",某种程度上,表征着"现代民族—国家"的兼容性甚或全民性,当然,这是一种新的全民性,是在驱逐了所谓"买办官僚阶级"和"封建地主阶级"之后,重新建构的新的"国民"。这一新的"全民性"通过"新民主主义"的政治叙述而企图获得一种合法性的支持。实际上,邢公畹的文章已经从语言问题而涉及政治问题,也就是他所说的,在新民主主义社会,"中国人民的任务是要在政治上、经济上、文化上完成新民主主义的改革,实行民族的统一与独立,由农业国变成工业国",由此强调一种新的"民族共同语"(全民语)的重要性。但是,严格说来,茅盾和邢公畹之间在何谓"民族共同语"上,是有差别的。或者说,在后来的"汉语规范化",也就是"普通话"的实践过程中,更多体现的是国家(政党)意志,乃至意识形态的控制。这也是导致1980年代在语言上的颠覆企图的历史原因。语言问题上的冲突,在其背后,正是对何谓"现代民族—国家"的解释权或话语权的争夺,同时也是"新民主主义"和"社会主义"之间的冲突。但是,这一冲突,是在"政党—国家"的框架中进行的。按照汪晖的说法，政党日益向常规性的国家权力渗透和转化，正是一种"政党的国家化过程"，同时，"不可避免的也是国家的政党化过程，但是这一'政党化'过程与早期的政党扩展具有完全不同的含义"①。这一"政党的国家化"或者"国家的政党化"的过程，同时留下的，可能是许多悖论性的空间。比如，在语言问题上，从"国家—政党"的角度，势必要求语言的规范化，从而拒绝"方言"的介入。但是，在"政党—国家"的角度，似乎又无法完全否认"方言"作为"人民的语言"的合法性存在。这一悖论性的存在，并不仅仅局限于语言问题，而是普遍地存在于1949—1966年的中国的社会主义历史实践之中。认识到这一悖论性的历史实践，我以为，将会为我们打开许多的解释空间。

因此，一种更加激进的叙述，总是企图突破那种因为"妥协"而出现的暂时平衡的叙事格局，在某种意义上，我们甚至可以说，它企图突破的，正是"现代民族—国家"的框架限制。在这一意义上，我把《为了六十一个阶级兄弟》视为一种征兆②。正是在这一作品隐含着的政治无意识中，"亲缘／地缘"被彻底否决，但是，它又绝不是按照资本主义市场化的"契约"精神，来重新结构个人和个人之间的关系，而是以"阶级政治"的形式重新结构了个人和个人之间的关系，这一关系，既是政治的，但同时也是伦理的，甚至是情感和心性的。然而，这一重构过程，并不仅仅局限在社会层面，它暗喻着对"国家"的新的也是更加激进的政治想象，在这一想象中，国家更多地以一种"阶级—国家"的模型出现③，这既是"阶级政治"的想象结果，同时也是"政党政治"的想象结果，在某种意义上，也可以说是一种激进的现代性想象。

这一激进的叙述，否认了任何的"地方"或者"地方性知识"存在的合法性，表现出来的是一种与传统彻底决裂的激进姿态。在这一时期其他的

---

① 汪晖：《去政治化的政治、霸权的多重构成与六十年代的消逝》，《开放时代》2007年第2期。
② 中国青年报记者：《为了六十一个阶级兄弟》，《人民日报》1960年2月29日。
③ 这一激进的国家模型在"文化大革命"中曾有短暂体现，比如上海在1967年的"一月革命"中，曾经仿照巴黎公社的名称成立了"上海人民公社"，并以此取代旧有的上海市人民委员会。但是它的存在时间很短，很快就被毛泽东否决，这一历史事件，似乎也能说明，"政党的国家化"和"国家的政党化"之间内在的悖论和冲突。

艺术领域，比如1964年5月在北京举行的京剧现代戏观摩演出大会上公开上演的京剧《红灯记》，将这一"征兆"表现得更为明显。李杨显然注意到了《红灯记》中出现的新的结构模型："构成这一'家庭'的基本关系其实根本不是现实的血缘与亲缘关系，而是抽象的'阶级'关系，三位主人公并非世俗的母子和父女，而是革命的'战友'"，而"非常有趣的是，在这个革命的时代，建立在血缘、亲缘之上的'骨肉情'成为了'抽象'的概念，而'阶级情'变成了具体的感受，这不能不说是对传统意识形态的彻底颠覆"。这一结构模式的出现，说明了"在60年代中期开始出现的京剧《红灯记》这样的作品中，'阶级'本质已经被建构起来，它不再需要借助于亲情与爱情的力量，相反，亲情与爱情都成为了'阶级情'的他者，成为了革命的对象。由此可见革命的迅猛发展导致的自我革命的力量"。但是，在《红灯记》中，"除了'阶级认同'与'血缘认同'的对立，还凸现着另一种更高意义的现代性对立，那就是'阶级认同'对'民族国家认同'的超越"。① 应该说，李杨的这一观察和叙述还是非常准确的。

可是，这一"阶级认同"中的个人，并不可能完全超越"国家"和"家庭"，实际上，它仍然借用着"国家"和"家庭"的形式，只是，这一个人要求摆脱的是"社群"的所有隶属关系。但是，将个体建构为一个不受任何社群隶属关系制约的存在，那么，他的真正丰富的内涵还能存在或者怎样存在？在这里，我们实际看到的是，国家或者国族成为最大也是唯一的政治社群，《红灯记》以及相类的作品延续的，仍然是国族主义的叙述方式，只是，这一"国族"逐渐被"阶级"所替代。在这样的叙述中，个人被设想为坚定的政治主体，并随时准备为"国家"（阶级）献身。但是，他也随时面临着"主体性"被"掏空"的危险。这也是《红灯记》以及尔后的"文革文学"被人诟病的原因之一。

由此被建构起来的个体，在与传统的意识形态彻底决裂之后，同时也摆脱了各种社群的隶属关系，而只是从属于国家或者阶级这一最大也是唯一的政治社群，这样的个人，仍然没有摆脱"单向度的人"的危险。在某

---

① 李杨：《50—70年代中国文学经典再解读》，第235—240页。

种意义上，这一个人的存在必须依靠三种力量的支持并相应构成其存在语境：1. 国家权力；2. 道德理想；3. 作为政治主体的地位与政治参与的可能性。1980年代以后，随着国家权力从社会领域的逐渐退出，也随着道德理想（意识形态）的逐渐解体，同时更重要的是在"去政治化"的过程中，个人作为政治主体的地位丧失以及政治参与的不再可能，这一个人只是一种形式的个人（这一形式的个人仍然是被中国革命从旧有的政治—文化关系中解放出来的结果），从而面临着被各种政治、经济或者意识形态力量重新"命名"。这就是1980年代以后所谓"个人化"的真正的历史性起源。

第二章　动员结构、群众、干部和知识分子

在中国当代的政治文献中,"动员"是出现频率最高的概念之一,这一概念同时也频频出现在中国的当代文学之中,而且在某种意义上,还构成了"动员—改造"的小说叙事结构①。一个政治概念,如此大面积地进入文学,尤其是小说叙事,固然可以据此说明当代文学与当代政治之间紧密的甚至是互动的纠缠关系,但是,在另外一方面,也说明"动员"在中国当代政治生活中的重要作用,而且,不止是政治生活,1950年代以后,这一概念还开始向社会、文化、思想等领域移动,并且直接影响了"文化大革命"的政治—组织形态。

我在此企图讨论的,正是"动员"如何成为中国的某种"隐形"的政治—文化结构,而这一结构又是如何呈现在当代文学之中,并控制着当代文学的写作,我同时企图做的,是把群众、干部和知识分子放在这一结构中进行考察,然后辨析它们在小说中的不同形态以及内含的悖论关系。

一、动员结构

周立波《山乡巨变》的开头就写道:"一九五五年初冬,一个风和日丽的下午,资江下游一座县城里,成千的男女,背着被包和雨伞,从中共县委

---

① 关于"动员—改造"的叙事结构,我在本书的第一章《国家／地方:革命想象中的冲突与妥协》中有过简要论述。

的大门口挤挤夹夹拥出来，散到麻石铺成的长街上。他们三三五五地走着，抽烟、谈讲和笑闹。到了十字街口上，大家用握手、点头、好心的祝福或含笑的咒骂来互相告别。分手以后，他们有的往北，有的奔南，要过资江，到南面的各个区乡去。"这些"成千的男女"是一群干部，小说的重要人物邓秀梅是其中一员，他们的任务正是要到乡村进行农业合作化运动的动员和改造，"省委开过区书会议后，县委又开了九天三级干部会，讨论了毛主席的文章和党中央的决议，听了毛书记的报告，理论、政策，都比以前透彻了；入乡的做法，县委也有了详细的交代"。小说的这一开头，极易使我们想到作者的另一部作品《暴风骤雨》，工作队的萧队长和他的队员乘着老孙头的大车去元茂屯"动员"土改。在某种意义上，这一"动员—改造"的叙事结构正是发端于"土改小说"（比如丁玲的《太阳照在桑干河上》），而在叙述"合作化运动"的文学中，这一叙事结构不仅得到延续，而且更成为主要的结构形式之一。比如，柳青的《创业史》同样延续着这一结构模式。其中，唯一变化的是梁生宝的身份，梁生宝不再是外来的干部，而是土生土长的农民。《创业史》的这一身份上的变化，可能直接影响到1964年出版的浩然的《艳阳天》，在《艳阳天》中，萧长春也是一个农民干部，但同样承担着"动员—改造"的叙事功能。注意到这一变化也许是重要的，或许它意指着群众掌握真理的重要性，或许它意味着这一所谓的"动员—改造"的叙事结构潜在的人民的合法性支持。

在某种意义上，这一"动员—改造"的叙事结构恰好对应着中国当代的社会政治结构。在讨论"中国政治"的时候，詹姆斯·R.汤森和布兰特利·沃马克认为："中国所属的那种制度几乎显示出所有发展中国家的形态特征，人们根据这些特征而多样化地称之为动员系统、运动政权、新列宁主义的大众政党系统，或是激进的或集权主义的一党体制。不同的著作家对这一类型的定义也有区别，但都认为这一类型包含下述核心因素：一个政党垄断了政治权力并渗入所有其他具有政治意义的组织；一个明确的官方意识形态使革命的目标合法化和神圣化；将全体公民政治化和动员起来的决定，其典型方式是通过党领导的群众运动来实现。用戴维·阿普特的术语来说，这种动员体制显然与集权主义具有某些共同点，但它将统治的政党置于很不相同的历史条件之下。集权主义的模式表现为不可渗入、一元化、官僚的和技术上有能力的政权,而动员体制则以转变一个'转型'社会的永不停息的流动性的斗争方式运作。后者似乎更接近中国的现实,更恰当地符合其社会状况,并强调在精英们激进的、未来主义的目标下动员人口的公开斗争。"① 汤森和沃马克似乎并不完全同意将中国纳入这一"发展中国家模式"来研究,但是他们也并没有彻底摒弃"动员"这一概念,而在他们所谓的"中国模式"的叙述中,既强调"中国政治中的多样性与变革",同时亦给予了"政治动员"以极大的关注。而在事实上,"动员"和"改造"正是屡次出现在中国的政治文献中的核心概念之一。

但是,"动员"这个概念,尤其是当它成为一个社会"系统"或者一个政治"结构"的指称的时候,在某些方面,仍然显得含糊不清甚至过分的随意。需要追问的仍然是:一个社会为何需要动员;谁来动员或者动员的目的何在;支持这一动员的力量以及群众接受动员的因素又究竟是什么,等等。而最后的问题则是:"动员"真的被结构化了吗?而这些问题,离开具体的历史语境,显然很难回答。

在所谓的"动员"结构中,"群众"是最为重要的一个概念。而对群众的重视,即和"为人民服务"这一革命政治最为重要的理念有关,同时也直接来源于战争年代的需要。中国革命其实质乃是一种政治/政权革命,所谓"井冈山道路"("武装割据""根据地")正显示了政党政治国家化的企图。显然,在这一革命运动中,正是群众的参与,尤其是群众参与的质量,才在根本上决定了战争的最终胜负。这一参与,不仅包括人力与物力,更是意味着,在这一参与的过程中,群众如何成为政治主体,即国家的主人。或者说,使革命成为"群众"自己的事情。早在红军时代,毛泽东就强调:"这时候的红军不是一个单纯打仗的东西,它的主要作用是发动群众,打仗仅是一种手段。"② 正是群众对革命的参与,才使当代文学确立了"人民"这

---

① 詹姆斯·R.汤森、布兰特利·沃马克:《中国政治》,第15—16页,顾速、董方译,南京:江苏人民出版社,2004年。
② 毛泽东:《红军第四军前委给中央的信》,《毛泽东文集》(第一卷),第57页,北京:人民出版社,1993年。

一叙事母题,而这一母题几乎笼罩了所有的"革命历史小说",并且经过"人民／母亲"的修辞转换(比如《苦菜花》中的"母亲"形象),使革命获得了一种宗教性的修辞力量。显然,在某种意义上,中国革命正是经由"群众"这一符号,而确立了自己的政党—国家政治的合法性地位。

只有在这一意义上,我们才可能重新解读,比如周立波《暴风骤雨》这一类"土改小说"。当然,《暴风骤雨》或者其他的"土改小说"(比如丁玲的《太阳照在桑干河上》)涉及了中国政治的诸多方面,比如革命与暴力的关系、土地政策与国家现代化的关系、乡村政权重组的问题,等等。但是,作为一种文学想象,它所建构起来的社会正面的价值观念,仍然是这类小说潜在的意蕴之一。在这一意义上,《暴风骤雨》最热闹也是最富戏剧性的场面,可能是"分马",但是,最重要也可能是最概念化的场景却应该是小说结尾的"参军"一节。在农会主任郭全海的带动下,元茂屯掀起了一股参军的热潮,用老孙头的说法:"屯子里的小蒋介石算是整垮了。咱们去打大蒋介石,把他整垮,大伙都过安生日子。"而中农刘德山则说:"咱是中农,这江山咱也有份,咱也要去……"议论构成了这一节主要的叙述方式,而过多的议论,难免会有"概念化"的问题。但是,在小说,尤其是长篇小说,所谓"概念化"的批评,却又需要极其谨慎地使用。有时候,所谓"概念化"或者"符号化"的人物或叙述,却常常是小说最具想象力或者政治张力的地方。比如《红楼梦》中的一僧一道,很难说他们不是符号化的,但离开这两个人物的设置,小说的意蕴就很难完全呈现。一个作家,常常在生活世界和想象世界之间徘徊,他真正需要做的,恐怕正是如何在这两个世界之间设置必要的关联,这也是所谓结构的作用。因此,恐怕不能对"概念化"或者"符号化"作一般的尤其是简单化的排斥。小说首先是一个整体,它需要各种各样的叙述方式,最后完成从生活到想象的过渡、虚构乃至重新创造。在这一意义上,"参军"一节试图处理的,正是"土改"如何使群众获得一种政治主体的地位以及参与意识,而用当时更流行的话来说,就是"翻身当家做主人"。

显然,所谓"动员"并不仅仅只是寻求一种人力和物力的支持,就中国革命而言,更重要的,则是如何让人民"当家做主",也即成为政治主体或者"国家的主人",起码,在叙述层面,这一设想,开始成为一种主要的想象方式。

这一想象,实际包含了革命中国而不完全是现代民族—国家的建构模式,因此,也可以说,它是一种面向未来的态度,或者,一种乌托邦式的想象。所谓"乌托邦",普遍存在于人类的各个历史时期(比如中国的"桃花源"),但是,传统乌托邦和现代乌托邦的差别则在于:如果说,传统乌托邦仅仅只是一种彼岸的幻想,那么,在现代,所有的努力则是如何在此岸实现这一乌托邦的想象。尤其是马克思主义,始终强调的,是如何改变这个世界,而不是仅仅满足于解释这个世界。因此,乌托邦的介入,极大地解放了人的想象能力以及行动和实践能力。而想象总是和面向未来的态度联系在一起。在这一意义上,马克思主义对乌托邦社会主义的批评,并不是针对他们的目的,而是因为他们缺少达到那些目的的适当的手段,或者说,他们不承认历史强加的限制,也没有估计到历史提供的可能性。但这并不能说明马克思主义的非乌托邦性质。而在当下,一种流行的说法,往往习惯于将人类的灾难归咎于这一乌托邦的存在,比如,常常将乌托邦和集权政治叙述成为某种因果联系。但是,莫里斯·迈斯纳(也译梅斯纳)却认为事实并非如此,比如:"在现代中国的历史上,国民党政权……所具有的显著的集权主义特征显然与任何乌托邦思想体系从未有过什么联系,因此,甚至也从未与任何严肃的社会变革纲领有过什么联系。"相反,迈斯纳坚持认为,乌托邦对于未来的幻想的作用不仅仅是对现存社会制度的批判,而且还提供了代替现存社会秩序的东西。因为,只有人类才有能力设想另一个与现实根本不同的世界和时代,这种能力显然对于历史的发展具有根本重要的意义①。

只有乌托邦的存在,或者因了这一乌托邦的存在而确立的面向未来的态度,才构成了当代文学最为重要的想象动力,或者叙事特征。同时,也因了这一乌托邦的想象,不仅支持着"动员"这一政治概念,同时,也决定

---

① 莫里斯·迈斯纳:《马克思主义、毛泽东主义与乌托邦主义》,第15—17页,张宁、陈铭康等译,北京:中国人民大学出版社,2005年。有关中国革命和乌托邦的问题,可参考此书的某些观点。

了人们接受此一"动员"的内在动因。因为，乌托邦的重要性并不完全在于它预言的内容，更在于群众对他们的反应，或者说，如何让"少数人的鼓动变成多数人的信念"。

所谓的乌托邦想象的预言内容，在革命中国的叙述中，成分尤显庞杂。但是其中最为重要的，仍然是如何构建一个新的想象的政治共同体，这一共同体被安德森称为现代民族国家。但是，对叙述而言，在国家和人民之间，尤其是下层人民，这一"国家"还不能仅仅停留在抽象的概念层面，它必须转化为一种更加感性并同人民的日常生活息息相关的社会形态，只有这样，这一"国家"才能转变为"多数人的信念"。

当歌剧《白毛女》明确了自己的叙述主题是"旧社会把人变成鬼，新社会把鬼变成人"的时候，它实际上为革命中国的叙述提供了一个极为重要的中介概念——"新社会"①。当然，究竟什么是"新社会"，迄今为止，我并没有看到一个权威并且完整的理论概括，相反，它散落在各种叙述，包括文学叙述之中。《战斗的青春》中，高铁庄谈自己的理想："我的志愿哪，打走小日本，饱饱地吃上两顿肉饺子，回家小粪筐一背，种我那四亩菜园子。当然啦，地主得无条件地把园子还给我。这样，夏天干完了活，弄一领新凉席，在水边大柳树底下一睡，根本不用人站岗放哨。醒了到大河里洗个澡。嘿，看多痛快。"在这里，"新社会"被叙述成为一首"田园诗"。在这首"田园诗"里，人人平等，"剥削"不仅在制度上被彻底推翻，而且还在根本上被剥夺了伦理上的合法性（周而复《上海的早晨》）。男人不能打骂女人，而且婚姻自主，所以小飞娥和艾艾有了根本不同的命运：在过去，"凡有像罗汉钱这一类行为的，就没有一个不挨打——婆婆打，丈夫打，寻自尽的，守活寡的……"（赵树理《登记》）。没有匪患，从《林海雪原》开始，"剿匪"题材的小说，一直长盛不衰（比如《枫橡树》《武陵山下》等等）。干部必须彻底地"为人民服务"，所以，面对那个根本不为人民服务的"区长"，"我"和"方冠芳"心里都是"既愤怒又痛苦"（何又化《沉默》）。封建的"家长制"被彻底推翻，青年获得了前所未有的发言权，所以，黑凤调皮地要给三

---

① 我曾经就此章和王鸿生教授有过简单讨论，王鸿生教授对"新社会"的精彩阐释对我有很大启发，在此深表感谢。

福老爹画眼镜,也能获得"乡土社会"的宽容(王汶石《黑凤》)。私利被视为非道德的行为,甚至有损人的尊严,所以,李拴要买大木匠给合作社的发明,会让大木匠觉得是一种"侮辱"(王汶石《大木匠》)。这个"新社会"是干净的,前所未有的,也是道德的,没有卖淫嫖娼,因此,朱国魂就必定是一个"邪恶"的形象(陆文夫《小巷深处》)……等等。总之,这个"新社会"按照平等的原则,重新缔结了人与人之间的关系,或者说,重新创造了一个政治/经济的共同体。同时,更重要的,这也是一个道德的共同体,它的核心正是相互扶助。而在所有的表述,政治、经济或者道德的表述中,潜藏的,恰恰是一种"天下为公"的文化想象。

很难说,这是一种完全的或者崭新的社会主义想象,在这一想象中,我们恰恰可以读到传统的"刻痕"。因此,在这一想象规约下的"新社会",既朝气蓬勃,又略显保守。但是,任何一种面向未来的态度,如果完全失去历史的支持,那么,它实现乌托邦的可能性,常常会因此逊色。因此,这一"新社会",尤其是在1950年代的表述中,唤起的可能正是潜藏在人们意识深处的历史记忆,而因了这一历史记忆的被重新唤醒,所谓"新社会"的感召力也得以加强。

但是,这一"新社会"并不是要求重新回到历史,相反,它始终坚持的仍然是一种面向未来的态度。因此,这一想象就必须加入新的叙事元素。而"妇女"正是其中最为重要的符号之一。

赵树理写于1945年的《孟祥英翻身》是一篇纪实性很强的作品(赵树理称之为"现实故事"①),小说固然描写了孟祥英不甚如意的婚姻,比如,涉县的风俗是:"谁没有打过老婆就证明谁怕老婆。"具体到孟祥英身上,更是如此,她的身世、性格,包括脚大,"这些在婆婆看来,都是些该打骂的条件"。但是,小说并没有纠缠在孟祥英的"爱情故事"上,甚至直到小说结尾,作者也没有提及孟祥英的婚姻结局,只是说:"谁变好谁变坏,你怕明年续写不上去吗?"赵树理着重叙述的,恰恰是孟祥英的非"爱情故事",比如她如何当了村干部,如何发动群众,如何领导妇女搞生产,最后,

---

① 赵树理:《赵树理全集》第二卷,第375页,北京:大众文艺出版社,2006年。

孟祥英成了劳动模范，还把她"领导妇女们放脚、打柴、担水、采野菜、割白草等经验谈了许多"——"她在会上作宣传，许多村的妇女都称赞她的办法好。今年涉县七区妇女生产很积极，女劳动英雄特别多，有许多是受到孟祥英的影响才起来的"。注意到孟祥英的这一非"爱情故事"也许是重要的，显然，在赵树理看来，妇女只有积极参与到社会事务或者公共政治之中，其家庭或社会地位才能真正提高，同时这也是妇女解放的根本途径之一，而"新社会"恰恰为妇女的这一解放路径提供了一种可能性。在某种意义上，赵树理为"五四"新文化运动开启的女性解放提供了另一种解释模式，同时，也直接影响了 1949 年以后的当代文学的创作。事实上，1949 年以后的当代文学，其致力于叙述的，正是妇女如何积极地介入到社会事务或者公共政治之中，并逐渐形成自己的主体性。而在妇女介入社会的过程中，"劳动"（或者"工作"）正是其中极为重要的一个中介，因此，"走出家庭"恰恰成为当代文学和艺术一个重要的叙事主题（比如电影《万紫千红总是春》《女理发师》等等），以至于连徐义德的三姨太林宛芝也开始向往"工作"（周而复《上海的早晨》）。显然，"新社会"以自己的方式回答了鲁迅当年的疑问——"娜拉走后怎样"？劳动的过程，同时也是社会化的过程，更是政治化的过程，因此，妇女在这一过程中，不仅开始成为社会主体，同时也开始成为政治主体，成为"新社会"的积极的支持者。只有在这样一种历史语境中，我们才能理解米燕霞和"光头汉子"的争论，不仅是"保守"和"激进"的冲突，同时也是女性和男权的冲突（王汶石《米燕霞》）；而在《新结识的伙伴》中，秀气的吴淑兰和风风火火的张腊月，所显示的，不仅是那种"咱们女人也志在四方"的自豪感，同时，更意味着女性作为政治主体的生成[①]。

  如果说，符号控制着我们的想象力，那么，一个新的符号的出现，也可以说，在某种程度上，是解放了我们的想象力，因此，符号领域的冲突，是政治的根本性的冲突。在这一意义上，"女性"的符号并不仅仅局限在女性主义的领域，它所代表的，还是那一时代的政治的想象，这一想象同时又渗透在文学的想象之中。在我看来，"女性"这一符号所意味的，恰恰

[①] 《米燕霞》和《新结识的伙伴》可参见王汶石：《风雪之夜》，北京：人民文学出版社，1977年。

是经由这一符号表现出的"新社会"和包括女性在内的底层人民的亲密关系,在更严格的意义上,是一种承认的关系,或者说,是一种"承认的政治"。正是在这种承认中,人民获得了前所未有的主体性地位。并且,经由"新社会"这一日常生活的形态对"革命中国"产生了一种强烈的认同感,同时,也使"动员"获得了一种广泛的社会性基础。显然,在中国,"动员"并不完全是一种外在的指令,它同时包含的可能是某种群众的自发心理,比如,"当家做主"所带来的尊严感甚至荣誉感。加斯托曾经提到西蒙·波娃对革命中国的赞美,比如,"她敬佩中国可以动员每个老百姓拿起拍子打苍蝇"①,尽管加斯托语带讥讽,并且隐含着对"同一性"的批评。但是,在这一"同一性"的表象背后,却有着更为复杂的历史—现实因素。而问题正在于,对"同一性"的简单化的批评,常常会导致对其中的复杂性的省略甚至忽略,这也是所谓"政治正确"的另一种表现形式。因此,需要讨论的,正是为什么"动员"常常需要依托不同形式的政治运动,而这些政治运动仍然有着强大的群众基础,这并不是"集权政治"可以完全解释的。真正发生作用的,可能正在于某种"承认的政治"的运作机制,而这一"承认"正是经由"新社会"在日常生活的层面被体现乃至被表述出来。因此,史华兹在观察中国的"文化大革命"时,曾经提出"德性统治"的概念②,在某种意义上,也可以说,"承认的政治"恰恰构成了这一"德性统治"的群众基础。当然,离开了群众的认同、支持和自愿加入,"动员"和"运动"就的确会流于同一性甚至强制性的形式,这也是"文化大革命"最终失败的根本原因之一。

但是,仅仅这样理解"动员"结构,仍然不够。比如,我们可能据此将"动员"缩小到解释成为对国家政治政策的某种配合。这一点并无问题,事实上,大到国家政治,小到一个单位的生产任务,在中国,并不完全依靠科层制的管理系统,在更多的时候,恰恰是依托了这一群众的"动员"机制,比如,"义务劳动"或者其他的群众性参与活动。而在所谓的"单位"的制

---

① 加斯托:《毛主义与法国知识分子》,《二十一世纪》一九九六年八月号,香港:香港中文大学出版。
② 本杰明·I. 史华兹:《中国的共产主义与毛泽东的崛起》,第188页,陈玮译,北京:中国人民大学出版社,2006年。

度设计中，围绕党委的，常常是党、团员，而后是先进人物或者劳动模范，再而后，则是普通群众，即使是某项行政指令，党委也会依靠这一模式，层层动员，配合科层化的组织形态，共同完成。这一"动员"方式，我们也许可以称之为"隐形"的管理结构。这一制度模式以及"动员"与科层化的关系，我在下面仍会继续讨论。可是，将"动员"仅作如是观，我们仍然无法在一个更为广阔的政治视域中对此加以观察。比如，回到文章开头，我们怎样来理解邓秀梅下乡的真正意图？小说写"省委开过区书会议后，县委又开了九天三级干部会，讨论了毛主席的文章和党中央的决议，听了毛书记的报告，理论、政策，都比以前透彻了；入乡的做法，县委也有了详细的交代"。这里突出的是"毛主席的文章和党中央的决议"，隐藏的，却是对党内右倾机会主义者和乡党支部的批评。于是，有了李月辉这个形象的出现。而邓秀梅的任务，不仅是对群众的动员，也包括对乡党支部的改造。应该说，周立波在对李月辉的形象处理上，态度是相当温和的。在小说中，李月辉被描述成为"心机灵巧，人却厚道，脾气非常好。但斗争性差，右倾机会主义者砍合作社时，他也跟着犯了错误"。批评相对激烈些的，则是书中另一个党员谢庆元。而在相关的叙述合作化运动的小说中，都会出现谢庆元这样的人物。比如，赵树理《三里湾》中的范登高，柳青《创业史》中的郭振山，浩然《艳阳天》中的马之悦等等。当然，形象不一，作者的态度也不尽相同。这些形象的出现，固然有其现实依据[①]，而赵树理和柳青的态度也更为激进，但尚未将其归入"阶级敌人"。只有到了浩然的《艳阳天》中，马之悦才被明确叙述为"党内资产阶级"，而萧长春和马之悦的冲突也因此上升到阶级斗争的高度。当然，这和1960年代的政治有关（比如，"千万不要忘记阶级斗争"）。

小说潜在的结构意义恰恰是在这里，邓秀梅们的动员和改造，不仅针对着落后的群众（比如"秋丝瓜"和"菊咬筋"），还针对着党的基层组织（比如李月辉和谢庆元），而其背后，显然是"毛主席的文章和党中央的决议"

[①] 比如，在1940年代后期，就出现了党员雇工剥削的现象，而围绕党员致富问题，当时党内高层也有过争论，参见罗平汉《当代历史问题札记二集》，第21页。

与"党内右倾机会主义者"的冲突（在"文化大革命"中，则被正式命名为"党内两条路线的斗争"）。而与之形成对照的，则是广大人民——这一"人民"由先进人物（比如刘雨生和陈大春等）、贫下中农（比如陈先晋和盛佑亭等）、可以争取的中间人物（比如盛佳秀等）——蕴藏着的巨大的社会主义热情，一旦这种热情被动员乃至被激发出来，则是任何力量都无法阻挡的。这一潜在的结构意义乃至相应的人物关系的配置，同样出现在其他的小说中，比如《创业史》《艳阳天》等等，甚至可以说，它已经构成了当时某种主流的写作模式。

如果说，小说只是含蓄地或者隐蔽地接触到这一政治主题，那么，将这一政治冲突以及相应的政治构想明确化的，则正是毛泽东的个人叙述。在《关于农业合作化问题》一文中，毛泽东一方面将"我们的某些同志"讥讽为"像一个小脚女人，东摇西摆地在那里走路，老是埋怨旁人说：走快了，走快了"。而另一方面，却高度地赞扬了蕴藏在群众之中的社会主义积极性，并且预言"新的社会主义运动的高潮就要到来"，进而要求"我们应当爱惜农民和干部的任何一点微小的社会主义积极性，而不应当去挫折它"。同时，毛泽东也在抱怨："现在的情况，正是群众运动走在领导的前头，领导赶不上运动。这种情况必须改变。"[①] 将"领导"与"群众"对立，并且含有明显的价值判断因素，同时政治/政策分歧并不在组织内部解决，而是通过动员的群众性的政治运动来改变"小脚女人"的态度。历史上的孰是孰非，我们暂且不论。仅就毛泽东的叙述而言，我们看到的却是，"动员"在1950年代以后，开始向政治领域转移，并且被赋予另外的功能性意义，这一功能也许可以被表述为：通过动员的群众性的政治运动而形成的某种"压力政治"。这一"压力政治"有时候针对科层化的管理制度，有时候针对官僚主义，有时候针对保守主义，也有时候针对党内不同意见者，等等。

毛泽东对"群众"的高度重视以及对"组织"的不甚信任，可能意味着毛泽东某种潜在的意识，即认为"人民"具有一种潜在的"普遍愿望"和一

---

① 毛泽东：《关于农业合作化问题》，《毛泽东文集》（第六卷），第418、424、419页，北京：人民出版社，1999年。

种天生的"社会主义意识"。正是在这一点上，一些西方论者察觉到毛泽东思想和列宁主义的某些不一致的地方，并且据此认为毛泽东具有一种天然的民粹主义倾向①。但是，在另一种意义上，我们也可以说，这是"延安道路"和"苏联模式"之间的冲突。所谓"延安道路"的内涵是极其丰富的，其表征之一，便是群众的广泛参与，这一群众参与不仅包括制度化的"统一战线"②，同时更强调了一种参与的政治热情，以及对群众作为政治主体的地位肯定，而潜在的分歧，则正是专家化、科层化、官僚化等等"苏联模式"的现代性特征。③这一"延安道路"的形成，有着极其复杂的历史因素，同时也是一个漫长的历史过程。比如，1926年，毛泽东发表《纪念巴黎公社的重要意义》，在文章中，毛泽东总结巴黎公社失败的原因有二：一是没有一个统一的集中的有纪律的党作指挥；二是对敌人太妥协太仁慈④。在这一表述中，可以看到明显的列宁主义的影响。但是，以1966年3月中国纪念巴黎公社起义95周年活动为标志，则更强调公社的选举制度（比如人民有权选举、监督、罢免官员的原则）、群众自发的革命首创精神（比如"自己解放自己"）等等，尽管这些"公社理念"后来又逐步倒退，也暴露了毛泽东个人的政治设想和政治实践之间的悖论乃至分裂，当然，这些已经涉及"文革史"的专门研究，此处可以不论。但是，我们的确可以看到"延安道路"或者"中国模式"的特征所在。

　　这一群众性参与，显然与另外一种理论设想有关，也就是我们怎样理

---

① 这些不一致包括组织问题、农民问题、专业主义问题等等。详细参见莫里斯·迈斯纳：《马克思主义、毛泽东主义与乌托邦主义》第三章：列宁主义和毛泽东主义：中国马克思主义列宁主义的若干民粹主义观点，北京：中国人民大学出版社，2005年。

② 比如当时的"三三制"原则，等等。

③ "文化大革命"中，曾经在中国大陆（经多次翻印）流行一本名为《苏联是社会主义国家吗——日本留学生座谈苏联现代修正主义的实况》的著作，书中描写："苏联一般人也多数对政治不关心。首先是苏联政府的宣传，就叫人民群众不要关心政治。他们说，苏联是社会主义国家，和资本主义国家不同，苏联的党和政府领导人是人民的代表，政府和人民的利益没有矛盾。政治是他们的事情。工人们只要去采煤、炼铁、分担一种生产任务，放心将政治全部交给政府办理就行了。"参见新谷明生等：《苏联是社会主义国家吗——日本留学生座谈苏联现代修正主义的实况》，第16页，余以谦译，香港：香港三联书店，1969年。

④ 毛泽东：《毛泽东文集》（第一卷），第35页，北京：人民出版社，1993年。

解"无产阶级"和"无产阶级觉悟"。按照迈斯纳的说法:"对于毛泽东主义者来说,'无产阶级专政'并不真的要求这样的无产阶级来实行,而只要那些具有'无产阶级觉悟'的人们来实行就行了。虽然在毛泽东主义者的意识形态中一再解释构成这种'觉悟'的信仰与价值观,但是它的特殊的社会含义是难以确定的。'无产阶级'既不是特定的社会阶级所固有的属性(如马克思所认为的那样),也不存在于某个特殊的组织中(比如列宁所坚持认为的共产党之中)。"因此,它的内容"仍然是含糊不清和残缺不全的"①。毛泽东主义的独特性也决定了它内在的矛盾性②。所以,在《关于农业合作化问题》中,毛泽东一方面感叹"现在农村中存在的是富农的资本主义所有制和像汪洋大海一样的个体农民的所有制",同时,又特别强调"应当爱惜农民和干部的任何一点微小的社会主义阶级性",而在毛泽东看来,"对于他们来说,除了社会主义,再无别的出路",因此,这一"微小的积极性",又被同时表述为"大多数农民有一种走社会主义道路的积极性",并由此看到"新的社会主义群众运动的高潮就要到来"。在这里,所谓"社会主义积极性"被隐蔽地叙述为农民的某种自发性的愿望,而这一愿望或者本质,恰恰就是提高"无产阶级觉悟"的可能性。而这一"无产阶级觉悟"的获得,必须依靠党的领导。所谓党的领导,不仅是"毛主席的文章和党中央的决议",同时还具体化为对群众的教育、宣传、动员和改造。因此,所谓群众参与并不完全是自发性的群众运动,而是依靠动员而重新结构化的政治运动。也因此,《山乡巨变》会如此不惜笔墨地描写盛淑君的宣传队,并对"先进"和"落后"作了更详细的区别。而这一点,我在"群众"一节中会作进一步的讨论。

必须说明的是,1949年以后,中国共产党开始成为执政党,不仅党的中央委员会承担起国家行政管理的职能,其基层组织更是直接介入行政乃

---

① 莫里斯·迈斯纳:《马克思主义、毛泽东主义与乌托邦主义》,第132页。
② 比如,毛泽东在中共七届七中全会第三次会议上,就新设副主席和总书记的问题,介绍陈云时就说:"他是工人阶级出身,不是说我们中央委员会里工人阶级成分少吗?我看不少,我们主席、副主席五个人里头就有一个。"似乎又在强调无产阶级的社会属性。毛泽东:《关于中共中央设副主席和总书记的问题》,《毛泽东文集》(第七卷),第112页,北京:人民出版社,1999年。

至经济生活的组织工作①。而在小说中，比如《山乡巨变》，区委书记朱明不仅要关心合作化运动，同时还负责区里一切的生产活动。显然，执政党的地位，同时意味着党的功能性的变化，而这一变化，也意味着党的组织面临着科层化的危险。这一科层制的历史语境则在于，1950年代的中国企图实践它的工业化或者现代化的梦想时，它都会主动或者被动地利用现代性的形式，大到现代民族—国家的组织形态，小到科层制的现代管理模式。而这一所谓现代性形式的基本特征，正是它的专业主义倾向。这一专业主义倾向不仅潜藏着一种排斥群众参与的可能性，同时也可能导致社会的重新分层②，而最根本的问题则在于"革命中国"有可能面临被"现代中国"同质化的危险。因此，"革命的第二天"③的问题，在1950年代，不仅通过反官僚主义，也通过农业合作化运动被集中显现出来。在这一历史语境下，动员群众或者群众参与开始移向政治领域，同时，"压力政治"的设想也开始形成，并在不同程度上付诸实践。只有了解这一"动员"结构在政治领域的存在以及压力政治的想象，我们才可能涉及"百花时代"的物质性基础（尽管这一时代以"反右运动"而被宣告结束），包括此前的各种群众性参与运动乃至压力政治的想象图景。也可以进一步思考，尽管在"反右运动"中，"干预生活"的小说，比如刘宾雁、王蒙等人的作品被严厉批判，但是反官僚乃至反特权的主题依然在当代文学中得到延续，比如艾芜的《百炼成钢》、草明的《乘风破浪》，一直到1960年代的文学艺术，比如电影《夺印》，等等，也就是说，当代文学实际上一直未曾放弃过对社会的干预。这一现象，固然有多种复杂因素的参与④，但是，所谓压力政治以及群众参与作为这一

---

① 比如毛泽东在1950年就要求党的负责同志"必须亲自抓财政、金融、经济工作"，参见毛泽东：《毛泽东文集》（第六卷），第59页，北京：人民出版社，1999年。
② 有关专业主义的详细的理论阐述，可参见艾尔文·古德纳：《知识分子的未来和新阶级的兴起》，南京：江苏人民出版社，2002年。
③ 贝尔在论及"革命的第二天"的问题时，曾经这样解释："那时，世俗世界将重新侵犯人的意识。人们将发现道德理想无法根除倔强的物质欲望和特权的遗传。人们将发现革命的社会本身日趋官僚化，或被不断革命的动乱搅得一塌糊涂。"丹尼尔·贝尔：《资本主义文化矛盾》，第75页，赵一凡等译，北京：生活·读书·新知三联书店，1989年。
④ 比如已经有研究者指出刘宾雁1950年代的创作和苏联"解冻文学"之间的关系，包括刘宾雁和奥维奇金的个人交往。参见董之林：《旧梦新知——"十七年"小说论稿》，第95页，桂林：广西师范大学出版社，2004年。

政治的主要构成形式,仍然是其中最为重要的原因之一。

但这并不等于,因为这一政治设想以及群众参与性的运动特征而否定了党的领导。恰恰相反,无论是1949—1966年的社会的实际存在状况,抑或是毛泽东的个人表述,党的领导地位始终是坚不可摧的。即使在《关于农业合作化问题》一文中,毛泽东依然在强调"党是有能力领导全国人民进到社会主义的",而相信群众相信党,则是"两条根本的原理。如果怀疑这两条原理,那就什么事情也做不成了"。因此,究其根本,毛泽东仍然是一个马克思主义者,仍然受到列宁主义的深刻影响,尤其是列宁的政党理念。

矛盾则在于,一方面,毛泽东致力于动员群众,并试图利用群众的批评乃至群众性的政治运动,遏制政党国家化(汪晖语)过程中的科层制趋向,而另一方面,毛泽东又始终认为,只有在党的正确领导下,中国才能进入社会主义。这样,在叙述中,党实际上分裂成两个形象,一个是抽象的但却拥有绝对的政治正确性(比如"毛主席的文章和党中央的决议"),而另一个则由党内不同意见者(比如右倾机会主义)、官僚主义等等具体的组织形态构成,这一组织形态是需要群众监督、批评乃至改造的。前者不仅构成了中国政治的最高原则,同时也形成了史华兹所谓的"德性统治"。史华兹的"德性统治"尽管语义含糊,但是,如果在"领导权"的意义上,也可以理解为:"阶级冲突的真正战场不在别处,而在于是否有能力提出一种独立的、广为传播的世界观。而这正是'领导权'所涉及的领域,在这里,所谓领导权就是阐发和传播具有聚合力的那样一种思想的能力,实际上就是比自己历史性的'阶级'敌人更广、更好地传播自己思想的能力。"① 这一"领导权",实际涉及的也正是话语的竞争力问题。而这似乎也可以说明史华兹当年的观察,为什么尽管在"文化大革命"中,党的组织系统曾一度瘫痪,但中国仍然保持了高度的统一性,其中,革命话语拥有的竞争力,仍然是一个重要的因素。而这一具有竞争力的革命话语显然来自于"毛主席

---

① 弗朗科·里沃尔西:《葛兰西与左翼的政治文化》,萨尔沃·马斯泰罗内主编:《一个未完成的政治思索:葛兰西的〈狱中札记〉》,第113页,黄华光、徐力源译,北京:社会科学文献出版社,2000年。

的文章和党中央的决议"。当然,不可否认的是,在这一"德性统治"中,同时也含有强烈的个人崇拜的因素。

但是,在这两者之间,也就是说,在党的"正确"和"错误"之间,实际上很难划定一条明确的边界。即使毛泽东本人,也经常在这两者之间徘徊,而且,党作为一种最高原则或者最高的政治理念,也依然需要党的具体的组织机构进行支持。这一边界的划定,或者说群众参与以及群众批评的正确与否,又经常是含混不清的,甚至需要面临更复杂的政治局势的制约(比如"反右运动")①甚至政治迫害。这样,我们似乎能明白,在当代文学中,一些重要的批评主题(比如反官僚反特权等等)常常会隐蔽在某种"正确"的政治叙述之中。而这,恰恰是最需要我们认真处理乃至认真辨析的地方。

因此,这一群众的政治性参与,常常与政党(或者政党领袖)的"动员"具有密不可分的联系,或者说,它首先体现的正是政党政治(包括政党精英分子)对国家的想象甚至具体的制度性设计。也因此,这一"动员"结构并不表示绝对的群众自发性的社会运动,在某种程度上,它仍然被控制在政党政治的范畴之中,或者说,仍然含有支配政治的成分。在这一意义上,群众倘若没有政党的允许以及政党提供的表述方式——这一表述方式包括各种政治运动以及相应的运动形态,比如大鸣大放大字报等等——并不具有任何的政治参与的形式可能。当然,这并不是说,这一"动员"结构充盈的完全是政党利益或者政党意志。相反,群众的自发性的意愿仍然充斥其中,一方面我们并不能排斥群众利益与政党政治的重叠性,否则,我们就无法理解这一"动员"结构的群众基础;而另一方面,群众也经常会利用政党—国家提供的这一形式(包括政治运动的形式)的合法性表述自己的政治见解、愿望以及利益要求,等等。因此,它又不完全是一种"支配政治"。正是这一群众的政治参与性的因素存在,使得"动员"结构在1950年代以后,承当起了某种压力政治的功能。所以,一方面,群众运动

---

① 即使毛泽东本人,也会受到这一局势的制约,一个经典的例子就是毛泽东对王蒙《组织部新来的年轻人》的评价(《毛泽东文集》第七卷,第 255 页),但似乎最终也未能改变王蒙的命运。

常常以政治运动的形式出现,但是,也不能完全排除其中社会运动的因素存在。这样,我们或许能理解,在中国历次的政治运动中,总是会有群众的积极参加,并经由这一形式进行自我表述(极端的形式表现则是所谓的"自我控诉")。

任何试图利用这一政治描述来直接或者机械地解读当代小说,都可能是一种危险的行为。但是,我却以为,我们又必须经由这一政治描述方能真正进入小说文本的内部。小说对政治的配合,已经是文学史研究对这一时期的文学的惯常的批评模式。但是,从另一角度进入,在这一文学/政治的关系中,我们却能读到所谓"动员"结构以及包含其中的群众的政治性参与的存在因素,文学的政治热情在某种意义上,恰恰也是由于这些因素的存在而被蓬勃地激发出来,并相应地构成面向未来的乌托邦想象。这一想象所激励的,也正是当代文学对生活(包括政治和社会)的积极的干预态度。当然,这一"干预"通常会被具体的政治局势制约,甚至所左右。而困难之处正在于,我们如何才能辨析文学/政治之间的同一性乃至具体的差异性。

我反复引用毛泽东的个人表述,并不意味着我试图将当代政治乃至当代文学完全纳入毛泽东的叙事谱系之中,实际上,影响当代社会,乃至当代文学的,有着更为复杂的政治力量以及政治思想的介入,无视这一点,我们很容易把当代历史,包括当代文学史简单化。当然,辨析这样的复杂性,是一项极其艰苦也是更有意义的工作。但是,在另外一方面,毛泽东的个人表述又的确对当代政治,乃至当代文学产生极大的影响,尤其是在领导权(世界观)的问题上,因此,对当代历史,包括当代文学史的研究,忽略毛泽东的个人表述,我又以为并不是十分可取的态度。

但是,我仍然无意于将这一"动员"结构以及包含其中的群众的政治性参与过度的理想化。实际上,不仅在政治的表述和实践上,即使在小说叙事中,依然充满矛盾乃至某种悖论。我在下面试图讨论的,正是这一"动员"结构如何困难甚至悖论地处理它与某些相关的概念,比如群众、干部和知识分子的关系。

二、群众

固然，在中国的政治文献以及小说叙事中，"群众"的确是一个极其重要的概念，但是要弄清这一概念的明确的内涵和边界，仍然是相当困难的，在很多时候，这一概念显得含混不清。与群众相关的，实际上还有另外一个概念，即所谓的"人民"，这两个概念有时交替使用，有时又略有区别。在交替使用的时候，这两个概念常常含有"人口"的意思，意即"大多数人"，而区别则在于，"人民"常常相对政治制度而言，最经典的表述当是毛泽东在《论人民民主专政》中对"人民"的定义："人民是什么？在中国，在现阶段，是工人阶级，农民阶级，城市小资产阶级和民族资产阶级。"① 显然，这一"人民"是相对于新民主主义的"人民民主专政"而言，同时，它又不是固定的或者本质性的概念，随着政治制度的变化，"人民"这一概念的内涵也会出现程度不同的变动，这可能就是毛泽东的表述中"现阶段"的含义所在。与"人民"相比，"群众"则主要在社会范畴中使用，也即一个社会中的"大多数人"。但是，在"参与"的意义上，"群众"这一概念又是非常政治化的。它含有"大多数人"的意思，但并不等同于"公民"；而在当时的政治语境中，这一概念同样受到"阶级"的制约，但是它又经常溢出"阶级"的范畴。在某种意义上，我们也可以将其视为"统一战线"在社会范畴中的另一表现形式。因此，在"人口"（大多数人）的意义上，它和"人民"一样，构成了政治制度的合法性依据，而在"参与"这一政治行为的意义上，"群众"却受到各种因素的限制，也即谁可以参与，而后者，恰恰构成了"群众"内部的排斥性机制（这一排斥性机制也相应生产了另一概念，即"革命群众"）。

因此，抽象地讨论"群众"，包括"动员"结构和群众的政治性参与，是一回事，具体地辨析"群众"这一概念的构成要素以及在不同的历史语境下的表现形态，则是另外一回事。我并不反对问题的抽象的讨论方式，在某种意义上，恰恰是这种概念的抽象性，才有可能构成一种想象性的表述，这一表述不仅是政治的，也是文学的。在理论的意义上，我们可以将

---

① 毛泽东：《论人民民主专政》，《毛泽东选集》（第四卷），第1412页，北京：人民出版社，1966年。

这一表述解释为某种虚构（任何想象或理论都含有虚构的意味），但不可以将其视为虚假，那样，极可能导致一种对待历史的简单化的态度，并可能取消所有的讨论空间。而虚构的重要性则在于，它不仅提供一种想象，这一想象同时确立的是一种认同的态度，而且，它提供了一种形式的合法性，正是这一形式的合法性，才可能动员群众的政治参与的热情，才可能使群众获得一种政治主体的地位——起码，在形式的层面。而形式对一个共同体的重要性，显然，已经逐渐引起重视。但是，在深入问题的内部，具体层面的讨论，同样显得非常重要。正是在具体的层面上，我们看到的，不仅是想象和实践之间的分裂，即使在想象性的叙述中，同样充满矛盾。正是这一矛盾的存在，在文本中留下了裂痕。而裂痕的重要性则在于，我们经由这一裂痕，可能得以更深刻地进入文本，或者说，在不同的意义上，重新打开文本。而小说，尤其是1949—1966年的小说，由于主要遵循一种现实主义的写作方法，因此，不可能永远在一种抽象的或者想象的语境中进行自己的叙述，而一旦它涉及个人的日常生活，概念的抽象性便会被要求还原为生活的实际形态，正是在这一还原性的表述中，文本的裂痕常常自然呈现。

在《林海雪原》的第十六章，也就是"苦练武，滑雪飞山"一节中，小说构置了这样一个场景——政府为夹皮沟的群众送来了救济粮、棉衣裤和枪支弹药，少剑波对群众讲话说："国民党，座山雕，抢走了我们的东西，破坏了我们的劳动，下了我们的枪，要想饿死我们。现在政府发来了粮，救活了我们，又给我们开辟了劳动生产的大道，因此我们要好好地保护粮米，保护家园，保护我们的劳动……"作为回应，群众在"激奋情绪"的鼓动下，"冲断了剑波的讲话"："能不能发枪？二〇三首长。有了枪我们进山像打野猪一样打死那些狗杂种。"可是，在这一场景中，李勇奇的眉头却"皱了两皱"，而且还"好像勾起了他满腹的愤怒和埋怨"，于是他开始抱怨群众以前"心不齐，抱不住团"——"有的人是属老鼠的，看到一点东西就想去吃香的，结果被王八操的夹上了耗子夹；有的人是属兔子的，一听见吓唬，什么都不管，撒腿就跑，他妈的没点硬骨头。许多事叫人伤心，经不起吓唬，也经不起骗。"

在这一场景中,我们实际看到的,是三种话语,或者说三种形象。一是少剑波,他所要承担的,是对群众的说服和动员以及某种意识形态的灌输,也可以说,在这里,少剑波实际成为政党政治的某种形象载体;二是李勇奇,作为率先觉悟的群众的一员,他是一个先进人物,而相较小分队成员,他又是一个次级英雄,可是他却是政党政治和群众之间的一个重要关联;三是群众,群众在这里是一个群体,也是无名的,他们身上蕴藏着巨大的革命热情,这是因为革命符合了他们的利益要求,但是,他们又是不自觉的,需要教育、启蒙和正确的政治引导。因此,这三者之间实际构成的正是政党政治—先进人物—群众的逻辑关系,这一关系也同时隐藏在所谓的"动员"结构之中。

如果说,《林海雪原》还残留着古代侠义小说的痕迹,因此,在叙事中不可避免地会突出英雄,并无意识地流露出对群众的轻视。可是,在其他的作品中,我们却同样看到了类似的人物关系的配置,比如《山乡巨变》。

在《山乡巨变》中,围绕邓秀梅的,是刘雨生、陈大春、盛清明这样一些先进人物,而围绕刘雨生、陈大春等人的,则又是次一级的先进人物,比如盛佳秀、盛淑君、陈孟春等,再外围的,是亭面糊、陈先晋等,至于菊咬筋、秋丝瓜等,自然被明确地定义为"落后群众",是需要教育和改造的对象。和《林海雪原》不同,群众不再是一个无名的群体,相反,他们有名有姓,是一个个生动活泼的个体形象。而且,这些不同的人物之间,构置成错综复杂的关系,这些关系,未必完全是阶级或者政治的关系,正是经由这些关系,小说展示出日常生活的生动图景。但是,即使在这样的错综复杂的人物关系中,政党政治—先进人物—群众—落后群众的价值判断的标准仍然清晰可见。

尽管,1949年之后,对科层制或者官僚主义的批判,一直未曾停止,同时孕育了一种非常可贵的政治设想,即将国家(也即政党)的行政管理置放于群众的批评和监督之下,但是,政党政治的领导地位仍然是牢不可破的。由此亦可看到列宁主义,尤其是其中的政党理念对中国的巨大影响,在这一意义上,毛泽东主义和列宁主义并无二致。只是,这一政党政治更被要求为一种正确的政党政治，因此，在当代小说中，这一政党政治又经常会出现相互对立的形象——正确的或者错误的领导。这一形象上的分裂，在客观上，或者在形式上，又为群众的政治性参与提供了一种可能性。然而，所谓的群众运动却始终被掌握在政党政治的手中。只是，政党政治／群众利益在叙述中被处理成高度一致。也即政党政治在根本上代表了群众的真正利益。因此，群众仍然是需要"动员"的，离开了这一点，我们很容易把这一时期的群众的政治性参与处理成一种自发的社会运动。

当群众围绕在党，也即政治的周围，自然会出现"先进／落后"的区别，而这一区别的标准依然是政治的。在小说中，这一政治往往被具体化，比如，《山乡巨变》即是围绕"入社"而展开叙事，可是，在这一具体的历史语境中，更普遍化的，却是每一个人的政治态度，正是态度决定了个人的政治立场乃至他在"群众"中的具体位置。注意到这一点也许是重要的，强调态度实际上突出了个人的主观意志，而个人的主观意志则是可以改造，乃至最终得以转化。因此，"先进人物"在小说中所承担的叙事功能之一，即是如何帮助、教育和改造"落后群众"。在这里，可能涉及的是，所谓群众的政治性参与，其前提是个人必须首先确立一种正确的政治态度，而群众身上固然蕴藏着社会主义的积极性，但这一积极性仍然不是自觉的，甚至只是一种无意识，因此，必须通过某种途径，比如教育或者学习，才能转化为一种自觉的政治意识。同时，这一教育和改造，并不完全由国家政治承担，相反，它通过种种中介，比如群众中的"先进人物"，也即"群众教育群众"的方式。在这一意义上，它体现出一种"全能政治"的倾向。而所谓"群众教育群众"的动员—改造模式，最早也许可以追溯到延安时期的"改造二流子"运动①。这一"群众教育群众"的模式，可以说是所谓"全能政治"的一个成功案例，也经典地说明了所谓"社会主义改造"，并不单纯地指向知识分子，而是含有"全民"的意味，最终目的仍然是要塑造所谓的"社会

---

① 有关"改造二流子"运动的具体情况，可参见朱鸿召著《延安日常生活中的历史》中"改造二流子"一章(桂林：广西师范大学出版社，2007年)。但是在极端化的政治语境中，这一"群众教育群众"的模式又往往会转化为"群众斗争群众"的政治形态，比如"文革"时期，当然，这已经是另外一个研究领域的话题。

主义新人"。只要完成这一"新人"的塑造,所有的政治/经济问题也将随之迎刃而解。显然,在这一政治设想中,"革命中国"并不完全依赖于现代的科层制的管理模式,而是直接依靠群众的社会主义自觉性,因此,它本身又含有极其强烈的道德主义倾向,以及泛政治化的结构意图。当然,这一设想也是极端理想化的。

由于政党政治对未来的理想性设计,常常被表述为代表了群众的根本利益,因此,在改造和教育群众的时候,"利益"因素并没有完全退出"动员—改造"模式。《山乡巨变》中,刘雨生动员盛佳秀,即是采用"算账"的方式,从山林、田土、人工、牛力、灰粪,等等,详细比较"单干"和"合作"之间的关系,并以此强调了社会主义的优越性。实际上,中国的社会主义,从来就不是一种纯粹的乌托邦想象,而是实践性极强的社会行为,这一行为包括了经济因素,这一经济即指向国家积累,同时也指向个人利益。当然,在逐渐激进的叙事中,这一物质性的利益因素渐渐淡出,而更多强调了个人的"奉献"和"无私"。即使在《山乡巨变》中,这一物质化的"算账"也依然只是"先进"人物动员"落后"群众的一种手段,相反,对于"先进"人物来说,恰恰是需要克服自己的个人利益,才能完成这一新人的塑造,因此,个人必须被不断地政治化,这一政治化的过程,也即不断地学习—改造的过程。因此,所谓的政治化,同时构成的是一个学习型的社会。而在《山乡巨变》中,由此构造的正是刘雨生/谢庆元这一对立的形象组合。显然,相对于刘雨生的无私,谢庆元则显得私心过重,因此,在自我改造的社会主义运动(包括农业合作化运动)中,谢庆元由"土改"积极分子转化为"合作化"的落后群众。在此,我们看到的是,"先进/落后"的标准并不是永恒的或者固定的,而是处在不断的变化过程中。一方面,"先进/落后"限制着群众的政治性参与,而另一方面,这一"先进/落后"的标准的可变性,又在理论上为群众的政治性参与提供了更大的可能性,也就是说,只要在某一"形势"中符合了新的"先进/落后"的标准,那么,"落后"也有可能转化为"先进",并因此获得政治参与的可能。这一点,对中国的群众政治的影响是极其重要的,我在下面,比如在涉及"文革"政治的时候,还会继续有所论述。

但是，在小说中，这一"态度"并不完全以"政治正确"的形式出现，而是更多地以一种道德化或者情感化的姿态来完成小说想要完成的政治叙事。这一道德化的姿态显然在于，"人民内部矛盾"这一提法导致了小说无法将群众完全地阶级化或者政治化，尤其是在 1950 年代，"革命叙事"对待群众仍然相对温和，但是，却有可能将群众进行道德化的处理，这一处理方式也导致了流行于这一时期小说中"新人新事"与"旧人旧事"的叙事格局。

同样以《山乡巨变》为例，在这部作品中，作为先进人物，刘雨生、陈大春等人不仅仅是"政治正确"的代表，更重要的，还在于他们体现了乡土社会的某种道德理想，比如刘雨生公而忘私，舍小家而顾大家；陈大春虽然脾气暴躁，但是为人正直，爱憎分明……当然，后来过多的道德褒扬（比如《艳阳天》中的萧长春），在某种程度上，的确使得这类人物流于抽象，或者使阅读者常常感到一种高尚的道德压力。但是，它却成为此类小说必要的叙述动力。相反，所谓的"落后群众"却往往是道德上有缺陷的人。小说写王菊生（菊咬筋）虽然勤俭辛劳，但却工于心计，同秋丝瓜一样，都属于乡村中的"厉害角色"，尤其是他对"满叔"一家的态度，更是给人以一种"谋夺家产"的印象，本身即是触犯了乡土社会的禁忌。同样触犯这一禁忌的，当然还有秋丝瓜、符贱庚等人。符贱庚这一形象，在《创业史》也有出现，比如孙水嘴，或者《艳阳天》中的马立本，此类人物常失之于"色"，也即对女性过分的"骚情""贪馋"（《创业史》），用柳青的话来说，就是"真使任何一个正经闺女骇怕"。相反，陈大春、梁生宝、萧长春等人，在这一问题上，却显得过于矜持，而在盛淑君的感觉中，陈大春甚至有点"自大"。但往往又是这种表现，反而容易获得姑娘的爱情。此一不同的男性描写，常使人想起中国古典小说，比如《水浒传》的传统，而更重要的是，这一叙事传统同时更构成了乡村中衡量男性的标准之一。在此，小说叙事所调动的力量，不仅仅是政治，同时，乡土社会的道德乃至美学传统更成为小说着意吸取的资源之一。

为了完成群众的普遍性的"动员"，而不是完全依靠权力的强行介入，小说似乎更多地依靠"群众教育群众"的模式，但是，这一模式同时也是一种压力模式,在更多的时候,这一压力来自于"多数人"的叙述形态。《山乡巨变》下卷有"竞赛"一节,讲述合作社和菊咬筋一家"准备挖塘泥去改造低产田"而导致的竞赛局面。显然,这一竞赛已经远远越出了一般的比赛的意义,而是具有强烈的政治象征意味,是合作化与单干的优劣竞争,也是社会主义与资本主义的话语竞争。"多数人"在此不仅意味着一种人民的政治意愿,也意味着实现经济目的的可能性,同时,更是意味着一种新的共同体的崛起,这一共同体不仅是政治和经济的,也是情感和道德的,更是延续了乡土社会的相互扶助的理想性传统。它实际暗示着,游离于这一共同体之外,不仅在政治和经济上毫无前途,同时更可能在这一乡土社会陷入一种孤立和无助的状态,正是后一点,不仅触动了陈先晋,也触动了菊咬筋。而这一模式,也可在《创业史》中见到,郭振山真正恐惧的,不仅仅是可能在政治上丧失前途,同时还包括失去乡土社会的尊重。因此,这一模式便隐含了一种群众中的排斥机制。但是,以"竞赛"而不是"斗争"来完成这一群众的自我改造,在某种意义上,也可看出1950年代中,小说不仅呈现出一种相对温和的姿态,同时,似乎也表现出一种政治乃至文化上的自信。

这样的"先进／落后"的区分,显然受制于毛泽东有关"人民内部矛盾"的叙述,因此,这一矛盾的更多表述往往围绕"新人新事／旧人旧事"的冲突展开。而在1949—1966年的当代文学中,这一"新人新事／旧人旧事"的矛盾,实际构成的正是一种相当普遍的叙述模式。它既体现了强烈的塑造社会主义新人的愿望,同时也表达出对整个社会的迫切的改造要求,而这一改造的目的,不仅仅是要求个人服从集体,更深刻的原因则是要求个人迅速地建立起对现代民族—国家的认同,而所谓集体只是这一认同过程中的一个中介,或者说,个人—集体—国家之间实际构成的正是某种"一体化"的关系。但是,这并不是说,"阶级"这一概念已经从"群众"中消解,实际上,在"先进／落后"之间,我们仍然可以看出"阶级分析"的烙印。比如,在"发家致富"这一问题上,尤其是个人愿望上,我们实际很难在亭面糊、陈先晋和菊咬筋、秋丝瓜之间找到根本的区别。区别只在于,前者出身贫农,后者则是富裕中农。按照中国式的阶级分析的学说,前者具有一种天然的社会主义倾向，而后者则更多地倾向资本主义。因此，像亭面糊这一类形象，虽然有私心，但本质上还是倾向社会主义，不仅仍然获得了政治上的合法性，同时也依然获得了道德上的合法性。而这类人物的重要意义，则在于通过他们的社会乃至心理活动，较为真实地展示了乡土社会的日常生活的细节形态。实际上，后来所谓的"中间人物"实际指的正是这一类形象，包括《创业史》中的梁三老汉①。

需要讨论的，则是像秋丝瓜等人。周立波在菊咬筋（王菊生）和秋丝瓜（张秋生）的处理上，仍然显得颇有分寸。菊咬筋虽然坚持单干，但是远离政治。秋丝瓜则显得政治意味较浓，尽管作者交代秋丝瓜是兵痞出身，但严格说，这一形象的处理是颇为暧昧的。比如说，作者为何要把秋丝瓜的"单干"和龚子元的"特务"政治联系在一起，这一点，小说给出的理由并不使人特别信服。尤其是第四十七节："露底"，写秋丝瓜和龚子元的对话，秋丝瓜想要开溜："我想托我妹夫在株州找点事情。"龚子元则威胁他说："你敢？没有得到我的允许，你离开试试。"这样的对话，很容易使人想到秋丝瓜已是龚子元组织中的一员，但小说直至结尾，仍然将秋丝瓜限定在"人民内部"，而且对他的"入社"表示了欢迎。这样的处理，或许显示出作者在"人民内部矛盾"和"敌我矛盾"之间的徘徊。这一徘徊也可看作作者仍然局限在传统的阶级分析的框架之中（也包括柳青、赵树理对郭振山、范登高等人的叙述）。而结束这一徘徊的，则是浩然的《艳阳天》。浩然不仅将马之悦处理成党内的"阶级敌人"，而且也将马立本叙述为"坏人"，这一叙述显然不同于周立波对符癞子、秋丝瓜等人的处理方式。而在"新人新事／旧人旧事"之外，开始出现了"好人好事／坏人坏事"的叙述模式。这一叙述显示出在1960年代，阶级斗争开始向马立本等人扩大。

从秋丝瓜到马立本的叙述变化，显示出的，是"阶级"这一概念的某种变动痕迹。显然，在具体的社会主义的历史条件下，"阶级"开始从人的社会属性转向人的政治立场乃至政治态度。这一转向实际暗示着，当个人

---

① 邵荃麟：《在大连"农村题材短篇小说创作座谈会"上的讲话》，洪子诚主编：《中国当代文学史·史料选》（下），武汉：长江文艺出版社，2002年。

因为自己的利益而采取某种政治立场或者政治态度时，那么，这一立场或态度极有可能改变他们原有的阶级地位。以政治立场或政治态度来重新划定个人的阶级地位，而不再拘泥于他们原有的阶级成分，正是中国式阶级斗争的一个显著特征①。但是，当这一新的而且主观性极强的阶级定义进入"群众"范畴，不仅"人民内部矛盾"和"敌我矛盾"的界限实际上很难掌握，而更关键的是，这一"阶级"也即"敌／我"的解释权并不在群众自己手中，而是被权力集团所掌握②。因此，这也是导致1949—1976年阶级斗争扩大化的根本原因之一。而我以为，在我们重新讨论社会主义前三十年的政治文化的时候，1980年代所形成的某些基本共识，比如"阶级斗争扩大化"，并不是可以轻易甚至随意推翻的。

这样，不仅在实际的社会生活，即使在小说中，所谓"群众"仍然是一个相当暧昧的概念，而群众的政治参与，实际上也是被限定的，这一限定即来自"先进／落后"的"人民内部矛盾"，也来自"阶级"这一根本的政治区分。而对"群众"的多重的限定或者划分标准，实际上也使得所谓"群众"并不单纯是一个"人口"意义上的大多数的概念，而是具有强烈的政治或者意识形态的色彩。同时，这一多重的限定或者划分标准，也导致了群众内部的利益冲突甚至排斥性的政治机制。而这一"群众"的实存状况，显然来自于"动员"结构中的支配性政治。

尽管这样，我仍然要强调"群众"这一概念所激发出来的某种政治乌托邦的想象。由于"群众"在当代社会所具有的政治合法性，因此，群众参与不仅在理论上具有一种可能性，同时还因为"动员"结构的运动特征，从而使群众获得一种自我表述的形式。而我以为，在我们考察一个社会的政治或者文化结构时，这一理论或者形式的重要意义，是不可低估的。正是这一理论或者形式的存在，才可能激发出一种想象，并在某种特定的历史条件下，转化为群众的政治行动。这一群众运动有可能仍然服从于政党的支配政治，但是其中包含的群众自身的利益诉求，却又因不同的历史和

---

① 比如，在中国的"黑五类"，即"地、富、反、坏、右"中，后三类显然属于个人的政治属性。
② 某种意义上，"文革"初期一部分群众起来造反，正是为了推翻对自己原有的"政治"或者"阶级"的解释。

政治条件，表现出尽管隐蔽但又是相对明确的政治要求。只有了解这一点，我们才能找到，比如"文革"早期中国群众运动的起源性的解释，包括群众的政治热情的来源。也正是在这一时期，在对巴黎公社的重新解释中，群众运动同时隐含了成为"人民政治"的可能。这一点，我以后会有另文讨论。而更重要的是，在社会主义的历史条件下，"阶级"的重新定义，一方面导致了阶级斗争的扩大化，另一方面，它又吊诡地导致了群众的政治热情，甚至改变自身命运的可能性。这一点，在"文革"初期表现得尤为明显。也只有了解这一点，我们才能明白遇罗克《出身论》的写作背景。显然，"政治态度"这一明显主观的区别标准，在某种程度上，反而导致了群众"自我选择"的重要意义以及理论上的可能性。因此，在所谓的"动员"结构中，尽管有着明确的政党的支配性政治，但是，"群众"却可能随时突破这一支配性的政治框架，也因此，几乎在中国所有的政治运动中，群众和政党既有同一性的一面，同时也存在着紧张甚至冲突，而如何调节这一内在的紧张甚至冲突的关系，也是历次政治运动都不得不考虑的重要问题。

三、干部

小说《战斗的青春》中，写枣园区区小队露宿野外，区委书记许凤"悄悄地起来把棉袍给她们三个姑娘盖好。一看李铁也查了哨回来，蹲在旁边给人们盖棉袍"。

"盖棉袍"这一细节似乎并不完全是小说家的虚构，相似的细节也同样出现在一些历史文献中，比如，在《中国共产党红军第四军第九次代表大会决议案》中，就有这样一条规定："官长，特别是和士兵接近的连上官长，应当随时看视伤病兵，送茶水给他们吃，晚上给他们盖被窝，他们觉得冷，要替他们想办法，如向别人借，增加衣服。以上这些招呼伤病兵的办法，要定为一种制度，大家实行起来，因为这是最能取得群众的方法。"[①]

从政治想象到制度实践，再到小说虚构，这一细节实际上已经成为某

---

① 毛泽东：《毛泽东文集》（第一卷），第112页，北京：人民出版社，1993年。

种文学隐喻。当然，在不同的立场，对这一细节可以有不同的解释，但是，我们的确可以看到，这一细节蕴含着的，是对干部，也即对"革命中国"的新型的管理者的某种想象。

这一想象，乃至想象的具体实践，在一定的历史过程中，所产生的震撼力或者凝聚力量，是很难低估的。这一力量，显然在于，在所谓的"动员"结构中，政党政治通过"干部"完成对群众的动员和改造，因此，干部在这一结构中所承担的功能即是非常显著的，而并非一般意义上的管理者甚至治理者。一些历史学家曾经整理了美军在朝鲜战争中缴获的中国人民志愿军二十六、二十七军等部队作战中遗失的大量档案文件、士兵家信和日记。而根据缴获资料中几个连队的"政治质量统计表"，可以知道的是，尽管国民党俘虏兵占到三分之一左右，但多数士兵的思想已经发生了转变。即使在朝鲜战争最艰苦的一段时间里，部队虽也有逃亡或者临阵脱逃者，但一般仅为部队总人数的百分之一。其中，一个15岁就参加国民党军的士兵这样说明自己的转变："在国民党中时，说解放军要杀人，心里有些怕，但是一解放过来，吃又吃得好，天天吃火腿，同志对我很好，又发衣服，发两双鞋，比老同（志）还多些，我就感觉优待俘虏就是不错。……在进军西南中，听指导员上课讲，我们是穷人的队伍，我自想，我家是穷人，以后要分地，我们就是革的地主老财的命，对革命的道理我懂得了一些。"另一个俘虏兵的转变也大致相同："在剿匪中，看到优待军属，人民政府照顾穷人的情形，我们直接帮助了农人翻身，更把我的阶级觉悟提高了。"综合这些资料，部队士气高涨的原因除了政府确实照顾穷人，分田分地，照顾军属等等，还和官兵平等，尤其是干部关心群众有很大关系[①]。

导致这一对"干部"的想象乃至具体实践的原因是极其复杂的，但是，对平等的乌托邦诉求却始终是其中重要的一点，如果说，传统中国确实将所有人置于一种等级制度中（政治或宗法），那么，革命所要首先摧毁的，正是这样一种政治或宗法制度，同时，为了防止一种新的官僚制度的复活，就必须对"干部"进行重新的想象。而在这一想象过程中，文学也必须相应地重新编码乃至进一步的虚构。

---

① 杨奎松：《开卷有疑》，第150—151页，南昌：江西人民出版社，2007年。

《山乡巨变》写刘雨生担任农业合作社社长的第一天,千头万绪,"这时候,又围上一大群妇女,……有的抱着孩子,有的拿着针线活,吵吵闹闹,对刘雨生提出各色各样的要求和问题。'社长,你说怎么办哪?我又丢了一只鸡。''社长,我那黑鸡婆生的哑巴子蛋,都给人偷了,偷的人我是晓得的。他会捞不到好死的,偷了我的蛋烂手烂脚。社长,帮我整一整这个贼古子吧。''刘社长,我们那个死不要脸的,昨天夜里又没有回来,找那烂婊子去了。'"这一细节的出现是非常有趣的,刘雨生不仅要管理农业合作社的"大事",还得处理这些家长里短的"小事"。在当代文学中,这并不是一个孤立的细节,相反,在许多的小说中,我们都能看到这一类的干部形象,梁生宝的合法性首先就是建立在对贫苦乡民的关心并带领他们脱贫致富的行动上。而关心群众生活,也历来是革命政治对干部的严格要求之一。对群众生活的关心,不仅仅是由此确立了政党政治的合法性,同时,也即把政治延伸到群众的私人生活领域。实际上,在当代社会,并不存在公共／私人之间绝对的分治,而是始终处在一种互动的关系之中。而将公共和私人这两个领域积极地联系在一起的原因之一,即是所谓干部的存在。而在干部身上,始终体现出的,则是一种"国权"。一方面,经由干部体现出的"国权"向私人生活领域的延伸,的确表达出一种政治控制的意图,但是,另一方面,也同时表达出国家对人民生活的照顾和关心。忽视或者片面地强调其中任何一个方面,都有可能遮蔽这一时期政治的整体性或者复杂性。而处于这一历史语境中的干部,其意义或者功能就远不是现代科层制中的"官员"这一概念所能解释的。这一干部形象的出现,一方面是中国革命对记忆犹新的旧官吏的颠覆,而另一方面,则又多少延续了某种传统性的想象,比如古代的"循吏"。《儒林外史》写萧云仙在青枫城,便是先动员百姓开渠、垦田、植树,生活小康之后,又请儒生来此办学,实行教化,实施的正是儒家"先富后教"的政治文化设想,也是"循吏"在文学中的理想性延伸。而早在红军时代,毛泽东就强调:"苏维埃是群众生活的组织者,只有苏维埃用尽它的一切努力解决了群众的问题,切切实实改良了群众的生活,取得了群众对苏维埃的信仰,才能动员广大群众加入红军,帮助战争,为粉碎敌人的'围剿'而斗争。"在同一篇文章中,毛泽东甚至设想:"(农民)每人每月平均约有五个整天(许多次会合计起来)的开会生活,即是他们很好的休息时间。"① 显然,在当代中国,政治从来就不是一个抽象的概念,它不仅通过战争、运动等"大事"体现出来,同时也渗透在群众日常生活的"小事"之中。

也许,另一类细节也同样值得注意,从《暴风骤雨》到《山乡巨变》,一个共同的结构模式是,当工作队完成了对乡村的动员—改造的任务后,治理乡村的任务即交给了本土出身的干部,在《暴风骤雨》是郭全海,在《山乡巨变》则是刘雨生。这一权力的移交,不仅是出于政治上的信任,同时也包含了政治和乡土社会的某种默契和认同,就像盛妈对邓秀梅所说:"这都是劳烦你们操心,替我们挑的一批牢靠的角色。社一办起来,大家都只问主任要工作、要饭吃,吃饭的一屋,主事的一人,没有刘主任这样舍得干的人,我们是难放心的。"像刘雨生"这样舍得干的人"普遍出现于当代文学之中,比如《创业史》中的梁生宝、《艳阳天》中的萧长春,等等。这一"舍得干"同时包含的是"公而忘私",是"舍小家,为大家"。我以为,这不仅是政党对其组织成员的要求,而且,这一要求因为基层干部的本土化,多少还表现出宗法社会的某种功能性转换。或者说,这一根植于宗法社会的对领导者的理想性诉求被革命政治有效地吸纳,并转换为一种新的"带头人"形象。而正是这样一种兼具宗法社会功能的"带头人"(本土干部),才能获得乡土社会的高度信任。而我们知道,在中国的当代社会,乡村干部并不是严格意义上的国家官员,但是国家却依靠这一类干部,有效地完成了对乡村社会的治理,并将其纳入国家统一的政治结构之中。而事实上,并不仅仅只是乡村,即使在城市,工厂的干部也在开始完成科层制的转换,这一转换也相应激发出对干部的另一种理想性的想象。比如,在周而复《上海的早晨》中,描写"漕阳新村工人住宅造好之后,沪江纱厂也摊到四户",支部书记、工会主席余静"也分配到一组,但是她无论如何不肯要。因为细纱车间工人多,这一组也交给细纱间,经过讨论,这一组便分给秦妈妈了"。而余静也正是经由这样的行为获得工人的信任,获得信任的,同时也

---

① 毛泽东:《长冈乡调查》,《毛泽东文集》(第一卷),第298页,北京:人民出版社,1993年。

是革命政治。显然,在革命中国的政治设想中,首先依靠的,正是这样一种干部的高度的献身精神,从而完成国家对基层的重组乃至重建。

但是,无论从哪一方面,最为重要的,仍然是干部的高度的政治觉悟,这一觉悟,才是衡量一个干部的最为根本的标准。几乎在所有的当代文学中,干部的落后乃至堕落,都是因为他们的政治信仰的丧失,《三里湾》中的范登高如此,《创业史》中的郭振山也是如此。因此,这一干部在理论上又是极其现代的,是现代政党政治的产物,而绝对不从属于任何一个地方的利益集团。当我们强调宗法社会的某种功能性的转换时,并不意味着地方主义的复活,恰恰是,由于强调了对群众生活的关心,这一关心就有可能导致地方利益和国家利益的冲突,而就其根本,国家利益仍然是至高无上的。罗丹《风雨的黎明》[1],在描写解放前夕的鞍山钢铁厂时,就反复强调了地方主义对革命政治的危害性。而在1960年代,扬剧《夺印》(包括后来改编的同名电影),就是围绕"私分稻种"展开叙事,而所谓"私分稻种"正是在关心群众利益的名义下的行为。显然,这一高度政治化的干部,保证了国家"政令通畅",同时又以自身的人格魅力乃至公而忘私的献身精神赢得了基层群众的信任,而"关心"的形式则使政治延伸到中国基层社会的每一个角落,在某种意义上,也可以说,这一"干部"形象地解释了什么是革命中国的"全能政治"。在这一意义上,革命中国所致力根除的,又正是传统社会"有限的地方性"。

正是在所谓的"动员"结构中,干部成为一个极为重要的因素,它既要承担"动员—改造"的政治任务,同时又必须将群众纳入国家政治的统一愿景之中,因此,塑造"好干部"就成为当代文学必须致力的任务之一。当然,这一"好干部"最终通过"焦裕禄"这一符号被经典地表达出来。

如果说,当代文学通过这一类"干部",也即社会主义"带头人"的形象描述,表达了自己对"革命中国"的新型的"官员"的想象,并试图以此来重新结构中国的基层社会。那么,它的另一个任务则必然是对现实中的另一类"干部"进行批评乃至批判。这也就是我们通常所说的"反官僚、

---

[1] 罗丹:《风雨的黎明》,北京:中国青年出版社,1959年。

反特权"的文学主题。

恰如我在上文所说，中国共产党是一个组织系统极其严密的现代政党，因此，它势必要求"个人服从集体，全党服从中央"，任何一种形式的地方利益集团包括由此派生的地方主义，都会受到严厉的批评。1959年出版的《风雨的黎明》再现了中国东北地区的重工业基地鞍山解放初期的混乱状况，而这一混乱状况实则正是因为各个部门（利益集团）的乱拆乱搬所造成。小说正是通过宋则周、易秋繁和娄堃华、臧冲的对立、冲突和斗争，再现了一种"天下为公"的政治理念。但是，我们必须注意到，这一地方主义或者地方利益集团，在当代文学的表述中，更多地以另一些形态出现，比如地方利益常常被归结为官员的个人利益，地方利益集团则被描述为某一政治派别，而这一派别或者是错误的政治路线，或者是隐藏在党内的阶级敌人。也就是说，这一描述往往是意识形态的，甚至是政治的。这一描述固然有其政治的原因，而作为叙述者，却也同时含有"反官僚、反特权"的理想性冲动。这一冲动不仅来自于一种"平等主义"的政治诉求，同时包含了对未来的统一的国家制度形态乃至政治生活的想象。

上海文艺出版社1979年出版的《重放的鲜花》一书，收录了20篇1957年"反右运动"中被重点批判的短篇小说，其中涉及干部和群众关系的有12篇。而姚文元发表于1957年的《文学上的修正主义思潮和创作倾向》[①]，重点批判了所谓的"反官僚主义"，其中既有冯雪峰、徐懋庸等人的言论，比如，徐懋庸当时特别强调："官僚主义既然还有，那么，我们就不能等到他们自动放手，才能充分享受民主。我们现在充分享受民主的形式之一，就是同官僚主义作斗争；不经过斗争，官僚主义恐怕是不肯自行消亡的。"也有涉及"反官僚"主题的小说，比如王蒙《组织部新来的年轻人》、刘宾雁《本报内部消息》、刘绍棠《田野落霞》等等。在姚文元的文章中，"反官僚主义"和"揭露阴暗面"被有意识地等同起来，因此，延安文艺座谈会以来的"歌颂"与"暴露"的历史论争藉此获得了现实的延伸。但是，真正值得注意的，是姚文元的另一段叙述："如果说，我们社会主义社会里还有

---

① 姚文元:《文学上的修正主义思潮和创作倾向》，北京:《人民文学》1957年11月号。

'阴暗面'，那这一面首先就是暗藏的反革命分子、右派分子、流氓、盗窃犯同一切敌视社会主义的阶级敌人的地下的破坏活动，其次就是资产阶级思想在某些人的心中还严重地盘踞着，他们阴暗的内心是社会主义阳光所照不到的。文学要帮助人民把这些'阴暗面'从生活中铲除掉，那就要以鲜明的党性去揭露社会主义敌人的丑恶的本质，揭露他们阴暗的活动在伟大的社会主义事业的前进中间必遭覆灭的命运，批判那些资产阶级个人主义者的个人主义的世界观。官僚主义，当然也应当批评，我们从来就主张用自我批评的精神去揭露工作中的缺点，我们反对无冲突论。但官僚主义并不是社会主义制度的产物，也并不占主要地位或统治地位，因此，不能够把犯有官僚主义错误的人都丑化成人民的敌人，或者把官僚主义描绘成统治一切的力量，仿佛现在我们社会中已经被官僚主义压迫得喘不过气来了。"在此，姚文元把"揭露"的合法性只是限定在对社会主义"外部"（"反革命分子、右派分子、流氓、盗窃犯同一切敌视社会主义的阶级敌人"）的斗争之中，同时把官僚主义解释成为"一种旧意识旧作风的残余"，而"并不是社会主义制度的产物"。官僚主义是不是社会主义制度的产物，或者社会主义还有没有可能重新产生包括官僚主义在内的社会现象，所涉及的已经是一个极其重要的理论命题。如果社会主义制度不可能产生官僚主义，那么，所谓的"继续革命"就将失去它的理论支持。尽管"继续革命"在理论和实践上能走多远，完全取决于具体的政治局势乃至制度创新的可能性，但它实际包含的恰恰就是1980年代展开的"异化"问题的讨论。而我下文可能涉及的，则是在1960年代，这一问题如何以"千万不要忘记阶级斗争"的主题重新展开讨论，而所谓"官僚阶级"也正是在这一时期被正式提了出来。而我以为，在"阶级斗争"的名义下，隐藏着的，可能正是对"现代性"，包括"科层制"的某种焦虑，所谓科层制，正是包含了官僚化与专业化两个特征。

在这一意义上，不仅党内高层从未放弃过对"官僚主义"的思考甚至由此引发的焦虑，即使中国作家在某种政治压力下也没有因此拒绝"反官僚、反特权"的主题，某种平等主义的政治诉求一直贯穿于中国作家的写作之中。当代文学史的一个显著的特征在于，这一"反官僚、反特权"的主题尽管在1957年的"反右运动"中受到严厉的批评,不少中国作家也因此获罪,但是,这一主题却仍然以不同的形式延续了下去,而且,逐渐成为一种主流的写作模式。

如果我们将《重放的鲜花》中的某些作品置放在整个当代文学史中加以考察,那么,这一时期的"反官僚主义"的写作,应该说,仍然是相对温和的。在许多的作品中,这一"官僚主义"仅仅被叙述成为一种"作风"问题,这一"作风"问题既有科层制所带来的官僚化原因,比如王蒙《组织部新来的年轻人》、刘宾雁《本报内部消息》等等;也有干部在新的历史条件下逐渐脱离群众的现象,比如刘绍棠《田野落霞》、李国文《改选》等等。但是,总的来说,这些对"阴暗面"(姚文元语)的"揭露",仍然遵循着"治病救人"的原则,也就是说,仍然被严格限定在"人民内部矛盾"这一政治范畴之中。

但是,1958年以后陆续出版的小说之中,我们看到的是,对这一类"干部"的批评已经远远超出了"作风"问题,也不是仅仅用"官僚主义"这一概念就能解释的。或者说,对"阴暗面"的"揭露",不仅没有停止,反而逐渐上升到"阶级斗争"的高度,尤其是在1960年代。尽管这一对"阴暗面"的"揭露"必须依托"正面人物"的存在,而且往往有一个"光明"的结尾。但是,在这样一种结构之中,仍然若明若暗地延续着1957年的"反官僚主义"的主题,当然,这样一种结构也同时受到另外一些政治因素乃至作家自身的思想深度的制约。

在此,我想顺便提及"隐蔽的写作"或者"文本的隐蔽性"这一可能并不十分规范的概念。这一概念指的是,由于某种政治压力的存在,写作者不得不将自己真正的个人的思考隐蔽在一种"正确"的政治叙述之中。这一思考有可能来自于理论的启发,也有可能源于对实际生活的观察,而后者在1949—1966年的当代文学的过程中,尤为主要。

在赵树理的《三里湾》或者柳青的《创业史》中,相继出现了范登高和郭振山这两个"干部"形象。在"土改"时期,这两个人物曾经是乡村革命的积极的推动者或直接的参与者,也因此,他们占据了乡村政治权力的核心位置,而与此同时,他们也开始成为这一政治权利结构中的既得利益者。

这一利益,不仅是政治的,也是经济的。《三里湾》含蓄地写范登高"就是因为翻身翻得太高了,人家才叫他翻得高"(范登高老婆解释说:"其实也没有高了些什么,只是分的地有几亩好些的,人们就都瞎叫起来了")。实际上,在更早的作品,比如《邪不压正》中,赵树理已经深刻地涉及中国乡村革命中既得利益的"干部"群体,而这一群体极有可能成为乡村中的新的权力压迫者。而在《三里湾》中,进一步的解释则在于,这一"既得利益"实际上帮助了范登高"原始资本"的积累,用马有翼的话说,范登高用以商业活动的那两头骡子"那时候不是没人要,是谁也找补不起价钱。登高叔为什么找补得起呢?还不是因为种了几年好地积下了底子吗"?而"原始资本"的获得乃至继续的积累,则可能使这一群体形成乡村中新的利益集团,并开始背离社会主义继续革命的要求,按照郭振山的话来说,就是"人们都该打自个人过光景的主意了"。这一新的利益群体的出现,在某种意义上,使得"动员"结构开始出现断裂现象。柳青在《创业史》中反复描写了在郭振山那里"政令"如何不畅,而其根本原因正在于郭振山"自个人过光景",逐渐失去了乡村社会的信任。显然,赵树理和柳青的焦虑,有着明显的现实原因的支持①,而干部问题直接影响的,正是"动员"结构的完整性。这一问题已经不仅仅是"作风"问题,而是中国革命有无可能产生它自己的既得利益者,并进而构成一个新的官僚利益集团。

在1949—1966年的当代文学史的演化过程中,"土改—合作化"是一个被反复讲述的"历史/现实"故事,而这一故事的被反复讲述,某种意义上,是因为这一故事集中了太多的中国革命的复杂性。它既涉及中国从新民主主义向社会主义转换的内涵的自我否定性,以及这一自我否定所带来的结构内部的紧张、对峙、矛盾、冲突;也涉及个人在这一过程中的彷徨、苦闷、失落以及新的希望的寻找。既涉及被解放出来的个体如何面对新的风险机制的挑战以及作出怎样的回应——实际上,这一主题已经存在于现

---

① 这一现实原因即是当时存在的干部中的资本主义化倾向,参见本书第47页。而核心问题则在于,党员"雇工剥削"的资本究竟来自何处?这就涉及"土改"的分配问题。周立波在《暴风骤雨》中也已涉及这一问题,也就是说,在分配土改"胜利果实"的时候,干部、党员和积极分子常常具有优先选择的权力。

代文学的叙述之中,在鲁迅,正是以"娜拉走后怎样"作出了对这一问题的经典表述,而当代文学则以"集体化"的方式重新回应了这一现代性的主题;同时,这一过程也涉及这一历史转换过程中所出现的"干部"问题——显然,所谓的"动员"结构并不是一个静止的概念,随着"动员"的政治内涵的变化,必定要求"动员"作出相应的结构性变化,因此,为了保证"动员"的有效性,政治权力的结构性问题再次被凸现出来。这或许可以帮助我们了解,即使经过了1957年的"反右运动",这一主题为什么仍然会反复出现,而且逐渐地激进化。当然,这一主题的写作,在1950年代,应该说,仍然显得相对温和,并没有将其上升到"敌/我"的阶级斗争的高度,只有到了1960年代,才基本完成了这一主题的激进化的叙事。而标志性的作品则是《艳阳天》《夺印》等等。

在某种意义上,我们或许可以将《艳阳天》看作对《创业史》的进一步续写。小说所要描写的时间已经从农业合作化的早期延续到了这一运动的成熟阶段(高级农业合作社),而故事的核心则是围绕"土地分红"展开了东山坞的冲突和斗争。相似的细节实际上也出现在《夺印》之中,比如其中的"私分稻种"。这一故事的核心事件所涉及的正是所谓的"分配"问题,而对财富的重新分配,恰恰是革命中国所要思考的重大问题,这一问题不仅涉及制度的重新订立,更涉及意识形态领域的重要冲突。当然,无论是《艳阳天》还是《夺印》中,这一"分配"首先需要满足的是"国家"的利益。在1949—1976年,中国为了现代化建设的需要,而意从农村汲取资源,这一点已有学者详细讨论并成基本共识。在这一资源的汲取过程中,任何一种地方主义或者地方利益集团都会受到严厉的批评,也正是在这一过程中,干部问题,尤其是农村干部问题,被反复提及,因为它涉及的不仅是"政令"是否通畅,还包括共同体的建构以及领导权问题。显然,在分配问题上,"东山坞"已经面临经由合作化运动重新建构起来的共同体的内部分裂问题,这一分裂的可能性通过东山坞的"沟北"和"沟南"的空间冲突而被形象地再现出来。但是,村社和国家之间的冲突只是小说叙事的一个层面,而另一个层面则是围绕"土地分红"展示的阶级冲突,包括延伸出来的"资本"(土地)和"劳动"(人力)的意识形态冲突。应该说,这两个层面既涉及了现实问题（国家／地方），也涉及了历史问题（阶级／政治），当然，小说在这两个层面的叙述很难说是深刻，甚至由于过多地强调了国家利益，而完全忽略了群众利益①。这既受制于作家个人的思想乃至学识修养，也为那一时代的整体性历史背景所限制。当然，我在此想要讨论的只是和本文主题相关的马之悦这个人物。

如果我们把马之悦放在范登高、郭振山等这一人物谱系中加以考察，那么，我们就将发现，马之悦的出现，实际上意味着"阶级斗争"的概念开始进入"干部"这一群体内部。因此，萧长春和马之悦的冲突，就不可能仅仅只是对官僚作风、个人利益、错误的思想观念等等的斗争，而这一冲突曾是构成《三里湾》及《创业史》主要的叙事模式之一。但是在《艳阳天》中，萧长春和马之悦的冲突却是高度政治化的冲突，并且以"权力"的争夺为其核心表征。与小说中的另一人物马连富（生产队长）相比，他支持"土地分红"的原因并不是"沟北每一户给……添个斗儿八升的"。马之悦的志向不在于此，他要致力于建立的，是一个以他为核心的东山坞的统治模型，这一模型实际上暗含的是一种地方官僚政治为主导的乡村权力结构。实际上，早在《邪不压正》中，赵树理已经开始思考在乡村消灭了地主阶级以后，有无可能出现新的利益—压迫集团，而这一新的利益—压迫集团极有可能由官僚政治构成。应该说，赵树理的思考以及相应的表述是极具前瞻性的，这也是为什么赵树理在当代文学史上的地位能够那么突出的原因之一。浩然的贡献则在于，他把赵树理的思考延伸到新的历史条件下。这一历史语境在于，所谓的农业合作化，包括以后的人民公社，其基本的构成单位仍然保留了传统的村社的共同体形态，应该说，中国的社会主义运动对传统的消灭并不是非常坚决也不是非常彻底的，这也是所谓"中国模式"的特征之一。这一传统的村社共同体形态的保留，便有可能形成一种新的地方官僚政治，而这一权力结构的模式可利用的资源也仍然可能是多重的，比如残余的宗族结构包括文化心理的积淀。因此，在《艳阳天》

---

① 对这一"分配(粮食)"问题的颠覆性的改写，则是张一弓发表于1980年代的《犯人李铜钟的故事》。这一问题，我在另外的文章会继续讨论。

的"阶级斗争"的叙述模式中，我们也依然可以感觉到宗族冲突的痕迹（比如"沟北"和"沟南"的空间冲突以及马、韩等家族之间的斗争）。应该说，浩然对此问题的涉及，已经关联到社会主义制度（包括这一制度的构成形态）本身有无可能产生新的官僚利益集团。坦率说，在这一方面，浩然的思考并不深刻，或者说，有意回避。浩然的解释更多地纠缠于历史原因，比如在《艳阳天》第一部的第六章中，叙事者详细地解释了马之悦的个人历史，并以此说明马之悦连革命的同路人都不是，"马之悦根本没抱过什么革命理想，也就不存在（革命）到头不到头的问题了"。这一点，根本区别于《三里湾》中的范登高，或者《创业史》中的郭振山，甚至《山乡巨变》里的谢庆元。因此，马之悦的个人历史极其容易地使叙事者将他定义为混进党内的阶级敌人。这一定义同时自然地使叙事者过分夸大历史或外部的原因，比如地主马小辫的存在。显然，马小辫在小说叙事中具有真正的重要性或者成为这一解释模式的主要理论依据。马之悦——马小辫的结构性存在，才决定了这一故事如何成为"阶级斗争"的故事，而萧长春和马之悦的冲突也自然成为历史上的阶级斗争的逻辑性延续，并因此获得自身的合法性。这样的解释多少显得简单、生硬，同时阻碍了对问题的更加深刻的思考。但是，浩然的解释却成为1960年代相关文学的主要的叙事模型。

1963年3月号的《剧本》杂志刊发了七场扬剧《夺印》（后来改编为同名电影）的文学剧本，而这一戏剧的出台显然暗合了当时的"社会主义教育运动"（又称"四清"运动）。在戏剧中，生产队大队长陈广清被描述成为因私心过重而被阶级敌人腐蚀的干部。这一形象已较多地见于当时的作品之中，比如陈登科的《风雷》，其中区委书记熊彬正是因为追求个人的享受而逐渐背离革命宗旨（继续革命包括自我否定），妻子黄美溶则成为熊彬与黄龙飞的叙事中介。而在《夺印》中，更重要的人物则是陈景宜，所谓"想这小陈庄，明是陈广清当大队长，骨子里却是我陈景宜的天下"。而陈景宜这个人又被叙述为过去是"财主的好帮手"，解放后，因为"见风转舵来得快，事事积极在前头"，并且成为"队委"，进入了小陈庄权力结构的核心。这样的叙述，可以明显看到《艳阳天》《风雷》等共享的结构模式，即"腐化堕落的干部＋隐蔽其后的阶级敌人"——这一阶级敌人有时被叙述为历史遗留的敌对阶级的残余分子（如地主马小辫等等），有时被解释成混进党内的阶级异己分子（如马之悦、陈景宜等等）。在这一解释模型中，某类干部实际上成为地主阶级或者资产阶级在党内的"代理人"，而所谓的阶级敌人也仍然是"人还在，心不死"，并形成内外勾结的政治局面。由此，权力问题的重要性被再次凸现出来，并形成一种"危机"叙述。我们暂且不论在当时的历史条件下，以陈景宜这样的出身有无可能进入乡村权力结构的核心，包括对这一叙事的真实性的质疑。仅就这样一种"危机"叙述而言，由于过分夸大了残余的地主阶级（或者资产阶级）的这些"外部"力量的重要性以及存在的真实性，多少回避了社会主义制度本身有无可能异化的重要问题，或者说将这一重大的理论问题简单化了。必须指出的是，这样一种"危机"叙述，尤其是将权力危机基层化，不仅成为当时主要的文学解释模式，同时还成为一种主要的社会实践模式，这一模式不仅见于当时所谓的"四清运动"，也见于后来的"文化大革命"，并因此导致了阶级斗争的扩大化甚至程度不等的人身加害①。

相对于文学家的叙述，政治家的思考要深刻得多，同时也拥有更为开阔的理论视野。比如，1960年下半年至1961年，毛泽东在谈到国内干部作风问题时，曾多次提及"死官僚主义者"这样一个概念。1963年9月，《南斯拉夫是社会主义国家吗？》（即《三评》）中提出了"官僚资产阶级"。1964年7月《关于赫鲁晓夫的假共产主义及其在世界历史上的教训》（即《九评》）中提出了"特权阶层"等概念。当这些概念和方法再次被用于国内情况的分析时，在1965年1月通过的《二十三条》中演变为"走资本主义道路的当权派"。1970年，在两报一刊社论《列宁主义，还是社会帝国主义》一文中，又进一步提出"官僚垄断资产阶级"。直至1975年，终于发展成为"资产阶级就在党内"的理论断言②。导致毛泽东这一理论思考的原因是

---

① 这一模式同时也是政治模式，比如1963年5月20日的《中共中央关于目前农村工作中若干问题的决定（草案）》中，就明确指出："在机关和集体经济中出现了一批贪污盗窃分子，投机倒把分子，蜕化变质分子，同地主富农分子勾结一起，为非作歹。这些分子，是新的资产阶级分子的一部分，或者是他们的同盟军。"江山主编：《共和国档案》，第199页，北京：团结出版社，1997年。
② 郑谦：《当代社会主义改革与中国的"文化大革命"》，《回首"文革"——中国十年"文革"分析与反思》，第219页，北京：中共党史出版社，2000年。

多重的，既有苏联和东欧国家自1950年代中期开始的"经济改革"（这一改革后来被描述成为所谓的"修正主义思潮"）的挑战，其中包括1961年10月，在苏共二十二大通过的《苏共纲领》及其决议中，所提出的扩大企业权限，加强经济刺激，充分利用商品货币关系和各种经济杠杆，以及加强经济核算为中心的改革方向等等①。也含有毛泽东对商品经济形态本身的警惕，尽管毛泽东在1958年11月的第一次郑州会议上，针对陈伯达主张消灭商品经济的"左"倾观点，批评说："我们有些号称马克思主义的经济学家表现的更'左'，主张现在就消灭商品生产，实行产品调拨。这种观点是错误的，违反客观规律的。"②还进一步指出："我国现在的情况是，已经把生产资料的资本主义所有制变成了全民所有制，已经把资本家从商品生产和商品流通中排挤出去，现在在商品生产和商品流通领域中占统治地位的是国家和人民公社，这同资本主义的商品生产和商品流通是有本质差别的。现在我们有些同志怕商品，无非是怕资本主义。怕商品干什么？不要怕。因为我们有共产党的领导，有马克思列宁主义路线，有成千成万的党员，有广大的贫下中农作为我们的依靠，我们可以发展商品生产为社会主义建设服务。"③但是，在理论上，毛泽东并没有把商品经济看作社会主义经济的必然特征之一，而是把它视为资本主义的遗迹，属于资产阶级法权，因而必须限制它。因此，他对于用价格作为调节社会生产的手段之一，基本上持否定态度。所以，在1958年11月下旬的武昌会议上，毛泽东虽然再次批评了否定商品生产的看法，却又提出，商品时期搞个30年，少则搞上15年。而1975年2月22日的《人民日报》，刊载了毛泽东对商品经济的再度的深切忧虑："我国现在实行的是商品制度。工资制也不平等，有八级工资制，等等，这只能在无产阶级专政下加以限制。所以，林彪一类如上台，

---

① 郑谦：《当代社会主义改革与中国的"文化大革命"》，《回首"文革"——中国十年"文革"分析与反思》，第213页。
② 毛泽东：《毛泽东读社会主义政治经济学批注和谈话（简本）》，第18页，北京：中华人民共和国史学会，2000年。
③ 《毛泽东读社会主义政治经济学批注和谈话（简本）》，第24—25页。

搞资本主义制度很容易。"① 而在围绕这些思考的周边原因中，新中国重新确立的分配体系，尤其是干部的收入分配制度，也是极为重要的因素之一，这就是近年逐渐被学界重视的1950年代开始的"供给制向职务等级工资制"的转变过程②。而在研究者看来，供给制的形成，固然与当时的战争环境有关，同时也有意识形态的因素在起作用，因为改变严重不合理的社会财富分配制度，创造一个人人均等的平等社会，正是共产党人发动革命的最为重要的理由之一，更是其所遵循的马克思列宁主义的意识形态所规定和要求的。但是，这并不意味着供给制是一种绝对平均主义的分配制度，其本身已经包含了内在的等级差别，而形成这些差别的原因也极其复杂，既有工作性质不同而存在的特殊需要，也有因为统一战线的背景而需要以此差别来吸引或留住某些人才的特殊考量在内③。但是"苏联模式"的影响亦是相当重要的因素，这一影响不仅表现在主要领导比一般干部的标准要高出三四倍，同时这一差别也更加等级化并进一步的制度化。这一政策的调整因此受到一些人的强烈指责，其中最著名的当是1942年春天延安整风之初，王实味在报纸上公开批评这种规定等于是在推行"衣分三色，食分五等"的"等级制度"。但是，这些差别在当时毕竟还是十分有限，再加上供给制使公家与个人严密结合，确保了党的纪律与干部的相对廉洁。因此，不仅毛泽东对这一制度屡次表示称赞，朱德在1948年中共准备进城之初也曾明确说过："我们是在供给制条件下过来的，打仗不要钱，火夫不要钱，革命成功就靠这个制度。"并且预言："将来建设新的国家也要靠这个制度。"可是，"新的国家"很快就放弃了这一供给制度，而转向职务等级工资制度，当然，导致这一转变的原因也是极其复杂的。而在新的职务等级制度中，"苏联模式"也再次产生了影响。据研究者杨奎松先生介绍，当苏

---

① 杜蒲：《"左"倾理论与对社会主义曲折认识的关系》，《回首"文革"——中国十年"文革"分析与反思》，第200—201页。
② 比如历史学家杨奎松教授对这一演变过程就曾做过深入的研究，并且提供了较为翔实的史料。我在此主要参考的观点和引述的材料均出于他的研究。详见杨奎松：《从供给制到职务等级工资制——新中国建立前后党政人员收入分配制度的演变》，《历史研究》2007年第4期。
③ 比如当时延安的一些著名文人就享受着较高的供给制待遇。参见朱鸿召《延安日常生活中的历史》。

联顾问来到最早的东北地区,从一开始就将工薪人员划分为 13 等 39 个级别,最高和最低工资相差 9 倍。而中共进入东北大部后,迅速依照苏联模式开始推行工资制,并在激励进步的理由下,开始把苏联在国家机关工作人员中实行的职务等级工资制也照搬过来。马克思、恩格斯曾经设想,无产阶级政权下的公职人员应当一律实行低薪制度,以求最大程度的限制因等级制所造成的种种流弊。此后欧洲国家程度不等地努力尝试近似的分配方法。但是苏联所建立起来的职务等级工资制度及其党内干部内部的分配差别,甚至大大超过了欧美等资本主义国家公职人员收入分配的差距。然而,因为当时中共普遍相信苏联的分配制度才是最合理的、真正具有社会主义性质的分配制度,从而认为在新的分配制度中,必须扩大各个不同等级的级差系数,才能符合苏联模式所提供的合理的分配原则。因此,1955 年颁布的新的干部工资标准中,最高与最低工资差距扩大到了 31.11 倍之多。同时,有关干部在工资以外的待遇和享受问题,也在很大程度上参照了苏联的做法,这些做法包括警卫、秘书、专车等等的配备以及住房的分配①。从供给制向职务等级工资制度的转变,其所包含的复杂的历史和现实的原因,杨奎松先生已有详细的论证,至于职务等级工资制度的合理或者不合理性,此处可以不论。但我们可以感觉到的是,这一职务等级工资制度的施行,显然与现代性有着密切的内在关联。当新中国明确了自己的现代化(工业化)的诉求目的时,这一诉求目的必然会导致科层制的管理方式,而这一方式也自然会相应地要求社会的重新分层,干部的职务等级工资制度正是这一科层制倾向在社会财富重新分配上的一种回应方式。然而,这一分配方式又是和马克思主义的理论相抵触的,因此,它不仅导致了"现代中国"和"革命中国"的内在冲突,也相应导致了"苏联模式"和"延安道路"的日渐明朗的分歧。这一分歧不仅因为干部可能因此脱离群众,而

---

① 比如,据杨奎松介绍,上海市在 1956 年按照干部行政级别将各级干部住房划分成了十几种待遇标准。其中,特甲级可享受 200 公尺以上的大花园精致住宅;特乙级可享受 190—195 公尺的大花园精美住宅;1 级可享受 180—185 公尺的大花园精美住宅;2 级可享受 170—175 公尺的独立新式住宅精美公寓;……而 9 级以下只能分得"板房简屋",等等。参见杨奎松:《从供给制到职务等级工资制——新中国建立前后党政人员收入分配制度的演变》。

且极有可能因此而产生新的特权阶层。正是后一点,尤其引起毛泽东的焦虑,他曾再三提醒说:"既有高薪阶层,就一定有低薪阶层",而且后者一定占大多数,因此,"这个社会里的高薪阶层是有危险性的"。而在经毛泽东亲自审定的对苏共中央公开信《九评》(参见本书第112页)中,则明确写道:"绝不要实行对少数人的高薪制度。应当合理地逐步缩小而不应当扩大党、国家、企业、人民公社的工作人员同人民群众之间的个人收入的差距,防止一切工作人员利用职权享受任何特权。"[①]毛泽东所采取的对可能产生的特权阶层的限制措施是否合理,是一方面,另一方面则是,在毛泽东的这些思考乃至相应的叙述中,实际所涉及的,正是社会主义制度本身有无可能"异化"的重大的理论问题。

而在1960年代,毛泽东的这些个人叙述,似乎并没有完全深刻地进入当代文学的写作,导致这一现象的原因当然是极其复杂的。但是,它可能提醒我们的是,在我们讨论当代文学乃至当代政治的时候,并不能把毛泽东的个人叙述作为唯一的解释依据,也就是说,影响当代文学乃至当代政治的解释力量实际上来自多个层面,甚至多种力量。而另一方面,我们也不能忽视1957年"反右"运动给中国作家带来的持续性的影响,在这一影响下,中国作家在公开的表述中,大都放弃了对社会主义制度的"异化"问题的思考。这也是我们不能苛求当代文学的原因之一。可是,这一"危机"叙述的基层化倾向,毕竟放弃了对制度问题的深刻讨论,而转向残余的地主阶级(或资产阶级)并将其视为最为重要的"危机"原因,这一原因的归纳也相应地使这一重大的理论问题简单化了。同时,把基层干部作为这一危机的主要叙述对象,也带来了泛危机化的倾向。即使就职务等级工资制度而言,尽管其内部存在着较大的差距,但是低级别的干部的收入并不比普通工人高多少,而在1956年,甚至还低于当时普通工人的月平均收入,而大批乡一级工作人员也只是在1955年才被列入国家干部,即享受工资待遇的人员系列中[②],至于村队干部,则完全被排除在这一系列之外。但

[①] 参见杨奎松:《从供给制到职务等级工资制——新中国建立前后党政人员收入分配制度的演变》。
[②] 杨奎松:《从供给制到职务等级工资制——新中国建立前后党政人员收入分配制度的演变》。

这并不意味着这些小说的重要意义的阙失。起码，它触及了当时，尤其是乡村共同体内部的危机问题，这一问题同样和财富的重新分配有着密切的关联。这些关联包括，由于村队干部被排除在国家干部（即享受工资待遇的人员系列）之外，他们的收入就和农民密切相关，也就是说，他们的财富的聚集将直接威胁共同体内部的农民的利益，而且这一财富的聚集如果和权力的高度集中（人民公社化）勾连，则可能导致乡村中新的权力阶层的出现，进而可能导致这一新的共同体的分裂。

而问题的重要性仍然在于，由于科层制导致的权力的高度集中，这一集中同时与高工资、高待遇结合起来，就极有可能导致政治的官僚化，而这一官僚化的政治将直接威胁非制度化的"动员"结构，包括群众参与的政治热情以及"继续革命"的理论要求。

四、知识分子

在当代有关知识分子的各类叙述中，影响最大的当数毛泽东的"皮/毛"理论，也就是所谓"皮之不存，毛将焉附矣"。毛泽东的这一断言，不仅直接取消了知识分子的主体性地位，同时也间接或直接地导致了政党（或国家）对知识分子持续性的改造、批判乃至斗争。南帆在对这一过程的分析中，曾将其描述为一种新的隐形的二元结构，在这一结构中，"大众"开始成为革命的主体，而知识分子则被设定为"尴尬的甚至是危险的角色"[③]。显然，自1980年代开始，中国知识分子在当代历史上的命运，就成为包括小说在内的各种叙述的焦点，而理论性的研究也层出不穷。因此，有关知识分子的理论问题，此处可以不论。我在此主要关注的，仅仅只是知识分子在所谓"动员"结构中的位置，包括由此引发的对"知识"问题的讨论。

如果我们仅就知识分子的命运，而且主要是政治命运，便归纳出革命政治对知识分子的藐视乃至鄙视，并进而总结出中国革命的"反智主义"

[③] 南帆：《后革命的转移》，第16页，北京：北京大学出版社，2005年。

的倾向,我认为,那是并不完全的。起码,在各种公开的政治文献中,我们仍然能感觉到革命政治对知识分子的"礼遇"之心,或者说,对知识分子的"迫切需要"之心。比如,1939年12月1日,毛泽东为中共中央写的一个决定中就强调:"共产党必须善于吸收知识分子,才能组织伟大的抗战力量,组织千百万农民群众,发展革命的文化运动和发展革命的统一战线。没有知识分子的参加,革命的胜利是不可能的。"因此,需要"大量吸收知识分子"①。客观地说,这一"大量吸收知识分子"的工作,在当时的战争环境中,还是做得相对成功的,而且,不仅在延安时代,供给制的内部等级差别即有留住某些人才的特殊考量在内②,即使在建国后对知识分子的各项政治批判运动中,也并没有完全取消对知识分子,尤其是对高级知识分子的物质上相对优厚的待遇。但是,在同一篇文章中,毛泽东又特别强调:"无产阶级自己的知识分子的造成,也决不能离开利用社会原有知识分子的帮助"。在这里,"无产阶级自己的知识分子"和"社会原有知识分子",已经暗含了某些重要的政治区别在内,也就是说,"社会原有知识分子"更多地可能仅仅只是革命的"同路人",将其理解成某种政治上的不甚信任,也未尝不可。因此,当"大量知识分子"进入革命队伍,对这些"社会原有知识分子"的改造,包括这些知识分子的自我改造,即成为革命政治的重要任务之一,而这一改造和自我改造则在1942年5月的毛泽东《在延安文艺座谈会上的讲话》中得到了完整的表述。对知识分子的改造和自我改造所涉及的内容是极其广泛的,而我以为,其中核心问题之一,则可能是围绕什么才是真正的或者有用的"知识"的辩论。

毛泽东在《反对党八股》中曾经举过一个例子,说的是,"早几年,在延安城墙上,曾经看见过这样一个标语:'工人农民联合起来争取抗日胜利。'这个标语的意思并不坏,可是那工人的工字第二笔不是写的一直,而是转了两个弯子……。人字呢?在右边加了三撇……"毛泽东经由这一例子,进而引申出:"共产党员如果真想做宣传,就要看对象,就要想一想自己的

---

① 毛泽东:《大量吸收知识分子》,《毛泽东选集》(第二卷),第581页,北京:人民出版社,1966年。
② 杨奎松:《从供给制到职务等级工资制——新中国建立前后党政人员收入分配制度的演变》。

文章、演说、谈话、写字是给什么人看、给什么人听的，否则就等于下决心不要人看，不要人听。"① 而据标语的制作者钟灵回忆，1951年，"有次在中南海勤政厅陪同毛主席，汪东兴对毛主席说：主席在反对党八股的报告中批评的那位写'工'字拐弯'人'加三撇的，就是钟灵。我由于没有思想准备，当时挺紧张。没想到毛主席听了哈哈大笑，并问我：'你现在还那样写吗？'我说：'毛主席批评过了，我哪里还敢那么写，不但我不敢，连写隶书的书法家都改过来了。'毛主席听了略一沉吟说：'那就不对了，隶书该怎么写还应该怎么写，狂草、小篆不是更难认嘛，书法作为艺术，还是要尊重传统的。我当初批评你，不是说你写了错别字，而是觉得你在延安城墙上写标语是在向大众作宣传，不该用这种大众难懂的字体写。你有机会见到书法界的朋友们，替我解释一下，隶书也好，篆书也好，该怎么写还要怎么写，不必受我那篇文章的影响。当然，有时也要看对象，理解我的本意就好了。'毛主席这番话使我如释重负，心中再也没有一点儿委屈情绪了。"②毛泽东这一非正式的谈话究竟在多大程度上，或者究竟有无影响当代艺术，乃至当代文学，此处可以不论。但是，在毛泽东的这一表述中，我们仍然可以接触到一个重要的概念——"宣传"。

显然，在所谓的"动员"结构中，发动群众和组织群众始终是其最为重要的政治任务之一，而要将群众组织和发动起来，则必须首先对群众进行宣传和教育，因此，宣传的重要性，也历来被革命政治所重视③。而宣传则是需要文化知识支持的，所以毛泽东又曾断言："没有文化的军队是愚蠢的军队，而愚蠢的军队是不能战胜敌人的。"④ 这一"宣传"本身又是高度政治化的，甚至是高度工具化的，因此，被纳入这一"动员"结构的知识也必然会被政治化，这就是毛泽东《在延安文艺座谈会上的讲话》中所明确宣布的："在现在世界上，一切文化或文学艺术都是属于一定的阶级，属于一

---

① 毛泽东：《反对党八股》，《毛泽东选集》（第三卷），第793页，北京：人民出版社，1966年。
② 周杭生：《他把书法写上天安门红墙——与著名书法家、美术家钟灵对话》，上海：《档案春秋》2006年第5期。
③ 比如，毛泽东在叙述"长征"经验时，就曾将红军比喻为"宣传队"。
④ 毛泽东：《文化工作中的统一战线》，《毛泽东选集》（第三卷），第1009页，北京：人民出版社，1966年。

定的政治路线的。为艺术的艺术,超阶级的艺术,和政治并行或互相独立的艺术,实际上是不存在的。"同时知识也被工具化,"无产阶级的文学艺术是无产阶级整个革命事业的一部分,如同列宁所说,是整个革命机器中的'齿轮和螺丝钉'"①。经由这样的叙述,在这一"动员"结构中,所谓"知识"包括文学艺术的自主性或者独立性,实际上已经很难存在。而重新确立的中心主题,则正是"为群众的问题和如何为群众的问题"②。如何重新评价《在延安文艺座谈会上的讲话》的历史意义,并不是我在此要做的主要工作,但我们必须注意的是,一方面,此一对知识的政治化乃至工具化的处理,固然造成了对知识包括文学艺术的过于狭隘的理解,但另一方面,在当时的历史语境下,这一高度政治化乃至工具化的知识,又的确有效地完成了对民众的政治"动员"。比如,陈登科回忆1943年4月《盐阜大众报》刚创刊时,"半月一期,每期只出两百份,没有订户,是赠送的"。后来明确了"走工农兵路线,面向工农兵"的办报方针后,"每月收到来稿一千七八百篇,信四五百封,报纸发行到五千余份。出刊期也从半月刊逐渐改为周刊、三日刊。在广大农村里,七八岁的小孩都知道'盐阜大众',每期报纸一送到村里,小学教师和村里的文教委员,就把报上发表的墙头诗,一字一句抄写到农民的墙上。每个村上都写满了墙头诗……。'盐阜大众'上发表的小故事、小通讯,成为农村冬学里的教材。……经常给它写稿的工农兵通讯员有几百个"③。当然,这一问题我在下面还会继续讨论。

当知识被政治化或者工具化之后,也就必须对知识的定义进行重新的阐释,这就是毛泽东在《整顿党的作风》中所重点强调的:"什么是知识?自从有阶级的社会存在以来,世界上的知识只有两门,一门叫做生产斗争知识,一门叫做阶级斗争知识。自然科学、社会科学,就是这两门知识的结晶,哲学则是关于自然知识和社会知识的概括和总结。此外还有什么知

---

① 毛泽东:《在延安文艺座谈会上的讲话》,《毛泽东选集》(第三卷),第867页。
② 朱鸿召:《延安文艺座谈会上的激烈争论》,《延安日常生活中的历史》,第120页,桂林:广西师范大学出版社,2007年。
③ 陈登科:《同志·老师·战友——忆钱毅》,《红旗飘飘》(第一集),第136页,北京:中国青年出版社,1957年。

识呢？没有了。"①而那些仅仅拥有"书本知识"的人，在毛泽东看来，甚至还不是一个"完全的知识分子"。显然，在毛泽东的论述背后，始终存在的，正是"实践论"这一重大的理论支持。而强调"实践"的重要意义，在当时有着深刻的政治背景，它要解决的正是"山沟沟里能否出马克思主义"这一核心的理论命题，也就是"延安道路"的政治合法性问题。因此，毛泽东在《整顿党的作风》中不仅明确宣称："真正的理论在世界上只有一种。就是从客观实际抽出来又在客观实际中得到了证明的理论，没有任何别的东西可以称得起我们所讲的理论。"同时还从斯大林的论述中寻找到了这一论断的支持："斯大林曾经说过，脱离实际的理论是空洞的理论。空洞的理论是没有用的，不正确的，应该抛弃的。"这也正是"延安整风"的实际含义之一。但是，这一"实践论"支持下的知识定义的阐释，却在很大程度上影响了当时乃至尔后中国革命对知识的理解。强调知识的实践性的一面，并不能说是完全没有意义的，它不仅可能扩大知识分子的知识谱系，并以此弥补知识分子原有知识（"书本知识"）的不足，而更重要的是，它可能激发的，正是破除对某些"经典"知识的迷信以及这一"经典"知识的垄断格局，同时，为无产阶级（包括无产阶级知识分子）的主体意识提供了一种强大的知识支持，或者说知识自信。也可以说，在群众的政治性参与的另一面，还包括群众的知识性参与。事实上，1949年之后，曾经普遍化的群众性的技术革新和技术创新，甚至所谓的工农兵写作，等等，都无不和这一对知识的"实践性"的肯定有着或直接或间接的关系。当然，另一方面，由此也多少导致了知识的实用主义倾向以及对另一种知识形态（"书本知识"）的轻视甚至批评②。

在这一"动员"结构的模式中，对知识的服务性的要求而导致的知识的政治化和工具化倾向，以及对何谓"知识"的重新阐释，必然会进一步引申出对知识的主体，也即知识分子的改造要求。这一改造来自于两个方面，一是理论，二是情感。前者决定了"马克思列宁主义"的经典地位，而

---

① 毛泽东：《整顿党的作风》，《毛泽东选集》（第三卷），第773—774页。
② 有关知识问题的更详细的讨论，可参阅本书第六章《"技术革新"和工人阶级的主体性叙事》。

后者则认为知识分子只有"感情起了变化",才能进而完成"由一个阶级变到另一个阶级"①。从理论到情感,最终要解决的,正是世界观的问题,这一世界观不仅是政治的,也是道德的。在这一改造过程中,一部分知识分子顺利地完成了自我的转变,我以为,并不能将这一部分知识分子的转变完全叙述成为一种"违心"的行为。我还以为,在对中国现实问题的思考上,马克思主义在某种意义上的确拥有着一种强大的阐释力量,不了解这一点,我们就很难理解为何在晚清以后众多现代性话语的竞争中,马克思主义相对较晚进入却最终胜出,这并不是"政治—权力"说就可轻易解释的。同时,对平等主义的政治诉求以及由此导致的对未来社会形态的乌托邦想象和相应的社会实践,等等,都可能决定知识分子的立场变化,包括对知识的实践性的认同。当然,另一部分知识分子对这一改造表示出了某种不适应,某种困惑,甚至某种抵触。这一抵触也不完全是政治的,更多的原因来自于对知识的不同的阐释,也即对"书本知识"的固守。在某种意义上,这一"书本知识"恰恰构成了知识分子的某种传统,也即所谓的"学统"。而构成知识分子传统的,也不仅仅是知识,它还包括生活方式、心理、趣味、习惯、情感,等等。在某种意义上,这一部分知识分子仍然希望在"动员"结构之外,寻找"知识"或"学问"的路径,或者个人安身立命的所在。很多年后,杨绛在小说《洗澡》中,回忆并生动地再现了1950年代她(他)们在这一知识分子的改造运动中所遭遇的种种生活细节。

在重新解释《在延安文艺座谈会上的讲话》的历史意义时,钱理群认为,知识分子在当时的战争环境中,"特别感受到作为知识个体的无力与无用,迫切希望和有力量的人结合起来,融入一个战斗的集体,因此,毛泽东发出'知识分子和工农相结合'的号召是能够得到知识分子自身经验和反思的支持的",而且也是"深得人心的"。但是,"把知识分子视为必须进行'脱胎换骨'的改造的对象,不仅外表要工农化,内在的心理、思维、情感、生活习惯、生活方式都得'工农化','化'的结果就是知识分子的消失。……工农和知识分子'相结合'这一具有历史合理性的命题,就变成了单一的

---

① 毛泽东:《在延安文艺座谈会上的讲话》,《毛泽东选集》(第三卷),第808—809页。

改造知识分子的命题，工农民众和知识分子的关系，也蜕变为改造与被改造，一方'化'掉一方的关系"①。我以为，这多少是一种持平之论。

显然，只有在"动员"结构这一模式之中，我们才能明白政党或者国家对知识乃至对知识分子的要求的具体的历史原因、意义和内涵。这一要求有其自身的历史意义，同时也表达了对知识和知识分子的高度重视，当然，这一重视有其明确的服务性的要求，也就是要求知识分子在这一结构中承担宣传、教育和动员民众的任务。但是，在对这一要求的历史合理性的解释之外，我们必须看到，它所带来的另外的种种影响，除了钱理群所描述的这一历史合理性的"蜕变"现象，对知识的实践性的过度强调，也极其容易把"知识"狭隘化，甚至造成某种对"书本知识"的偏见，而形成这一偏见的，恰恰是某种工具理性的支持。同时，对"无产阶级知识分子"的期待，也必然导致对"社会原有知识分子"的改造、批评，甚至政治歧视。因此，在一种激进的也是极端化的历史发展过程中，不仅导致了对教育制度的过于偏激的改革，同时也形成了对1949—1966年的教育的基本评价②。

但是，更为根本的是，在这一"动员"结构中，尽管知识分子的思考并没有完全消失，却只能以更加曲折的方式或者干脆以一种主流的政治方式进行表达，这一表达方式形成了这一时期小说的"文本的隐蔽性"。可是，它仍然导致了知识分子的独立性的丧失，在教育制度上，则是大学自主性的被取消。其结果，是"文化政治"的"退出"，而按照鲁迅在《关于知识阶级》中的解释，"真的知识阶级"是必然要和"实际的社会运动"相结合的，而且，永远不满足现状，是永远的批判者。

---

① 钱理群：《我的精神自传》，第102—103页，桂林：广西师范大学出版社，2007年。
② 这也是所谓"教育革命"的基本内涵，即"五七指示"所强调的：学生要"以学为主"，"也要学工、学农、学军，也要批判资产阶级。学制要缩短，教育要革命，资产阶级知识分子统治我们学校的现象，再也不能继续下去了"。《人民日报》1966年8月1日。而1971年8月的全国教育工作会议的《纪要》则明确提出了两个"估计"，一是认为，"文化大革命"前17年的教育战线是资产阶级专了无产阶级的政，是"黑线专政"；另一个是说，知识分子的大多数世界观基本上是资产阶级的，是资产阶级知识分子。参见徐庆全：《文坛拨乱反正实录》，第62页，杭州：浙江人民出版社，2004年。

结 语

  我想我应该重新强调的是,这一所谓的"动员"结构事实上只是一种非制度性的政治模式,但是,它却拥有强大的政治能量,包括社会能量。一方面,它是对制度的一种补充,而另一方面,又构成了对制度的压力,甚至会成为制度的反对力量。尤其是当制度的官僚化和专业化逐渐趋于僵化的状态,或者说,这一高度科层化的制度阻挠了意识形态的想象,甚至本身成为"继续革命"的障碍,这时,所谓的"动员"模式就会对社会进行重新结构,并给政治运动提供一种强大的结构性的支持。

  "动员"结构的真正意义在于,它在理论上提供了群众的政治参与的可能性,而这一可能性的前提,则是在这一结构中,肯定了群众的政治主体的地位。而我始终认为,理论包括由此导致的政治想象的重要性,是不可低估的,它不仅可能为群众的政治参与提供一种强大的行动支持,同时,由于历史情景的变化,这一理论会逐渐趋于"空洞化"的状态,而空洞化的理论状态,恰恰为重新解释这一理论的合理性提供了一种新的现实可能。因此,我们只有了解这一理论包括由此导致的政治想象,才可能深刻地进入历史,包括理解什么是群众,尤其是知识分子的政治热情,尽管他们因为这一政治热情在具体的政治运动中又常常会异化成政治运动的批判对象,可是,这一政治热情的持续存在,却是一个亟需打开的文本。也就是说,我们必须对这一持续存在的群众的政治热情,给予更为深刻的解释。

  但是,我们却不能将这一"动员"结构片面地理解为一种群众自发性的政治或社会运动,在这一模式中,处于主导地位的,始终是某种支配性政治,政党或者政党领袖的个人意志构成了这一支配性政治的重要内涵。可是,我们也不能就此认为,在这一支配性政治的主导下,所谓的"社会运动"因而夭折,或根本不曾存在。吊诡的地方在于,群众往往会通过政治运动所提供的合法性的形式,公开或隐蔽地表述自己的利益要求[①],而阶

[①] 比如,在1957年的"整风运动"中,也就是"反右"之前,部分工人就曾在运动中提出了自己的利益要求,某一工厂的大事记就曾记载:"5月9日,部分职工受到社会上大鸣大放的影响,有的职

层或集团的利益诉求，正是社会运动的表征之一。因此，中国的社会运动这一复杂而隐蔽的特征，不仅通过合法的政治运动的形式被表征出来，同时，在某种程度上，也恰恰依托了这一"动员"的结构性存在。

当然，政治是解决社会冲突的根本性的方法或路径，在这一意义上，"社会运动"的意义并不能被高估或被无限夸大。但是，完全离开社会运动的支持，或者说，根本排除群众的具体或物质性的利益要求，政治则有可能被抽象化，并因此丧失其群众性基础。我以为，"动员"结构在"文化大革命"中得到了一种激进的也是极端化的发展，这一发展的特征，正在于政治的高度抽象化。高度抽象化的政治，不仅导致了整个社会的政治疲惫，也导致了群众的政治参与热情的消退，并进而形成群众对政治的冷漠态度。这正是1980年代以后中国社会"去政治化"的根本性的历史原因之一。

这一非制度化的"动员"结构，当它成为制度的某种补充的时候，会和制度达成某种默契状态。可是，一旦它成为制度，尤其是僵化的制度的反对力量的时候，某种分裂包括激烈的对抗也就不可避免。问题则在于，由于错误的知识分子政策，这一批判的力量并不是来自于某种文化政治，而是一直企图诉诸某种政治运动的形式，然而，由于这一"动员"结构缺乏转化为制度的可能，因此，持续的政治运动，却并没有导致真正的制度创新，即使"文化大革命"这一极端化的政治形式也是如此。所以，钱理群在自己的回忆中会认为："从另一个角度看，'文革'只是一个'罢官运动'，也没有进行任何制度建设。因此，建立起来的'红色政权'，必然是一个新的官僚机构，造反派进入这个体制，成为掌权者，其自身的官僚化与腐败，蜕变为'新贵'，几乎是必然的。"① 当然，形成这一现象的原因是极其复杂的，既有理想和现实的冲突，也包含着内容与形式的断裂。而在根本上，正是

工抢了尚未分配的空房，职工对生活福利意见较多，情绪激烈，由于领导思想准备不足，一度造成群众和干部的思想混乱。5月，党委着重抓了'正确处理人民内部矛盾'的工作，党委领导团结一致，改进作风转被动为主动，从党内到党外广泛听取群众意见。采用从群众中来到群众去的办法，层层做通职工代表思想，及时、迅速地抓整改，解决一批意见比较集中的住房、小食堂、家属进厂、托儿所、浴室、交通车等问题，很快稳定了群众的情绪。"（《上海二纺机党史大事记》，第151页）而在"文化大革命"中，一些群众组织更是以集体的形式公开提出了自己的利益要求，也就是所谓的"经济主义妖风"。

① 钱理群：《我的精神自传》，第46页。

现代性的问题。也就是说,一方面,意识形态企图突破现代性的规约,而另一方面,整个社会的制度设计又仍然是现代的。这一制度设计不仅是国家的管理模式,甚至包括国家形态本身。在这样一个现代的格局中,制度创新实际上成为一个极其重要但也是非常困难的问题。但我仍然认为,经由这一"动员"结构所表征出来也是未能解决的社会运动、文化政治和制度创新,将依然是我们思考中国问题的路径之一。

在某种意义上,这一"动员"结构的存在,隐蔽地支持了当代文学中"动员—改造"的叙事模式。但是,这一模式并不是非常稳定的,相反,由于对群众、干部和知识分子的理论和实际的甚至是悖论性的解释,小说叙述又往往会自觉或不自觉地突破这一模式的制约,甚至在文本中包括文本的形式上留下许多的"裂痕",而这些"裂痕"的存在,则有可能促使我们放弃"成见",重新也是更深刻地打开文本。

第三章　青年、爱情、自然权利和性

在1949—1966年的中国当代小说中,我们可以读到大量有关"青年"的描写和叙述,这些描写和叙述构成相关的文学想象。这一想象,当然来自中国革命具体的历史实践,正是由于无数青年的加入甚而献身,中国革命才最终得以获取胜利[①]。因此,在某种意义上,我们甚至可以说,中国革命的历史,实际燃烧的就是青年的激情,而围绕这一历史的叙述和相关的文学想象,也可以说,就是一种"青年"的想象。而在另一方面,正是"青年"这一主体的介入和存在,才构成了这一时期小说强烈的未来主义特征。

但是,这一想象,并不仅仅只是"青春"的,或者说,只是青春的记忆、证明或者情感抒发。当然,"抒情"构成了这一"青年"书写的较为常见的修辞方式,但是,在这一修辞背后,却是一种主体性的建构要求。这一主体性,既指涉"青年"这一社会群体,同时更是"革命"和"国家"的文学隐喻,因此,这一主体性的诉求,同时也是政治的诉求,也因此,作为主体而被建构起来的"青年",同时即是一政治主体。这一主体,不仅是历史的,同时更是未来的。

当我们把"青年"置放在和政治领域的相互关联中,我们就将清晰地看到这一主体性的获取过程,同时,我们还将看到,私人的情感领域,包括爱情和性,如何被政治动员起来,不仅成为革命的动力,同时也成为政治的一种表述方式。

[①] "每一位观察江西和延安时期共产党运动的人都注意到,青年人控制着从低层到高层的领导,陕西游击队从1927年就由青年男子领导,大多数20岁出头,完成长征的战士们到达时,他们刚刚30岁。共产党最高领导当时是1919年参加'五四'运动的学生。对日战争爆发前夕,他们已领导十年之久,也仅仅35岁左右或40出头。埃德加·斯诺报道说,1936年红军普通士兵平均年龄是19岁,而军官是24岁。"马克·赛尔登:《革命中的中国:延安道路》,第96页,魏晓明、冯崇义译,北京:社会科学文献出版社,2002年。

一、青年或者"青年政治"

1900年2月10日,梁启超在《清议报》第三十五册发表《少年中国说》,正是在这篇文章中,梁启超首次明确了"少年/老年"的对立范畴,并将保守、永旧、灰心、怯懦、苟且等等,归入"老年"这一符号领域,而把将来、希望、进取、日新、冒险、创造等等,赋予"少年"这一文学形象。梁启超并不仅仅是在生命特征的意义上讨论这一"少年/老年"问题,而是一种修辞,一个深刻的有关"国家"的隐喻,恰如作者所言:"人固有之,国亦宜然。"因此,他提供的,恰恰是一种"想象中国"(王德威语)的方式。这一方式表现出一种强烈的未来主义的特征:"故今日之责任,而全在我少年。少年智则国智,少年富则国富,少年强则国强,少年独立则国独立,少年自由则国自由,少年进步则国进步,少年胜于欧洲,则国胜于欧洲,少年雄于地球,则国雄于地球。红日初升,其道大光;河出伏流,一泻汪洋;潜龙腾渊,鳞爪飞扬;乳虎啸谷,百兽震惶;鹰隼试翼,风尘吸张;奇花初胎,矞矞皇皇;干将发硎,有作其芒;天戴其苍,地履其黄;纵有千古,横有八荒;前途似海,来日方长。美哉,我少年中国,与天不老!壮哉,我中国少年,与国无疆!"①

在某种意义上,我们可以说,梁启超的这一"少年中国"的想象,深刻地影响并改变了20世纪的中国历史。这一影响或者改变,不仅仅将"少年"从传统的政治—文化的权力场域中解放出来,而且更深刻地揭示了传统中国/现代中国的尖锐对立,同时引入了未来主义的叙事元素。而在这样一个指涉"未来"的故事中,冲突不再仅仅被限制在一个社会的结构内部,或者说,冲突的目的不再是这一结构内部的权力的替代/被替代的关系。在小说领域,这一"故事"的经典叙述,当然是巴金的《家》。支持觉慧"革命"的,正是"青年"这一指涉"未来"的"想象中国"的方式,尽管,它以"我/个人"的形式被重新叙述:"觉慧不作声了。他脸上的表情变化得很快,这表现出来他的内心的斗争是怎样地激烈。他皱紧眉头,然后微微地张口加重语气地自语道:'我是青年。'他又愤愤地说:'我是青年!'过后他又怀疑

---

① 梁启超:《少年中国说》,李兴华、吴嘉勋编:《梁启超选集》,第123、127页,上海:上海人民出版社,1984年。

似地说:'我是青年?'又领悟地说:'我是青年。'最后用坚决的声音说:'我是青年,不错,我是青年!'""少年/老年"的时间对立,由于引进了"未来"这一极其重要的现代性的时间概念,必然走向"狭的笼/广大的世界"的空间上的二项分立。因此,《家》的结尾必然是"出走",这一"出走"是有目的地的:"广大的世界"隐喻着时间上的未来和希望,是"旧"的死去和"新"的开始。这也正是《家》和《红楼梦》的最为重要的区别——"有目的地"的现代和"无目的地"的传统。而支持这一区别的,正是现代的发展主义的意识形态。而在现代中国,这一发展主义更多地以一种时间的空间化形态或者时间和空间的重叠形式表现在各类叙述之中,而这一"空间"也正是现代政治的"目的地"。从红军时代的"砸碎一个旧世界,建立一个新世界"再到曹禺《日出》隐喻性的结尾,无不昭示出这一"目的地"对人的召唤。而在福柯看来,这种出走家园的冲动和对新的目的地的神往,导致的正是"一种与传统的断裂,一种全新的感觉,一种面对正在飞逝的时刻的晕眩的感觉",因此,福柯更愿意把现代性想象为"一种历史的态度而不是一个历史的时期"。这一"态度",福柯指的是"与当代现实相联系的模式;一种由特定人民所做的志愿的选择;最后,一种思想和感觉的方式,在一个和相同的时刻,这种方式标志着一种归宿的关系并把它表述为一种任务"①。这一"归宿的关系"以及"表述的任务",是"现代"的,也是"政治"的。所以,黄子平认为,在《激流》三部曲中占了相当篇幅的叙事,比如北京来的新书报、《利群周报》社的活动、觉慧从上海寄来的信和文章,都是小说必不可缺的部分:"一切在'家'里失去的,都可以在这里找到:友情、爱、青春的活力、生命的意义、奋斗的目标。倘若巴金拟想中的第四部小说的书名是《群》,则这些活动正是从'家'走向'群'的预演或排练"②。而"群"指涉的,正是中国的现代政治。

青年以及围绕"青年"的各种叙述,比如家、爱情、青春的活力、生命

---

① 福柯:《什么是启蒙》,汪晖、陈燕谷主编:《文化与公共性》,第430页,北京:生活·读书·新知三联书店,1998年。
② 黄子平:《命运三重奏:〈家〉与"家"与"家中人"》,《革命·历史·小说》,第137页,香港:牛津大学出版社,1996年。

的意义、奋斗的目标，等等，在"未来"这一现代性的目标召唤下，不断地被政治化。但是，也正如黄子平所言："同义反复的叙述圆圈构成一整套空洞的能指符号（青春、生命、幸福、爱情、美丽、新、时代、未来等等），因其空洞而激动人心，因其空洞而获得强大的解释力量，并终于在三十年代成就一个完满的现代意识形态神话。"①这一整套的能指符号，之所以能"激动人心"，能"获得强大的解释力量"，在某种意义上，我以为，恰恰缘于它的情感化的形式再现，而在这一情感化的形式再现中，情感不断地被政治化，反过来，我们也可以说，政治也在不断地被情感化。这一情感的政治化或者政治的情感化，起源性的叙述正在于梁启超的《少年中国说》，并成为"五四"新文化运动中浪漫主义叙述的主要表现形式之一（比如郭沫若的《凤凰涅槃》）。几乎可以肯定地说，中国的左翼革命包括左翼文学的叙述，延续的正是以这样一种情感化的形式再现的现代传统。不仅仅是中国的左翼作家，即使中国左翼政治的政党领袖，比如毛泽东，亦深受这一叙事形式的影响。1919年11月25日，毛泽东在湖南《大公报》发表《恋爱问题——少年人与老年人》一文，讨论重点仍然在梁启超"少年／老年"的对立范畴："老人于种种事情总是和少年立在反对地位。从吃饭穿衣等日常生活，以致对社会国家的感想，世界人类的态度，他总是萧瑟的，枯燥的，退缩的，静止的。他的见解总是卑下，他的主张总是消极。"所以，老人是在"维持'现在'"，而少年则"开发'将来'"。而导致"少年／老年"的对立原因，在当时的毛泽东看来，竟然是"性"，当然这一"性"的欲望，并不是"下等的肉欲生活"："所谓性的欲望，所谓恋爱，不仅只有生理的肉欲满足，尚有精神的及社交的高尚欲望满足"，而排除了这一"高尚欲望"，剩下的"烧茶、煮饭等奴隶工作，是资本主义的结果"，所以，"资本主义与恋爱，是立于冲突的地位；老头子与恋爱，是立于冲突的地位；老头子与资本主义则是深固的结合在一块，而恋爱的好朋友便只有少年了。你说老头子与少年是不是立于冲突地位呢"②。毛泽东的早期思想我们暂且不论，但是在他的文章

---

① 黄子平：《命运三重奏：〈家〉与"家"与"家中人"》，《革命·历史·小说》，第135页。
② 毛泽东：《恋爱问题——少年人与老年人》，《毛泽东早期文稿》，第435—437页，长沙：湖南出版社，1990年。

中,仍然可以感觉到情感化的形式再现这一表述特征的存在,而"开发将来"的思想则一直贯穿在他的革命实践之中。尽管,毛泽东的浪漫主义倾向常常有意无意地被压抑,但是总会在某些时候有意无意地重新浮现在叙事表层。比如,在《星星之火,可以燎原》这样一篇政治文献的结尾,毛泽东这样描述将要到来的革命高潮:"它是站在海岸遥望海中已经看得见桅杆尖头了的一只航船,它是立于高山之巅远看东方已见光芒四射喷薄欲出的一轮朝日,它是躁动于母腹中的快要成熟了的一个婴儿。"[①] 未来、希望和新生,这些曾被梁启超赋予"少年"的语词,在此获得了革命的重新解释,但是它们仍然来自于同一知识谱系的支持。而在这一知识谱系的支持下,不仅现代乃至当代文学深受影响,同时也构成了中国革命的政治特征。这一特征指涉未来、希望和新生,而将传统视为过去、保守和死亡,是中国现代化进展的束缚和阻碍,并与之作一种激烈的争斗和反抗。在这一意义上,我将中国革命政治视为一种"青年政治",也是在这一意义上,我以为中国共产党人领导的革命运动包括其理论表述,更有资格成为晚清以后中国现代性的继承者。

正是经由这一"少年中国"的表述,个人,或者说,青年的内心情感被充分地激发出来。而激发这一内心情感的力量,泰勒称之为某种"本真性理想"的东西:"新的本真性理想,正如尊严的观念,多少反映了等级社会衰落的一个侧面。在以往的传统社会里,我们现在所说的认同主要取决于人的社会地位。这就是说,人们认为对于他们至关重要的东西,在很大程度上是由他们在社会中的位置决定的,以及由这个位置所确定的社会角色和行为确定的。民主社会的诞生这个事实本身并不能消除这种现象,因为人们仍然可以根据社会地位来确定自己的价值。但是,彻底瓦解这种社会地位获得认同的可能性的,正是本真性理想本身。"这就是叙述乃至文化政治的重要作用。同时,这一"本真性理想"本身内含着一种"道德上的含义",而在泰勒看来,"在18世纪以前,从来没有人认为人与人之间的差异具有这种道德上的含义",因此,这一"本真性理想"是现代意识的一个重要组

---

① 毛泽东:《星星之火,可以燎原》,《毛泽东选集》(第一卷),第103页,北京:人民出版社,1966年。

成部分,它引申出每一个人都有一种独特的作为人的存在方式:每个人都有他或她自己的"尺度"。这就是所谓的"独创性原则",而"引进独创性原则极大地提高了自我联系的重要性:我们内心的每一种声音都讲述着其中独一无二的东西。我不仅不能按照外部的一致性模式塑造我的生活,我甚至不能在我自己之外寻找这种模式。我只能在自身之内发现它"①。这也是我们一直在讨论的"自我/个性",而当这一"自我/个性"被以"少年"的形式表述出来,其从传统的等级社会或传统的政治——文化权力场域中解放出来的要求,同时便被"自然"化。这是因为,"少年"兼具时间与生理的双重意味,所以,这一时间和生理的双重意味的叙述,便使得"少年"的政治诉求本身被自然化、道德化乃至合法化。这一"本真性理想"或者"独创性原则"不仅适用于个人,也适用于一个民族。正像个人一样,一个民族也应当忠实于它自己,忠实于它自己的理想和未来的道路。所以,在梁启超的叙述中,"少年"和"老年"对立,同时,"中国"则和"世界"呼应,而在这样的叙事结构中,"少年"和"中国"就具有了某种内在的关联,以及相互转换的政治上的可能性。因此,在这样一种起源性的叙述中,"少年"从一开始就指涉"中国",并和相关的政治和社会运动结合在一起,所以,它并不完全是个人的。同时,因了"少年"的支持,"中国"以及相关的政治和社会运动,却又更多地指涉个人,本身也被自然化、道德化乃至合法化,并形成强大的情感的或者道德的感召力量,甚至一种"青春"形态。

显然,在中国革命政治的内部,同样蕴含着一种主体性的建构要求,尽管,在不同的历史语境下,这一主体性的形态表述常常会因了"政策和策略"的问题而有相应的复杂变化,比如,"阶级/民族""统一战线/政治协商",等等。当然,在这些所有的复杂表述中,"阶级政治"始终是一种主导性的政治取向,也即毛泽东始终强调的不可"忘记了工人阶级的远大利益"②。但是,即使在这一"阶级政治"的主体性结构之中,我们依然能够察觉到它与"五四"新文化运动的叙事上的隐秘关联。也就是说,"我/个人"

---

① 泰勒:《承认的政治》,汪晖、陈燕谷主编:《文化与公共性》,第294—295页。
② 毛泽东:《转发朱德给中共中央信的批语》,《毛泽东文集》(第五卷),第46页,北京:人民出版社,1996年。

并没有彻底消逝，只是以"阶级／民族"的形态重新进入中国的革命政治以及相应的"故事"表述。因此，恰如泰勒所言，"本真性理想"同时适用于个人和民族两个层面，而这一"本真性理想"也是现代性在中国的革命政治中的经典表现。在这一"本真性理想"的规定下，"少年／未来"始终隐藏在"革命故事"的叙事深处。

即使在"革命文艺"的典范之作《白毛女》中，我们也依然能察觉到这一"少年／未来"的隐秘的叙事元素。《白毛女》讲述的故事，比如，因了地主黄世仁的粗暴介入，喜儿和大春这对青年情侣被迫分离，等等，叙述到此为止，并无新意，只是复述了一个传统的通俗故事，比如《孔雀东南飞》①。新意在于，"阶级政治"的引入使这一古老故事获得了一种现代的解释，正是在这一现代的解释之中，"未来"不再是一个空洞的能指符号，相反，"政治／权力"（八路军／共产党）的介入，使得"未来"清晰可见，并在"现在"就能实现。正如执笔者之一丁毅在 1949 年出版的《白毛女》的再版前言中强调的："一向被压迫的农民，找到自己的军队，有了力量，有了希望。"② 因此，1949 年再版的《白毛女》的封面上，特意用括号标示出"新歌剧"的字样，所谓的"新歌剧"并不仅仅指涉它的形式，同时也暗含了它对这一古老故事的重新解释。如果我们将《白毛女》视为一个"主文本"，那么这一用括号标示出的"新歌剧"也可看作一个"副文本"，而在"主文本"和"副文本"的互文性对照中，《白毛女》的现代意义便被有力地凸现出来③。在这样的重新解释中，情感被政治化，因此，喜儿和大春的"大团圆"并不是可有可无的通俗性结局，相反，只有这样的"大团圆"结局，才能有力地表明，"未来"在"现在"的实现的可能性，而在"现在"这一时间的刻度上，乌托邦不再仅仅只是一种想象，而是必须诉诸人的社会实践，同时

---

① 欧阳山的《三家巷》在"五四"运动的语境下，再次讲述了这一古老故事，并通过周炳等人对《孔雀东南飞》的戏剧改编和演出，使得"五四"新文化运动和中国的左翼革命之间具有了某种内在的关联性。
② 丁毅：《白毛女·再版前言》，山东新华书店，1949 年。
③ 按照法国理论家热奈特的说法，副文本是相对于一部文学作品的"正文"（或称主文本）来说的，它包括标题、副标题、扉页引言、序跋、说明、内容提要、插图、封面图案与颜色、版权页的位置、文本的页眉与页脚等等。华东师范大学的佘丹清博士在他的博士论文《周立波新探》中曾依据这一理论对周立波小说的版本变迁做了详细研究。我在此受到他的研究的启发，特此感谢。

这一社会实践又必须是政治的。而依托了这一"少年／未来"的叙事结构，政治同时也被情感化，并直接诉诸观看者的情感领域，同时使得"新社会"获得一种强烈的情感和道德的感召力量①。

因此，透过政治层面，我们仍然能够感觉到，即使在中国的革命政治乃至相应的文学叙述中，其核心部分依然保留着强烈的"我／个人"的主体性特征，或者说，是一种"个人性"特征。这一"个人性"不仅依托着"少年／未来"的时间叙事，同时也充分地调动起这一时间叙事中的个人的"身体"；因此，在革命叙述中，"身体"始终是一个极为强悍的理由（比如，"翻身"这一概念②），即使在1949年之后，"身体"依然和"少年／未来"的叙述相互关联。比如，在王蒙的《组织部新来的年轻人》中，叙事者通过赵慧文，对林震说："今天的夜色非常好，你同意吗？你嗅见槐花的香气了没有？平凡的小白花，它比牡丹清雅，比桃李浓馥，你嗅不见？真是！再见。明天一早就见面了，我们各自投身在伟大而麻烦的工作里边。然后晚上来找我吧，我们听美丽的意大利随想曲。听完歌，我给你煮荸荠，然后我们把荸荠皮扔得满地都是……"③ 在这一浪漫主义的叙述中，年轻的身体，包括身体的感觉，被充分调动起来，而这一调动的目的，正是为了更好地完成"少年／未来"的时间叙事。而正是在这样的身体感觉中，一种年轻的生命的活力似乎重新回到林震的身上（"挺起胸脯来深深地吸了一口夜的凉气"），于是，"隔着窗子，他看见绿色的台灯和夜间办公的区委书记的高大侧影，他坚决地、迫不及待地敲响领导同志办公室的门"。尽管，这一"青春"叙事已经被高度地政治化。

在某种意义上，主体或者主体性的诉求，必然要求一种相应的表述方式，而在修辞上，自然是"抒情"的出现④。诗和音乐是这一"抒情"的最好

---

① 据说，早在延安时期，《白毛女》的演出就场场暴满，有人甚至攀上墙头屋顶，而从几十里地之外赶来看戏的农民也大有人在。参见丁玲为《延安文艺丛书》写的总序，长沙：湖南人民出版社，1984年。
② 比如，韩丁专门用"翻身"这个词来组织他的中国叙事。参见韩丁：《翻身——中国一个村庄的革命纪实》，北京：北京出版社，1980年。
③ 王蒙：《组织部新来的年轻人》，《人民文学》1956年9月号。
④ 在现代文学中，"抒情"即使就它的形式或语言，也是现代的，这一现代的"抒情"恰恰和现代的主体性要求相关。

的表述形态,所以,即使在严酷的战争环境中,中国革命也未曾排除过浪漫主义的表述方式,而且,这一浪漫主义的表述经常和"青春与歌声"联系在一起。比如,何其芳这样叙述延安:"延安的城门成天开着,成天有从各个方向走来的青年,背着行李,燃烧着希望,走进这城门。学习。歌唱。过着紧张快活的日子。然后一群一群地,穿着军装,燃烧着热情,走散到各个方向去。"① 周立波则在一首诗里这样歌唱:"我要大声的反复我的歌/因为我相信我的歌是歌唱美丽/像阳光相信他的温暖/像提琴相信他的调好的琴弦/像青春相信他的纯真的梦境/像那朵飘走的云,相信他的自由轻快的飞奔……"② 我们暂且不论这些延安叙述的真实性,但是,这一"抒情"的背后,却多少有着"少年中国"的想象资源。而这一想象,也正是所谓"本真性理想"在"个人"和"民族"这两个层面上的来回运动,或者说,在"个人"的抒情中指涉着"民族",而在"民族"的叙述中又隐喻着"个人"命运,这也正是"少年/中国"的经典的表述方式。即使在1949—1966年的社会主义文学叙述中,这一抒情方式依然存在,而且成为一种"国家文学"的创作方法,也即所谓的"革命现实主义和革命浪漫主义相结合的创作方法"。尤其是在1950年代,这一"抒情"普遍存在,似乎暗示着那一时代个人主体性的强烈的政治诉求,尽管它常常以"革命/阶级/国家"的形态表现出来,以至于林震这样责问赵慧文:"你是文工团的,为什么很少唱歌?"③ 当"唱歌"(抒情)成为一种要求,"青春"便会成为反复叙述的对象。同时,由于革命政治的介入,包括这一政治的强大的解释力量和实践力量,使得"未来"不再仅仅只是一种想象,而是完全能够实现的"现在",因此,在"现在"这一时间刻度上,现实和未来之间的紧张与焦虑被有效地缓解。所以,这一时期的"抒情"更多地含有一种乐观主义的情绪。

在20世纪中国的政治文献中,"青年"是一个出现频率非常高的概念,

---

① 何其芳:《我歌唱延安》,《何其芳文集》(第二卷),第39页,石家庄:河北人民出版社,2000年。
② 周立波:《一个早晨的歌者的希望》,延安《解放日报》1941年10月28日。转引自佘丹清博士论文《周立波新探》。
③ 王蒙:《组织部新来的年轻人》。

可是，与其他的概念相比，"青年"仍然是一个边界相对模糊的群体概念，比如，工人、农民、士兵，往往是在职业甚或阶级的意义上使用，那么，"青年"又在指涉什么？它的归属关系究竟何在？也许，在这个意义上，黄子平将"青年"及其相关的青春、爱情、生命等等认定为是一整套"空洞的能指符号"。然而，正是这个边界模糊的概念却有力地楔入中国政治以及中国现代文学的词语的表述系统，这一方面暗示了中国革命乃至中国政治的复杂性，或者另一种意义上的"统一战线"，以构成一个成分相对庞杂的"想象的政治共同体"，但是，在另一方面，当这个边界模糊的概念企图进入思想的或者政治的词语谱系，仅仅依靠它的情感性是远远不够的，还必须得到理论的重新解释。在鲁迅，曾经针对"青年"所含的生理意味，依了"进化论"的观念，而作了自己的解释："我现在心以为然的道理，极其简单。便是依据生物界的现象，一，要保存生命；二，要延续这生命；三，要发展这生命（就是进化）。生物都这样做，父亲也就这样做。"① 在这样一种"进化论"的观念的支配下，鲁迅对"青年"寄予了极大的政治或者文化的希望，但是到了1930年代，鲁迅便宣布自己的"进化论思路"完全"轰毁"②。在同一时代，毛泽东却按照革命政治的思路，对"青年"作了重新的定义和解释，这就是著名的《五四运动》和《青年运动的方向》。正是在这两篇文章中，毛泽东提出了"主力军"的概念："主力军是谁呢？就是工农大众。中国的知识青年们和学生青年们，一定要到工农群众中去，把占全国人口百分之九十的工农大众，动员起来，组织起来。没有工农这个主力军，单靠知识青年和学生青年这支军队，要达到反帝反封建的胜利，是做不到的。所以全国知识青年和学生青年一定要和广大的工农群众结合在一块，和他们变成一体，才能形成一支强有力的军队。"③ 毛泽东在这里作了两个区分：（一）将"青年"具体化为"知识青年和学生青年"，也即将其纳入"阶级／阶层"的范畴中予以分析和考察，从而拒绝了一种抽象的"青年"的讨论；（二）所谓"主力军"，也即政治主体，将"工农群众"定义为中国革命的政

---

① 鲁迅：《我们现在怎样做父亲》，《鲁迅全集》（第一卷），第135页，北京：人民文学出版社，2005年。
② 鲁迅：《三闲集·序言》，《鲁迅全集》（第四卷），第5页，北京：人民文学出版社，2005年。
③ 毛泽东：《青年运动的方向》，《毛泽东选集》（第二卷），第529—530页，北京：人民出版社，1966年。

治主体，便规定了"知识青年和学生青年"与这一政治主体的归属关系以及具体的行为实践（"和广大的工农群众结合在一块"）。这一所谓的"结合"，对知识分子和中国革命的关系的影响是极其重要的，包括知识分子个人在这一结合过程中的焦虑、彷徨、压抑乃至悲剧性的命运，这些问题我或有另文讨论。我在此主要关心的是，毛泽东这一对"青年"的重新定义和解释，对中国的当代文学的叙事形成了什么样的重要影响乃至重要改变。

在此，我想借用萨义德的"态度与指涉的结构"来讨论这一问题。所谓"态度与指涉的结构"是萨义德《文化与帝国主义》中的一个重要概念，遗憾的是，萨义德本人对这一概念并没有作出正面的理论性的解释，我们所能感觉到的只是，这一概念与威廉斯的"感觉结构"之间的某种内在联系[①]，以及葛兰西的理论影响[②]。因此，在这一概念中，实际包含了"经验"与"地理"两个基本要素。可是，在萨义德据此进行的现象描述——主要是通过对19世纪英国小说的讨论——中，我们仍然可以看到他对这一"态度与指涉的结构"所作的详细阐述。他指出，在19世纪的小说中，"宗主国的英国或者欧洲"是一个"在社会上值得期望的、得到允许的空间"，它联系着"遥远的或边缘的世界"，这个世界"被想象成为值得期望的，但同时又是从属的世界"。而"与这些地理性指涉相伴而来的是一种态度——某种关于统治、控制、利润、增强和恰当性的态度。从17世纪发展到19世纪末，这种态度以惊人的力量成长"[③]。这一结构既是一种经验类型，同时，又隐含了地缘的和政治的意味。我感兴趣的，只是这一结构中包含的"经验"

---

① "感觉结构"是威廉斯的一个重要概念，指的是某一文化共同体成员共有和独特的生活感受和生活经验，"它在我们的活动最微妙和最不明确的部分中运作"，所有的文化都具有这种独特的生活感受，"这种感觉结构就是一个时期的文化"。详细参见雷蒙德·威廉斯：《文化分析》，罗钢、刘象愚主编：《文化研究读本》，第125—132页，北京：中国社会科学出版社，2000年。

② 按照萨义德的说法，葛兰西对他的影响主要是"以地理的方式来思考"问题，而与"时间的架构"的黑格尔传统相比，"地理的或空间的架构很不同，更物质化得多"。参见萨义德：《权力、政治与文化——萨义德访谈录》，第263页，单德兴译，北京：生活·读书·新知三联书店，2006年。

③ 参见萨义德：《文化与帝国主义》，李琨译，北京：生活·读书·新知三联书店，2003年。在此书中，所谓"态度与指涉的结构"，又被译成"观念与参照结构"或者"感觉和参照的结构"等等，我在此引用的主要是张跣的译文以及相关研究，参见张跣《态度与指涉的结构：文化与帝国主义何以"共谋"》，《上海文化》2007年第3期。

与"地理"两个基本元素,以及,在不同的地理关系、政治关系和文化关系中,"主体"如何扩展为"主体间性"的研究。因此,我打算将这一结构从萨义德的叙述语境中抽象出来,仅仅作为一个借用的概念,来讨论中国的当代文学。

而我以为,毛泽东在强调"全国知识青年和学生青年一定要和广大的工农群众结合在一块"的时候,所谓"结合"已经内含了一种"地理"的意味,它要求"知识青年和学生青年"深入革命的"空间",这个空间有时被解释成乡村,有时被解释成军队,也有时被解释为工厂,总之,这一空间是革命的中心所在,因此,它是"值得期望"的,同时,它也联系着"遥远的或边缘的世界",这个世界"被想象成为值得期望的,但同时又是从属的世界"。这一世界,正是"知识青年和学生青年"的原住地,这一原住地,不仅是自然地理的,也是心理的、文化的空间。正是因了"结合",那些原来可能毫不相干的空间,被政治有效地统一在一起,并构成相应的从属关系。"与这些地理性指涉相伴而来的是一种态度",也即革命的态度,而在具体的表述上,则是"知识青年和学生青年"对"工农群众"(革命的"主力军")这一政治主体的态度。毛泽东《在延安文艺座谈会上的讲话》着重解决的也正是这一"态度问题",这一态度,不仅关联立场、对象,也涉及情感、学习、改造和自我改造。比如,毛泽东就以自己为例:"那时,我觉得世界上干净的人只有知识分子,工人农民总是比较脏的。知识分子的衣服,别人的我可以穿,以为是干净的;工人农民的衣服,我就不愿意穿,以为是脏的。革命了,同工人农民和革命军的战士在一起了,我逐渐熟悉他们,他们也逐渐熟悉了我。这时,只是在这时,我才根本地改变了资产阶级学校所教给我的那种资产阶级的和小资产阶级的感情。这时,拿未曾改造的知识分子和工人农民比较,就觉得知识分子不干净了,最干净的还是工人农民,尽管他们手是黑的,脚上有牛屎,还是比资产阶级和小资产阶级知识分子都干净。这就叫做感情起了变化,由一个阶级变到另一个阶级。"[①]"工人农民"不仅获得了政治上的合法性,同时也获得了道德和美学上的合法性。"态度"

---

① 毛泽东:《在延安文艺座谈会上的讲话》,《毛泽东选集》(第三卷),第808页。

的确立,自然伴随着相关的地理性指涉,这一地理性指涉不仅意味着叙述对象的改变,同时也意味着对自身的检讨和改造。但是,它的确意味着当代文学的叙事结构的改变,那一"广大的世界"不仅被具体化,同时也被政治化,是一个"值得期望"的世界,由此确立的正是一种"态度与指涉的结构"。而当代文学的被政治的重新结构化,也意味着小说实际进入了革命—地理的扩展化过程。在这一意义上,杨沫的《青春之歌》是一部相当典型的"态度与指涉结构"的小说,而空间正是这一结构的表述形态。对空间的重视不仅表现在杨沫的记忆,这一记忆常常将历史空间化,《青春之歌》出版后,杨沫写过一篇题目为《北京沙滩的红楼——我在〈青春之歌〉中以北大为背景的原因》的文章,正是在北大,杨沫亲眼目睹了中国知识分子的历史:"就在沙滩一带的小公寓里,前后不知住着多少革命青年,他们都是在饥寒交迫中,在敌人的屠杀、搜捕中,为了中华民族的解放,为了在祖国实现共产主义的伟大理想,日以继夜地工作着、斗争着。可是红楼里也有另一种人的生活:他们埋头在图书馆里或实验室里,国家么,社会么,为人民大众么,这和他们的切身利益有多大联系呢?……他们的心灵里,只想着个人成名成家,青云直上。"① 同时,也表现为小说的叙事结构。尤其是小说的修改版,河北农村的描写变得不再可有可无,它要承担的叙事功能,恰恰在于,只有在这一世界,林道静才真正得以"转变/新生"。因此,个人的成长,不仅仅是"历史/时间"的,同时也是"地理/空间"的。在具体的革命历史语境中,"农村包围城市"就不仅仅是一个军事术语,表现在小说叙事上,就还意味着一种政治/文化地理的扩张。也就是说,"未来"被地理化或者空间化。在1949—1966年的当代文学中,这一"态度与指涉的结构"或明或暗地存在于各类叙述之中,只是其地理形态常常会因不同的语境而起变化。比如,在《红岩》中,"绣红旗"一节,其"期望的世界"是北京(新中国),"态度"是对革命/国家的忠诚。"地理"的重要性在于,通过这一"态度与指涉的结构",我们恰恰可以看到,一种支配性的"霸权"

---

① 见《光明日报》1958年5月3日,转引自李杨:《50—70年代中国文学经典再解读》,第102页,济南:山东教育出版社,2003年。

是如何通过"地理"被叙述乃至被建构,它并不是自然的,而是政治的。

但是,需要讨论的是,在这一"态度与指涉的结构"中,"知识青年和学生青年"与"工农群众"之间,构成的究竟是怎么样的一种主体间关系。在泰勒看来,"主体内在的发生绝不可能以独白的方式存在",相反,"人类生活的本质特征是其根本性的对话特征",在这一意义上,"人类思想的起源不是独白式的,不是每一个人独自完成的,而是对话式的",因此,"认同和自我是在与有意义的他者持续的对话和斗争中形成的"①。尽管,这一"有意义的他者"是被政治,尤其是中国革命的政党政治所指定的,但是我们似乎也不必完全否认其中的"对话"因素,而正是这种"对话",帮助了知识分子真正地进入了"中国"。它一方面压抑了知识分子的主体性的过分扩张,包括压抑了叙事上的过度抒情以及汪洋恣肆的语言风格,但是,另一方面也使知识分子在这种压抑中,"平等承认"了其他阶层,尤其是"工农群众"的政治／文化的合法性乃至合理性。在我看来,这同样是一种主体性,只是,它不是以"独白"的方式存在,而是在主体间"持续的对话和斗争中形成的"。不了解这一点,我们就很难理解社会主义的"知识青年和学生青年"。即使在"文化大革命"中,知识人口的大规模的地理迁徙(知识青年上山下乡),也并未中断这一"对话"的关系,正是在这一"对话"的关系中,这一代知识分子已经悄悄地改变了自己,把自己的命运和"人民的故事"更深刻地联系在一起,而不仅仅只是沉湎在"自己的故事"之中。也只有了解这一点,我们才能理解1990年代以后,为什么一部分中国知识分子会强烈地要求重新讲述"人民的故事"。

当然,这只是一个方面,同样需要讨论的是另一个方面,在整个的革命历史的语境中,这一"对话"的关系,并不可能构成全部的主体间关系,相反,在更多的时候,"知识青年和学生青年"与"工农群众"之间,构成的是一种"模仿"与"被模仿"的关系。正如地理上所构成的"从属"关系一样,文学上需要解决的也是"歌颂"和"暴露"的问题。而"歌颂"内在隐含着的,正是要求叙事者模仿另一种更有意义的生活。这种模仿同时隐

---

① 泰勒:《承认的政治》,汪晖、陈燕谷主编:《文化与公共性》,第296、300页。

含着叙事者的自我批评和自我改造,以及将"德行"和"人民"更完美地结合在一起。康濯的《我的两家房东》讲述的正是另一种更有意义的"青年生活",包括他们的青春、爱情和日常的纯朴的生活愿望。"人民的故事"进入自己的叙述之中,这并无不当之处,问题是,片面的模仿和地理上的"从属",同时压抑了叙事者"自己的故事"的讲述,而我们似乎也不能完全否认这一知识分子"自己的故事"中的合理因素。因此,萧也牧的《我们夫妇之间》真正着意的,可能正在于由这一单向度的"模仿"转变为更有意义的"对话"。在"我"和"妻"的背后,隐藏着的,可能正是"知识分子/工农群众""城市/乡村""文明/自然"等等的主体间的对话要求。可惜的是,在"态度与指涉的结构"之中,这一对话的要求被漠视,甚至遭到批判。我以为,《我们夫妇之间》的意义包括它后来的命运,其潜在的对中国的当代文学史乃至对中国的当代政治的影响可能并不亚于其他的思想/文学的批判运动。

困难之处正在于,我们如何在这一"态度与指涉的结构"之中,看待"对话/模仿"的关系,而我企图坚持的,是一种辩证的方法,即在某种同质化的讲述之中,发现异质性的叙事元素的存在。

可是,只要一个政党、一个国家仍然将自己的政治诉诸"新生/未来"的叙事形态,那么,它就不可能彻底摒弃所有有关"青春"的故事,尤其是在中国的 1950 年代。在王蒙的回忆中,我们可以依稀看见 1950 年代的青年生活,当然主要指的是城市。一方面,"那时跳交谊舞,那时中学和大学把老师叫做'先生';那时把学生宿舍'×号院'叫做'×斋'。还有当时在男女同学的交往中萌发的一些朦胧的、自然的、却是应该加以引导的情感",而另一方面,"对于又红又专、全面发展的提倡;团组织和班集体的丰富多彩的活动和生动活泼的工作;同学们之间的友爱、互助及从中反映的人与人之间的关系;开始建立起来的师生之间的新型关系;特别是一代青年对于党、对于毛主席、对于社会主义祖国的无限深情"。[①] 我们没有理由怀疑王蒙这一回忆的真实性,恰恰是,相对庞杂又新旧交织的文化元素,

---

① 王蒙:《青春万岁》后记,第 346—347 页,北京:人民文学出版社,1979 年。

使"青年"得以在叙述上重新抽象化,而且成为一种重要的力量介入现实。实际上,许多的小说,无论是柳青的《创业史》,还是赵树理的《三里湾》;无论是周立波的《山乡巨变》,还是王汶石的《黑凤》,都在不同程度上借助于"青年"的这一群体形象,来完成"社会主义改造"的宏大叙事①。正是在这些小说中,青年被重新定义为未来、希望、创造,而且指涉新的中国,老年也再次被描述为传统、保守、四平八稳,并且和旧有的社会秩序一起,被视为缺乏转变为现代工业国家的内在动力。因此,在王汶石的《黑凤》的第一章中,围绕"三千斤劈柴",展开了黑凤和换朝大叔与三福老爹的冲突,尽管这一冲突是温和的甚至是戏谑的,但是,它仍然蕴含着某种"青春"的赞美:"三福老爹不由自主地向黑凤那边望去,月光下,他惊奇地看见黑凤那娇小的身影,拼着全部力气,抡着一把巨大而沉重的长斧,飞快地向下砍着,铁光闪处,碎屑的木片,爆炸也似的向两边迸溅开来。""少年/未来"的叙事方式也再次被中国的当代文学所接纳。

可是,我们却不能就此证明,中国的当代文学重新回到了"五四"传统之中。尽管,这一时期的小说,存在着某种程度上的青年的被重新抽象化,但是,它已经不可能彻底逾出革命政治的解释框架。所以,在这些小说中,青年仍然是被"规范"的。严格地说,"青年/老年"的对立并没有构成此类小说主要的冲突模式,相反,冲突主要是在"青年/中年"之间展开,它蕴含着的,是一种新的权力斗争的形式。而在这一斗争中,党始终坚定地站在青年一边,并给予一种合法性的支持。这一冲突的叙事格局极为典型地表现在柳青的《创业史》中,也即梁生宝—郭振山—王书记之间的政治/叙事关系。也就是说,只有在政治化的前提之下,或者在政治—文化的权力场域之中,"青年"的时间和生理的双重意味才会被叙事激发出来,并且成为现代化的动员和改造力量。

指出这一点也许是重要的,当代文学不可能完全逾出"态度与指涉的结构",这一结构是高度政治化,也是高度组织化的。即使王蒙的《组织部新来的年轻人》,林震最终仍然要求助于"区委书记",这样,我们才能理解,

---

① 对这些小说中"青年"的分析,参见本书第一章《国家/地方:革命想象中的冲突、调和和妥协》。

为什么小说要以林震"坚决地、迫不及待地敲响领导同志办公室的门"的描写为其结尾。但是,我们同样不能据此认为,知识分子的主体性在这一同质化的政治结构中已经荡然无存。我们可能需要的,是另一种解释。这种解释认为,在具体的叙述过程中,知识分子常常会将自己的意愿和想法悄悄转接在叙述对象身上,尤其是通过法定的政治主体,比如"工农群众",来表达自己的主体意志。比如,1950年代广为传播并进入语文课本的那首新民歌:"天上没有玉皇／地上没有龙王／我就是玉皇／我就是龙王／喝令三山五岳开道／我来了。"谁能说它完全就是"工农群众"的,谁能说它和"五四"文学,比如郭沫若的《天狗》就没有丝毫的内在关联?实际上,知识分子一直在介入"工农群众／革命政治"的主体性构造,在这一构造过程中,一方面知识分子的主体性受到某种程度的压抑,而另一方面,也在不断地将自己的主体意志转接在对象身上。这就是叙事和形式的独特意义。具体到中国的当代文学,恰如王蒙所言:"我觉得,毛泽东的'革命的浪漫主义与革命的现实主义相结合'的说法,要好过苏联的'社会主义现实主义',至少多了一点回旋余地,多了一点创作方法上的空间。"① 所谓"革命的浪漫主义"以及在与"革命的现实主义"相结合之中留下的空间,恰恰可能是知识分子的主体的独白与抒情。在这一意义上,我们看到的是,在文学的政治化的叙述过程中,某种异质性的叙事元素同样存在,只是它以同质化的形态出现。因此,"少年／未来"的叙事元素同样隐蔽地存在于革命文艺之中,并继续支持中国革命政治面向未来的现代性态度。

可是,这一"青春万岁"的抒情时代并没有维持太久。即使在革命政治的规范下,"青年"被重新激发的时间和生理的双重意味,仍然有可能导致主体的过度扩张,而一旦这一扩张越出政治的容忍程度,就会以"革命"的名义再度对"青年"乃至"青年"叙述的边界作出规定。尤其是,当国家趋于稳定,必然重新讲述自己的神话,并相应确立新的传统和规范。困难之处正在于,在这一新的传统和规范中,"青年"的位置如何界定,是继续承当"少年／未来"或者"革命／造反"的叙事功能,还是成为新的传统的

---

① 王蒙:《王蒙自传》(第二部:大块文章),第62页,广州:花城出版社,2007年。

继承者和维持者,也即"革命的接班人"。

1963年《剧本》10、11月合刊上,发表丛深《祝你健康》(后改名《千万不要忘记》),在"千万不要忘记阶级斗争"的主题下,隐藏着的,正是这一对"青年"的位置的焦虑。在全剧中,丁少纯始终处于被教育的位置,而丁海宽和丁爷爷则重新回到教育者的位置上。与所有此前的文学相比,我们看到的,正是一种"少年/老年"的位置性颠倒。这一位置的颠倒,恰好表征出这一时期的政治特点,亦即在确立新的传统的同时,隐含着对"现在"的肯定和维持,又表达出对未来的某种焦虑。但是,这种焦虑不是建立在对新的传统的破坏和颠覆之上,而是如何将这一传统延续下去,因此,叙述所要承当的,更多的是"守成"而不是"破坏"。在某种意义上,在1960年代中期,激进政治(主要表现为中苏之间意识形态的论战)的另一面,却是"革命"遭遇解构的危险,尽管它同样以"阶级斗争"的叙事形态出现①。实际上,在1960年代,出现的并不仅仅只是丛深的《千万不要忘记》,相类的题材作品还有陈耘的话剧《年青的一代》、胡万春的小说《家庭问题》,等等。

可是,这一对"现实"或者对新的传统的认同和维持,却在另一种潜在的意义上,有可能和毛泽东以及毛泽东代表的激进政治力量的"自我否定"与"不断革命"的政治诉求之间产生矛盾和内在的冲突。因此,在1966年开始的"文化大革命"之中,毛泽东的那段著名的有关"青年"的论述,"世界是你们的,也是我们的,但是归根结底是你们的。你们青年人朝气蓬勃,正是兴旺时期,好像早晨八、九点钟的太阳。希望寄托在你们身上"再次风靡中国,并且成为动员"青年"的主要的理论依据之一。而"革命"和"造反"也再次成为中国政治面向未来的重要的行为方式。

并不仅仅只是"文化大革命",在以否定"文化大革命"为主要任务的1970年代末期,"青春"也依然是重要的政治/文学的叙事资源之一。王蒙写于1950年代的《青春万岁》,1979年获得出版,首印数是170,000册。同时,《光明日报》也在副刊上发表了《青春万岁》的后记,而据王蒙回忆:

---

① 有关《千万不要忘记》以及1960年代的政治特征,参见本书第七章《1960年代的文化政治和政治的文化冲突》。

"这太出乎意外,我并没有将稿子给他们,是出版社拿过去的。"小说刚出版,"上海电影制片厂的编辑刘果生已经迫不及待地与我联系改编电影剧本的问题了"①。后来,张弦据此改编的电影《青春万岁》轰动一时,似乎也昭示了1980年代的青春特征。

一百多年来,梁启超的"少年中国"始终是最为重要的想象中国的方式之一,甚至构成了中国政治的"青春"特征,一种面向未来的激进的叙述乃至行为实践。这一想象方式,乃至表述方式,也同样进入了中国的革命政治以及相应的文学叙述。只是,"革命"在动员青年的同时,也在不间断地规训青年,包括规训青年的爱情和性。

二、爱情或者"爱情故事"

"革命+恋爱"曾经是1930年代左翼文学的一个较为流行的写作模式,针对这一创作现象,茅盾在1935年发表《"革命"与"恋爱"的公式》②一文予以批评,他指出,"革命+恋爱"的小说已经成为一种时尚,这类小说的基本公式为:小说家首先着眼于革命事业和浪漫情欲之间的冲突,在小说的结尾又常常高呼笔下的角色应以革命的大局为重,放弃儿女私情。紧接这一冲突的公式之后,就是互惠公式,小说家不再把革命描写成一种阻碍,相反,革命也变成一种诱因,促使恋爱中的男女同心协力,共赴革命。最后,这一互惠公式发展成革命至上公式,革命已经不再是青年男女追求爱情的条件,革命就是爱情。显然,茅盾的批评有所实指,也即蒋光慈一类作家的写作。

可是,人们有理由提出自己的疑问:"茅盾的批评却很难使我们不想到:他虽对'革命加恋爱'冷嘲热讽,但他自己作品所写的难道不就是这类题材吗?他的两部早期小说《蚀》和《虹》,处理的正是年轻男女在革命与恋

---

① 王蒙:《王蒙自传》(第二部:大块文章),第31、41页。
② 茅盾:《"革命"与"恋爱"的公式》,《茅盾全集》第20卷,第377—352页,北京:人民出版社,1990年。

爱之间,剪不断、理还乱的种种纠结。"① 显然,王德威正是沿着这样的思路,将"革命+恋爱"的起源性叙述,追溯到茅盾的早期创作。当然,王德威仍然将茅盾和蒋光慈作了必要的区分:"茅盾视'革命加恋爱'为社会的病症,蒋光慈则视'革命加恋爱'为治愈社会种种疑难杂症的良药。"② 我以为,王德威的这一区分,能够很好地帮助我们理解茅盾的早期小说。可是,我们的疑问也并未到此为止,将爱情和其他的领域,比如政治或者社会领域,建立某种关联,并将爱情作为个人解放的具体形态,不也正是"五四"文学传统的一个重要方面吗?即使毛泽东,在1919年那篇《恋爱问题——少年人与老年人》中,不也认为"资本主义与恋爱,是立于冲突的地位",难道这不也是"革命+恋爱"的另一种叙述方式?王德威提供的另一则材料也许能够帮助我们更好的理解这一问题:"值得我们注意的是,'革命加恋爱'的课题不只和左派作家有关。早在一九二八年四月,国民党就曾赞助一本专书出版,书名就叫《革命与恋爱》,作者是社会学家兼文化论者洪瑞钊。洪开宗明义就指出在国民党革命阵营里,浪漫的爱情已经成为一个'足使有心人顾虑低徊而引以为忧'的问题。洪认为,在描写自由恋爱的文学作品蔚然成风的情况下,此一问题尤为严重:'在革命性与恋爱热同时高涨的青年,双方的消长和利害,已经成了极大的问题,且非马上解决不可。'洪瑞钊于是将矛头指向武汉政府的那些左翼分子,指责他们在人性浪漫本能与革命信仰之间,极尽煽惑挑拨之能事,欲借此削弱革命男女的政治信念。有鉴于此,洪瑞钊提倡一个立场更为坚定的国民革命。他深信此一革命能在经济和教育方面带来真正的自由和平等,并且使参与者挣脱情欲力量的束缚。"而其具体建议则是:"在国家存亡之秋,一个坚强的革命者必须压抑个人的欲求,以公共福祉为重;他必须调整他的情感,避免陷入或禁欲、或放荡的两极。对那些难以克制自己情欲的人,洪建议他们采取佛洛依德式的感情升华:'性欲反可以作人生向上的基点了……尤其性苦闷的青年,如其不愿意走上消沉的路,最好能够把对于异性的爱,提高而为对真善美

---

① 王德威:《历史与怪兽——历史、暴力、叙事》,第44页,台北:麦田出版社,2004年。
② 同上书,第47页。

的爱;扩大而为对家庭社会民族的爱,以努力于学术建设和国民革命的工作。'"① 我们可以感觉到的是,在当时,左翼和右翼实际上共处于一个传统之中,这一传统,我们把它叫做"现代"。

所谓"现代",其标志之一即是"个人的觉醒",它既和现代民族—国家的想象方式有关,也和吉登斯所谓的"解放政治"有关②。当然,阿伦特更进一步认为,现代革命的更为核心的因素是自由,所以,"解放与自由并非一回事;解放也许是自由的条件,但绝不会自动带来自由",因此,相较于"解放"这一具体的社会运动的形态而言,自由的观念可能更为重要。③在中国,这一"解放政治"将个人从传统的束缚性关系中解放出来,在某种意义上,我们也可以说,是将个人还原为原子式的个体存在。而在这原子式的个体之间,所重新建立起来的关系,在最直观的层面上,往往是两性关系。正是在这新的性别关系中,爱情被重新发现,并被视之为个人自由和社会解放的象征。这一爱情的发现,波及各个领域,不仅表现在文学领域,也表现在政治领域④,甚至表现在对古代文学中的"爱情"的重新解释。因此,从一开始,现代的爱情叙述就不曾是"纯粹"的爱情本身,而是被纳入社会/政治的意义象征系统。同时,在中国现代的历史语境中,个人从一开始就指向国家,因此,作为社会象征符号的爱情也同时包含了国家的意味。所以,我们就不难理解郁达夫在《沉沦》中,要将个人情欲的苦闷和国家的富强生硬地纠结在一起。

在这样一种历史语境中,作为私人情感领域中的爱情,也同时被革命动员起来,用陈清侨的话来说,如果我们把"爱情看成一种情感驱力,内化了社会改革的动劲;那么爱欲或可视为一种生命能量,足以推动终极的

---

① 洪瑞钊:《革命与恋爱》,第2、51页,上海:民智书局,1928年。转引自王德威:《历史与怪兽——历史、暴力、叙事》,第45、46页。
② "解放政治包含了两个主要的因素,一个力图打破过去的枷锁,因而也是一种面向未来的态度,另一个是力图克服某些个人或群体支配另一些个人或群体的非合法性统治"。吉登斯:《现代性与自我认同》,第248页,赵旭东、方文译,北京:生活·读书·新知三联书店,1998年。
③ 汉娜·阿伦特:《论革命》,第18页,陈周旺译,南京:译林出版社,2007年。
④ 比如,1919年11月14日,湖南女子赵五贞因反抗旧式婚姻自杀,毛泽东在此后半个月内,就此事连续发表《对于赵女士自杀的批评》等10篇文章,参见《毛泽东早期文稿》,第413—448页。

革命之轮"①。陈清侨的这一表述，即使在1949—1966年的中国的当代文学中，也能依稀见到。

尽管，个人性一直存在于中国的革命政治之中，并且成为革命重要的动员对象，但是，阶级政治的进入，毕竟改变了中国政治／文化的格局。在这一新的政治／文化格局中，个人的原子式的存在就必须得到重新叙述，也就是说，必须重新讲述一个"个人／阶级／革命"的故事，也因此，"恋爱／革命"的故事也必须重新编码。在这样的背景下，茅盾视"革命加恋爱"为社会的病症或可被部分地接受，而蒋光慈视"革命加恋爱"为治愈社会种种疑难杂症的良药则自然遭遇被批判的命运。很多年后，陈立德的《前驱》重新讲述了"五四"青年李剑和姚玉慧这一现代的爱情故事②。对于李剑和姚玉慧来说，文学是他们的爱情媒介，而在"纯洁的爱情"中，使姚玉慧"感到自己就像个樊笼中的小鸟，感到家庭是如此隐暗和窒闷；她要冲出，她要高飞，她要向那辽阔的天际升腾"。而后来，李剑和姚玉慧也在齐渊的帮助下，冲出这一"樊笼"，走向"广大的世界"。我们看到，"五四"新文学中的爱情故事在当代文学中得到了部分的还原，但是，这一"爱情故事"迅速被革命中断。正是在大革命的洪流中，李剑和姚玉慧开始走进"别人的故事"，而在这一"别人的故事"中，他们开始为自己"过去那一切的颓废的思想、衰弱的神经、无名的悲哀、消极的精神感到羞愧"，而要求把生命"交给了终生信仰的党和主义，我们的鲜红的血液都时刻地预备着为千百万痛苦的民众而流尽"。在这一"爱情故事"的重新编码的背后，正是"小我／大我"的理论支持。尽管，所谓"小我／大我"是一个略嫌通俗的概念，但我认为对于解读当代文学中的"爱情故事"仍然有着一定的理论意义。

详细讨论现代的"爱情故事"并不是我在此要做的工作，我的兴趣仍然在于这一爱情故事是怎样被当代文学重新讲述。但是，在爱情，主要是文学叙述中的"爱情"问题上，我基本倾向于王德威的观点："'革命加恋爱'一方面可视为一种文学隐喻，用以挑动、促成社会自我改革的欲望，另

---

① 转引自王德威：《历史与怪兽》，第24页。
② 陈立德：《前驱》，北京：作家出版社，1964年。

一方面也可看成是一种政治诉求，呼吁社会在公共与个人的领域里重新分配身体资源。"① 在这一意义上，"爱情故事"同时也是一个"政治故事"。

在某种意义上，赵树理的《小二黑结婚》为当代文学提供了另一种爱情的写作模式。尽管在后续的解读中，"二诸葛"和"三仙姑"曾经引起众多研究者的注意，但是作为小说主要的叙述对象——小二黑和小芹仍然是我主要的兴趣所在。正是通过小二黑和小芹自由恋爱的故事，赵树理表达了他的爱情和婚姻观念。可是，坦白地说，这一观念并无新颖之处，在众多的"五四"文学中，我们都可以读到这一爱情观念的不同的故事诠释。小说的引人入胜之处，或许在于小二黑和小芹的形象塑造，按照周扬的说法是：一个特等射手的年轻漂亮的农民，和一位美丽的农家姑娘相好②。可是，这样一个"郎才女貌"的故事，和旧小说中的"才子佳人"的情爱模式又究竟有何本质的区别？或许，我们看到的恰恰是"五四"精神和市民文化如何形成了一种有机的关联。然而问题仍然存在，这一"五四"精神的通俗化，正是鸳鸯蝴蝶派小说所致力形成的一种叙述模式，无论是张恨水的《啼笑因缘》，还是刘云若的《红杏出墙》，都为我们提供了这一通俗化的叙事经验。市民文化的存在，在中国因了城市的关系而源远流长。1950年代，张庚在讨论《白蛇传》的时候，曾经认为："我们有些更古一些的传说，如牛郎织女、董永等等，那是真正贫苦农民所创造的。他们既无身家性命的顾虑，'仙女'就成了唯一的幸福来源，在这样的人中间，才产生了爱情坚决的丈夫，至于白蛇故事，产生得晚，是市民阶级已经发达起来时城市中所产生的传说。许仙正是一个商人。时代不同，阶级不同，如果一定要把许仙的性格写成那样坚决勇敢，那恐怕是不现实的，至少是不典型的吧。"③ 尽管现代通俗文学对传统的市民故事作了不同程度的改写，但是张庚的相关论述对于我们理解此一文学中的市民传统仍然有着相当重要的意

---

① 王德威：《历史与怪兽》，第 74 页。
② 周扬：《论赵树理的创作》，《中国新文学大系(1937—1949)》(第一集)，第 578 页，上海：上海文艺出版社，1990 年。
③ 张庚：《关于"白蛇传"故事的改编》，《文艺报》1952 年第 23 号。

义。在某种意义上,这一现代通俗文学的存在,不仅对形成现代的市民阶级,即使对现代国民的形成,亦有着极其重要的意义。李欧梵在讨论晚清小说的时候,曾经针对安德森的理论,提出"读者群"的问题,也即"都市小说读者的世界,他们的世界也正是小说文本试图展示的世界"。这个世界是都市人生活的世界,"在这个世界中他们营造出一种想象,最后在1930年代的上海集其大成,形成了中国通俗文化中的现代性"①。我想指出的是,1940年代,这一"中国通俗文化中的现代性"事实上在朝两个方向转移,一是朝张爱玲等人的创作转移,而另一种转移则主要体现在赵树理等解放区作家身上。显然,在赵树理的阅读谱系(比如"文摊作家")中,包含了一定的"通俗文化"。在某种意义上,我们甚至可以说,赵树理利用了这一"中国通俗文化中的现代性"改写了乡村的爱情故事,"才子佳人"的叙述模式被替换成"郎才女貌"的农家爱情故事。可是,在另一方面,我们也可以说,乡村的"贫苦农民"也同时改写了这一"中国通俗文化中的现代性",那种传统的市民阶级的爱情上的患得患失在《小二黑结婚》中已不再见,替之的却是"爱情坚决的"小二黑和小芹。实际上,所谓"解放区文学"大都和这一"通俗文化中的现代性"有着或多或少的联系,不仅是赵树理的创作,即使《白毛女》也仍然含有一定的"通俗文化"的因素。这一通俗文化是市民的,也是现代的。

但是,我以为,《小二黑结婚》的真正意义却在于它的"大团圆"结局,或者说,在于小说中"区长"的出场。当然,这一人物是政治化的,也是符号化的,这毫无问题。可是,如果离开这一政治化或者符号化的人物,不仅"大团圆"的结局不可能,小说也最多不过是现代通俗文学的乡村版,尽管它的意义仍然重大。但是,"区长"的出现却整个地改写了这一通俗的爱情故事,而将其纳入了中国革命的政治谱系之中。在此,革命不仅是政治的、经济的、军事的,同时,也是情感的,而且直接进入私人生活的情感领域。革命不仅支持着贫苦农民的政治和经济上的"翻身",同时还坚决地解放了贫苦农民的爱情。这一叙事模式普遍地进入了当代文学的写作之

---

① 李欧梵:《晚清文化、文学与现代性》,《丽娃河畔论文学》,第59页,上海:华东师范大学出版社,2006年。

中，比如，在周立波的《暴风骤雨》中，经过"土改"，同时得到解放的，还有郭全海和刘桂兰的"爱情"。显然，赵树理将"爱情"这一现代性的概念，经由通俗化的形式，使其从都市转移到乡村，从市民阶级转移到农民阶级，从精英社会转移到下层社会，然而，这仍然只是第一步。而其真正重要的，却是通过这一爱情故事的书写，使革命政治成为私人情感的支持者和解放者，而在这一支持和解放的过程中，革命政治也同时在情感上获得了合法性地位。显然，在此，政治被自然化，革命被转换为个人的自然权利的要求。而在爱情和政治的关联中，"郎才女貌"的政治含义也被凸现出来，中国革命同时被叙述成为美的坚决的支持者。在此，政治亦同时获得美学的支持。

赵树理写于1950年的《登记》，在某种程度上，可以视为《小二黑结婚》的改编本。尽管，这篇小说具有浓厚的宣传因素（新婚姻法），但是有《小二黑结婚》作为改写基础，仍然显得生动活泼。但是亦因为其与具体政策结合过紧，小说的政治张力反而不如《小二黑结婚》。我感兴趣的，反而是小说讽刺的现象：在区公所的结婚登记处，青年男女千篇一律地重复："自愿吗？""自愿！""为什么愿嫁他？"或者"为什么愿娶她？""因为他能劳动！"在另一种意义上，这一模式化了的登记仪式，又恰恰昭示了"反封建"的现代性主题如何通过法律的形式而被国家制度化。许多年后，一位人类学家在他的田野调查中，发现中国农村的青年在恋爱中重视"有话说"，而"这一点在很大程度上是改革前30年国家在婚姻关系上推动变革的结果。在新的意识形态里，'共同语言'是择偶的重要标准之一"。尽管，什么是"共同语言"在不同的政治和文化语境中形态各异，但是，有"共同语言"却解释了为什么恋人之间总是有说不完的话[①]。显然，从想象、叙述再到国家制度，革命政治曾经在乡村掀起了一场"浪漫革命"，并且极大地改变了中国乡村的情感生活，这一点，已经不同于费孝通"乡土中国"的相关叙述[②]。

但是，我以为，更重要的，仍然是通过这一"爱情故事"的讲述，政治

---

① 阎云翔：《私人生活的变革：一个中国村庄里的爱情、家庭与亲密关系》，第85页，上海：上海书店出版社，2006年。
② "男女间的关系必须有一种安排，使他们之间不发生激动性的感情。那就是男女有别的原则。"费孝通：《乡土中国 生育制度》，第46页，北京：北京大学出版社，1998年。

被自然化,它不再是权力的外在的指令,而是内化为个人的情感要求,这一要求又被叙述为是一自然个体的内在期待。因此,在个人被塑造成为政治主体的时候,同时亦被叙述为一种情感主体。而在这一主体的互动过程中,"政治故事"同时也被讲述为一个"爱情故事",反之亦然。

由赵树理以及其他"解放区文学"作家共同开创的这一"爱情故事"的叙述方式,不同程度地影响了1949—1966年中国当代文学中的爱情书写,更严格地说,这一爱情不仅成为一种文学隐喻,更是政治隐喻。

杜润生在回忆早期农业合作化运动中的"左倾冒进"现象时,曾举河北大名为例。他说,在1952年的时候,当地的村干部在街上摆两张桌子,分别代表两条道路,让群众选择,并宣传说,"社会主义,资本主义,两条道路,看你走哪条,要走社会主义的在桌上签名入社","谁要不参加社就是想走地主、富农、资产阶级、美国的道路"①。中国农业合作化运动的功过得失以及经验和教训,已有众多的历史学家予以评述,我感兴趣的只在于,这一运动是如何被文学重新叙述。在某种意义上,叙述实乃一种虚构的产物,也即"某种被捏造成形的东西",但却不是假的、非真实的,或者仅仅是"仿佛式"的思想试验,其本质上是一种想象的活动。因此,在想象的层面上,格尔茨认为小说和其他的叙述活动并无根本的不同,都是在"造物"②。然而,这一叙述或者想象活动,却受到众多政治/文化因素的制约,并在制约中重新虚构。因此,在叙述的层面上,我们看到的是,杜润生回忆的例子,并没有直接进入小说文本,相反,在想象的虚构活动中,我们读到更多的,恰恰是在农业合作化运动中所产生的"爱情故事"。

在众多的小说中,我们都会看到这些"爱情故事"如何为农业合作化运动提供了坚决的合法性支持。比如,赵树理在他的《三里湾》中,写了玉生和灵芝、有翼和玉梅、满喜和小俊三对青年男女的恋爱故事,周立波在《山乡巨变》中有关陈大春和盛淑君的爱情描写,更是受到批评家的称赞③。但

---

① 杜润生:《杜润生自述:中国农村体制变革重大决策纪实》,第37页,北京:人民出版社,2005年。
② 克利福德·格尔茨:《文化的解释》,第20页,韩莉译,南京:译林出版社,1999年。
③ 比如唐弢在《关于文学语言》一文中,就曾以此为例讨论创作问题。上海:《文艺月报》1959年第8期。

是，显然作家真正的着意之处，并不仅仅在于爱情本身的书写，如同赵树理的《小二黑结婚》那样，"爱情故事"同时承担着"文学／政治隐喻"的叙事功能。而在这样的叙述中，农业合作化运动就不仅仅是政治／经济事件，同时也是情感事件，所谓的政治／经济的共同体，同时也是情感的共同体。人们经由这样的政治／经济的运动获得的，不仅是政治／经济的利益，同时还有美满的婚姻和爱情。正是经由这样的叙述，农业合作化运动超越了它的政治／经济的层面，而直接进入私人的情感领域，并内化为人的尤其是青年男女的情感的自然权利的要求。骆宾基的《父女俩》①讲述了一个名叫"香姐儿"的青年妇女的故事，香姐儿身世坎坷，一度对生活绝望，但是在油庄农业生产合作社，却得到了张达对她的爱。已经有论者注意到了农业合作化运动对妇女解放的意义，"由于合作化运动扩大了人与人的交往，打破了一家一户小农经济比较狭隘封闭的格局，香姐儿终于有机会冲破传统的限制，与自己所爱的人结了婚"②。在中国，某一政治事件的意义是极其复杂的，它在各个领域激起的反响都可能不尽相同，而且，它还具有许多的非预期后果。综合了许多的复杂因素而重新想象的文学叙述，事实上超越了具体的社会—政治事件，从而带有更多的符号的象征意义，这一意义在于叙述有力量将社会群体（比如青年）或者阶层（比如贫苦农民）凝聚成为一个想象的共同体。同样重要的，仍然是，革命政治在"爱情故事"的叙述中，开始进入人的情感领域，并有力地构成公共／私人领域之间的政治互动。当中国革命成为个人的自然权利的一个有机组成部分，那么，它的合法性就不仅仅在于政治领域，更是来自于个人的情感要求，而由此构成的想象的共同体，就不仅仅是政治的，更是情感的。徐怀中1960年出版的长篇小说就干脆以《我们播种爱情》③为其书名，而这一发端于赵树理等解放区作家的爱情叙述模式，也波及其他艺术领域，比如1960年代的电影《我们村里的年轻人》，即是一例。这也正是社会主义叙述的一个极其重要的现象，在把政治情感化的同时，亦将情感政治化。而所谓的"青年"，

---

① 骆宾基：《父女俩》，北京：《人民文学》1956年10月号。
② 董之林：《旧梦新知："十七年"小说论稿》，第117页，桂林：广西师范大学出版社，2004年。
③ 徐怀中：《我们播种爱情》，北京：人民文学出版社，1960年。

在这样的"爱情故事"中,亦被政治动员起来,并对政治产生了认同感,同时也成为社会主义革命的极其重要的群体力量。也正是在这样的叙述中,政治被转喻为一种"浪漫革命"。指出这一点也许是重要的,正是这一"浪漫革命"的政治特征,才有效地动员了青年这一社会群体,并持续地影响了中国的社会主义文学—文化想象。

可是,把"爱情故事"简单地处理为一种政治隐喻,无论在哪一方面,都有可能显得颇为粗暴。尤其在一般的阅读者那里,真正着意的可能只在于"爱情故事"的书写本身,而并不是其内含的政治张力。即使就这一"爱情故事"的书写本身,1949—1966年的小说也仍然显示出它的纯朴、含蓄、羞涩等等的美学特征,这一美学特征显然又与它的叙述对象,比如下层人民,有着一定的内在关联。而在这些美学特征中,我们同时感觉到的却是一种个人性倾向。显然,只要我们进入现代的"爱情故事",青年男女就必然会被处理成原子式的个体。而中国革命的政治特征则在于,它首先需要做的,是将个人描述为一种原子式的存在,并将其从传统的政治—文化的权力场域中解放出来。只有在这样一种原子式的个体基础上,才可能重新缔结一种崭新的现代的想象的政治共同体。离开这一点,所谓的社会主义无从谈起。这也是中国革命一直强调的"反封建"主题。但是,中国革命在其本质上又是一场阶级革命,所谓的阶级话语,其表述形态之一就是它的阶级性或集体性倾向。因此,中国革命的这一特殊的政治特征,从一开始,就使自己陷入某种悖论之中:它在生产个人的同时,也在生产集体,或者反过来说,它在生产集体的同时,也在生产个人。所以,个人／集体一直纠缠在社会主义的文学—文化想象之中,并构成了这一想象的某种内在的紧张。

这一内在的紧张同时渗透在"爱情故事"的书写中,当我们在叙述爱情的时候,必然要叙述个人,那么,怎么样才能保证这一个人始终处在政治的尤其是阶级话语的监控之中,或者说,这一个人在政治上始终是正确的。显然,为了使中国革命获得个人的情感上的合法性支持,而必须将政治自然化,这一自然化的政治构成了赵树理等人的"爱情"修辞。但是,它的危险性同样存在,一旦政治自然化,那么,爱情也就相应会被解读成一种自然的情感过程，它完全有可能独立于政治之外，尤其是当它脱离于某一具体的政治语境，就会形成一个自足的"爱情故事"，那么，这一"爱情故事"又和所谓的小资产阶级有何真正的区别？因此，在这一"爱情故事"的讲述过程中，政治必须对其加以规训，以明确什么才是真正的"爱情"，而在这一规训的背后，真正需要解决的，也正是"个人／集体"之间内在的紧张关系。

如果说，在赵树理等人的小说中，明确地处理了爱情和政治的关系，从而为中国革命，尤其是中国的农村革命提供了一种情感的合法性支持，因此得到了政治的肯定。那么，另外一些作品则未必如此幸运。宗璞发表在1957年7月号的《人民文学》上的短篇小说《红豆》，讲述了一个"另类"的革命与爱情的故事，并且受到了批判。显然，问题并不在于小说的主题，如同那一时代的许多小说一样，《红豆》也通过江玫的爱情故事，讲述了她最终如何通过与齐虹的分手，表示出和"旧我"的决裂。而且，作为一个女性作家，宗璞极其细腻地叙述了时代、革命和个人情感的相互纠缠的矛盾格局。尽管革命最终克服了个人的情感，但是，在这一叙述过程中，却可能留下另类的阐释空间。江玫始终不能解释清楚的，是她能说出为什么不喜欢齐虹内心的那种"冷酷"，但却说不清楚又为何为他的爱所陶醉。这种"说不清，理还乱"的爱情感觉，才真正构成了江玫内心的惆怅。这一"说不清"的感觉，开始逾出语言的范畴。将"感觉"重新带入"爱情故事"的，似乎并不仅仅是宗璞的《红豆》。1957年11月号的《人民文学》上，张弦的《甲方代表》也流露出类似的倾向，在"革命"的架构下，白玫欣赏的却是"我"的男子气，而"我"爱慕的则是白玫身上那种"上海姑娘"的温婉气质。邓友梅的《在悬崖上》尽管在小说的后半部分，有意使加丽亚露出"在感情上剥削人"的本质，但这并不能完全解释"我"为何会对加丽亚的风度和魅力一见倾心。

一方面，这些作品流露的感伤情绪在当时被视为一种小资产阶级的感情和格调，从而难以为政治接纳；但是，另一方面，在更大的解释空间中，我们需要讨论的，可能恰恰就是这一"感觉"，或者说，为什么这一"感觉"无法被革命的"爱情故事"所接纳。除了这种"感觉"会被解释成小资产阶级之外，我以为，它更多地关涉到这一时期"语言／非语言""理性／非理性"之间的冲突。我并不完全同意把中国的社会主义处理成一种"集权主义"的统治模式①，在某种意义上，它更多地依靠着"政治动员"，依靠意识形态的说服和训练的功能。在这一结构模式中，意识形态的作用被突出甚至被夸大。同时，说服和训练必然依赖于语言，从而突出了语言的重要性乃至它的明确性，只有这样，意识形态才能通过语言完成它对人的控制，也只有这样，我们才能理解为什么这一时期的小说主题大都明确，强调明朗和单纯的叙述，而很少暧昧的、感觉的叙述和描写。语言的重要性同样被引申进"爱情故事"之中，所谓的"共同语言"往往具有统一的意识形态背景，而且有着明确的政治内涵。这一"共同语言"方才构成政治认同的"爱情故事"。也只有这一明确的"共同语言"才能重新构成新的政治共同体，而在当时的政治设想中，爱情和婚姻恰恰是这一共同体的基本结构单元，这也是马克思主义对社会／家庭的基本认知。因此，任何的游离于这一政治的"共同语言"之外的暧昧或者感觉，都有可能影响甚至削弱意识形态的说服和训练。也就是说，它有可能缔结成另一种个体与个体之间的关系。"爱情故事"也不例外。在这一意义上，《红豆》或者《甲方代表》，或者《在悬崖上》，其构成"爱情"的暧昧、感觉、气质、风度等等，往往可能形成另类的阐释空间，因此很难被政治认同。

如果说，赵树理在他的"爱情故事"中过多地强调了政治——比如，我们几乎无法看到小二黑和小芹的细腻的恋爱过程，那么，宗璞等人，却在政治的规约之中，常常有意无意地让爱情游离出去。但是，对于"革命"和"青年"来说，"爱情"却是一个重要的媒介，只有讲好这一"爱情故事"，"革命"对于"青年"才具备更有魅力的"召唤"作用。因此，怎样讲述"爱情故事"一直是当代文学需要解决的重要问题。

在这一意义上，杨沫的《青春之歌》的确为当代文学提供了一个经典的"爱情故事"。而据研究者介绍，《青春之歌》出版后受到热烈欢迎，多次再版，发行量逾500万册。小说还曾经被翻译成近20种语言介绍到国外，

---

① 这一问题可参见本书第一章《国家／地方：革命想象中的冲突、调和与妥协》。

最早的日文译本 1960 年出版,到 1965 年就印刷了 12 次,数目达 20 万部之多。日本和印尼等国的共产党都将这部小说作为党员的教材,许多日本青年在读完这部激动人心的作品后,向日共提出了入党申请。在国内,《青春之歌》的出版更是赢得了自上而下的一片叫好,周恩来、彭真、周扬、茅盾等都在各种场合褒扬这部作品,共青团中央也号召全国的团员青年学习这部作品①。当然,我的兴趣主要不在于这部作品的受欢迎程度,而是杨沫究竟讲述了一个什么样的"爱情故事"。

在某种意义上,《青春之歌》中林道静/余永泽和《红豆》中江玫/齐虹的"爱情故事"并没有根本的不同,都借助于"革命"的力量来完成自我的克服和改造,都存在"旧我"和"新人"的转化过程。当然,杨沫借助于长篇小说的体裁将这一转化过程描写得更为细腻和彻底。关键可能在于,《红豆》中的"萧素"被《青春之歌》置换为"卢嘉川/江华",这一性别的置换不仅改变了整部作品的结构,同时也根本改变了"革命/恋爱"的关系。

我们很难说,林道静和余永泽之间不曾存在过爱情,或者爱情的感觉,比如小说写林道静"很爱余永泽",只是"不愿意和他很快结婚";也不能说,他们之间不曾有过所谓的"共同语言",比如,他们之间有"很好的谈话题目",从托尔斯泰、雨果、海涅一直到曹雪芹、杜甫和鲁迅等等。因此,林道静对余永泽"除了有着感恩、知己的激情,还加上了志同道合的钦佩"。问题只在于,卢嘉川的出现,使得林道静开始"反思"她和余永泽的"爱情故事",而反思的过程正是不同的"语言/话语"的转化过程。在这一过程中,"感觉"也是可以"言传"的,一旦"感觉"可以"言传",那么,"感觉"就不再可能成为意识形态的"飞地"。换言之,林道静在旧的爱情的解体中,就不可能像江玫那样惆怅,有一种"说不清,理还乱"的感伤。在林道静,一切都是明晰可辨的。显然,政治话语开始介入爱情,并开始控制爱情的展开过程。在这一过程中,林道静一是对"感恩"心态的否定,另外则是对原有的"共同语言"的扬弃。这本身就标志着林道静对"旧我"的克服,同

---

① 李杨:《50—70 年代中国文学经典再解读》,第 133 页。李杨的这一说法主要依据杨沫的《自白——我的日记》(《杨沫文集》第六卷,北京:北京十月文艺出版社,1994 年)。

时伴随的正是另一种话语系统的权威性建立。但是，这一革命话语的确立又是通过爱情的形态表现出来。或者说，在林道静的情爱过程中，一直伴随着强大的解释力量。它不仅解释林道静和余永泽分手的合理性，甚至也在解释卢嘉川和江华的区别，以及为什么"像江华这样的布尔什维克是值得她深深热爱的"。什么叫"值得深爱"？"值得"的背后，正是某种价值准则。在这里，我们同时看到的是，通过"卢嘉川／江华"的男性身份的辨别，革命本身成为爱情，而不是仅仅在说明爱情。或者说，政治获得了它的形象上的合法性。

这一形象是政治的，也是美学的。小说写余永泽"黑瘦的脸""亮晶晶的小眼睛"；卢嘉川就潇洒得多，"仿佛这青年身上带着一股魅力，他可以毫不费力地把人吸引到他身边"；江华则是"一个高高的、身躯魁伟、面色黧黑的青年"。这一外观上的描写变化，也可以视为林道静对革命认识的深入。如果余永泽代表一个旧的时代，那么卢嘉川也只是一个中介，他既保留着林道静熟悉的东西，又给她带来新的冲击；而江华则是一个全新的但却是最有意义的他者，他的改造成功暗含了林道静的自我期许，这也是林道静对他既陌生，又不断被他吸引的根本原因，而这一原因显然是政治的。政治或者美学的形象定义，同时伴随的，正是道德的诠释。小说最后描写在惨烈的学生的抗日救亡运动中，余永泽"悠然地站在台阶上……欣赏着这游行的行列，欣赏着她青肿的嘴脸和鼻孔流出的鲜血"。由于杨沫在《青春之歌》的《初版后记》中宣称"书中的许多人和事基本上都是真实的"，因此，她对余永泽的描写，自然引起"原型"张中行的不快①。杨沫的描写是否真实，暂且不论。但是，她和"旧我"的彻底决裂，恰恰显示了《青春之歌》和《红豆》根本的区别。这也是两部作品的不同命运的关键所在。

"一面固然是荒淫与无耻，然而又一面是严肃的工作！"②这一被《青春之歌》反复引用的茅盾的名言，显示了这一时期的中国文学的某种写作特征，李杨引述罗兰·巴特的话而称其为"体制道德主义"："当作者试图

---

① 张中行：《流年碎影》，第 754 页，北京：中国社会科学出版社，1997 年。
② 茅盾：《关于编辑〈中国的一日〉的经过》，《茅盾全集》（二十一卷），第 176 页，北京：人民文学出版社，1991 年。

取消某一种政治前途的合法性时,总是通过取消其在道德上的合法性来完成。"① 实际上,并不仅仅是《青春之歌》,雪克的《战斗的青春》② 亦表露出类似的写作特征。在许凤的"爱情故事"中,作者也设计了两个男性:胡文玉和李铁。胡文玉"英俊潇洒",李铁却长着一脸的"连鬓胡"。胡文玉不仅背叛革命,同时也背叛了爱情;李铁坚定勇敢,最后赢得了许凤的爱情。这一故事同样纠缠着"革命"和"恋爱"的关系,同样把爱情处理成克服旧我的一种文学隐喻,同样对人物进行道德化的解释,而且,政治更加的男性化(比如,通过李铁的男性化特征的描写)。

由于这一时期的文学特别强调"典型人物"的塑造,因此,对形象的"定义"就相应变得重要起来。这一定义不仅是政治的,同时也是道德的和情感的,更是美学的。实际上,在1949—1966年的社会主义的文学—文化想象中,美学的冲突甚至争夺一直非常激烈。从1950年代的美学讨论直到姚文元《照相馆里出美学》③ 的激进的美学观点,都是围绕着"什么是美"而展开的激烈争论。而在小说中,也正是通过"爱情故事"中对美的重新辨析,叙述了青年和革命的归宿关系。因此,通过"爱情故事"的重新讲述,政治同时获得的是道德、情感和美学的合法性支持。

如果说,赵树理在《小二黑结婚》中试图将政治自然化,并以此争取"青年"情感的合法性支持,那么,到了《青春之歌》则努力地将情感重新地政治化。而这一政治化的目的,正是"新人"的塑造,这一新人既不是原子式的个人,也不完全是民族主义意义上的"国民",而是具有强烈的社会主义政治背景的新的个体,这一个体服膺于总体的政治目标,本身即是集体中的一员。因此,这一"新人"的出现,有效地缓解了社会主义文化中"个人/集体"之间的紧张关系。

但是,在这样一种设想中,尤其是,当它企图通过"爱情故事"的讲述来完成这样一种设想,仍然有一个极不稳定的因素,可能阻挠这一设想的完成,这就是——性。

---

① 李杨:《50—70年代中国文学经典再解读》,第125页。
② 雪克:《战斗的青春》,上海:上海文艺出版社,1960年。
③ 姚文元:《照相馆里出美学》,《文汇报》1958年5月8日。

三、性或者"性的叙述"

我在此想讨论的,并不只是性,而是关于"性的叙述"。性的实践行为,在任何一个时代都不会停止,社会主义时期也不例外。例外的是,在这一时期的小说中,"性的叙述"大大减少,更不用说那种爱欲的、感官的、色情的旨趣,而这种爱欲的、感官的、色情的旨趣,恰恰充溢于现代文学之中。因此,我们需要讨论的,正是什么原因迫使这一"旨趣"退出了当代文学的叙述。

实际上,在早期中国共产党人的行为实践乃至政治文献中,性并不是一个特别忌讳的字眼①。相反,无论是个人的私生活,还是政治实践,"爱欲"仍然是一个极其重要的概念。一方面,早期中国共产党人大都经过"五四运动"的洗礼,自然深受新文化的影响,同时,在对抗传统的社会—政治权力结构的过程中,"爱欲"也不失为一种有力的政治或者文化的召唤。这一"爱欲"甚至延伸到了土地革命时期。在毛泽东的《寻乌调查》中,我们可以看到,红军时代,"宣传员宣传的是'推翻封建势力'、'打土豪分田地'",而在"推翻封建势力"的口号中,自然包含了"离婚结婚自由"。这一新的苏维埃法令,使妇女获得了极大的解放,并成为革命重要的支持力量,"这回四军二纵队打篁乡反动炮楼,篁乡的女子成群地挑柴去烧炮楼,又从反动地主家里抢了谷子出来"。在这一革命的过程中,女子也获得了"个人的自觉":"各处乡政府设立之初,所接离婚案子日必数起,多是女子提出来的。"同时,当地还在法令外,"申明禁止捉奸"。于是,青年男女"在山上公然成群地'自由'起来"。一些男子开始发牢骚:"革命革割革绝,老婆都革掉了。"同时,"有老婆又新找一爱人的差不多每个乡村都有",于是,"老婆们就群起反对"。因此,"今年二月县革委会扩大会,对'贞操问题'决议:'已结婚之男女,不准与另一男女发生性交,私奸者严办。'同时对所谓'爱人问题'亦定了一条法律:'反对一夫多妻、一妻多夫制度,原有夫或妇未

---

① 郑超麟在他的回忆录中,也曾涉及到某些早期中国共产党人的私生活,而且都比较开放。参见郑超麟:《郑超麟回忆录》(下),第 61—65 页,北京:东方出版社,2004 年。

经离婚,不得另找爱人,过去有些错误的应即马上离去,只同一个结为夫妇。'……这个决议发表后,纠纷停止了,一致对付当时严重的时局,打破了敌人的'进剿'"。尽管,在寻乌县,这一问题后来又有反复,但是经过毛泽东的生动叙述,我们可以看到"爱欲"是如何搅乱了乡村原有的社会—政治秩序①。

显然,在中国革命的历史过程中,性呈现出了它的两面性:一方面,它可能使青年男女获得"个人的自觉",而另一方面也有可能破坏原有的生活秩序。我始终认为,中国革命具有极为灵活的妥协性,在性的问题上也是如此。由于战争的需要,它不得不考虑甚至不得不尊重乡村伦理秩序。这一妥协,构成的是一种政治无意识,很可能因此制约着小说中的"性的叙述"。

在某种意义上,中国革命并不仅仅只是以"破坏"为己任,相反,它有着自己明确的社会政治的总体目标,也就是说,中国革命实际上是建构性的。这一建构性的政治诉求,同时也制约着小说对情爱关系的想象。而在这一想象中,"家庭"始终是一个较为稳定的因素,在某种程度上,甚至成为情爱关系的指向性目的,而对这一目的/结果的重视,反过来又制约着情爱关系的叙述。因此,《小二黑结婚》的重点是"结婚",《登记》着重强调的亦是最后的"登记"。但是,这一新的家庭形态的前提却是自由恋爱,在这一意义上,当代文学明显继承了"五四"反封建的主题,然而由于"家庭"因素的存在,这一"自由恋爱"又是被限制的,更多强调了彼此的忠贞。因此,情爱关系主要被叙述为爱情关系。这一爱情关系又更多地被限定在对偶制的婚姻观念中,因此,爱情上的"杯水主义"常常会受到批评。在《战斗的青春》中,许凤和胡文玉的彻底决裂,很大程度上,是因为胡文玉和小莺的"乱搞"。在这一点上,当代文学更容易受到传统乃至现代通俗文学的影响。事实上,在1950年代,当代文学已经涉及"婚外情"的描写,而且大都持批评态度。比如孙谦的《奇异的离婚故事》②就讲述了某机关办公

---

① 毛泽东:《寻乌调查》,《毛泽东文集》(第一卷),第240—243页,北京:人民出版社,1993年。
② 孙谦:《奇异的离婚故事》,《长江文艺》1956年第1期。

室主任于树德进城后想抛弃乡下的"黄脸婆"另寻新欢，结果不但他城里的"爱情"破产了，自己受到撤职处分，家乡的妻子也和他离婚了。这一故事被董之林称之为"传统戏剧《铡美案》的当代版"①。邓友梅的《在悬崖上》也是一个类似的"婚外情故事"，但是，在"我"和"加西亚"的情爱关系中，尽管有着许多道德或者意识形态的解释，我们仍然可以隐约感觉到一个重要的概念——本能。而在"性的叙述"中，性本能始终是一个极为活跃的能指。在现代文学的某些作品中，性的本能常常被暗喻为人的生命，并通过这一本能的书写以获得个体的觉醒，或者释放被社会压抑的政治情绪。我们很难说，这一性的本能的书写在当代文学中完全的销声匿迹。比如，在电影《红色娘子军》中，通过红莲的身世描写和"木头人"的镜头处理，"性的压抑"和"政治／阶级压迫"进行了生动的相互说明②。而对这一"性的本能"更为详细的书写，当是冯德英的《苦菜花》。小说写杏莉母亲嫁入王柬之家，由于王柬之在"牟平城念书"，而且"城市里那么多风流女人，早迷惑了他"，因此，杏莉母亲等于是在"守活寡"，终年"守着这座阴森高大的住宅，是多么空虚和孤独"。于是，"她慢慢注意到年轻力壮的长工王长锁"，而且"从窗口上、门缝中窥看他那赤臂露腿的黑红肌肉和厚实粗壮的体格"，慢慢地，"炽燃在女人心头的野性情火，使她逾来逾大胆地进攻了"。这样的"本能"书写，在1949—1966年的小说中，并不是非常的多见③。即使在《苦菜花》中，由于王柬之被预设为"汉奸""特务"，杏莉母亲和王长锁的"偷情"才可能合法化，因此，性和政治仍然在相互说明。"性的本能"的淡出，很可能是因为"本能"的不稳定性，或者它的危险性。而按照精神分析学的理论，"力比多"常常可能突破"本我"的封锁。也就是说，在当代文学的视域中，"本能"不仅无法承当革命的重任，而且极有可能逾出政治的规范。《苦菜花》中的王长锁就曾为了一己之情欲，而被迫

---

① 董之林:《旧梦新知:"十七年"小说论稿》,第93页。
② 这一情节在后来的舞剧《红色娘子军》中被删去,这似乎也能说明"文革"政治对性的更加"清洁"的态度。参见李辉编:《八大样板戏》,北京:光明日报出版社,1995年。
③ 而据冯德英的回忆,在"文革"中,《苦菜花》等作品也"被定为……爱情至上及有黄色毒素描写的……大毒草,成为禁书"。参见冯德英:《苦菜花》"写在新版'三花'前面",沈阳:春风文艺出版社,2003年。

屈服于王柬之。而另一方面，马克思主义从来未曾将无产阶级革命解释为一种"本能"的冲动，而是有着明确的理性指导的革命运动，因此，这一阶级的意识形态也常常被称为一种"科学观念"。实际上，在传统马克思主义的知识谱系中，占据主导位置的，一直是政治经济学，而并不是精神分析学。而在社会主义的历史语境中，个体并不是至高无上的，控制它的是革命的"更高的原则"。如果"本能"有可能突破这一"更高的原则"的封锁，那么，"本能"就会受到叙述的压抑[①]。

当然，在"性的叙述"中，一直存在着道德主义的干预，或者，更确切地说，小说一直在进行性和道德的资源分配。这一叙述上的道德特征，可以追溯到茅盾的《子夜》，比如吴荪甫的阶级本质，正是通过他对女佣王妈的强暴而得以展示。因此，在当代小说中，性的放纵常常被分配给反面人物，尤其是，在这些反面人物中，女性又常常承担着"淫荡"的性角色。比如，雪克的《战斗的青春》中的小莺、小美；孙犁的《风云初记》中的俗儿；曲波的《林海雪原》中的"蝴蝶迷"，等等。在某种程度上，这样的角色乃至道德资源的分配，明显受到了传统的男性中心主义的影响，而这一点，我在下面还有更详细的讨论。由于"性的放纵"被分配给反面人物，那么，在正面人物身上，尤其是女性，"性的叙述"就相应变得困难起来。尽管"反封建"的主题一直贯穿在当代小说的叙述之中，比如《苦菜花》中，冯德英就特意设置了"四大爷"这样一个封建性的人物，以揭示中国共产党如何在乡村突破封建道德的规范，从而使妇女获得个性的解放。但是，在性这一敏感的问题上，小说的叙述仍然相当谨慎。比如，娟子因为参加党的秘密会议，头发上沾上了"乱草丛中才有的草狗子"，从而引起了母亲的怀疑，并且要求女儿"你，你可要正经……"母亲的怀疑，尤其是"正经"的道德批评，引起娟子的委屈："妈，你再说下去可把俺屈死了，我也要哭了。妈，你相信我，俺做的全是正经事……"母亲和娟子关于"正经"的讨论，涉及的正是性的道德问题，而这一性道德，作者显然并未将它说成是封建性的，

[①] 实际上，这一"本能"并不仅仅局限在性的范畴，而当代文学对"本能"的暧昧或犹疑态度，我有另文讨论。

相反，它恰恰是贫苦农民，也是正面人物需要恪守的一种美德。尽管在杏莉母亲和王长锁的身上，作者进行了性的本能的叙述，并且描写了农民的同情，但是在小说的文本内部，这两个人物及其相应的叙述，仍然处在一个次要的位置。这一所谓"正经"，显然是将性限制在婚姻关系之中，而在正面人物身上，更是被限制在革命的情爱关系之中。《战斗的青春》中，许凤"突然被胡文玉拥抱起来，她吓得挣扎着，拼命推开他。胡文玉狂热地亲她，她急了，恼怒地叫了一声：'胡文玉同志！'一下把胡文玉推开了"。此时胡文玉尚未叛变，还是共产党的区委书记，而且和许凤早已确立了恋爱关系，这样的叙述就显得未免牵强。但是，考虑到胡文玉今后的叛变，他的"狂热地亲她"就含有了"色情"的意味，而对"色情"的拒绝，便保证了许凤的"纯洁"和"正经"，即使这一描写极有可能破坏叙述的真实性。相反的是，小说快结尾的时候，李铁向许凤表达了自己对她的爱情，许凤"一下扑在李铁怀里，两人紧紧地拥抱起来"，而且，"好一会儿两人才离开"，过了一会儿，"他俩又亲热地搂起来"。我们看到的是，即使在这样一种含蓄的"性的叙述"中，小说仍然遵循着严格的道德资源的分配原则。

显然，正是因为确立了反面人物这一性的他者，并将"放纵、淫荡"分配给了这一形象系列，正面的"性的叙述"实际上变得非常困难，并且自觉地接受道德的压抑。反过来，也可以说，这一叙述的困难，却造成了小说含蓄、内敛的美学特征。陆文夫《小巷深处》①写徐文霞和张俊的爱情，俩人经常在晚上一起学习，一会儿徐文霞生怕张俊劳累过度，"便走过去拉拉他的耳朵，搔搔他的后脑"，或者，过一会儿，张俊又"到徐文霞的口袋里摸小刀"削苹果。恋人之间的这些小动作，常常带有某种性的挑逗或者暗示。也的确，经过"这一骚动，两个人都学不下去了"，但是，"收起书本"，也只是"海阔天空"地谈将来，或者，"实在没话谈了，他们便挽着手到街头散步"。显然，这一叙述的困窘，来自小说已经将性分配给了徐文霞悲惨的过去（妓女）以及嫖客丑恶的性的形态。因此，在徐文霞的回忆中，性常常是"羞耻、屈辱和流泪"，是朱国昌"尽力地摧残"过她的身体和那张"扁

---

① 陆文夫：《小巷深处》，《萌芽》1956年10月号。

平脸"。在这样的"他者"的规定下,徐文霞和张俊之间的爱情也只能在"谈话"和"散步"的叙述中展开。

"一面固然是荒淫与无耻,然而又一面是严肃的工作",性在小说中的资源分配,正来自于"荒淫无耻"与"严肃工作"的叙述对立,而在这样的对立中,"性的叙述"必然会被政治化或者道德化。因此,在含蓄、内敛的美学特征的背后,恰恰是一个时代的政治或者道德的制约。

然而,需要继续讨论的是,当代文学中"性的叙述"的困窘,除了上述原因之外,似还不能忽略"女性"这一形象的存在。在当代文学的叙述中,中国革命被不断地"圣洁"化,而这一革命的"圣洁"化,在某种程度上,又正是通过女性的"圣洁"化而渐次体现的。比如,小说《青春之歌》写林红"大理石雕塑的绝美的脸庞",可是,在林道静的心目中,这个"坚强的老布尔什维克"更像一个圣洁的女神。林红的形象塑造,很可能直接或间接地启迪了《红岩》中江姐的外在和内在的描写。实际上,在当代小说,此类"圣洁"化的女性形象并不少见。问题恰恰在于,当小说创造了这样一类女性形象时,同时也在压抑自己的"性的叙述"。在某种意义上,所谓"性的叙述"往往建立在男性中心主义的基础之上,而在这样一种男性中心主义的话语系统中,男性和女性之间构成的,常常是一种依附性的性别关系。因此,当女性获得解放之后,尤其是被叙述成为某种"圣洁"的女性形象时,在性的问题上,这一主要由男性话语构成的"性的叙述"便常常会陷入困窘,或者说,由此构成的性的幻象的破灭。这一困窘实际上在《红楼梦》中已有所表露,贾宝玉的性行为一是和秦可卿的梦中交欢,一是和花袭人的春风暗渡。前者暗喻了"淫荡",后者则正是一种依附性的性别关系。但是,在贾宝玉和林黛玉之间,更多的却是一种小儿女态的爱情叙述。因此,当女性被"圣洁"化或者"正经"化,某种非预期的结果却是对男性性话语的压迫。

但是,这一"压迫"本身却又是男性中心主义的,也就是说,所有的性的叙述仍然基本来自于男性视角,男性在此仍然掌握着性的主动。比如,在《林海雪原》中,尽管白茹再三暗示,少剑波却显得非常矜持。当然,在矜持的背后，多少有着性的失语的尴尬（性幻想只能在少剑波的日记中才能展开）。在某种意义上，我们甚至可以说，在当代文学中，尚未在性的问题上构成一种平等的男女关系。因此，在男性性话语的被压迫状态中，也同时压抑了女性的性的叙述。而从性别政治的角度，讨论当代小说中"性的叙述"，仍不失为一种极有意义的进入。

但是，这一被压迫的男性的性话语，包括由此构成的性的幻象，仍然会在叙述中不经意地流露。比如，在《林海雪原》中，少剑波"偷窥"白茹的睡姿："她那美丽的脸腮更加润细，偶尔吮一吮红红的小嘴唇，腮上的酒窝微动中更加美丽。她在睡中也是满面笑容，她睡得是那样的幸福和安静。两只静白如棉的细嫩的小脚伸在炕沿上。剑波的心忽的一热，马上退了出来，脑子里的思欲顿时被这个美丽的小女兵所占领。""两只静白如棉的细嫩的小脚"显然引起了批评家的注意，因为在中国传统的男性文化中，女子的"小脚"向来被视为最性感的部分，并成为男性性幻想的重要媒介。因此，少剑波的"思欲"就带有了明显的性的色彩，而这一性的"偷窥"显然和市井文化有着某种隐秘的内在关联①。

当然，这种被压抑的男性的性的无意识在更多的时候，被转移到了反面人物的描写上。正是这些人物，尤其是其中的女性形象，更多地承担起"淫荡"和"贪婪"的双重叙事功能。"淫荡"显示的是一种性的放纵，而"贪婪"则构成性别的依附关系。像《战斗的青春》中的"水仙花"、《平原枪声》中的"红牡丹"、《风云初记》中的俗儿，在性的放纵中，要求的并不仅仅只是性的满足，同时还伴有对男性的强烈的金钱需要。这些女性形象的存在，唤起的不仅仅只是男性的性幻想，而且还是男性的性的叙述能力。而在这些反面人物的描写中，"性的叙述"不仅存在，而且有着明显的"色情的旨趣"。因此，在小说内部，将这些不同的性的叙述（正面／反面）作一种互文性的研究，同样会是极有意义的讨论。

但是，在根本的意义上，制约着小说"性的叙述"的，仍然是传统的马克思主义似乎未曾将"情欲"解释成为革命的根本动力，它更重视的，仍

---

① 李杨：《50—70年代中国文学经典再解读》，第19—20页。

然是人的政治经济学的压迫/被压迫关系。然而，人的本能，包括性的本能依然存在，也因此，在阅读中仍然存在着对"性的叙述"的需要。而在我自己的阅读经验中，当革命被叙述成为黄子平所谓"无性的身体"①，性的启蒙却常常在这些小说中的反面人物的性的叙述中获得②。而更具吊诡意味的是，到了1980年代，恰恰是这一被压抑的"本能"成为颠覆此一革命叙述的极为强悍的理由，并且，将"情欲"夸大为解释历史的最为重要的理由。而在这样一种颠覆过程中，我们同样看到，精神分析学如何驱逐了政治经济学，并在这一时代的知识谱系中占据了主导性的位置。

结　语

当"青年"成为一个深刻的文学隐喻的时候，其本身却需要多方面的解释，而且，在这一解释过程中，政治还必须谨慎地处理与之相关的各种经验，包括爱情和性。所有的叙述，最后都会涉及"身体"这个极为敏感的领域。我们很难说，在中国革命的"故事"中，"身体"被根本的边缘化，或者，干脆被革命驱逐出境。相反，中国革命的现代性特征，从其开始，就将人的"身体"纳入了政治动员的社会系统。这一"身体"既包含了"五四"的反封建主题，同时，更直接地诉诸"身体"的政治/经济的存在。因此，一些最基本也是最流行的革命语汇，常常同"身体"有关，比如"压迫/翻身"等等。

当中国革命继承了梁启超"少年中国"的现代性想象时，同时继承的还有内含在"少年"身上的时间和生理的双重意味。所谓的"时间"在梁启超的想象中，已经具备了某种现代性的特征，即是说，它是一种直线的、进步的、发展的时间观念，正是这一现代的时间观念的确立，才使中国革命获得了一种未来主义的叙事特征。而所谓的"生理"更是直接诉诸人的"身体"，这一"身体"更明确的表述应该是个人的身体，正是个体观念的确立，

---

① 黄子平：《革命·历史·小说》，第56页，香港：牛津大学出版社，1996年。
② 参见蔡翔：《花痴、抑郁症及其他》，《书城》2007年第4期。

才使中国革命有可能将个人从传统的权力场域中解放出来,并重新构造一种新的想象的政治共同体。而在这一意义上,我们同样会看到"五四"新文化运动的遗产是如何被中国革命或明或暗地继承。

但是,在中国革命的具体的历史语境中,"革命"和"身体"之间的确开始产生裂痕,甚至冲突。导致这一冲突的根本原因,并不完全是传统道德的复活,而是在于,中国革命无论是其理论还是具体的历史实践,始终都受到某种总体性的制约,这一总体性才构成了革命意识形态的根本性的背景。在这一总体性的理论想象中,某种"更高的原则"被确立起来,并要求个人时刻服从于这一"更高的原则"。因此,在这一总体性的理论想象中,个人,包括个人的"身体"必须被重新辨识。不仅"青年"被重新身份化或者阶级化,同时,爱情也被要求重新讲述,以便确立一种"真正的爱情"。但是,在这一辨识的过程中,性或者本能却始终是一个最不稳定的因素,并且可能突破政治或者总体性划定的想象边界。因此,"性的叙述"在小说中也就始终是一个极为敏感的领域。

应该指出的是,这一总体性是现代的,支持它的正是一种乐观的理性主义。它相信人能控制自然,也能控制自己,而所谓的"控制"的力量恰恰在于,人们相信通过这一控制能创造更加光明的未来。从控制自然到对人的控制,正是启蒙理性一路留下的现代性的痕迹。问题在于,一旦"乐观"和"理性"本身遇到危机——而这正是我们理解1980年代的重要前提——所谓的总体性就会遭遇被解构的危险。在一种并不是最为严格的意义上,恰恰是在这一"本能"或者"欲望"的问题上,1980年代开始了它对这一总体性理论想象的突破,甚至不惜夸大"情欲"在人的历史过程中的作用。也正是在这一突破的过程中,个体被重新解放出来。当然,它也为这一解放付出了另外的代价。

因此,在"集体"和"个人"之间,或者说,在政治经济学和精神分析学之间,如何保持一种必要的张力,更进一步说,如何重新理解"总体性",便成为一个重要的问题。当然,这是另外一个时代的"故事"了。

第四章　重述革命历史：从英雄到传奇

在讨论1949—1966年的小说的过程中，一些研究者使用了"革命通俗文学"这一概念①，这一概念不仅涉及《白毛女》等"现实题材"的作品，也包括《林海雪原》这一类的"浪漫故事"。但是，我以为，在这一概念的使用过程中，需要讨论的，不应该仅仅只是小说的结构类型，更重要的，似乎还应涉及写作者的叙事态度，而在某种意义上，也可以说是一种非现代精英知识分子的态度。这一态度很大程度上来自于毛泽东《在延安文艺座谈会上的讲话》的支持，也就是说，正是经由毛泽东《在延安文艺座谈会上的讲话》，"群众"这个概念才会被有力地"嵌入"到当代文学的结构之中，并进而导致这一结构的种种变化。这一变化的形式表征之一，即是当代文学的通俗化倾向。可是，在某种意义上，所谓"革命通俗文学"仍然是一个后设的概念。事实上，在1949—1966年代，当代文学并没有一种严格意义上的"雅/俗"之分，即使在严格的分类意义上，将这一类小说定义为"革命通俗文学"，那么，进一步需要追问的可能是：为什么在这一时期，"革命通俗文学"会成为"国家文学"，或者"国家主流文学"，并成为一种主导性的叙事方式。而在另外一个方面，这一类小说大都是在讲述一个有关"革命历史"的故事，或者说，是对"革命"的某种历史演义。在这一意义上，黄子平使用了"革命历史小说"这一概念，并据此展开对这一类小说的分析和评价②。因此，我在此主要讨论的，不仅是"革命通俗文学"为什么会

---

① 李陀：《1985》，《今天》，1991年3、4期合刊。这一概念不仅被孟悦用来分析《白毛女》(《〈白毛女〉演变的启示——兼论延安文艺的历史多质性》，王晓明主编：《二十世纪中国文学史论》(下卷)，上海：东方出版中心，2003年)，也见之于李杨对《林海雪原》的讨论(《〈林海雪原〉——"革命通俗小说"："传统"与"革命"的融合、分裂与冲突》，《50—70年代中国文学经典再解读》)。

② 黄子平：《革命·历史·小说》。

成为"国家主流文学",同时,也想进一步讨论,这一重述革命历史的意义究竟何在,以及为什么这一革命历史的重述会以一种"通俗化"的形式表现出来。所谓的"通俗",不仅含有"英雄"的元素,也包括"传奇"的叙事特征。而在中国当代文学史上,从"英雄"到"传奇",则是一个从"真实"到"浪漫"的过程,也是一种"凡"与"奇"的分野。而此一"凡"与"奇"的分野,恰恰是一种"新异"的想象领域的被重新打开,按照孟悦的解释,"传奇"这一想象领域往往含有"非非"式的主题①。因此,更需要讨论的,也许正是究竟是什么原因促使当代文学致力于打开"传奇"这一"新异"的想象领域。

一、"平凡的儿女,集体的英雄"

如果我们暂时不去讨论"革命通俗文学"这一概念是否具备了解释上的合理性,仅仅就它所指称的具体的文学作品,包括这些作品所呈现出来的通俗化倾向,那么,我以为,对这一现象的讨论,还应该回溯到所谓的"解放区文艺"时期。也正是在这一时期,"通俗化""大众化"不仅得到了革命政治的大力支持,同时更获得了"文学正典"的合法性地位,而这一合法性则被周扬通过对"赵树理方向"的总结解释为"毛泽东文艺思想在创作上实践的一个胜利"②。

显然,在这一文学"正典"化的过程中,最为重要的因素明显来自于毛泽东《在延安文艺座谈会上的讲话》的支持③,但是,我们仍然不能忽视

---

① 孟悦:《中国文学"现代性"与张爱玲》,王晓明主编:《二十世纪中国文学史论》(下卷),第105页。
② 周扬:《论赵树理的创作》,《中国新文学大系(1937—1949)》(第一集),第587页,上海:上海文艺出版社,1990年。
③ 比如,1941年赵树理到《抗战生活》编辑部工作,并和王春、林火等人发起成立了通俗化研究会,相继发表了《通俗化"引论"》《通俗化与"拖住"》等文章,但毕竟还没有形成大气候。直到毛泽东的《在延安文艺座谈会上的讲话》发表,文艺的通俗化、大众化才成为那一时代的主潮。正如赵树理所说,《在延安文艺座谈会上的讲话》"肯定"了他的方向,"批准"了他文艺必须走通俗化、大众化道路的主张。参见蔡润田主编:《山西文学五十年纵横论》,第65页,太原:山西人民出版社,2000年。

《在延安文艺座谈会上的讲话》发表之前就已经展开的有关"民族形式"问题的讨论以及"抗日战争"的整体的历史背景。

这一历史背景的重要性在于,正是因为战争的爆发,导致了中国现代史上知识人口的大规模的地理迁徙。这一地理迁徙给文学带来的空间影响则正如周扬所说:"战争给予新文艺的重要影响之一,是使进步的文艺和落后的农村进一步地接触了,文艺人和广大民众,特别是农民进一步地接触了。抗战给新文艺换了一个环境,新文艺的老巢,随大都市的失去而失去了,广大农村与无数小市镇几乎成了新文艺的现在唯一的环境。……过去的文化中心暂时变成了黑暗地区,现在的问题就是把原来落后的区域变成文化中心,这是抗战现实情势所加于新文艺的一种责任。"① 按照王瑶先生的解释,这一空间的变化,"使广大作者有了一则以忧,一则以喜的发现:一方面,他们亲身感受到了'五四'以来的新文艺与生活在中国土地上的普通人民,尤其是占人口绝大多数的农民之间的严重脱节与隔膜;这对于一直以'文学启蒙'为己任,现在又急切地要求以文艺为武器,唤起民众,为战争服务的中国作家,无异当头棒喝,并因此而引起痛苦的反思。另一方面,作家们又真实地感受到了中国农民的力量、智慧,特别是他们对新文艺、新思想、新文化的迫切要求,于是,中国农民真正地,而不是仅仅停留在口头上、书本上地,成了新文艺的表现与接受对象、以至服务对象。与此同时,作家们还发现了中国农民自己创造的民间艺术、及其内蕴着的中国传统文化的特殊魅力,而这正是许多新文艺的作者长期忽略与轻视的。唯其如此,对民间艺术的意外发现,就不能不引起新文艺作家们思想上的巨大震动。以上两个方面的发现,都激发起了对'五四'以来的新文艺进行新的调整与改造的自觉要求:这构成了贯穿于这一时期的'民族形式'问题的讨论,以至延安文艺整风运动的深刻背景与内在动因。对'五四'新文艺的调整与改造,主要是在两个方面进行的:调整新文艺与传统文化,特别是民间文化的关系,以促进新文艺进一步的民族化;调整新文艺与农民的关系,以促进新文艺进一步的大众化;这两个方面同样构成了'民族形式'问题讨

---

① 周扬:《对旧形式利用在文学上的一个看法》,转引自王瑶:《中国新文学大系(1937—1949)·序》(第一集),第9页,上海:上海文艺出版社,1990年。

论与延安文艺整风运动的基本内容和主要目的与要求"①。我以为,王瑶先生的解释为我们理解"解放区文艺"的"通俗化"和"大众化"提供了极有意义的进入路径。也因此,"赵树理方向"的文学正典化过程,就不仅仅只是来自于政治的支持,更重要的,它还体现了"新文艺"在调整和改造中对自身的某种期待,这种期待才是这一"文学正典"化的真正的内在动因。也因此,它是"新文艺"的某种延续,而并不是"旧文艺"的某种回潮。我以为,这是我们讨论或理解"解放区文艺"通俗化和大众化的一个前提,或许这也是"革命通俗文学"论者的一个内在出发点,尽管这一概念仍有可能引起一定的误解。

但是,在形式问题的背后,我更愿意强调的,仍然是某种叙事态度,而这一叙事态度不仅涉及"解放区文艺"的主体性的重新建构,也关系到小说的叙事角度,包括由此引申出来的种种形式上的重新探索。而正是这一形式上的重新探索,决定了当代文学的实验性质,也就是说,当代文学在新的历史语境中,实际上并未放弃艺术的实验性——这一实验包括小说的形式、语言、人物塑造,等等。而这种实验性显然是从"解放区文艺"开始。当然,在这一实验过程中,当代文学也为此付出了程度不等的代价,有时,甚至是一种粗糙的艺术形态。可是,在任何的文学实验的过程中,这种"粗糙"的或者"不完善"的艺术形态似乎总是难以避免,包括"五四"新文艺的草创时期。

在这一叙事态度的形成过程中,"政治"无疑是最为重要的一个核心因素,随着立场、工作对象、学习等问题的变化,必然会导致对"态度"问题的讨论。按照毛泽东的说法:"随着立场,就发生我们对于各种具体事务所采取的具体态度。"②这一政治规定下的叙事态度当然有着它的极大的局限性(比如"歌颂"和"暴露"的问题),但是,在另外一种意义上,这一叙事态度也带来了其他的变化,这一变化不仅导致了"工农"作为一种"有意义的他者"进入当时的"解放区文艺"也是后来的当代文学的视野,并与此形成一种对话关系,当然,在这一对话关系中,"国民性改造"的主题

---

① 王瑶:《中国新文学大系(1937—1949)·序》(第一集),第9—10页。
② 毛泽东:《在延安文艺座谈会上的讲话》,《毛泽东选集》(第三卷),第805页。

也被悄悄改写,"工农"在被政治化的同时,也被道德化①。然而,更重要的,是一种"政治"的叙事角度——这一叙事角度包含了某种"国家政权建设"的整体性想象。这一整体性想象固然导致了一种"宏大叙事",但是,对"中国问题"的讨论,实际上很难离开"政治"的支持,包括"国家政权建设"的整体性想象。而这一想象相应提供的,是一种"自上而下"的叙事角度。我以为,我们不应该完全否定这一政治视角的合理性,中国现代历史的变化,根本原因之一即是某种新的"国家政权"的出现。一些社会学家已经观察到:近代国家为了强化自身权力,积极向基层吸取资源,而这一过程的推进,使中国的基层社会关系发生了一种前所未有的变化,不仅改变了社会中不同集团的角色关系和行动机会,也同时破坏了传统上以地方精英为中心的社会整合秩序②。在某种意义上,这一政治视角也帮助了"解放区文艺"更深刻地观察中国的乡村社会,比如,在许多的"解放区文艺"的作品中(包括赵树理的《李家庄的变迁》、歌剧《白毛女》等等),都相继出现了"恶霸地主"和"反动官府"勾结的叙述内容,而这一现象的出现则正是近代中国"士绅"结构也即有限的地方自治传统断裂的结果。在这一"故事"的讲述中,"解放区文艺"固然向传统小说(比如《水浒传》)积极地吸取叙事资源,但是,在根本上已经不同于传统的"旧小说"。这一"不同"在于:由于现代"政治"视角的进入,它要考察的,已经不是"个别",而是一种普遍的乡村社会的政治权力结构;它所要致力的,不是单纯的"除暴安良",而是一场深刻的政治革命;这一革命要求的,也不仅仅只是乡村社会的政治权力结构的改变,而是和整个的"国家政权建设"的革命要求紧密地结合在一起。因此,在这些作品中,明显的具有一种强烈的现代性的政治诉求。也因此,它是"现代"的,而不是"传统"的,是"革命"的,但不完全是"通俗"的。也正是在这一现代的"政治"视角的规定下,对"集体"的重视,更甚于对"个人"力量的讲述。

但是,在这一"政治"视角的隐蔽的规定之下,我们同样可以清晰地看到"五四"精神的某种延续,即使在一些"解放区"作家的传记资料中,

---

① 有关这一"对话"问题,参见本书第三章《青年、爱情、自然权利和性》。
② 张静:《现代公共规则与乡村社会》,第 3 页,上海:上海书店出版社,2006 年。

我们也能感觉到这一现代的知识谱系的存在①，因此，一些论者将这些作家的精神源头追溯至"五四"新文化，我以为，大致是不错的②。而这一"五四"新文化的延续，在当时，也得到了政治的支持，起码，在理论和形式的层面③。所谓"五四"精神的内涵之一，也可以说是一种以人为本位的现代个体观念。1941年，赵树理在一篇短文中就说："人总是人，能给自己的生活做得了主，活着才有意思。"④这也是所谓"劝人文学"的现代要素之一。而在这一现代观念的影响下，对人所应该具有的自由、幸福和尊严的热情歌颂，就成了这些作品的一个较为普遍的叙事主题，包括赵树理的《小二黑结婚》、康濯的《我的两家房东》等等。而这一关于人的（也是农民的）"自由、幸福和尊严"的故事叙述，同时也吻和着中国革命的"反封建"主题。我以为，这一"反封建"的主题，是我们考察所谓"根据地文化形态"的重要路径之一。而将中国农民纳入这一"反封建"主题或"人的解放"的故事叙述之中，不仅是"解放区文艺"的重要贡献，也是中国革命重要的政治诉求之一，因为只有将农民从传统的封建性束缚中解放出来，并改造成为现代的个体，才有可能在此基础之上，重新结构一个新的政治共同体。因此，在这些作品中，始终存在着一种如周扬所说的对"光明的、新生的东西"⑤的想象和追求，也即表现一种"新的世界、新的生活、新的知识"。而所谓"新的知识"不仅通过群众性的"识字"运动（冬学、夜校、扫盲等等）表现出

---

① 比如赵树理在长治山西省第四师范读书时，就已读了大量的"五四"新文学作品，并在1929年写出了《悔》这一类"新文艺"小说（蔡润田主编：《山西文学五十年纵横论》，第35页，太原：山西人民出版社，2000年），而马烽1940年到延安后，在鲁迅艺术学院期间，就开始阅读中国新文学作品和外国文学名著，如鲁迅的小说，艾芜的《南行记》；法国作家都德的《最后一课》，苏联小说《铁流》《毁灭》《被开垦的处女地》等等（《马烽传略》，高捷等编，《马烽西戎研究资料》，第1页，太原：山西人民出版社，1985年）。

② 有些论者认为赵树理的文化资源、精神资源的源头是"五四"新文化，而马烽等人的文化资源和精神资源更多地来自于根据地文化形态而非"五四"新文化形态。将根据地文化形态与"五四"新文化形态相对立，明显受到1980年代思想文化的影响，是需要重新讨论的。参见：《山西文学五十年纵横论》，第35页。

③ 比如，毛泽东在《五四运动》中就再次重申了中国革命的对象"一个是帝国主义，一个是封建主义"，而且目前"所做的一切，不超过资产阶级民主革命的范围"。毛泽东：《毛泽东选集》（第二卷），第526页。

④ 赵树理：《民夫与角票》，《赵树理全集》（第五卷），第126页，太原：北岳文艺出版社，2000年。

⑤ 周扬：《论赵树理的创作》，《中国新文学大系（1937—1949）》（第一集），第580页。

来,也渗透在这些作品的"教育"和"劝人"的自觉的功能性诉求之中。在这一意义上,即使在所谓的"救亡"运动中,"启蒙"也并未就此中断,只是它以另一种形式在中国的下层(乡村)社会展开。但是,这一"启蒙"在进入中国的乡村社会后,的确发生了变化,并相应构成了"乡村文化中的现代性",这一"现代性"既保存了"五四"新文化的现代个体观念,同时,也更多地接纳了传统以及民间文化的叙事资源,甚至城市市民文化的隐蔽影响,这一影响往往通过现代通俗小说的传播途径而呈现出来①。因此,它带有更为强烈的本土色彩,包括它的伦理性的诉求,这一伦理性由于传统乃至民间文化的影响,固然因抑制了"五四"新文化的激进姿态而含有一定的保守性,但是在另一方面,它又肯定了"共同体"的重要性。而我以为,对"共同体"的重要性的肯定,不仅激发出对"个人/集体"的重新讨论,也为1949年以后"解放后的个体"(即"娜拉走后怎样")提供了重新集体化的思考路径②。因此,在"通俗化""大众化"的背后,隐藏着的,恰恰可能是现代性进入中国乡村之后,尤其是在战争背景下所引起的某种裂变,这一裂变不仅导致知识分子对自我的主动或被动的改造,也包含了如王瑶先生所说的"对'五四'新文艺的调整与改造"。这一"调整和改造"表现在小说的语言上,就并不是对农民口语和旧小说用语的全盘接受,而是包含了"五四"白话文(也即某种程度上的"欧化语言")和中国群众语言的相互的纠缠、接纳和改造,表现在具体作品中,一方面强调了"方言"的合法性③;但另一方面,也在反对"方言"的极端化倾向——马烽就曾明确表示"要尽量避免用过于偏僻的土话,因为那样,反使好多地区的人看不懂",所以,"必须找带普遍性的说法"。因此,已经成为某种"普遍性的说法"的"五四"白话文,仍然进入了这一类小说之中,只是经过了某种改造。比如,袁珂在评论《吕梁英雄传》时,已经注意到这一"改造"现象:"过去欧化的别扭的句法:'后来又怎样?'雷石柱说:也还原做了简单干脆的

---

① 这一问题可参见本书第三章《青年、爱情、自然权力和性》。
② 参见本书第二章《动员结构、群众、干部和知识分子》。
③ 参见本书第一章《国家/地方:革命想象中的冲突、调和与妥协》。

雷石柱说：'后来又怎样？'"① 我想借此指出的是，这样一种"改造"，所得以建构的，正是后来当代文学的"雅言"（书面语）系统。即使在1980年代，一方面是对这一语言系统的颠覆和解构，但另一方面，又实际上延续并进一步完善着这一语言传统。换句话说，1980年代包括以后的文学，并没有完全地回到"五四"新文艺之中，而是仍然在这一由当代文学所建构起来的语言传统中写作，尽管他们一直在宣称"回归五四"。而在语言的背后，恰恰是某种叙事态度，这一态度也包括价值观念和文化立场，只是这一"态度"更多地被压抑进了某种无意识之中。这也是所谓"当代文学六十年"的某种隐蔽的联系性②。

如果说，"政治"提供的是一种"自上而下"的叙事视角，从而使赵树理等人更深刻地观察中国的基层社会；那么，"知识分子"则提供了"自外而内"的叙事角度，并相应构成了所谓"劝人文学"的启蒙精神。可是，我们同时还应该看到的，是这些"解放区作家"的另一种身份，也即"农民"的身份，包括赵树理、马烽、西戎等人。我以为，这一"农民"身份恰恰给这些作家提供了一种"由内而外"或者"自下而上"的叙事角度。这一"农民"的身份不仅仅指的是这些作家长期的农村生活经历为他们的写作提供了丰富的素材和经验，也不仅仅指的是他们的阅读谱系，包括对传统小说和地方戏曲等民间文化的熟悉程度③，这些当然都非常重要，并且程度不等地影响了他们的叙事方式。但是，同样重要的，是这一身份所形成的某种叙事态度。换句话说，"农民"的身份常常决定了他们是在"乡村"这一共同体内部观察、体验和思考问题，因此，他们不仅和农民"共呼吸，同命运"，而且切身感受着乡土生活的点点滴滴。这样一种乡土生活内部的感受、体验、观察和思考，方才真正深入到了"中国问题"的核心内容，因此，这些小说真正的内涵和意义实际上很难被政党/国家政治所完全覆盖，而这也

---

① 袁珂：《读〈吕梁英雄传〉》，《马烽西戎研究资料》，第129页。
② 当然，在1980年代文学的另一面，也即后来逐渐形成的"纯文学"的叙述中，的确有着"五四"新文艺的影响，而在这一叙事方式的背后，则正是知识分子要求讲述"自己的故事"的政治诉求。
③ 比如马烽在读小学高小时，除了学习正课，还接触并阅读了《水浒传》《七侠五义》《彭公案》《施公案》等中国古典小说（杨占平等：《马烽的生平与创作》，《马烽西戎研究资料》，第6页），而赵树理立志做一个"文摊作家"显然也和他对通俗文学的熟悉程度有关。

正是它们真正的价值所在,尤其是赵树理的创作。这样一种叙事态度,表现在小说形式上,便相应构成了一种所谓的"生活化叙事"。周扬在讨论赵树理《李有才板话》时,曾举赵树理的环境描写为例,说尽管这里"风景画是没有的。然而从西到东一道斜坡不正是农村中阶级的明显的区分吗"?而李有才窑洞中的各种物的细节叙述,"岂止是在写窑洞呵?他把李有才的身份和个性都写出来了"。但是,周扬真正着意的,却是要求作家立场和情感的改造,在叙事上,反对那种"唯独关于叙述的描写,即如何写景写人等等,却好像是作者自由驰骋的世界,他可以写月亮,写灵魂;用所谓的美丽的词藻,深刻的句子;全不管这些与他所描写的人物与事件是否相称以及有无关系"。而在这样的叙述背后,在周扬看来,恰恰是一种小资产阶级的立场和感情,所以,"叙述"这个领域"有打扫一番的必要"①。周扬的批评是否合理,我们暂且不论,但是他的确涉及了赵树理的叙事特征,即是一种"进入"生活或者"再现"生活的叙述,这样一种叙述,固然导致了"风景画"的"没有",但是所谓"风景"仍然是一个需要重新讨论的问题,这个问题也并不完全局限在技术层面②。而这样一种"再现"生活细节的叙事特征,一直为当代文学所继承,即使在《艳阳天》这样一种高度政治化的小说中,由于保留了大量的"生活化叙事",也传递出许多的历史信息。而我以为,这样一种"生活化叙事",尤其是对下层社会的生活再现,在当时,也并非"解放区作家"所独有,沈从文和艾芜的作品中就已含有这样的叙述特征,也就是所谓的"生活气息"③。实际上,中国的当代文学并没有全盘继承"左翼文学"的遗产,在情节方面,倒是比较接近现代通俗文学(比如张恨水),而在叙事(也包括语言)层面,则反而略为靠近沈从文、艾芜等人有关下层社会的叙述。1980年代,重新发现沈从文和张爱玲,人们能如此顺利地接受并进入他们的作品,在某种意义上,似乎和当代文学的这一叙事传统也并不是毫无关系。当然,这仅仅只是一种猜想。

---

① 周扬:《论赵树理的创作》,《中国新文学大系(1937—1949)》(第一集),第585、586页。
② 所谓"风景"问题,柄谷行人有专门论述,参见柄谷行人:《日本现代文学的起源》中"风景之发现"一章。
③ 比如,马烽对艾芜的《南行记》就非常喜欢,这似乎并不是一个偶然的现象。参见高捷等编:《马烽西戎研究资料》。

这样一种多重的叙事角度的并存格局,导致了"解放区文艺"的"多质性"特征①。这样一种"多质性",既有相互重叠的一面,也存在着结构内部的冲突,这也构成了作品的政治乃至艺术的张力。而这一张力,恰恰昭示了在"五四"新文艺和传统文学乃至民间文化之间,当代文学企图重新建构自己的主体性的某种可能性。

而我之所以反复地讨论这一叙事态度,其目的正在于说明这一叙事态度构成了"解放区文艺"的某种总体性的写作背景,包括有关"英雄"的书写。在这一总体性背景的制约下,"英雄"的政治性被明显突出,同时,他也是"平凡"的,是"群众"中的一员,因此具有更为明显的开放性。而用郭沫若的评论语言,则是"平凡的儿女,集体的英雄"②。这一"平凡"和"集体",恰恰抑制了"传奇"的叙事因素。

在所谓的"解放区文艺"中,能够纳入"英雄"叙事范畴的,也许是马烽、西戎的《吕梁英雄传》和袁静、孔厥的《新儿女英雄传》,因此,在我对这一时期的"英雄"的讨论中,也主要以这两部小说为分析对象。

《吕梁英雄传》的成书过程,已如作者在小说"起头的话"和"后记"中所言:1944年的边区群英大会上,涌现出了124位民兵英雄。这些人物当中有爆炸大王、神枪能手、锄奸模范等等。而当时的《晋绥大众报》需要"介绍民兵英雄们对敌斗争的事迹",但是,"因为报纸篇幅有限,几百个民兵英雄们的英勇战功,无法一一介绍",所以,报纸编委会决定让作者"挑选一些比较典型的材料,编成连载故事",而"当时并没有计划要写成一本书,也没有通盘的提纲,只是想把这许多的斗争故事,用几个人物连起来,并且是登一段写一段,不是一气呵成,因而在人物性格的刻画上,在全书的结构上,在故事的发展上,都未下功夫去思索研究,以致产生了很多漏洞和缺陷"。当时,《晋绥大众报》连载的,共九十五回,后经作者吸取了各

---

① 孟悦:《〈白毛女〉演变的启示——兼论延安文艺的历史多质性》,王晓明主编:《二十世纪中国文学史论》(下卷)。
② 郭沫若:《新儿女英雄传·序》,袁静、孔厥:《新儿女英雄传》,北京:人民文学出版社,2005年。

种批评意见,"抽空校阅、修改了一遍",编成了后来流行的"八十回版本"[①]。

在作者的介绍中,我们可以知道的是,在当时的"边区","英雄"是一个极高的荣誉称号,而且,这一"英雄"还是从"群众"中涌现出来的,也即所谓的"群众英雄",因此,这一类"群英大会"不仅是表彰的大会,同时也是"英雄"事迹的集中地,许多作品都在这里获得了创作材料,包括后来知侠的《铁道游击队》[②]。

强调"英雄"的群众性,不仅是当时的一种制度性的安排,同时,更具有强烈的政治含义。在一般的意义上,英雄总是指那些敢于挺身而出反抗周围环境的少数的个人,这些少数个人的行为因为暗合了社会多数人某种普遍的心理期待,因此可能成为某种领袖型的人物,同时,在对"英雄"进行符号化处理的时候,人们总会自觉或不自觉地将自身的命运交付给这些少数的"英雄"。因此,在"英雄"的叙述过程中,就有可能包含一种"权力委派"的倾向。在这一意义上,胡克认为,"一个民主社会应该那样来设计它的事业,即绝不是只让少数人有机会取得英雄的地位,而宁可把那句'人人皆可为英雄'的口号作为规范的理想",因为只有这样,才能做到"人人都有自做决定的自由",而且,也"使得社会能够最好地发挥人们可以利用的任何力量"[③]。如果我们把中国革命视为一种现代的革命,那么,胡克的担心,实际上也是中国政治的担心。一方面,革命的目的是动员人民挺身而出反抗周围的环境,因此,它必然需要那些"英雄"式的人物,并通过对他们的叙述,而形成一种"榜样"的力量;但是,这一革命并不是少数人的事业,而必须有群众的广泛性的参与,因此,"英雄"不仅不能成为革命的垄断性人物,相反,它还必须起到"人人皆可为英雄"的参与可能。在这一意义上,所谓的"群众英雄"恰恰缓解了中国革命的这一现代性的焦虑,也就是说,在这一概念中,英雄既是"平凡"的,也是"集体"的。所

[①] 参见马烽、西戎:《〈吕梁英雄传〉起头的话》《〈吕梁英雄传〉后记》和《〈吕梁英雄传〉的写作经过》,等等,均收入《马烽西戎研究资料》。
[②] 按照知侠的说法,他初次认识铁道游击队的英雄人物,并了解铁道游击队的战斗事迹,也是源于1943夏天,他在山东军区召开的全省战斗英雄、模范大会上的采访。参见知侠:《〈铁道游击队〉创作经过》,北京:《新文学史料》1987年第1期。
[③] 悉尼·胡克:《历史中的英雄》,第166、186页,王清彬译,上海:上海人民出版社,1986年。

以，毛泽东一方面通过"张思德"这一形象，确定了英雄的平凡性质[①]，同时，也要求"嗣后凡当选的英雄模范，须勤加教育，力戒骄傲，方能培养成为永久的模范人物"[②]。我以为，这一"力戒骄傲"所包含的，正是"英雄"的独断性质。而反对"独断专行"也正是毛泽东对"工作人员"的政治要求[③]。也可以说，这一对"英雄"的要求已经包含了现代民主社会的某些因素，因此，在叙事上，就必须抑制所谓的"传奇"因素。当然，更重要的，是这一要求和中国政治的"动员"结构有着密切的关联[④]。

如果我们从这一角度，也即"人人皆可为英雄"的政治路径，进入《吕梁英雄传》或者《新儿女英雄传》，我们就会发现这类小说的非传奇色彩。

《吕梁英雄传》讲述的是抗日战争时期，吕梁山地区的康家寨民兵奋起斗争保卫家园的故事，而所谓民兵，也即一群武装的农民[⑤]。这一"农民"的身份界定也可见之于《新儿女英雄传》里的牛大水和杨小梅。即使在1949年以后更具传奇色彩的小说，比如《林海雪原》中，作者也明确将"杨子荣"交代为"长工"出身。这一"身份"的界定，使得此类作品明显区别于晚清以后日趋大盛的"侠义小说"，比如《七侠五义》《江湖奇侠传》，等等。而如此强调英雄的"农民"出身，一方面固然是出于"阶级斗争"的需要，但是另一方面，也为动员大众提供了一种更为强大的召唤作用。这种作用在于，它使每一个"平凡的儿女"都看到了自己成为"英雄"的可能性。比如，《吕梁英雄传》中，雷石柱就问区指导员老武："你以前也是穷人？"老武回答说，"房无一间，地无一垄，穷到底了"，而且，"我爷爷手上就当长工。到了我爹手上，还是当长工。……我十二岁上，就跟上我爹给地主

[①] 毛泽东：《为人民服务》，《毛泽东选集》（第三卷），第954—955页。
[②] 毛泽东：《对英雄模范须勤加教育》，《毛泽东文集》（第三卷），第246页，北京：人民出版社，1996年。
[③] "我们工作作风中的一项极大的毛病，就是有些工作人员习惯于独断专行，而不善于启发人们的批评讨论，不善于运用民主作风。"毛泽东：《一九四五年的任务》，《毛泽东文集》（第三卷），第242页。
[④] 有关"动员"结构的问题，可参见本书第二章《动员结构、群众、干部和知识分子》。
[⑤] 2005年，根据小说改编的电视剧播映后，一些观众失望地在网络上留言说："与其叫《吕梁英雄传》，不如叫《康家寨民兵传》更确切。"这里有关"英雄"的定义显然来自于另一类的传奇作品，比如金庸的《射雕英雄传》。参见《儿科化的〈吕梁英雄传〉》，ido.3mt.com.cn/pc/200509/20050916175250.shtm。

当上小长工了"。这种可能既来自于群众参与的政治动员，也包含了小说叙事的现代视角，即一种现代民主社会"人人皆可为英雄"的"规范理想"。这一"规范理想"同时抑制了小说有关英雄"超凡"能力的描述，而"英雄"的超凡能力，恰恰构成了古代乃至近代"英雄"叙事的传奇性要素。因此，所谓的"吕梁英雄"实质上就是一些普通的农民，他们没有武功，一开始甚至连基本的军事常识也不具备。比如小说第三十回写康家寨民兵"诱敌上钩踏地雷"："山上民兵见敌人跑了，孟二柱领头，打着呼哨一齐扑下沟里去抢胜利品。雷石柱生怕敌人来个'二反长安'，扯开嗓子叫喊，叫留下一些作掩护，民兵们哪里还听得见，紧叫慢叫早已扑下沟底来了。"此类描写在小说中并不少见。也即"英雄"的农民习性，或者说"凡俗"本质。这些"农民习性"在某一现代视角的观察下，也同时构成"英雄"身上的毛病，换句话说，他们也是一群"毛病英雄"，比如好酒贪杯、逞气斗狠、自由散漫，等等。这些"毛病"不仅有待于战争的改造，更有待于政治的教育。比如，康家寨的民兵因为打了几次胜仗，就开始骄傲自满，也不愿意种地了，这种思想倾向立即受到了老武的批评。老武批评的，不仅是某种"脱离群众"的现象，更是在这一现象中，可能存在的"英雄"的独断性质。这样，我们或许能理解，为什么在此类小说中，"个人英雄主义"总是会受到批评，乃至抑制。包括后来《红日》中石东根的形象描述。但是，恰恰因为"英雄"身上的"毛病"而使阅读者感到了某种亲切，这种亲切不仅来自于共同的"凡俗"性质，更在于由此确立了某种政治认同，并在这一政治认同中，感知到了自我的"成长"可能，在这一意义上，《吕梁英雄传》同时隐含了一种"成长"主题，当然，这一"成长"主题在袁静、孔厥的《新儿女英雄传》中表现得更为明显。

在这一"人人皆可为英雄"的观念制约下，"英雄"更多地被表述为一种"平凡的儿女"，同时，也是"集体的英雄"。支持这一写作的，可能还有一种"真实"的创作理念。实际上，今天我们认为是"传奇"的作品，在当时，仅仅只是一些"现实故事"，这些"故事"不仅要求取材的"真实"性，也要求描写的"真实"性，也即所谓的"真人真事"。这一"真实"性的要求，一方面抑制了小说的虚构，也就是说，从"故事"到"小说"，确实需要某种"虚构",因此,一些作者也曾为此而感到某种"苦恼"①;但是,另一方面,它又为"生活化叙事"提供了某种可能性。应该说,在这一叙事方式的规定下,《吕梁英雄传》的"生活气息"是相当浓的。一些相当生活化的场景不时穿插于小说的战争描写或者英雄叙事之中。比如,小说第四十七回"自选对象树立新风尚,新式结婚打破旧传统"中,写民兵张有义因伤住院,恰好护理他的是姨家表妹巧巧。两人日久生情,张有义"心里印了个巧巧的影子",巧巧也"很爱张有义,爱他打仗勇敢",但是又觉得"他有很多毛病"。所以,两人临分手时,张有义问巧巧:"你觉得我这个人怎么样?有啥缺点?要分别了,提提意见。"巧巧就很正经地说:"你打仗很勇敢,我很……就是听说你在你村里,爱串门子,不爱生产。这可是个大缺点。"张有义发誓说:"我有这毛病,我能改,一定能改。"果然,"张有义当天回到村里,下午就扛上锄头去锄地。……回来十多天,没闲串过一阵。有一次,在街上碰到几个年轻媳妇,笑嘻嘻地和他说话,但张有义低着头过去了,他心里记着巧巧的话。"于是,村里人都说:"张有义带了一回花,变规矩了。"这样一种生活化的叙事,确实再现了一个"凡俗"的世界,同时,这个世界又是"新"的。而这个真实的平凡的世界,在某种意义上,有效地抑制了"传奇",或者说,抑制了一种"超自然"的描写。应该说,这一"凡俗"的生活化的叙事,也同样进入了1949年以后的此类"英雄"演义,并有别于"武侠小说"一类的俗文学。我以为,这可能也是所谓"革命通俗文学"的另一重含义。

但是,《吕梁英雄传》毕竟是小说,而且还是长篇小说,因此,就并不仅仅只是一个"现实故事"。从"故事"到"小说",不仅需要某种虚构,同时还包含了情节、人物等等的重新结构和创造。尤其是,当《吕梁英雄传》自觉地采用了一种传统的章回体形式,这一形式本身就会提出一种"传奇"的要求。

我把章回体小说中的这一"传奇"因素理解为故事的引人入胜和情节的曲折跌宕。在这一意义上,很难否认《吕梁英雄传》的传奇色彩。而这

---

① 比如,知侠当年就曾为"生活的真实和艺术的真实"问题而苦恼,也即如何摆脱"真人真事的束缚……更自由地进行艺术创作"。参见知侠:《〈铁道游击队〉创作经过》。

一"传奇"因素的存在,可能来自于两个方面。

正如我们已经知道的,《吕梁英雄传》最初是以一种故事的连载形式在《晋绥大众报》上逐日刊登。在现代小说的创造过程中,媒介是一种极其重要的制约和导引力量。现代通俗小说的发展,就与报纸这一现代的传播形式有着非常密切的关系,尤其是报纸的"连载"栏目①。正是报纸这一媒介形式的介入,现代的"读者"(市民)概念也开始逐渐形成。而为了吸引读者,小说不仅要满足读者的心理期待,同时还必须连续不断地制造悬念和高潮,因此,"情节"或者"传奇"性的情节就成为小说的一种重要的结构方式。应该说,《吕梁英雄传》在这方面的确吸引了不少读者。而据当时的读者反映:因为《吕梁英雄传》在《晋绥大众报》上连载,使得平时"不注意看报的人,也抢着要看报了","对每期报纸只怕缺下一张,如来的迟了,好像儿子想亲娘的一般"。但是,我们还应该注意到,由于当时中国农村的识字率低下,"讲故事"就成为一种重要的口头传播形式。在当时,不仅老师讲给学生听("自从《吕梁英雄传》在大众报上登出来,我就把它选作公民课的辅助教材,给学生们读……更能引起学生们的注意"),也有学生给大人讲("学生们回到家里,睡在被子里还给大人们谈,讲英雄故事"),而领导也会对群众讲("我这次下乡到武明村,正值召开全行政村民兵会,大家要求我读《吕梁英雄传》,我就给读了两段,大家很注意听"),等等②。而为了满足这一"口头传播"的形式,除了要求故事的引人入胜,还必须考虑到语言的通俗化。我以为,在所谓"革命通俗文学"的形成过程中,"口头传播"是极其重要的"市场"因素之一,而这一问题,我在下面还会继续讨论。

但是,另一方面,在这一小说的虚构过程中,作家的阅读记忆常常会起到非常重要的作用,或者说,在一个文本的制作过程中,总是会留下另

---

① 比如当年的《新天津报》由于登了评书说部《雍正剑侠图》,三月之间,报纸增加了一万多份。还珠楼主《蜀山剑侠传》在《天风报》连载后,报纸"销路直线上升不说,从平津远及沪宁都有读者请求从刊出蜀山第一期把报纸补齐"。参见叶洪生:《蜀山剑侠评传》,第290页,台北:台湾远景出版公司,1982年。

② 周文:《〈吕梁英雄传〉序》,《马烽西戎研究资料》,第107—109页。

一个文本的重叠的印记,也就是所谓的"互文性"。这一"互文性"来自两个方面的支持,一是马烽和西戎个人的阅读记忆。比如,马烽从小就熟读《水浒传》《红楼梦》《七侠五义》《彭公案》《施公案》等等;而西戎小时候,他的堂兄不仅向他介绍鲁迅的小说,也给他讲《三国》、说《水浒》、摆《西游》,等等①。另外,在"民族形式"问题的讨论过程中,中国的古典小说也开始成为一种主要的学习对象。比如周立波就曾反省自己"过去我在鲁迅艺术学院教《名著选读》,选读中国的东西太少了",甚至还认为"中国的古典小说因为没有踏进文人的文苑,因此也没有走上庙堂,倒是能够反映过去人民的生活"②。后来,他还总结出中国旧小说的三个优点:一是故事完整,二是典型人物塑造的精妙,三是口语化,而且认为"章回小说的作者是一些多才的、认真的、不求名利的真正的艺术家"③。在某种意义上,这样一些论述,提供的正是一种回归传统的政治合法性。而在《吕梁英雄传》中,也的确留下了传统小说的叙述痕迹。在当时,已经有读者感觉到小说中的"老武像孔明一样,尽是耍计策"④。

然而,批评意见也同时存在于这一章回体的小说形式上。比如解清就觉得,"作品中的英雄,虽然都是群众中的一员,都具有着土生土长的老百姓的朴实性格,没有荒唐无稽的虚构和捏造。但是,这些英雄们,往往是个人突出,行为神秘,作风原始,很容易令人联想到梁山泊的英雄好汉来的。……(而且)书中的英雄也把自己比作梁山泊的人物……"⑤也有批评小说语言的,认为"用的字句有些欠严肃而且缺乏感情",比如小说写猪头小队长杀害乡民:"'砰'的一洋刀把头砍了,那颗头像西瓜一样,突溜溜滚在人堆眼前……"这一写法明显来自于"旧小说",而站在今天"我们的立场,这样来描写,我认为似乎欠妥,因为敌人杀的是我们的人……"⑥在这些批评中,我们可以感觉到的是一种对"旧小说"的评论态度,这一态

---

① 参见《马烽传略》和《西戎传略》,《马烽西戎研究资料》。
② 周立波:《生活、思想和形式》,《周立波文集》(第五卷),第285页,上海:上海文艺出版社,1985年。
③ 周立波:《读书札记》,《周立波文集》(第五卷),第514页。
④ 周文:《〈吕梁英雄传〉序》。
⑤ 解清:《书报评价:〈吕梁英雄传〉》,《马烽西戎研究资料》,第114页。
⑥ 言午:《〈吕梁英雄传〉与〈小二黑结婚〉》,《马烽西戎研究资料》,第117、118页。

度仍然来自于"五四"新文艺传统,并且构成了当时也是后来的主要的批评语境。而这一批评语境也多少抑制着小说的"传奇"因素。尔后出版的八十回本《吕梁英雄传》也程度不等地吸收了这些批评意见。

而且,一些"新文艺"作家更为看重的并不仅仅是小说的"通俗化",或者"大众化",而是小说包含着的某种"现代"的主题。比如茅盾虽然认为《吕梁英雄传》"描写粗疏",但却有着很重要的"教育意义",这一"教育意义"在于,一方面读者"能在这'镜子'里在认识自己,检讨自己,肯定自己,并把自己提高一步",而且,通过小说叙述的"人民"的力量"长成"的过程,也可以使读者"克服那落后的'命运'论"①。换句话说,茅盾在此总结的,正是一种现代的"成长"主题,这一主题也是政治的,因为完成这一"成长"过程的是最后认识到"有组织就有力量"。显然,这一"成长"的主题才决定了小说的开放性质,并有可能"召唤"更多的读者,也就是"人人皆可为英雄"。而在我看来,这是一种很"现代"的批评要求。

这一批评要求,郭沫若在为《新儿女英雄传》所作的序言中,表达得更为明确:"这里面进步的人物都是平凡的儿女,但也都是集体的英雄。是他们的平凡品质使我们感觉亲热,是他们的英雄气概使我们感觉崇敬。这无形之间教育了读者,使读者认识到共产党员的最真率的面目。读者从这儿可以得到很大的鼓励,来改造自己或推进自己。男的难道都不能做到牛大水那样吗?女的难道都不能做到杨小梅那样吗?不怕你平凡、落后,甚至是文盲无知,只要你有自觉,求进步,有自我牺牲的精神,忠实地实践毛主席的思想,谁也可以成为新社会的柱石。"②

郭沫若在写这篇序言的时候,阅读到的是作者送来的"剪报"。《吕梁英雄传》先作为故事连载,尔后改写成小说。《新儿女英雄传》则是先写成小说,后在报纸上连载,但《新儿女英雄传》似乎更"新文艺"一点。如果说《吕梁英雄传》更多地描写"群体",《新儿女英雄传》则集中书写了牛大水和杨小梅这两个人物,包括他们的成长过程。因此,相对于茅盾对《吕

---

① 茅盾:《关于〈吕梁英雄传〉》,《马烽西戎研究资料》,第120页。
② 郭沫若:《〈新儿女英雄传〉序》,袁静、孔厥:《新儿女英雄传》,北京:人民文学出版社,2005年。

梁英雄传》"描写粗疏"的批评,郭沫若则认为《新儿女英雄传》中"人物的刻画,事件的叙述,都很踏实自然,而运用人民大众的语言也非常纯熟"。而我以为,这和《新儿女英雄传》的结构有很大关系,人物集中,自然使得叙述中的枝蔓减少。

马烽和西戎在八十回版的《吕梁英雄传》的后记中,曾总结了小说的"漏洞和缺陷",其中之一便是"没有心理变化"。所谓"心理变化",也可以理解成人物的"成长"主题尚未充分地展开,因而导致小说"没过程,甚至有些前后矛盾的地方"①。相对而言,《新儿女英雄传》在"心理变化"上,似乎用力更多些,比如小说写牛大水在县上的"训练班"受训,因为抽烟受到同志们的批评,心里很是委屈,先是"恼了",后来又"赌气",经过程平的教育,"气也平了,心也服了","笑呵呵地"在"党的会"上保证自己"再不发我的牛脾气了"。在这一"心理变化"的过程中,很重要的一个原因是"共产党员",对于一个普通农民来说,在当时,"共产党员"不仅是一种身份,更隐含着一种尊严和荣誉。也正是这一尊严和荣誉,导致了牛大水的"心理变化"。

这一心理变化的过程,也正是一个人成长的过程。小说着重叙述的,正是牛大水和杨小梅这样一些"平凡的儿女"如何成长为"集体的英雄"的故事,这一故事从《吕梁英雄传》开始,再经过《新儿女英雄传》的铺叙,而逐渐构成了一种写作模式。在这一写作模式中,"传奇"的因素逐渐地淡化,如果说《吕梁英雄传》尚存有旧小说的叙事痕迹,在《新儿女英雄传》,则更趋向于"新文艺"的"心理"写作的要求,而且,更加的"凡俗"化也更加的"浪漫化"。牛大水和杨小梅"革命加爱情"的"新文艺"故事不仅在小说里继续地延续,那些"超自然"的描写也几乎根本性地退出了小说的叙事。而"革命+凡俗+浪漫"才真正构成了一个完整的"革命"的"现代"的"通俗故事"。这一故事导致的是一种群众模仿的可能性,也就是"男的要做牛大水,女的要做杨小梅"。

显然,在这些小说中,通俗文学本身所具有的"传奇"因素常常会因

---

① 马烽、西戎:《〈吕梁英雄传〉后记》,《马烽西戎研究资料》,第41页。

为各种原因而被有意无意地压抑，但是需要进一步讨论的却是，1949年以后，又是什么样的原因，将这些"传奇"因素解放出来，并构成了另一种"英雄"故事的表述形式。

二、传奇和一个故事的旅行

1943年夏天，山东军区召开全省的战斗英雄、模范大会，正是在这次大会上，知侠认识了来自铁道游击队的徐广田，并为他所介绍的铁道游击队的英勇事迹深深吸引。而这次大会云集了当时山东全省闻名的战斗英雄，徐广田只是把铁道游击队的战斗事迹一说，就被"大家一致评为甲级战斗英雄了"。这个"一致"不能不和铁道游击队的"传奇"色彩有关，而后来知侠深入铁道游击队采访，也发现"这些英雄人物，都具有热情豪爽、行侠仗义的性格，多少还带点江湖好汉的风格"，同时，"他们所创造的战斗事迹"也都带有"传奇的色彩"。所以，知侠在《铁道游击队》的后记中，一直在强调"书中所有的战斗场面都是实有其事的"[①]。这一"实有其事"，我们也可以把它解释成为"见闻"。这一"见闻"几乎构成了大部分"革命历史小说"创作的基础，也就是说，这些小说都在反复强调他们叙述的是一段真实的"革命历史"。不仅《吕梁英雄传》和《铁道游击队》如此，曲波更是把《林海雪原》解释成为自己的个人经历，而且特别说明了"杨子荣"是"实有其人"，并以此来强调小说的非虚构性[②]。这一"真人真事"不仅受制于当时"写真实"的创作观念，同时，对于"重述革命历史"，也有着非常重要的表征意义，这一点，我在下面还会继续讨论。

但是，知侠并没有像马烽和西戎那样，马上把"见闻"写成小说，而只是为报刊写了一些"报道和文章"，他真正想做的，是"把它用文学形式反映出来"。而在完成这一"文学形式"之前，作者"就用嘴来讲，像一般的

[①] 参见知侠：《〈铁道游击队〉创作经过》和《〈铁道游击队〉后记》等，《铁道游击队》，上海：上海文艺出版社，1978年。

[②] 参见曲波：《关于〈林海雪原〉》，《林海雪原》，北京：人民文学出版社，2005年。

故事传播者一样",而且,"大家都很爱听,并深受感动"。曲波也一样,在小说创作之前,就已经"无数遍地讲林海雪原的故事,尤其是杨子荣同志的英雄事迹,使听的同志无不感动惊叹,而且好像从中获得了力量"。这一传播的过程,也是一个故事的"旅行"过程,而在这一过程中,"见闻"也逐渐地成为"传闻"。所谓的"传闻"正是叙述或者虚构介入其中的创造过程,借用张爱玲的说法,或即某种"流言"。而在这一真实"故事"的旅行过程中,我们或许可以藉此讨论它是如何逐渐地被传奇化的。

《铁道游击队》第五章写政委李正下山前听到的有关铁道游击队的种种"传闻":"部队里四下传说着这些枪支的来路,和老洪他们在枣庄扒火车杀鬼子的故事。这一切,当然都是带着几分神奇的意味传诵着。"所谓"神奇的意味",在此构成的,可能是对"平凡的儿女"的某种挑战。也可能会导致对"人人皆可为英雄"的这一"规范理想"的某种怀疑,就连"营长是个在山区打仗很勇敢而指挥有办法的人。听说有人在火车上打游击、夺敌人武器,联想到火车上活动的情况,他不禁摇了摇头,觉得是困难的"。问题是,叙事者也由此感觉到了某种"困难"的叙事态度:如果他认同了这一"神奇的意味",那么所谓的"真实性"又该怎么处理?如果他不认同这一"神奇"的故事,那么,他又该怎样解释"火车上打游击"这一奇迹?所以,李正一方面"不相信什么神奇",而另一方面,"他还是被这些生动的事迹所感动"。李正的态度,也正是叙事者的态度。一方面,"真实性"支持的是一个"平凡"的世界,只有在这一平凡的世界中,政治才可能动员群众的广泛性参与,由此确立的正是"人人皆可为英雄"的"规范理想",这一理想也正是一种现代性的叙事态度,因为超自然因素的逐渐退出,表征的正是一种世俗化的现代进程,这一叙事态度主导了《吕梁英雄传》等小说的写作。但是,另一方面,一个主要由"平凡"支持的世俗化的世界却无法在根本上完成对"英雄"的想象和进一步的叙述。这是因为,无论怎样解释,"英雄"总是指向某些少数人,尽管"人人皆可为英雄"的"规范理想"缩小了普通人和英雄的距离,或者说,使每一个人都有可能成为英雄,因此而使现代社会成为一个开放的社会,但是现代社会本身又需要并且不断地在制造"英雄"。这一制造的目的在于,它要借此说明自身是如何将"不可能"转变为"可能",而这一"不可能／可能"的变化恰恰首先是由少数的"英雄"的行为被表征出来,并进而生产出现代性的强大的"召唤"的力量,这一力量的形式常常具备了一种神话的魅力。因此,现代性内含的悖论之一,即是"英雄"叙事和"民主"叙事之间的矛盾和冲突。如果我们把中国革命定义为一场现代革命,那么,它也同样面临这一现代性的悖论。而它更需要做的,则是在"平凡"和"神奇"之间,给出一种合理性的解释。这一解释,在李正,也是叙事者看来,就是"在党的领导下,智慧加勇敢,就是一切胜利的来源"。隐藏在这一叙述背后的,正是对"不可能／可能"的理论解释,也是"神奇"的政治合法性的支持。了解这一点,我们才能明白,为什么铁道游击队进山以后,这些现代的"草莽英雄"会被各部队请去作报告,并受到热烈欢迎。显然,作"报告"的过程也是"传奇"的再一次的叙述过程,在这一过程中,革命通过传奇生产出一种"不可能／可能"的神话力量,而这一力量不禁使阅读者为"这些生动的事迹所感动",而且更加坚定了对自己正在从事的事业的信心。因此,在故事的旅行过程中,这一政治也是现代的因素的介入,对"传奇"的形成无疑有着重要的作用。而我以为,这一现代的"传奇"故事,本身所承担的,可能是某种略近于宗教的修辞功能。

但是,支持这一"传奇"叙述的,显然还有来自于某种经验的"不可能"解释。如果我们把"传奇"定义为"一种对于……经验常识系统之外的'新异'领域的遐想或幻想",那么这一"传奇"的写作也"可以说是一种跨越既成的经验的想象游戏"①。

《铁道游击队》第十四章,小说借一位"老大爷"之口,表述了他对"火车"的看法:"提起这火车,那东西可厉害呀!咱庄稼人都说牛劲大,那十条百条千条牛也没它的来头大啊,一个车盒子有四五间屋那么大,火车能带几十个车盒子,有一二百间屋那样长,半壁山那样的煤,都叫它一下装完了。只听呜的一声,呼呼隆隆,一眨眼就不见了,多快呀!一天能跑

---

① 孟悦:《中国文学"现代性"与张爱玲》,《二十世纪中国文学史论》(下卷),第105页。

一千多里。你看大地方的人都能呀！听人说，那么大的家伙只用一个人开。"在这样一种表述中，现代（工业）成为一种传统（农业）叙事中的"新异"的想象领域，或者说，一种"传奇"的叙事资源。于是，彭亮在小坡的介绍中（"咱这位同志……他就会开火车呀"），迅速成为这一"传奇"故事的主角（"同志，你可真是个有本事的人呀！"）。可是，故事的旅行到此并没有完全结束，小坡说："他不但会开火车，还会打鬼子。……看到鬼子的火车，他一纵身子，就跳到上边去了。把开车的鬼子打死，他就把鬼子的火车呼呼的开跑了。"在小坡的故事中，彭亮不仅是现代的，同时也是反现代的，具有一种颠覆和反抗现代的传奇性的力量。显然，在不同的经验的叙述中，这一"新异"的想象领域，既是现代的，也是反现代的，两者缺一不可。"现代"与"反现代"的并存，也正是中国革命的特征所在，而"英雄"的反抗的勇气和能力，恰恰构成了"传奇"的基本叙事要素。因此，小坡的讲述，"说得老头不住的摇头，嘴里在叫着：'咱们八路军真是些了不起的人呀。'"故事在不同的经验的领域里的旅行，逐渐构成的，正是孟悦所谓的"新异"的想象领域，这一领域同时也是接受者（听者或阅读者）的介入空间，接受者的介入才是最终决定这一故事的传奇性质的根本因素。

在我看来，《铁道游击队》这一文本内部的"故事"旅行，再现的正是作者生活中的"讲故事"的过程（"用嘴来讲，像一般的故事传播者一样"，而且，"大家都很爱听，并深受感动"）。也正如曲波在《林海雪原》创作之前，就已经"无数遍地讲林海雪原的故事，尤其是杨子荣同志的英雄事迹，使听的同志无不感动惊叹，而且好像从中获得了力量"。而在这一口头传播的过程中，"读者"的因素显然非常重要，所有"神奇的意味"都产生在读者的反应之中。因此，像《铁道游击队》或者《林海雪原》这一类小说，"读者"实际上积极地介入了小说的创作。或者说，这是一种"事后"的写作，也即故事讲述之后的再度创作。因此，这一写作已经无意识地预设了"听众"（读者）的阅读期待，这也是中国传统小说的"说书"的叙事特征。在这一意义上，铁道游击队的"神奇的意味"就不仅仅存在于部队里的"四下传说"，而是倒过来，这些"传说"已经在文本中影响了叙事者对铁道游击队的"神奇"的讲述态度。或者说，这一故事，恰恰就是"传说"的影响结果。

但是，我进一步想讨论的是，在这一写作过程中，作家的阅读资源，包括由这一阅读资源而构成的知识谱系，究竟对写作构成了一种什么样的作用。我们都已经明了，记忆在写作中的重要作用，可是，这一记忆并不仅仅由一个人的生活经验所构成，实际上，在个人的记忆中，阅读占有极其重要的位置。如果我们把这一阅读记忆比喻为一座图书馆，那么，在某种意义上，也可以说，我们所进行的实际上正是一种图书馆式的写作。这一写作的特征在于，我们的写作过程同时也是一种模仿的过程，构成模仿对象的，正是我们的阅读。在这一模仿中，既可能存在对对象的颠覆、挑战或者改写，也可能存在对对象的接纳与认同，但是，它却始终存在，并成为任何一种写作的前提。同时，也和我们此刻的写作构成了一种"互文性"。可是，图书馆的藏书是那样丰富，恰如我们的阅读记忆，也是由各种各样的阅读经验所构成的那样。问题正在于，我们经由怎样的路径进入这一图书馆，并迅速找到我们所需要重新阅读的"藏书"。也就是说，我们的阅读记忆是怎样被重新打开的。

我以为，对小说创作而言，形式是极其重要的一个因素。形式的选择既和我们的阅读经验有关，同时，也再一次引导我们重新进入记忆的图书馆，这一次的进入，既是一种阅读，更是一种重新的研究。在这一意义上，也可以说，形式是我们进入"图书馆"的一把钥匙。

我仍然想以知侠的《铁道游击队》的创作过程为例来讨论这一"形式"的问题。根据知侠的介绍，我们知道，1943年夏天，山东军区召开的战斗英雄、模范大会上，云集了"全省闻名的战斗英雄"。问题是，在众多的战斗英雄中，知侠为何对"铁道游击队"发生了那么大的兴趣，我以为，这和"文学"有极大的关系。也就是说，知侠在"铁道游击队"的身上看到了某种"文学性"，所以，在一开始，知侠就不满足于仅仅用"报道"的形式来表现这一"英雄"事迹，而是决心"从文学上反映出来"，而且，他自认为自己具备了所有创作这一"文学"的条件[①]，这一点和《吕梁英雄传》的创

[①] 知侠:《〈铁道游击队〉创作经过》。本章引述的知侠的这一创作经历，均根据此文，所以不再另行注解。

作过程有很大不同,有着自觉而且明确的形式诉求。那么,这一所谓的"文学性"究竟是什么呢?在知侠看来,一是"铁道游击队的英雄人物,都具有热情豪爽、行侠仗义的性格,多少还带点江湖好汉的风格";二是"他们经常深入敌穴,以便衣短枪去完成任务,经常和敌人短兵相接,出奇制胜";三是"他们在铁路上的战斗,曲折生动,都可以当故事来讲"。而这三个特征,恰恰构成了中国传统的"侠义小说"的基本叙事元素。任何的侠义小说,都是"侠"和"武"的结合,"侠"彰显的是"英雄好汉"的"行侠仗义"的性质,"武"则强调他们的"超自然"的能力,这一能力又必须是"短兵相接"的,以此来突出"侠"的个人性特征,这两者结合而产生的故事又必须具备极强的口头传播的特点①。这三个因素也基本构成了"革命通俗文学"的传奇性的叙事特征,比如《林海雪原》《烈火金钢》《敌后武工队》,等等。在某种意义上,我们也可以说,知侠的选择,包含了一种"阅读"的选择,或者说,选择的背后,已经存在了"侠义小说"这一"元文本"。所以,知侠在一开始,就"准备用群众所喜闻乐见的民族文学形式来写,也就是用章回体来表现铁道游击队的战斗事迹"。

我在前面已经讨论过,《在延安文艺座谈会上的讲话》发表以后,中国传统小说的形式也相应获得了政治合法性的支持,也即知侠所谓的"群众所喜闻乐见的民族文学形式"。而章回体正是中国古典长篇小说一种主要的叙述形式。在这里,"章回体"正是作者重新进入"图书馆"的一把钥匙,而经由这一形式复活的阅读记忆也正是与此相关的各种故事"原型",这些"原型"有意无意地进入了小说写作,并在不同程度上改写"真人真事"。

已经有研究者指出在这类"革命通俗文学"中所存在的"民间隐形结构",比如,在《铁道游击队》中,老洪、王强、林忠、鲁汉、彭亮等人的描写,就隐含了《三国演义》中"五虎将"的叙事"原型"②。这类"原型"在"革命通俗文学"中是相当普遍的。比如《铁道游击队》中的老洪和芳林嫂,再如《林海雪原》中的少剑波和白茹,都可以明显看到"英雄美人"的叙事痕

---

① 有关"侠"的解释,可参见蔡翔:《侠与义——武侠小说与中国文化》,北京:十月文艺出版社,1993年。
② 陈思和:《民间的浮沉:从抗战到文革文学史的一个解释》,王晓明主编:《二十世纪中国文学史论》(下卷)。

迹,而这一"英雄美人"不仅在唐人传奇中已有出现,在王度庐的《铁骑银瓶》等系列现代武侠小说中更构成了主要的叙述模式。而所谓的"复仇"主题经过有效的政治置换之后,也大规模地进入了这类小说的叙述结构[①]。显然,这些"原型"的来源是相对驳杂的,既有中国古典小说,也有晚清以后逐渐形成的现代通俗文学,而这一"现代通俗文学"也正是现代市民文化的一种"现代性"想象[②]。当然,正是经由"章回体"这一形式,复活了附着于这一形式的各种故事"原型",这些"原型"既有古代的,也有现代的。我以为,这也是从"见闻"到"传闻"的变化因素之一。可是,仍然需要解释的是,既然附着于这一"章回体"形式的故事极其驳杂,那么,为什么某类"原型"进入了"革命通俗文学",而另一类"原型"却又被"革命通俗文学"所舍弃?

知侠在《〈铁道游击队〉创作经过》一文中,曾经详细谈到"真人真事"给他带来的烦恼,而这一"真人真事"的写作,在当时的根据地很"盛行"。这不仅仅是因为铁道游击队的一般队员在和他交谈后,都往往要求"不要忘了也把我写上啊",更重要的是,他所深入接触后的铁道游击队的主要人物都是一些有问题的"英雄"。在这些"英雄"中,徐广田是知侠最早认识的,但是后来发现他毛病很多,最后发展到叛变投敌。李正的原型之一政委杜季伟因为坚持和一个姑娘恋爱,而这个姑娘的哥哥"由于附敌被铁道游击队打死",为了怕她报复,铁道游击队的主要领导坚决不同意"杜和姑娘的爱情关系",但是,"杜调到山区进党校学习时,他悄悄地把这个姑娘带走"了。而芳林嫂的原型之一老时,在老洪牺牲后,"又和铁道游击队的个别队员,关系暧昧",为此,"引起了大家的激愤,对她很不满,甚至有点歧视她"。即使老洪的原型之一大队长洪振海在生活中也是"性子特别暴躁,遇有不顺意的事,往往暴跳如雷"。这些人或事,在另外一类写作范式中,可能会成为极为重要的叙事材料,但是在知侠看来,却成为他写作的最大的障碍。因此,徐广田的"变节"事件,反而使知侠感到"更有可能写这部《铁道游击队》小说了"。这是因为,"我可以摆脱真人真事的束缚,以生活中的真

---

① 参见李杨:《50—70年代中国文学经典再解读》第一章有关《林海雪原》的评论。
② 李欧梵曾经用"中国通俗文化中的现代性"来讨论这一问题,参见李欧梵:《晚清文化、文学与现代性》,陈子善、罗岗主编:《丽娃河畔论文学》,第59页,上海:华东师范大学出版社,2006年。

实人物和斗争为基础,更自由地进行艺术创作。在创作中,可以舍弃那些琐细的、重复的和非本质的东西,把一些主要英雄人物加以合并,在性格上作大胆的塑造"。因此,他不仅将徐广田的事迹"糅合进林忠、鲁汉、彭亮、小坡四个人物之中",而且还充分调动了自己的生活"感受",比如,"刘洪的幼年生活的描写,几乎就是我的幼年生活"。经过这样的艺术处理,小说"原型"的"问题"也就自然不见了。知侠的这一创作交代,实际上为我们解释了什么是"现实主义",也就是说,这一"现实主义"绝不是"自然主义",所谓"现实"是经过观念诠释并被重新创造的"真实",按照王鸿生的说法:"任何一种现实主义都是一种'现实'和一个'观念'构造的结合"①,因此,它实际上是"观念+现实"的主观产物,而它的创作原则也就是所谓的本质化或者典型化。尽管,所谓的"观念"含有明显的政治因素,但它同时又为写作者提供了某种个人想象的空间,包括传奇化的处理方式。这一方式后来则被具体解释为"革命的浪漫主义和革命的现实主义相结合"的创作方法,而按照王蒙的说法,这一方法"要好过苏联的'社会主义现实主义',至少多了一点回旋余地,多了一点创作方法上的空间"②。

《铁道游击队》第十三章写铁道游击队进山整训,这天晚上,"司令部特别为他们组织了一个欢迎晚会,军区文工团给他们演戏"。在演出的节目当中,有一个话剧就是根据铁道游击队的战斗事迹创作的《血染洋行》。按照小说里的描写,从故事到舞台效果,完全都是"真实"的再现——"他从未看到舞台上的布景:说是夜间,舞台灯光马上暗了下来,天上真的出满了星星"。显然,话剧这一形式提供了一种传统戏曲无法达到的"真实"的再现效果。

现在,我们可以想象,这些游击队队员们当时的内心震撼。他们坐在舞台下,舞台上是另一个"他们",这个"他们"也是"真实"的,他们自己在观看"自己"——"这一幕一幕都勾起了小坡的回忆,他好像又处身在往日的紧张斗争场面里了"。当然,他们看到的只是自己的某一个部分,这个部分被艺术地放大了,但却成为自身的"镜像"。这一"镜像"里的自我同

---

① 王鸿生:《湿润的叙述:伯尔与陈应松》,《书城》杂志2007年11月号。
② 王蒙:《王蒙自传》(第二部),第62页,广州:花城出版社,2007年。

时也成为生活中的自我的主体性,这就是本质化的叙述效果。而本质化的叙述,同时也是去异质化的过程。因此,尽管"看完戏天已很晚了",但是,"大家都兴奋的睡不着"。在这里,"兴奋"仍然是一个需要讨论的问题。在某种意义上,激起"兴奋"的恰恰是在这一本质化的叙述过程中所逐渐呈现出来的一个理想自我。而这一被呈现或再现的自我显然成为另一个更真实的自我。这一更为真实的自我也是一个更为崇高的自我,而在齐泽克看来,它同时也是"意识形态的崇高客体"①。当铁道游击队的队员们为这一新的自我的发现而"兴奋的睡不着"的时候,他们同时也开始成为整个部队的"镜像"——"第二天司令部的警卫部队派代表来,要求铁道游击队的同志们给战士们作报告,谈谈在铁道线上打游击的斗争事迹,这是每一个战士的要求"。而每一次的报告"都听不清他们鼓了多少次掌"。这一报告的过程也是叙述的过程,叙述进而强化了"镜像"的力量。所以,林忠会大声地说:"我今天,才感到我是个人,真正的人,感到做人的光荣。"这一"崇高"成为一种强悍的"召唤",不仅召唤着整个部队,也召唤着这些游击队员自己,因为这一理想自我同时已经被叙述成为更为真实的自我。而叙述过滤的正是"真人真事"的"问题"和"毛病"。

显然,"形式"在这里已经不仅仅只是一个"技术"问题,而是积淀着无数的"意味",这些意味既是意识形态的,也是个人情感的。因此,它会"复活"一些原型,也会"拒绝"一些原型。比如,在这些复活的原型中,有着很明显的男性特征,这既和战争有关,也和战争引发的对"英雄"的男性想象有关。因此,像李欧梵总结的那种"女强男弱"的才子佳人模式就会被明确拒绝,或根本不曾进入这一"形式"②。

因此,在"英雄"到"传奇"的叙述过程中,形式有着极其重要的意义。

---

① 齐泽克:《意识形态的崇高客体》,季广茂译,北京:中央编译出版社,2002年。
② 比如《花月痕》《玉梨魂》等小说,往往"以'佳人'为主,才子总是处于劣势,常见的模式是一男两女,互相迁就,我们很难想象这种才子佳人,会变成英雄豪杰,其间的距离非常巨大"。李欧梵:《晚清文化、文学与现代性》,《丽娃河畔论文学》,第56页。当然,也有一些小说,比如雪克的《战斗的青春》也曾短暂出现过这一"女强男弱"的叙述模式,比如许凤和胡文玉,但这一模式因为李铁的出场而被迅速改变。相似的描写,也可见之杨沫的《青春之歌》。这一问题可参见本书的第三章《青年、爱情、自然权利和性》。

无论是故事的"口头传播",还是"章回体"的自觉的叙事追求,都可能藉此增强"传奇"的意味,而这一"传奇"同时也是一种本质化的叙述过程。

但是,另外的因素也同样需要讨论,比如"读者"和"市场"的问题。

三、"读者"和"市场"

我在本章开头已经指出,正是经由毛泽东《在延安文艺座谈会上的讲话》,"群众"这个概念被有力地"嵌入"到当代文学的结构之中,并进而导致这一结构的种种变化。这一变化的形式表征之一,即是当代文学的通俗化倾向。但是,在文学的范畴中,我们实际上很难用"群众"这一政治性的概念来讨论所有的相关问题,因此,在这一范畴中,我更愿意使用"读者"这一概念。

我以为,当代文学史的一个重要的特点,即"读者"这一概念不是完全产生于媒介的传播过程中,相反,它首先是被政治建构起来的,也就是说,所谓"读者"的概念实际上是"群众"这一政治概念的衍生物。因此,它有着明确的"人口"内涵,也即"大多数人"的意思,这一"大多数"既包括工农兵,而在"解放区文艺"时期,则主要指的是乡村中的农民,当然,也包括建国后的城市市民阶层。但是,这只是问题的一个方面,问题的另一个方面则是:这一"读者"既来自政治的合法性支持,同时,也有着自身的某种传统。也就是说,某些传统文艺形式——这一形式包括古典文学、民间说书、曲艺,甚至口头故事,等等——的传播过程,已经构成了中国下层社会(乡村和城市)庞大的"读者"群落,这一群落或许可以被称为某种"想象的文化共同体"。在安德森的研究中,我们已经可以看到,"想象"和"现代民族—国家"的亲密关系,按照安德森的说法,这一"现代民族—国家"首先是被"想象"出来的,也就是所谓的"想象的政治共同体",安德森甚至断言,这一"共同体"同时也是被小说或者现代媒体生产出来的[①]。但是,

---

① 本尼迪克特·安德森:《想象的共同体——民族主义的起源与散布》第二、三章有关"印刷资本主义"的部分内容,上海:上海人民出版社,2003年。

李欧梵却认为,在这一生产过程中,还应加上"读者"这一最为重要的因素,而不同的"读者"的存在,提供的正是"多种现代性"的可能①。这一问题自是极为重要,也可另作讨论。小说在生产读者,读者也在生产小说,相互构成的,也正是辩证法的关系。

因此,当"群众"这一政治的概念转化成文学意义上的"读者"的时候,当代文学所要面对的,不仅仅是中国下层社会的"群众",这个社会同时也已经被某一类文学构造成一个"趣味"的文化共同体,这个共同体成员的身份正是所谓的"读者"。在这一意义上,当代文学所需要面临的阅读对象,实际上非常暧昧。一方面,作为一个政治概念,"群众"是革命的主体,当代文学不仅需要为"群众"服务,还必须接受"群众"的改造;但另一方面,作为一个文化概念,"读者"又是某类文化传统的产物,这一文化不仅未必完全符合政治的要求,也和"五四"新文化相去甚远。因此,对"读者"的改造,又成为当代文学的重要任务之一,并试图通过这一改造,塑造出新的"读者",也就是说,塑造出一个新的想象的共同体,这一共同体既是政治的,也是文化的,或者情感和道德的。只有了解这一点,我们才可能进入当代文学的核心,在某种意义上,当代文学一直纠缠在"群众"和"读者"之间,它既在被"改造",也在"改造"。而在这改造和被改造之间,我们看到的,恰恰是各种力量的博弈过程。

也许,有一个例子或者能够说明这一改造的成功。在讨论延安文艺时,许多研究者都注意到了"秧歌"这一形式。比如朱鸿召就指出:"传统秧歌是'闹'……闹秧歌发泄的是乡野的'骚情'……相对传统秧歌的'野',革命秧歌反而显得'文'了。"②这个"文"或许可做两方面解释,一是对"色情"的删除,包括对动作的规范要求:"过分扭动屁股头子,姿势一定淫荡肉麻。"而对"色情"的坚决取缔,正是后来政治对通俗文化的根本的改造要求之一。二是增加了秧歌的叙事性,根据朱鸿召的描述,我们大致可以知道,当时的秧歌剧的内容多和现实有关,而且也很能"吸引"观众。这

---

① 李欧梵:《晚清文化、文学与现代性》,《丽娃河畔论文学》,第56页。
② 朱鸿召:《延安日常生活中的历史》,第123—153页。下文引述部分均出自该书"秧歌是这样开发的"一节,不再另注。

些观众的戏剧经验是被旧式秧歌所培植出来的,也就是说,他们是"旧形式"生产出来的"读者"。问题正在于,他们是如何被改造成为"新文艺"的"读者"。一方面,这里存有明显的政府行为,政府对市场的垄断,是"读者"被改造成功的根本原因之一,而另一方面,新的叙事内容,很可能造成形式的"陌生化"的效果,这一陌生化,也会相应激发"读者"对"旧形式"重新诠释的热情。这些原因,我在"市场"问题的讨论中,还会继续涉及。

但是,像"秧歌"这样一种相对简单的艺术形式,似乎还不能完全说明"读者"的问题,而在另外一些——比如小说——结构比较复杂的艺术样式中,"读者"就会变得更为暧昧,换句话说,究竟是当代文学改造了"读者",还是"读者"改造了当代文学。

周文在1946年为《吕梁英雄传》所作的序言中,提到小说自从在《晋绥大众报》上连载后,报社收到了大量的读者来信,而据当时的读者反映:因为《吕梁英雄传》在《晋绥大众报》上连载,使得平时"不注意看报的人,也抢着要看报了","对每期报纸只怕缺下一张,如来的迟了,好像儿子想亲娘的一般"。小说的通俗化固然是最为重要的因素之一,比如,在当时,不仅老师讲给学生听("自从《吕梁英雄传》在大众报上登出来,我就把它选作公民课的辅助教材,给学生们读……更能引起学生们的注意"),也有学生给大人讲("学生们回到家里,睡在被子里还给大人们谈,讲英雄故事"),而领导也会对群众讲("我这次下乡到武明村,正值召开全行政村民兵会,大家要求我读《吕梁英雄传》,我就给读了两段,大家很注意听"),等等。但是"文章里的故事人物"也是大家"感兴趣"的另外的重要因素。比如有人"记忆最深的是地头蛇娶亲的那一回,原因是故事生动有趣,地头蛇的结局使人心大快",在旧小说或旧戏曲中,"娶亲"往往是一个推动情节发展的叙事要素(比如民间流传甚广的"王老虎抢亲");也有人对小说里的人物很佩服,觉得"老武像孔明一样,尽是要计策"等等。显然,读者是带着某种记忆原型进入阅读的,所以,一开始是"看热闹",后来才感到"教育意义很大"[①]。《吕梁英雄传》的成功,使得"读者"这个概念也成功地"嵌入"了当代文学的结构,而这一"读者"又是和某种形式紧密结合

[①] 周文:《〈吕梁英雄传〉序》,《马烽西戎研究资料》,第107—109页。

在一起的，所以，知侠很明确地宣称自己要用"群众所喜闻乐见的民族形式来写"铁道游击队的故事，而这一民族形式也就是所谓的"章回体"。通过"秧歌剧"的改造，我们可以看到，政治，尤其是政治通过政府行为的介入，删去了"旧形式"的色情部分。这一"删除"也影响到小说叙事，在所谓的"革命通俗文学"中，情色的描写基本被压抑①。但是，这一结果，却使得附着于"旧形式"中的另外一些"意味"，比如"英雄侠义"的主题，获得了更为开阔的表现空间，包括相应的阅读"市场"。然而，这个由"旧形式"构建起来的读者，也受到现实多种因素的制约，包括环境的影响。在涉及《吕梁英雄传》的读者来信中，周文提到，许多读者（包括小说的听众）都觉得小说写的都是"咱老百姓的事情"，而且就是"咱晋绥边区眼面前的事情"，也有更具体的：三分区的读者说，"这是写的咱三分区的"，六分区的读者说，"这是写的咱六分区的"，甚至有和书中人物对照的，说某人"和我村里那个民兵一样"，或者"这就和我一样"。这样一种"现实故事"，提供的正是群众的参与可能，而这一参与，也是当时的战争需要。正是这样一种"读者"的存在，一方面肯定了"章回小说的形式，文字通俗，易为群众接受"，②而另一方面，又强调了"作品中的英雄……不是旧社会所倡导的那种所谓'超人'的站在人民头上的'英雄'，而是自觉的认识到自己是群众当中的一员，在共同求解放的战斗意志之下凝结起来的集体力量"③。周文所谓的"旧社会"，也可以说即是一种"旧形式"。因此，这一被改造过的"读者"也有意无意地压抑了小说的"神奇"意味，也即所谓的"传奇"性。而我以为，"传奇"的重新复活或者在文本中被重新解放，亦是和"读者"的变化有着相应的关系。这一变化既来自时间，也和空间有关。

所谓"时间"，我指的是，1949 年以后，战争开始成为"革命历史"，而不再是一个"现实故事"。而任何一个"历史故事"都有可能相对压抑"人人皆可为英雄"的"规范理想"，也就是说，我们在阅读历史的时候，可能模仿历史，但并不一定产生直接介入历史的冲动。而在某些时候，"历史"

---

① 有关当代文学中的"性"的问题，参见本书第三章《青年、爱情、自然权利和性》。
② 解清：《书报评价：〈吕梁英雄传〉（上册）》，《马烽西戎研究资料》，第 113 页。
③ 周文：《〈吕梁英雄传〉序》，《马烽西戎研究资料》，第 110 页。

还会成为"消费"的对象。历史的消费性的出现,显然和新的"读者"的介入有关,也就是所谓的"市民"。

中国现代市民社会的形成,在某种意义上,和晚清以后通俗文学的传播有关。也就是说,这一通俗文学既塑造了自己的"读者",同时,这一"读者"也创造了近代通俗文学,并进而提供了另一种中国的俗世的现代性想象。这一点,李欧梵在《晚清文化、文学与现代性》一文中已有简单讨论。晚清以后的中国市民阶层,固然形成了自己的"文学现代性",但是,另一方面,中国的"市民"和"农民"在文化上也仍然有着某种隐秘的血缘般的联系,这一联系的表征之一,即是他们共享着一种文学阅读,这一文学也就是我们通常所谓的"俗文学"。这一俗文学通过戏曲、说书、阅读以及口头传播塑造着"市民"和"农民"共有的"读者"身份。所以,1945年,《吕梁英雄传》在重庆《新华日报》连载,也"产生了广泛的影响"[1],原因之一即是小说的"章回体"形式。这一形式不仅唤起了农民的"读者"身份,也唤起了市民的"读者"身份。因此,在这一俗文学的阅读过程中,"市民"和"农民"不仅分享着"才子佳人"的叙述模式,也共享着"英雄侠义"的叙事主题[2]。所以,1949年以后,"革命通俗文学"的勃兴,和这一市民"读者"有着极为密切的关系。

但是,对于当代文学来说,如何辨识一个人的政治身份和文化身份,或者说,如何处理"群众"和"读者"的关系,曾经是一个极为令人烦恼的问题。萧也牧的《我们夫妇之间》较早地触及了这个问题。"妻"的烦恼之一就是,她所认为的属于资产阶级的东西,比如烫发、抹口红等等,同时也出现在工人之中("在那些女工里边,也有不少擦粉抹口红的,也有不少脑袋像个'草鸡窝'的")。这一"工人",在某种意义上,还享有另一种身份,即"读者"的身份。他们不仅阅读"革命",也在阅读资产阶级,甚至传统的文化读物。在这一意义上,所谓"工人"和"市民"实际上又很难真正区分,或者说,一个"工人"在享有政治或者经济的身份的同时,同时享有"市民"的文化身份。因此,如何改变一个人的文化身份,也即所谓"读者",曾经

---

[1] 《马烽西戎研究资料》,第9页。
[2] 比如,赵树理的《登记》就曾被改编为沪剧《罗汉钱》,而且广受欢迎,其经典唱段流传至今。

是中国革命思考最多的文化问题之一,尤其是革命进入城市以后,而所涉及的,也正是所谓的"领导权"的问题。

因此,1949年以后,主要在城市,就出现了大规模的"市场"整顿,这一整顿,同时也是国家权力的介入过程。这一市场整顿,比如在上海,首先表现在对娱乐行业的清理,包括妓院被坚决取缔[①]。同时,这一整顿也开始向"阅读"市场延伸。比如,1955年国家正式发布了《国务院关于处理反动的、淫秽的、荒诞的书刊图画的指示》[②]。在这一指示中,国家不仅明确规定了整顿方式("必须以政治动员和行政处理相结合的方式进行"),同时也制定了相应的处理标准,即查禁、收换和保留。而所涉及的各类图书中,"内容极端反动的书刊和描写性行为的淫书秽画,一概予以查禁",但是,那些涉及"仇杀""荒诞"等等的"武侠图书",也"应予收换",实际上就是不再予以出版,当然,"一般描写技击游侠的图书",则被允许"保留"。显然,这个文件是和各方,包括"新文化"知识分子协商的结果,其中涉及的,正是对晚清以后盛行的包括"鸳鸯蝴蝶派"小说在内的现代通俗文学的评价问题。实际上,早在1948年,郭沫若就将"色情、神怪、武侠、侦探"等纳入"一般所说的黄色文艺",而且是"标准的封建类型……迎合低级趣味,希图横财顺手"[③]。

对当时的流行小说,包括对"章回体",即使在通俗文学内部,也意见不一。张恨水发表在1945年7月11日《新华日报》上的《武侠小说与下层社会》一文,一方面对当时的武侠小说甚为不满,比如封建思想太浓,不切实际的幻想,等等;但另一方面,他又实际指出武侠、神怪、历史小说在下层社会的广阔市场,而所谓"爱情小说","只是在妇女圈子里兜转"。在张恨水看来,武侠小说培养了一种"模糊的英雄主义的色彩",同时多少喊出了"人民的不平之气"。当然,张恨水的态度异常坚决,尽管这类小说是

---

① 熊月之、周武主编:《上海——一座现代化都市的编年史》,第515页,上海:上海书店出版社,2007年。
② 洪子诚主编:《中国当代文学史·史料选》(上),第280页,武汉:长江文艺出版社,2002年。
③ 郭沫若:《斥反动文艺》,洪子诚主编:《中国当代文学史·史料选》(上),第97页。

"下层社会所爱好",但还是必须"拉杂摧烧",因为事关"民众教育"①。因此,在张恨水的文章中,涉及的正是什么样的"章回体"小说,也即什么样的通俗文学。

　　1949年9月5日,《文艺报》社组织平津地区旧的连载、章回小说作者座谈会,座谈会纪要以"争取小市民层的读者"的题目在1949年9月的《文艺报》第1卷第1期上发表。座谈会一方面坚持了"新文艺"的方向,批判了旧的通俗文学的低级趣味、粗制滥造,等等。而另一方面,比如赵树理,又认为:"那一种形式为群众所欢迎并能被接受,我们就采用那种形式",所以,要"把旧东西的好处保持下来,创造出新的形式,使每一主题都反映现实,教育群众……"丁玲的批判态度要更激烈些,但是也强调要"研究读者的兴趣",因为"这也是有群众观点的"。至于怎样创造出新的通俗文学,会议似乎并没有统一的意见,"以后还要作更广泛更深刻的商量"②。显然,"群众"和"读者"依然在困扰当代文学在1949年以后的形式选择。

　　而问题的另一面则在于,由于国家权力对市场的整顿,也相对出现了"读者"的不满。这一不满情绪在1950年就已表现出来,丁玲《跨到新的时代来——谈知识分子的旧兴趣与工农兵文艺》③,实则正是对一些读者给《文艺报》的来信的答复。在丁玲的文章中,我们可以察觉到,当时的读者意见主要认为所谓的"工农兵文艺"单调、粗糙、缺乏艺术性,而且太紧张,即使工人也不喜欢看,甚至认为"这些书只是前进分子的享乐品"。他们需要"看点轻松的书","喜欢巴金的书,喜欢冯玉奇的书,喜欢张恨水的书,喜欢'刀光剑影'的连环画",等等。丁玲的答复当然要为正在兴起的"工农兵文艺"辩护,但是,她也并没有回避这些作品"还不是很成熟的"。在丁玲的理想中,当代文学一方面要拒绝"庸俗的陈腐的鸳鸯蝴蝶派的形式",而另一方面也要摆脱"过去的革命文艺,欧化的文学形式",而新的形式则是应该像《吕梁英雄传》《李有才板话》《新儿女英雄传》《王贵与李香香》那样,"是从中国旧有形式里蜕化出来,而又加以提高了的形式"。显然,

---

① 洪子诚主编:《中国当代文学史·史料选》(上),第25—27页。
② 同上书,第179—183页。
③ 《文艺报》1950年第2卷第11期。

丁玲并没有忘记"读者"的存在,这一广泛的读者群,不仅包括"小市民层",也实际包含了"工农兵"。而在这一"读者"的背后,则正是"群众"这一政治合法性概念的支持。而我以为,在"形式"的问题上,当代文学已经隐约表明了一种与读者"和解"的愿望。

因此,在这样的格局中,"读者"始终是一个制约当代文学的重要概念,一方面要教育读者,另一方面又要尊重读者的阅读习惯,而与这一"读者"相关的,则正是"市场"。我们往往习惯于将社会主义处理成一种反"市场"的国家行为,的确,即使在文化问题上,国家权力也一直在积极介入甚至行政干涉。但是,被整顿的"市场"仍然是市场,因此,它仍然需要国家提供相应的文化产品。尽管,在当时,有另外一种说法,比如,1963年7月出版的《故事会》创刊号的"编者的话"中,就说"这些故事文字浅显,通俗易懂,比较适合群众的欣赏习惯,因而也是可以供群众阅读的通俗读物……",所以能够"扩大社会主义宣传阵地"[1]。如果我们换一种表述,也许可以说,当代文学是以一种"反市场"的方式来确定了自己的市场行为。实际上,1949年以后,中国曾经存在着广泛的群众文艺,这一群众文艺不仅得到制度的支持(比如"群众文化馆"等等),同时也创造了各种艺术形式,这些形式包括地方戏曲、故事,等等。仅以《故事会》为例,1963年7月创刊,第一期就销售了二十多万册,而从1963年到1964年,一共出了二十四辑,发行六百一十二万册[2]。

显然,包括下层社会在内的庞大的"读者"群落,构成了当时实际存在的"市场"状况。当代文学要进入这一"市场"("扩大社会主义宣传阵地"),就必须尊重这一"读者"群的阅读习惯,也就是说,它必须以一种"通俗"的形式来进行自己的故事表述,同时,它本身也必然会成为一种消费阅读。我以为,这也是所谓"革命通俗文学"兴起的原因之一。而由于国家对市场的整顿,"英雄"传奇就必然是这一"革命通俗文学"的首选形式。至于侦探、历史、神怪、言情等等,也并没有彻底消亡,而是以各种形式进

---

[1] 转引自沈国凡:《解读〈故事会〉——中国期刊的神话》,第20页,上海:上海社会科学出版社,2003年。

[2] 沈国凡:《解读〈故事会〉——中国期刊的神话》,第21—22页。

入这一"英雄"传奇。实际上,在《林海雪原》《烈火金钢》这一类小说中,我们很容易找到这些形式的叙事痕迹。

当然,这并不是说,当代文学在"读者"的制约下,已经彻底的通俗化,或者市场化。对群众进行教育乃至规训,不仅是国家意识形态的要求,也是知识分子传播"新文化"的要求。因此,这一"革命通俗文学"实际上成为各种力量的博弈的场域。这一力量既包括国家意识形态,也包括知识分子的"新文化",同时,还存在着"读者"的阅读要求。而附着于这一"通俗"的形式之上的各种传统"意味"也会不时出现。如果说,当年《吕梁英雄传》中写猪头小队长杀害乡民:"'砰'的一洋刀把头砍了,那颗头像西瓜一样,突溜溜滚在人堆眼前",而受到评论家的批评,那么,在《林海雪原》中,曲波不仅描写土匪刀劈老百姓的血腥场面,也写杨子荣刀劈蝴蝶迷:"'蝴蝶迷看刀',随着喊声,蝴蝶迷从右肩到胯下,活活地劈成两片,肝肠五脏臭哄哄地流了满地。"当然,这一"自然主义"的暴力叙事,由于依托了"正义/非正义"的政治标准,而避免了文学批评。可是,在李杨看来,曲波的这一描写,"却大都是从古代小说中学来的知识"①。而为了更完整地描述这一博弈过程,我将以"土匪"这一核心叙事要素为例来继续进行讨论。

在中国传统的历史叙事中,"匪"历来是一个含混不清的概念,它不仅和"绿林"纠缠不清,有时也和"侠"相互重叠②。因此,"公案"和"侠义"常常互为补充,而"朝廷"和"江湖"亦时分时合。导致这样一种叙事特征的,多少和"读者"的身份重叠有关。当阅读者脱离了自己真实的存在境遇,所谓"江湖"常常会成为一个"新异"的传奇领域,从而满足一种"非非"式的想象;但是,当阅读者回到自己的日常生活——乡村或者城市——便会感受到"匪"对自己所在的生活世界的威胁。这样一种身份的重叠,不仅会对对象进行意识形态的修订,对象亦会在这种修订中分裂成不同的身份——匪、绿林、侠、捕快,等等,从而为阅读提供一种安全的边界。但事

---

① 李杨:《50—70年代中国文学经典再解读》,第29页。
② 龚鹏程曾经对中国古代典籍中"侠"的不同使用有着较为详尽的辩证。参见龚鹏程:《大侠》,台湾:台湾锦冠出版社,1987年。

涉中国革命历史的讲述，则更为复杂。

这一复杂性在于，"阶级斗争"的观点构成了意识形态的核心内涵，用此一观点讲述中国历史，《水浒》人物就必然成为农民起义的典范，并被纳入中国革命的历史谱系之中，这一观点，在毛泽东《给杨绍萱、齐燕铭的信》中已有充分表述①。而在革命实践中，所谓"土匪"亦有加入革命的事例，最为著名的当是井冈山时期的王佐、袁文才部②。实际上，早期共产党人中的一些杰出领袖，比如毛泽东、李大钊、彭湃、刘志丹等，都认识到中国农村社会中"秘密会社"的重要存在作用，并不惜和当时的中央决议对抗，而将这些复杂力量吸引到革命队伍之中③。但是，重要的显然并不仅仅只是具体的社会实践，而是为何事隔多年之后，当代文学重新展开这一对"土匪"的叙事和想象。

在某种意义上，或许正是当时主流文化（国家政治／新文化）对武侠小说的压抑，而使得这一小说类型的某些核心的叙事要素，悄悄地向"革命通俗文学"转移，并且成功地使"侠"和"匪"获得身份的重新解释。在这一解释中，"土匪"被分成两类，而且程度不等地介入到政党政治之中：一类迹近恶霸，比如《林海雪原》中的许大马棒、座山雕之类，而且本身也已经成为"国民党反动派"中的一员，因此，和此类土匪的斗争，也就相应延续了"公案小说"的传统；而另一类"土匪"则更近于《水浒》中的英雄好汉，比如《红旗谱》中的李霜泗等等。这后一类"土匪"才真正构成"革命通俗文学"的叙事对象。

这样一类"土匪"既兼具了传统"绿林好汉"的特点，从而唤起了读者（也包括作者）的阅读记忆，同时，意识形态的介入，强化了他们身上或者行为的"阶级反抗"的特征，从而为阅读提供了一种隐秘的现实联系。由此构成的，正是一种传统和现代的双重阅读，同时划定了叙事和阅读的安全边界。一些研究者据此而将这些人物纳入"民间"谱系中加以考察，并

---

① 毛泽东：《毛泽东文集》（第三卷），第88页。
② 毛泽东：《井冈山的斗争》，《毛泽东选集》（第一卷），第65页。
③ 马克·赛尔登：《革命中的中国：延安道路》，第33—35页，魏晓明、冯崇义译，北京：社会科学文献出版社，2002年。

以为他们身上的艺术魅力正是来自于"民间"的草根性质①，大致是不错的。

但是，我们同时应该看到，这些人物，无论是《苦菜花》里的柳八爷，还是《红旗谱》中的李霜泗，或者《小城春秋》里的吴七，他们本身并不是小说的主角，或者说，只是一些"次级英雄"，而且还需要领导和改造。如果我们把小说看作一个整体，那么，在文本内部，也存在着一种"互文性"，故事和故事之间，人物和人物之间，构成了种种复杂的互为指涉的生产关系，故事和人物的意义只有在这种关系中，才可能被相互地生产出来。

在这一意义上，这些人物的周边，往往存在着另一些更高级的"英雄"，他们之间构成的，正是这样一种相互生产的关系。《苦菜花》中的"柳八爷"往往被视为"民间"的艺术典型，的确，相对于"柳八爷"，小说的另一英雄"于得海"显得面容模糊，但是，即使"柳八爷"也只是小说中的一个过场人物，把这一人物从小说整体中抽象出来，显然并不能说明小说整体的成功或者失败。而且，在小说中，"柳八爷"的形象描述，真正成功或者感人之处，正在于"枪毙马排长"一节。在这一节的叙述中，我们看到的，也正是"政治"如何改造"土匪"，换言之，只有在"于得海"这一文本中，才可能生产出"柳八爷"的文本，或者说，离开"于得海"，"柳八爷"的意义很难独立存在。因此，"柳八爷"的叙述成功又是在和"于得海"的互为指涉中得以完成的。我以为，这可能会是讨论文本内部的"互文性"的一个案例。

当然，我们完全可以不在这一已经被日渐抽象的"民间"概念中讨论问题，在比较具体的层面上，我们或许可以将其视为"革命政治"和"游民文化"之间的某种复杂的纠葛②。一方面，中国的革命政治始终没有放弃过将"游民文化"纳入自己的动员谱系之中的企图，而另一方面也同样始终没有放弃对这一"游民文化"的改造目的。这一改造既延续了传统的中央集权的政治愿望，也包含了现代社会的组织目的，因此，它既是传统的，也是现代的。也因此，当它企图将"游民文化"纳入自己动员谱系之中的时候，必然会因此展现这一"游民文化"的丰富内涵，从而唤起"读者"的阅读兴

---

① 陈思和：《民间的浮沉：从抗战到文革文学史的一个解释》，王晓明主编：《二十世纪中国文学史论》（下卷）。

② 有关"游民文化"的问题，可参见王学泰：《游民文化与中国社会》，学苑出版社，1999年。

趣；而当它同时力图改造这一"游民文化"的时候，也同样会受到"读者"的欢迎：这一改造暗合了"读者"对"土匪"的恐惧和拒绝，这一恐惧和拒绝同时也潜意识地构成了另外一种阅读期待。这一期待是双重的，即充满兴趣，也包含拒绝。这一双重的阅读期待恰恰构成了传统的公案或侠义小说的叙述策略。因此，对"游民文化"的这一矛盾态度，表征出的，恰恰是"民间"在这一问题上的暧昧心理，这一心理，同时构成了阅读者自身的潜在文本。

重新阅读这一类小说，我们会发现这一"改造"是极具叙述策略的。这一叙述策略的特征在于，改造者和被改造者始终处于同一种文化或者阅读期待的控制之中。比如说，《苦菜花》中有于得海和柳八爷比武一节，这一细节也同样出现在其他的小说之中。比如《红旗谱》中张嘉庆和芝儿的比枪。这一叙述策略非常接近于传统的公案小说，比如《三侠五义》中南侠展昭和"五鼠"的比武，等等。这样一种叙述，显然使得改造者极易进入阅读者的期待视野，而且，由于改造者拥有比被改造者更为强大的力量，因此改造本身也就具有了自身的合法性。

但是，这样一种叙述的危险性则在于，改造本身有可能为被改造者的文化所控制，从而无法传递出改造的全部的政治意义乃至目的所在。因此，对"革命通俗文学"的颠覆首先即是对改造者的形象的重新解释，这就是《红旗谱》中"贾老师"的形象意义所在。贾湘农的意义在于，他既不同于《苦菜花》中的于得海，也有别于《吕梁英雄传》里的老武，而是一个知识分子，完全不在被改造者的文化系统之中，也就是说，"贾老师"的力量不仅来自于某种理论，更重要的，他本身就是"现代"的。因此，他不仅是改造者，同时也是"召唤"者。而经此"召唤"，被改造者本身必将经历一种"成长"的过程。也因此，张嘉庆、李霜泗等人会被压抑成为小说的次要人物或者次要故事。而"通俗文学"也会就此被"成长小说"重新替代。事实上，《红旗谱》的改造／被改造逐渐成为一种主流的叙述模式，包括后来的京剧《杜鹃山》中，草莽英雄雷刚要"抢一个共产党领路向前"。

显然，围绕"土匪"这一意象的叙述，恰恰可以昭示出各种力量的博弈过程，在这一过程中，"读者"和"市场"是一个极为重要的因素，因为这一因素的存在,导致当代文学重新寻找一种"通俗"的叙述方式。这一"通俗"即是一种叙述方式,也是某种传统的再度复活。但是,对这一"通俗"的改造,在当代文学中也从未停止,因此,在所谓"革命通俗文学"中,"革命"和"通俗"既相互利用,同时也一直处在激烈的冲突和对抗的状态之中。当"通俗"压倒"革命","旧小说"的趣味常会不经意地流出,典型即如欧阳山的《三家巷》《苦斗》等等。而"革命"压到"通俗"则必然要求另一种小说叙述模式的出现,《红旗谱》的诞生正是当代文学重归"五四"新文学传统的一种征兆,当然,这并不是说,这一回归彻底摒弃了"通俗",相反,"通俗"的痕迹已然无法抹去,这也是当代文学和现代文学有所差异的痕迹之一。

四、为何或者怎样重述革命历史

所谓"革命通俗文学",在其叙事题材上,大都是在重述革命历史,因此,在"讲史"的意义上,黄子平则以"革命历史小说"这一概念替代了"革命通俗文学"的提法①。当然,这一概念的外延要更为宽广,许多无法被纳入"革命通俗文学"的作品,比如《红旗谱》,却在黄子平的概念中占据着极其重要的位置。

我的兴趣显然在于,为何在1949年之后,"重述革命历史"会成为一种重要的创作潮流。这一创作不仅表现在小说领域,同时更有"革命回忆录"这一叙事形态的出现。而这一叙事形态的出现,也正意味着国家政治的高度重视乃至直接介入。在众多的"革命回忆录"的撰写和出版过程中,影响最大也是较早进行的,当属中国青年出版社1957年5月开始陆续出版的《红旗飘飘》丛刊②。《红旗飘飘》的出版,不仅仅是因为"熟悉革命斗

---

① 黄子平:《革命·历史·小说》。
② 《红旗飘飘》的出版显然引发了撰写和出版"革命回忆录"的高潮,比如由人民文学出版社出版的《星火燎原》前身本来是1957年"中国人民解放军建军三十周年征文"。1959年上半年,征文汇集编辑成《光荣的中国人民解放军》上、下册出版。同年12月,毛泽东给解放军建军30周年征文题词"星火燎原","三十年征文编辑部"改名为"《星火燎原》编辑部",所有预计出书也改名《星火燎原》。一些地方出版社也开始陆续出版此类著作,比如江西人民出版社1958年开始出版《红色风暴》丛书等等。

争和英雄人物的作者,往往没有充分的时间从事写作。同时,写一部较完整的描写英雄人物的传记小说或反映革命斗争的作品,往往需要较长的时间",因此,《红旗飘飘》"这个专门发表描写英雄人物和革命斗争的作品的丛刊……所刊载的文章,有长有短,体裁不限。有传记,也有小说,有回忆录,也有一般的记叙文"①。更重要的是,它及时地满足了国家政治的需要,1957年5月15日出版的《红旗飘飘》第一辑的"编者的话"中,就及时引述了《人民日报》1957年4月8日的社论:"中国革命胜利以前,中国共产党员和许多革命者,不怕杀头,不怕坐牢,他们离乡别井,东奔西走,不计名利,不图享受,唯一想到的是国家的存亡和人民的祸福,他们为了革命事业的胜利,英勇牺牲,艰苦奋斗,前面的人倒下去,后面的人立即跟上来;革命失败了,马上重振旗鼓,继续战斗。"这一对"革命历史"的政治性描述,事实上奠定了"革命历史"作为"正史"的撰写标准。而《红旗飘飘》的编辑者,则进一步说明了这一历史书写的重要性以及现实意义:"在我国人民革命的历史上,有着多少可歌可泣、惊天地、泣鬼神的事迹!但是这一切,对于当今一代的青年,并不是很熟悉的。因此,他们要求熟悉我们人民革命的历史,并从英雄人物的身上吸取精神力量,建设壮丽的社会主义事业,保卫我们伟大的祖国;时刻保持蓬蓬勃勃的朝气。不怕任何艰险,勇于克服困难,无限忠诚于人民的革命事业。"

在"革命"的前面加上"中国"或者"人民"的定语,显然是一种深思熟虑的修辞结果。在这一修辞中,阶级的利益被转喻为人民的利益,革命战争也同时被转喻为国家的战争,同时带有正义／非正义的民族性质,并藉此传递出现代民族—国家的合法性的结构要求。这一要求的全部的修辞秘密,已经蕴含在毛泽东1949年9月30日为人民英雄纪念碑撰写的碑文中:"三年以来,在人民解放战争和人民革命中牺牲的人民英雄们永垂不朽!三十年以来,在人民解放战争和人民革命中牺牲的人民英雄们永垂不朽!由此上溯到一千八百四十年,从那时起,为了反对内外敌人,争取民族独立和人民自由幸福,在历次斗争中牺牲的人民英雄们永垂不朽。"②

---

① 《红旗飘飘》(第一辑)"编者的话",北京:中国青年出版社,1957年5月出版。
② 毛泽东:《人民英雄永垂不朽》,《毛泽东文集》(第五卷),第350页。

在这样一种有关"时间"的叙述中,中国革命的历史既非三年,也非三十年,而是整整一百年,一百年的历史,恰恰是中国的现代的历史。因此,在这一"时间"的历史叙述中,不仅阶级、人民、民族和国家被有效地整合在一起,而且由此引发的"革命"也被证明是"现代"的。更为重要的,"革命"而催生出来的"新中国"的普遍意义也正是经由这样一种历史的叙述而被有效地建构起来。这一普遍意义不仅保证了权力从历史叙述中所获得的合法性,而且,它还保证了这一"新中国"不仅是"革命"的,也是"民族"的,还是"历史"的。这一修辞并非仅仅只是"新民主主义"阶段的权宜之计,相反,即使中国的社会主义想象,也仍然顽强地保留了民族主义的成分。事实上,在所有"革命历史"的重述中,数量最多也是影响最广的,仍然是有关"抗日战争"的小说。显然,这和"读者"有关。

但是,这一历史叙述,并非仅仅只是为了再现一段"可歌可泣"的"事迹"。任何一个民族国家的建立,都必须重新讲述或者结构自己的"神话",这一神话既包含了一种起源性的叙事(这一叙事提供了国家政权的合法性依据);同时,这一神话还必须成为一个民族寓言,或者一种深刻的国家精神乃至民族真理的象征。

按照詹姆斯·O.罗伯特对神话的极为宽泛的理解,神话就是一个民族的记忆,而且在这一记忆里,包含着这个民族的"很多真理"。这些记忆不仅散落在一个国家的人名、地名、事件名称和制度名称,更重要的,还贮存于自己讲述的故事之中——诗作和史剧、演说和广播、演出和电影、笑话和讣告之中。显然,神话构成了我们生活其中的世界的一个组成部分,包含着信仰和信念,而借助于神话这一"故事"形式以及它所提供的某种"行之有效"的方法,使得这一民族的成员有可能克服现实所形成的各种障碍以及各种紧张关系①。

在我看来,詹姆斯·O.罗伯特基于美国经验作出的"神话"描述,更接近于某种"现代神话"。这一"现代神话"既根植于一个民族的历史记忆或者历史无意识之中,同时又不可避免地包含着国家政治或者国家意识形

---

① 詹姆斯·O.罗伯特:《美国神话 美国现实》,第3页,北京:中国社会科学出版社,1990年。

态的有意识的介入。"现代神话"的这一双重特质,同时昭示出的,恰恰是现代民族国家对于"民族"的多种想象性的要求。一方面,这一民族必须是政治的,或者说是一个"政治民族",由此才能构成一个"想象的政治共同体";另一方面,这一民族同时还必须是历史的,或者说是一个"文化民族",因此,必须在想象中重新激活这一民族的历史记忆,从而获得一种历史或者文化的民族身份。显然,这一"现代神话"的生产过程,实际上也是任何一个现代民族国家必需的"故事"的讲述。只有在这样一种"故事"的讲述中,才能再现"我"或者"我们"的现代的历史。

在这一意义上,中国的"革命历史"显然具备了生产这一"现代神话"的各项基本要素,也因此,重述"革命历史"正是为了重新创造一个"现代神话",在这样的创造过程中,"革命历史"不仅被浪漫化、寓言化,而且也被高度的意识形态化。这一"神话"不仅是现代的,也是"国家"的,或者说,就是一种"国家神话"。在这一"神话"中,表现了某种民族"真理",或者"国家"真理。而在这一"神话"的叙述过程中,不仅国家权力从中获得了自身的合法性依据,同时,它也有效地重新结构了一个民族的政治共同体。显然,这一"神话"的现代的意识形态含义,包括它对制度的现代性想象,都在不同程度上努力结构一个"政治民族",即使在一些"少数民族"的叙事作品中,也程度不等地留下了这一叙事痕迹,比如徐怀中的长篇小说《我们播种爱情》、李乔的长篇小说《欢笑的金沙江》等等。而所谓的"政治民族"恰恰是"现代民族"的基本特征之一。同时,这一"革命历史"的"神话"叙述中,由于有效地吸纳了"传统"的某些文化元素,又使得这一"政治民族"同时还是一个"文化民族",也就是说,这一"民族"因为这样一种叙述,同时保证了自己的历史的合法性。需要指出的,这一"革命历史"的讲述,并不仅仅只是局限在汉族,它同时还囊括了其他的少数民族地区的"革命故事",比如玛拉沁夫的《茫茫的草原》,而且少数民族的某些"历史故事"也被有效地纳入"革命"的神话谱系之中,比如蒙古族的"嘎达梅林"的故事。显然,在这一"革命历史"的重述过程中,"中华民族"得以有效地建构,这一"神话"同时就昭示着一种国族"真理",这一"真理"不仅企图重新结构一个现代的政治／文化民族,同时还在努力影响这一共同体的每一个成员，并使之成为他们克服障碍的重要的理论乃至情感依据。

显然，这一"重述革命历史"的过程，同时也是一个围绕男女英雄展开的叙事过程。在这些"革命通俗文学"或者"革命历史小说"中，我们都会看到，所有的故事不仅围绕"英雄"展开，同时，塑造"英雄"也成为叙事首要关注的问题。这样一些"英雄"或者说"历史英雄"的出现，使得"革命历史"形象化，也同时典型化，而更重要的，使得历史文学符号化，符号化的历史显然更容易承担民族"真理"的隐喻作用。这一"英雄"系列的产生，不仅仅只是作为一种阅读消费，以满足阅读者某种对"新异领域"的非非式的传奇性想象，更重要的，它有可能承担一个新时代的民族"真理"。如果我们将1949—1966年的中国视为一个工业化的时代（这一时代的工业化痕迹普遍刻在了各个领域，包括中国农村的合作化运动），那么，所谓的工业化时代，按照鲍德里亚的说法，是需要也是大量生产"英雄"的时代（即所谓"痛苦而英雄的生产年代"）①。所以，"从英雄人物的身上吸取精神力量"，是为了"建设壮丽的社会主义事业，保卫我们伟大的祖国；时刻保持蓬蓬勃勃的朝气，勇于克服困难，无限忠诚于人民的革命事业"。这一所谓"壮丽的社会主义事业"，显然包含了现代化，也是工业化的国家诉求。而我以为，当代中国诸多的文化想象都与这一工业化的时代特质有着或多或少的关联，也可以说，当代中国的诸多问题也与这一工业化的时代特质的想象有着不同侧面的联系。

但是，在"重述革命历史"的过程中所产生的这一"现代神话"，还具有另外一种，或者说更为重要的叙事功能，这一功能我们或许可以把它理解为人的存在的意义。安德森有关民族主义的论述，尤其是这一论述进入中国历史语境的时候，常常会引起不同的争议，但是，他有关现代民族国家和个人"重生"问题的讨论，仍然有助于我们打开一个新的讨论空间——"尽管宗教信仰逐渐退潮，人的受苦——有一部分乃因信仰而生——却并未随之消失。……因而，这个时代所亟需的是，通过世俗的形式，重新将宿命转化为连续，将偶然转化为意义"，而在这样一种需求中，"很少有东

---

① 鲍德里亚：《消费社会》，第90页，刘成富、全志钢译，南京大学出版社，2000年。

西会比民族这个概念更适合于完成这个使命",包括"暗示不朽的可能"。①事实上,早在 1944 年,毛泽东在追悼张思德的会上所作的讲演中,已经有了这样的表述:"人总是要死的,但死的意义有不同。中国古时候有个文学家叫做司马迁的说过:'人固有一死,或重于泰山,或轻于鸿毛。'为人民利益而死,就比泰山还重;替法西斯卖力,替剥削人民和压迫人民的人去死,就比鸿毛还轻。张思德同志是为人民利益而死的,他的死是比泰山还要重的。"② 而在中国的当代历史的语境中,国家、革命和人民常常是一个三位一体的概念。因此,"为了……"这样一个含有浓重的目的论色彩的现代句式,之所以能够风靡整个中国大陆,恰恰是由于隐藏在其背后的有关个人"死亡"和"重生"的意义论辩以及明确的伦理回答。当然,这一"死亡"绝不仅仅局限在个人的物理意义上,它还包括对个人现实利益的有意压抑和暂时舍弃。所以,《人民日报》1957 年 4 月 8 日的社论要特别强调:"中国革命胜利以前,中国共产党员和许多革命者,不怕杀头,不怕坐牢,他们离乡别井,东奔西走,不计名利,不图享受,唯一想到的是国家的存亡和人民的祸福,他们为了革命事业的胜利,英勇牺牲,艰苦奋斗,前面的人倒下去,后面的人立即跟上来;革命失败了,马上重振旗鼓,继续战斗。"这一对"革命历史"的政治性描述,同时也是一种伦理性的描述,更是一种有关"死亡"和"重生"的存在意义的描述。这一"死亡"和"重生"通过"人民英雄纪念碑"这一物的形式被有效地叙述出来,同时,也通过各种"故事"的讲述,再现了这一个人和国家之间的意义所在。比如,在孙景瑞的长篇小说《红旗插上大门岛》中,就有这样的细节描述:一个名叫"大门岛"的岛屿,由于地处海防前线,而受到整个国家的关注,从而不断地收到"祖国人民从各地寄来的慰问信和慰问品"。在这些慰问品中,有一架"制作得十分精巧的铁壳收音机"。通过这架收音机,不仅把"大门岛"和"国营先锋钢铁厂"联系在一起,也把"大门岛"和朝鲜战争中的"上甘岭"联系在一起。这样一种空间的联系,恰恰成为个人和国家的一种深刻的隐喻,而在这样一种隐喻中,个人也同时获得了"死亡"和"重生"的意义,恰如小说中的连队

---

① 本尼迪克特·安德森:《想象的共同体——民族主义的起源与散布》,第 12—13 页。
② 毛泽东:《为人民服务》,《毛泽东选集》(第三卷),第 954 页。

指导员徐文烈所说:"我们虽然守卫在这个小小的海岛上,但是,我们绝不是孤立的,在我们背后,有着六亿人民的伟大力量啊。"这样的细节或者叙述方式在1949—1966年的中国当代文学中,并不是偶然的现象,比如在《红岩》的"绣红旗"一节中,我们就能读到相似的文学修辞。我想,它同时似乎也能促使我们去思考在这一阶段的小说中,"孤独"这个概念因为什么而被有意压抑,这一压抑的背后是否是另一种形式的国族想象的叙事力量?

但是,在当时,国家政治的确意识到了这一"死亡"和"重生"的重要意义,因此,"英雄"也逐渐从"历史"走向"现实"。1965年,中国青年出版社出版了《青年英雄的故事》的续编,这本书收集了十一个"现实英雄",而在罗瑞卿看来,这些"现实英雄":"同过去战争年代涌现出来的那些英雄人物一样,都是我们伟大的中国人民的最优秀的儿女。"尽管"青年英雄们已经死去了。这当然使我们十分难过,因为这是人民革命事业的巨大损失!但是,他们的英雄形象将永远活在我们的心里,屹立在我们的面前。他们的共产主义风格,处处值得我们学习"。"死亡"和"重生"的意义被再度激活,而这一次激活,仍然有着"国家、革命和人民"的因素:"让那些帝国主义老爷们做'白日梦'去吧!让他们施放什么'糖衣炮弹'、玩弄什么'和平演变'的把戏吧!历史已经证明,而且还将继续证明,绝不是帝国主义、反动派、现代修正主义等一切牛鬼蛇神'演变'掉中国青年;而是中国青年和世界革命青年一起,把一切腐朽、反动的家伙们,一个一个地、一批一批地从地球上铲除掉。"①

显然,"革命通俗文学"成为这一"重述革命历史"的最早的首选形式,这一形式的选择,既因为"群众"的政治性的制约,这一制约要求一种"通俗化"的表达方式,从而完成革命对底层民众的动员;同时,也受制于市场和读者的存在,这一存在需要一种"传奇性"的故事形式,从而满足一种阅读消费。

但是,在这一"重述革命历史"的过程中,"革命通俗文学"很快就表示出它与国家政治或者说国家现代性的某种不甚适应乃至不甚契合之处。

---

① 罗瑞卿:《真正革命、彻底革命的英雄》,《青年英雄的故事》(续编),第1—3页,北京:中国青年出版社,1965年。

比如说，附着于这些小说"通俗"的形式之上的各种传统意味，常常会有意无意地塑造出一些"单枪匹马"的英雄，正是在这些英雄身上，阅读者体验到古代"游侠"的某种形象复活，这也正是"革命通俗文学"能够迅速占领阅读市场的因素之一。但是，对于1949—1966年的中国当代的历史语境来说，仅仅依靠这种"古代游侠"，还不可能完全叙述出它所真正需要的"现代神话"——这一点，与由"西部牛仔"式的"英雄"构筑而成的美国"现代神话"并不完全相同。这种"英雄"可能激活某种"个人主义"（通常被表述为"个人英雄主义"），因此有可能阻碍"集体主义"的话语实践。这一"个人"与"集体"之间的话语冲突，尽管在"革命通俗文学"的叙事内部已经引起警觉，因此，通常会在这些"英雄"之上，设置一个"理性"的"领导者"，以确保这些"英雄"行事的"政治正确"，比如，《铁道游击队》中的政委李正，或者《林海雪原》中的少剑波，再或者《小城春秋》里的吴坚。但是，这些"领导者"的存在，更多的只是一种对"草莽英雄"的"约束"，而尚不完全具备后来《红旗谱》中贾湘农那种强大的政治引导和教育的叙事功能。因此，小说中的"草莽"气常常有可能突破这一政治的"约束"，而成为一种主导性的阅读消费。李杨在讨论《林海雪原》的时候，曾经引述了当时的一位批评者的意见，这一意见为我们再现了"个人"与"集体"之间话语冲突的历史图景："应该看到，对《林海雪原》这类书籍最热心的读者是青少年（电影也是如此）。青少年正处于长身体、长知识的时期，整个世界对他们来说是十分新奇的。……然而也正因为如此，书中的一些缺点（如过分突出地夸大了个人的作用，把一个原为党领导的、依靠集体的力量得以成功的事件描绘成为少数个人的功绩，把一个广大群众参加的斗争描写为孤军深入），也会与那些'新的精神、新的内容'一起，借助于其艺术性把一种与时代精神不相称的个人英雄主义灌注给读者——尤其是青少年读者。我们应该承认，这些缺点的部分对有些读者，也会具有一时的'感人的力量'，可是它们绝不是什么'新的精神、新的内容'。"[①] 今天看来，这一"批评"当然显得粗暴和教条，但问题是，这一粗暴和教条的批评

---

① 卢义茂：《也谈"感人的力量从何而来"》，《北京日报》1963年6月3日。转引自李杨：《50—70年代中国文学经典再解读》，第31页。

却明显来自于某种现代性的支持。这一现代性不仅来自于国家政治的意识形态的要求,同时,也根植于一个工业化的社会组织形态。因为,只有在一个大工业的社会环境中,或者以大工业为自己目的诉求的社会,才会对"组织"有着如此强烈的要求。因此,所谓的"集体主义"的话语实践,我们除了看到它的国家政治的意识形态背景,同时,也必须注意到它的现代的也是工业化的社会含义。

当然,问题还不仅限于此,"传奇"所要致力于打开的是一个"新异"的领域,这一领域同时因为某种戏剧性的故事情节而被形式化。这一形式化的"新异"领域一方面满足了阅读者的消费需要,同时也在这一阅读中完成想象和自我认同。可是,另一方面,它却可能导致"凡"与"奇"的再度分野。因为这一阅读而形成的想象和自我认同,也有可能导致某种"个人英雄主义",而且,它极有可能将"革命历史"狭窄化,或者说,仅仅将这一"革命历史"归于某种"少数人"的事业。因此,如何使这一"革命历史"的重述日常生活化,或者说,让"凡"与"奇"重新合一,才是当代文学需要真正思考的问题。而只有这一日常生活化的历史,才可能真正表现出某种"民族真理",从而生产出一种巨大的对人民的"动员"和"召唤"的力量。

而更重要的问题可能在于,从"旧小说"吸取了主要叙事资源的"革命通俗文学",必然会先验地为"英雄"预设某种"本质"(或者"能力"),这种"本质"(或者"能力")在人物一出场就已先验地存在,外界或者环境最多成为这一"本质"或者"能力"的某种诱发动因,甚至某种表现舞台。这样一种表述方式,显然无法完整地展现个人或者民族的"成长"过程,而强调个人或者民族的"成长",恰恰是现代性,包括"五四"新文化需要完成的叙事主题。这一主题,同时也必然会得到国家政治的高度关注。国家政治的关注理由在于,这一个人或者民族的"成长",只有也必须在某种正确的意识形态的"教育"下才可能完成,而这一正确的意识形态构成的正是某种"历史意识",而不可能仅仅只诉诸个人或者民族的"自我教育"。这样,《铁道游击队》中的"李正"的形象就必须得到更好也是更有力的重新诠释,同时,"个人"与"集体","凡"与"奇"也必须重新合一,并在日常生活的展现中,寻找到这一"成长"的历史的也是现实的最为有力的叙事依据。因此，不仅"革命通俗文学"的"传奇"意味需要重新辩证，就是那种依托"片断"和"单元"的主要以空间结构小说的叙事形式，即"章回体"小说，也显然无法完全承担个人或者民族在历史时间中的"教育"和"成长"的主题叙述。

事实上，早在1954年，周扬就已表述过他对中国当代文学的较为完整但也是比较模糊的设想。在周扬的理想中，中国的当代文学不可能仅仅只是一种"传统文学"，"社会主义现实主义文学"应该是"五四"文学的发展，是继承了"五四"新文学传统的一种全新意义上的现代文学①。可是，在小说，尤其是长篇小说领域，究竟什么是"五四"文学的传统呢？一些现代文学的研究者，比如汪晖已经指出："一种可以称之为'茅盾传统'的东西，它对其后中国文学的发展的影响也许超过了被人们当作旗帜的鲁迅传统。"② 而长篇小说中的所谓"茅盾传统"，在研究者们看来，意指"所谓'长篇小说'不仅应当用白话写成，更应当含有某种'现代性'。从狭义的意识形态的层面上说，它被看作'革命文学'或'民族文学'的终极形式，担负着表现民族解放的历史展开的艰巨任务"。这同时也是长篇小说的"正典化"的过程，这一过程原因极其复杂，除了意识形态和政治的原因，也跟"新文学在理论话语和教育机制占主流地位有关"③。

1957年12月出版的长篇小说《红旗谱》，显然满足了这一"重述革命历史"的新的叙事要求，一些评论者不仅高度赞扬了小说的政治主题："形象地论证了中国共产党所领导的以农民为主力同盟军的伟大的新民主主义革命的历史动力"，甚至还将《红旗谱》与《林海雪原》进行了比较："朱老忠的形象，是提供了一部旧中国革命农民的性格发展史；杨子荣的形象，则是提供了一个革命战士斗争生活的横断面的英雄传奇。"但是，这一"英雄传奇"只能"粘附于特有的惊险情节才能得到充分的描写"，却不能"像朱老忠那样，即使在日常生活里，也能展示出它的深沉的性格特色"。④ 在

---

① 周扬：《发扬"五四"文学革命的战斗传统》，《人民文学》1954年5月号。
② 转引自陈建华：《革命与形式——茅盾早期小说的现代性展开》，第2页，上海：复旦大学出版社，2007年。
③ 陈建华：《革命与形式——茅盾早期小说的现代性展开》，第6页。
④ 李希凡：《革命英雄典型的巡礼》，《文学评论》1961年第1期。

这样的论述中,显然暗含了一种"人在历史中成长"的主题叙事①。

《红旗谱》的作者梁斌曾经详细介绍过小说的创作过程以及他的创作思想:"在创作中,我曾经考虑过,怎样摸索一种形式,它比西洋小说略粗一些,但比一般的中国小说要细一些;实践的结果,写成目前的形式。我未考虑用章回体写,但考虑过中国小说中句、段的排法,后来才考虑到毕竟不如新小说的排法醒目,就写成目前的形式。我想,如果仅仅是考虑用章回体写,不能用经过锤炼加工的民族语言,不能概括民族的和人民的生活风习,精神面貌,结果还是成不了民族形式;反过来,……概括了民族和人民的生活风习,精神面貌,即使不用章回体,也仍然会成为民族形式的东西。"②如果我们仔细分析,那么,梁斌所谓的"西洋小说",实则指的是欧洲19世纪的文学,所谓的"历史意识"贯穿于这一文学之中,而这一文学传统深刻影响了以茅盾为代表的"五四"新文学,尤其是长篇小说的创作领域。因此,这一"西洋小说"的提法,就并不仅仅只是在形式层面,所谓的"历史意识",表现出的正是光明/黑暗、革命/反动、进步/落后,等等的对立范畴,而这些对立的范畴又被进步的历史观念所统辖。尤其是,当政治成为这一"历史意识"的经典代表时,《红旗谱》就很容易被解读成"形象地论证了中国共产党所领导的以农民为主力同盟军的伟大的新民主主义革命的历史动力"。因此,所谓的"性格发展史",也正是民族解放在历史时间中的展开过程,这一过程同时也必然是政治的。批评中国当代文学的政治化是一件并不困难的工作,但是我们更需要的,是在这一政治化的背后寻找到更复杂的历史成因,包括臣服于"历史意识"的理论自觉,而这一理论自觉,恰恰来自于某种现代性。但是,在这一回归"五四"新文学传统的另一面,却是"一般的中国小说"的传统的继承。什么是"一般的中国小说",实际上是一个相对含混的提法。也许,按照梁斌的说法,就是"用经过锤炼加工的民族语言,……概括了民族和人民的生活风习,精神面貌",因此,"即使不用章回体,也仍然会成为民族形式的东西"。但

---

① 有关《红旗谱》的"成长"主题的详尽论述,可参见李杨:《50—70年代中国文学经典再解读》中的第二章《〈红旗谱〉——"成长小说"之一:"时间"、"空间"与中国小说的现代转型》。
② 梁斌:《漫谈〈红旗谱〉的创作》,《人民文学》1959年第6期。

是，这一提法尽管含混，我却以为又非常重要，所谓"生活风习，精神面貌"可能正是积淀在日常生活深处的同时又被精英话语所遮蔽的某种下层文化，这一文化渗透在各种习俗、方言、闲谈，甚至民间曲艺形式之中。而这一下层文化的再现，显然很难在"历史时间"中完成，因此，它往往必须依托于某一"空间"的存在形式。这也正是赵树理等人开创的解放区文艺的"生活化叙事"的传统的真正意义所在。这或许也能说明，为什么"村庄"这一空间形式会在中国的当代小说中得到如此的高度重视。因为，只有在"村庄"这一空间中，小说才会突破"历史意识"的现代时间观念的限制，从而积极"打捞"可能被现代性遮蔽的真实的生活细节，乃至包含其中的文化含义。而这一下层文化，又恰恰是被"群众"这一具政治合法性的概念所支持，或者说，它同样包含了某种"民族真理"。也因此，人的"成长"并不完全依靠"时间"，相反，"空间"仍然是一个极为重要的因素。因为，正是在空间中，蕴含了群众的也是政治的，传统的也是现代的合法性依据。在这一意义上，《青春之歌》修改版中所增加的河北农村的叙述，恰恰使个人从"游历"回到"定居"，也即回到某种"根"的状态，并从中吸取必要的政治／文化的"养料"。这一吸取的过程同时当然也是"教育"和"改造"的过程。这一点，已经不完全相同于西方的"成长小说"。

  梁斌有关"西洋小说"和"一般的中国小说"的论述，极其形象地解释了在"重述革命历史"的过程中，一方面，中国的当代文学如何和"传统"再度决裂，这一决裂也宣告了向"五四"新文学的回归姿态；但是，另一方面，"通俗"的痕迹已经无法抹去，如果我们将这一"通俗"同时视为某种"民族形式"。这一"民族形式"促使当代文学在现代的时间观念中，积极"打捞"可能被遮蔽的某种民族的也是下层的文化。在某种意义上，这一在"西洋小说"和"一般的中国小说"之间的徘徊，恰恰构成了中国当代文学的某种叙事特征，即本土空间在"历史意识"的时间的展现过程中所具有的重要位置，这一位置也奠定了小说从形式到语言的创新，不仅是《红旗谱》，也是《创业史》《青春之歌》等所共有的叙事特征。而这一传统，至今还在影响着中国当代小说的写作。

结　语

　　1949年2月14日，周立波在当时的沈阳《东北日报》上发表了一篇短文，题目叫《〈民间故事〉小引》。这应该是一本书的序言，这本书的书名就叫《民间故事》，书里收集的二十一个故事都是由"合江鲁艺文工团的农民组讲述的"。我之所以提到周立波的这篇文章，很大程度上是我对周立波对这些"民间故事"的复述产生了兴趣。根据周立波的复述，我们知道这些故事主要写了"土地改革以前……封建地主和劳动人民之间的……日常的事故"，这些"日常的事故"也是"他们和地主之间的日常不断的斗争"，而在某种意义上，这些"日常的事故"也"正是土地改革以前的农村里的重要矛盾的表现"。这些故事主要是：为了更多地剥削农民的劳力，地主的花招是很多的。"歇晌是从古到今，庄稼地的老规矩"，地主却不兴歇晌，"晌午头也得干"。扛活的一年到头吃不到一顿好饭，到年能吃一顿好的了。地主也要耍尖头，推说饺子没煮好，劳金饿得吱吱叫，地主劝他先吃窝窝头，把肚子塞饱，这真是"计算到穷人骨头缝里了"①。这些"民间故事"显然有一个共同的结构，通俗一点的表述，就是"老规矩—地主破坏—农民反抗"，这也是相当一部分的民间故事共享的叙事模型。

　　周立波或者周立波们显然对这一"民间"的叙事模型产生了兴趣，实际上，包括《白毛女》在内的相当一部分的文学作品都在不同程度上吸纳了这一叙事结构②。但是，我们可以感觉到的是，在这样的"民间"叙事中，"老规矩"实际上又被理想化，或者说是在"历史时间"之外的某种"田园诗"般的存在。孟悦将这一"田园诗"概括为一种"民间日常生活的和谐的伦理秩序"，以及由此形成的某种文化价值系统、道德逻辑和相关的叙述审美原则。因此，歌剧《白毛女》在政治主题之外，真正感动观众的，恰恰是这种民间/反民间的道德冲突，也就是说地主黄世仁"一出场就代表着一种

---

① 周立波：《〈民间故事〉小引》，《周立波文集》（第五卷），第290—291页，上海：上海文艺出版社，1985年。
② 比如《红旗谱》中关于"铜钟"的隐喻性的描写。

反民间伦理秩序的恶的暴力"。而在歌剧结尾处,全体村民合唱的主题是"太阳出来了",暗示着"白毛女"重新过上"正常人的生活"①。显然,在这样的叙事结构中,地主黄世仁承担的仍然是这一"老规矩"的破坏者的角色(孟悦将其定义为"闯入者"),而这一"老规矩"则通过"革命"获得某种"重生"。对这样一种"民间故事"的叙述模型,当然可以用一种黑格尔式的语言给予重新诠释,比如否定之否定或者螺旋式的上升和发展。的确,在延安知识人对这些"民间故事"的重新解释的背后,可以多少感觉到马克思有关"原始社会——奴隶社会——封建社会——资本主义社会——共产主义社会"这一著名的"五阶段论"的历史叙述的影响。而众所周知的是,马克思的这一历史叙述,同样是欧洲现代性的产物:"古代文明——中世纪的黑暗统治——现代复兴"正是经典的启蒙主义的叙事结构模式。而在中国,这一现代性和本土性经过"革命"这一中介,恰恰构成了某种高度契合的叙事模型。

但是问题仍然存在,经过这样一种"欧洲中世纪/现代复兴"的本土性话语的叙述转换,"老规矩"所隐喻的"田园诗"就有可能成为中国革命的目的,而这一目的显然又与中国革命面向未来的现代的政治/文化态度有着内在的叙事冲突。而确立一种面向未来的政治态度,显然和怎样讲述我们自身的历史有着密切的关系。

如果说,毛泽东将中国的革命历史"由此上溯到一千八百四十年",那么,"一千八百四十年"前的中国就构成了这一"革命历史"的"史前史",而这一"史前史"如何讲述,就不仅成为文学叙事也是历史研究的一个重要命题。1949年,毛泽东对历史有过这样一种"历史唯物主义"的叙述:"阶级斗争,一些阶级胜利了,一些阶级消灭了。这就是历史,这就是几千年的文明史。拿这个观点解释历史的就叫做历史的唯物主义,站在这个观点的反面的是历史的唯心主义。"②毛泽东的这一观点,事实上成为1949年之后中国历史研究也是文学叙事的根本原则。但是,也许可以讨论的是,这

---

① 孟悦:《〈白毛女〉演变的启示——兼论延安文艺的多质性》,王晓明主编:《二十世纪中国文学史论》(下卷),第193页。
② 毛泽东:《丢掉幻想,准备斗争》,《毛泽东选集》(第四卷),第1491页。

一由"斗争"构成的,是一个动态的历史发展过程,这一过程同时必然会暂时"悬搁"某种历史时间之外的"田园诗"。而重要的问题则在于,在这一由"阶级斗争"构成的历史的运动的场景中,文明究竟要从中"打捞"些什么,或者说,这一历史"故事"应该怎样叙说?1944年1月9日,毛泽东在观看了京剧《逼上梁山》后,给编导者写了一封信:"历史是人民创造的,但在旧戏舞台上(在一切离开人民的旧文学旧艺术上)人民却成了渣滓,由老爷太太少爷小姐们统治着舞台,这种历史的颠倒,现在由你们再颠倒过来,恢复了历史的本来面目,从此旧剧开了新生面,所以值得庆贺。"①四年以后,毛泽东重申了这一观点,认为过去"平(京)剧把老爷、太太、少爷、小姐写成一个世界,穷人就不算数"②。毛泽东的这一历史观点,事实上可以追溯到梁启超开创的"新史学"③。但是,不同的是,如果梁启超企图重新叙述一部现代的"国民"的历史,毛泽东希望讲述的,则是一部"人民"的历史。而在这一"人民的历史"的讲述中,如何让底层"发声"就成为一个极其重要的叙事任务。在这一点上,这一"人民的历史"显然并不完全等同于资产阶级民族主义的历史叙述。应该说,1949年之后,无论是史学界,还是文学界对于古代和近代的农民战争的研究(比如电影《宋景诗》、长篇小说《李自成》等等),力图做的,也正是这一将历史重新书写为人民反对帝王将相和殖民主义的历史。

而另外一个可能被忽略的因素在于,这样一种主要由"人民"构成的历史主体的叙述,所形成的是一种现代民族的积极的政治／文化认同,而在由多民族构成的"中华民族"的政治／文化的认同过程中,也因此而可能避免汉族(精英文化)中心主义的叙事危险。

但是,问题在于,这一历史(或底层)书写有着过于明显的意识形态和政治化倾向,而且,偏执一端,容易形成对历史的简约化的处理,这也正

---

① 毛泽东:《给杨绍萱、齐燕铭的信》,《毛泽东文集》(第三卷),第88页。
② 毛泽东《改造旧艺术,创造新艺术》,《毛泽东文集》(第四卷),第326页。
③ 比如梁启超批评"旧史学"是"皆为朝廷上之君若臣而作,曾无一书为国民而作者也";是"知有个人而不知有群体";"知有陈迹而不知有今务";"知有事实而不知有道理",等等。梁启超:《新史学》,夏晓虹点校:《清代学术概论》,北京:中国人民大学出版社,2004年。

是 1980 年代以后《李自成》等小说受到批评的理由之一。因此，问题并不完全在这一"史前史"的叙事方式，而在于它如何压抑了其他的历史书写形式（比如当年对陈翔鹤《陶渊明写挽歌》等的批判）。因此，在一扇极有意义和价值的通往历史之门被打开的同时，另一些同样极有意义和价值的历史之门也可能被关闭。

更重要的问题在于，在这样一种主要由农民战争构成的"史前史"的历史书写中，一个主要由精英话语构成的"文化中国"可能因此而得不到历史地再现或呈现。而"文化中国"的缺席，在民族的身份认同上，必将带来危机性的结果。这一危机在后来愈加激进的历史叙事乃至现实传承中，暴露无遗。而在当代中国 60 年的历史中，我们可能会感觉到的，恰恰是现代中国、革命中国和传统中国之间复杂的矛盾、对抗和此消彼长的历史纠缠的关系。

当然，这和本章所要讨论的主题已经相去甚远。

第五章　劳动或者劳动乌托邦的叙述

我们在描述身处的这个"现代"世界的时候,已经不可能无视"技术"的存在。技术完全改变了我们的存在方式,甚至重新塑造了我们的生命形态。一种巨大的可能性以及被这一可能性激发出来的想象——实践活动,恰恰构成了也重绘了现代的意识形态图景。此岸和彼岸的边界开始变得模糊不清,一切曾经被安置在彼岸世界的幻想,现在成为改造这个此岸世界的巨大的行为动力。乌托邦从宗教的诠释中走出,转而在此世建造一个世俗化的王国。"不可能"成为古代的另一个专有名词,而在现代,一切皆为"可能",并进而形成一个巨大的"技术"的幻觉。

正是在这一"技术"的幻觉中,"人"的因素也被唤醒,同时形成一种有关"力量"的知识形态。这一力量,是关于"人"的,也是关于"劳动"的,显然,在这一知识形态中,"人"获得了另一种诠释,也即所谓"劳动的人"。对"劳动"的关注,显然改变了知识人对世界的感知方式。

无论从哪一个角度,马克思都是"劳动"这一概念的最为深刻的思想者。马克思对"劳动"或"生产过程"的深刻分析,不仅揭示了"资本"和"剩余价值"之间的秘密联系,同时,"劳动价值论"的提出,才真正确立了"无产阶级"的主体性。显然,正是"劳动"这一概念的破土而出,才可能提出谁才是这个世界的真正的创造主体这一革命性的命题。此命题深刻地影响了20世纪的中国。

在马克思主义的传播过程中,20世纪中国现代思想的先驱者也开始或多或少受到马克思这一"劳动价值论"的影响,但是,值得注意的是,在他们对"劳动"的具体表述中,已经出现了某种本土化的征兆,也就是说,他们并未完全从现代抽象的生产关系的角度来讨论"劳动",或者把"劳动"

仅仅等同为"无产阶级"。李大钊虽然较早地接受了马克思主义的训练，但却直言"劳工主义的战胜，也是庶民的胜利"，因为"劳工的能力，是人人都有的，劳工的事情，是人人都可以作的"①。蔡元培则断言："此后的世界，全是劳工的世界。"但是，在蔡元培那里，这一"劳工"的概念是极其宽泛的，"我说的劳工，不但是金工、木工等等，凡用自己的劳力作成有益他人的事业，不管他用的是体力、是脑力，都是劳工"②。陈独秀则将"劳工"概括为一切的体力劳动者，也即中国的下层民众——"种田的、裁缝、木匠、瓦匠、小工、铁匠、漆匠、机器匠、驾船工人、掌车工人、水手、搬运工人等"，不仅给予高度的价值肯定："我以为只有做工的人最有用、最贵重。"而且预言了未来中国社会的政治结构："中国古人说：'劳心者治人，劳力者治于人。'现在我们要将这句话倒过来说：'劳力者治人，劳心者治于人。'"③尽管聚讼纷纭，但也正如蔡元培强调的："认识劳工的价值""劳工神圣"。这样的价值判断，已经不完全来自于政治经济学，而是包含了更为强烈的情感，甚至道德和美学因素。

我之所以强调这是一种马克思主义的本土化的最早努力，乃在于，这些有关"劳动"的论述，并未完全局限在"资产阶级／无产阶级"的对立范畴中，而是扩大为整个社会的下层民众，也即李大钊概括的"庶民"。后来中国革命的具体实践乃至思想表述，均与这一"庶民"有着极为密切的关联。而对体力劳动的重视，也一直保存在古代文献乃至士人的实践中。

当然，将劳动，尤其是体力劳动神圣化，并成"工农阶级"作为革命"主力军"的有力支持，当然是毛泽东的一系列重要论述。在《青年运动的方向》中，毛泽东提出了"主力军"的概念："主力军是谁呢？就是工农大众。"④而《在延安文艺座谈会上的讲话》中则强调了"态度问题"，这一态度，不仅关联立场、对象，也涉及情感，甚至美学观念。毛泽东就以自己为例："那时，我觉得世界上干净的人只有知识分子，工人农民总是比较脏的。知

---

① 李大钊：《庶民的胜利》，《五四运动文选》，第176页，北京：生活·读书·新知三联书店，1979年。
② 蔡元培：《劳工神圣》，《五四运动文选》，第185页。
③ 陈独秀：《劳动者底觉悟》，《五四运动文选》，第356—357页。
④ 毛泽东：《青年运动的方向》，《毛泽东选集》（第二卷），第529—530页。

识分子的衣服,别人的我可以穿,以为是干净的;工人农民的衣服,我就不愿意穿,以为是脏的。革命了,同工人农民和革命军的战士在一起了,我逐渐熟悉他们,他们也逐渐熟悉了我。这时,只是在这时,我才根本地改变了资产阶级学校所教给我的那种资产阶级的和小资产阶级的感情。这时,拿未曾改造的知识分子和工人农民比较,就觉得知识分子不干净了,最干净的还是工人农民,尽管他们手是黑的,脚上有牛屎,还是比资产阶级和小资产阶级的知识分子都干净。这就叫做感情起了变化,由一个阶级变到另一个阶级。"① 而支持这些论述的,依然包括"劳动"这一概念。这一概念甚至波及知识论的层面,也即毛泽东在《整顿党的作风》中所重点强调的:"什么是知识?自从有阶级的社会存在以来,世界上的知识只有两门,一门叫做生产斗争知识,一门叫做阶级斗争知识。"② 在毛泽东的这些相关论述中,多少隐含了对脑力劳动(包括相应的知识形态甚至知识分子)的片面性的认知倾向,即使到了毛泽东的晚年,也依然对孔子"四体不勤,五谷不分"表达了一种尖锐的批评。但是,对"劳动"的高度肯定,同时又蕴含了一种强大的解放力量,在这样一种甚至是极端化的论述或者"征用"中(包括对"劳心者"的片面否定),中国下层社会的主体性,包括这一主体的"尊严"才可能被有效地确定。在这一意义上,所谓"庶民"又无法被民本思想完全概括,仍然是马克思主义的一种逻辑化的思想延伸。

显然,在20世纪的中国左翼思想中,"劳动"是最为重要的概念之一。"劳动"的马克思主义化的重要性在于,它附着于"无产阶级"这一概念,展开一种既是民族的,也是世界的政治—政权的想象和实践活动。同时,这一概念也有效地确立了"劳动者"的主体地位,这一地位不仅是政治的、经济的,也是伦理的和情感的,并进而要求创造一个新的"生活世界"。作为一种震荡也是回应的方式,当代文学也同时依据这一概念组织自己的叙事活动。因此我将依据四个文学文本来讨论"劳动"如何进入这一"生活世界"的想象和创造。

---

① 毛泽东:《在延安文艺座谈会上的讲话》,《毛泽东选集》(第三卷),第808页。
② 毛泽东:《整顿党的作风》,《毛泽东选集》(第三卷),第773—774页。

一、《地板》的政治辩论和法令的"情理"化

1946年4月1日,赵树理在太行《文艺杂志》第1卷2期上,发表小说《地板》。在赵树理的作品中,《地板》不能算是上乘之作,但我却觉得它是赵树理从《小二黑结婚》到《李家庄的变迁》《邪不压正》等创作上的一个重要转折。这一转折的表征在于,赵树理在他的小说中,更加深刻地表述了他对中国政治的看法。在这些看法中,的确存在赵树理和政党政治的非常密切的关系①,而那种企图"剥离"赵树理和政治关系的研究理路,其实并不足取,我们并不能轻易否定政治包括政党政治中所包含的对世界的深刻"洞见",而我以为,正是政治视角的有力介入,才最终造就赵树理小说的政治的深刻性。当然,赵树理对中国乡村社会的深刻观察,反过来,又使得赵树理的"政治"叙事具有更为鲜明的独特性以及丰富性。

在这一意义上,《地板》的政治性,不仅为我们提供了一个观察赵树理的研究角度,也给我们提供了由小说引申出来的"土地"和"劳动"的关系,实则指向的正是创造世界的主体的归属权。而这一归属权,正是20世纪政治,尤其是中国革命政治所必须解决也必须重新解释的重要问题之一。

尽管《地板》并不是赵树理小说中的上乘之作,但这也并非意味着《地板》一无是处,相反的,《地板》提供了一种形态非常明显的"辩论"的叙事方式,这一方式不仅在赵树理尔后的小说(比如《三里湾》)中运用得更为娴熟,而且成为相当多的当代小说的主要叙事手段之一——无论是柳青的《创业史》,还是周立波的《山乡巨变》等等,我们都可以感觉到这一叙事方式的痕迹。很难说是赵树理的作品具体影响了其他的作家写作,毋宁说,社会主义一系列重大的事件或转折,同时相应引发了政治乃至文化上的大辩论,这一辩论并不仅仅局限在知识分子的层面,同时也渗透在民众

---

① 按照赵树理自己的说法,他本来是"作农村宣传工作的",即使"后来做了职业的写作者",也保留了那种"配合当前政治宣传任务"的写作特点。当然,赵树理一方面认为这种要求是"正当的",另一方面他也认识到文学与政治的这一关系给写作带来的局限性。但是,赵树理又认为这一局限性并不是不可克服的。参见赵树理:《〈三里湾〉写作前后》,《赵树理全集》(第四卷),第286页,太原:北岳文艺出版社,2000年。

的日常生活之中。因此,当小说描摹这一时代的生活形态时,必然会通过"辩论"的方式来解释这一时代因了重大的转折而引起的种种的思想和利益冲突。这一"辩论"的叙事方式,一直延续到所谓的"文革"作品,比如《牛田洋》《虹南作战史》等等,只是更加的意识形态化。而蹊跷的是,这一方式恰恰在1980年代宣告终结。

《地板》关于"土地和劳力"的辩论并不是在地主和农民之间展开——就像我们熟悉的很多"土改"小说那样——而是在地主阶级内部进行,这显然有赵树理相当成熟的叙述考虑。

小说开始写王家庄减租,地主王老四虽然"按法令订过租约",但却表示不服。王老四不服的,并不是法令("按法令减租,我并没有什么话说"),而是"都说粮食是劳力换的,不是地板换的"这一所谓的"理"——"要我说理,我是不赞成你们说那理的。他拿劳力换,叫他把他的地板缴回来,他们到空中生产去。"显然,这里是两种"理"的冲突。赵树理对这一"理"的冲突显然非常重视,甚至借农会主席之口表示:"法令是按情理规定的。"赵树理对"法令"和"情理"的辨析,蕴含了一种非常深刻的政治思想。综合整篇小说的叙述来看,赵树理并不特别认可那种脱离于"民意"(情理)之外的"法令",相反,"法令"的基础应该是"情理",合情合理的"法令"才可能完成一种"契约"的形式,在这一意义上,《地板》也是一种关于"契约法"的辩论[①]。而"情理"的引进,也使这一"法令"具有了文化领导权的争夺意味,因此,这一"法令"如果要获得"普遍赞同",就必须诉诸"说服"乃至"辩论"的形式。而在另外一种意义上,政治不能仅仅依靠"法令"的支持,还必须同时获得社会或民众的情感和道德领域的支持。因此,政治不仅需要体现在"法令"中,还必须情感化和道德化,甚至转化为一种"德性"政治。这一政治设想便使得赵树理始终关注(政治)"法令"和(人民)"情理"的关系。一旦这一关系破裂,作家便会感到"头痛",所以,1964年,赵树理在一次会议上公开表述:"国家利益与集体利益矛盾是最使人头痛的……完成征购任务硬的脱离群众。"并表示"没有胆量在创作中更多

---

① 这一所谓"法令"和"情理"的关系,在1990年代,因为张艺谋的电影《秋菊打官司》而引发了法学家的继续辩论,参见苏力:《法治及其本土资源》,北京:中国政法大学出版社,1996年。

加一点理想",而赵树理愿意看到或听到的"真话"显然是指(农民)群众某种真实的存在状态,这一状态也包括了他所谓的"情理",所以赵树理又说:"真正住下来,挨家挨户的精神状态才能了解。办喜事请我们作为亲戚朋友参加,在那时听到话才是真实的。"①

但是,在小说写作的1945年,起码在赵树理看来,"法令"和"情理"恰恰处于一种高度默契的状态,或者说,新的"法令"正是建立在赵树理所认可的"情理"之上。问题是,赵树理所认可或认为的"情理"究竟是什么?

《地板》先说地主王老四的"理":"我的租是拿地板换的",没有"地板"(土地),(佃户们)"到空中生产去"。说白了,这个"理"就是"剥削有理",也构成了"资本"(创造世界)的全部的合法性。所以,王老四表示:"思想我是打不通的","一千年也不能跟你们思想打通"。这个"理"已经不能仅仅用"资本主义"来解释,相反,它支持了中国数千年农村的基本的所有制关系。若干年后,在"东山坞高级农业合作社",围绕"土地分红"还是"劳力分红",再一次展开了关于这个"理"的激烈辩论(浩然《艳阳天》)。亦可见,这一"理"在中国农村盘根错节的存在状况。

王老四的"理"的强大存在,实际压抑了赵树理的"理",因此,"理"的冲突也是压抑/反压抑的斗争。这一斗争在小说中就以一种辩论的形式被有效地展示出来。

应该说,小学教员王老三也是这一地主阶级的内部成员之一,由他来充任"辩论"的另一方,显然具有另外一种间接的叙事效果。王老三先说自己"常家窑那地板","老契上"写的是"荒山一处",可是"自从租给人家老常他爷爷,十来年就开出三十多亩好地来;后来老王老孙来了,一个庄上安起三家人来,到老常这一辈三家种的地合起来已经够一顷了。论打粮食,不知道他们共能打多少,光给我出租,每年就是六十石"。在这一叙述中,"地板"被有效地分解为两个概念:"荒山"和"好地"。"荒山"属于"老契",即使默认这一"老契"(原来的土地所有制关系)的合法性,"荒山"仍然只是一种自然状态,本身不可能成为"生活世界"的创造者,相反,

---

① 赵树理:《在中国作协作家、编辑座谈会上的发言》,《赵树理全集》(第四卷),第621页。

只有经过老常他爷爷等几代人的劳动,这一"荒山"才可能转化为"好地",在这一意义上,"地板"(土地)恰恰是劳动创造的,或者说,已经包含了劳动的要素。因为这一劳动要素的存在,才可能涉及"粮食"的归属权问题。从"荒山"到"好地",涉及的是"自然"和"劳动"的辩论,这一辩论,突出了劳动的重要性,从而引申到"世界"(粮食)是谁创造的这一根本问题。

在辩论这一创造主体的根本性的问题的时候,叙事者(王老三)采用的是一种自我反省的方式,并在这一方式中,成功地将"理"转化为"情"的存在形态。先说人祸("日本人和姬镇魁的土匪部队扰乱"),再说天灾("又遭了大旱灾,二伏都过了,天不下雨满地红"),结果村里"二百多家人,死的死了,跑的跑了,七零八落丢下了三四十家",王老三的佃户"老王和老孙都饿得没了办法,领着家里人逃荒走了",老常来借粮食,因为被王老三拒绝,结果"饿死,他老婆领着孩子回了林县,这庄上就没有人了"——当然,王老三后来"想起来也很后悔,可该借给人家一点粮"。经过这样的叙述,中国农村中的阶级关系被深刻地揭示出来,而且,这一阶级关系不仅不合理,也不合情——"粮食"的生产者,同时也是"粮食"的被剥夺者。

不仅是天灾人祸,更经过阶级的残酷剥夺,结果自然是土地荒芜,对于王老三来说,"自然是一颗租子也没有人给",关键是,只有当王老三家"谷囤子麦囤子,一个个都见了底",王老三才可能真正认识到"粮食"是从哪里来的这一浅显道理。尤其是,当王老三被迫自己下地劳动时,才会真切地感受到劳动的艰辛,并进一步体验到劳动者和粮食(世界)之间的创造关系。这也是后来,当劳动成为"改造"的一种方式的时候,所来源的某些基本想法,即承认劳动者的主体性地位。

从"荒山"到"好地",再到"荒山一处",辩论的最后结果是"再不要跟人家说地板能换粮食……粮食确确实实是劳力换的"。这就是赵树理的"情理",这一"情理"在《地板》的辩论中,被设置为一种"自然"的存在,也就是说,它并不是中国革命的产物,而是这个世界早已存在着的自然真实,只是被各种其他的道理(比如王老四的"理")所遮蔽,因此,革命所要从事的工作只是把这一被遮蔽的"情理"重新解放出来,并进一步使它制度化("法令")。这是一种非常经典的马克思主义本土化的表述方式。在这一意义上,赵树理似乎倾向于认为,革命的意义并不是来自于外部,而是根植于这个世界内在的"情理",也是在很多年后,赵树理发言表示:"苏联写作品总是外面来一个人,然后有共产主义思想,好像是外面灌的。我是不想套的。"[①] 尽管赵树理怀疑自己"是不是有点自然主义",但他把某种"情理"视为先于革命而存在的"自然",在《地板》中已多少有所表露。而一旦政治越出了这一"自然"(情理)的范畴,赵树理就会表示怀疑甚至抵触——这一"自然"在赵树理的语汇中,不仅是"情理",也是"真实"——而我在后面还会继续讨论,这一怀疑的实质,也正是"现代性"和"传统"遭遇时所引发的进一步的冲突。

《地板》所突出的"劳力"(劳动)的重要性,乃至神圣性,不可谓不是一种相当现代的表述,但是又远远超出了资产阶级现代性的叙事范畴,究其根本,仍然来自于马克思主义的现代的革命理念。这一理念经过苏联十月革命而转化为工农阶级的政权形态,同时深刻地影响了中国革命,而在中国,更是直接颠覆了"劳心者治人,劳力者治于人"的传统意识形态的合法性(包括王老四的"理")。在这一意义上,它又超越了所谓"古代/现代"的范畴,而提供了一种极其伟大的乌托邦想象,并进而要求重新创造一个完全崭新的世界,包括国家政权,乃至一种完全崭新的文化形态,这也正是马克思主义,尤其是列宁主义最为重要的社会实践的意义所在。即使仅就这一点而言,我们就不能无视当代文学的重要性,当文学能见证并亲身参与这一人类文化的根本性的转折,它的重要意义就不能仅仅用所谓的文学性(实则技术性)来进行衡量。

当"劳动"被这一现代革命的力量从传统中"征引"出来,哪怕这一本雅明意义上的"征引"再如何粗暴,我们也必须承认"征引"所具有的强大的"解放"机制。正是在这样一种解放的过程中,"劳动者"(工农)不仅拥有了政治和经济的合法地位,更重要的,是可能获得一种"尊严"。而构成这一尊严的,正是赵树理所谓的劳动和世界之间的"情理"。实际上,相当一部分的当代小说,都在不同程度上,加入了这一"情理"的叙述过程。比如,在知侠的《铁道游击队》中,政委李正给铁道游击队的队员上"政治课",

---

① 赵树理:《在大连"农村题材短篇小说创作座谈会"上的发言》,《赵树理全集》(第四卷),第517页。

在李正的叙述中，煤矿这一类抽象的概念转化成具体可感的产品——"煤炭"，正是在煤炭这一"产品"（包括赵树理的"粮食"）面前，才可能涉及"创造"的问题。所以，李正首先描绘的枣庄煤矿的图景是"煤矿公司的煤炭堆成山一样高"，而接下来的问题自然是，这"堆成山一样高"的煤炭是从哪里来的？李正的回答非常明确："这煤山是我们这些煤黑工人，受尽不是人受的劳苦，从地下用血汗挖出来的。"正因为"有了这一天天高起来的煤山，枣庄才修了铁路，一列车一列车运出去，给资本家换来了数不完的金银；有了这煤山，枣庄才慢慢的大起来，才有了许多煤厂；有了一天天多起来的靠煤生活的人，街上才有了百货店、饭馆，枣庄才一天天的热闹起来了"，所以"枣庄是我们工人创造出来的"。在李正看来，这并不是什么理论，而是一种事实存在，只是"那些在煤上发家的人们，却不肯对咱们说句良心话"，所以，李正的"政治课"只不过是讲出了资本家不肯讲的"良心话"。而工人的回应则是："对！你说的都是实话。"我并不一概否定小说的政治"说教"，事实上，现代小说所承担的叙事功能之一，即在于揭示所谓的"真理"，这一"真理"同时也往往是阶级性的。何况，如果政治也表征出某种"洞见"，那么，小说同样没有理由拒绝这一"洞见"。问题只在于这一"说教"如何被艺术化或者形式化。

可是，《地板》仍然留下了一个叙事上的"漏洞"。既然"荒山"因为老常他爷爷等几代人的开垦成为"好地"，并生产出"粮食"，以此证明"粮食确确实实是劳力换的"，那么，"老契"上的"荒山一处"的合法性又在哪里？《地板》对"老契"的合法性并没有提出根本的质疑，换句话说，仍然默认了"老契"的合法地位。《地板》的叙事背景是"减租减息"，而"减租减息"正是抗日战争中"民族革命"与"社会革命"之间的某种"妥协"性的产物。因此，它是在保留"老契"的合法性前提下，来讨论劳动问题。也因此，小说叙事上的"漏洞"，恰恰也是"民族革命"与"社会革命"的妥协所留下的理论"漏洞"。

随着抗日战争的结束，中国革命需要解决的正是《地板》留下的叙事"漏洞"，也即对地主阶级的"老契"的合法性提出根本的质疑。这一质疑不仅是国内解放战争的需要，也是"社会革命"进一步发展的必然的结果。同时，当"劳动"的合法性被确立之后，接踵而来的问题，自然是劳动者的权利问题，这一权利天然地包含了产权的变更要求。作为这一质疑的结果，在当时，通过所谓的"土改"运动被经典地表征出来。详细讨论这一运动的过程，当然不是我在这里的主要工作①，我的讨论重点只在于，随着这一运动的开展，相应的文学叙述发生了什么样的变化，包括对"劳动"这一概念的重新诠释。在某种意义上，也可以说，这些相关叙述，大都是对《地板》的不同程度上的改写。

梁斌在他的长篇小说《红旗谱》中，构思了江涛和老套子的辩论，如同王老三和王老四的辩论一样，这也是一个阶级内部的辩论。辩论实际要解决的，正是"老契"的合法性。在老套子看来，这个世界存在着一个根本的道理："自古以来，就是这个则例。不给利钱，算是借账？没有交情，人家还不借给你！私凭文书官凭印，文书上就得盖官家的印。盖印，就得拿印钱。地是人家苦榜苦掖、省吃俭用、经心用意挣来的，不给人家租钱，行吗？人家不租给你！"这个道理是"一成不变的"，"没有什么理由，也没有什么力量能够改变它"。作为一个"农村知识分子"，江涛怎么也没想到，"一个普通农民会有这样深刻的正统观念"。

在某种意义上，中国革命所要颠覆的，不仅是当时既有的政治和经济制度，更重要的，是颠覆这一所谓的"深刻的正统观念"，因此，文学倘若要表现这一时代，就不可能不涉及政治，就不可能不介入到这一文化领导权的争夺过程之中。

因此，《红旗谱》的第一章就不是一个简单的叙事"楔子"，而是包含了对"老契"的合法性的根本质疑。围绕"砸钟／护钟"的冲突，突出的是冯老兰"砸钟灭口，存心霸占河神庙前后那四十八亩官地"。在这样的叙述

---

① 1947年10月，中共中央颁布《土地法大纲》后，所谓"土改"运动因而全面展开，叙述和研究这一运动的著述已有很多，比如韩丁的《翻身——中国一个村庄的革命纪实》，北京：北京出版社，1980年，杜润生的《杜润生自述：中国农村体制变革重大决策纪实》，北京：人民出版社，2005年，等等。杨奎松的《1946—1948年中共中央土改政策变动的历史考察——有关中共土改史的一个争论问题》也较为深入地讨论过这一问题，该文收入杨奎松《开卷有疑》一书（南昌：江西人民出版社，2007年）。

中,实际揭示的,不仅是地主冯老兰土地来源的非法性,同时还存在着谋夺公产的"原罪"。而在后来的叙述过程中,这一"原罪"被不断加强。冯老兰不仅谋夺公产,同时还侵占私产(比如谋夺严志和家的"宝地"),在这一侵占私产的过程中,同样充满血腥和罪恶,甚至冯老兰的儿子冯贵堂也对此表示了异议:"少收一点租,少要一点利息,叫受苦人过得去,日子就过得安稳了。从历史上说,多少次农民的叛乱,都是因为富贵不仁,土匪蜂起引起来的。"高利贷、高额地租、勾结官府、垄断乡村权力、巧取豪夺……这不仅是《红旗谱》对冯老兰的描写,基本也是其他小说共有的写作模式。比如周立波《暴风骤雨》中对韩老六的描写。而这一"原罪"式的写作,实际也就相应取消了所谓"老契"的合法性。

在这样的描写中,"劳动"也相应承担了重要的叙事功能。这一叙事围绕两个层面展开:一是土地的被非法侵占,个人劳动权利的丧失;二是在层层盘剥下,劳动果实的被非法剥夺。在这样的社会境遇中,劳动者的"生活又如何呢"?李正(《铁道游击队》)的描述如下:"我们是枣庄最劳苦的、最有功劳的人,可是我们却吃糠咽菜,衣服烂成片片,住的地方连猪窝都不如。每天听着妻子儿女挨饿受冻的哇哇乱叫。你看,社会是多么不平啊。"这当然是一种政治鼓动,可是我们却不能否认这一政治鼓动的合法性,包括它的合情理性。

显然,在这样的社会境遇中,"劳动"的意义受到了质疑。如果,这个世界是劳动创造的,但是创造者却不能享受劳动的成果,甚至不能维持"再生产"的基本生活条件,那么,劳动的意义何在?这正是经典的马克思主义的表述方式,比如《共产党宣言》。

这一对劳动意义的怀疑,并不意味着对劳动的正当性的否定,相反的是,在这一意义的怀疑中,劳动被置放在具体的历史语境,尤其是一定的阶级关系中进行政治经济学的考察。不仅通俗化地明确了"谁养活谁"的问题,同时,也明确了革命的正当性。显然,中国革命的出发点——这一出发点不仅是实践的,也是理论的——恰恰内含着"劳动"的深刻思考。

我愿意再一次回到赵树理的《地板》,我之所以强调《地板》的重要性,乃在于《地板》预示了以后政治或者文学发展的一些重要的观点。而在这些观点中，我认为尤为重要的是如下两点：

第一，中国革命对下层社会的解放，并不仅仅是政治或者经济的，它还包括了这一阶级的尊严。这一尊严经由"劳动"的主体性的辩论而获得实践可能，在这一意义上，尊严同时也是尊严政治，"劳动"的正当性的确立，首先在文化上，解放了下层社会，并获得相应的尊严。而离开尊严政治的支持，下层社会的主体性无法完全确立。在这一意义上，中国革命的社会实践同时也是尊严政治的实践。也是在这一意义上，中国革命就不仅仅是一场政治革命，同时也是文化革命。因此，《地板》在某种意义上，也预示了革命中国对文化领导权的激烈争夺。

第二，赵树理对"法令"和"情理"的讨论，不仅涉及"法律主体"和"伦理主体"，同时也含蓄地表明，政治并不仅仅是法理意义上的权力的再分配，同时必然包括情感和伦理的辩论。因此重要的就不仅仅是服从的权力，而且还有同意的权力。这一"情、理、法"的讨论，也同时表现在其他学科，比如费孝通先生的社会学思考，这一思考正是产生在现代性和传统（下层）的遭遇过程中，如果说，中国社会的日常生活世界的治理来自于"情理"，那么，它就必然和现代的"法令"产生某种冲突①。而赵树理思考的意义正在于，中国革命如果要真正地植根于中国的下层（乡村）社会，就必须正视这一"情理"的日常生活世界的传统治理方式，或者说，对"情理"进行重新叙述，并在这一叙述中，重新确立一种新的正义观。在这一意义上，赵树理又是非常现代甚至激进的，因为他把这一"生活世界"，也即人的日常存在重新视为有待确定的政治形式。

二、《改造》以及改造的故事

《人民文学》1950年第一卷第三期发表了秦兆阳的短篇小说《改造》（同期还发表了萧也牧的《我们夫妇之间》），小说写对地主王有德的改造以及

---

① 费孝通：《乡土中国　生育制度》，第57—58页，北京：北京大学出版社，1998年。

这一改造过程中发生的各种故事。

王有德是个只有"一顷多地的小土瘪财主",但他是三房合一子,"从小娇养得过分",按照小说的夸张叙述:"吃饭懒得张口,叫娘给塞塞;穿衣懒得伸手,叫娘给扯扯;穿鞋嫌夹脚,叫娘给捏捏;带帽子嫌压头,叫娘给摘摘;苍蝇爬的痒,叫娘给吓吓,蚊子叮的痛,叫娘给拍拍……"好不容易总算长大成人了,不仅"生得猴头扁脑袋",而且"还有个半呆不傻的脾气"——"简直就是个什么不能干的废物蛋"。这样一种叙述方式,明显来自民间故事,而且有着较为清晰的承继脉络。

围绕王有德,小说展开一连串的戏谑性的描写,这些描写来自各种不同的讲述者,包括不同的叙事角度。比如,村里人给他起了名儿:"笑话字典。"这一"笑话字典"实际也是民间故事的总汇。各种歇后语、人物、事例、动作、对话等等,被夸张地也是有效地编织成一个一个"笑话",最后则被写作者总结为王有德一年到头的"工作"就是:"吃、喝、拉(屎)、撒(尿)、睡五个字。"不仅非常喜剧性地刻画了王有德这个人物,也清晰地传达出写作者企图表述的某种观念。

小说引起较大争议的,是"土改"以及斗争大会的场景描写。这一描写完全不同于另一类已成主流的"土改小说",比如周立波的《暴风骤雨》。"斗争"实际显得相当温和,甚至喜剧化。正是这样一种描写,引起了批评者的不满,甚至愤慨。但是,如果我们考虑到小说的形式因素,或者小说的叙事需要,那么,某一文本(或者场景)的出场或穿插,常常只是为了引出更为重要的故事讲述。因此,不同的文本(或者场景)的选择乃至具体描述,常会引申出完全不同的叙述需求乃至故事内涵。显然,秦兆阳选择这样的"斗争大会"的场景描写,乃在于他根本无意叙述一个和《暴风骤雨》相类似的"土改"故事。也就是说,只有这样一种"温和"的"斗争"叙述,才可能引申出小说"改造"的平和的"劳动"主题。由此,亦可见出当时批评的峻急、武断,以及脱离文本形式的政治断语。

王有德被"土改"以后,生活成了问题,这个问题不在于他失去了生活资料——村里仍然给他留了一块地,这也是当年土改的制度性规定之一——而是他抗拒"劳动"。因此,当"上级号召全村不要有一个不劳动的闲人"时,王有德却成了全村"唯一的一块烂木头","村干部谁也对他没有办法"。王有德不是不想劳动,也偷偷下过地,但是"试了个把钟头,累得他一回来就躺倒了",而且,"耕的那地像鸡啄的一样,还把麦苗儿耕掉了好些"。王有德这就"泄了气",甚至想:"死就死吧!死了倒痛快。"王有德卖过油条,但是被村干部乃至村人"羞辱性"地禁止了。这也看出,在当时,所谓"劳动"并不包括商业性的活动,而是被直接概括为一种物质性的生产。这也是当时急于恢复生产乃至最后现代的工业化诉求的一种思想结果。因此,多有小说对从事小商业活动者的嘲笑,并将其归结为一种"懒汉"形象,比如陈登科《风雷》中的黄大权,等等。所以,"最后,王有德简直是无路可走了"。

无路可走的王有德"忽然心里生出了一般恨劲",要"放火烧它狗日"——烧什么呢?当然是烧村里的麦子。小说写王有德的心理活动:"到半夜里,有德饿醒了,听见村里什么动静也没有,心想:'都说咱废物,咱不会做个样儿叫他们看看?又不费什么劲,这会出去天气也不冷,只要划着了洋火,风儿一刮,哼……'他这是头一回有了'英雄'思想,真的偷偷摸下了炕头,摸着了洋火,轻轻地开了门,到院里拾了把干草……"这样的描写,无意中将个人(品质)和阶级(属性)作了区别。也就是说,叙事者更多地将王有德的"破坏"叙述成为一种个人情绪的盲目发泄,而并不是完全归结为一种有意识的阶级的对抗行为。这样的描写在当代文学中并非绝无仅有,再早,就有赵树理的小说,即使在《李家庄的变迁》中,个人性格也始终是叙述的重点。将阶级观念绝对化,用阶级属性(另一种意义上的普遍性)替代人的一切的个别性,恰恰来自左翼(城市)知识分子的思想传统,在某种意义上,我们也可以说,它也正是人的普遍性(人性)的另一种绝对化,它的表现形态是将特殊性上升为普遍性(在左翼的知识谱系中,并不承认有绝对人性的存在)。是普遍性对个别性的一种压制,也是普遍性和普遍性之间的一种冲突。在其背后,是一种对对象的知性的把握方式。因此,讨论当代文学乃至当代文化的构成,知识分子内部仍然存有很大的讨论空间。这一空间可能昭示,现代的"新文化"传统如何进入左翼知识分子的知识谱系,它既受革命政治的影响,也影响着革命政治,并和本土意识形成如何的冲突。这一点,在对《改造》的批评意见中,表现得尤为明显。

王有德的近于喜剧化的破坏行为,并未也不可能在小说的叙述中得以完成,这一点毫无悬念。但是,被村里"护麦队""反绑着手送到农会里"的王有德也并未受到更严厉的惩罚("有的主张把他送区,有的主张把他吊打一顿算了……")。村里干部的"惩罚"方式别出心裁,一是把他关在"一间空屋里",可是"墙上却挺热闹,贴满了标语",这些标语计有:"反对懒汉""在新社会里,不准吃闲饭""谁不劳动谁饿肚子""只有劳动才能改变你的地主成份""消灭寄生虫",等等。而且,农会主席范老梗在他身边"不停的吸着烟锅,不停的唠叨",给他讲"劳动"的重要意义。基本体现了意识形态的"规训"和"说服"的两大功能。二是罚他把三千块土坯"搬到前边大门洞里去",干了活,才给他吃饭,以体现不劳动者不得食的工作原则,表现的,是一种强制性的劳动改造的方式。这两种方式,都来自延安改造二流子运动的经验①,而且,逐渐成为后来主要的劳动改造的方式,其极端化的发展甚至构成"劳改犯"的主要存在形态②。

另外值得一提的,王有德抗拒劳动的行为同时也被叙述成一种意识形态。写作者特地用间接引语的方式揭示了这一意识形态的存在:"他一贯的觉得,是费力气吃苦的事情都不是他这种人干的,而应该是另外一些人干的,那些人是天生受苦的人,是天生下贱的人,如果叫他去像他们一样去做那种事,那真是可怕,真没有勇气。"显然,"劳动"或者"劳动中心主义",在中国革命的历史语境中,承担着一个极其重要的叙事功能,即不仅在制度上,也在思想或意识形态上,真正颠覆传统的贵贱等级秩序,并进而为一个真正平等的社会提供一种合法性的观念支持。

经过意识形态的规训和说服,更是在强迫性的劳动改造的过程中,王有德居然脱胎换骨:"从此王有德就慢慢的变了样,身体也壮了些,面孔也

---

① 比如在当时就已经出现了舆论宣传、群众帮助、集中管制、强迫劳动等办法,参见朱鸿召:《延安日常生活中的历史》"改造二流子",第57—65页。
② 关于当时这一"劳改犯"的具体存在形态,可参阅杨显惠的《夹边沟纪事》(天津古籍出版社,2002年)。

有了血色，干起庄稼活来也不那么怕苦了，如果再让他多参加拨工队的集体劳动，过不了三两年，恐怕他就要反过来觉得不劳动就活着没意思了。"叙述到此，小说的"改造"主题，也非常明确同时亦极其自信地通过范老梗的话表达了出来："看起来只要不怕费劲，只要不是像蒋介石一样，没有改造不了的人。"

在某种意义上，《改造》是一篇相当具有艺术水准的小说，既借鉴了民间故事的夸张和戏谑，从而完成一种喜剧性的修辞效果，也广泛吸收了现代小说的叙事方式，包括对间接引语的娴熟使用。同时，它的叙事态度，也更接近中国农民的那种宽厚、平和、幽默的待人接物的处世方式。这样一种叙述方式，并不完全来自中国1930年代激烈的也是某种程度上精英化的左翼文学传统，似乎更应该将其置放于以赵树理为代表的所谓"解放区文艺"的创作谱系中加以考察。也因此，这样一种叙事方式，并不可能完全为"新文艺"知识分子所理解，甚至习惯。

《人民文学》1950年第二卷第六期，发表了"两位读者寄来的批评"以及秦兆阳的"一篇检讨"。同时，编辑部也加了一个"编者按"，强调"读者能认真地指出作品的缺点，对刊物对作者都是有好处的，我们非常感激"，同时也委婉地指出比如"罗溟同志的文章某些地方也有偏颇"。显然，在《改造》问题上，《人民文学》编辑部的态度并不是非常明确，反而有点暧昧。"两位读者寄来的批评"，一篇是徐国纶的《评〈改造〉》，另一篇是罗溟的《掩盖了阶级矛盾的本质》。而秦兆阳则写了《对〈改造〉的检讨》作为回应。

在检讨中，秦兆阳讲述了小说的创作缘起以及主题思想的形成过程："在抗战以前，在旧社会的生活中，我看见过一些寄生虫的生活。在解放区农村斗争中，也得到一些地主生活的印象。由农村进入城市以后，对市民层中某些人的生活形态也有些感触。一想到'爱劳动'应该成为人民新的道德观念，就使我想写一篇反对寄生虫、刻画在新社会中不劳动的可耻和没有出路的作品。于是就决定选择一个'小土瘪财主'来写。"今天，重新阅读这些相关文献，我们会发觉，批评者的意见主要集中在对王有德这个"小土瘪财主"的描写上，也就是罗溟文章的标题：掩盖了阶级矛盾的本质。

这一所谓"阶级本质"的观念显然来自于毛泽东在延安整风中严厉批评过的那种教条主义或者本本主义,完全无视中国农村中大地主与中小地主的具体的差异性,包括相对不同的生活形态乃至乡民的不同反应,基本属于城市左翼知识分子的主观臆测包括主观判断。在这样一种立论的前提下,批评者指责小说把"我们对阶级敌人的态度和对贫雇农的二流子的态度混为一谈了",隐含了对"说服、感化"地主方式的不满,而强调一种更为激进的斗争方式,这样一种观念实际上隐含了后来激进政治的某种可能性,实际上也就否定了地主改造的可能性,正如徐国纶天真的提问:"写地主阶级的改造,给我们什么呢?"我们在批评中国极"左"政治的时候,常常会将知识分子处理成这一政治的受害者,我们可能忘记在这一政治的形成过程中,恰恰有着一部分知识分子积极地也可能是真诚地介入,而如何研究这些知识分子的思想包括他们的知识来源,可能是一件非常重要的工作。

但是,徐国纶和罗溟的批评主要针对小说对地主王有德的叙事"态度",并没有也不可能动摇《改造》的"'爱劳动'应该成为人民新的道德观念"这一根本性的主题。相反,这一主题仍然贯穿在整个 1949—1966 年的中国当代文学的叙事之中。我们在讨论中国当代文学前三十年的历史的时候,常常会着意当时的文学批评所承担的重要作用,这毫无问题。由于1949 年以后,中国的当代文学逐渐被纳入政党/国家所谓的"一体化"的管理模式之中,文学批评不仅代表着某种政治意见,同时,它本身又会影响到所谓的政治意见①。因此,文学批评在一定程度上的确控制着当代文学的实际写作。但是,我以为,我们又不能绝对地认定当代文学的写作已经完全地为批评所控制。由于文学写作的多质性乃至隐蔽性,甚至中国的革命政治也并没有我们想象的那样铁板一块,使得小说不可能完全屈从于某种政治性的批评意见,在这一意义上,我并不同意过分地夸大所谓"一体化"的控制力量。举例来说,即使在 1957 年的"反右运动"中,有着像姚文元这样对《本报内部消息》等的恶意批评,不少作品也因此获罪。可是,"反

---

① 这一"批评/政治"的相互转换,典型例子也许可见之王蒙的《组织部新来的年轻人》。参见王蒙:《王蒙自传·半生多事》(第一部),广州:花城出版社,2006 年。

官僚、反特权"的主题却并未因此而完全销声匿迹,相反,却以另外的表述形式继续延续下来①。因此,如何仔细地辨析批评／写作之间的真正关系,是我们讨论这一时段的文学史的一个关键。

在这一意义上,《改造》的"爱劳动"的叙事主题,并未因为当年对《改造》的批评而宣告夭折,相反,它成为当代文学中一个极其重要的叙事范畴。当然,批评的作用是存在的,而后的文学写作基本回避了《改造》对地主的温和"改造",但是,它的叙事范畴却进一步扩大,不仅包括对知识分子的劳动"改造",也包括对干部的"劳动"要求,甚至工农自身的"劳动"观念的进一步巩固。我们没有任何证据可以说明这一文学叙事中的"爱劳动"的主题来自于秦兆阳《改造》的影响,毋宁说,这一主题更多地受到一个时代的集体无意识的控制,这一无意识借用史华兹的一个概念,即所谓的"德性"政治②,或者说,是中国革命政治中的"德性传统"。

"爱劳动"的道德观念的确立,某种意义上,的确可以追溯到延安地区的"改造二流子",而其历史背景正是当时边区军民轰轰烈烈的"大生产"运动。"改造二流子"固然是出于物质性生产的需要③,但是,这一运动同时也被赋予了更加深刻的意识形态含义。1943年2月24日的《解放日报》社论《改造二流子》中就这样总结:"几年来我们不仅进行了经济、政治、文化各方面的改造和建设,而且还进行了'人'的改造和建设。旧社会遗留给我们的渣滓——二流子,大部分都改换了原来的面貌,变成健康勤劳的农民。"如果说,这一总结更多地来自于政治对人的塑造愿望,北群发表在1943年5月20日的《解放日报》上的《改过》则提供了另外一种阅读图景。比如二流子张同华,在劳动英雄杨朝臣的帮助下,开荒养鸡,辛勤劳动,甚

---

① 参见本书第二章《动员结构、群众、干部和知识分子》。
② 本杰明·I.史华兹:《中国的共产主义与毛泽东的崛起》附录一《德性统治:"文化大革命"中领袖与党史的宏观透视》,陈玮译,北京:中国人民大学出版社,2006年。
③ 比如,延安县1937年有二流子1629人,到1941年已改造1173人,占总人数72%。与此同时,劳动力迅速增加,荒地得到开垦,粮食收入日益增添。仅该县川口区第六乡调查显示,1937年开荒328亩,产细粮471石;至1941年,相应数字为2733亩,3793石。这其中当然有许多因素在起作用,但与"改造二流子"运动在农村所激发起的劳动热情有直接关系。参见朱鸿召:《延安日常生活中的历史》,第58页。

至看戏也不去,有人问他:"老张,为啥变得这样好?"张同华总是感激地说:"没有老杨哥救我,我这辈子都完了。他把我从梦中唤醒了。"另一个二流子刘四也表示:"别人能学好,咱就不能转变吗?"如果撤除知识分子的叙述痕迹(比如,"他把我从梦中唤醒了"),那么,"变好""学好"则是相当地道的中国乡民的语气。显然,作者在这里引进了乡村日常生活的伦理判断,也即好坏善恶之分。

如果说,现代政治的首要之义是敌/我的区别,那么,在中国乡村,确乎存在着另一种更为强大、历史也更为悠久的"好坏善恶"的伦理判断,这一伦理判断有时候甚至超越于现代政治,同时也牢牢地控制着中国民众的生活世界。这一伦理判断,我们或许可以称之为"德性政治",或者中国政治中的"德性"传统。我无意将这一"德性"传统类比于西方政治中的"自然权利",这样一种简单的类比极有可能造成许多概念的混乱或者重新释义。但是,这样一种"德性"传统在中国的乡村社会是确乎存在的,人们依照这样一种"德性"的标准来进行生活世界中的"好坏善恶"的政治区别。在某种意义上,中国的革命政治恰恰有效地利用了这一"德性"传统的资源,并且激发出民众的这一"德性"记忆。或者说,中国革命不仅是政治的、经济的,更重要的,还是道德的,因此,它所致力于建造的"新社会",就必然包含了能够使人"变好""学好"的伦理远景。而这个"好",正是一种历史悠久的"德性"传统。这一传统,周立波曾经表述为一种"老规矩"[①],孟悦在讨论《白毛女》的文章中,则将其命名为"民间伦理秩序"[②]。这样,我们或许可以理解,为什么中国的当代小说如此重视文本内部的道德资源的分配——阶级敌人不仅是反"革命"的,更重要的,还是反"德性"的。所以,《红旗谱》的开场,地主冯老兰就必然要被描述为谋夺"公田"的反"德性"的坏人,而朱老巩、朱老忠父子则是这一"德性"传统的坚定的维持者。这样一种叙事方式,同时就隐含了中国革命也正是这一"德性"传统的坚

---

① 周立波:《"民间故事"小引》,《周立波文集》,关于这一"老规矩"的讨论,参见蔡翔《重述革命历史:从英雄到传奇》。
② 孟悦:《〈白毛女〉演变的启示——兼论延安文艺的历史多质性》,王晓明主编:《二十世纪中国文学史论》(下卷),第194页。

定的继承者乃至维护者。在某种意义上，中国革命的合法性正是建立在这一"德性"传统之上，并且给出修补甚至恢复这一"德性"传统的承诺，这一承诺同时也构成了所谓"新社会"（生活世界）的伦理内涵。当然，这一"德性"传统无法囊括中国革命的复杂内涵，而且这一革命根本的现代性质，也必然要求对这一"德性"传统的突破乃至重新命名。尽管这是另外一个话题，但是，对这一"德性"传统的激进的现代政治的颠覆，恰恰构成了中国社会主义危机的原因之一[①]。

  但是，这一所谓的"德性"却是一个极其难以界定的概念，而且聚讼纷纭。中国古书训诂都说："德，得也。"得之谓德，但得些什么呢？钱穆意为"天性"，并引后汉朱穆说，"得其天性谓之得"，又引郭象《〈论语皇侃义疏〉引》中所言，"德者，得其性者也"。所以中国人常说德性，因为德，正是指得其性。唐韩愈《原道》即说："足乎己，无待于外之谓德。"只有人的天性，自己具足，不待再求之于外，而且也无可求之于外的。钱穆由"得"而引发的对"天性"的诠释，尽管通俗但不无精彩之处[②]。因了这一"天性"的确立，便可超越现代的"约定"之法，从而打通重返传统之理路，这也是包括海外"新儒家"在内的保守主义者的内在政治诉求。如果我们不纠缠于"天性"这一概念，也可将"德性"视之为中国人的一种生命态度。尽管西人有"大传统"（精英文化）和"小传统"（民间文化）之别，但是在中国，两者之间不但边界模糊，而且相互渗透并互相转换。钱穆就曾说"后人之所想象一天人合内外之境界，则从来农人之生活境界也"[③]。因此，真正考察这一所谓"德性"，另一可能进入的路径，恰恰是在这一"大传统"与"小传统"之间的模糊地带，这一地带或许可以称之为某种"生活世界"。控制或者构造这一世界的，正是所谓的"德性"，它超越于"规范"或者"约定"，是一根本之法，也是对生命——自我和他者、个体生命（小我）和群体生命（大我）乃至人和自然，等等——的根本看法，亦即一种根本的生命态

[①] 这一对"德性"传统的激进颠覆，集中表现在"文革"时期，现代政治的"敌/我"区别无限制地进入民众的生活世界，导致的正是民众对国家的"信任"危机。
[②] 钱穆：《中国思想通俗讲话》第三讲："德行"，北京：生活·读书·新知三联书店，2002年。
[③] 钱穆：《现代中国学术论衡》，第38页，长沙：岳麓书社，1986年。

度。这一"德性"既可解释为一种"无待于外",也可通俗化为"自食其力";即可引申出对扩张和侵略的抵抗,也可训为对自我欲望的享用和必要的控制;即可转换为人对自然的期待和敬畏,也可规定一切人与人之间的平等之关系……所以,也正如钱穆所谓的"心物并重"的生命态度。这一"德性"实际要求的正是一种"生活世界"的伦理的也是政治的秩序,它不仅强调个体在社会乃至自然之中的"位置",也强调权力和权利的位置,因此,它暗含的是一种强烈的政治诉求。我以为,真正完整表达这一"德性"或者"德性政治"的,可能正是"文学",文学常常传达出这一"生活世界"的强烈愿望。这一"愿望"可能是"乌托邦",也可能是"田园诗",并多以退出"历史时间"为其叙述表征。但是,这一"田园诗"决不能视之为"虚幻",相反,它实在地存在于中国人中,尤其是中国乡村社会,并成为一种"民间伦理逻辑"(孟悦语),既演绎生活之理想,也成为一切善恶是非的标准。

我以为,中国革命在某种意义上,恰恰可能激活了这一"德性"传统。因此,尤其是对下层人民而言,最具召唤力的,可能并不在现代民族国家这一类抽象的理论概念,而是所谓的"新社会",这一"新社会"既是个人与国家之间的一个有力的中介性概念,同时,更包含了一种"生活世界"的承诺。这一承诺,在乡村,还多少含有一种"田园诗"的乌托邦色彩,比如,在小说《战斗的青春》中,游击队战士就这样展望新的生活世界:"我的志愿哪,打走小日本,饱饱地吃上两顿肉饺子,回家小粪筐一背,种我那四亩菜园子。当然啦,地主得无条件地把园子还给我。这样,夏天干完了活,弄一领新凉席,在水边大柳树底下一睡,根本不用人站岗放哨。醒了到大河里洗个澡。嘿,看多痛快。"用所谓的"民族主义",尤其资产阶级的"民族主义"来解释中国革命,并不完全合适,即使在抗日战争的历史书写中,仍然暗含了一种重新结构社会的政治革命的权力诉求,而在这样一种"田园诗"的生活描写中,多少包含了一种"德性"记忆。而更重要的是,在这样一种"德性"的传统记忆中,这一"生活世界"同时也是一个伦理社会,即一个"好"的社会,在这个社会中,个人面临的正是"学好""变好"的重要问题,而这一好的社会,恰恰符合了——尤其是中国乡村的大多数农民的——"德性"愿望。在这一意义上,毛泽东在1927年《湖南农民运动考察报告》中所描述的"痞子"运动,实际上一直没有正面进入中国当代文学的书写。相反的是,"农民运动"的积极的加入者,都被描述成一种"正派"的农民形象,而真正的"痞子"则仍然处于有待斗争和改造的位置(比如《红旗谱》中的老山头)。而控制这一书写的,极有可能来自中国革命中的"德性"传统。当然,这一传统多少含有中国古代的"重农主义"因素,并且影响了中国革命对于"现代化"的想象,这一想象包括对物质性生产的重视,也包括对消费的压抑,更包括对商业资本主义的警惕,乃至对商品经济的更为激进的否定。

抽象地讨论这一所谓"德性"政治并不是我在这里所要完成的主要任务,我的目的是,借助于这一"德性"传统的框架,来讨论"劳动"在这一框架中所蕴含的"德性"意义。尽管在传统社会的等级秩序中,必然会引申出对"劳动"(体力劳动)的鄙视,也即所谓"劳心者治人,劳力者治于人",这一点毋庸讳言。但是,在另一方面,由于农业社会的根本属性,又不可能彻底否定"劳动"的重要意义。尤其是秦汉以后,士这一阶层逐渐从孟子所谓"无恒产而有恒心者,谓之士"的定义中摆脱出来,亦即逐渐地恒产化,也即地主化之后,其生活形态也产生了极大的变化,这一生活形态在最通俗的意义上,就是所谓的"耕读传家"。日常生活的形态变化,同时也影响到古代知识分子的理论和实践表述,这一表述甚至影响到本土化的宗教改革①。这一对"劳动"的态度的变化,既有所谓"亲力亲为"的认知倾向,也包含着"自食其力"的生活态度。这一思想,很容易和中国乡土社会产生一种紧密的结合,甚至很难在一种平行比较的意义上进行"大传统"和"小传统"的甄别。只能说,这一"劳动"观念恰恰构成了"大传统"与"小传统"之间的一个模糊地带,并且成为所谓"德性"传统的重要因素之一。

实际上,在中国的乡土社会,"劳动"一直被视为个人的一种"美德"。个人通过自己的劳动获得相应的生活资料,不仅受人尊重,而且在根本上

---

① 比如百丈怀海的宗教制度改革,"当思古人一日不作,一日不食之诫",并强调"集众作务","作务"即劳动。参见余英时:《士与中国文化》,第458页,上海:上海人民出版社,1987年。

维持了费孝通所谓的中国乡土社会的"礼治秩序"①,也是所谓"内足于己"的德性政治的生活化表征。在这样一种乡土文化的传统中,"劳动"便相应成为一种"辨别"标准。《创业史》中,梁三老汉"最信服、最敬仰"的是郭二老汉,"当年从郭家河领着儿子庆喜来到这蛤蟆滩落脚,只带着一些木把被手磨细了的小农具:锄、镢头和铁锨,……现在和儿子终于创立了家业,变成一大家子人了。郭庆喜贪活不知疲倦,外号叫'铁人';又是个孝子,记住自己五岁离娘的苦处,见天给老爹爹保证二两烧酒,报答当年抚养的恩情"。正如我在前面所说,当代文学在"痞子运动"的处理上,态度是极其谨慎的,比如,周立波在《暴风骤雨》中写白玉山"原来是个勤快的小伙子",但是屡遭地主韩老六和官府的迫害后,人就懒了,"总是太阳一竿子高了,他还在炕上。他常盼下雨,好歇一天……"这里涉及的,不是对劳动的厌恶,而是劳动者劳动权利的被剥夺,因此,革命的意义正在于如何使这一被剥夺的劳动权利重新回归劳动者,由此必然引申出一系列的政治革命。这样的细节描写并不仅仅局限在乡土小说,即使在关于工人阶级的叙事作品中,也屡见不鲜,比如艾明之《火种》中柳金松的故事,或者罗丹《风雨的黎明》中解年魁的命运,等等②。而对于乡土社会中真正的"懒汉",哪怕是具有"二流子"气的人,当代小说给予的往往是一种严厉的批评或者调侃与嘲笑,比如柳青《创业史》里的孙水嘴,周立波《山乡巨变》中的符癞子,或者陈登科《风雷》中的黄大权,等等。即使在"弱者"的反抗的意义上,当代文学也从未高估过这类人物的"革命"的合法性。相反,当代文学对某类人物,比如富裕中农,叙事态度一直相当暧昧。比如,浩然在《艳阳天》中,写富裕中农"弯弯绕"的锄头:"那锄杆磨得两头粗,中间细,你就是专门用油漆,也漆不成这么光滑。那锄板使秃了,薄薄的,小小的,像一把铲子,又像一把韭菜刀子。"在经过这样一番对农具的细致的描写后,叙事者忍不住要赞美说:"主人用它付出了多少辛苦,流了多少汗水呀!"这样的描写乃至抒情,插在对"弯弯绕"的整个的叙述中间,有点突兀,不

---

① 费孝通:《乡土中国 生育制度》,第48页。
② 参见本书第六章《"技术革新"和工人阶级的"主体性"叙事》。

经意之间，留下了某种"缝隙"。类似的描写，并不少见，比如周立波在《山乡巨变》中，写富裕中农王菊生，固然嘲笑他的吝啬、贪婪和工于心计，但对王菊生的勤劳、肯干，也并不乏赞美之词①。显然，中国革命有着自己根本的国家政权诉求，因此，它必须承诺一个"正派"的也是"美德"的"新社会"，在这一意义上，当代文学或多或少继承了中国传统的"劳动/德性"观念。同时，对于国家的现代化建设来说，它也必须拥有大量合格的现代"劳动力"，无论是城市的工业化建设，还是集体化的乡村社会，都必须重新塑造一种现代的"工匠精神"，而中国传统的"劳动/德性"观念，就自然成为这一现代"工匠精神"的有效的利用资源，这可能也是为什么，在所谓"老工人""老农民"形象中，我们能感受到更多"美德"的原因之一。因此，尽管秦兆阳的《改造》受到了激烈也是偏颇的批评，但是它所致力的"'爱劳动'应该成为人民新的道德观念"这一根本的叙事主题不仅没有动摇，反而成为1949—1966年小说的一个相当主流化的叙事模型。

"劳动"作为某种"美德"，或者某种"德性"的显现，不仅被用来重新塑造中国的乡土社会——这一重新塑造表示着中国革命对"德性"政治的某种承继姿态，并力图恢复因各种原因被破坏的这一乡土社会的文化秩序——也被用来改造包括地主阶级在内的乡村农民。显然，在1950年代早期，不仅是国家政治，包括文学在内的诸多想象性的精神活动，多多少少表示出一种"德治"的愿望，这一愿望对于抚平甚至治疗因多年战争而导致的社会创伤显现出一种强大的效用。社会激烈的政治运动的状态也因了这一"田园诗"般的书写而获得一种短暂的平静。甚至，因了阶级斗争的介入而有可能遭遇解体的传统社会形态，也因为这一书写获得一种伦理的重新结构的可能。国家政治因了这一伦理色彩极为浓厚的"新社会"而获得一种强大的"召唤"力量。即使考察整个"十七年"（1949—1966）的中国政治，乃至中国文学，所谓"德性政治"这一概念仍有可能成为一种有效的进入路径，也是所谓"本土化"的考察方向之一。

当然，所谓"劳动"并不仅仅指向中国的乡土社会，它同时包含着对

---

① 有关这一问题的简要叙述，参见本书第六章。

知识分子的改造,这一改造不仅包含了知识论上的实践倾向,更包含着立场、态度、感情等等因素的"脱胎换骨",也即毛泽东《在延安文艺座谈会上的讲话》所强调的"由一个阶级变到另一个阶级"。而在重新塑造中国革命所需要的"新型官员"的过程之中,"劳动"也依然是一个极为重要的因素。在这一意义上,"劳动"不仅成为官员和群众的一个有效的联系中介(即不脱离群众),同时也被设想成为抑制官僚化或者特权化倾向的一个有效手段。不仅小说给予脱离生产劳动的官员以最为辛辣的讽刺[1],而且,最后还转化为对"干部"的制度性的考量标准[2]。显然,"劳动"的进一步的引申和转义,已经无法为所谓的"德性"所包含。而且,中国革命的根本的现代性质,也必然会对包括"劳动"在内的所谓"德性"作更为"现代"的解释,这样一种解释,意味着中国革命决不会仅仅以回到"传统"为自己最终的政治诉求。因了这一现代的政治诉求,而必然导致中国革命和传统的决裂,这一决裂不仅包括社会实践,也包括思想观念。因此,尤其是在集体化的社会实践中,"劳动"这一概念也面临着现代的挑战,其表现形态就在于,究竟该如何处理"集体劳动"和"个体劳动"这样两种不同的劳动形态。

三、《创业史》和"劳动"概念的变化

柳青的《创业史》通过"蛤蟆滩"的个案叙述,"史诗般"地再现了中国农村的合作化运动过程。我曾经从经济因素(生产方式)、意识形态因素(取消差别)、伦理因素(相互扶持)、政治因素(权力结构)等多个侧面讨论过这一运动的产生原因,而这一运动核心的政治思考正在于:中国革命通过这一运动已经显现出它从起点平等(土地改革)开始深入到过程平等和结果平等的深刻思考,否则,"社会主义"和"民主主义"的区别无

---

[1] 比如陈登科《风雷》中,对于区委书记熊彬的"身体"描写,在这一描写中,隐喻了"疾病"和"劳动"的产生乃至治疗关系。
[2] 比如,"鞍钢宪法"所提出的"两参一改三结合"中,所谓"两参"之一,即是"干部参加集体生产劳动"。

从界定①。但是，所谓"合作化运动"的意义并不只限于此，这一运动实际终止的是中国乡村数千年的个体劳动的形式，包括附着于这一劳动形式之上的政治、经济、道德等各种社会—文化结构，也因此，这一运动实际搅动的是整个的乡村生活秩序，以及因此引起的各种不同的回应方式，包括应然和实然的激烈辩论。而当这一运动进入文学叙述，就必然会被符号化，也就是说，它的意义会超越某种实证的存在，而包含更多的"应然"考虑，亦即某种创造世界的虚构和想象的冲动。但是，这并不是说，"实然"已被完全驱逐，而是说，小说文本存在的，恰恰是"应然"和"实然"之间的激烈辩论。文本的意义也正产生在这一辩论之中。当然，问题的另一方面在于，对"应然"（或理想）的绝对遵从或盲从，也可能或往往导致小说对"实然"（或真实）的驱逐，这正是当代文学为人诟病之处——但是，这一"驱逐"正是辩论的终止，讨论这一终止的原因是一回事（比如政治），但是因此而放弃对"应然"的正当性的讨论，又是另外一回事。

在这一合作化的运动过程中，劳动的形态产生了急剧的变化，也就是说，它意味着中国乡村将从千百年以来的个体劳动转向集体劳动的方式，正是这一劳动形态或者劳动方式的变化——而其背后则是不同的社会政治经济乃至相应的道德伦理结构——才真正引起乡村社会的激烈反应，并相应构成各个层面的激烈辩论。

柳青在《创业史》的扉页引用了这样一条"民谚"——"家业使兄弟们分裂，劳动把一村人团结起来。"这一"民谚"究竟是柳青的原创，还是经由"采风"而来，并不可考。但这并不重要，重要的是，这一扉页上的题词，在叙事学的意义上，可视为一种"副文本"。而"副文本"的叙事功能则在于它补充或说明"正文本"的意义。经由这一"民谚"的揭示，《创业史》的主题得到鲜明的突出，在"集体劳动"的形态背后，还多少蕴含着对"私有财产"的警惕和批判，同时，也含蓄地表明柳青的文学观念，即小说应该如何积极地参与他人关于自身的历史和集体的命运想象。实际上，这也是当代文学普遍的有关文学的观念，只是它通常被压抑在对工农阶级的认同

---

① 参见本书第一章《国家/地方：革命想象中的冲突、调和与妥协》。

以及自身的改造这一类流行的政治主题之下。

因此,这一"集体劳动"并不是中国乡土社会传统的"互惠互利"的互助劳动形式,而是一种崭新的现代劳动方式,也可以说,它既是社会主义借用城市工业化组织方式的一种乡土性改造,又是中国革命实践对苏联"集体农庄"的另一种创造性想象。

重要的显然还不仅仅是合作社(包括后来的人民公社)这一形式替代了"一家一户就是一个生产单位"这一"分散的个体生产"形式,同时,它也必然对构成这一私人生产乃至私人财产产生强烈的冲击,并经此形成一种集体想象乃至集体劳动的实践。而经由文学的表述,这一"集体劳动"又隐喻着诸多社会和文化的元素。

也许,没有其他任何的形式比"集体劳动"更能表达一种"群"的重要存在,这一存在在某种意义上又被"力量"化,也就是一般流行的"人多力量大"。当然,这一"人多"是被充分组织化的,或者说组织起来的人。鲁迅当年曾在《文化偏至论》中用"沙聚之邦"形容他的批判对象,而"一盘散沙"也更多地成为旧中国的隐喻。当然,鲁迅"转为人国"的路径在于"国人之自觉至,个性张",着力之处多在文化。与鲁迅稍有不同,梁漱溟注重的是"思想实践",并自认和毛泽东"入手相同",即都从"乡村入手"。梁漱溟一贯的思路是中国的要紧之处是"团体组织、科学技术这两面",所以认为他在乡村问题上和毛泽东并无根本分歧之处:"中国想要进步,一定要散漫的农民要组织起来,组织起来才好引用进步的科学技术。事实上大家只能走一条路。"①

然而,对于文学来说,这一"组织起来"的劳动方式,才可能引入一种乌托邦式的生活远景,或者说,这一生活远景,只可能是集体想象的产物。因此,在赵树理的《三里湾》中,有了"三张画"的详细书写:第一张是"现在的三里湾",第二张是"明年的三里湾",第三张是"社会主义时期的三里湾"。而在"社会主义时期的三里湾"中,我们看到这样的描述:"山上、黄沙沟里,都被茂密的森林盖着,离滩地不高的山腰里有通南彻北的一条

---

① 梁漱溟:《这个世界会好吗》,第87页,上海:东方出版中心,2006年。

公路从村后边穿过,路上走着汽车,路旁立着电线杆。村里村外也都是树林,树林的低处露出好多新房顶。地里的庄稼都整齐化了——下滩有一半地面是黄了的麦子,另一半又分成两个区,一个是秋粮区、一个是蔬菜区;上滩完全是秋粮苗儿。下滩的麦子地里有收割机正在收麦,上滩有锄草机正在锄草……"赵树理如下的叙述也许更为重要:"一切情况很像现在的国营农场。"而在赵树理的作品中,这样的对于乡村生活的浪漫书写其实并不多见。显然,正是在这样的叙事中,劳动被转喻为"劳动社会的乌托邦"。而乌托邦实现的可能性则在于"集体劳动"所产生的一种巨大的力量的幻觉,这一幻觉,在马歇尔·伯曼那里,获得的是另外一种"现代"的表述:"我把现代主义定义为:现代的男男女女试图成为现代化的客体与主体,试图掌握现代世界并把它改造为自己的家的一切尝试。"① 如果说,在伯曼展示的这一图景中,力图表现出一种"个人敢于追求个性"的现代主义倾向,那么,在《创业史》及其他相关的小说叙述中,这种改造的"尝试"更多地被描述为一种集体主义的品格特征,可是,在这一集体性的表层叙事中,我们仍然能强烈地感觉到那种"个人敢于追求个性"的潜在的现代印迹。或许,正是这一印迹的存在,才可能导致小说叙事的浪漫主义倾向。

如果说,柳青在《创业史》中更多地表现出一种"沉郁"的叙事风格,那么,在其他的文学作品,比如周立波的《山乡巨变》中,因了这一"合作化",显现出的却是另一种"欢愉"的叙事形态。这一"欢愉"不仅表现为盛清明等青年男女的笑声和歌声,也表现在陈大春和盛淑君的爱情之中。显然,众多的作品都不约而同地将这一"集体劳动"描述为爱情的生产之地,并不是一种偶然。一方面,它固然承续了左翼文学中"革命+爱情"的叙事模式,而另一方面,这一"集体+爱情"的变体叙述,通过对集体的深度描述,加深了对青年的情感乃至婚姻的"归属地"的强调。这一强调使得合作化这一"集体劳动"的方式对青年产生出一种强大的"召唤"力量。应该指出的是,在逐渐取消私人财产的社会主义改造过程中,这一"集

---

① 马歇尔·伯曼:《一切坚固的东西都烟消云散了》,第1页,徐大建、张辑译,北京:商务印书馆,2003年。

体劳动"所生产出来的爱情,带有更多的纯朴和欢愉的味道,这一点,在马峰、孙谦的电影剧本《我们村里的年轻人》中,表现得尤为明显。显然,"集体劳动"的这一爱情化或者欢愉化的叙述,并不能仅仅归之为某种政治化的策略性叙述。在这一时期的文学写作中,所谓的政治化,固然有"接受任务"的一面,但同时也应该看到"创造生活"的另外一面,这一面才深刻地解释了当代文学和政治内在的复杂关系。这一和政治的复杂纠葛,我在下面讨论赵树理的时候还会继续论及。因此,这一欢愉的书写,未必完全是虚假的,而是包含了当时文学更多的"创造生活"的热情、勇气、自信甚至一种单纯的天真。而这一切,与我们的时下相违已久。而在这一"欢愉"的叙述中,集体,包括集体的力量也被欢愉化。周立波在《山乡巨变》中,通过"合作社"和"单干户"(王菊生)欢愉甚至戏谑的竞赛,显示出"集体劳动"强大的改造"客体"的力量。

我想,任何一个稍具文学史常识的人,都会指出,在这一时期的文学写作中,"自然"的意象开始反复出现。在《创业史》中有所谓的"终南山",在《三里湾》则是"西大洼"了,而在陈登科的《风雷》中,继而出现了"青草湖",而白危的《垦荒曲》、黄天明的《边疆晓歌》,直到林予的《雁飞塞北》等等,更是将大面积的开发自然作为小说的重要的叙事主题。在这一类的叙事中,自然是丰饶的,因此,它需要人类的开垦和征用;自然也是蛮荒的,甚至是非人道的,因此,它成为人类意志的一种重要的考验……所有这样的描写,都可以追溯到毛泽东的那篇著名的演讲《愚公移山》。正是在这篇演讲稿中,毛泽东通过"愚公"和"王屋山"的隐喻,表达了对人类(革命)意志的一种高度的也是夸张的肯定,同时也重构了人和自然的关系。这一关系,即是人对自然的征用、征服和改造的关系,所有人对自然的敬畏则被视为一种迷信。在某种意义上,也可以说,这一演讲中的核心思想实际所构成的是社会主义时期的生态哲学,同时包含这一哲学对自然也是对人的生命的看法。

我无意将这一"自然"比拟于德国浪漫主义运动中出现的某些附属主题,比如席勒的"自然"观念,显然,这一时期中国文学中的自然意象,并不可能具有席勒对"自然"的抽象的哲学思考。但是,浪漫主义运动中两个最重要的叙事范畴,却可以在中国的当代文学中找到它的异国的表述形态。正是在德国的浪漫主义运动中,主/客体开始分离,主体不仅作为"闯入者"规定了自我的主体性,同时这一主体性必须通过对客体("障碍")的超越或征服才可能最终完成;这一对客体的征服,导致的是一种"行动"的热情和勇气,而在这一"行动"中,彰显出来的或"唯一值得拥有的是无拘无束的意志",背后则隐藏着一种深刻的观念——"即人们投入他们愿意为之投入的,一旦需要他们愿意以死捍卫的价值观",所谓殉难和英雄主义也随之产生①。无论是毛泽东个人对于浪漫主义的态度(因为这一态度才始有"革命的现实主义和革命的浪漫主义相结合"的说法的出现),还是中国现代史上浪漫主义的实际呈现,都不可能使我们无视这一浪漫主义的存在乃至它对中国社会主义的影响。在某种意义上,当我们讨论所谓中国的"现代性"的时候,浪漫主义正是这一现代性的重要构成因素,也就是说,在研究构成中国的浪漫主义的众多因素时,我们必然要考虑德国的浪漫主义运动。这一运动不仅深刻影响了西方19、20世纪的思想、观念和文学的发展,也通过各种或彰显或幽微的方式曲折地进入了中国的现代思想史,并继续曲折地影响着中国的社会主义,包括它的革命和建设、社会实践和文化想象。实际上,这一浪漫主义并未因着中国"前三十年"历史的结束而宣告终结,即使在1980年代,无论是小说写作,还是对小说的批评,甚至在对所谓"先锋小说"的阐释中,那些令人眼花缭乱的概念:独特性、天才、与众不同、地方,等等,亦能感受到这一浪漫主义的持续的影响力。当然,这也是另外一个话题了。

但是,在这一时期的文学,包括对这一文学的解释中,浪漫主义之所以重新获得表述的可能,乃在于,或者说起码在某一个方面,这一浪漫主义已经从思想或叙述转为一种大规模的社会实践,形态之一即是此一"集体劳动"的方式。这一方式,不仅仅是一种人的集结的力量的惊人呈现——这一力量甚至使国家或民族形象化。即使如巴金也曾为这一巨大的力量所

---

① 有关这一浪漫主义的讨论,参见以赛亚·伯林:《浪漫主义的根源》,吕梁等译,南京:译林出版社,2008年;卡尔·施密特:《政治的浪漫派》,冯克利、刘锋译,上海:上海人民出版社,2004年,等等。

感动:"被践踏、受压迫的'东亚病夫'一下子变成了建设社会主义的'东方巨龙'……"① 同时,它更表达或提供了一种现代的可能性,这一现代的可能性包括:国家富强、民族复兴、工业化、科学和技术的全面展开(包括农业),等等。显然,因了"集体劳动"的这一形态的出现,尤其在乡村,它使人从种种的不可能性中解放出来,从而展开一种极为大胆的想象,同时也是一种从未有过的社会实践。这一实践正潜伏在中国现代文学的种种明朗或暧昧的叙述中。因此,不仅如郭沫若等老一代作家借此重述浪漫情怀,即使严谨务实如赵树理,也少有地在《三里湾》中留下了浪漫主义的叙述痕迹(比如"三张画")。而在这样一种叙述中,"征服自然"和"改造家园"有机地结合在一起,这一结合也正来自于某种现代的冲动。但是,这一所谓的征服和改造,最终提供的,是一种人的归属的想象,也即集体的观念,这又恰恰是社会主义的叙事特征。因此,征服和改造最终又必然会转向人的自身,这一自身既包括私有化的劳动形态,也包括私有化的财产形态,同时更包括保守、迷信、懒惰、目光短浅或者不思进取,等等。也因此,自然空间的无限扩张必然带来人的主体性的无限扩张。这也正是社会主义的"发展"观念所必然烙下的现代印痕。

这一浪漫主义的叙事,在1958年的"大跃进"运动中,随着"集体劳动"的形态化和进一步的制度化(包括人民公社)而逐渐扩散,并进而登峰造极。在社会学的意义上,人们常常用"浮夸风"来对这一时期的社会实践乃至文学叙述进行某种程度的总结。的确,在这一时期,充分暴露出了共和国内部的欺瞒成风、官僚、僵硬的行政体制、不切实际的社会幻想,等等的现代"病灶",也正是这些"病灶"的存在,导致了其后灾难性的后果。但是除此之外,尚有另外的研究途径。正是"集体劳动"显现的集体的力量导致了浪漫主义的复兴——对"自然"的迷信的破除,确立的却是对人自身的迷信;主体性的无限扩张生产出了人对意志的盲目尊崇;"力量的知识"驱逐了"限度的知识",同时带来的正是理想驱逐经验;一味地追求发展和速度——速度带来的正是现代性的"眩晕"……当柳青或者赵树理看

---

① 巴金:《上海十年文学选集·短篇小说选(1949—1959)》前言,上海:上海文艺出版社,1959年。

到了"集体劳动"可能给中国带来巨大影响和深刻变化的时候,他们却不可能同时察觉在自己的浪漫主义叙述中,所已经潜伏的某种非预期的历史结果,这一历史结果,也可以描述为浪漫主义可能带来的某种"偏执狂"。

在这样一种浪漫主义化的叙事过程中(我并不否认这一叙事所蕴含的深刻洞见),赵树理率先以一种不仅是写作,也是实践的姿态反叛出来。1959年,阳城县委落实春耕任务的会上,县委书记要求"每个劳力,每天至少刨玉茭桩子六亩",赵树理忍不住站起来质疑:"一亩玉茭少说四千株,六亩就是两万四千。刨一个桩少说得两镢头,一镢头至少三秒钟,刨一个桩子就得六秒钟。二万四千个桩子要十四万四千四百秒。可一天二十四小时,满打满算才八万六千四百秒。一个人就是不吃饭、不睡觉、不拉屎等等,马不停蹄整干一天,他也刨不下六亩吧!况且眼下地还冻着。"并且直斥"这样不顾群众死活的瞎闹,简直是国民党作风"。[1] 也是在1959年,陈伯达代表《红旗》杂志向赵树理约小说稿,但是,四个月后,也就是1959年的8月,赵树理投寄的却是一篇《公社应该如何领导农业生产之我见》。赵树理为何舍小说而写出这样一篇文章,文学史家已有详细论述[2]。而在"意见书"中,赵树理着重批评了"国家"意志的无限制的扩张,也即"计划经济"的弊病,比如,"不要以政权那个身份代替人家全体社员大会对人家的计划草案作最后的审查批准,要是那样做了,会使各管理区感到掣肘而放弃其主动性,减弱其积极性",等等[3]。赵树理的此类批评,非常接近梁漱溟晚年的思考[4]。而在1962年的大连"农村题材短篇小说创作座谈会"上,不仅赵树理对所谓"浮夸风"进行了激烈的批评,曾经"浪漫"和"欢愉"的写作者,比如康濯也在反映,"城市要什么就得有什么,不管农民剩不剩下来"。周

---

[1] 李洁非:《典型文坛》,第163—164页,武汉:湖北人民出版社,2008年。
[2] 比如李洁非就认为赵树理在当时苦于与地方领导争辩或反映问题无效,而又"日夜忧思,念念不忘",就寄希望于意见上达中央。正好陈伯达主动约稿,陈是"主席身边的人",遂视为天赐良机,于是有此意见书的呈上。参见《典型文坛》,第165页。
[3] 赵树理:《公社应该如何领导农业生产之我见》,《赵树理全集》(第五卷),第332页,太原:北岳文艺出版社,2000年。
[4] 比如梁漱溟晚年一方面肯定了"组织起来",另一方面也认为过去"有一个缺点……上边领导方面干涉太过,命令行事……瞎指挥"。参见梁漱溟:《这个世界会好吗》,第266页。

立波则强调:"生活就是生活……吃饭也要写吃饭的场面……一九六〇年时的情况是天聋地哑,走五十里就要带粮票……怎么避得开?"李准更是感到困惑:"我们自己也生活过,自己写自己是不是代表了真正的生活呢?好像也不好写。"等等①。我之所以不厌其烦地摘录以上文字,乃在于说明,在这些发言中,我们能够感觉到的是,"真实"这个概念如何开始浮出水面,而这个"真实"又是同作家个人的"经验"紧密相连。因此,或多或少具有了用"现实主义"克制"浪漫主义",用"经验"克制"理想"的写作倾向。而这一倾向的较为完整的理论表述,当然是顾准。当然,用经验主义全面驱逐理想主义,则是1990年代的事情,它导致的是另一种深刻的思想危机。

在这样一种历史背景下,赵树理发表于《人民文学》(1961年第4期)上的《实干家潘永福》,就具有了相当重要的文学史也是思想史的意义。

按照赵树理的说法,《实干家潘永福》是一篇"真人真事的传记"②。赵树理是一个并不怎么在乎文类的作家,写作类型极广,即以"真人真事的传记"而言,1944年就有《孟祥英翻身》,当时"题后标明'现实故事'"③。但是,事隔多年,赵树理重新选择这一"真人真事的传记"写法,未必没有他自己的考虑。1959年赵树理上书中央领导,并写《公社应该如何领导农业生产之我见》等文章④,重视民生的"现实主义"倾向日渐明显。1961年,以"传记"形式彰显潘永福的"实干家"精神,便包含了赵树理对"浮夸风"的深恶痛绝,而且,赵树理也以自己的写作实践,回答了李准在1962年的大连"农村题材短篇小说创作座谈会"上的困惑:"就做一个人物的生活记录来写,行吗?"

赵树理写潘永福,着重之处,即是他的"实干家"精神,而这一"实干"则和潘永福丰富的工作经验有关。强调"经验"似乎是赵树理那几年思考

---

① 参见赵树理:《在大连"农村题材短篇小说创作座谈会"的发言》,《赵树理全集》(第四卷),第509—521页。
② 赵树理:《随〈下乡集〉寄给农村读者》,《赵树理全集》(第四卷),第572页。
③ 赵树理:《孟祥英翻身》注解一,《赵树理全集》(第一卷),第221页。
④ 1959年,赵树理似乎主要在写"现实问题"的文章,共有:给邵荃麟的信》《新食堂里忆故人》《高级农业合作社遗留给公社的几个主要问题》《写给中央某负责同志的两封信》《公社应该如何领导农业生产之我见》《下乡杂忆》,等等。参见《赵树理全集》(第五卷)。

最多的问题之一,并多少含有将"浮夸风"归咎于缺乏"经验"的"瞎指挥"。但是,在赵树理的理解中,这一"经验"还含有更深刻的思想,直接指向的是干部脱离群众,或者说丧失了"为人民服务"的根本立场。所以赵树理批评说:"社干多为以前的乡干,这一级干部,在过去好像是代表国家方面的多,直接经手搞生产的少,所谓领导生产,大体上只是收集、汇报数字……实际上距离事实颇远……谁也知道不像话……可是年年这样报,也过得去。"甚至设想:"现有的公社干部(即原来的乡干)将一部分下放到队,以腾出位置接受由队调上来的人。"① 这样,我们或许可以理解赵树理为什么在《实干家潘永福》中会有这样的描写,"潘永福同志是实干家,善于作具体的事,而不善于作机关工作",其实颇有不平之气。

因此,所谓"经验",就不仅仅是一个认知范畴,而是包含了作风、立场,甚至品质。赵树理之所以不厌其烦地描写潘永福的历史,目的只在于突出潘永福"远在参加革命之前就能够舍己为人"。在这里,赵树理再次回到革命的"自发性",也再次回到"德性"问题,显然,在赵树理看来,没有这样的"德性",就根本谈不上"为人民服务",只能是"实际上距离事实颇远"。而赵树理的"事实"包含的是非常实际的"民生"问题:"就是以搞生产作为物质基础,通过思想教育和时间安排,使群众有钱花、有粮吃、有工夫伺候自己,可以精神饱满,心情舒畅地参加生产。"② 因此,在《实干家潘永福》的结尾,赵树理直气壮地为"实利"正名:"其实经营生产最基本的目的就是为了'实'利。潘永福同志所着手经营过的与生产有关的事,没有一个关节不是从'实'利出发的,而且凡与'实'利略有抵触,绝不会被他纵容过去,这是从他的实干精神发展来的,而且在他领导别人干的时候,自己始终也不放弃实干。"

把"实利"或"实干"引入叙述,在当时,并不仅仅是一个常识问题,而是需要一种非凡的勇气和深刻洞见。而赵树理在这样的叙述中,也由此为"劳动"划定了边界——一种对无限扩张的主体性或人类意志的控制要

---

① 赵树理:《给邵荃麟的信》,《赵树理全集》(第五卷),第310—311页。
② 赵树理:《公社应该如何领导农业生产之我见》,《赵树理全集》(第五卷),第334页。

求。实际上,在《公社应该如何领导农业生产之我见》一文中,赵树理已经表达了类似的思考:"人力是无限的,但那是说明我们的社会有不可限量的发展前途,并不能适用于我们作短时间的生产安排。"显然,在这一时期,赵树理以他的"真实"和"经验"开始挑战浪漫主义的过于夸张的叙述[①],并且重新思考"集体劳动"产生的新的问题。

但是,这并不能说明赵树理仅仅只是一个经验主义者,相反,在一些根本的问题上,赵树理的立场并未产生动摇,在赵树理描述"集体劳动"所存在的问题的时候,仍然有一个根本前提:那就是集体劳动"停止了土改后农村阶级的重新分化"[②]。赵树理和那些浅薄的浪漫主义者的区别在于,他在坚持社会主义的正当性的同时,却在思考这一正当性如何生产出了它的无理性;而和那些所谓的经验主义者的区别则在于,他在批评这一无理性的时候,并未彻底驱逐社会主义的正当性。尽管他的具体思考在今天看来,未必非常的深刻,但却是深入讨论社会主义的重要路径。

在我个人的理解中,围绕"集体劳动"的辩论乃是贯穿于整个"当代文学六十年"的核心的思想冲突之一,这一冲突导致了1980年代这一"集体劳动"的生产方式的终结,并经由乡村扩展到整个社会的经济制度的改革。而在文学叙述上,则是何谓"现实主义"的激烈论战。

在1949—1966年期间,当代文学基本成为这一"集体劳动"的合法性的论证工具——我并不否认这一论证过程有着某种创造世界的合理想象,这也是我在叙述过程中激烈张扬之处。但是,蕴含其中的一些深刻的危机却也或多或少的被有意无意地忽略乃至遮蔽。这也正是当代文学在"真实性"上常会遭遇挑战的原因之一。不过,在这些小说中,我们仍然能或多或少地察觉到某些危机征兆的出现,只是,这些征兆或者被压抑在文本的潜意识,或者通过"阶级斗争"的方式被粗暴解决。而我以为,只有了解这一危机的存在,才可能深刻地理解1980年代。

[①] 这一叙述通常又以"科学"的概念为表征,很难说这是一种"伪装",不如说是对科学的某种"迷思"。而讨论这一时期"科学"在意识形态中的位置和意义,则可能是一件极其重要的工作。

[②] 赵树理:《写给中央负责同志的两封信》,《赵树理全集》(第五卷),第323页。

我以为，这一危机，通过这样两种方式被表征出来，一是记忆，二是分配。记忆涉及的，是个人乃至围绕个体劳动的财富想象；而分配，则既包含国家／集体，也包含集体／个人的关系，在思想史上，所涉及的正是如何对待"独特性"的问题。

1959年，李准写作小说《李双双小传》，并发表在次年（1960年）的《人民文学》第三期上，不久，被改编成电影《李双双》，1962年由海燕电影制片厂出品。从小说到电影，叙事主题也有所变化，电影《李双双》在播映过程中，给人印象更深刻的，往往是李双双和丈夫喜旺"先结婚后恋爱"的家庭模式，这也是为什么它会成为性别研究的经典影片的因素之一。但是，此处，我所要涉及的仅仅只是小说《李双双小传》中的一个细节。

在小说中，李双双带领公共食堂的炊事员大搞卫生，结果，却从食堂墙角的"旧土炕"里挖出了"一部解放式水车"。按照小说的交代，"这部水车是（孙有）他家在入社时藏起来的，已经埋了几年了。食堂借用他这地方时，因为搞得太快，他家还没来得及搬"。我不太清楚，这一"深埋"的细节是否导致了后来诸多类似或变形的描写（比如地主"深埋"变天账，等等），但"深埋"的行为本身意味着一种个人梦想的破灭，也意味着这一破灭的不甘以及再度复兴的希望，等等。而随着物（水车）的"深埋"，形成并强化的却是某种"记忆"。这一"记忆"的集体性构成是极其复杂的，既有孙有这样的"发家"（个人的扩张和侵略）梦想，也有个人对"土地"（私有化的生活形态）的情感留恋（比如《创业史》中的梁三老汉），同时，也包含某种民俗民风（比如生活"习惯"或生活"态度"），等等。简要地说，在当时，个人"深埋"了既往的生活形态，但却带着各式各样的"记忆"进入"集体劳动"这一新的生产方式，并自觉或不自觉地形成个人的处事方式，从而和"集体"产生某种隔阂、冲突，甚至对抗。在《李双双小传》中，喜旺和李双双的不同之处在于，他体会到这一私有化的"记忆"的存在，因此对食堂工作——这一工作也可视为一种"分配"的隐喻——三番五次地推诿，用喜旺对李双双的话就是："我这活不能干，比不得你那个活，光得罪人。"但是，这一"记忆"的存在，并持续性地强化，还因为中国的合作化运动（包括人民公社）所逐渐形成的制度性特征。这一制度既不同于城市的"单位"(包括工厂),也不同于苏联的"集体农庄"(包括中国的"国营农场"),仍然保留了一部分的私有经济成分(比如"自留地"),而一旦集体无力兑现个人生活的幸福承诺,这些私有经济成分反而成为个人日常生活的主要支持者,并且多会以"记忆"的形态被表述出来,而在这些"表述"中,一部分的"历史真实"会被驱逐出"记忆"(比如曾经的贫穷和"发家"梦想的破灭)。因此,所谓"集体劳动",一方面在生产集体意识,另一方面,也在同时生产个人主义。最后,当"集体劳动"在现实中受挫,这一"记忆"以及"记忆"的叙述,就会对这一生产方式提出终结的要求。一些西方学者显然注意到了这一记忆的存在,比如约翰·思文和罗思高在苏联和中国的"非集体化"的经济改革的对比研究中注意到,中国的这一改革"在很多时候看起来是由农民的力量所推动的",而苏联的高层推动"在农场层面上还是受到了大量的抵制,广大农民和地方干部对之反应冷淡",显然,"两国改革进程的主要差异更多地体现在改革参与人之间相互关系的动态变化上,而不是政策的性质差别"。寻找这一差别的全部原因尽管非常困难,约翰·思文和罗思高仍然注意到了记忆的因素:"到20世纪80年代,苏联的农村家庭在集体农场上劳作已经有将近60年的时间了。结果,当时几乎所有的劳动力都是在集体主义生产体系下新出生的,他们的脑海中并没有家庭式农业生产的任何记忆。相反,当家庭联产承包制于70年代末实际推行时,中国的农村家庭进行集体式农业生产的时间仅仅25年左右。尽管40岁以下的人民公社成员大部分都不能回忆起家庭式农业生产的岁月,但是仍然有很多较老的成员是能够回忆得起来的。由于这些历史原因的存在,中国的农业家庭有可能会盼望回到他们记忆中的生产方式(即家庭农业生产)中去,而苏联的农村家庭则很有可能害怕他们并不熟悉的这一新鲜事物。"[1]

1980年代的中国小说给予这一"记忆"(包括记忆中的个人欲望)以持续性的关注,并且不断放大。从高晓声的《李顺大造屋》一直到晚近莫

---

[1] 约翰·思文、罗思高:《发展转型之路:中国与东欧的不同历程》,第114—116页,田士超译,北京:北京大学出版社,2008年。

言的《生死疲劳》,无不如此。如果说,高晓声在《李顺大造屋》中,对"土改"(起点平等)的合理性(比如李顺大的屋基地的来源)尚给予了一定的历史尊重,那么,由于对"集体劳动"的实践性结果的质疑,则悬置了这一生产方式"停止了土改后农村阶级的重新分化"的赵树理式的命题。这一悬置的结果,实际突出的是"只想自己为自己干活"(《生死疲劳》)这种重复性的空洞主题,这种空洞化的叙述切断了写作者和历史更深刻的对话——因为无论历史还是现实,这一主题的存在都是可疑的。但是,循着对这一历史质疑的理路,我以为,我们同样可以进入对历史的深刻思考,也就是"集体劳动"的正当性为什么最终否定了"自己为自己干活"的正当性——"组织起来"的初衷不就是让个人真正的"自己为自己干活"吗?难道"集体"和"个人"之间真的存在一种不兼容性?这也是我从来不轻易否定1980年代以来小说意义的原因之一。因此,检讨"集体劳动"最后生产出来的"无理性",仍然是我们必须面对的问题之一。不过,我想从另一个理路,即从"分配"方式来讨论这一问题。

浩然《艳阳天》的主题之一,即是东山坞高级农业合作社围绕"粮食"的分配展开的矛盾和冲突,这一"分配"关涉两个层面:一是集体内部的分配;二是国家／集体间的分配。集体内部的分配,也就是究竟按照"土地分红",还是按照"劳力分红",涉及的是合作社的制度变革导致的村社分裂;国家／集体的分配则涉及了孰优孰先的位置问题。浩然的叙事态度非常明确,在集体内部,支持劳力分红;在外部,则强调国家的优先位置,就像《艳阳天》第一部的结尾,通过群众的言论所表述的那样:"丰收可别忘了国家……多卖余粮。"显然,这是一种非常经典的主流叙述模式。1963年3月号的《剧本》杂志刊发了七场扬剧《夺印》(后来改编为同名电影)的文学剧本,在另外一种意义上,再现了这一叙述模式。《夺印》尽管没有在国家／集体之间讨论"分配"方式,但是它的解决方案和《艳阳天》是一致的,也就是集体优先的原则。在国家利益,具体来说,在国家现代化的立场,不能说这一"分配"的想象乃至具体叙述,不具有任何的合理性,实际上,在当时,中国作家大都站在国家的立场讨论集体,或者站在集体的立场讨论个人。循着这样的理路,我们极有可能进入某种历史语境论,并以此再现历史的复杂性。但是这一进入仍然是有问题的，因为它仍然是一种（国家利益或国家意志的）主导性的进入，比如，我们怎样讨论在这一国家力量的压抑下，农民集体或者农民个人的利益，而1980年代，恰恰是在这一层面展开对社会主义"集体劳动"的反思，乃至根本的颠覆，不能说这一反思或颠覆毫无道理可言。因此，这样一种极端化的历史语境论，恰恰有可能再度把历史简单化。

实际上，早在1962年，一些中国作家——比如赵树理，已经对这一国家/集体的分配方式提出了异议，不仅含蓄地表示："工业资金积累过多了一些。"又说："五二、五三年时，对集体与个人，基本上靠集体过日子。以后不同了，觉得集体长好了不一定是他的，只有自留地是他的，不管产量，不计征购，他先搞自留。"① 1964年，赵树理在一次会议上公开表述，"国家利益和集体利益矛盾是最使人头痛的……完成征购任务硬的脱离群众"，并表示"没有胆量在创作中更多加一点理想"②——尽管这些异议在当时不可能正面进入小说或者其他正式出版物的叙述之中。即使浩然，多年以后在某次访谈中也说："我也知道农民的苦处，我是在农民中熬出来的，农民的情绪我了解，那几年挨饿我也一块经历过。但是这些事当年能写进书里吗？不行啊。"③ 如果我们暂时不从"写真实"这个角度讨论——这一类的讨论已经很多——那么，在"分配"问题上，可以继续讨论的问题则是，国家意志包括由此导致的管理乃至社会规划为何会无视地方利益和地方性的实践知识。

我想，在某种意义上，我们能不能说，1949年以后，中国实际形成的是一种"一国多治"的格局，这一"一国多治"不仅表现在民族区域自治等政治制度层面，也表现在多种经济成分并存的创新性的经济设想之中，包括所谓的集体经济。这一集体经济不仅形成了乡村和城市的各自不同的经济形态，即使在城市内部，也存在着所谓全民所有制和集体所有制的企业差别。因此，在现代国家的内部，1949—1966年间，实际呈现的，也可以

---

① 赵树理：《在大连"农村短篇小说创作座谈会"上的发言》，《赵树理全集》（第四卷），第509、511页。
② 赵树理：《在中国作协作家、编辑座谈会上的发言》，《赵树理全集》（第四卷），第631页。
③ 李杰非：《典型文坛》，第347页。

说是某种意义上的差序性格局，而理论上的经典表述，首先是毛泽东的《论十大关系》。

但是，这一实际存在的"一国多治"的格局，首先面临挑战的是国家的治理能力，也包括它的治理方式。对于中国来说，要形成一个高效政府，往往会采取一种中央集权的方式，并进而完成现代化的积累。但是，在这样一种中央集权的模式中，又如何处理这一"一国多治"的格局，在治理的技术层面，固然有很好的理论设想，比如统筹兼顾、因地制宜等等，但落实起来又非常困难。其中涉及的，固然有国家利益和集体利益的分配问题，也有中央和地方、中心和边远，即使在乡村，也会有公社和大队等等的治理冲突，而其表现形态之一，即是政令的畅通问题，包括信息的流畅。所谓危机的爆发，也常常在这一治理层面。因此，如何兼顾国家和集体，集体和个人之间的利益，除了多种因素之外，尚有因治理问题而导致的矛盾冲突。

然而，更深层的矛盾则可能在于，如果我们倾向于认为，这一时期的中国已经开始了现代性的转换，那么，所谓现代性的表征之一，则是普遍主义也即它的同质化倾向。也就是说，现代性通过吉登斯所谓"脱域"等等方式，最终需要完成的，是一种抽象体系的确立，这一抽象体系的确立同时意味着对差异性的克服。因此，在一种极端的现代主义的观念支配下，即是用一种"计划"的方式，将各种差别性的因素悄悄抹平，从而获得一种现代的普遍性。

这样一种现代的方式，鼓励的是普遍性的确立，而最终必然要和实际存在的"一国多治"的差序性格局产生激烈的冲突，也就是说，现代性需要完成的必然是同质化的转换。这一转换，既可以用"社会主义改造"进行制度上的叙述，也可以用"大我／小我"来实行某种伦理表述；既可以表现为国家主义或国家意识形态的话语，也可以诉诸平等主义的政治实践，等等。

在我看来，无论是实际的国家治理方式，还是同质化的演进过程，都不能尽善解决这一"一国多治"的创造性的制度实践。而取消差异性的结果，必然要求国家（或集体）承担对个人更多的责任，如果无力承担，反而可能会实际上鼓励或刺激地方性（或个人性）的生产。赵树理非常形象地描述了这一生产过程:"我现在担心的是集体生产办好办不好的问题……农民说没办法,还是靠自留地解决了问题。农村住房有些坏了,公社不能修,农民依靠在自由市场上卖东西,把房子修上了。集体不管,个人管,越靠个人,越不相信集体。"①

当然,原因并不仅于此,比如说,我们怎样看待"工分"问题。"工分"使得分配形式抽象化,但是这一抽象化并不以货币的形态表现出来,而只是一种有待年终实物(粮食)兑现的数字化结算模式。我以为,在某种意义上,正是这一数字化的管理方式的介入,才真正导致了农民和土地的情感疏离,并使得"深埋"的记忆有可能复活并被反复生产。

如果我们将这一问题并不局限在农村,或农村的集体劳动的生产方式上,而是置于抽象的思想讨论的语境中,那么我觉得,它实际提出的恰恰是社会主义时期如何对待"独特性"的问题,包括如何解释分类自由或者分类自治②。

在我的讨论框架中,仍然支持了"集体劳动"这一生产方式的正当性,只是我更加在意的是这一正当性如何生产出了它的无理性。而在某种意义上,这一无理性的出现,未必都在于"集体劳动"这一生产方式本身,相当程度上,来源于国家(或集体)的治理方式,而更深层的原因,则在于我们究竟应该如何看待同质化(或普遍性)的现代性诉求。将所有的问题都归咎于"集体劳动",正是1980年代开始的深刻的也是简单的社会反思。在某种意义上,它又影响了我们对于历史,也是未来的更加深层的思考,包括文学的思考。

四、《万紫千红总是春》:女性解放还是性别和解

我在前文已经简略地涉及《李双双小传》(包括电影《李双双》)如何成为中国社会主义前三十年的性别研究的一个经典文本。在这一小说中,

---

① 赵树理:《在中国作协党组扩大会议上的发言》,《赵树理全集》(第五卷),第356页。
② 有关这一问题,我在本书的结束语《社会主义的危机和克服危机的努力》一文中,会继续讨论。

中国的妇女解放以一种非常独特的方式被表征出来，它不仅和社会运动紧密地结合在一起，而且，在这一解放过程中，"劳动"成为一个极其有力的中介。

《李双双小传》的开头，就提出一个非常现实的问题，"一九五八年开春"，孙庄因为"劳力缺少，麦田管理怎么也顾不过来"。恰恰此时，李双双贴出一张大字报，表达了妇女走出家庭的愿望，并引起乡里党委罗书记的重视："要是能把家庭妇女解放出来，咱们这个大跃进可就长上翅膀了。"妇女通过"劳动"而走出家庭，并完成自身的性别解放，这样的叙述，并不自李准开始。早在1945年，赵树理的《孟祥英翻身》就表达了类似想法。而在这些想法的背后，我们可能感觉到的，则是某种国家意志或国家利益的存在。

1944年8月，毛泽东在《给秦邦宪的信》中，对当时"巩固家庭"的口号表示了不同意见，而且觉得有"不妥之处"，在毛泽东看来，"农民的家庭是必然要破坏的，进军队、进工厂就是一个大破坏，就是纷纷'走出家庭'"，而理由在于："新民主主义社会的基础是机器，不是手工……由农业基础到工业基础，正是我们革命的任务。"① 但是，整个的中国社会主义的实践活动，并没有完全按照毛泽东的设想进行，相反，延安的"不脱离家庭的群众运动"②的地方性经验逐渐推广全国。这并不是说，毛泽东"走出家庭"以及蕴含在这一口号中的现代思想就此消失，在中国社会主义的实践过程中，"巩固家庭"和"走出家庭"被有机地融合在一起，或者说，在"巩固家庭"中完成"走出家庭"的现代性设想，而落实之处则在于"劳动"方式的制度创新。同时，也使中国的妇女解放具有了一种相对"另类"的运动特征。

在农村，这一"不脱离家庭的群众运动"通过"合作化"而被形象地表征出来。在《李双双小传》（以及其他相类的小说）中，所谓的"合作化"并不仅仅只是一种单纯的经济生产的组合方式，同时，更是一个颇具政治意味的公共空间，在这一空间中，充斥着新旧思想、理念、习俗等等的冲突

---

① 毛泽东：《给秦邦宪的信》，《毛泽东文集》（第三卷），第207页。
② 同上书，第206页。

和辩论,其中,当然包括性别问题的冲突和激烈辩论。因为这一"集体劳动"的特别的制度创新,它既使妇女有可能"走出家庭",获得经济独立(包括由此导致的身份独立),同时,这一生产方式,又使妇女并不脱离原有的村社(包括家庭)形态,因此,它构成了对中国妇女解放的另一种途径的探索,即在家庭内部如何完成家庭的改造,这一改造包括对男权的颠覆和女性独立的政治诉求,而其最后的表征形态也正是女性尊严的完全确立。应该说,这是一种比较温和的妇女解放的文学叙述,也可以说,是一种"妥协"的性别政治。一方面,它让步于整个社会(当然含有男性利益)对巩固家庭的要求[①];另一方面,又在国家政治的支持下,赢得女性的独立和解放。这一路径的尝试,实则表明了在国家政治的干预下,性别和解的可能性。这一可能性通过将家庭纳入公共领域的辩论范畴,从而完成对家庭(男尊女卑)的现代性改造(男女平等),电影《李双双》中那句经典台词"先结婚,后恋爱"非常形象地表述了这一通过辩论和改造的性别和解的可能性。

因此,李双双和孙喜旺尽管在家庭内部展开了激烈的性别冲突,但是,冲突的背景仍然是公共的,或者说,冲突的结果必须依赖于公共事件的解决。所以,小说设置了多条线索,以展示家庭与公共领域的复杂纠葛。而为了表达这一纠葛,首要前提即是公共领域如何向妇女开放,从而使得女性具有进入并参与公共事务的权利。在小说中,通过国家政治("乡里的党委书记")的支持,李双双(妇女)作为"劳动力"开始进入"集体",并以解决实际的公共问题的能力证明了"妇女能顶半边天",最终迫使孙喜旺(男性)让步和尊重。在这里,公共需要成为叙事的重要前提,这一前提不仅包括"劳动力"——妇女成为"劳动力"同时包含了自由的可能性,因此,解放"劳动力"也就同时意味着解放女性,这就是所谓的"工作权"——还包括如何为解放"劳动力"提供必要的公共支持(比如托儿所、公共食堂等等)。因此,我们或许能够理解,为何此类小说大都以"大跃进"为其叙事背景。纠葛于"大跃进"的实证分析,于此类小说并无多大意义。反倒是,

---

[①] 在中国乡村,这一"巩固家庭"多少含有婚姻成本的考量,参见黄宗智《中国法律的现代性》,朱晓阳、侯猛编《法律与人类学:中国读本》,第50—53页,北京:北京大学出版社,2008年。

"大跃进"激进的公共性的社会实践,为这一女性解放提供了丰富的想象性资源。在这一解放过程中,李双双也由"喜旺家""喜旺媳妇""喜旺嫂子""俺那个屋里人""俺小菊他妈""俺做饭的"的"这么多的名称代替"中挣脱出来,用小说叙事者的话来说就是:"一九五八年春天大跃进,却把双双这个名字'跃'出来了。"命名的过程本身即是权力运作的过程,用哈罗德·伊罗生的话说:"在族群认同中,名字虽然不是核心部分,但却可以引导我们找到核心,引导我们深入核心内部的历史、渊源与感情。"①

以"大跃进"为这一性别想象的叙事背景,并不仅仅局限在中国的乡村,城市亦提供了相似的故事讲述。如果说,乡村的"大跃进"因为各种原因宣告结束,城市因此而出现的各种公共性的社会实践却反而被逐渐的制度化。

1960年,上海文艺出版社出版沈浮等编剧的电影文学剧本《万紫千红总是春》也是以"一九五八年"为叙事背景,讲述了一个上海里弄的家庭妇女如何在"大跃进"运动中"走出家庭"的故事(相类的电影还有王丹凤主演的《女理发师》等等)。

电影开头,是1958年"秋天早晨的上海小菜场。每个摊头、店铺的周围,都聚集着或流动着许多挎篮提袋的妇女"。以"小菜场"为进入上海市民或日常生活的叙事路径,很多年后,在另一些上海作家中得到了程度不等的复活,比如王安忆的《流逝》,等等。但是,在《万紫千红总是春》中,日常生活的明朗、纯净和安定中,却蕴含了一种深刻的变化的要求乃至可能性。

这一要求在电影中被诉诸一种"声音"的形式——摄影机将目光缓慢地移向家庭内部,各个不同的家庭("木房、砖房、平房和楼房")都显现出日常生活对妇女的某种压抑性,这些压抑性有些来自繁忙的家务,也有的来自婆婆的唠叨,更有的来自男权的蛮横要求,等等。所有这些压抑,都通过对口述语境的模拟被显现或被复制出来。韩南在研究中国近代小说的过程中,曾提及杰拉·热奈特对叙事者的区别:"一种叙事者是在'声口'之

---

① 哈罗德·伊罗生:《群氓之族》,第104页,邓伯宸译,桂林:广西师范大学出版社,2008年。

下,而另一种是在'透视'之下的。"如果说"透视"涉及的是"谁看见"(视点),那么,"声口"涉及的则是"谁表述"(声口),韩南似乎对"声口"和中国小说的叙事关系为更为重视,并称之为"声口叙事",而所谓"声口叙事"也即对口述语境的模拟或再现①。在中国的当代文学中,这一所谓的"声口叙事"实际上也运用得较为普遍(比如赵树理的《邪不压正》)。导致这一叙事方式的较为普遍的运用有各种复杂的形成因素,比如传统话本(或评书)的叙事影响,等等。但是,在形式背后,我们必须注意的是政治的制约。这一政治既然把中国的下层民众视为革命的主体,就必然要求文学承担"转述"群众声音的叙事任务。因此,如何真实地模拟或再现群众的口述语境,也就相应成为一种叙事的重要"技艺"。而我以为,它既涉及知识分子和普通民众的关系,也涉及革命目的(可以引申为现代性)和群众自发性要求(也可以引申为本土性)的复杂纠葛,而其核心部分,则是所谓的叙事态度,所要重点处理的,也正是如何让底层发声的问题。这是中国当代文学极为重要的遗产之一。

显然,在这一压抑性的口述语境的模拟或再现中,妇女解放就成了妇女自身的重要的利益诉求("人家热火朝天大跃进,我们呢")。在这一过程中,国家政治成为妇女最为重要或者说主要的解放力量。这一解放力量通过"戴妈妈"的演说被形象地再现出来:"大家很早就希望为社会主义建设献出一分力量,现在,这个希望可以开始实现了。(鼓掌)我们要用集体力量安排好生活,安排好家务,根据各人的条件和志愿,参加生产,为社会主义加一块砖,添一块瓦。姊妹们,我们的力量是很大的,相信一定能对国家的建设作出贡献。"这当然可以视为一种政治鼓动,这一政治鼓动一方面以集体的形式肯定了妇女自身的力量,同时也对妇女解放给予了某种形式化的可能性(组织起来)。但是,另一方面,这一政治化的形式,却又包含了妇女自身的权益诉求,这一诉求是非常现代的:"我们妇女,人老几辈子,哪一天离开过锅盆炉灶?从当小媳妇起,一直到头发白了,眼睛花了,成了老太婆,整天忙的就是一家大小的吃喝穿戴,别的什么都不知道,真

---

① 韩南:《中国近代小说的兴起》,第10页,徐侠译,上海:上海教育出版社,2004年。

把人坑苦了。"在形式化（政治）的表征下面，隐藏的又是极其强烈的妇女解放的政治诉求。这也是当时政治具有强大的感召力量的原因之一。

这一国家政治的"召唤"，既包含了国家的利益需要（劳动力），也在某种程度上再现了妇女自身的权利诉求，并且复杂地纠葛在一起，同时，更重要的，是生产出一种制度性的创新形式。这一制度的创新形式，在电影中（也是在生活中），即是所谓的"里弄生产组"，这一生产组，不仅承担了为国营工厂加工的任务，同时为了"解放妇女"的需要，还自行组织了托儿所、公共食堂，等等。这些制度形式，在小说《李双双小传》中，也同时成为叙事的主要情节。问题显然在于，为何这些形式在农村遭遇流产，而在城市却被逐渐地制度化乃至普及化，这固然属于社会学的研究领域（比如货币支付能力和交换形式，等等），但它却涉及女性解放的一个根本问题：如果没有制度的支持，妇女解放有无可能，或可能性在哪里。

里弄生产组为城市妇女提供了一种走出家庭的劳动方式，但是这一方式又扎根在家庭之中。在某种意义上，所谓的"里弄生产组"重复了农村合作化的劳动方式，最起码，对妇女而言，她们离家但不离里弄（社区），正如农村妇女一样，离家但不离村庄。这一劳动方式，一方面，使得妇女获得了工作权，但另一方面，又保留了原有的生活形态。可以说，这是一种非常温和的妇女解放运动的形式，这一形式，同时也有助于即有的社会形态的稳定——它所形成的结果，并不是大规模的对家庭形式的破坏或解体。

黄宗智在《中国法律的现代性》一文中，曾经简略地讨论了中国从1931年的《中华苏维埃共和国婚姻条例》到1950年代的《中华人民共和国婚姻法》的法律的"让步"过程。在这一过程中，新法律一方面不接受不讲感情的"封建"婚姻的多妻、婢女、童养媳、父母包办和买卖婚姻，进而要求双方具有良好的感情基础，不要草率结婚。正因如此，除非夫妻婚后"感情确已破裂"，便要求双方尽一切可能"和好"。这样，既破除旧式的封建婚姻，又避免"资产阶级"那种草率的婚姻和离婚[①]。这一"让步"的内在因素一方面如黄宗智所言，中国下层社会的婚姻成本过高，因单方要求便

---

① 黄宗智：《中国法律的现代性》，朱晓阳、侯猛编《法律与人类学：中国读本》，第50—53页。

准予离婚的规定不符合生活实际;另一方面,也因为中国(尤其是下层民众)对婚姻内感情的理解也不完全和西方相同,更倾向于从互敬互谅中生产出夫妻感情的可能性。1950—1960年代,中国民众的记忆距离传统影响尚不非常遥远,因此,电影《李双双》中"先结婚,后恋爱"会成为一句经典台词,并风靡全国。但法律的"让步"并不等同于现代观念的彻底倒退,只是,这一观念获得了另一种形式化的可能。这一可能性就在于家庭内部的改造。

在电影中,不同家庭内部的矛盾冲突的设置,再现出中国下层妇女的生活境遇,这一境遇实际上很难被完全纳入阶级政治的叙事范畴,因此,这些矛盾冲突更多地呈现出温和的也是日常生活化的表述形态。在这些冲突中,蔡桂贞家的矛盾被叙述为男权压抑下的性别冲突。蔡桂贞的丈夫郑宝卿是一个"大男子主义"者,因此,蔡桂贞的反抗便含有了相当典型的女性主义的叙事特征。但是,在这一反抗的过程中,我们须加注意"集体"的重要作用。

电影的开头有一个饶有趣味的细节:蔡桂贞、王彩凤、郑华等人在蔡家"学习文化",蔡桂贞自嘲"老了,脑子不管用",王彩凤当即反驳:"你们听她说的,好像七老八十啦。"转而对蔡桂贞说:"你还年轻得很呢!瞧你的眼睛长得多好看,不信你拿镜子自己照照……"果然,镜子里的蔡桂贞"前额上虽然已隐约显露一些浅浅的皱纹,但蕴藏着深挚感情和内在力量的一双眼睛,的确还显得年轻"。王彩凤很得意地说:"怎么样,是不是还年轻?我看,你就是心放不开。"蔡桂贞经王彩凤一鼓励,"身上像多了一种什么力量,立刻感到情绪饱满起来"。"年轻"意味着一种美的召唤,也是一种自信心的重新确立,这是相当具有女性意味的叙事特征。应该说,类似的描写,在当代文学中并不是非常见。但是,对女性叙事来说,"力量"的召唤却又是共同的,差别只在于,对这一"力量"的理解并不相同。更多的作品把这一"力量"解释为意志以及与男性相同的能力——这就是后来所谓"铁姑娘"的叙事起源,较早表现在王汶石《新结识的伙伴》等作品之中。不过,对于《万紫千红总是春》来说,这样的叙事显得更为自然,女性的重拾自信,多少和美相关,并形成通向"力量"的路径。同样重要的是,对于中国女性,尤其是下层女性来说,加入集体的过程,同时是一个学习的过程,因此,集体同时构成的是一个学习的空间。在这一空间中,女性的相互激励往往帮助完成女性的身份辨识。但是,在电影中,这样一个空间形态显然是远远不够的。

里弄生产组的建立,使得这一空间形态社会化,对于蔡桂贞等女性来说,便含有了摆脱自己命运的可能性。只有在这样的社会的也是政治和经济的空间中,妇女的"自信"才可能并不完全来自"美"的支持。如果我们把"审美"领域解释成为一种私人的情感领域的话,那么,所谓审美的普遍化过程的终止,在另一种意义上,却是要求个人重回公共领域并寻求政治支持的开始[①]。这一政治支持显然来自于两个方面:一是"能力"的展示乃至充分地释放,这一"能力"通常又是以克服"难题"的形式而被经典地再现出来。因此,在电影中,我们便会看到这些曾经的"家庭妇女"不仅有效地克服了"玩具"生产的技术问题,同时也有效地克服了"棉衣"制作的设备(包括和"设备"相关的私心和信心)问题。这样一种叙述方式,我们同样可以在《李双双》等电影中看到。在此,女性和男性一样,都在面对社会,所谓的"能力"也更多地指向"工作能力",也许,这可以被解释为某种"去性别化"的叙述,但是,如果我们考虑到所谓"工作能力"曾经被男性所垄断,那么,女性权利也只有在这一"去性别化"的过程中才可能被完全确立。二是这一空间同时被解释为一个群众性的政治空间,戴妈妈、王彩凤、郑华等人承担着帮助、教育和支持蔡桂贞同男权思想斗争的叙述使命,也因此,家庭内部的改造并不完全在家庭内部进行,社会运动通过某种曲折的方式进入家庭,并帮助这一改造完成。

相应的,蔡桂贞的家庭开始进入某种"斗争"的状态,而蔡桂贞本人也以一种"自信"的姿态,要求家庭内部的平等权利。因此,当她勇敢地要求丈夫"我们谈吧"——"谈"是一种平等协商的形式——丈夫起先是不屑("跟你有什么好谈的"),但面对蔡桂贞的"坚定"态度("不,要谈"),开始"感到十分惊异"。斗争继续延伸,最后的焦点被集中在蔡桂贞的"离

[①] 有关审美和私人领域的关系,可参见卡尔·施密特:《政治的浪漫派》,第13—15页,冯克利、刘峰译,上海:上海人民出版社,2004年。

婚"要求上。当然,这一"离婚"仅仅只是一种措词,斗争的结果是蔡桂贞重回家庭,但却是一种胜利的回归。按照电影的交代,蔡桂贞的丈夫终于开始检讨自己的男权思想,而蔡桂贞的"自信"同时还包含了"经济"的因素:她"第一次拿工钱"给丈夫和儿子买礼物。鲁迅的《伤逝》在若干年后获得了一种社会主义政治的有力回应。

这样一种叙述并不完全来自于"五四"新文学,甚至也不是"左翼"文学,倒是在"解放区文学"中,能找到更多类似的叙述痕迹。一般来说,"解放区文学"强调自由恋爱的新式婚姻,但是在"离婚"问题上,态度却极其慎重。赵树理写《孟祥英翻身》,内中多有婆婆、丈夫对孟祥英的欺压,但直至结尾,也未涉及离婚问题,只是说:"你怕明年续写不上去吗?"这固然和真人真事有关,但也看出赵树理对待婚姻问题的农民(也是平民)式的谨慎态度。而在《锻炼锻炼》中,赵树理对"吃不饱"草率的婚姻态度,却多有讥讽。

因此,中国社会主义时期的女性解放,多半并未采取和男性彻底决裂的激进姿态,解放更多地指向一种性别和解,当然,它的前提是男性中心主义的退出,男女在平等的基础上获得重新和解的可能性。在《万紫千红总是春》中是这样,在《李双双》中也是如此。它所遗留的问题则是,过多地在婚姻内关系层面强调性别和解,往往又会因此忽略个人情感问题;过多地强调面对社会的工作能力,又会因此忽略性别的差异性,等等。这也是 1980 年代将性别问题重新放在私人情感领域进行审美化处理的另一个潜在因素。

结　语

显然,我并不是完全在抽象的社会关系的意义上来讨论"劳动"问题,而是把"劳动"置放在当代文学史的语境中进行某一侧面的考察。

这一考察从革命的原点开始。革命的原点需要展示的,往往是阶级(也是这一阶级所属个人)的生存困境,并由此延伸出革命的正义性。在这一叙事中,"劳动"承担的不仅是伦理的正义性,也是政治的正义性;不仅发展出对所有制关系的变更要求,也发展出对国家政权的新的形态想象。同时,更重要的是,它还直接指向尊严,这一尊严不仅是个人的,更是阶级的,离开个人从属的阶级(或族群),空谈个人尊严,实际并无太大意义。而在某一方面,中国革命同时也是这一尊严政治的实践过程,或者说,离开这一尊严政治的支持,中国革命实际上并不可能存在。因此,"劳动"必然会转向文化层面的辩论,必然会引发文化领导权的争夺,这一争夺也意味着对数千年以来"劳心者治人,劳力者治于人"的文化的也是政治的等级秩序的挑战和颠覆。这一挑战和颠覆,不仅解放了中国下层民众的尊严,也激发出他们对共和国的参与热情。"爱劳动"观念的普遍确立,实际成为"新社会"的重要内涵之一。

"劳动"之所以能成为"革命后"的最为重要的概念之一,其中含有多方面的考量。这一考量,既和这一时期中国的实体经济,包括工业化的生产模式有关,同时,在乡村开展的合作化运动,也更多地含有过程平等和结果平等的思考在内。当然,"劳动"的意义决不限于此,不仅作为隐喻,也作为场域,交织着——比如女性解放的实践和思考,等等。

在某种意义上,也可以说,"劳动"作为 20 世纪的一个重要概念,提供了一种"劳动社会的乌托邦",这一乌托邦的兴起和幻灭都有深刻的历史原因[①]。而在中国的语境中,更应当考虑的,是它的正当性如何生产出了某些无理性。在我的理解中,这一生产过程并不能依靠简单的逻辑演绎,相反,其中有极其复杂的因素介入。比如,"劳动"并不可能直接演绎出什么反智主义的倾向。但是,对"劳动"(尤其是体力劳动)的推崇,则可能对"脑力劳动"(包括知识者)构成某种压抑性的力量。这一压抑的形成又是有着多方面的因素,既和这一时期的知识分子政策有关,同时,也关涉对现代的"专家社会"的各种不同的态度。因此,它需要的是深入的研究,而不是简单的演绎乃至判断。仅就这一点而言,我在本书的结束语中,还会

---

① 哈贝马斯:《新的非了然性——福利国家的危机与乌托邦力量的衰竭》,《哈贝马斯的商谈伦理学》,薛华译,沈阳:辽宁教育出版社,1988 年。

继续地讨论。

但是,我以为最为重要的,仍然是这一概念和中国下层民众的紧密关系。而对"劳动"这一概念的态度变化,其所涉及的,正是中国下层民众的位置,也包括一个时代的政治和文化,乃至一种根本的价值观念,甚至政治理念。劳动(主要是物质性生产的体力劳动)曾经使中国下层社会获得一种主体性以及相应的阶级尊严,并构成政权要求。

当然,随着新的经济形式(知识经济)的出现以及相应的劳动形态的变化(非物质性劳动),怎样重新处理这一"劳动"概念,以及劳动者主体,就变得非常重要。而在我看来,这一新的劳动形式和劳动形态,则有可能生产出"知识劳动者",或者文化无产阶级(所谓"白领"带有更多的中产阶级意味)的概念[①]。同时,在中国,我们面临的是一种多种劳动形态并存的社会现实,因此,如何构造一个新的劳动者联盟,指向的是未来的左翼政治的可能。而核心工作之一,也就是如何重新处理"劳动"这一概念。

---

① 数年前,在我的研究生讨论班上,邵杰同学针对古德纳"文化资产阶级"的说法,提出"文化无产阶级"的概念,我觉得这是一个可以深入讨论的概念,当然,用"知识劳动者"可能更中性一些。而更重要的意义则在于,资本是一个国际性的概念,因此,如何创造一个对抗性的国际概念将是非常重要的事情。

第六章 "技术革新"和工人阶级的主体性叙事

将中国革命简单地视为一场农民革命,显然并不准确。尽管现代中国缺乏一个强大的工业化基础,也因此不像欧美诸国那样有着庞大的产业工人的队伍,但是,在中国革命的背后,始终存在着"无产阶级"这一概念的支持,或者说,在中国革命的过程中,"无产阶级"始终是一个"在者"。正是这一"无产阶级"的在场,才决定了中国革命的现代性质,而绝不只是某种传统意义上的"农民起义"。也因了"无产阶级"这一国际性的概念,同时决定了中国革命不仅是"民族"的,也是"世界"的。当然,在更多的时候,这一概念是理论的。但是,我决不轻视理论的重要性,而依托某种观念,重新缔造一个现代国家,恰恰是中国革命的重要特征之一。

但是,在文学叙事中,任何概念并不能仅仅停留在理论阶段,它仍然需要依托某种形象,从而再现或者呈现所要再现或者呈现之物。尤其是,1949以后,工人从"奴隶"转为"主人",或者说,在黑格尔式的"主奴"关系的颠倒过程中,"工人"应该怎样叙说,就成为当代文学迫切需要解决的不仅是理论,也是实践问题。

我在此想讨论的,正是这一"工人"的叙说,或者怎样叙说,以及在这样的叙说过程中,什么样的力量开始介入,从而决定了它是这样的叙说。

一、弱者的武器和工匠精神

1949年,中华人民共和国的成立,决定了当代文学的一个根本的存在语境,这一语境不仅意味着大规模的武装反抗的革命历史的结束,更是意味着一个革命党向执政党的历史转化的过程的开始。我们很难用"后革命"的概念来命名这一时代,但它的确是一个新的"革命后"的时代。

对于中国革命来说,这一时代也许可以用"进城"来进行某种文学性的隐喻。在中国革命的语汇中,"城市"一方面象征着资本主义的总体性的压迫力量,是反动的、腐朽的,也是堕落的,比如茅盾的《子夜》;但另一方面,这一"城市"同时也指涉着现代化或者工业化,而建设一个现代的强大的工业化的国家,始终是中国革命的重要的政治诉求之一。1944年,毛泽东在一次讲话中就反复强调:"中国落后的原因,主要的是没有新式工业。日本帝国主义为什么敢于这样地欺负中国,就是因为中国没有强大的工业,它欺侮我们落后。"因此,"要打倒日本帝国主义,必需有工业;要中国的民族独立有巩固的保障,就必需有工业化。我们共产党是要努力于中国的工业化的"[①]。也是在这一年,毛泽东给秦邦宪的信中,再次强调:"新民主主义社会的基础是机器,不是手工。我们现在还没有获得机器,所以我们还没有胜利。如果我们永远不能获得机器,我们就永远不能胜利,我们就要灭亡。现在的农村是暂时的根据地,不是也不能是整个中国民主社会的主要基础。由农业基础到工业基础,正是我们革命的任务。"[②] 因为这一工业化的政治诉求,必然要注意城市问题,还在战争年代,毛泽东就已经以中央的名义要求"各地应注意总结城市工作经验"[③]。甚至,"城市"在某种意义上还表征着政权的合法性,比如,1944 年 6 月 5 日,中共六届七中全会召开了一次城市工作专题会议,会上,刘少奇把"进城"表述为"先到为君,后到为臣"。周恩来则说:"我们先进了城,人民选举我们,我们就是合法的,国民党要反对我们,他就是非法的。"[④] 因此,"进城"意味着一个新的"革命后"的时代的开始,这一时代既是中国革命的产物,也积淀着中国自晚清以来逐渐形成的"现代"梦想。但是,"进城"同时也带来了某种巨大的焦虑,这一焦虑正是产生在革命党向执政党转化的历史过程中。因为,"进城"既是对革命党的执政能力的挑战,也是对这一政党的革命意志的考验,

---

① 毛泽东:《共产党是要努力于中国的工业化的》,《毛泽东文集》(第三卷),第 146、147 页。
② 毛泽东:《给秦邦宪的信》,《毛泽东文集》(第三卷),第 207 页。
③ 毛泽东:《各地应注意总结城市工作经验》,《毛泽东文集》(第五卷),第 71 页。
④ 胡乔木:《胡乔木回忆毛泽东》,第 368 页,北京:人民出版社,1994 年。

所以，毛泽东在中共七届二中全会上，明确反对"政治上、经济上毕其功于一役"的提法，因为，"如果国家，主要的就是人民解放军和我们的党腐化下去，无产阶级不能掌握住这个国家政权，那还是有问题的"①。而对"腐化"的焦虑，早在1944年，毛泽东就以李自成为例，要求全党"引为鉴戒"②，也就是丹尼尔·贝尔所谓的"革命的第二天"的问题。但是，"进城"的焦虑绝不仅限于此。在逐渐展开的"革命后"的时代之中，身份的重新辨识开始成为一个极其重要的问题。这一身份辨识，不仅渗透在"革命党／执政党"的辩论和自我辩论之中，也同时包括怎样理解"革命中国／现代中国"之间的复杂关系。这是因为，中国革命绝不会仅仅满足"努力于中国的工业化"，也就是建立一个资本主义化的"现代中国"，相反，它始终致力的，是一个社会主义的"革命中国"。因此，中国革命绝不等同于资产阶级的民族主义革命。问题却在于，"革命中国"必需依托于"现代中国"。也就是说，当中国革命明确了自己的现代化的政治诉求，那么，大到民族国家的建构框架，小到单位企业的科层管理，现代性都不可避免地渗透其中，而在这一现代性的控制之中，如何才能保证这一中国是"革命"的，而不仅仅是"现代"的，我以为，这才是贯穿于中国社会主义前三十年的核心的焦虑。

当然，这并不是我在这里想要着重讨论的主要问题，我所要致力的，仅仅只是这一"革命后"的时代所激发出的文学叙事上的震荡，这一震荡在1950年代初期，通过"语言"问题的讨论已经多少有所表露。比如，邢公畹在当时就曾认为："自从中国人民的革命力量解放了若干大城市之后，就迅速地在全国范围内得到了胜利。中国人民的任务是要在政治上、经济上、文化上完成新民主主义的改革，实行民族的统一与独立，由农业国变成工业国。特别是在人民政治协商会议召开之后的今天，我们可以说，我们的国家已经是一个独立、民主、和平、统一，并且不断走向富强的国家了。那么，在今天，我们是应该以正在发展中的统一的民族语来创作呢？（那就是说在我们的创作中要适当地避开地方性土话）还是应该用方言来创作呢？（那就是说我们的创作中特别去使用并且强调那些地方性的土话）

---

① 毛泽东：《在中共七届二中全会上的总结》，《毛泽东文集》（第五卷），第262、263页。
② 毛泽东：《学习和时局》，《毛泽东选集》（第三卷），第902页。

当革命力量没有进入大城市或刚刚进入大城市的时候,我们提出'方言文学'的口号,这是正确的;当革命在全国范围内取得了胜利之后,我们要求以正在发展中的民族共同语(全民语)来创作,这也是正确的。这两个不同的口号适于两个不同的时代,但这两个口号本身却是互相矛盾的,要求它们不矛盾是不可能的。"[1] 邢公畹的这一观点在当时受到了包括周立波在内的一些作家、批评家的反对[2]。但是,在这一讨论中,真正蕴含的,正是"革命后"所带来的历史转型所产生的重要的理论乃至实践问题。这一问题不仅表现在所谓的"民族语/方言"的辩论中,也表现在萧也牧的小说《我们夫妇之间》所引发的"城市/乡村"等等的理论冲突中。因此,我在这里试图以"弱者的武器和工匠精神"这样一种问题形式,来讨论在"进城"的历史转型过程中,围绕"革命/生产"所带来的某种叙事乃至伦理态度的复杂变化。

1959年,中国青年出版社出版了罗丹的长篇小说《风雨的黎明》,小说以1948年鞍山解放为历史背景,讲述了一个中国革命"进城"的故事。在这个故事中,各种矛盾围绕"进城"得以展开,或者说,"进城"激发或诱发了各种矛盾。而在所有的矛盾中,都自始至终地贯穿着一个最根本的辩论,也就是"主人/奴隶"的身份转型。

小说的主要线索之一,是围绕宋则周展开的叙事。通过宋则周对当时部分单位"乱搬乱拆"的坚决制止,"主人"被叙述为一种"治理者"的形象,而由"奴隶"所表现出的"造反者"形象则被解释成"游击习气""地方主义",这一形象主要由娄堃华等人承担。显然,这一经由"造反者"所表现出来的某种"破坏性",无论其在历史上曾经获得过何种合法性的解释,在"进城"后,都遭到或可能遭到"治理者"的坚决反对[3]。显然,在宋则周等人,已经确立了"国家"(包括"治理")的概念,而更重要的,"革命者"将

---

[1] 邢公畹:《关于"方言文学"的补充意见》,《文艺报》1951年第3卷第10期。
[2] 有关这一问题的讨论,参见本书第一章《国家/地方:革命想象中的冲突与妥协》。
[3] 这一"造反者"语言在"文革"中间又被重新编码,"治理者/被治理者"的矛盾表现为"保守/造反"的冲突,继续革命的理论背后同时也存在着现实主义与未来主义的激烈辩论。当然,这是另外一个话题了。

是这个新生的国家的"主人",因此,秩序将被重新确立,所有的"造反者"的语言也将按照某种新的语法体系被重新编码,这一新的语法体系当然是"现代"的。在叙事者的视野中,宋则周等人较好地完成了"革命党"向"执政党"的历史转换,而且,也同时完成了新的身份辨识。就是说,他们将以"主人"的身份来进行这个新的国家的管理工作。但是,在这一"现代"的秩序中,"新"和"旧"的区别究竟在哪里?小说中有一个次要人物,此人叫房金非,是一个工程师,也曾经是国民党时期鞍钢的副厂长。但是,他并没有跟随国民党撤离鞍山,而是选择了共产党,对于这一选择,小说有着这样的描写:"当国民党的鞍钢头子叫他发电报的时候,他竟敢大胆说:'我是副厂长的职位,做厂长的工作,拿技术员的工资,现在又做发报员了。'这是一种抗议,在当时是不容易的。"在这样的描写中,国民党首先被叙述成为是一种反现代的破坏性的力量,而共产党则理所当然地成为"现代"的承担者。显然,这正是房今非选择的重要的潜在理由。而在宋则周,对待房今非的态度还不仅仅是"用",而是"怎样来更理解和改造这个人,使之成为我们自己的坚定的工程师"。显然,在宋则周的思想中,"技术"(科学)已经不仅仅只是一种"工具",而很可能是革命事业的一个有机的构成部分。在这样的想象中,"革命"和"现代"开始成为一个可以相互转换的概念。可是,在另外的叙事作品,比如艾芜的《百炼成钢》或者草明的《乘风破浪》中,宋则周式的人物却开始面临另一种"革命"力量的挑战。这一点,我在后面会有更详细的讨论。

在这样的转换——也就是"革命党"向"执政党"的转换过程中,"工人"的位置也开始发生了微妙的变化,或者说,"工人"也同样面临"身份"的重新辨识。

《风雨的黎明》的开头,就写工人对国民党的反抗,这一反抗以某种破坏性的形式而被表征出来:"……有些大员(工人们把国民党派来的管理和技术人员,一律称为大员),不懂装懂,工人们就更不当真给他们炼钢了,所以炼钢工人闻长山不叫'炼钢'叫'煮钢'。有时,炉顶化得很快很厉害,一条一条挂下来,很长,像帘子似的,工人们就说:'好看极了。'炉底常弄得出大坑,他们就管叫:'锅漏底了,不能煮了!'炉子到处冒火,地坑和钢锭模中常有大便。有一次，炉内温度还不够，闻长山知道还不能加矿石，但一位大员说：'可以加矿石了吧？''加吧，你说加就加。'闻长山有意加了太多的矿石，炉内的钢水几乎冻结了。"而在国民党的"开工典礼"上，工人更是表现出一种公开的破坏性："百吨吊工石宝树，吊着盛满钢水的钢桶铸锭时，故意弄得晃晃摇摇，以致钢水溅洒到钢锭模边上，溅洒到铸坑里和铁轨上，简直洒得哪儿都是，就像石宝树常常从百吨吊车朝下面撒尿似的。掌握压钢棒的铸锭工曹宗荣，弄得钢水像拉稀一样，哗哗四散淌，有时钢流又小得像根红线朝下流。由于温度不够，有大量的钢水冻结在钢桶里。石宝树瞅着钢桶里逐渐浓稠的暗红的钢汁，笑得顶乐，仿佛是在欣赏自己创造的奇迹。"

在政治的或者经济的总体性的力量压迫下，工人将自己的不满情绪通过某种破坏性的方式（"捣毁机器，烧毁工厂"）表现出来，马克思和恩格斯在《共产党宣言》中早已有过精彩论述。而斯科特在考察东南亚农民的反抗行为时，也发现了一种他称之为"日常反抗"的方式，这种反抗通常表现出一种不合作的态度，而且以违反日常规范的行为表现出来，并以这一反抗方式表明其政治参与感。在这一反抗过程中，所谓"行动拖沓，假装糊涂，虚假顺从，小偷小摸，装傻卖呆，诽谤，纵火，破坏等等"，是这些农民通常采用的方法，这些方法在斯科特的论述中，被称之为一种"弱者的武器"①。

这样一种反抗形式，在中国的现代史上屡有发生，比如在上海某家工厂的大事记中，我们就可以看到，在抗日战争中，工人为了拖延军工生产，采取了"各种巧妙的方法"，比如消极怠工，大家经常"东一堆，西一堆蹲在墙角、车床旁边聊天、打瞌睡，或者干脆开空车"；或者粗制滥造，"工人故意把眼子打大、打小、打偏……将……尺寸车错，……从表面上一点也看不出破绽"；再或者以假乱真，"炮弹造好，按理应当涂一层牛油防锈，贝启洪等人故意涂上一层火油，加以破坏"，等等②。显然，在这一叙述中，消极怠工、粗制滥造、以假乱真，等等，成为一种有效的"弱者的武器"，而且，

---

① 詹姆斯·C.斯科特：《弱者的武器》，第35页，郑广怀等译，南京：译林出版社，2007年。
② 阴根兴主编：《上海二纺机党史大事记》，第57页。

获得了政治上的肯定以及合法性的解释。不仅仅是历史的某种记叙，中国的当代文学也常常给出此类的"反抗"文本，并且成为一种"革命"的政治形象。比如，在梁斌的《红旗谱》中，车把式老套子只知道下死力为地主干活，地主冯老兰也"最是喜欢这样人儿"，就受到"反抗者"的批评甚至嘲笑。这类批评的理由，根植于革命对旧秩序的反抗和破坏，这一反抗，不仅是政治的，也是经济的。因此，有着道义上的正当性。

可是，如果我们仔细解读这一类"反抗"的文本，就可能发现事情也许并没有如此简单。《暴风骤雨》写白玉山"原来是个勤快的小伙子"，但是屡遭地主韩老六和官府的迫害后，人就懒了，"总是太阳一竿子高了，他还在炕上。他常盼下雨，好歇一天……"对白玉山来说，"懒"的最大理由就是他对妻子的反唇相讥："你勤快，该发家了？"类似的描写也出现在艾明之的长篇小说《火种》当中，柳金松是个快乐的小伙子，而且"身强力壮手艺又好"，在上海，像他这样的冷作工人"说少不少，说多可也并不算多呵"。所以，他对生活总是"充满信心"。可是，柳金松的信心却终被现实摧毁，"三十岁不到，鬓角已经掺杂了丝丝白发"，"显得苍老，颓唐"，曾经有过的"爽朗的笑声和唢呐声"早已不闻，而是"整天被愁苦和沉默封锁着"，他整天"四处乱走"，也没有找到工作，也根本"没想去找"。在这样的描写中，"弱者的反抗"呈现出绝望的姿态，而且，反抗的"武器"更多伤害的可能是反抗者自身。显然，中国作家对这一"弱者的武器"的书写，带有更为复杂的情感体验。他们更在意的，并不仅仅是"反抗"带来的种种快感，而是"劳动／生存"权利被剥夺的政治书写，因此，在"弱者的反抗"的背后，有着明确的政权／政治诉求，这也是中国革命根本不同于一般的社会运动之处。同时，经由早期社会主义思想的传播，"劳动神圣"的观念不仅为一般知识分子所接受，同时亦受到民间思想的支持，也就是说，"勤劳"支持的正是一个"正派"的农民或者工人形象，而这样一种"正派"的农民或者工人，恰恰是"革命后"的中国所需要的道德或者美学形象。因此，在"追叙"中国革命历史的过程中，"弱者的反抗"，包括这一反抗所使用的"武器"，诸如消极怠工、粗制滥造等等，就必然要说明其被迫的性质，而且必然会深入到反抗者内心的绝望与痛苦。这样一种叙述的背后，势必存在着对劳动的赞美和肯定,而当"劳动"成为一种抽象的甚或是美学的品质之后,我们会看到,有时候它甚至会消解阶级之间的描写上的森严壁垒。比如,浩然在《艳阳天》中,写富裕中农"弯弯绕"的锄头:"那锄杆磨得两头粗,中间细,你就是专门用油漆,也漆不成这么光滑。那锄板使秃了,薄薄的,小小的,像一把铲子,又像一把韭菜刀子。"在经过这样一番对农具的细致的描写后,叙事者忍不住要赞美说:"主人用它付出了多少辛苦,流了多少汗水呀!"这样的描写乃至抒情,插在对"弯弯绕"的整个的叙述中间,有点突兀,不经意之间,留下了某种"缝隙"。类似的描写,并不少见,比如周立波在《山乡巨变》中,写富裕中农王菊生,固然嘲笑他的吝啬、贪婪和工于心计,但对王菊生的勤劳、肯干,也并不乏赞美之词①。在革命/建设这样一种悖论似的语境中,尤其是转向"革命后"的新中国的描写,"弱者的武器"不仅被彻底"收缴",同时,"懒惰"成为革命重要的改造对象,这一改造不仅见于赵树理的《锻炼锻炼》中的"小腿疼"和"吃不饱",也可见于陈登科《风雷》中的羊秀英和黄大权,等等。在中国的当代文学中,这样的描写绝不鲜见②。而这样的描写恰恰是因为"革命后"国家和主人的概念的嵌入。

因此,《风雨的黎明》在肆意地描写鞍山钢铁厂的工人对国民党政权的"破坏性"的反抗时,很快就意识到这一无节制的书写有可能会导致叙事陷入某种困境。这一困境在于:当鞍山迎来解放军的"进城",一个"革命后"的时代迫切需要解决的,恰恰是这种破坏性的反抗行为,也就是说,如何使工人的"不合作"转化为真诚的"合作"。而要完成这一转化,则必须首先使工人重新辨识自己的身份,即意识到自己已从"奴隶"转变为工厂(或国家)的"主人"。所以,当愤怒的工人为了发泄自己对国民党的怨恨,嚷嚷着要烧工厂的"大白楼"时,闻长山反过来开始阻止这一"破坏性"的反抗:"大白楼也不是国民党的,你们击天撞地要烧它干什么?""烧大白楼不跟烧厂子一样吗?怎么说也不能烧。"当然,闻长山给出的理由并不特别

---

① 有关"劳动"问题,我在本书的第五章《劳动或者劳动乌托邦的叙述》中有更详细的讨论。
② 对这一"懒汉"的书写,较早可能产生于延安时期的"改造二流子"运动中,比如《兄妹开荒》这一类秧歌剧,参见朱鸿召:《延安日常生活中的历史》之"改造二流子"一节。

的"政治",只是朴素地认为:"要打天下,这么大鞍钢,八路军哪能不开。"但是,在小说的叙事语境中,这一说法已足以说明,一种无节制的"破坏性"的反抗所导致的叙事警惕。

显然,仅仅依靠闻长山,尚无以完成"主人"的叙事任务。在《风雨的黎明》中,真正重要的,恰恰是解年魁这一人物。在小说中,我们看到,解年魁温和、善良、慈祥。但更重要的,他是一个真正的"大工匠",所谓"车钳铆电焊,样样精通"。但是,就是这样一个大工匠,在国民党时代,只能被迫"上街卖小工"。解放军进城后,他才重新回到工厂,小说这样描写他劳动时的心情:"他从前上街去卖小工,也是干活,但不知怎的,他觉得今天的劳动,内心充满着奇异的欢乐,定是因为像做梦似的回到鞍钢的机器旁边的缘故吧,解年魁觉得年轻了,他意识到全身燃烧着力量,干活的手脚也轻快灵活起来。"在这样的对比叙述中,国民党再次被描述为一种反现代的政治,同时,也是一种反劳动的政治。

但这并不等于解年魁只是一个现代意义上的"大工匠",相反,他具有一种朴素的也是明确的政治意识,"工厂,八路军,工人,一码事……"而在这样一种"主人"的视野中,"一切又都在自己身边了:炉顶积雪的高炉,发黄的桥形起重机,乌黑的成堆的热风炉,巨大的瓦斯罐,肥壮的冷却塔,平炉的高大的厂房,高耸的洗涤塔……所有这些壮丽的建筑,都有自己的劳动的手印,都凝聚了自己的心血……"隐藏在这样抒情性的叙事背后的,并不完全是政治,也可以说,还有一种"中立"的劳动者的情感在内,因此,在所有"破坏性"的反抗中,我们都很难找到解年魁老人的身影,这并不是用"政治"这一概念就可以完全解释的。

也许,有一个细节可以来解释解年魁微妙的心理。在解放军进城前,有三十五年工龄的老钳工解年魁被迫在"鞍山街上卖零工了,给人装修炉子,收拾锅台盘盘炕"。这一天,他被一个"靠给国民党军队洗衣服过日子"的妇女请去"收拾收拾火炉子"。对于解年魁这样一个曾经"拿'大票子'的'大工匠',这点小活,自然很不费事就做完了"。但是,他仍然"以一个老钳工的严谨习惯,仔细检查。还害怕修得有毛病,对人家不起……"于是,"像他修好了一架吊车子之后进行试车一样,他用劈柴生起了火,好烧,炉筒子也不漏烟,他放心了。然后他煮了热水倒进小铁桶里,提到屋后打起煤坯来……,一块一块,整整齐齐摆到空地上"。在对解年魁这些"动作"的详细书写中,表征的,除了善良、热心这样一些优秀的品质之外,最为突出的,恐怕还是这个"大工匠"的某种习惯,这一习惯我们或许可以称为一种"工匠精神"。所谓"工匠精神",我以为,它的核心要素之一,即是劳动者通过自己生产的产品来表达自己对社会或社会公共事务的高度责任感,或者说,产品的公共性决定了他们的社会参与感。在某种意义上,也可以说,这是一个工业化的时代所迫切需要的工作伦理。资本主义使然,社会主义也未必见外。这也是我一直在强调的,在许多地方许多时候,社会主义和资本主义的边界未必那么清楚,相反,在很多时候很多地方它们往往是重合的。

在某种意义上,解年魁成为当代文学中"老工人"形象的经典代表,但是,我们并没有任何证据说明这一形象影响或者参与了其他小说对这一类人物的塑造,也就是说,我们很难将解年魁视为某种叙事学意义上的"原型"。更有力量的解释可能是,众多的"老工人"形象的"共时性"的出现,依靠的并不是某一具体的"原型",而是受制于这一时代的某种政治无意识。在这一政治无意识中,所谓"工匠精神"包括对这一精神的认同乃至政治肯定仍然是其核心的要素之一。

实际上,在1949—1966年的当代文学中,这样一种写作,包括书写态度,恰恰构成了一种主流模式。在这一模式中,工人积极地投身生产,从事技术革新,表现出一种高度的责任心和忘我的工作精神。这一"工匠精神"不仅仅表现在"老工人"的形象塑造上,同时也渗透到了年轻一代的工人身上,比如在1960年代的重要文本之一《千万不要忘记》中,我们即可以看到季友良这一形象。作为剧中的正面人物,季友良不仅是劳动模范,也是技术改良爱好者,而正是在对这一理想的现代新人的书写过程中,我们可以明显感觉到社会主义对所谓的"工匠精神"的积极认同乃至高度的政治肯定。即使在所谓的"文革文学",比如现代京剧《海港》中的"老工人"马洪亮身上,这一"工匠精神"也仍然被顽固地承继下来。

因此,关键不在于解年魁的"美德",而在于,为什么在"革命后"的中国，解年魁这一类"老工人"的形象，会迅速地从"弱者的反抗"的叙事中脱颖而出。在某种意义上，解年魁更合乎规范的现代工厂以对生产过程全面控制为基本准则的行为模式，也就是说，当"革命后"的中国选择了"大工业"的现代性道路，就必然需要"工匠精神"，也必然需要塑造解年魁这样的"老工人"和季友良那样的"新工人"。而在唐小兵看来："这样一个以大规模工业生产为出发点的社会组织方案，与其说反映了意识形态选择性，不如说是由现代工业的基本逻辑所决定的。大规模、高效率的工厂工作必须依靠纪律化、组织化的大军，因此现代工业生产的一个重要环节便是确保劳动力的再生产。"显然，唐小兵正是依据这一观点，对《千万不要忘记》作了现代性的"再解读"[1]。如果说，文学或者艺术只是非常含蓄地表述了隐藏在这一"工匠精神"背后的"以大规模工业生产为出发点的社会组织方案"，那么，国家一系列的正式的法规文件，则明确地表达了对劳动者的现代性要求。比如，1955 年，全国总工会正式发表了《中华全国总工会为保证完成和超额完成国民经济的第一个五年计划告全国职工书》，在这封具有强烈抒情特征的公开信中，除了再次强调国家有关"社会主义工业化"的现代性诉求，同时细致地规定了每一个劳动者所必须具有的劳动品质："我们要把每一个人、每一台机器、每一分钱和每一分钟都充分地、有效地用在五年计划的建设事业上！厉行节约，人人有责！我们必须节约原材料，降低产品成本和商品流转费用；必须提高产品质量，减少以至消灭废品；必须爱护机器、工具，延长机器和工具的寿命；在基本建设中必须降低工程造价，保证工程质量。贯彻'好、快、省、安全'的方针！我们一定要认真地遵守各种规程，经常地、自觉地巩固劳动纪律。每一个人都要以国家主人翁的负责态度，和各种浪费现象作斗争。"[2] 不仅仅是《千万不要忘记》，即使现代京剧《海港》，在意识形态化的解释以及阶级斗争的闹剧性的情节编织中，隐蔽着的，仍然是这一"工匠精神"的核心叙事要素。尽管"小麦散包"被叙述成一个政治事件，但这一故事真正要解决的，仍然

---

[1] 唐小兵：《〈千万不要忘记〉的历史意义——关于日常生活的焦虑及其现代性》，王晓明主编：《二十世纪中国文学史论》（下卷），第 179 页。

[2] 《中华人民共和国法规汇编（1955 年 7 月—12 月）》，第 852 页，北京：法律出版社，1956 年。

是韩小强的"你这种态度,像个工人吗"?而真正的工人,或者理想中的工人,仍然是像马洪亮那样的"老工人",即使"退休离上海",也"时刻把码头挂心怀"。在某种意义上,《海港》正是《千万不要忘记》的主题延续,在"千万不要忘记阶级斗争"的政治解释中,仍然隐蔽着"千万不要忘记生产建设"这一"革命后"的现代性的目的诉求。在构成当代文学的历史语境中,"国家"始终是极其重要的核心因素之一,正是这一"革命后"的国家的存在,才会引发对"生产",以及对劳动者的现代性要求,包括对"工匠精神"的积极认同乃至高度的政治肯定。

但是,即使这一解释获得了现代性理论的支持,仍然可能在社会主义的历史语境中,简单地把"工人"处理为一个工业化社会所需要的合格的"劳动力",而更重要的,这样一种解释的结果有可能模糊"革命中国"与"现代中国"之间必要的边界。

在强调"纪律"与"组织"这一现代工业社会的基本特征乃至对劳动者的品质要求之外,我们还不能遗漏"自觉"这一概念,正是这一概念的介入,才根本地决定了"革命后"的中国仍然是"革命"的,而不仅仅是"现代"的。也就是说,"革命"的政治诉求并没有因为"现代"而被彻底摒弃,相反,这一政治诉求仍然控制了"革命后"的中国,当然,也导致了"革命后"的中国——在隐喻的意义上,"革命"和"生产"之间的激烈冲突。在所谓的"革命"的政治诉求中,不仅仅包含了一种平等的原则,还包括了工农的"主人"地位,也就是我前引"公开书"的"以国家主人翁的负责的态度"。这一态度,显然无法简单地包括在所谓的"工匠精神"之中。

强调工农是这一国家的主人,正是这一时期意识形态乃至文学艺术着重要完成的社会想象,无论这一想象与社会实践之间存在着怎样的差距,它仍然是社会主义最为宝贵的遗产之一。正是在这一想象中,工农获得了一种作为人的"尊严",而这一"尊严"的获得,当然首先是政治的介入。因此,"翻身"不仅仅是经济的,更是政治的。普遍的尊严感的确立,才可能使工农真正获得一种"翻身"的感觉,在这一意义上,社会主义需要挑战的,已经不仅仅是资本主义,而是自有阶级以来的所谓的人类社会的等级传统。因此,在《海港》中,引起马洪亮愤怒的,正是所谓"臭苦力"这一带有强烈的阶层歧视的概念。而另一方面，在当时识字率普遍低下的中国，仅仅依靠"公民"这一概念，显然无法完成动员中国广大的下层人民对国家公共事务的参与，只有借助于"主人"这一概念，才可能真正形成一种参与性的现代政治。而对当时的中国来说，迫切需要的，正是整个社会，包括下层社会的全力参与。这不仅是政治的需要，也是整个国民经济的需要。当然，在中国的社会主义时期，由于这一"参与"并没有形成一种完整的现代政治结构，尤其是没有被真正的制度化，也就是说在实际的"科层化"的制度安排中，这一"动员—参与"的政治效果在某种程度上又仍然是可疑的[①]。即使在"生产"层面，这一"以国家主人翁的负责的态度"固然在一定时期激发出了工人的劳动热情，但在整个的现代的背景中（也包括一定的商品经济的背景），完全排除个人的利益因素，这一热情的持续性也仍然受到严峻的挑战。但是，这一有关"主人"的想象，仍然包含了一种也许可以称为"人民政治"的制度性的设想。而这也是今天所需要重新讨论乃至重新辩证的社会主义的遗产之一。

但是，所谓的"尊严"显然并不能仅仅依靠政治，尤其是权力政治的肯定，所谓"合法性"已经包含了赢得普遍赞同的因素。因此，它还必须诉诸其他的形式，包括道德的、情感的乃至美学的方式。在这一意义上，所谓"工匠精神"同时就会被叙述成一种人的德性，甚至一种崇高的美学形态。

《风雨的黎明》有这样一段叙述，写徐庆春跟解年魁去修理吊车，"在护厂工作上，解年魁给徐庆春的印象，是年老力衰，只能坐在空气压缩机房接接变压器油，只能找工人谈谈话，巡查巡查，管理管理护厂队的家务事。但现在是要修理吊车子，是正规的钳工活，而解年魁是上等的老钳工。一个钳工的意识浮上来了，徐庆春知道，不能拿岁数来看这个老人了"，所以，"徐庆春胡乱吃了一些解年魁带来的饭，就跟着解年魁往中板工厂走去。徐庆春这时觉得他们的关系变了，现在，已不是护厂队长跟解年魁的关系，也不是壮年人跟老年人的关系，而是一个钳工的后辈跟钳工的前辈的关系。

[①] 这一问题我在本书的第二章《动员结构、群众、干部和知识分子》中有简单的论述。

尽管修理普通的吊车子是容易的，尽管老徐没有跟老人一起干过活，而只是闻名，但徐庆春依然意识到在老人面前是没有丝毫英雄可逞的。解年魁迈着轻快的脚步走在前头，徐庆春老老实实跟在后面，就像出去干活时徒弟跟在师傅后面一样"。

通过徐庆春的心理活动，一个"大工匠"的形象被有力地凸现出来，而解年魁在修理吊车的过程中，也处处表现出一个"大工匠"的尊严。的确，在这一"尊严"中，蕴含着技术、知识、能力等等因素。但是，当这些因素被结构为一种美感形式的时候，首先要解决的，正是劳动的神圣性，只有这一神圣性被重新确立，那些实践性的技能才可能被美学化。同时，这一美的形式也被情感化，从而有力地支持着一个"老工人"的尊严。因此，横亘在"主人"这一美学想象面前的，就不仅仅是政治，同时，"文化"也有力地开始参与进来。

二、"文化诉苦"与"技术革新"

1952年7月25日，《劳动报》发表了上海国营绢纺厂女工金蕙芳的文章《我们夫妻俩》，其中出现了"文化诉苦"这一概念："厂里开办速成识字班，行政上批准我脱离生产参加学习。第一天文化诉苦会上，我上台诉苦，话没说完就哭了，同学们也哭了。但是我想到在一个月以后，我就能学会两千字时，我马上揩干了眼泪。"在这一简短的陈述中，我们大略可以知道，在1950年代初期，上海的工人中间正在展开一场"识字运动"，同时，这一运动又和"文化诉苦"联系在了一起。所谓"文化诉苦"显然脱胎于1946年开始而后普遍展开的军队和乡村的"诉苦运动"，近年来，这一"诉苦"运动已经引起学界的研究兴趣，并有相当多的研究成果出现。研究者不仅认为农民个人通过这一"诉苦"的方式获得了某种集体认同，而且"作为转变人们思想观念的治理技术和农民的国家观念形成的中介机制"，重构了农民与周围世界的关系，包括与国家的关系。①

---

① 郭于华、孙立平：《诉苦：一种农民国家观念形成的中介机制》，《中国学术》，2002年第4期。

但是，与这一（政治／经济）"诉苦"运动稍有不同的是，"文化诉苦"更侧重于"不识字"给工人带来的苦恼，包括蕴含在这一苦恼之中的受挫感和受辱感。比如，钱同生是国营上海绢纺厂的老工人，抗日战争时期，"厂里当权的日本鬼子问他：'你叫什么名字？'他说：'我叫钱同生。'鬼子头困扁了，竟把他换了姓，好端端的钱同生，偏偏写成了徐同生，钱师傅不识字，他也不晓得；后来听到人家这样叫他，心里像戳了一刀，但是嘴里不敢响，怕吃日本鬼子的苦头。这样将错就错一直瞒到抗日战争胜利，钱师傅这才松了一口气，他想可以恢复原名了。那晓得天上飞来一群黑老鸦——刮民党的劫收大员，他们忙着买金条、抢洋房，工人连油米柴盐都不周全，厂里什么事都没有改变，人事科名册上写着的'徐同生'还是'徐同生'！钱师傅心里多难过！他的左眼也哭瞎了。从此他用一只右眼，看透了旧社会的黑暗：工人连祖宗的姓都要改变"[1]。韦振泰切面坊摇面工姜锦华则回忆说："从前不识字的苦处真大哩！你想，那时候还没有讲劳资两利，譬如老板叫你送面到洪福里廿号，你送错了，路上问问行人，那些人眼睛一弹：'侬眼睛瞎了！门牌看不清！'跑了冤枉路，面给太阳晒翘了，回来还要挨骂受气。"[2]当然，"文化诉苦"并不完全被限定在政治领域，它还涉及个人的日常生活："想起不识字，我们不知道吃了多少苦。单说前几年的一个夏天，家里寄来一封信，当时没有找到看信的人，我就把它放在抽屉里。到了第三天，又收到一封快信，我才一起拿去请人看。第一封信上说我父亲生了重病，第二封信上说我的父亲死了。我听了非常难过，就像滚油浇心。"[3]同时也涉及意识形态："我从小做工，生活很艰苦，从来没有学过文化。十五岁的时候，跟着娘到外面去烧香，看见念佛的都是些阔太太们，娘说，她们都是'前世修来'的，外面要过好日子，还得修修来世。从此，我就相信佛行了。……后来，我进了速成识字班，学会了两千个字，能够看懂书报了。有一次读到一篇'谈天、说地'，里头讲到飞机师在天空飞行，也没有看到什么菩萨宫殿；矿工们开了几十年的矿，也没有开到地狱，天上的

---

[1] 《钱师傅学文化》，《劳动报》，1952年6月12日。
[2] 《摇面工学文化》，《劳动报》，1953年8月12日。
[3] 《我们夫妻俩》，《劳动报》，1953年7月25日。

云是水气,打雷是电碰电……这些道理都很好懂。早先别人劝我不要相信修行,我总不服帖,还认为他们是编好一套说法,故意来和我为难的;现在自己亲眼从书上看到了,我才真正明白过来。"① 而且,"不识字"给社会主义建设带来了障碍:"今年三月里,有一天做夜班,贝氏炉急需要冷泵机应用,当时我也看到冷泵机开关上有一张字条,我不晓得上面写得什么,就把开关向下一揿,只听得哒的一声,上下保险丝全部爆断。这时我心里急得七上八下,连忙把它推上。章同志看见了,他知道我不识字,就把纸条上的字,一个一个读给我听,这时我才知道我犯了错误。原来这张纸条是告诉大家,开关必须由钳工来开,其他人不得随便开动,我瞪大了眼睛,难过得说不出话来。"②

显然,通过前引的数则材料,我们可以大略看出所谓"文化诉苦"的基本内容,它不仅涉及政治领域的文化压迫,也涉及日常生活的文化压迫;不仅涉及意识形态的"蒙骗"(这一"蒙骗"更多地被赋予一种"迷信"的形态,我在下文还会继续讨论,作为政治和文学"隐喻"的"破除迷信"所具备的现实动员的巨大能量),而且,它还直接关涉怎样才能成为一个合乎"新中国"需要的工人,这一新的工人不仅需要高度的政治觉悟,同时还必须具备一定的文化和技术素养。因此,这一"文化诉苦"直接引申出国家教育的三个基本主题:政治教育、文化教育和技术教育,而这三个主题也通过当时的"识字运动"被完整地体现出来。

仅以工人出版社 1950 年 3 月初版的《工人文化课本》(全三册)为例,它即关涉政党政治(比如第一册第九课:"共产党"),也涉及工人的主体性(比如第一册第三课:"工人阶级");既关涉民族国家(比如第一册第十一课:"建设新中国"),也涉及日常生活(比如第一册第十八课:"领条"、第十九课:"收条",等等);既关涉意识形态化的建构(比如第二册有"毛泽东的故事""太平天国的兴起"等,第三册有"被霸占的田地""谈自我批判"等),也涉及自然科学(比如第二册有"太阳系""雷电",第三册有"消化系统""血

---

① 《我的眼睛亮了》,《劳动报》,1952 年 12 月 17 日。
② 《我为什么要学文化》,《劳动报》,1953 年 9 月 24 日。

液和循环"等)……经过这样的普及性的"识字运动",政治、文化和技术教育被有机地统一起来。而"科学"始终是一个隐蔽的核心概念,这一概念不仅支持了意识形态的合法性,同时也承担着对工人的现代技术的训练。

显然,"文化诉苦"和"识字运动"需要解决的,不仅仅是技术层面的问题。也就是说,它需要承担的,既有对现代工人的"培训"任务(这一"培训"不仅是技能的),同时,还通过"识字"把工人带进"新中国"历史的"这一刻",从而完成安德森所谓的"同时性",而在安德森看来,"同时性"通过个人对报纸、小说的阅读构成了现代民族国家这一想象的政治共同体[1]。"识字"是进入这一"历史时间"("同时性")的根本前提,在这一意义上,"识字运动"包含了极其明确的现代性内涵。但更重要的是,这一运动确立了工人阶级的主体性,这一主体性,既包括工人对政党—国家的认同,也包括工人的尊严。丁云亮在对"文化诉苦"进行了详尽的资料整理和研究后,明确指出,"文化诉苦是特定历史情境下的产物,新中国建立伊始,工人阶级被视为领导阶级,在政治权力、身份地位上取得质的飞跃,于是从政治翻身到文化翻身成为社会生活中普遍的舆论诉求,因之文化翻身同政治命运形成千丝万缕的联系",并由此"唤起沉睡于心灵深处作为一个阶级群体和'个体'人的生活尊严、社会意识"。尽管"文化诉苦"和"识字运动"仍然是一种国家政治的行为方式,但是,恰如1949—1966年的许多"运动"一样,在特定的历史情境中,国家的政治行为又吊诡地包含了个人的生活想象乃至实际利益,这也是我们讨论中国社会主义的一个极其重要的方法论的进入路径。因此,在"文化诉苦"和"识字运动"中,一方面,是"境遇相似的个人,以阶级群体的形象站在社会建设的前沿",这一"政治觉悟"正是"主人"意识的根本所在,所以社会主义时期的工人并不是单纯的现代性意义上的"生产力",否则,我们就无法理解所谓的"自觉";但是另一方面,在这一"国家主义话语的缝隙处",我们仍然能感觉到"文化"对于工人在实际生活中的重要性,也就是说,这一国家的政治行为同时内含了工人的实际的利益诉求。因此,一方面是经由此项运动建构起某种"集体

---

[1] 本尼迪克特·安德森:《想象的共同体——民族主义的起源与散布》。

记忆",这一记忆也帮助建立起一个阶级的"群体形象",同时,也表达出工人"自身的生命意义的追寻"乃至对实际的个人生活的重大帮助。这也是当时工人为什么会在"心理上更加亲近业余教育,扎扎实实地学习文化知识,并运用到自己的生活、工作实践中去"的原因之一①。

我之所以对这些历史事件进行大量的复述,目的并不仅仅只是给出我将要讨论的某些文学作品的写作背景,我更想表述的是,现代性并不是我们进入历史的唯一路径,或者说,在我们讨论这一时期有关"工人"的写作特征时,工业化固然是一个极其重要的历史因素,但是,革命的政治理念的诉求,仍然控制着基本的文学／文化的想象。这一理念包含的根本的思想即是如何让工农这些曾经的"弱者"翻身成为国家的"主人",这一翻身的过程,不仅仅是政治的,同时也是文化的,甚至是知识的。因此,所谓的"工匠精神"并不能涵盖这一历史过程的全部的复杂性,否则,我们很可能会将这一历史简单地描述成为一种国家对新的合格的现代劳动力的"规训"过程。也许,更重要的是,在这一历史过程中,真正需要完成的,是一种"非对象化"的努力,也就是说,如何使国家、工厂、生产等等外在于工人的"对象"成为内在于工人的一个有机的构成部分,因此,所谓社会主义必然要被描述成工人自己的事情,这样一种描述最为恰当的显然正是"主人"这一概念。在这一概念的控制中,"自觉"成为一种显现的自然形态,在此,生产很容易被政治化,或者说,以一种政治认同的方式完成国家的现代化诉求,这恰恰是社会主义提供的另一种现代性的想象方式。因此,"革命后"的中国,一直在努力寻找的,正是这样一种政治认同的方式,并企图经由这样一种方式完成"革命"和"生产"的统一。显然,这一想象方式是高度理想化的。而要完成这样一种高度理想化的政治认同,必须要建构无产阶级自己的文化,因此,在另一种意义上,所谓的"识字运动"又是这一文化建构的某种知识准备(比如"工人作家"的产生)。当然,这一所谓"无产阶级自己的文化",在其试验过程中,因对人类文化传统,包括资产阶级文

---

① 丁云亮:《文化诉苦:1950年代上海工人之言说政治》,王晓明、蔡翔主编:《热风学术》(第一辑),第115、125页,桂林:广西师范大学出版社,2008年。同时,我也在此感谢丁云亮先生同意我使用他收集的部分资料和部分的研究成果。

化的激进的拒绝和断裂，使得这一试验基本失败。但是，我们仍然可以感觉到，尤其是在1950年代，这一想象所激发出来的工人的某种巨大的政治认同热情。

1959年，为庆祝中华人民共和国建国十周年，上海编辑出版了《上海十年文学选集·短篇小说选（1949—1959）》①。由于上海是当时中国最大的工业城市，因此选集中工业题材的小说占了多数的篇幅，以致编者认为虽然"少了工业以外的各行各业……是个很大的缺点"，但是"上海是个工业城市，农业所占的比例有限得很，因而专重工业方面，也并不是太偏颇"②。

这一所谓的"工业方面"，显然包含了1949年所激发出来的工人巨大的政治认同的热情，以及这一政治热情所带动的社会主义建设的积极性。巴金也曾为这一巨大的积极性所感动："被践踏、受压迫的'东亚病夫'一下子变成了建设社会主义的'东方巨龙'……"而且，"人的精神面貌从'各人自扫门前雪'改变为'为子孙万代谋幸福'"③。这一"改变"多少隐含了一种"主人"意识的获得。

因此，这一"工业方面"就包含了"工人"的重新书写，这一书写不再着重于"弱者的反抗"，而是在新的历史语境下，一种新的"主人"意识如何被政治建构，并最后内化为工人阶级自己的主体性。而在这一书写过程中，"作者"的重要性被突出出来。魏金枝在此书的前言部分，特地强调："在这短短的十年中，一大批工人阶级的年青的作者，已经在党的培养下，茁壮而迅速地成长起来。这里有胡万春、费礼文、唐克新、张英等等。在这些人中，在解放以前，有的简直是半文盲，连一封家信也写不端正的。就是在解放初，也还只能在工厂的黑板报上写一两百字的短报导，而现在，从收在这个集子里他们的作品来看，特别是胡万春同志的《特殊性格的人》，费礼文同志的《黄浦江的浪潮》，张英同志的《老年突击队》，那种放恣、雄伟的气魄，那种生动、鲜明的笔触，那种丰满、充沛的战斗精神，洋洋地荡

---

① 《上海十年文学选集·短篇小说选（1949—1959）》，上海：上海文艺出版社，1959年。
② 魏金枝：《上海十年文学选集·短篇小说选（1949—1959）》前言。
③ 巴金：《上海十年文学选集·短篇小说选（1949—1959）》总序。

漾在他们的作品中。"这些极为华丽的赞誉之词，固然受到了当时整个政治语境的影响乃至制约，但是，经由这一描述，我们仍然可以了解到这一"工人作家"的群体风貌，乃至基本的叙述策略。当然，这一写作群体由于受到知识限制，以及过度的政治化等原因，在后来巨大的历史转型的过程中逐渐消亡。从兴盛到消亡，所谓的"工人作家"恰恰表征了"无产阶级文化"的成败得失，其间的经验教训足以反思"无产阶级文化"这一概念，比如说，我们究竟应以何种方式来建构一种"文化领导权"，从而获得一种普遍赞同，等等。

在当时，"工人作家"因为强烈的政治背景而作为一种新兴的文学势力介入当代文学的写作谱系，尤其是"工业方面"的写作。应该说，这一"介入"，在更严格的意义上，还是一种"楔入"，这一"楔入"虽然未曾改变整个当代文学的结构，但仍引起了一系列的震动。这一震动包括"身份"问题的重新提出，而这一"身份"也不完全是对生活的熟悉程度，恰如魏金枝所言："他们以一种工人的身份，以炽烈滚烫的热情，以绚烂夺目的色彩，描绘出工人在生产岗位上的生活、工作、思想和战斗精神，描绘出工人在大跃进中活跃、乐观、锐不可当的激昂情绪。"这样的溢美之词是否恰当，是另一回事，但是，在所谓的"工人的身份"中，多少包含了一种高度的政治认同，这同时也是一种自我认同。而在我看来，这一自我认同的意义不仅在根本上维系了工人的尊严，同时也是一个非对象化的过程。在这一过程中，政治包括其指涉的国家、生产、工厂、机器等等，内化为工人"自己的事情"，从而带动一种"主人"身份的确立。

1954年1月3日的《解放日报》发表了工人作家唐克新的短篇小说《古小菊和她的姊妹》，此前，在1953年8月23日的《解放日报》上，唐克新已有《我的师傅》问世。

《我的师傅》带有更多的速写意味，作者以"我"为叙事者，写师傅谭宜荣，"是个五十多岁的老工人，共产党员"，但是，他同时也是一个"做了三十多年的喷雾工，经验很丰富，待人热情，肯热心地把技术教给别人"。谭宜荣在这里有两重身份：共产党员和喷雾工，而在这两重身份的隐蔽下，则是"政治"和"技术"这两个概念。这两个概念的结合才塑造出一种社会主义的"工匠精神"。在这一"工匠精神"中,技术是极其重要的,小说既写谭宜荣"热心地把技术教给别人",也写"我"是如何地认真地学习技术。显然,在1950年代,"技术"的背后,显现了"文化"和"知识"的重要性,而这一重要性被现代化的"大工业"再三肯定。但是,这一"技术"因其现代性质,必然和整体有着内在的关联,因此,个人的"技术"必须具有一种大工业的精神或整体意识的支持。正如谭宜荣对"我"的教导:"这个工作关系着整个布机车间的产量和质量,责任可真大。一个人要掌握这样大一个车间,一个车间里几百人的工作都与这工作有关系,如果你的工作稍微有一点差错,就会影响几百人的工作。"在现代的大工业的历史语境中,一方面是高度的专业分工,这一分工形成了高度专业性的"技术";但是另一方面,专业和专业之间必须构建成一个有机的整体,因此,个人和个人之间也就必须相应形成一种充分的"分工/合作"的关系,同时更重要的,是要确立一种整体的大局观念,这一大局观念以一种极其简单明了的概念被表述出来,即确立个人所谓的"责任心"。

显然,在此我们已经可以隐约地感觉到,现代化的大工业的社会形态和社会主义的意识形态之间,存在着千丝万缕的瓜葛,或者说,社会主义的意识形态本身就建立在现代化的大工业的社会形态之上。两者之间,都天然地要求个人成为一个独立的个体,从而形成一个自由的劳动力市场,但又都反对将人处理成绝对的原子式的个人,因为这样一来,就会妨碍某种整体性意识的形成。但是,区别在于:工业资本主义用以组织个人的方式是一种高度科层化的管理制度,这一管理制度遵循的仍然是一种对象化的逻辑方式,经过这样一种对象化的处理,会形成一种高度集中的权力统治模式;显然,这样一种对象化的方式必然会和社会主义的将工人处理成"主人"的意识形态形成一种尖锐的冲突,因此,社会主义更倾向于通过工人向主人的非对象化的转换,形成一种高度的内部的政治认同。这一认同,既是政治的也是道德的,因此,所谓的"责任心",既是高度的政治自觉,也是高度的道德体现。这也是为什么,在《我的师傅》中,谭宜荣必须被处理成具有高度政治觉悟的老工人,而不仅仅只是一个"大工匠"的某种隐蔽的政治无意识。

但是，这样一种有关"主人"的政治无意识，势必和当时既有的工业化的社会形态，包括科层制产生激烈的冲突，这一点，我在下文会有更详细的讨论。但是，这在1950年代的上海作家，尤其是上海工人作家的写作中，并没有得到更深刻的表现，其中原因，一方面可能受到短篇小说的体裁限制，另一方面，更重要的，则是受制于这一写作群体的总体的知识水准和思想深度。因此，尽管《我的师傅》使用了大量的政治修辞，比如将谭宜荣描写成具有英勇斗争经历的共产党员，但是凸显在叙事表层的，仍然是"尊师爱徒"的主题。也就是说，围绕"主人"可能形成的种种复杂的思想冲突，经由这样一种主题的表述则有可能会被简单化，或者说，有可能会被"工匠精神"化。事实上，《我的师傅》这一表述形态，正构成了当时一种较为普遍的写作模式，比如徐锦珊的《小珍珠和刘师傅》、胡万春的《步高师傅所想到的……》，等等，而这些小说也同时被收入《上海十年文学选集·短篇小说选（1949—1959）》。但是，编选者一方面肯定了这些作品的正面价值，同时也含蓄地表示了某种不同的意见，比如，魏金枝就通过对胡万春的《步高师傅所想到的……》和《特殊性格的人》的比较，表达了这样的观点："以他的《步高师傅所想到的……》，和他《特殊性格的人》来比看，前者发表于一九五八年六月，比后者正好早一年。但在前一篇作品里，作者所拾取的题材，虽然比一般的'尊师爱徒'的主题有所不同，然而仍然局限在'尊师爱徒'这个旧主题和旧题材的圈子里，只是有了小小的变化和修正而已，实际上还是大同小异。而后者则就摆脱了这些已经烂熟了的主题和题材，完全换上了新的题材和新的主题，真真触到了人物的精神深处，刻画出了人物的具有特性的明晰的面貌。"可是，为什么"尊师爱徒"的主题就无法触到"人物的精神深处"呢？除了当时的"题材决定论"的影响之外，还有没有其他的因素存在？魏金枝继续对比费礼文的《一年》和《黄浦江的浪潮》、任干的《永远前进》和《心心相印》，在这样对比性的论述中，我们多少可以感觉到论述者的某些基本想法，就是要求写作者跳出单纯的"场景或机器的描写"，"能够站在高处"，"专重于人物的描写……写他们心情的变化，写他们相互间的关系"，等等，这样，似乎才能"跳出解决问题的圈子以外"。尽管这样的表述仍然显得含糊不清，但是我们应该考虑到，在批评者的论述中"大跃进"是一个极其重要的关键词，也就是说，批评者认为，正是"大跃进"改变了写作者的叙事策略，使得他们"能够站在高处"，从而"真真触到了人物的精神深处"，因此，批评者公开强调这并不"只是创作中的艺术手段的问题"，而是"思想水平提高的问题"。所以，魏金枝反复强调前后的巨大变化。这中间，当然有现实政治环境的制约，但另外一方面，实际涉及的恰恰是"大跃进"引起的新的政治要求乃至美学要求。

如果我们暂时放弃对"大跃进"的社会学的分析，仅仅将它作为一个文化符号，那么，即使在当时，这一符号也引起了各方面的政治、文化乃至美学上的震动。这一震动的表征之一，就是这一运动在某种意义上成为个人和国家的某种中介性的联系，也就是说，"大跃进"在符号的意义上，有效地将国家内在化为个人的主体性。因此，在表述上，更需要一种全景化的视野——所谓"站在高处"就是"看得更远"，"高"和"远"都要求一种新的视觉。这一视觉实际要求的，正是一种高度抽象化的写作。然而，在当时"革命现实主义"的教条式的规训下，这一抽象化只能以人物"性格"而被表征出来，这可能就是为什么魏金枝那么激赏胡万春《特殊性格的人》的原因之一。高度抽象化的美学要求背后正是进一步的高度的政治化，这一政治化要求个人从身边的"琐事"中解放出来，以一种"主人"的身份介入到"国家大事"，也就是国家政治之中。这样，不仅造成"红"与"专"的政治冲突，也势必造成"远"和"近"的叙事冲突。很可能，在批评者那里，某些"具象"（比如"场景或机器的描写"）已经无法容纳新的也是抽象的政治和美学要求，由此造成的实际正是"抽象"和"具象"的美学冲突。恰如我在上文所言，由于受制于所谓的"革命的现实主义"，这一抽象化的政治和美学要求在1949—1966年代并没有找到完全合适的表述方式[①]，仍然企图通过"具象"的方式来表达高度抽象化的政治或者美学观念，这或许也是为什么"性格"会成为一种普遍的描写方式的原因之一。实际上，这一美学冲突并不完全表现在"工业方面"，1958年以后，因为茹志鹃的创作

[①] 茅盾在《夜读偶记》中，提出了对现代主义的严厉批评，实际表示的正是对某种抽象化的形式的拒绝。

而引发的有关"家务事、儿女情"的议论,同样是这一美学冲突的反映。问题在于,"具象"能否承受得住这一高度的"抽象"化的政治和美学要求,也就是说,在实际的表现过程中,"具象"和"抽象"产生了断裂,从而使"具象"(人物或性格)变得可疑起来,这也是为什么某些作品会给人"虚假"的因素之一。这一点,实际上在胡万春的《特殊性格的人》中已经有所表露,但是,在当时,恰恰是《特殊性格的人》而不是《步高师傅所想到的……》更符合新的政治和美学要求。我以为,所谓"无产阶级的文化"失败的因素之一,在某种意义上,可能和它的形式选择有关。所谓"现实主义"实际上很难承担这一文化越来越激进也是越来越抽象的政治和美学要求①。但是,在形式危机的背后,更深刻的因素可能在于,"远"对"近"的叙事排斥,实际显示的,恰恰是在这一高度的政治和美学的内在化过程中,个人的主体性反而面临被掏空的危险,从而引起个人的激烈反弹,包括工人,这一高度内在化所引发的危机,隐晦地表现在 1960 年代的文学叙事之中②。

但是,在 1950 年代,尤其是"大跃进"运动之前,新的政治和美学要求尚未完全形成,因此,在"工业方面"的描写,"身边事"仍然成为一种主要的叙事形态。这一所谓的"身边事"以工厂(车间)为主要的表现空间,人和人的冲突以及人和机器的关系大都围绕"生产"展开。这一表现形态,实际上和"大跃进"之后,比如胡万春的《特殊性格的人》并没有根本的不同。而且,这一空间的选择,实际上和马克思主义有着密切的关系。在某种意义上,马克思的"劳动价值论"正是建立在"生产"的基础之上,所有"价值"的秘密都蕴含在"生产"的过程之中。因此,无论是揭露资本的本质,还是强调社会主义的现代化诉求,或者建立劳动者的"主人"意识,都会有意无意地选择"工厂"作为一种主要的空间表现形态③。但是,在这一

---

① 一个现象是,在"文革"早期,出现了另一种抽象形式的选择,比如长篇小说《虹南作战史》《牛田洋》等等,但是这一形式选择仍然难逃失败的命运,我以为,这一形式的讨论可能会给我们打开当代文学史的更深刻的思想空间。
② 有关这一危机以及这一危机的克服所形成的 1960 年代的文化特征,我在本书的第七章《1960 年代的文化政治或者政治的文化冲突》中有更详细的讨论。
③ 而在 1960 年代,由于引进了"消费"这一概念,空间形式也相应产生了较大的变化。这一点,我在本书的第七章中有所讨论。

相对单纯的生产空间——也即魏金枝所谓的"场景或机器的描写"——中，要真正深刻地表现更复杂的政治冲突，在叙事上是存在着一定困难的。也就是说，在工厂这一以"生产"为核心的环境中，劳动者的身份包括由此导致的各种冲突也会相应的"生产化"。当然，区别还是存在，在"大跃进"以后日渐激进的叙事中，冲突被高度的政治化并进行反复的符号化的放大处理。同时，这一处理也留下了概念化的叙事痕迹。

在某种意义上，唐克新的《古小菊和她的姊妹》也许可以视作《我的师傅》和《特殊性格的人》之间的一个拐点，或者某种中介性的叙事。

《古小菊和她的姊妹》仍然选择了作者极为熟悉的纺织厂为主要的叙事空间，但不同的是，小说以古小菊和她的姊妹到"兄弟厂参观"为开头，然后引出一系列的情节冲突。

"兄弟厂"嵌入的意义在于，因为这一"嵌入"，某种"自然"的空间隔绝状态被有效打破，也就是说，"工厂"被置放在更为开阔的语境之中——这一空间指向的并非只是某个"行业"，而是隐喻着"国家"这一政治形象。通过某种方式，让小说的主人公外出"游历"——这一"游历"经常以一种"参观"的形式出现，所获得的"见闻"往往是这一"游历"者得以成长的重要条件之一。这一写法，不仅是"工业方面"，同时也见于农业题材的小说，比如王汶石的《米燕霞》《新结识的伙伴》等等。"游历"提供的是一种有关国家的地理想象，尽管它可能仅仅只局限在某个具体的行业或者某个地区，但是，在这一"游历"中，地方和地方的隔绝状态被有效地打破，并且以一种"国家认同"的方式被重新联系起来，因此，这一"游历"本质上是政治化的。然而，正是这一政治化的"游历"才可能使"工人"（或农民）从某种"劳动力"的自然状态中挣脱出来，并进而在国家认同的过程中获得"主人"意识，因此，"兄弟厂参观"既是个人空间的扩大，同时，这一空间的扩大化也正是国家／主人意识的嵌入过程。

但是，"游历"获得的"见闻"，又往往会给主人公带来某种"焦虑"的状态，这一焦虑源自"先进／落后"的差别。古小菊在"兄弟厂"感受到的，正是"新工作法"的压力。显然，1950年代所形成的"劳动竞赛"，并不完全显现在制度层面，它同时内化为某种话语，甚至成为一种文化形态。

但是,这一"竞赛"包括竞赛最终提供的"名次"(荣誉)形态,实际又暗含了某种等级化的秩序排列。也就是说,较高的"名次"(荣誉)往往会在无意识中构成对较低"名次"等级的某种压抑性力量,这一压抑性力量固然会激发较低"名次"等级为改变自身状况而作出的某种努力,从而形成一种"你追我赶"的良性的竞赛循环(这也正是国家正面鼓励的某种生产局面),但是,总会有"竞赛"本身所构成的相对的"剩余物",这一"剩余物"在当时则以"落后"的形态被小说表述。因此,"竞赛",尤其是"竞赛"导致的"先进/落后"的标准区别,往往会引起一系列的群众心理的震荡。

在这一视角的规定中,重新阅读唐克新的这篇小说,也许,真正引起我们注意的,并不在于古小菊究竟创造了什么样的工作法,而是古小菊的"先进"引起了什么样的群众心理反映。小说写古小菊听到了许多的"冷言冷语",并且通过玉芳转述了群众的反应:"我们工人,是有组织有纪律的嘛,人家都这样做,你一个人偏偏那样做,这不是脱离群众么?""桂英对这点意见最大。她说,要是照这办法做,一人插三十台一天就一点空也没有了。""可是人家说增产节约可不是加强劳动强度。减少二三两丝值多少钱啊。"等等。

古小菊针对"一点空也没有了"的回答是,"她们有空也没有多插一台车,还不是空下来玩玩"——古小菊对"玩玩"的否定,表达的是一种将个人时间完全纳入到公共时间的意图,这一意图源自于一种"主人"的高度的自觉意识,并且以某种道德化的形象出现。但是,这一意识形态的"规训"不可能完全革除个人"倔强"的欲望,这一欲望包括对个人时间的自由支配。当然,在古小菊的时代,这一矛盾被深深地遮蔽在文本的无意识之中,只有到了1960年代,比如在《千万不要忘记》中,这一"玩玩"的无意识才会深刻地浮现到文本的表层。

而古小菊对"脱离群众"的意见,则要苦恼得多:"这样做就算无组织无纪律吗?我可想不通。""想不通"的古小菊"觉得自己很孤单,好像一根孤零零的旗杆",可是,在孤单中,古小菊想到了三排的彩兰,想到了甲班,想到了外厂的伶伶,还想到了青年团支部书记胡金秀。最后,"她满心喜悦地笑了起来……党和团的组织不就是最亲爱最温暖的家吗"!"无产阶级"在这里再次成为一种想象方式,在这一想象中,个人超越了"工人"这一具体的身份,而是和无产阶级,也是和国家的远大目标紧紧地联系在了一起。可是,这样一种想象仍然没有真正解决"脱离群众"的问题。而最为关键的则是,如何正视"群众"的这一欲望也即挑战,这在当时,并不可能真正进入叙事者的视野。

在某种意义上,《古小菊和她的姊妹》成为《我的师傅》和《特殊性格的人》的一个叙事中介,它跳出了"场景或机器的描写",把"岗位"作为连接个人和国家的一个"中观"世界,从而有效地再现了1950年代工人阶级成为国家主人的高昂的精神风貌。但是,在这样的叙事描写中,我们仍然能若隐若现地感觉到某种危机性因素的存在。

从"文化诉苦"和"识字运动"开始,工人经由"文化"和"知识"进入某种"无产阶级"的想象方式之中,这一想象要求工人成为国家的"主人",并以"主人"的标准返身要求自己,这一过程也正是一种"内在化"或者"非对象化"的过程。但是,这一过程明显的道德化(非个人利益化)的姿态,势必遭遇"倔强"的个人欲望的反对,而这一个人欲望恰恰是被大工业的社会形态所生产出来的。也就是说,大工业的社会形态(包括其契约形态)正是要不断地将个人对象化,从而达到现代管理的目的,这一管理包含了物质刺激的因素。因此,在这一工业化的社会形态中,恰恰是个人的"欲望"难以被完全的"非对象化",在这一"欲望"面前,"高尚"实际构成了某种压抑性的力量。所以,在"非对象化"的同时,实际上需要重新的"对象化",在1950年代,这一"对象化"显得非常温和,无论工业,还是农业方面的描写,主要是"新人新事"和"旧人旧事"的冲突。但是,到了1960年代,由于"分配"和"消费"问题的日渐突出,这一"对象化"的过程发生了根本的变化,在《千万不要忘记》中,"先进"和"落后"的冲突被上升到阶级斗争(主要还是意识形态)的高度,至于《海港》中"小麦散包"事件的政治化处理,则多少显得闹剧化。但是,即使这一闹剧化的处理,也仍然有迹可寻——"内在化"所遭遇的种种危机。

这一危机,虽然经过不断的自我修复,但是,引发这一危机的根本因素之一,仍然是现代性的工业化形态和工人作为国家主人之间的激烈冲突,这一冲突,不仅表现为"先进／落后"的矛盾,更表现为这一"主人"的想象方式和现代科层制之间必然会产生的种种激烈的斗争。

三、反智主义还是反专业主义

在《上海十年文学选集·短篇小说选(1949—1959)》中,收录了杨波的一篇作品《提拔》。小说围绕纱厂"一个普通的挡车工"金如妹被提拔为车间主任这一"历史上从来没有过的事"展开叙述,对于金如妹的"提拔",小说给出的直接的理由是:"今天大胆地大量提拔工人干部,就是为明天做好准备工作。到了祖国大规模经济建设开始,老厂支援新厂,我们要输出成套的干部。"显然,在 1950 年代,管理人才的匮乏构成了"革命后"的中国"大规模经济建设"的主要困难之一,而让工人走上管理岗位显然有助于克服这一困难。但是,支持这一行为的,应该还有更为深层的因素。政治显然是其中最为重要的原因,这一"政治"不仅仍然延续了对原有的知识分子的不甚信任,也包括了"主人"话语在科层制管理体系中的尴尬地位:如果"主人"在实际的工作和生活中始终处于一种被管理或治理的状态中,那么,所谓"主人"话语也即文化领导权又究竟该如何确立?当然,除了这一政治的考量,知识的实践性定义也为这一"提拔"提供了另外的支持,小说写正面人物之一章洪春就是不仅"技术有经验",而且"生产知识很丰富"。在此,真正的"技术"不仅具有一定的理论经验,同时还应该包含丰富的"生产知识"也即实践性的知识形态。将实践纳入知识的定义之中,不仅扩大了知识的谱系,更重要的是为金如妹的"提拔"提供了某种"生产知识"合法性的支持。

但是,中国的工业化建设的实际内涵仍然是现代的,因此,它的核心因素之一必然是"技术",这一"技术"即使纳入了实践性的"生产知识",它的理论形态也仍然是无可剔除的。这一无可剔除的理论形态的存在,必然要求叙事者给予正面的回应。因此,在《提拔》中,金如妹尽管对许清廉有诸多不满,但是这并没有妨碍她对"技术"的钻研:"从此,金如妹有空就到车间跟章洪春跑,碰到技术上不懂的就问。晚上回到家里,不管怎样疲乏,她总要看一个钟头技术书,初步学一些纺织原理、粗纱机的结构、运转管理等等。但是她文化程度不高,有不懂的地方就用铅笔划出,请教许清廉。"显然,从"文化诉苦"到"识字运动",再到金如妹对"技术"或"理论"的钻研,包含了一条清晰的逻辑轨迹,就是工农作为国家的"主人",必须掌握相应的文化知识。而在这一逻辑中,同时隐含了一个相当重要的政治论题:所谓的"政治参与",同时必然是"知识参与"。就这一点而言,将中国的社会主义简单地描述为某种"反智主义",显然并不妥当。事实上,在1949—1966年间,"科学"一直是一个极其重要的概念,并且有效地渗透到国家意识形态之中。这一点,只要从马克思主义的三个组成部分之一——所谓"科学社会主义"的命名中就能略为看出。因此,从社会"科学"转向自然"科学",便不是一件非常奇怪的事情。由于强调"科学",自然引申出对科学"知识"的尊崇,并要求这一知识的普及化。在我前引的《工人文化课本》的数则自然科学的课文中,我们已能大致感觉到这一知识普及的文化意图。这一普及一方面涉及同"封建迷信"的斗争(实际正是"知识"的文化冲突),而另一方面,则表明了"科学"作为国家意识形态的核心要素的重要地位。也正是在这一点上,亦即"科学"的态度上,中国革命同样标明了它是"现代"的,而非"封建"的。

  颇有意味的是,构成金如妹钻研"理论"的基本动力之一,却是来自许清廉的某种"压抑性"的力量。在小说中,通过金如妹的视角,车间副主任许清廉被描述成为"阴阳怪气的,眼睛长在额头上,摆着一副专家架子,见着人不理睬"。在章洪春的介绍中,许清廉则是"技术不错",但是"技术不肯教人",而且,"大家还叫他牛皮糖,工作拖拖拉拉,碰上急事,他说慢慢来,等一等看"。叙事者又着意勾勒出这样一种场景:"许清廉本来是副科长,工厂废除旧制度后,建立了新的管理制度,他就做了副主任。虽然实际上他的地位不升不降,但是他从专科学校毕业出来,就进厂工作,怎么说也不会赶不上一个挡车工。现在给一个年纪轻轻的小姑娘做副职,他认为是很大的屈辱。刚才看到工务室大家对金如妹那样好感,更是一肚皮气。他想:等着瞧吧,看谁在生产上派用场!为了夸耀自己,也为了难一难金如妹,故意用了很多书本上的专门名词,技术上的艰深理论,将生产情况介绍得既复杂又不容易懂。金如妹虽然很专心地听,并吃力歪歪斜斜地做着笔记,还是有些听不懂。"

许清廉的形象,相当程度上成为这一时期某类"技术知识分子"的漫画式的群相素描:傲慢、自大、保守、固执、有知识、懂技术,但却不肯教人,等等。这类形象不仅见之于小说,也进入戏剧,比如独幕话剧《阶级之爱》①。这出小戏的故事发生在医院,显然,医院的高度的专业化更容易成为"现代"的"病"的隐喻②。在戏里,谷大夫是"旧社会的名大夫",但是"就知道瞪眼睛发脾气,也不教给人家技术",而且"对病人不负责任",因此,理所当然地成为医院里"有病的人",是需要改造和帮助的对象。站在谷大夫对立面的梁大夫,年轻,但却是"一个很有经验的解放军医生",并且"从来不发脾气,只要不会的,他都教给你"。冲突实际上在两个层面展开,而这两个层面都涉及当时极其重要的理论问题。

第一个层面围绕着什么是"科学"进行了直接或间接的理论交锋。在谷大夫看来,"近代医学是几百年来无数西洋医学家们的经验的积累和总结",是神圣不可动摇的,也是"反对不了的",因此,他对梁大夫的评价就带有了某种意识形态色彩:"他虽然有些经验,对医学也很钻研、刻苦,但是在理论修养上却很差,而且似乎不大重视,他对许多医学上肯定了没有办法治疗的病,表示怀疑,往往提出一些多余的甚至是幼稚的问题",而这些问题常常是"超智力非科学的"。但是,在梁大夫看来,"这并不是什么超智力非科学,我以为一个大夫如果把医学停止在一定的阶段上,不敢前进,就等于一个马马虎虎的皮匠",因此,"应当反对一切固守成规的看法"。在这一有关什么是"科学"的冲突背后,毫无疑问有着当时强烈的"冷战"色彩,因为支持梁大夫的是在"一本苏联杂志上看到"的"科学"观点,谷大夫的"西洋"和梁大夫的"苏联"恰恰代表了两种不同的政治和意识形态。但这只是问题的表层,在更深层的问题争论中,所涉及的恰恰是"科学不

---

① 吴一铿:《阶级之爱》,汉口:新华书店中南总分店,1950年。
② 黄子平:《病的隐喻与文学生产——丁玲的〈在医院中〉及其他》,王晓明主编:《二十世纪中国文学史论》(下卷),第65页。

是什么"("固守成规")。对"成规"的破除进而导致将所有的"成规"都视为一种"迷信"。这种破除知识"迷信"的激进的政治要求，对后来的中国社会乃至文化想象都带来极其重要的知识激荡。它在强调人的主观能动性的同时，也导致人对"科学"，尤其是知识的"有限性"的漠视，包括"大跃进"时代严重的浮夸风，无不与之有着知识论上的隐秘联系。但是在当时，这种强调人的"力量"的知识论，不仅激发出民族或者个人的强烈的自信，同时更重要的，它在"破除迷信"的口号掩护下实际要求的则是打破知识垄断，从而使群众获得"参与"的可能性，也就是说，它同时亦是"政治民主"在知识领域的一种表达方式。而所谓的"政治参与"如果没有"知识参与"的支持，那么，它的实际的效果就会变得可疑。正是在这一点上，从"文化诉苦"到"识字运动"，所鼓励的正是"小人物"向"权威"的挑战。因此，我们看到的是，在这一历史过程中，并不单纯是"主观"与"客观"的冲突，在知识论的意义上，则是"力量的知识"和"限度的知识"的冲突。尽管丹尼尔·贝尔强调，"关于力量的知识必须与有关限度的知识并存"[①]，但是，在当时的历史语境下，这一"并存"实际显得非常困难。

可是，在第二个层面，这一关于"知识"或"科学"的讨论，却被引进了道德也是政治的因素。谷大夫对"科学的保守态度"，在很大程度上是对病人缺乏一种"阶级之爱"，而梁大夫则不同，他对病人的"阶级之爱"才有可能使他突破科学的禁区。这样一种有关"科学"和"阶级之爱"的讨论，固然失之为简单，但却不能说它不重要。在另一意义上，这一"阶级之爱"也就是某种正确的"世界观"。要求将"科学"（或知识）置放于某种正确的"世界观"之下，引申出的正是后来"红"与"专"的讨论。这一讨论，尤其是在日益激进的历史语境中，一方面逐渐取消了"知识"（或者知识分子）的独立位置，从而强调"政治挂帅"，并且给改造知识分子甚至迫害知识分子提供了某种合法性的支持，这一点不容否认。问题是，由于知识分子在历次的运动中所遭遇的政治迫害，他们同时也获得了道义上的正当性，以及一种历史"殉难者"的有力叙述。在这样一种叙述面前，对这一历史

[①] 丹尼尔·贝尔：《资本主义文化矛盾》，北京：生活·读书·新知三联书店，1989年。

时期的知识和知识分子作更加深入的讨论变得愈发困难。但是,我仍然想讨论另一方面的问题,即知识分子"改造"的历史合法性。显然,谷大夫并不是一个孤立的个案,《提拔》以及其他的小说都涉及此类知识分子形象,而共同之处无外是保守、傲慢、冷漠等等。当然,我从这些作品引申以及在这里使用的"知识分子"概念,基本是在技术或者职业的意义上,而这类技术知识分子正是现代性乃至现代知识的产物。现代的高度的分工和专业性,必然制造出一种严格的身份辨识以及等级秩序,而这一等级秩序也必然要遭遇中国革命的颠覆,《阶级之爱》中,就有两个护士的对话,一个护士不满于新的医院状况:"我就是看不惯他们那些大夫不像大夫、护士不像护士的,那有个大夫还给病人喂饭端大小便盆的,一点身份都没有。"另一个护士反驳说:"没有身份还不好,过去谁敢说大夫一声,现在大夫做错了,咱们护士就敢批评。"而维系这一现代"等级"身份的"知识"也往往会成为一己之私物,无论是《提拔》中的许清廉,还是《阶级之爱》里的谷大夫,被诟病之处即是"不教给人家技术"。然而更重要的问题则在于,这一现代的社会所要塑造的知识分子正是一种"科技—理性人"。韦伯曾经对"技术"和"机器"表示过某种忧虑:"……这种经济秩序现在却受到机器生产的技术和经济条件的制约。今天这些条件正以不可抗拒的力量决定着降生于这一机制之中的每一个人的生活。"并且担心着"专家没有灵魂"这一"文化的发展的最后阶段的到来"[①]。实际上,对这样一种知识分子,也即萨义德所谓的"专业人士"的批评,并不是中国当代所独具的历史现象,而是一直贯穿于世界知识分子的现代性的反思之中。我们只能说,中国革命对于知识分子的改造,无论其方法还是路径,都出现了很多错误,但并不能由此证明这一历史时期所有对知识分子问题的思考都不具有再讨论的可能性。

显然,从《阶级之爱》到小说《提拔》,都涉及如何打破知识垄断,从而使更多的普通工人和普通知识分子参与国家的现代化建设,而更重要的

[①] 马克思·韦伯:《新教伦理与资本主义精神》,第142—143页,于晓、陈维纲译,北京:生活·读书·新知三联书店,1987年。

是，在这一"知识参与"的背后，隐藏着的是更深刻的"政治参与"。也就是说，它实际上是政治民主在知识领域中的一种表现形态。在这样一种政治民主或者"主人"意识控制下的全面的政治参与，必然会和现代的专家制度，包括支持这一制度的专业主义的意识形态产生激烈的冲突。在艾尔文·古德纳关于"新阶级"——也就是芭芭拉·埃伦赖西所谓的"职业管理阶级"（或者"职业中产阶级"）[①]——的论述中，所谓"专业主义"被认为是这一"新阶级"的"公共意识形态之一"："新的意识形态认为生产力主要依赖于科学和技术，认为社会问题可以在技术的基础上，用通过教育获得的技能加以解决。由于这种意识形态使公共领域非政治化，并且部分地因为它这样做了，它就不能仅仅被理解为使现状合法化，这是由于自主技术过程的意识形态使新阶级以外的其他社会阶级失去了合法性。"[②]因此，一方面，这一"新阶级"可能"会反对其他的社会系统以及他们不同的特权制度。……就旧阶级关心的特权来说，新阶级准备实行平等主义"，但是，我们需要注意的，还有专业主义的另外一面："然而，新阶级在它所拥有的文化资本的基础上寻求特殊的行会优势——政治权力和收入——时却是反平等主义的"，尤其在潜意识里，很难容忍"工人的控制"[③]。尽管，古德纳的这一论述针对的是欧美的技术知识分子，也就是所谓的"职业管理阶级"，但对我们重新理解中国1949—1966年的反专业主义倾向，多少也有着另外的意义。

这一意义在于，对于当时的中国，起码对于一部分激进的社会思想者来说，并无意于建立一个严格意义上的"专家社会"，而是力图让更多的普通的人参与到国家和社会的重构过程之中，因此，就必须打破所谓的知识垄断，在现代分工的基础上，更加强调普遍的协作关系，更加强调工人阶级的"主人"意识，并以此作为参与的强大动力以及责任心和自觉性。也因此，某些技术知识分子（绝对不是全部）常常作为"专家"和"权威"的

[①] 芭芭拉·埃伦赖西：《再谈职业管理阶级》，《知识分子：美学、政治与学术》，第175页，南京：江苏人民出版社，2002年。
[②] 艾尔文·古德纳：《知识分子的未来和新阶级的兴起》，第29页，南京：江苏人民出版社，2002年。
[③] 同上书，第24页。

代表被赋予某种保守和独断的意识形态含义。这样一种描写的负面意义已被历史证明,但历史同样需要证明的是蕴含其中的某种积极的也可能是粗野的解放机制。而更重要的是,在这样一种叙述中,已经隐含了"延安道路"和"苏联模式"之间的冲突乃至最后决裂。

小说《提拔》中有这样一段描写:在周工程师桌上的玻璃板底下,压着一张座右铭,这一座右铭摘自斯大林的语录:"这方面的急先锋是技术知识分子,因为他们既与生产过程密切相连,也就不能不看见布尔什维克是把我国事业引向前去,引向优美方向去。"在 1950 年代初期,斯大林的这一论述,实际构成了有关技术知识分子的某个"权威文本",小说援引这一文本,也正是企图表达对知识分子的某种正确的看法,或者重申国家现代化的政治诉求,并以此说明国家政治和知识分子在这一现代化诉求上的一致之处。但是,更为明显,或者具有反讽意味的却是,小说更多考虑的第一是技术知识分子应被何种正确的政治观点所引导,第二则是如何打破某种专家垄断,从而让更多普通的工人参与工厂的管理。在某种意义上,这一思考构成了 1950 年代相当一部分"工业方面"的小说的叙事主题。而将这些思考明确化并最后制度化的,则是后来出现的著名的"鞍钢宪法"。

所谓"鞍钢宪法"指的是 1960 年 3 月 11 日"鞍山市委关于工业战线上的技术革新和技术革命运动开展情况的报告"。同年 3 月 22 日,中共中央将这一报告批转给上海局、各协作区委员会、各省委、直辖市市委、自治区党委、中央一级各部委、各党组,并被毛泽东命名为"鞍钢宪法"。显然,所谓"鞍钢宪法"针对的是苏联的"马钢宪法"(苏联马格尼沃托尔斯克钢铁联合企业是俄国最大的钢铁联合企业,对工厂的管理有一套完整的规程、规范,甚至上升到法律的高度,这就是著名的《马钢宪法》,鞍钢当时实行的就是这套苏联标准)。所谓"马钢宪法"建立在"专家治厂"的基础上,这就意味着对专家权威的肯定,同时实行严格的"一长制"。而在毛泽东看来,这一"马钢宪法"导致的结果不仅是"反对党委领导下的厂长负责制",而且"反对政治挂帅,只信任少数人冷冷静静的去干"。而"鞍钢宪法"则提出在国营工业企业中实行党委领导下的厂长(经理)负责制,它一方面固然加强了政党对企业工作的领导，同时，坚持群众路线，充分发扬民主，也的确意在克服"一长制"存在的诸多弊端。而"鞍钢宪法"的另一个重要组成部分"两参一改三结合"①，则是当时中国对工业企业实行民主管理和科学管理的一条极具特色的重要经验。在1960年代，对于调整企业内部的各类人员的相互关系，充分调动职工的积极性和创造性，发挥了重大作用②。

尽管"鞍钢宪法"的提出，有着明确的"批判右倾机会主义"的政治目的，同时也有着中、苏论战的历史背景，但是，它所包含的某些"民主"思想，即使在今天，仍然具有再讨论的价值。这一"民主"并不仅仅指的是"经济民主"，所谓"经济民主"——比如它的决策民主、劳动民主、技术民主，等等——不仅是政治民主的诉求在经济领域的某种表现形态，同时，也有力地支持着政治民主。若干年后，即使在一些非马克思主义的学者，比如达尔看来，"如果经济上不民主，经济上不平等，政治上的民主往往是虚假的，是没有实际意义的。因此，一个政治民主的社会必须以经济上的平等和经济上的民主为基础"，而所谓的经济民主指的是"一个经济体内的所有利益相关者都应该享有平等参与其决策的权利，不管这些利益相关者是不是其财产所有者"③。而在当时，在这些"经济民主"的形态背后，也正是政治的深刻思考。实际上，在1959年12月—1960年2月期间，毛泽东在《读苏联〈政治经济学教科书〉的谈话》中，已经涉及"两参一改三结合"的某些内容："在劳动生产中人与人的关系，也是一种生产关系。在这里，例如领导人员以普通劳动者姿态出现，以平等态度待人，改进规章制度，干部参加劳动，工人参加管理，领导人员、工人和技术人员三结合，等等，有很多文章可做。"④但是，关键的则是必须讲"劳动者管理国家、管理军队、管

---

① 所谓"两参一改三结合"即：干部参加集体生产劳动,工人参加企业管理,改革不合理的规章制度,在生产、技术、管理等改革和改进上实行领导干部、技术人员和工人相结合。
② 这一"鞍钢宪法"的具体经验已经引起诸多研究者的注意,在崔之元看来：苏联的指令性计划经济和工厂管理上的"一长制",只不过是福特主义的最彻底的逻辑展开罢了。而"鞍钢宪法"所启发的,恰恰是后来风靡于日本和欧美的"后福特主义"。参见崔之元：《鞍钢宪法与后福特主义》,《读书》1996年第3期。
③ 王绍光：《民主四讲》,第252—253页,北京：生活·读书·新知三联书店,2008年。
④ 毛泽东：《读苏联〈政治经济学教科书〉的谈话》,《毛泽东文集》(第八卷),第135页,北京：人民出版社,1999年。

理各种企业、管理文化教育的权利。实际上,这是社会主义制度下劳动者最大的权利,最根本的权利。没有这种权利,劳动者的工作权、休息权、受教育权等等权利,就没有保证"①。如果我们排除"鞍钢宪法"中一些激进的政治修辞,那么这一"宪法"实际包含的正是知识分子和工人对企业管理权的要求,也是对人(主要是工人的创造力和科学技术对社会生产的推动力)的价值的肯定。从而凸显了和苏联僵化的制度管理同官僚主义结合后的所谓"马钢宪法"的差异性。而毛泽东关于"鞍钢宪法"的批示实际上包括了三个方面的内容:一是企业的指导思想(政治挂帅,群众性技术革命);二是企业的领导体制(不同于"一长制"的党委领导下的厂长负责制);三是企业的管理制度("两参一改三结合")。当然,所谓"鞍钢宪法"在实践过程中,由于左翼激进思想的制约,同时出现了如下问题:对技术官僚的片面批评导致了政治官僚的出现;强调政治挂帅蜕变成一切都唯政治化;突出工人的领导地位异化成对知识分子的批评甚至排斥;强调参与却忽略了制度管理或者治理的重要性;推崇群众性的技术革命却轻视了专家或者专家知识的作用,等等;从而使得所谓"鞍钢宪法"逐渐地空洞化,并间接地导致"马钢宪法"在1980年代所谓"改革文学"中程度不等的复活。

  但是,在当时,"鞍钢宪法"的出现,却极大地鼓励了工人和普通知识分子的积极性乃至创造精神。而在某种意义上,"鞍钢宪法"的产生也并不是偶然的,它既是工农"主人"意识在工业方面的必然的制度性体现,同时,也是"群众参与"在各个领域包括经济领域中的某种权利诉求。这一"宪法"所包含的某些基本设想早在1950年代初期就已隐约地通过某些文学作品体现出来。当然,更加深刻也更加完整地表述这些思想,只能诉诸长篇小说这一文类形式——比如艾芜的《百炼成钢》和草明的《乘风破浪》。而这两部小说的写作和出版时间,均与鞍钢有关,但又都在"鞍钢宪法"的正式命名之前。这从另一个侧面也可说明,所谓"鞍钢宪法"并非一蹴而就,考虑到当时的小说写作(比如上海的工人创作),亦非某一具体的地

---

① 毛泽东:《读苏联〈政治经济学教科书〉的谈话》,第129页。

方经验,它所包含的诸多思想,实际已表现在 1950 年代即已开始的"工业方面"的小说之中。

1952 年,艾芜参加全国文联创作组,到鞍钢深入生活,在钢厂住了一年半,写出了《新的家》等短篇小说。1953 年,他以炼钢工人的生产和生活为题材,写成了长篇小说《百炼成钢》的初稿,后经多次修改,发表于 1957 年的《收获》杂志上,次年,也即 1958 年 5 月,由作家出版社正式出版。小说出版后,好评如潮,同时,亦有批评性意见出现。

小说围绕九号炉的"技术革新"("快速炼钢法")展开叙述,在 1949—1966 年的当代"工业方面"的小说中,"技术革新"是一个最为常见的主题或情节形态。从较早的 1950 年代初期的唐克新的《古小菊和她的姊妹》,再到 1964 年出版的草明的《乘风破浪》,莫不如此。但是,这一"技术革新"决非仅仅局限在技术层面,它包含了诸多复杂的现代性想象乃至激烈的矛盾冲突,比如,工人对工厂／国家事务的积极参与;打破知识或技术垄断;对科层制的改革要求、反专业主义和反官僚主义;先进／落后的思想乃至道德冲突;国家对工人的政治乃至情感动员,等等。因此,"鞍钢宪法"高度肯定了这一所谓的"技术革新和技术革命",而且认为这一技术革命的"最根本的问题是高度发挥广大群众的积极性和创造性",当然,它同时也被政治化:"技术革新和技术革命的本身,就是一场新与旧、先进与落后、革命与保守、科学与迷信、多快好省与少慢差费的两条道路的斗争。"①

当然,《百炼成钢》在对待"技术革新"的态度上并未如后来的"鞍钢宪法"那样的政治化,但已经涉及"鞍钢宪法"激进的政治修辞之下的某些核心思想,比如"鞍钢宪法"反复强调的"自力更生和大协作相结合",要求"用一盘棋的思想教育广大职工群众,发扬共产主义大协作的精神,把别人的困难当成自己的困难,以自己的跃进支援别人的跃进"。而这一"大协作"的思想显然是建立在现代工业的特征之上:"由于现代工业生产的连续性,要在统一规划、统一领导下,在生产的各个环节同时进行技术革新和技术革命。实践证明,实行以自力更生为主,同时组织大协作、大互助,

---

① 《鞍山市委关于工业战线上的技术革新和技术革命运动开展情况的报告》。

是攻克重大关键,突破技术难关,实现全面大跃进的一项具有普遍意义的成功经验。"而这一"大协作"的精神也正是社会主义中国所提供的另一种现代化的想象和实践方式,在《百炼成钢》中,便由此突出了个人利益和集体性目的的矛盾冲突。

通过小说的叙述,我们大致可以知道,九号炉分为甲、乙、丙三班,而炼一炉钢则需要三个班的通力配合。当时,炼钢厂正在推行"快速炼钢法",为了缩短炼钢时间,除了政治上的动员以外,同时也实现了各种奖励制度。然而,正是这一系列的奖励制度引发了九号炉的激烈的矛盾冲突,这一冲突既牵扯个人的经济利益,也涉及意识形态领域的斗争,同时还引申到科层制的工厂管理,甚至延伸到家庭、爱情等诸多私人生活的领域。应该说,在当时的"工业方面"的小说中,《百炼成钢》是一部相当优秀的作品。

秦德贵、袁廷发和张福全分别是九号炉甲、乙、丙三个班的炉长,冲突的起因在于:秦德贵某天炼出了"七点五分一炉钢",创造了炼钢厂的最新纪录,但是同时也引起了,比如袁廷发和张福全的嫉妒甚至嫉恨,这些嫉妒甚至嫉恨也再次触及"先进／落后"构成的某种压抑以及反压抑的群众性的心理乃至利益冲突。必须指出的是,在当时的历史语境下,所谓"先进"常常会转化为个人的某种政治或者文化"资本",因此,争夺"先进"并非完全出于"荣誉"的驱使,有时候,也往往会掺杂了个人的利益因素。它实际涉及的是,社会主义,包括社会主义"劳动竞赛"的形式,如果没有其他的政治制度或者思想文化的规约,在另一方面,同样有可能造成工人内部的等级化甚至区隔化状态。不过,包括《百炼成钢》在内的"工业方面"的作品,并不曾在这一问题上有太过深入的思考,而是迅速将这一矛盾转化为集体精神和个人利益的冲突。这一冲突具体表现为秦德贵炼出"七点五分一炉钢"的同时,也将"炉顶溶化了",而按照工厂"新近"的规定:"凡是新修的炉顶,能够保持到炼三十次钢,都不熔化,便有奖金奖励。如果不到三十次,就化了炉顶,不但奖金吹了,化炉顶的炉长还要受到惩罚,扣去一些工资。"袁廷发和张福全"生气"的理由是:"因为好容易地才保护到二十五次,这下全给秦德贵搞掉,真是难过极了。""难过极了"的原因是多方面的,但是"奖金"仍然是重要的原因之一,它既和袁廷发的妻子有关,更关涉到张福全的"爱情"。因此,他们都开始认定秦德贵是"只顾自己不顾别人"的人,而不和的种子也就此种下,尤其是张福全,更是处处刁难。缺乏了三个班的"大协作"精神,所谓"快速炼钢"也就无从谈起。显然,从一开始,写作者就不曾把"技术革新和技术革命"定义在技术或制度层面,而是更强调"人"的因素,这也正是后来"鞍钢宪法"的核心思想之一。

袁廷发是作者着力塑造,也可以说是塑造得最为成功的人物之一,在另一种意义上,我们甚至可以把他视为对《风雨的黎明》中解年魁这一类"大工匠"或"老工人"形象的某种形式的改写。按照小说的交代,袁廷发是一个特别酷爱"技术"的人:"伪满时代,就进了炼钢厂",但只是在平炉车间"做一名杂工",然而却在日本人的技术封锁下,偷偷学会了炼钢技术(被日本人发现后,他的工作就"调到食堂去了");国民党统治时代,他"满以为可以为祖国效力了,谁知还是不当成人,常常遭到轻视和辱骂";只有当"共产党解放了这个城市,他才施展出他炼钢的才能。从此过着从来没有过的愉快的日子。他自己也感到他的生活是和炼钢联系在一起,不可能再分开了"。因此,即使轮休,他也会骑着自行车到厂里"看看炼钢的情形",如果下雨,他就在家里看工厂的烟囱:"从烟囱里冒出的烟子,他就能看出当天生产的好坏。"这是一个非常经典的"大工匠"形象,因此深受厂长赵立明的信任和喜爱。但是他同时又强调等级秩序,技术上常常"留一手"。应该说,艾芜在袁廷发的形象描写上,是相当有分寸的,比如,在对袁廷发的"个人利益"的描写中,"金钱"并不占主要地位(这一点区别于张福全),相反,袁廷发更看重的是"荣誉""地位"以及他对何谓工厂管理的认知。恰恰因为在这一点上的深入"开掘",使得写作者着意放大了袁廷发身上的上述两个"缺点",也因此涉及尔后"鞍钢宪法"着重要解决的一系列问题。显然,在小说的情节结构中,袁廷发可以说是厂长赵立明的"科层制管理"的群众性基础,也就是说,这一科层制管理包括由此引发的官僚主义问题,恰恰建立在某种等级秩序的观念以及对此一观念的群众性的无意识认同之上。而问题正在于,这一观念恰恰有可能抑制群众参与的积极性,因此,小说着意将袁廷发的孤傲和秦德贵的随和作了鲜明的对比,包括因此产生的不同的管理结果(这一对比同时也延伸到赵立明和梁景春的身上)。而对袁廷发技术上的"留一手",小说给予的批评则更为明显(尽管有许多同情性的叙述)。艾芜实际上已经察觉到"荣誉／地位"的关系,因此,尽管袁廷发并不是特别注重金钱,但是,他对"荣誉／地位"的片面追求,同样有可能导向某种"个人主义"。社会主义一个核心的矛盾就是:一方面,为了强调"大协作",势必要求个人的某种无私"奉献",这一"奉献"被叙述为一种共产主义精神;但同时,社会主义采取的又是"各尽所能,按劳分配",这就势必承认"个人利益"的合法性。因此,艾芜对于"个人利益"和"个人主义"作了理论的区分:"……个人利益,是客观存在的东西,我们不能反对,但为了个人利益,而妨碍了集体的利益,那就发展成为个人主义了。"但问题是,"个人利益和个人主义有时候处的很近,几乎是相隔一层纸"[①],那么,这层纸又是什么,在什么情况下,这层纸有可能被捅破?而且,如何防止"个人利益"向"个人主义"的转化?应该说,1949—1966年的中国当代文学,在这一方面作了大量的叙述以及相应的道德想象。如果说,在1950年代,这一叙述仍然显得相当温和——这一温和的表征即是保留了个人利益的合法性——那么,至迟在1960年代,不仅个人主义,即使个人利益的合法性也遭到了质疑,甚至根本的否定。在这里,暂且不论激进政治的意识形态内涵,社会主义的分配原则的确留下了一个理论难题,即在"各尽所能,按劳分配"的原则下,多少残留了所谓的"资产阶级法权",而关于这一"法权"的辩论则贯穿于整个社会主义时代。具体在袁廷法身上,则多少涉及"知识产权"的问题。也就是说,袁廷法如果要求"多劳多得",那么,他就势必在技术上"留一手",并以此维持自己的"地位",而如此一来,就又势必影响所谓的"集体利益",显然,这并不是袁廷发个人品质的问题,而是社会主义制度本身所生产出来的危机性。为了克服这一危机,艾芜反复强调"社会主义社会里,个人利益与集体利益是一致的",因此,"一个人可以做到不计较个人利益"[②]。这样一种理想性的,在1950年代并非完全是一种道德性的描述,成为克服这一危机的主要方法,所以在小说

---

① 艾芜:《艾芜同志关于〈百炼成钢〉与黄祖良同志的通信》,《百炼成钢》(新版),第351页,北京:人民文学出版社,1983年。
② 同上书,第352页。

结尾，叙述者特意强调，在袁廷发公开了技术"秘密"后，群众的自觉参与（这一参与获得了知识或技术的有力支持）反而创造了"六点五十四分的新纪录"，形象地诠释了"个人利益与集体利益是一致的"的想法。当然，在社会的实践过程中，这一危机并未被完全克服，残留的"资产阶级法权"实际鼓励并生产出了个人倔强的欲望，而激进的左翼政治对个人利益的有意压抑同时更在刺激这一个人利益的发展，这也是 1980 年代的颠覆性的因素之一。但是，在当时，对袁廷发的批评实际呈现的正是对"等级秩序"（科层制）和"知识垄断"（技术保守）的颠覆性要求，也只有真正颠覆科层制和知识垄断，群众的广泛性参与才有可能实现，并真正做到现代企业的"大协作"。应该说，这一设想为当时的社会主义建设作出了极大的贡献，同时也摸索出极具中国特色的现代企业的管理方法。

所有这些正面的想象，在小说中转化为一种美好的品质，并被叙事者毫不吝啬地嫁接到秦德贵的身上，显然，秦德贵作为一个"社会主义新人"，被解释为克服社会主义所有可能的危机的一个主要因素。也就是说，所有的问题，最后将被归结为政治的也是道德的问题，也即所谓社会主义自觉性的问题。这一完美的"新人"形象，较早地表现在柳青的《创业史》中的梁生宝身上，在某种意义上，我们也可以说，秦德贵就是"工业方面"小说中的"梁生宝"。暂且不论秦德贵等"新人"形象在日常生活中的普遍意义——这一意义曾被意识形态有意放大[①]——这一形象的根本意义在于，它并不仅仅局限在"制度"层面，而是强调并重视"人"的问题，即使在今天，在对"制度"的重新思考中，仍然具有重新讨论的可能性。

所有的"社会主义新人"，或多或少都具有保尔·柯察金式的共产主义"圣徒"的气质，因此，他必须不断地克服各种世俗性的欲望，从而达到一种完满的类宗教性的境界。在当时，这一世俗性被解释成为某种"个人主义"倾向，即使秦德贵也被解读出"在他身上还残留着某种程度的个人主

[①] 比如《文艺报》当时曾在北京石景山钢铁厂举行过座谈会，邀请钢铁工人座谈《百炼成钢》，在报道中特意强调："座谈会上，大家都说秦德贵这个小伙子写得好"，"像秦德贵这样的工人，工厂里有的是，作家应该多写写他们"等等。张钢：《秦德贵和我们生活在一起——钢铁工人座谈〈百炼成钢〉》，《文艺报》1958 年第 8 期。

义成分。在某些情况下,他还不能够把个人与集体很好地结合起来"①,当然,批评者对秦德贵的赞美,也主要因为这一人物最终克服了这残留的"个人主义成分"。显然,"新人"也面临改造自己的问题。然而问题在于,一方面,社会主义力图依靠这样的"圣徒"式的"新人"以最终完成自己对未来的理想社会的追求,但是另一方面,社会主义的"现代性"特征,又决定了它的世俗化倾向,这一世俗化不断地在生产着"倔强"的个人欲望。在某种意义上,这也正是社会主义内部的危机性所在,即不断发展的现代的世俗化所导致的对某种集体性目标的挑战甚至消解。这一矛盾冲突集中表现在1960年代的大辩论之中,包括《霓虹灯下的哨兵》《千万不要忘记》《年青的一代》等等文学作品。而因为这样一些矛盾,也导致了对"新人"的越来越抽象也越来越苛刻的政治要求,即使在当时,就有批评者认为秦德贵的"思想境界还不够高""不敢坚持原则展开尖锐的思想斗争",等等。当然,作家对这样的批评意见有点不以为然②。

  应该说,艾芜对秦德贵的描写并没有刻意拔高,而是细致地写他的性格的各个层面,包括他的恋爱("秦德贵有他恋爱的权利"),这也是因为艾芜一直认为"个人利益,是客观存在的东西,我们不能反对"。可是,一旦这一"个人利益"和"集体利益"发生冲突,那么,这一"个人利益"就有可能发展成"个人主义",因此就必须"斗争掉"。这就是小说写秦德贵如何为了"集体利益",而痛苦地放弃了自己的爱情,尽管"他爱孙玉芬已到了狂热的地步"。小说的爱情描写并无特别突出的地方,值得注意的是,已成当代小说传统的"革命+爱情"在这里却表现出"革命"与"爱情"的某种分裂倾向(尽管小说仍然安排了一个大团圆的结局),这种分裂在《创业史》中的梁生宝和徐改霞的情爱关系中已经出现。显然,在这样的叙述中,"革命"和"爱情"并不是始终一致的,相反,一旦它们出现裂痕,那么革命者就必须舍弃"爱情",并作为克服自己"个人利益"的某种情感的表现形态。如果说,在赵树理等人的作品中,"大团圆"式的情爱处理,表达了

---

① 孙昌熙:《生产战线上的英雄,工人阶级的模范——试谈艾芜著"百炼成钢"中的秦德贵》,《文史哲》1958年第10期。
② 艾芜:《艾芜同志关于〈百炼成钢〉与黄祖良同志的通信》。

政治的某种情感化或自然化的倾向，并以此在个人的情感领域确定了"革命"的合法性①，那么在此，这一"革命"和"爱情"的分离，所表达出的却是一种不安的氛围，也就是理性和情感在这一日渐激进化的革命叙述中，有可能出现的某种"断裂"状态。而一旦"革命"退出了个人的情感领域，那么，它的合法性就会遭到这一情感领域的质疑。因此，1980年代，所谓的"反思文学"正是在"爱情"领域质疑了"革命"这一政治认同的合理性问题（比如张弦的《被爱情遗忘的角落》等等），其中，并不是没有历史轨迹可寻的。当然，这是另外一个话题了。

在某种意义上，秦德贵这一"社会主义新人"同以袁廷发为象征的"工匠精神"有着极为隐蔽的血缘联系，因此，一旦袁廷发克服了自身的"个人主义"倾向，他就可能成为另外一个"秦德贵"。也就是说，秦德贵和袁廷发在小说中构成的正是一种互为表征的关系。相形之下，张福全就成为某种个人主义者的典型，并且，写作者力图完整地描述出这一人物如何从"个人利益"转化成"个人主义"。显然，这样的角色安排，带有一定的符号化色彩。问题在于，当我们从某种理论进入，尤其是不满足于解释，而是带有更强烈的改造这个世界的愿望，那么，符号化的叙事实际上很难完全避免。所以，问题并不完全在于符号化，而是这一符号化如何作更具艺术性的处理，在这一点上，所谓"左翼文学"由于过多坚执于"现实主义"，而多有类型化嫌疑。此点暂且不论，单就张福全而言，固然具有某种符号化的倾向，但却并非漫画式的人物。张福全这一人物，实际代表了写作者对"个人利益／个人主义"的某种思考，这一思考未必深刻，但却真实。艾芜一方面强调了在社会主义历史阶段，尤其是社会主义分配原则的规约下，"个人利益"的合法性，但是，他同时又坚决反对"个人利益"向"个人主义"的转化，这一态度，也未必都是为了顺应当时政党政治的需要。事实上，早在艾芜写作《南行记》阶段，就已包含了这一思考，而这一思考正是来自于他对底层生活的深刻观察（比如《山峡中》等）。显然，艾芜完全不能认同生活中残酷的"丛林法则"，也正是对弱者的同情，导致包括艾芜在内的

---

① 参见本书第三章《青年、爱情、自然权利和性》。

一大批知识分子转向对中国革命的认同。当然,在当时,艾芜的这种同情更多地放在"那些在生活重压下强烈求生的欲望的朦胧反抗的行动",这样一种叙述,亦为鲁迅先生首肯①。但是,艾芜所涉及的"丛林原则"实际昭示的,可能是在阶级社会,尤其是在现代社会实际生活中,所谓"自由"更多地会被诠释为"自由竞争",而自由竞争的另一面正是对有限资源的争夺,必然会导致一种"强人政治",扩大到社会层面,就可能形成一种压迫性的权力机制。由下层,而不是从上层讨论这一问题,显然具有更为深刻的思想意义。这样一种思路,在某种意义上,也延伸到《百炼成钢》对张福全的描写之中。可能在艾芜看来,"个人利益"向"个人主义"的转化的可能性在于,当个人为了获得自己的利益而采取一种侵略性的方式,也就是说,他实际采取的是剥夺他人(或集体)利益的方式时,此时,便是一种极具危害性的个人主义倾向,倘无必要的思想或制度规约,它可能导致的正是一种残酷的丛林法则。因此,艾芜或艾芜们更倾向于一种"大协作",也就是在一种协调的语境下,怎样在集体利益中使个人获得应有的利益。对于当时的写作者来说,他们也许未必有如此清晰的理路,但是对于"个人主义"的担心,和他们在"旧时代"的生活经验也未必完全无关。这可能也是导致他们对集体化(无论是制度还是思想)的某种认同的因素之一。艾芜实际上已经涉及社会主义分配原则可能带来的某种深刻的思想冲突,但却匆忙地一笔带过,简单地将这一思想冲突阶级斗争化。这就是小说中阶级异己分子李吉明的形象意义,应该说,这一人物才真正是脸谱化或漫画化的。

在1950年代,尤其是1950年代末到1960年代,用"阶级斗争"作为某种激烈的社会冲突的解决方案,是当时颇为流行的一种叙事方式,不仅是《百炼成钢》,也包括浩然的《艳阳天》等等。而这一模式化的叙述,基本上是构置一种"新/老阶级敌人"的结合乃至破坏,然后通过对这一"阴谋"的揭发和斗争直至取得最后胜利,而社会性的危机也在这一叙述模式中被顺利克服。这并不是一种儿戏式的结构,它最为深刻地表征出当时的某种悖论式的语境:一方面,写作者多少感觉到社会性的危机(或矛盾)

---

① 沙汀、艾芜:《关于小说题材与鲁迅的通信》,胡德培编:《中国现代作家选集·艾芜》,第221页,北京:人民文学出版社,1986年。

所在,但是,另一方面,或限于认知,或因了政党政治的控制,不可能将这一危机视为社会主义制度本身异化的产物,只能将其归结为新/老阶级敌人的有意破坏,或者是这一阶级在党内的代理人等等①。因此,用"阶级斗争"来克服危机便成为一种普遍性的政治表述形态,《百炼成钢》也未能例外。小说写党委书记梁景春的路径之一,即是写他高度的政治敏感,也只有他才能敏锐地察觉到李吉明的政治破坏行为。这样的叙述难免有概念化的嫌疑,即使在当时,梁景春就成为批评的原因之一②。但是,更为深刻的讨论应该在于,通过这样一种概念化的叙述,我们究竟怎样理解"鞍钢宪法"所提出的"党委领导下的厂长负责制"——梁景春只是这一原则的文学体现而已。所谓"党委领导下的厂长负责制",应该说,在某种意义上表现出一种对权力的监督愿望。但是,对权力的监督尚有多种形式选择,比如"职工代表大会",而鞍山市委1960年提交的报告(即"鞍钢宪法")中并无这一明确提法③。这一疏漏导致的是所谓"群众参与"更多地被局限在"技术革新""合理化建议""技术表演赛"等"用"的层面,并没有构成一个相对独立的群众性的权力监督机制。显然,这和中国当时的对政党政治的解释密切相关,在通常的意义上,中国共产党被理解为代表了最广大群众的根本利益,因此,政党政治成为一种不证自明的最高原则。也因此,这一政党政治是否具有异化的可能性,这一对于中国社会主义至关重要的问题,也自然被排除在讨论之外。更因此,当厂长被置放在党委的监督之下,那么,党委由谁来监督的这一更为重要的问题同样不可能进入任何的讨论空间。这也是我在前面涉及的问题之一,对技术官僚的片面批评导致了另一种政治官僚的出现(不懂技术、乱指挥,等等),这也是1980年代"改革文学"中间"马钢宪法"再度复活的原因之一。由于这一政治的空洞化,也就必

---

① 参见本书第二章《动员结构、群众、干部和知识分子》。
② 比如冯牧就认为:"党委书记梁景春的形象就是单薄的、缺乏血肉的。在不少地方,他都只是作为某种正确思想和工作方法的解释者和体现者而出现。"冯牧:《艾芜创作路程上的新跃进》,《文艺报》1958年第7期。
③ 对"职工代表大会"的高度重视,构成了"文革"中间"新思潮"的一个重要的思想表述,比如武汉地区的一份大字报就明确以此为题:《关于工代会监督革委会的口号报》。肖帆:《过去与思想——"文革"回忆录(节选)》,《眷念的一瞥——萌萌纪念文集》,第252页。

然导致党委书记梁景春"单薄的、缺乏血肉的"的形象描写，显然，在形式技巧的背后，还隐藏着深刻的政治原因。但是，尽管梁景春的形象显得"单薄""缺乏血肉"，却不能说他是"官僚"，相反，许多人，包括工人读者一方面觉得小说"怎样通过党、团组织领导工厂，写得不够"，但另一方面又普遍对梁景春这一形象"感到亲切"①。工人的这一反映，给了艾芜很大的自信，在给黄祖良的回信中就说："我自然很尊重文艺批评家的意见，但更要重视在钢铁工业中工作的职工群众，他们的意见，是来自现实生活的。"②工人之所以用"亲切"来形容梁景春，显然因为新社会确立了一种完全不同于旧官吏的"干部"形象，这一"干部"不仅"为人民服务"，而且处处关心群众利益，以及他们自身应有的行为方式③。这一"感到亲切"，实际正是一种工人的情感活动，而在"亲切"的对立面，则是对厂长赵立明的批评，批评的理由很大一部分也属于情感性质，比如认为他"性格急躁，对工人总是讽刺"④，而在这些批评中，我们多少也能感到工人对现代科层制中的等级秩序的某种不满。在某种意义上，梁景春的这一"亲切"的描写，也可以说是写作者为"党委领导下的厂长负责制"提供了一种情感式的注脚。我们不能小觑这一情感活动，中国革命的合法性在相当程度上恰恰来自于群众的情感领域的支持，而人的情感并不仅仅只是一种想象性的心理活动，它本身就是介入世界的一种实践方式。而另一方面，这一"亲切"也为现代企业管理注入了一种情感因素。我以为，这一情感因素多少表征着当时的文学对"科技—理性人"的一种反抗，也是对现代科层管理制度的一种突破性的想象性叙述。但是在"鞍钢宪法"中，则被表述为："在开展技术革新和技术革命运动中，还要强调关心职工生活，安排好劳逸，使广大职工群众有充沛的精力从事革新创造，促进生产不断跃进。"相较于小说中梁景春的"亲切"，这一表述多少显得抽象甚而功利，反而省略了更复杂的情感内涵——包括这一"亲切"所激励出的工人普遍的"尊严政治"。

---

① 张钢：《秦德贵和我们生活在一起——钢铁工人座谈〈百炼成钢〉》，《文艺报》1958年第8期。
② 艾芜：《〈艾芜同志关于〈百炼成钢〉与黄祖良同志的通信〉》。
③ 我曾经用"盖被子"这一细节讨论过这一"干部"形象及其他的政治意义，参见本书第二章。
④ 张钢：《秦德贵和我们生活在一起——钢铁工人座谈〈百炼成钢〉》。

1959年9月,继《百炼成钢》出版一年之后,作家出版社出版了草明的长篇小说《乘风破浪》,应该说,这部小说和《百炼成钢》多有相似之处。草明和艾芜一样,也在鞍钢生活了很长一段时间,因此,小说也同样以炼钢厂为自己的叙述空间,同样涉及工人的技术革新,也同样涉及党委书记和工厂厂长的矛盾冲突,等等。我完全没有《乘风破浪》受到《百炼成钢》影响的假设企图,在我的叙述框架中,这样的假设毫无意义。我更愿意把它们放在一个共时性的结构中,从而讨论影响这些小说的"其时"的政治无意识。

一个简单的例子在于,《百炼成钢》中的秦德贵和《乘风破浪》里的李少祥同样是工人中的先进者,但同样来自乡村,同样受到战争的洗礼,也同样最早接受党的政治教育。这样的叙事安排并不是偶然的,它昭示出的恰恰是中国革命对"无产阶级"这一概念的定义。显然,在中国式的"无产阶级"的概念理解中,并不特别注重它的社会属性(比如产业工人),而是更强调它的阶级意识,也即在政党政治的教育中所获得的无产阶级的阶级主体性。显然,这样的理解拓宽了"无产阶级"的阶级范畴,具有更大的包容性,同时非常灵活地解决了中国产业工人基础薄弱的问题。但是,更重要的是,如此一来,也说明工人并不具有天然的政治合法性,同样需要经受革命的考验并有必要自我改造。这固然在理论上巩固了政党政治的权威性,但也从另一侧面强调了"文化领导权"的重要作用——"工人"也概莫能外。

尽管《乘风破浪》和《百炼成钢》有许多的相似之处,但是,它们之间的差异性同样也非常明显。相较于《百炼成钢》,《乘风破浪》的政治色彩更为明显,"批判右倾机会主义"的党内斗争,成为小说主要的叙事背景,以及主要的情节冲突。如果说,在《百炼成钢》中,党委书记梁景春和厂长赵立明的冲突被压抑到了次要的地位,那么,在《乘风破浪》中,则基本上围绕着宋紫峰展开了对"一长制"("马钢宪法"的主要内容)以及支持这一制度的专业主义的批评。显然,这是非常符合"鞍钢宪法"的基本内容的,或许,这也是小说当年一版再版的原因之一①。

---

① 比如,截至到1964年4月,《乘风破浪》已经连续印刷6次,总印数达到198000册。

在某种意义上,宋紫峰实际就是放大的赵立明,也就是所谓的"党内的技术专家"。将人物定义为这样一种政治身份,而不是直接将其描述为一般的党外的知识分子,一方面固然显示了在当时尚为温和的知识分子政策;而另一方面经由这样一种政治身份更容易切入党内的政治斗争,而"鞍钢宪法"从一开始所要致力解决的,就是企业"治理"这一权力层面的问题。因此,围绕宋紫峰这一"专家"身份,所展开的正是"党委治厂"还是"专家治厂"的冲突。小说一开始,就介绍了"批判右倾机会主义"的政治背景——这一背景通过从未出场的钟菲进一步引申为"闹独立性、想把企业拉出党的轨道之外的错误倾向"。而在"大跃进"的激励下,炼钢厂党委书记唐绍周认为年钢产量"可以完成一百六十六万吨",依据是"工人的意见";厂长宋紫峰不顾当时的政治环境坚决反对,坚持全年产量只能达到"一百五十三万吨",依据是"精密地计算过"的"科学"。一种最为常见的解读是,宋紫峰坚持了一种科学的态度,而唐绍周恰恰显示了"大跃进"运动所表征出来的政治盲动性。根据历史的实际状况,这样一种解读当然毫无问题,而且十分正确。但是在理论或者文学想象的层面,问题并没有如此简单。唐绍周依据的"工人的意见",也就是所谓工人的"合理化倡议"未必就不包含"科学"的因素,比如"工长王良信的快速精炼就可以每炉缩短四十分钟"。在这里,《阶级之爱》中所涉及的"什么是科学"也再次进入了小说的辩论。其中,固然包含了"力量的知识"和"限度的知识"的冲突,同时更为根本的是,唐绍周将人也即工人的因素纳入了"科学"的范畴,而人的积极性只能通过某种政治认同才能获得最大程度的释放,这也是"鞍钢宪法"坚持党委治厂和群众运动相结合的核心思想之一。而在宋紫峰对待群众这一"合理化建议"的"轻蔑地摇摇头"的态度上,我们或许可以感知到在专业主义以及科层制的支持下,"技术专家"实际很难容忍"工人的控制"[①]。为了表示对这样一种"轻蔑"的批评,如同《百炼成钢》

[①] 在1980年代的"改革文学"中,常会无意识地设置技术厂长和党委书记的形象对比,在这一对比中,厂长一般懂生产,深入群众,而党委书记常常脱离实践,空洞抽象。这一描写有着很强的社会真实性,它昭示着"鞍钢宪法"带来的另一面。但同样真实的是,这一类厂长恰恰也是"鞍钢宪法"的产物,也即改造过的"技术专家"。历史就是这样吊诡。

对赵立明的叙述一样,草明也将专横、傲慢、独断等等性格特征"分配"到宋紫峰身上,当然,要比艾芜对赵立明的描写更为详细。这样一种叙述已经无意识地逼近了汪晖曾经致力于讨论的一个重要命题,即"科学"和"统治"的关系①。在这样一种问题的讨论框架中,我们恰恰可以感知到专制和现代性的极其微妙复杂的知识关系。当"科学"宣布自己掌握了世界终极的也是客观的"真理"时,必然会同样具有一种强烈的排他性甚至暴力倾向,尤其是这一倾向和相关的制度乃至权力相互勾连的时候。但是,问题在于,围绕宋紫峰的叙述,并不完全是政治和科学的冲突,陈家骏(包括唐绍周等)同样认为自己代表的是一种更加"科学"的真理观——这一科学的表征是加入了"人"的主观能动的因素。因此,在根本上,仍然是围绕"什么是科学"的争论,也即"什么是现代"的争论。在这样一种绝对真理的"科学观"的激烈争辩中,另外的叙述者同样也可以把宋紫峰的性格特征"分配"给陈家骏。论辩的双方,实际又共享了以"科学"为核心要素的现代的也是国家的公共意识形态。这似乎也能提示我们,为什么"技术官僚"被压抑以后,反而同时产生了另一种"政治官僚"。也许,"科学"这一概念,可能是提示我们进入社会主义的路径之一。

围绕"鞍钢宪法"所概括出来的某些思想,1949—1966 年的当代"工业方面"的小说展开了丰富的想象。这一想象远较"鞍钢宪法"这一政治文本更为复杂,但基本的思路仍然在于,在对专业主义的意识形态的批评中,强调打破知识垄断,并进而使工人获得更多的参与可能,这一参与是多方面的,既是政治的,也是管理的,同时更是知识的。也只有在这样一种群众积极的广泛性的参与中,所谓"主人"意识才可能真正落实在制度层面上。在某种意义上,它也正是政治民主在经济领域的一种积极的回响。而小说在这一方面承担了更加积极也更加大胆的文学的也是理论的想象。

---

① 汪晖:《"科学主义"与社会理论的几个问题》《科技作为世界构造和合法性知识》等,《死火重温》,北京:人民文学出版社,2000 年。

结　语

　　我愿意再一次重申本文开头所提出的问题，即在"革命后"的语境中，所产生出来的某些悖论性的命题，以及对这些悖论性命题的克服。

　　显然，国家有关工业化的现代性诉求，始终控制着这一时期的政治也包括文学的想象活动。在这一现代性的控制中，必然要求"工人"成为一个合格的现代的"劳动力"，因此，"弱者的反抗"势必要转化为某种建设性的"工匠"精神，即一种现代的工作伦理的重新确立。就这一点而言，"现代性"不失为进入讨论的有效路径。即使所谓的"自觉性"，在这一讨论框架中，也可以视为一种社会"低成本"的高效运作。但是，这样的讨论同时隐藏着另一种危险性，即可能把"革命中国"等同于"现代中国"，把社会主义混淆于资本主义——尽管，在许多地方，社会主义和资本主义的边界的确并非如我们想象的那样清晰。但是，两者之间仍然有着根本的差别，差别之一正在于，社会主义的核心的政治理念是要将工农群众提升到国家主人的位置，并借助于这样一种"主人"的身份完成理想中的社会形态的建构。这样一种理想性的社会，显然很难完全用"工匠"精神来加以概括。

　　因此，"革命后"的历史语境中，便充斥着"工人／主人"这一马克思主义的政治符号和资本主义现代性的激烈冲突。这一冲突的表征之一，即是"工人／主人"这一概念实际很难为包括科层制在内的现代生产／管理方式完全接纳。但是，对于国家的最终的政治诉求以及意识形态来说，只有借助"工人／主人"这一政治符号，才能真正完成所谓的"无产阶级"的想象。而在完成了政治权力的交替之后，知识／文化领域的"领导权"的争夺就相应变得激烈起来。从"文化诉苦"到"识字运动"，从"反专业主义"到"两参一改三结合"，无不显示了国家力图让工人全面参与"领导权"的政治目的。正是在这一过程中，文学承担了这一"主人"的想象性的叙述，当然，这一叙述同时也带来了一种巨大的社会幻觉。

　　全面地评价此类文学作品，并不是我在此所要致力的主要任务，比如，我基本不涉及作为个体的"工人"的真实的存在状况——的确，在此类作品中，很少甚至几乎不涉及工人在日常生活中的具体的也是更复杂的个体性表现。导致这样一种叙述的原因是多方面的，其中，强大的总体性的控制可能是最为重要的因素之一，因为，总体性总是力图揭示并进而生产一种强大的历史的阶级意识。用个体的丰富性或者复杂性来评述文学，基本已成一种文学批评的常识，甚至老生常谈，因而无须我在此赘言。而在我的研究框架中，更有兴趣的，则是这一总体性如何激发出一种强大的也可能是浪漫的"工人阶级"主体性的未来想象。

这一想象的主要方式，恰如我在文章中反复提及的，是一种"内在化"的过程。这一过程导致了两种可能性：一方面是工人阶级的主体性在这一"内在化"的想象过程中，无限膨胀，并进而被空洞化，这可能也是所谓"豪言壮语"的话语生产的意识形态因素之一；同时，"内在化"必然要重新他者化，也就是说，这一"内在化"同时也在生产它的"剩余物"——也就是在生产它的危机性因素。而如何将这一"剩余物"转化为他者，则是克服这一危机性因素的一种努力。这一点，我在讨论1960年代的文化政治的文章中，会有更详细的讨论。

尽管如此，我们仍然会在这样一种叙述中，感受到一种努力，包括工人阶级的尊严政治。这并不仅仅只是一种文学或者意识形态的想象，至少这一"尊严政治"在当时已经部分地转化为一种社会实践。而在我看来，任何一种"尊严"都指涉"政治"。侈谈个人的尊严，实际上并无多大意义。任何一个个人的尊严，都和他所从属的阶级或者阶层在社会上的实际的命运和地位，也包括他的阶级意识相关。我亲眼目睹这一阶级的历史命运的浮沉，而阶级意识的最终崩溃则导致了这个阶级的所属个人尊严的丧失。

第七章 1960年代的文化政治或者政治的文化冲突

1962年9月,毛泽东在党的八届十中全会上,重提阶级斗争理论,并明确指出:在社会主义历史阶段中,"存在着无产阶级和资产阶级之间的阶级斗争,存在着社会主义和资本主义这两条道路的斗争"①。1963年5月,在《关于目前农村工作中若干问题的决定(草案)》中,则进一步概括为:"阶级斗争,一抓就灵。"②

毛泽东的阶级斗争理论,在1960年代的政治实践中,实际指向两个层面:一是社会,而且认为中国社会出现了严重的、尖锐的阶级斗争,因此,只有开展社会主义教育,才可能防止修正主义;二是党内,认为党和国家内部已经形成了一个"官僚主义者阶级",这个阶级"已经变成或正在变成吸工人血的资产阶级分子",是"斗争对象,革命对象"③。与此相应的,不仅是1960年代一系列的政治运动的展开(比如"五反""四清"等"社会主义教育运动"),而且这一阶级斗争理论还控制并渗透到这一时期主流的文学写作之中——当然,很难说它构成了这一时期全部的文学概况。但是,一些激进的观念的确开始产生。因此,在一些历史论著中,往往会把这一时期视为"文革"的前奏,或者,在这一时期,已经出现了"文革"的某种征候④。

---

① 毛泽东:《对中共八届十中全会公报稿的批语和修改》,《建国以来毛泽东文稿》(第十册),第196—197页,北京:中央文献出版社,1996年。
② 毛泽东:《对〈中共中央关于目前农村工作若干问题的决定(草案)稿的修改》,《建国以来毛泽东文稿》(第十册),第304页。
③ 胡鞍钢:《毛泽东与文革》,第41—42页,香港:大风出版社,2008年。
④ 比如胡鞍钢的《毛泽东与文革》。

但是，在另一种意义上，这一征候也可以视为社会主义危机的某种征候。在我的叙述框架中，我一直未曾将中国的社会主义仅仅处理成某种本质性的概念，而是更多地将它解释成一种历史的运动过程，或者一种历史场域，各种复杂的力量都介入这一历史的运动过程或者历史场域之中，它们相互纠缠，并进而形成一个生产性的装置。这一装置既是社会主义的，也是"现代"的；既是革命的，也是"革命后"的；既是世界主义的，也是民族国家的……因此，这一"装置"不仅在生产平等的观念，也在生产新的阶层差别；不仅在生产"集体"，也在生产"个人"；既在生产挑战和颠覆的革命冲动，也在生产服从和忠诚的"革命后"的国家需要，等等。这些矛盾并置在中国的社会主义内部，不仅对社会主义的制度性构想，也对社会主义理论构成程度不等的挑战。而当这些矛盾逐渐趋于激化，危机就开始形成。因此，重要的不仅是阶级斗争理论的形成语境以及实践过程，可能还在于这一理论在1960年代究竟要面对什么样的社会现实以及危机形态①。

尽管对于这一危机的存在以及表现程度，迄今为止，仍然有着不同的学术评估②。但我仍然以为在1960年代危机已经显现。这一危机在某种简略的意义上，在以下两个方面表现出来：一是"分配"，二是"消费"。"分配"不仅暴露并且激化了阶层之间的冲突，也暴露并激化了国家、集体、个人之间的矛盾。因此，1960年代的文学在相当程度上都围绕这一主题展开书写，比如《艳阳天》《夺印》等等。"反官僚"的主题在此得到了阶级斗争理论的支持；"消费"则导致了个人观念的崛起，它不仅使得个人有可能游离于国家（集体）之外，而且在理论上开始威胁社会主义"政治社会"③的整体的形态构想。无论是《千万不要忘记》《年青的一代》，还是《霓虹

---

① 关于社会主义的危机，可参见本书的结束语《社会主义的危机以及克服危机的努力》。
② 比如胡鞍钢用"危机幻觉"来解释1960年代，所谓"危机幻觉"指的是："当主观认知与所面对的现实客观情形不符时，决策者会出现歪曲外在刺激强度的现象；这种幻觉造成轻估、低估、高估等误判的现象。"《毛泽东与文革》，第75页。
③ 我在此使用的"政治社会"的概念并不完全等同于帕沙·查特吉在《被治理者的政治：思索大部分世界的大众政治》中的"政治社会"，而是来自列宁有关"政治生活"的论述。我在下文中会有详细说明。

灯下的哨兵》等等,都在围绕这一主题展开叙述,不仅试图用阶级斗争理论重新整合个人和国家(革命)的关系,也明确指示出"教育下一代"的重要性。

因此,这一时期的文学作品,不仅开始着力诠释国家的政治意图,也传递出极其复杂的思想信息,一些观念延续到"文革",并且得到更为激进化的处理,比如"出身论",等等。但是,我并不同意将这一时期完全看成"文革"的前奏,相反,在另一种意义上,"文革"反而是对这一时期的某些主题或者某些观念的克服甚至颠覆。在某种意义上,1960年代的前期和后期("文革")无论在观念还是社会实践上均构成了一种极其复杂甚至相悖的关系,而这一关系更多地体现在文学作品的游离甚至暧昧的叙述核心之中。

尽管分配和消费并不能截然分开,但是因为我在此前的一些文章中已经对这一时期的"分配"书写有过陆续的分析,因此,在本文中,我会更多地围绕"消费"展开讨论。这一讨论以"文革"为潜在的参考对象,同时力图说明"消费"所产生的社会主义的危机性以及它本身又是如何被社会主义生产出来,而所谓阶级斗争理论在此究竟承担了什么样的叙事功能,以及革命和"革命后"在理论上的内在悖论,等等。

一、物质丰裕和物的焦虑

1963年,剧作家丛深在《剧本》11—12月合刊号上发表剧本《祝你健康》(后改名为《千万不要忘记》),三十多年后,这部作品重新进入文学史研究的视野,显然和唐小兵那篇杰出的论文《〈千万不要忘记〉的历史意义——关于日常生活的焦虑及其现代性》有着一定的关系。在这篇文章中,唐小兵不仅创造性地阐释了"日常生活的焦虑"这一概念所隐藏着的深刻的历史含义,同时也和收录这篇文章的《再解读》中的其他作者一起,开始将中国的社会主义纳入"现代性"的范畴中加以考察。应该说,这不仅是当代文学史,也是当代思想史的一个颇具革命性的行为,这一行为的意义在于,它由此将中国革命从一度流行的"封建"的释义中解放出来,从而打开了一个新的研究空间。当然,在唐小兵的讨论中,这一所谓的"现代性"又是和具体的大工业的生产方式密切相关。但是,在进入对这一文本的具体讨论之前,我仍然想先回到1960年代的历史语境之中,然后,再来讨论有没有一种新的解释的可能性。

1963年,《红旗》杂志第9期刊发了虞挺英的文章《加强对青少年的政治思想教育》,明确提出了"教育革命下一代"的重要意义:"青少年是我们的未来。把我们的青少年培养成为无产阶级革命事业的可靠接班人,始终高举无产阶级的革命红旗,永远坚持共产主义的方向,这关系到社会主义和共产主义的伟大事业。"而"为了把我们的青少年培养成为坚强的革命后代","首先是要加强对青少年的政治思想教育",同时,将所谓的"旧思想、旧意识"定义为"教育"的他者或斗争对象。值得注意的是,作者同时提出了"媒介"的概念,并且借用了鲁迅某篇文章中"长妈妈"的形象,认为"这些旧思想、旧意识,也就经过'长妈妈'这样的'媒介',对孩子们发生着影响。类似'长妈妈'这样的'媒介',还可以是小说、戏文,或者别的什么,它们可以在无形中影响青少年的思想意识"。因此要"帮助我们的青少年在社会主义的战斗环境中健康地成长,使他们长大起来能够具有明辨是非的革命头脑,善于识别和抵抗一切反动思想的侵蚀,使他们将具有社会主义、共产主义的思想品质,永远革命,永不变质,这是做教师的、做父母的所应当担负的重大任务"。关键在于,"长妈妈"的暗喻的使用,使"识别和抵制"从抽象的观念冲突变得形象化甚至人格化。这样一种修辞处理不仅影响了文学叙事(比如《千万不要忘记》中的姚母、《年青的一代》中的小吴等等),同时使得"文化领导权"的争夺从思想领域转向社会政治领域,也使"阶级斗争理论"获得了一种对象化的实践可能,这一点,深刻地影响了"文化大革命"的运动形态。

"教育革命下一代"的命题的提出,在某种意义上,与所谓的"和平演变"有着密切的内在联系。在1960年代,这一主要源自美国的战略意图(即西方在"冷战"背景下对社会主义国家的"遏制战略",包括"政治宣传""心理进攻""文化渗透"等战争外的一切手段,宣传资产阶级的思想意识和生活方式等,促使社会主义国家内部"和平演变",使这些国家从共产主义的统治下获得"自由"等等)经过一些文章的转述开始进入中国政党政治的视野并引发程度不等的担心乃至焦虑。比如,在安子文《培养革命接班人是党的一项战略任务》中,就援引了杜勒斯1958年10月28日在记者招待会上的谈话,在这次谈话中,杜勒斯认为在中国实行"和平演变"是可能的:"从几百年来说那是绝对肯定的,这大概是几十年的事。"也援引了李普曼发表在1964年4月10日《纽约先驱论坛报》的文章:"瞻望将来,我们在模糊的远景中可能看出什么东西?我们可能看到共产党中国最终(在十年或二十年内)演变成为类似今天的俄国的国家。"① 尤为重要的是,在这一时期,中国的政党政治开始认为苏联正是"和平演变"的一个现实案例,并且成为中、苏论战的主要内容之一:"帝国主义的预言家们根据苏联发生的变化,也把'和平演变'的希望,寄托在中国党的第三代或者第四代身上。我们一定要使帝国主义的这种预言彻底破产。我们一定要从上到下地、普遍地、经常不断地注意培养和造就革命事业的接班人。"并且将其上升到"关系我们党和国家命运的生死存亡的极其重大的问题。这是无产阶级革命事业的百年大计,千年大计,万年大计"②。可是,究竟什么是"和平演变"?或者说,"和平演变"究竟要演变什么。在1965年出版的《青年英雄的故事》(续编)的前言中,罗瑞卿通过对十一个青年英雄的描述,概括出必须坚持的某些价值标准,这些标准包括:"艰苦奋斗","舍己为公","在平凡的岗位上,干出了不平凡的事业","阶级仇恨"和"阶级感情","永不生锈的螺丝钉","当革命的'老实疙瘩'","爱护国家利益","为祖国争气,为人民立功",等等③。显然,所谓"和平演变"威胁的正是这些概念的合法性或者正当性。可是,"和平演变"并不完全来自于外部的渗透,因此,它还更多地和传统的"旧思想、旧意识"纠缠在一起,包括所谓的"长妈妈"这一类"媒介"。这样一些公开的政治表述,都相应构成了这一时期文学作品的结构模式乃至内含的价值标准。可是,这些政治表述并没有涉及社会主义自身的危机生产的可能性。比如说,在

---

① 转引自安子文:《培养革命接班人是党的一项战略任务》,《红旗》1964年第17、18期合刊。
② 《关于赫鲁晓夫的假共产主义及其在世界历史上的教训》,《人民日报》1964年7月14日。
③ 罗瑞卿:《真正革命、彻底革命的英雄》,《青年英雄的故事》(续编),北京:中国青年出版社,1965年。

罗瑞卿的表述中,"和平演变"被形象地比喻为"糖衣炮弹",那么,"糖衣"是什么?在相关的政治表述和文学叙事中,这一"糖衣"可以理解为某种"资产阶级的生活方式",而这一生活方式的表征之一,即是所谓个人的"物质享受"。可是,追求或者建设一个物质丰裕的社会,难道就不是社会主义所要追求的现代目的?

一些论述者已经注意到,1960年代不仅正在从"三年自然灾害"的影响中逐渐走出,也正是第二个发展国民经济的"五年计划"时期,在这一历史时段,中国的经济开始复苏,发展势头迅猛,物质丰裕。而强调国家社会主义物质生产建设的主题也一直贯穿于这一时期的文学作品之中,不仅有诸如《我们村里的年轻人》这一类的电影,也同时成为《艳阳天》《龙江颂》等强调阶级斗争的作品的主要叙事内容[①]。按照迈斯纳(另译梅斯纳)的说法,日益丰富的物质生活反而可能动摇群众对共产主义的信仰,因此而成为无产阶级政权担心的主要问题,"对于毛泽东来说,经济的迅速发展与日益激进的社会和思想的改造相结合,对于彻底解放蕴藏在群众中的生产力和防止一直存在的退回到资本主义的危险是必需的"[②]。显然,在"革命后"的语境中,"革命"和"建设"之间,似乎存在着一种天然的悖论,一方面,革命要求建设一个物质丰裕的社会,而另一方面,这个物质丰裕的社会却有可能摧毁革命本身,或者说使革命就此停滞不前。恰如当时一部话剧的名称(《成功以后》[③])那样,这一历史时段更多思考的正是这一"成功以后"(或者"丰收之后")的"继续革命"的问题,因此,所谓"日常生活的焦虑"也更多包含着一种"物"的焦虑。可是我们仍然需要讨论的是,为什么"物"会动摇群众对共产主义的信仰,或者说,这一"焦虑"究竟是来自"物"自身,还是有着其他更为复杂的历史原因乃至某种理论困境。

长篇小说《苦菜花》是作者冯德英"从1953年开始酝酿、构思、学习

---

① 陈烨:《台前·幕后》,上海大学硕士研究生毕业论文(2009)。在此,我要特别感谢陈烨同学,她慷慨地向我提供了和本文主题相关的部分研究资料。
② 莫里斯·梅斯纳:《毛泽东的中国及其发展》,第233页,张瑛等译,丘成等校,北京:社会科学文献出版社,1992年。
③ 苏诗桂、秋实:《成功以后》,《剧本》1964年第8期。

钻研,到1955年写成初稿",并于1958年出版①。在这部追叙革命战争历史的小说中,有一个似乎微不足道的细节,小说写冯德强参军,杏莉"有点东西"送给他,在杏莉的"东西"中:"有条白手巾;一条杏莉时常围着的褐色绒毛线织成的厚围巾;一个用各种彩绸绣的'卫生袋'"——按照小说的解释,在当时,这个"卫生袋"是"用各种色彩布缝成的长形小袋子,是盛牙粉(膏)、牙刷、肥皂用的,故称卫生袋,是妇女们赠送给参军的人们的一种珍贵礼品"。小说《敌后武工队》中也有另外一个关涉"卫生"的细节,为了躲避日军的追踪,武工队队长杨子曾在强调武工队应该注意的生活细节中,特地举出:"像钢笔水滴答在桌子上,甩在墙上;使用房东的厕所,大便后用纸揩屁股……。这些都是清乡队寻找的目标,也是闯祸的根苗。"而小队长魏强也承认,到了部队,"大便后,我就不习惯用砖头、瓦块揩;也有时候撕纸乱抛"。

在中国的革命历史的语境中,军队(红军—八路军—解放军)并不仅仅只是一支单纯的作战队伍,相反,它还承担了组织、动员和教育群众的政治功能。在某种意义上,随着军队的政治改造("支部建在连上"),甚至成为一个政党(包括政党政治)的流动的载体,这似乎能够解释为什么在产业工人基础薄弱的中国,无产阶级政党仍然能够获得强大的现实的发展可能。同时,在这些间接的叙述中,或者说,叙述者更愿意把这支军队叙述为现代的文明之师——卫生袋、纸等等的物品进入,区隔出一条古代/现代的文明的边界。而按照罗芙芸的研究,近代以来,"中国及中国人开始紧密地围绕着这一词语(卫生)而展开如何实现现代化生活方式的争论。它的含义偏离了中国的宇宙观并转而包含了国家权力、进步的科学标准、身体的清洁以及种族健康",并将其解释为"卫生的现代性"②。

尽管这些细节未必能表征这些小说主要的叙事主题,但是,它们却无意识地流露出一种对"现代"的憧憬或者向往,以至于毫不吝啬地将这些"文明"之物纳入革命的"现代"谱系之中。尽管对这些物的分析并不是我

---

① 冯德英:《写在新版"三花"前面》,沈阳:春风文艺出版社,2003年。
② 罗芙芸:《卫生的现代性》,第1页,向磊译,南京:江苏人民出版社,2007年。

在此主要想做的工作，但我仍然想指出的是，在这样一些叙事中，叙事者更多关注的是物的现代属性，这些属性包括文明，也包括科学和技术。这些物的进入不仅鲜明地昭示出中国革命的现代性质，同时也有效地组织起自身的"宏大叙事"——包括确立起自身的现代的排他性，尤其是那些明显具有科学—技术属性的物的使用。因此，所谓的"物质丰裕"，在其叙事背后，带有明显的现代性支持。比如，在徐怀中的《我们播种爱情》之中，农业站（包括先进的农业机械、种子，等等）的对立面，是落后的也是腐朽的西藏封建领主制度——"我们"不仅播种爱情，也在播种现代；再比如白危的《垦荒曲》，拖拉机暗喻着乡村的现代的未来，这一"未来"（拖拉机）的闯入，坚定地表示出对传统乡村秩序（也是物的体系）的现代性中断。即使在1960年代，这一"物"的现代叙事也仍然被有效地延续下来。比如马烽和孙谦的电影《我们村里的年轻人》，就是围绕"水电站"的建造结构并展开一连串的戏剧冲突。但是，我们必须注意的是，这一现代的"物"的介入，所要结构的更是一种"公"的叙事，个人围绕这些"物"被有效地组织起来，一种"公"的理想在此得到了"科学"（技术）的有力支持，它不仅论证了"集体化"这一"公"形式的合法性，也反复强调着对个人欲望的控制恰恰正是现代的需要。但是，这样一种叙事的危险性在于，它不仅可能把历史解释为"技术领域自主化"的演进过程，同时也有可能就此混淆"革命"和"现代"的必要边界。尤其是，当"物"进入个人的日常生活，而"在日常生活里，我们对物的科技现实可谓毫无意识"，人们对物的"日常生活经验"往往建立在某种"文化的、亚文化的或超文化的系统上"，这一"文化"才构成了日常生活中的某种"物体系"。而在这一体系中，物和物之间也常常会生产出某种冲突，有时候，"每一个被加在别的物品之上的事物，可以完成它自己的功能，但对全体则是一种障碍，有时候呢，它既帮助又阻碍它自己的功能"①。如果说，布希亚（又译鲍德里亚）的说法略显晦涩，那么，我在以下的讨论中，更多关注的正是"物"进入个人的日常生活中时，与日常生活的环境产生了怎样的冲突——而按照鲍德里亚的解

---

① 尚·布希亚：《物体系》，第2—6页，林志明译，上海：上海人民出版社，2001年。

释,这一日常生活的"环境"也仍然是一个"抽象"的体系。因此,与其说是物和日常生活的冲突,不如解释为物和这一"抽象"的日常生活的"环境"的冲突,也即观念和观念的冲突。

实际上,物的焦虑乃至冲突这一类的主题叙事或者描写,并不自1960年代开始,更早一点,比如1950年代,已经有相关描写出现。比较典型的,当是萧也牧的《我们夫妇之间》。小说发表于《人民文学》1950年第1卷第3期,不仅涉及的问题领域,即使叙事手法,比如"物"对小说结构乃至情节推进的作用,也和1960年代出现的某些作品,比如《千万不要忘记》《霓虹灯下的哨兵》《家庭问题》《年青的一代》等等,有着某种共同的叙述特征。

在《我们夫妇之间》中,出现的物,基本可分为两类:一类是原有的,比如毛背心、粗布棉衣、大芝麻叶等等,这类物构成的不仅是某种"记忆",也是一段"自身的历史",这一历史当然是革命的。另一类物属于城市,丝织的窗帘、有花的地毯、沙发、霓虹灯、纸烟、皮鞋等等。对于小说中的"妻"来说,这一类物代表着一种异己的力量,也代表另一种"抽象的体系",因此,她开始感到和"环境"(抽象体系)的格格不入;但是,对于"我"来说,这些物"是那样的熟悉,调和……好像回到了故乡一样。这一切对我发出了强烈的诱惑,连走路也觉得分外轻松",并且"暗暗地想:新的生活开始了"。这样的叙述(或人物安排)已经非常接近后来话剧《霓虹灯下的哨兵》中对排长陈喜的描写(比如"南京路的风都是香的"),区别只在于,陈喜来自乡村,而"我"原本就属于这个城市("离开大城市已经有十二年的岁月"),但共同之处却都在于,他们无意识中开始脱离自己的历史,并试图抓住进入另一种历史的可能性。

"我"为自己寻找的理由是"环境不同了呵",因此,他开始感到妻子是一个"农村观点"十足的"土豹子",而且相信"慢慢总会改造过来……"可是,"妻"却强烈地要求对城市"好好儿改造一下子",也因此,谁改造谁就成为小说最为重要的叙事主题。

如果这样的叙事主题放在1960年代,很容易演化成《霓虹灯下的哨兵》这类的作品,但是在1950年代,改造变成了一种相互的改造。不仅"妻"

成功地改造了"我",也就是重新确立革命的理念(包括艰苦奋斗、关心群众、控制个人欲望,等等),"我"也同时成功地改造了"妻",妻子从对异己的"物"的拒斥("嘴唇红红的,像是吃了死老鼠似的,头发像个草鸡窝"),到最后,"她自己在服装上也变得整洁起来了"!不仅"他妈的""鸡巴"一类的口头语没有了,而且"在小市上也买了一双旧皮鞋"。颇有意味的是"妻"为自己寻找的转变理由——"在那些女工里面也有不少擦粉抹口红的,也有不少脑袋像个'草鸡窝'的",因此,"不能从形式上、生活习惯上去看问题",而"妻"认为自己过去的偏激是因为"文化、理论水平低!政策掌握得不稳"。

小说发表后,迅即受到批评。比如,陈涌就在1951年6月10日的《人民日报》上发表了《萧也牧创作的一些倾向》,批评《我们夫妻之间》是"依据小资产阶级观点、趣味来观察生活,表现生活",并且把一个革命女干部写成一个粗俗丑陋的形象。1951年6月25日出版的《文艺报》则紧接着发表了"读者李定中"的来信《反对玩弄人民的态度,反对新的低级趣味》,直斥萧也牧"对我们的人民是没有丝毫真诚的爱和热情",对小说里的"妻","从头到尾都是玩弄"!但是《文艺报》却在"编者按"中称赞:"读者李定中的这篇来信,尖锐地指出了萧也牧的这种创作倾向的危险性,并对陈涌的文章作了必要而有力的补充,我们认为很好。"而在8月25日出版的报纸上(《文艺报》第4卷第8期),丁玲则亲自撰写了《作为一种倾向来看——给萧也牧同志的一封信》,将自己在小说中"嗅出"的"一种坏味道","看成是一种文艺倾向的问题",等等。

回顾历史上此类"文艺批评",并不是一件令人愉快的事情,而困难也正在于,我们又如何通过"文学史"的"不愉快"的再现,重新叙述这一"文学史"中的"文学"。

我想,我们在此需要讨论的是,在《我们夫妇之间》中,物实际上被相对地中性化,这一中性化,凸显了阶层与阶层之间的某种沟通的可能,也就是说,通过某种物的分享("女工里面也有不少擦粉抹口红的"),再现了某种文化共同体的存在。应该说,这一观察是相当准确的,人群的划分不仅有着政治或者经济的支持,还来自文化的规约,或者说,在政治/经济共同体之外,实际上还存在着某种文化或亚文化的共同体。这样的描写再现了"人群"的复杂性,不仅在当时,即使到了1960年代,也仍然为那些机械的阶级论者所难以接受。但是,支持这一描写的,在我的感觉中,还来自于1950年代的某种政治(文化)自信,同鲍德里亚的理论相反,在小说中,某个"被加在别的物品之上的事物",在革命的"抽象"的"体系"中,不仅"可以完成它自己的功能",而且"对全体"也并未构成"一种障碍"。我以为,1950年代的这一政治(文化)自信,不仅来自于所谓"新民主主义"的共同体理论的支持,也和社会主义的政治—文化实践尚未真正展开有关,同时,更因为在一个物质匮乏的时代,物的科技属性更容易激发出人对现代的想象。因此,在1950年代一些相关的表述中,实际洋溢着的是一种乐观主义的精神。

但是,"物"的中性化的处理实际上无法满足实践或者理论的进一步追问。因为,无论从哪一个方面,我们都无法否认"物"和"货币符号"之间的构成关系,正是这些关系凸现了"物"的象征功能。正是这一象征功能的介入,才可能导致鲍德里亚对于"物"和"日常生活"的"环境"的冲突的思考,或者,按照霍尔的说法,正是通过自己对事物的使用,我们才给予它们一个意义,在某种程度上我们凭自己带给它们的解释框架给各种人、物及事以意义,这一解释正是我们围绕这些"物"编织的各种叙述、故事(及幻想)。在这个意义上,霍尔强调,"正是通过文化和语言,意义的生产和循环才能发生",也因此,"文化渗入了整个社会"[1]。因此,物的焦虑背后,则正是文化领导权的争夺。

问题显然在于,在1960年代的叙述中,物的中性化的处理方式开始逐渐淡化,而物的象征功能则在叙述中被着意放大,由此,物、趣味、美感、生活方式等等,也进一步得到区隔化的处理或者叙述,显然,在这一区隔化的处理中,需要确立的是一种想象中的社会主义的生活方式,包括因此而构造的"物体系"。相对于这样一种生活方式或者物体系,某些物开始被视为可能对这一抽象的体系构成"一种障碍"。

---

[1] 参见斯图尔特·霍尔:《表征:文化表征与意指实践》导言部分,北京:商务印书馆,2003年。

《千万不要忘记》的开场,是丁少纯穿着一身"借"来的"皮夹克"登台,丁的岳母说他穿这身衣服"像个技术员",接着是丁少纯的妻子姚玉娟拿着"保健站徐大夫"刚买的"毛料上衣"让丁少纯"试试,看合不合身",丁少纯穿上"毛料上衣",丁的岳母又说他"像个大工程师",而戏剧的情节冲突也由此展开。以某种"物"来结构戏剧冲突,正是这一时期文学艺术作品的较为普遍的叙事模式。在《霓虹灯下的哨兵》中,则是围绕"尼龙丝袜"和"土布袜"展开了挽救陈喜的故事,同样,《年青的一代》中,引发冲突的也正是林育生为夏倩如买了"这么贵"的"几个罐头和一些点心"以及"连衣裙",按照夏淑娟的说法:都是"洋里洋气的东西"等等。

如果我们稍加留意,那么,这些物显然都是"借"来的,也就是说,它们并不是无产阶级生活方式中"土生土长"的,在其背后是另一种"物体系",而它们导致的,可能是一种"模仿"("技术员""大工程师"或者其他),不仅模仿另一种阶层,也在模仿一种生活方式。如果说,在1950年代,物质丰裕的"现代"成为一种控制社会的总体性的力量(这一力量导致了"生产"的正当性),那么,在1960年代,"生产"(物质丰裕)却引起了"革命"的焦虑;如果说,在1950年代,因为"现代"而将"革命"和"生产"成功地并置在一起,那么,在1960年代,这一并置本身开始受到质询。按照丛深在《〈千万不要忘记〉主题的形成》中的说法,生活方式的冲突已经关涉"无产阶级思想和资产阶级思想的争夺战"。如果我们借用德勒兹的一个术语,也可以说,在1960年代,所展开的或许正是一种反对"脱离领土"的运动和"重建领土"的努力。

二、"脱离领土"的运动和"重建领土"的努力

在德勒兹和伽塔利的《什么是哲学》[①]中,"领土"可能是出现最为频繁的语词之一,这个词也频繁地出现在他们对卡夫卡的讨论(《卡夫卡——为弱势文学而作》)之中。在德勒兹和伽塔利的讨论(尤其是对卡夫卡的分

[①] 吉尔·德勒兹、菲力克斯·伽塔利:《什么是哲学》,张祖建译,长沙:湖南文艺出版社,2007年。

析）语境中，"领土"的语义也许显得最为飘忽，在许多时候，这个词更像一种表述的隐喻。有时候，"领土"被描述为一种"日常存在的锁链"，也有时候，"领土"被描述为"历史、犹太民族、捷克人、德国人、布拉格和城市—乡村"等等，作为"领土"的表征，"父亲的称呼是一种总代码"——显然，在德勒兹和伽塔利的理解中，卡夫卡"倾向于一种认定父亲是'无辜'的，父子共同处于某种'困境'"，因此，德勒兹和伽塔利都不可能同意将卡夫卡作一种弗洛伊德式的处理，而是更愿意对"领土"作一种更具政治哲学意味的描述，比如"美国的技术专家统治或者俄国官僚统治的机器，或者是纳粹的机器"，等等。显然，"领土"既意味着一个人的隐喻意义上的原始的出生地，也意味着一种出生地的统治。

德勒兹和伽塔利对"领土"和"脱离领土"的运动有过非常形象的比喻，"任何语言，无论贫乏还是丰富，都意味着口、舌、齿的一种脱离领土的运动。口、舌、齿的原始领土在食物里。用于发音咬字的时候，它们便脱离了原来的领土"①。问题则在于，究竟是什么力量导致这一"脱离领土"的运动，在德勒兹和伽塔利看来，重要的显然在于，有一种力量，"它扶持而不压制欲望，它让欲望在时间当中移动，脱离原来的领土，使它大量增加它的关联，使之进入另外的强度……"，并进而导致"另建领土"的努力。

我无意将中国 1960 年代的文学叙事简单地比附于卡夫卡的创作——这种简单的比较将会显得非常荒诞。不仅两者之间的叙事视角有着根本的差异，比如，中国 1960 年代的叙事通常都采取了"父亲"视角，这和卡夫卡截然不同，这一不同，也导致了两者之间叙事走向的区别：中国 1960 年代的叙事突出的是一种（父亲）反对或制止（青年）"脱离领土"的运动。但是，我仍然想引入"领土"这一概念，并借助这一概念讨论什么是中国 1960 年代的社会主义的"原始领土"，又是什么原因导致了"年青的一代"（比如《千万不要忘记》中的丁少纯、《年青的一代》中的林育生，等等）的"脱离领土"的运动，而为了反对或制止这一"脱离领土"的运动，"父亲"们所要借助的是哪些力量或者为什么要借助这些力量，等等。

---

① 吉尔·德勒兹、菲力克斯·迦塔利：《什么是哲学》，第 41 页。

无论是《千万不要忘记》，还是《年青的一代》，甚至胡万春的小说《家庭问题》等等，都不约而同地采取了"家庭"这一戏剧冲突的单元表述形式。在这一冲突形式中，人物有着明显的家族谱系。丁少纯（《千万不要忘记》）出身于工人家庭，林育生（《年青的一代》）则来自于革命世家，即使在《霓虹灯下的哨兵》中，新兵童阿男也被描述为出生在城市的贫苦家庭，而排长陈喜更是来自战争岁月的老兵……"家世"的描述或建构，是中国1960年代的一种较为普遍的叙事方式，尽管它还有着不同的叙事变体（比如，京剧《红灯记》采取的就是一种非血缘的"家庭"结构①）。在这里，"家庭"或"家世"被描述为一种丁少纯等青年人的"原始领土"，然而，为什么在1960年代，这一"原始领土"会选择"家庭"来作为它的叙事表征？而在讨论这个问题之前，我们或许有必要涉及列宁"政治生活"这一概念以及对这一概念的中国式的解释和政治实践。

1940年4月第6期的《共产党人》发表了谢觉哉的文章《民主政治的实际》，在文章的第四节"民主的含义是什么"中，谢觉哉着重讨论了列宁有关民主的定义："列宁的苏维埃定义上说，'他（指苏维埃）是先锋队，是被压迫工农阶级中最觉悟最努力最先进部分的组织形式，因为被压迫阶级的全体广大群众直到而今还是僻处于政治生活及历史之外的，他们的先锋队经过这个机关可以促进他们的教育，训练并领导他们。'民主就是要使从来就'僻处于政治生活及历史之外'的群众，进到政治生活及历史里面来。《查路条》剧里的刘妈妈，是生活在历史之外的，居然负起政治责任来：'朱总司令路过，也要路条子！''谁告示你的？''就是朱总司令告示的。'我们如尚不能把所有像刘妈妈这类的人都过问政治，那民主工作还没到家。真正像刘妈妈一样的人都参加了政治，那力量尚可以计量吗？这是民主的效果。"② 在延安政治的设想中，人民的"翻身，不止是由没吃没穿，翻到有吃有穿，而且是奴隶翻到主人的地位"③。因此，在延安民主问题的辩论

---

① 《红灯记》的这一非血缘的家庭结构，李杨有着较为详细的理论分析，参见李杨：《50—70年代中国文学再解读》。
② 谢觉哉：《民主政治的实际》，《延安民主模式研究资料选编》，第42页，西安：西北大学出版社，2004年。
③ 谢觉哉：《民主政治是救人民的，反民主政治是断送人民的》，《延安民主模式研究资料选编》，第34页。

上，谢觉哉着重指出的是："有些同志，以为民主只是官吏由人民选举。当然，这是民主的主要现象。但如没有别的东西，那现代资本主义国家，不是也施行选举吗？人民仍脱不了资产阶级专政的统治。"① 把民主仅仅解释为某种"选举"制度，王绍光曾经戏称为"选主"②。显然，延安政治对民主的解释更强调："大家的事，大家来议，大家来做。在大家公认的条件之下（少数服从多数，个人服从全体……等），谁都能发表意见，好的意见一定能被采纳；谁都有出来做事管事的义务与权利。这是民主的实质。"③ 因此，《查路条》中的刘妈妈才会引起谢觉哉（也包括延安政治）的高度重视，并将其视之为"使从来就'僻处于政治生活及历史之外'的群众，进到政治生活及历史里面来"的高度典型化的戏剧人物。这样一种群众进入"历史"的过程，也就是"大家的事，大家来议，大家来做"，谢觉哉认为这才是"民主政治的实际"。这一民主的"实际"正是政治，而所谓"历史"也就是"政治生活"的时间表现形式。我们在此或许可以感觉到，中国社会主义的某些理念或者社会设想已经酝酿在延安1940年代有关"民主"的辩论之中。这一设想我将其称为某种"政治社会"的结构形态，这一结构形态通过"政治"这一公共领域将"僻处于政治生活及历史之外"的群众重新纳入"政治生活及历史"之中，从而构成一种普遍的"政治社会"形态，这样一种社会形态的关键之处在于如何使群众"从他切身的事的经验，才能使他懂得与他切身有关系的大者、远者"④。因此，一方面是经由政党政治的教育，从而确立一种"大者、远者"的乌托邦图景；另一方面，这一"大者、远者"又必须符合人民的利益，即"切身的事"，只有如此，才可能构成一种人人参与的"政治社会"，这一政治社会显然并不等同于查特吉基于印度经验所阐释的"政治社会"的理念。

这一"政治社会"实际上也是一个"公"的社会，因此，某一"公共事件"常常构成"政治生活"的社会表征形态，有时候，甚至只有依赖这些"公

---

① 谢觉哉：《民主政治的实际》，《延安民主模式研究资料选编》，第42页。
② 王绍光：《民主四讲》，北京：生活·读书·新知三联书店，2008年。
③ 谢觉哉：《民主政治的实际》，《延安民主模式研究资料选编》，第41页。
④ 同上书，第42页。

共事件"才可能构成这一"政治社会"存在的条件或者依据。而在1940年代，比如战争，才可能使得"刘妈妈"进入这一公共领域（"政治生活及历史"）。也因此，建国以后一连串的公共活动，比如"爱国卫生"运动、"大跃进"运动等等，在某种意义上，或许可以解释为这一"政治社会"的逻辑性的延伸，而并不完全出自一种非理性的社会设计，相反，它的背后有着明显的理性支持。

同时，在漫长的革命实践中，这一"政治社会"还被设想成一个"道德社会"，每一个个体不仅是政治主体，同时也是道德主体，即毛泽东所谓的"六亿神州尽舜尧"。在这一道德理想的规约下，个人恪尽职守，控制自我，强调奉献与牺牲……并以此支持社会整体的发展，而按照列斐伏尔的解释，"以社会而非个人的方式来定义生产"正是来自马克思主义的"生产"观念①。在某种意义上，我们可以将这一"政治社会"解释为社会主义的某种"原始领土"。

可是，在"革命后"的历史语境中，这一"政治社会"很可能受到两方面的挑战：一是科层制的现代管理模式，这一模式的官僚化倾向，不仅有可能消解"政治生活"，并进而再度拒绝群众进入"政治生活及历史"，因此而有了"鞍钢宪法"对"马钢宪法"的挑战②；同时，日常生活本身，也可能自发生产出"私"的个人性叙事，从而使得群众拒绝进入这一"政治生活及历史"，并对政治—公共领域表现出一种冷漠的姿态。而在1960年代，这一所谓的日常生活或者围绕这一日常生活所展开的"私"的叙事，经由"消费"这一概念而逐渐增强，并使得所谓的"政治社会"开始感受到某种被消解的威胁。

并不是说所有的"消费"活动都能自发生产出某种私人性，这一私人性更多地来自或生产于消费的"过量的部分"，或者"过量消费"。正是围绕这一"过量消费"的讨论，催生出现代的消费主义理论。按照尤卡·格罗瑙的概括，围绕这一"过量的部分"的消费，实际形成了这样三个领域

---

① 亨利·列斐伏尔：《空间：社会产物与使用价值》，包亚明主编：《现代性与空间的生产》，上海：上海教育出版社，2003年。
② 参见本书第六章《"技术革新"和工人阶级的主体性叙事》。

的讨论:"第一,从不断扩大的资本主义商品生产的角度理解消费,消费是经济发展的内在要求;第二种方法主要是人们使用各种商品用以取得社会联系和造成社会差别的各种方式;第三种角度是关于人们对物质世界的渴望和梦想以及物质消费引起的愉悦感。"① 这三个领域的讨论也正构成了消费主义理论的主要部分。

我无意将中国的 1960 年代解释成消费主义盛行的年代,但是,我却以为,在物质相对丰裕的 1960 年代,尤其在城市,某些消费主义的征候已经隐约出现。正是这一征候的出现,不仅开始悄悄导致"年青的一代""脱离领土"的运动,也同时引起了社会主义对"物"的警惕乃至焦虑。这一焦虑催生的正是反对"脱离领土"的运动,这一运动迅速地以"千万不要忘记阶级斗争"的名义展开,也就是说,它所实际展开的正是一种文化政治或者政治的文化冲突。同时,它也传递出一个工业化时代向消费时代悄悄转折的信号。

将西方理论,包括消费主义理论,简单地引入对中国 1960 年代的讨论,当然不足为训,但我又以为,将西方理论作为一种参考,也仍然能够帮助我们对对象的解释。因为,即使在 1960 年代,中国和西方也仍然共享着"现代"这一全球性的历史语境。所以,格罗瑙概括的三个领域的争论,在某种意义上,也依然可以成为帮助我们进入 1960 年代的讨论路径。

格罗瑙概括的第一个领域的讨论,即消费(包括奢侈品的消费)是否是经济发展的内在要求,这一点,由于中国式的社会主义对商品经济的警惕乃至逐渐激进化的否定(包括对资产阶级法权的批判),并未在理论或者意识形态的层面上得到正面肯定——在另一种意义上,更强调经济发展来自于人民的正当需求,因此,"过量消费"甚至奢侈品的消费从未获得任何正当性的支持。也因此,主要的冲突便集中在格罗瑙归纳的第二和第三个领域。

需要讨论的是,格罗瑙概括的第二个领域,即"人们使用各种商品用以取得社会联系和造成社会差别",也被帕卡德形容为"地位追求者",那么,

---

① 尤卡·格罗瑙:《趣味社会学》,第 5 页,向建华译,南京:南京大学出版社,2002 年。

在中国的1960年代，这一"地位追求"究竟意味着什么，为什么它会导致一种"模仿"，并经由这一"模仿"而产生"脱离领土"的冲动？

同样，在"对物质世界的渴望以及物质消费引起的愉悦感"中，固然可能产生一种享乐主义，乃至相应的自恋式人格，那么，这一自恋式人格为何会与"原始领土"（政治社会）产生激烈的冲突。而所谓愉悦，包含了趣味，那么围绕这一"趣味"所实际产生的，却是文化领导权的激烈争夺。等等。

而对这些问题的讨论，我仍然想回到文本，也即回到1960年代的文学史的脉络之中。

构成《千万不要忘记》戏剧冲突的核心事件，即丁少纯的"打野鸭子"。围绕丁少纯的"打野鸭子"，可以延伸出三个话题：一、丁少纯酷爱打猎，属于"趣味"范畴；二、丁少纯"打野鸭子"在下班之后，也即"闲暇时间"；三、丁少纯最后"打野鸭子"的目的发生了变化，这一变化源自于某种"模仿"的冲动，也即"地位追求"。因此，趣味、闲暇和模仿，实际构成《千万不要忘记》以及其他相类作品共同着力讨论的三个极其重要的问题，当然，这些问题最后都在"千万不要忘记阶级斗争"的主题下被粗暴解决。

在这三个问题领域中，最为重要的，显然在于某种"模仿"的行为，这一行为被解释为源于某种资产阶级思想的腐蚀。这一解释显然非常简单甚至粗暴，但是它却涉及中国社会主义的一个及其重要的方面，即文化领导权的问题。

《千万不要忘记》的开场，是丁少纯的岳母姚母的"亮相"，按照剧本的描述："桌上放着十多盒新买的纸烟。姚母坐在桌旁，两手夹着三支燃着的纸烟交替着吸，细细地品味。按照从前的说法，她是一个相貌'富态'的老太太。所谓'富态'不外有两大特征：面色白里透红，体态胖里透虚。穿一身'老箱底'的丝料袄裤，耳唇上嵌有两枚细小的金耳环。"然后是丁少纯穿着一身"借"来的"皮夹克""从左前门上"，姚母说他穿这身衣服"像个技术员"，接着是丁少纯的妻子姚玉娟拿着"保健站徐大夫"刚买的"毛料上衣"让丁少纯"试试，看合不合身"，丁少纯穿上"毛料上衣"，姚母又说他"像个大工程师"。这一"工程师"经过姚母对丁少纯二姐夫的叙述被再度形象化以及生活方式化:"人家那做饭烧煤气儿,划根火儿一点,'噗'——着了,又干净又便利……你二姐夫那穿戴可真有个大工程师的派头儿!那天早上我们送他上飞机场,他穿着一身二百多块钱的西服!外面还套一件毛料子风衣!连那皮鞋都是进口货。"——可是,在戏剧的第三幕,邵永斌(二姐夫)出场的穿着似乎又在消解这一"神话":"他穿一身普通的蓝布制服,挽起裤腿,戴一顶布帽子,斜挎一只草绿色的帆布挎包,上面系着一条湿毛巾,胳膊上搭着雨衣,风尘仆仆,很像一个常出门的采购员。"这似乎在暗示姚母的叙述仅仅只是一种"虚构",这一"虚构"同时也在提示丁少纯"模仿"的只是一种资产阶级的思想,而不是现实中的某一阶层。但是,这仍然不能解释邵永斌儿子的"小个人主义":"我爸爸比你大!我爸爸是留外洋的!是大工程师。"——尽管,这一言说方式同样被定义为姚母的灌输或者再度叙述。

在这一略显混乱的叙述结构中,仍然可以辨别出1960年代已经出现了某种社会分层,正是这一社会分层使得姚母有可能把这一分层等级化或者意识形态化;而面对这一分层,写作者显然缺乏(或故意回避)一种深入讨论的思想准备,因而只能采取这样一种消解现实分层的叙述方式——不仅把邵永斌纳入丁家的家世谱系之中,同时着意渲染他的朴素("很像一个常出门的采购员")。

社会主义生产出了它自己的"官僚主义者阶级",这一点毋庸置疑,并且成为"文革"爆发的部分原因之一。但是,除此以外,社会主义还在生产着自己的"中产阶级",或者"中产阶层"。这一阶层通常由企业的管理者、专家、技术人员等等构成,而城市则成为这一阶层存在的主要的空间形态,也因此产生如毛泽东所谓的"三大差别"(即工人和农民之间、城市和乡村之间、脑力劳动者和体力劳动者之间的差别)。正是这些差别的存在,也是因为这一新的中产阶层较为舒适的生活和工作环境,而成为社会羡慕或"地位追求"的对象。因此,不仅《年青的一代》中有林育生留在"城市"的要求和相应的行动,也导致《千万不要忘记》中丁少纯模仿"工程师"的趣味冲动。

对于一个社会的普通民众而言,所要或者所能模仿乃至直接追求的,并不可能是距离他们地位甚远的阶级,而总是相距最近的阶层,因此,中产阶级往往会成为一个社会的体面的大众梦想。这一阶级不仅为大众提供了一种可以奋斗和接近的实践可能,也提供了一种可以"模仿"的生活方式。这乃是因为,通常而言,这一阶层的较为舒适的生活和工作环境(也包括他们的知识结构),往往会在社会中占有实际的受人尊敬的地位,因此,他们的生活方式(包括趣味和品位)也因此而据有一定的文化统治地位。即使在社会主义社会,也是如此。

所谓文化领导权,并不仅仅只在政治层面,它还必须包括日常的生活方式,并为社会提供相应的"趣味"标准。趣味制造出高级和低级,也区隔出高雅和庸俗。个人借此对自己定位,也被别人定位。格罗瑙引用伽达默尔的观点,指出趣味基本上只是一个"修养概念",意即教育和解放所希望达到的理想状态。因此,高雅的东西同时也是体面和高尚的。但是,一种激进的观点,比如布迪厄,则宣称社会的合法趣味总是统治阶级的趣味,这种合法趣味并不代表真正的高雅趣味。实际上,真正的高雅趣味是不存在的。合法趣味总是装扮成社会中被普遍接受的、公正的趣味,而在现实中,这只不过是特定阶级即统治阶级的趣味而已[①]。无论是伽达默尔,还是布迪厄,都涉及了"趣味"的区隔作用,及其以"修养"的名义制造出人群的社会差别性。

如果我们同意布迪厄有关"趣味"的论述,即"社会的合法趣味总是统治阶级的趣味",那么,在1960年代的中国,则显示出更为复杂的状况。无论在《千万不要忘记》,还是在《年青的一代》中,引起模仿冲动的趣味,显然并不来自政治的"统治阶级的趣味",但是这一趣味却在日常生活中占据着统治地位——即使它"装扮成"高雅趣味。布迪厄有关"趣味"的论述,正确地指出了"趣味"背后的权力的运作机制。但是这一权力并不一定完全来自政治的"统治阶级",显然,形成一个社会"高雅"的趣味标准,还来自这个社会的诸多的复杂因素,比如传统、修养要求、思想、意识形态、

---

① 尤卡·格罗瑙:《趣味社会学》,第13、12页。

教育、习俗,甚至对物的技艺含量的认同,等等。如果我们循着这样的理路进入 1960 年代的中国,那么,这一"社会的合法趣味"实际上是非常可疑的,无论是丁少纯还是林育生,模仿或实践的恰恰是一种非"统治阶级"的趣味,而这一趣味才真正构成这一社会占统治地位的"合法趣味",也即高雅趣味,并指导个人的私人生活。

《年青的一代》中,林育生"模仿"的是一种"几个罐头和一些点心""连衣裙""生日聚会"等等"洋里洋气的东西",这样一种生活方式或生活趣味来自"小吴"的影响,按照戏剧中的夏淑娟的解释,小吴是一个"不服从统一分配,靠着他家里有钱,摆阔,吃闲饭,寄生虫",而且有一种"洋里洋气的派头"[①]。显然,由于中国社会主义的"和平过渡"的特征,城市工商阶层被完整地保留下来,这一所谓完整,不仅包括他们的经济形态("家里有钱"),还包含这一阶层的文化形态、趣味和生活方式("洋里洋气的派头")。而有意味的是,在《千万不要忘记》中,丁少纯直接模仿的也是"皮夹克""西服"这一符号体系中的"工程师"的生活方式和生活趣味。显然,这都属于那种"洋里洋气的东西"的"物体系"。而姚母尽管被放在批判的位置上,但是她的"趣味"("穿一身'老箱底'的丝料袄裤,耳唇上嵌有两枚细小的金耳环")显然并不属于丁少纯模仿的对象,这并不仅仅因为性别问题,而在于,"姚母"所隐喻着的"旧市民"(或"小市民")经过"五四"乃至后来"革命文化"的扫荡,实际很难承担"社会的合法趣味"。实际上,包括地主阶级在内的传统封建"趣味",经过这一百年的社会更迭,也基本丧失其文化前途。因此,在戏剧中,姚母更多承担的是一种类似"长妈妈"的"媒介"作用,或者说,是一种引导丁少纯们"脱离领土"的欲望"出口"。

显然,1960 年代的中国,已经日益的"现代",这一"现代"不仅基本确立了现代化的工业体系,也同时基本确立了以城市为中心的社会文化导向,这一导向也可以称为 1960 年代的某种"时尚"。因此,对于中国 1960 年代的新中产阶级来说,最为需要的,恰恰是寻找一种可以"模仿"的更为"现代"的生活方式或者"社会合法的趣味"。一些西方学者在观察苏

[①] 陈耘:《年青的一代》,原载《剧本》1963 年 8 期。

联1960年代崛起的新中产阶级("迅速扩大的特权人士包括专业人士和高级工人")的生活方式时,发现这一生活方式并非是"土生土长"于苏联的传统之中,一些"新的奢侈品以及现代消费品的生产很大程度上是生搬硬套地模仿了大战后美国和大部分西欧发达国家中已普遍存在的中等阶级生活和消费模式"。甚至"新的奢侈品消费是从西方借来的",而不是"来自于一种更具独创性的好的生活方式概念"。在这个意义上,"如果要将这些'好生活'的因素和理想中的社会主义生活方式联系起来是很困难的"①。如果我们考虑到中国的"半殖民地"传统,那么,1960年代的中国新中产阶级,迅速地寻找到了本土的"西方"资源,这些资源散落或散布于工商阶层,不仅林育生、丁少纯等,即使"姚母"(旧市民)也流露出对这一"西方"的羡慕。在这一意义上,1960年代的政党政治对"和平演变""糖衣炮弹"等等的警惕,显然也并不完全是空穴来风。

生活方式(包括相应的物、趣味或品位)并不完全是一个纯粹中性的美学概念,尤其是当这一生活方式源于某种模仿的状态时,势必引起模仿者对模仿对象的价值认同——这一问题的真正凸显,一直要等到中国的1980年代,正是在这一时段,中国对西方的价值认同,在某种意义上,恰恰是通过生活方式(物或趣味)这一中介才真正渗透到普通民众之中②。而且,生活方式以物或趣味的形态被表征出来的时候,同时也势必会被等级化或意识形态化,在高雅或高级的背后,隐藏着对低俗或低级的傲慢。因此,生活方式的冲突往往会转化成意识形态的冲突,这一点,无须回避。在1960年代,这一生活方式的冲突,显然直接威胁了"政治社会"的整体构想。比如,在《年青的一代》中,对这一"好生活"的追求,导致了林育生对政治"召唤"的拒绝,而要想尽办法留在"城市";而在《千万不要忘记》中,丁少纯对"工程师"的模仿,通过某种消费形式(西服)而获得了一种欲望实现的心理愉悦——如果说丁爷爷还在恪守阶层的边界("咱们是啥人家?买那么贵的衣服"),那么,姚母却一针见血地揭示出了消费的意识形态幻象:"唉!大叔哇,啥人家给了钱商店也卖给。"一方面,消费取消了阶层背景,

---

① 尤卡·格罗瑙:《趣味社会学》,第62—64页。
② 蔡翔:《一九七〇:末代回忆》,《今天》2008年秋季号。

因此生产出一种阶层平等的意识形态幻觉,但是,支持这一消费行为的却是消费者的支付能力,消费者支付能力的差异性,便决定了这一阶层平等的意识形态的幻觉性。因此,丁少纯为了获得这一支付能力(买西服),只能去打野鸭子卖钱("再出去两趟就落下这一身漂亮衣裳穿,多好啊"),而且开始生产出"金钱至上"的思想("什么问题不问题的,有了钱啥都不成问题")。显然,消费催生出中国社会主义的个人意识的生产,同时也生产出"昂贵的就是美丽的"这一明显具有消费主义特征的美学观念。这一个人意识同时催生出"年青的一代""脱离领土"的欲望——所谓"大家的事,大家来议,大家来做",如果我们将这一"政治社会"视之为某种"原始领土",那么,此刻,"大家"正面临解体的威胁。在《千万不要忘记》中,则转化为个人和工厂的尖锐对立。真正重要的,并不完全在于这些表层的戏剧性冲突,而是在这样一种冲突中,消费主义蕴含了如鲍曼后来所描述的"个人自由/集体无能"的状况:"倘若在私人生活与公共生活之间的纽带不复存在,或者,永远无法再建这一纽带,换言之,倘若没有简便易行的方式,将私人忧虑转换为公共问题,以及反过来,从私人麻烦中洞悉并指示其公共问题的性质,那么,个人自由与集体无能就将同步增长。"① 在某种意义上,面对"消费",社会主义和资本主义都可能遭遇"公共领域"解体的威胁。

但是,尽管《千万不要忘记》这一类作品以一种旗帜鲜明的方式反对这一"脱离领土"的运动,并且以"阶级斗争"的方式来试图解决"消费"所生出来的各种问题,但是所谓"无产阶级文化"在这样一种冲突中,并不占特别明显的优势地位,而用政治的方式来解决文化冲突,固然显得粗暴,更重要的是,这些"个人问题"不仅没有被纳入"公共领域",反而在"阶级斗争"的名义下被简单排除在思想史的视野之外。正是这一未解决的问题,才可能导致1980年代在日常生活领域的危机性展开。当然,在另外一种意义上,也可以说,受到当时历史条件的限制,这些问题实际上并无法展开充分的讨论,或者说,当时的历史并不能提供克服这一危机的

---

① 齐格蒙·鲍曼:《寻找政治》,第2页,洪涛等译,上海:上海人民出版社,2006年。

条件。这些问题包括:

（一）在中国的社会主义制度下，国家（或者集体）负责满足群众的生活需要。当这些需要仅仅表现为人们基本的日常需求时，社会主义常常会表现出一种强大的竞争力——尤其是它的平等主义倾向（普遍的共同需要）。但是，一旦群众的需求增加或者多样化，国家（或者集体）就很难继续满足这些增加或多样化的需求。1960年代，赵树理在观察中国农村问题时，就已经涉及这些问题："钱，农民也是要的，还是要买些东西"，"想把生活过得像个样子"，"因为拿到钱买不到东西，使人觉得征、购都是征，农民的积极性本是从工农交换上得利产生的"，"物质保证没有，只凭思想教育是不行的"，"工业资金积累过多了一些"，"五二、五三年时，对集体与个人，基本上靠集体过日子。以后不同了，觉得集体长好了不一定是他的，只有自留地是他的，不管产量，不计征购，他先搞自留"。[①] 一些西方学者（比如鲍曼）甚至认为一个大众消费的社会主义社会是一个自相矛盾的社会，其原因即在于社会主义和现代消费社会的不相容性[②]。这样的解释是否合理，是一回事，但是，这一解释的确涉及社会主义的一些根本问题，比如社会主义计划经济遵照的是一种需要的逻辑，而现代消费社会贯穿的则可能是一种欲望的逻辑。尤其是，在所谓"大众消费的社会主义社会"中，任何"欲望"的失败或失望都可能被归为"国家"的问题，并导致"脱离领土"的运动，因此，社会主义社会在政治上实际不可能持续地稳定。事实上，1980年代的一些小说——比如高晓声的《李顺大造屋》等——也都是围绕这一"欲望"展开所谓的历史反思。当然，这一"欲望的逻辑"导致了当代中国后三十年什么样的叙事结果则是另外一个话题。

（二）社会主义固然遵照着一种需要的逻辑，但是，这一需要的逻辑本身却有可能生产出欲望的逻辑，事实上，需要和欲望在某种意义上很难区别。如果说，这一需要的逻辑指称的是某种普遍的共同需要或者基本的日常需求，那么，这一基本的日常需求也不可能是一成不变的。既然，建设

[①] 赵树理:《在大连"农村短篇小说创作座谈会"上的发言》,《赵树理全集》（第四卷），第509—512页，太原：北岳文艺出版社，2000年。
[②] 转引自尤卡·格罗瑙:《趣味社会学》,第81页。

一个物质丰裕的社会被确定为"革命后"的现代诉求目的之一,那么,这一现代的物质生产就有可能同时生产出个人的欲望——我们显然无法否定现代技术极大地改变了人的生命的存在方式,同时也在改变人的欲望的生产形态——比如说,当社会生产出城市这一物质化的空间形态时,同时也就相应生产出人对城市空间的欲望表达形式。这一"欲望"集中地表现在《年青的一代》中林育生和萧继业等的激烈冲突中。同时,社会主义这一现代形式不仅在生产它的劳动时间,也在生产它的闲暇时间,尤其在城市,随着八小时工作制度的确立,也因为科技的发展,个人的闲暇时间将会大量增加。而欲望,包括这一欲望的文化表达形式,比如美感、情感、趣味(或者品位)等等,都和这一闲暇时间有密切的关系,在某种意义上,我们甚至可以说,恰恰是这一闲暇时间,才可能生产出人的大量的现代欲望。丛深显然注意到了这一"时间"问题的重要性,在《〈千万不要忘记〉主题的形成》一文中写道:"有一天夜里,我和住同屋的一位团支部书记(不久以前他是个划线工)谈起这个问题来。他说,每天工人在工厂里只有八个小时,遇上开会也顶多有十个小时,可是一天有二十四小时呢",那么,"其余的时间"该怎么度过呢?这个问题显然被剧作者轻轻掠过,并直接引申到意识形态领域:"家里对青工进行什么教育,亲戚朋友都是一些什么人,那就很难说了。啥人都有,啥思想都有。我们在进行社会主义教育,也有人在散布资产阶级思想影响……这样白天青工在厂里接受的教育,晚上就有可能被他家里一笔勾销。"①但是,欲望固然可以被解释成为意识形态的问题,但是闲暇时间作为欲望的生产装置却并不可能因此消失。

(三)在《〈千万不要忘记〉主题的形成》一文中,丛深还提到一个"和我很熟的青年工人",不仅"他的父亲是一位觉悟和技术都很高的老工人",自己也"上进心很强",可是后来丛深发现"他对一位滋长了资产阶级思想的青年工人不仅不憎恶,而且还有点羡慕"②。这一"发现"后来不仅发展成了剧本中丁少纯和姚母的关系,同时,在《年青的一代》中,比如林育生和小吴的关系,也存在着类似的描写。丛深将这一关系解释成这一青年工人

---

① 丛深:《〈千万不要忘记〉主题的形成》,《戏剧报》1964 年第 4 期,第 27—28 页。
② 同上书,第 27 页。

"思想上是非观念是不清楚的",但是这一解释显然并不非常有力。如果我们如布迪厄那样,将"社会的合法趣味"解释成为"统治阶级的趣味",那么,为什么在丁少纯、林育生那里,"统治阶级的趣味"("原始领土")并没有成为他们模仿的"社会的合法趣味",相反,非统治阶级的趣味反而成为一种"统治阶级的趣味"。这固然也可以被解释成"千百万人的习惯势力"或者"小资产阶级的汪洋大海",但是,政治或意识形态的冲突显然无法完全取代趣味的冲突,问题正在于,作为统治阶级的"无产阶级"能否提供自己的"社会的合法趣味"。就这一点而言,《千万不要忘记》的叙述显得相对暧昧。比如,剧中丁海宽和丁少纯有过"毛料子"和"麻袋片"的辩论:"毛料子,这是好东西,它比我这身斜纹布强,比人造呢叽也强,这是从前的劳动人民连想都不敢想的东西,现在你们不但敢想它,还有不少的人能够穿上它,这是很好的事情,这是革命和建设带来的成就!我们总有一天,能让全中国和全世界的人民,都穿上最好的衣裳!但是现在,世界上还有成千上万的人,连最坏的衣裳都穿不上!……要是你们光想着自己的毛料子,光惦着多打几只野鸭子,那你们就会忘了开电门,忘了上班,忘了我们的国家正在奋发图强,忘了世界革命。"在丁海宽的这一意识形态的长篇"演说"中,"毛料子"的"趣味"仍然占着"统治地位",并被默认,只是以一种"将来"的方式被悬置起来。丛深曾经在《〈千万不要忘记〉主题的形成》中解释过这一问题,认为在原稿中反对"料子服"有片面性,后来在领导同志的批评下进行了修改,和"原稿有很大的不同了"。这固然可以说明1960年代也并非我们想象中那样剑拔弩张,但是问题不在这里。问题在于,如果社会主义不能提供一种独创性的好的生活方式,并相应构成自己的"物体系",那么,无论怎样的"将来"总会变成"现实","毛料子"和"麻袋片"的辩论事实上也会继续。因此,政治的冲突如果不能转化为趣味的冲突,并且最终确立一种"社会的合法趣味",那么,仅仅依靠意识形态的"说服"和"训练"(包括阶级斗争),效果仍然是非常可疑的。而且,我还想指出的是,政治的合法性在某种程度上还将来自趣味(生活方式)的支持。事实上,在社会的实践层面,"毛料子"的趣味问题也并未如《千万不要忘记》中那样被悬置起来。王安忆后来在《启蒙时代》中温和地再现了"文革"

时期这一趣味的冲突:"街道和商店的名字换新了,新名字有股幼稚劲,比如'反修'、比如'红太阳'、比如'战斗',直白至此,倒有几分胸襟。橱窗里的摆设从简了,几乎没有装饰,商品也是最紧要的几样衣食。"① 问题在于,仅仅依靠权力甚至暴力的方式建立起来的"统治阶级的趣味",实际上并不一定能够成为"社会的合法趣味",即使"统治阶级"自身也未必甘于这一"趣味"的统治地位。统治的趣味除了统治阶级的权力支持,还必定有着一定的文化内涵,哪怕是科技含量。若干年后,王朔在小说《玩的就是心跳》中这样评价他曾经所属的"统治阶级的趣味"——"全是公家发的粗笨木器"。1980年代,中国传统社会主义所遭遇的最为严峻的挑战之一,即来自趣味(生活方式)层面。今天,重新讨论社会主义,最终也必将深入到这一领域之中。否则,1960年代的问题,仍然无法完全克服。

在我看来,1960年代围绕这一"趣味"问题所展开的文化冲突,所谓无产阶级并不占有绝对的上风。当社会主义无法提供一种独创性的好的生活方式,因而只能借助于权力将这一"趣味"(生活方式)的冲突转化成政治(阶级斗争)的冲突,本身就表现出一种"焦虑"。这一焦虑并不仅仅是"日常生活的焦虑",在某种意义上,更是一种政治的焦虑。当"年青的一代"遵照"欲望的逻辑"生产出"脱离领土"的冲动,社会主义的"政治社会"显然面临着解体的危险性。只有在这个意义上,我们才能理解,为什么在中国的1960年代,"青年"和"老人"的位置才会出现一种戏剧性的颠倒。如果说,"五四"以后,"青年"一直象征着"少年中国",而"老人"则被归为"保守"的象征,那么,现在"青年"则被置放在一种被教育的尴尬位置上②。但是,作为教育者的"老一代"却并未表现出一种强大的自信心。或者说,在自信的背后,却表现出一种"教育"的焦虑甚至无能为力。

这些焦虑表现在:

第一,无论在《千万不要忘记》还是在《年青的一代》中,都出现了姚母、小吴这一类人物,这类人物也就是虞挺英在《加强对青少年的政治思

---

① 王安忆:《启蒙时代》,第1—2页,北京:人民文学出版社,2007年。
② 参见本书第三章《青年、爱情、自然权利和性》。

想教育》中强调的"长妈妈":"这些旧思想、旧意识就是经过'长妈妈'这样的'媒介',在无形中影响青少年的思想意识。"面对这些"长妈妈",写作者大都表现出一种"交往"的焦虑。在《千万不要忘记》中,丁少纯被设计成婚后搬离原来的大家庭而和妻子(姚玉娟)、岳母(姚母)另外构成一个"小家庭"。这似乎可以理解为一种"脱离领土"和"另建领土"的隐喻。在这样一种"脱离"和"另建"领土的过程中,姚母成了一个"家庭教师",也就是成为丁少纯私人生活的指导者,这一指导被解释成为丁少纯变化的根本因素:"都是这老婆子把孩子拐带坏了。"同样,《年青的一代》中,未出场的小吴也承担了林育生的私人生活的指导者,因此直接引申出林坚这些"老一代"的焦虑:"交朋友是要谨慎。"社会主义本身所生产出来的消费和欲望问题,被单纯归结为"资产阶级思想意识"的影响问题,因此,这一影响直接引申出一种"交往"的焦虑。尽管,在《千万不要忘记》等作品中,写作者清醒地意识到,这一"交往"的焦虑并不可能通过"交往"的强行阻断而得到缓解,也就是说,"年青的一代"不可能"把他放在保险箱里"。因此,戏剧的结尾被设计成姚母最终被挽留了下来。但是,这样的"交往"轻易地就能生产出"年青的一代""脱离领土"的欲望,仍然多少流露出1960年代文化的某种潜意识中的不自信,尽管它以一种极其自信的形态被表述出来。

第二,姚母或者小吴尽管被赋予某种具体的阶层地位(杂货铺的老板娘和资产阶级子弟),但是,作为符号,却更多地象征着某种思想意识甚至"千百万人的习惯势力"。按照列宁的说法:"战胜集中的大资产阶级,要比'战胜'千百万小业主容易千百倍。而这些小业主用他们日常的、琐屑的、看不见摸不着的腐化活动制造着资产阶级所需要的,使资产阶级得以复辟的恶果。"[1]列宁的这一表述成为丛深创作《千万不要忘记》的理论依据之一,实际上,也成为这一类作品共有的理论来源。在某种意义上,1960年代所要面对的正是这一"思想意识"或者"习惯势力",而且是"日常的、琐碎的、看不见摸不着的"。问题正在于,在1960年代的历史语境中,这

---

[1] 列宁:《共产主义运动中的"左派"幼稚病》,《列宁选集》(第四卷),第200—201页,北京:人民出版社,1972年。

一"日常的、琐碎的、看不见摸不着"的"思想意识"或者"习惯势力"被过早也是仓促地"形象化",也就是"阶级斗争"的形式化。当思想意识被阶级化,那么,就必然会对人群进行重新的政治区分,这一政治区分真正妨碍的可能正是文化冲突的深度展开。但是,这一新的"阶级斗争"的形式由于包含了沉重的文化含义,因此,面对姚母或者小吴这一类"媒介",写作者深知所要真正面对的并不是一个具体的阶级形态,而恰恰是那种"日常的、琐碎的、看不见摸不着"的"思想意识"或者"习惯势力",而当这一"思想意识"或者"习惯势力"被描述为"汪洋大海"的时候,"革命"开始从"政治社会"的设想中退却到无产阶级化的"家庭",这一退却本身就暗示着某种无可奈何。事实上,正是在1960年代,"革命家史"开始被"重提",在这一"重提"的过程中,"革命史"被转述为"家庭史",个人也开始被纳入各自的家世谱系中,无论是《千万不要忘记》中的丁家的贫农—工人的历史谱系,还是《年青的一代》中林育生的"烈士遗孤"的政治身份,都突出了"接班人"的政治血缘的正统性或纯粹性。一方面,这一政治血缘的突出,生产出了后来"文革"中间的"血统论";另一方面,通过"家史"的叙述,才可能确定言说者的合法性位置,并由此重新确定"老人—青年"的"教育与被教育"的合法性关系,并进而通过"家庭"的形式来进行反对"脱离领土"和"重建领土"的运动。但是,在这一重建的过程中,我们多少可以感觉到,1940—1950年代,通过"政治社会"的构想表述出来的那种"大家的事,大家来议,大家来做"以及"使从来就'僻处于政治生活及历史之外'的群众,进到政治生活及历史里面来"的政治自信已不复再现,当"家庭"以及隐含其中的无意识的"血统论"作为重建的"领土"形态出现时,1960年代多少表现出来一种政治焦虑和文化的不甚自信。

第三,为了克服这一"日常生活的焦虑",1960年代开始陆续生产出它的"社会主义新人"形象。所谓"社会主义新人"并不是自1960年代始,它的生产从未停止过,较早有《创业史》中的梁生宝,后来又有《艳阳天》里的萧长春等等。除了某种共享的特征,比如鲜明的政治性等等,1960年代的"新人"还出现了这一时代的某些叙述特点。在《年青的一代》中,萧继业—夏倩如—林育生的关系,在某种意义上,可以视之为《青春之歌》

中的卢嘉川—林道静—余永泽的关系再现。但是,由于抽去了《青春之歌》的"爱情",两者之间又出现了根本不同的叙事表征。正是在萧继业身上,开始出现了一种没有情爱欲望的主体的表述特征。类似的叙事特点也出现在《千万不要忘记》中季友良的身上,季友良公而忘私,但是在爱情上却显得麻木甚至迟钝⋯⋯这样的叙事方式自然发展出后来被黄子平讥讽为"无性的身体"的"文革"文学。但是,我不会把这样一种叙事活动视为"荒诞",相反,在这一叙事后面,仍然有着相当理性的思考。这一思考在于,当"欲望"被解释成某种"脱离领土"的"出口",那么,控制欲望就可能"重建领土"或重返领土。显然,在这一叙述中,欲望(情爱、性、家庭,等等)被理解为阻隔人的社会性的一种(平庸的)形式。实际上,类似的表达也出现在德勒兹等人那里:"特立独行者正因为没有家庭和夫妻生活而更加具有社会性,危险的社会性,叛逆的社会性,凝聚于一介匹夫的社会性⋯⋯一部机器越是孤独,越是形单影只,就越具有社会性和群体性⋯⋯"① 等等。但是,无论是1960年代还是以后,当社会经由"消费"源源不断地生产出个人的欲望时,仅仅依靠控制个人欲望来进行对抗并获得自己的社会性和群体性,可能吗?而完全排除了"私人琐事"的"弱势文学",前途依然渺茫。

所谓"弱势文学"是德勒兹和伽塔利针对卡夫卡的创作提出的一个概念,也可以看成一种"少数文学"或"次要文学",它所挑战的是西方"重要的"或主流的文学(个人或私人的文学),并相对形成自己的三个特点:(一)带有显著的脱离领土的运动色彩;(二)一切均与政治有关;(三)一切都带上了群体色彩②。但是,当我们借助这一"弱势文学"的视角去观察中国1960年代的文学叙事活动时,实际上会显得非常困难。

一方面,所谓"无产阶级文学"在中国的1960年代事实上已经成为一种"重要的"文学,因此它往往得以借助政治权力反对一切"脱离领土"的运动,并在叙事结构乃至语言上突出了意识形态的两个显著的规训特点:说服和训练。

---

① 吉尔·德勒兹、菲力克斯·迦塔利著:《什么是哲学》,第158—159页。
② 同上书,第33—36页。

但是，另一方面，由于所谓"无产阶级文学"所要巩固的"原始领土"带有强烈的群体色彩，因此在叙事上又必然排斥"私人琐事"。更为重要的是，"无产阶级"固然在社会主义国家掌控了绝对的政治和经济的权力，但是在文化上却未必具有绝对的领导权，尤其在日常生活领域，因此又必须借助"政治"和"群体"的叙述形式，重新讨论既有的文化秩序，而只要对既有的世界秩序进行重新的讨论和安排，它就必然是政治的。

这样一种叙事格局，正表明了社会主义时期所谓"无产阶级文学"的尴尬位置——政治上的强势与文化上的相对弱势。而借助于权力政治展开的文化冲突，在另一种意义上，又妨碍了文化政治的深度展开。而这一尴尬的深度困难仍然在于，社会主义如何正视它自身生产出来的阶层差异包括个人欲望。

三、生活小事和国家大事

如果我们把"政治社会"看做社会主义的某种"原始领土"的象征，那么，《查路条》剧里的刘妈妈就的确意味着这一社会怎样努力使那些"'僻处于政治生活及历史之外'的群众，进到政治生活及历史里面来"。因此，在延安政治的设想中，人民的"翻身，不止是由没吃没穿，翻到有吃有穿，而且是奴隶翻到主人的地位"，本身就是一种尊严政治的社会实践，同时，也表达了一种"大家的事，大家来议，大家来做。……谁都有出来做事管事的义务与权利"的民主想象。这一想象至今仍然激励着我们对未来社会的道路设计。

但是，这一"政治社会"的构想必须依赖一种高度政治化甚至事件化的组织形式，同时，更重要的是"国家大事"和"生活小事"必须具有一种高度统一的可能性，也就是谢觉哉说的，关键之处在于如何使群众"从他切身的事的经验"，"懂得与他切身有关系的大者、远者"。在某种意义上，战争这一"例外状态"把每一个人都卷入了"政治生活及历史"之中，同时，"国家大事"也蕴含在每一个人的"生活小事"之中，个人通过战争深刻地领略到与他"切身有关系的大者",包括国家利益,因此,刘妈妈"查路条"就成为这一战争时期的"政治社会"经典性的象征。

问题则在于,这一战争所形成的"例外状态"能否顺利转化为一种"革命后"的"常态"。我在前面已经讨论到,在"革命后"的"常态"语境中,这一"政治社会"很可能受到两方面的挑战:一是科层制的现代管理模式,这一模式的官僚化倾向,不仅有可能消解"政治生活",并进而再度拒绝群众进入"政治生活及历史";同时,日常生活本身,也可能自发生产出"私"的个人性叙事,从而使得群众拒绝进入这一"政治生活及历史",并对政治—公共领域表现出一种冷漠的姿态。而在 1960 年代,这一所谓的日常生活或者围绕这一日常生活所展开的"私"的叙事,经由"消费"这一概念而逐渐增强,并使得所谓的"政治社会"开始感受到某种被消解的威胁。

面对这样一种威胁,除了重提阶级斗争,也就是以一种高度政治化甚至事件化的形式重新组织社会,并力图使群众再度进入"政治生活及历史里面来",同时,也必须克服个人的形形色色的各种欲望。而克服这一顽强的个人欲望,显然,仅仅依靠"阶级斗争"这一高度政治化甚至事件化的组织形式是远远不够的,也就是说,它还必须诉诸一种"生活政治"的形式。按照吉登斯在《现代性与自我认同》中的解释,所谓"生活政治"就是用以解决趣味对立和价值观抵触上的争论和冲突的任何决策方式,这一决策方式可以看做政治性的,因此,生活政治也就是一种生活方式的政治[①]。中国 1960 年代的文学叙事的确具有高度的政治性,但是,"千万不要忘记阶级斗争"在"教育革命下一代"的层面上,一方面带有国家政治的决策痕迹,同时也包含了一种生活政治的叙事形态。而这一生活政治的兴起,目的仍然是要解决"生活小事"和"国家大事"之间所产生的新的裂痕。

1963—1965 年,《中国青年》杂志组织展开了长达两年时间的"青年应该有什么样的幸福观"的讨论。讨论缘于一封江苏读者胡东渊的来信,在这封信中,作者介绍了他们在学习雷锋的过程中所遇到的"什么是幸福"的困惑,这些困惑主要在于:(一)物质生活和精神生活的关系;(二)个人

---

① 吉登斯:《现代性与自我认同》,北京:生活·读书·新知三联书店,1998 年。

和集体的关系；等等。这些困惑表达了一种价值观念上的紧张，这一紧张同时也表征出社会主义某种内在的紧张关系。如果说，"一个人要有正确的幸福观就应该把精神生活放在第一位"，那么，怎样解释一个人"想吃什么就吃什么就能买什么，这当然就心情愉快，生活幸福"。这实际上涉及了"愉悦"问题，因此，"他们还认为，追求更好的物质文化生活，不但不会'丧志'，而且还会'坚志'，因为追求更好的物质文化生活的愿望越迫切，就越要努力为实现共产主义而奋斗"。而追求一个物质丰裕的社会，不正是社会主义的现代性的目的之一吗？同样，如果说个人的"活着是为了别人过得更美好"，那么，只要不是"损人利己的可耻行为"，"一个人活着，难道不也是为了自己吗"？何况，"我们革命的目的是为了大家都生活得更好，其中自然也包括我们自己……这和各尽所能、按劳分配的精神也是一致的"，等等①。

胡东渊信中所涉及的这些青年的困惑，我们可以把它看成1980年代"潘晓"那封著名的信（《人生的路为什么越走越窄》）的"史前史"。也可以把它视为《千万不要忘记》《年青的一代》中丁少纯、林育生等人的思想意识的理论表述。而我以为，它恰恰是社会主义自身生产出来的危机形态。

如果强调正确的幸福观是把"精神生活放在第一位"，那么如何解释在物质享受中所感受到的某种"快感"或者"愉悦"？但是，强调物质性的"生活幸福"，又怎么解决"有的人钱多""有的人钱少"这一因"分配"而产生的新的阶层差异？正是这一新的阶层（分配）差异，才可能重新构造"物"和"货币符号"之间的关系，并进而导致丁少纯等人脱离"原始领土"的冲动，追求一种个人的物质性幸福。同样，"为别人"和"为自己"在此也遇到了新的问题。如果说，在"政治社会"的设想中，他人和自我形成一种高度的同一性，那么，在"革命后"的历史语境中，所谓"各尽所能、按劳分配"的社会主义分配原则，却在催生新的阶层和阶层之间的差别。"损人"固然可以遏制，"利己"的合法边界却很难界定。更重要的是，离开阶层，"个人"只是一种空谈，个人和阶层之间总是存在着一种顽强的归属感，而新

---

① 《青年应该有什么样的幸福观》，《中国青年》，1963年第7期。

的阶层的出现必然会导致一种新的归属感,包括阶层的模仿,这一模仿通常以一种趣味(生活方式)的形态出现。

因此,政治在此同时以一种生活政治的形态出现,以解决趣味对立和价值观的抵触,并确立一种为"统治阶级"所确认的"幸福观",这一幸福观围绕"雷锋"展开各种解释。这一解释首先遇到的障碍就是所谓的"精神生活",因此,必须重新定义什么是"革命者的精神生活"①。"革命者"概念的重新进入,是要恢复革命的"大者、远者"的乌托邦图景,从而重新建立"活着"的目的和意义,这些"大者、远者"既可以是国家("自己国家的人民生活水平还比较低"),也可以是世界("全世界大多数人啼饥号寒挣扎在死亡线上")②。在我看来,重建乌托邦,正是中国 1960 年代的显著特征之一,也只有通过这一乌托邦的重建,才可能重建"政治社会"这一社会主义的"原始领土"。才可能重新激活"革命""国家""世界"、"人民"等等这些"大者、远者"的概念,并进而规范个人的价值观甚至生活方式。这一乌托邦的重建,在某种意义上,还有赖于"第三世界"概念的生产。正是这一概念的出现,不仅在空间上扩大了乌托邦的边界,同时,在时间上,取消了革命终结的可能性。因而,在"革命后"的历史语境中,再次突出了"革命"的意义以及新的迫切性,并以此重新组织社会乃至个人的日常生活。在这一重新革命或者重新乌托邦化的过程中,控制个人欲望获得了一种新的合法性。尽管任何一种公开的表述都肯定了物质生活的合理性,但是,更重要的却是要"和资产阶级享乐主义划清界限",包括"幸福是感官的满足"这一"资产阶级的幸福观",因此,正确地"看待物质生活"就应该是:(一)首先和最主要的是提高全体劳动人民的生活,而不是自己和少数人的生活;(二)要把发展生产摆在第一位;(三)还要看到全世界处于穷困和水深火热中的没有解放的劳动人民,除了在政治上和道义上支援他们,还要在经济上给予援助;(四)在我们个人的生活中要有一个原则,就是在生活上要知足③。敢峰的这些观点,基本上成为当时主流

---

① 魏巍:《弃燕雀之志,慕鸿鹄而高翔》,《中国青年》,1963 年 20—21 合刊。
② 同上书。
③ 敢峰:《和资产阶级享乐主义划清界限》,《中国青年》,1963 年第 16 期。

的价值观的公开表述。而到了 1965 年，则被进一步表述为："享乐至上是资产阶级幸福观的核心"①"无产阶级的幸福观就是为革命而斗争"②。经由这样的表述，在某种意义上，构成了个人精神生活和物质生活的紧张关系，这一紧张关系，基本控制了《千万不要忘记》《年青的一代》等作品的写作。

但是，这一"大者、远者"的乌托邦的重建，在"革命后"的语境中，面临的却是如何落实到个人的"生活小事"中去。1964 年，围绕"幸福观"的讨论，同时展开的正是"革命青年应该怎样看待理想和贡献"的辩论。这些问题概括起来就是：青年应该根据什么确立自己的理想？参加农业生产算不算有理想？怎样看待一个人的贡献大小？怎样理解螺丝钉和栋梁的关系？在日常生活中如何实现远大理想？怎样把理想和现实结合起来？等等③。显然，讨论再一次回到了"国家大事"和"生活小事"的关系之中，并试图缝合可能产生的裂痕。因此，正面的回答常常是"我的理想是彻底改造盐碱地""生产实践中能出大专家""一心一意把荒山变成花果山"，等等④。显然，中国 1960 年代的"社会主义新人"形象，正具备着这样类似的特征：胸怀世界、放眼天下；安心岗位、刻苦自律；艰苦朴素、积极上进……"雷锋"成为这一"新人"在 1960 年代的经典象征，而在《千万不要忘记》中，我们看到的这一"新人"，就是季友良。显然，用"螺丝钉"来诠释这一"新人"或许是一个较好的比喻。

无论从哪一个方面，季友良都足以满足 1960 年代国家政治对"社会主义新人"的要求，而其现实生活中的延伸，显然正是"雷锋"这一人物的出现乃至经典形象的建构。

季友良也是出身于工人"世家"，但是相对于丁少纯来说，季友良从未有过"脱离领土"的欲望乃至冲动。他始终恪守于这一"原始领土"，并且自觉地明确自己的"主人"身份。在某种意义上，也可以说，他是这一领

---

① 高泽虹：《享乐至上是资产阶级幸福观的核心》，《中国青年》，1965 年第 3 期。
② 高泽虹：《无产阶级的幸福观就是为革命而斗争》，《中国青年》，1965 年第 4 期。
③ 陈亦群：《革命青年应该怎样看待理想和贡献》，《中国青年》，1964 年第 5 期。
④ 《〈革命青年应该怎样看待理想和贡献〉问题讨论》，《中国青年》，1964 年第 7 期。

土的"看护人"——当然,在当时的语言系统中,这一"看护人"往往被"接班人"所替代。在季友良身上,不存在任何的"父—子"冲突,他是"父"的自然延续,或"父"的坚决的维持者和继承者,甚至就是"父"的复制品。因此,他不能容忍任何一种背叛甚至"脱离领土"的现象,这一特点也同时表现在《年青的一代》中的萧继业等"新人"形象的身上。因此,他和丁少纯就构成了一种实际上的"挽救—被挽救"的关系——这也是当时大多数作品的某种共享关系,比如《年青的一代》中萧继业和林育生的关系,《霓虹灯下的哨兵》中连长鲁大成和陈喜的关系等等。

这样一种"忠诚"的支持,当然首先来自于一种"觉悟",一种对革命的"大者、远者"的目的的始终不渝的信仰,但是,在1960年代,它同时还来自于一种"家世"的自觉意识,也即某种政治"血缘"的历史延续。这一政治"血缘"的历史延续,似乎说明,个人和革命的关系,并不仅仅来自一种信仰或"历史意识",还来自一种阶层的归宿感。这种归宿感的强调,既表征出一种身份自觉,也同时表征出一种身份焦虑;既表征出重建乌托邦的政治冲动,也表征出"革命后"的历史语境中,尤其是在"千百万人的习惯势力"的包围中,社会主义的"原始领土"开始不断缩小……起码,在当时的国家政治的自我意识中,出现了这样一种"领土"缩小的危机意识。显然,季友良正是出现在这样一种尴尬的历史位置上,并力图克服危机。

保证季友良作为一个纯正的"看护人"或"接班人",除了这一"觉悟"之外,一是"交往"。在季友良(或相类的人物)的交往中,我们并未找到"异己者"的名单,或者说,季友良的交往,始终被局限在一种阶层的"血缘"关系之中。正如我在前面已经谈到的,在1960年代,一种交往的不安、焦虑甚至恐惧开始出现,曾经有过的那种强大的革命"召唤"的自信(比如《青春之歌》中卢嘉川对林道静的召唤)在这一历史时期似乎变得不再那么"自信",因此,开始强调交往的安全性。二是控制,在季友良身上,我们能够感觉到的是一种"高尚",对于丁少纯等人来说,这一高尚足以构成一种"高尚的压力",但是,这一高尚同时也建立在控制或排除"欲望"的基础上,这一控制甚至使得丁少真感觉到"伤了(爱情的)自尊心"。

在此前的叙述中，革命（包括社会主义）往往会被叙述成为"爱情"的生产装置，现在，生产什么样的爱情，或者说生产什么样的爱情形式，则成为一种叙事焦虑。

在这样一种叙述形态中，对于季友良来说，"工作"成为主要的也是基本的生活内容。或者说，在季友良的叙述形态中，"革命"实际上被转换成一个"建设"的概念，或者，一种物质性生产的概念。而这一概念的出现，再次提醒了所谓"重建领土"在中国的1960年代仍然是在一个"革命后"的历史语境中。因此，唐小兵在《〈千万不要忘记〉的历史意义——关于日常生活的焦虑及其历史意义》一文中，揭示了"日常生活的焦虑"的背后，所存在的"工业化"的逻辑需求和组织规训，是极富见地的。只有在现代的工业化语境中，才可能出现"螺丝钉和栋梁的关系"的讨论，这乃因为，现代性所形成的高度的技术化、专业化和分工化，必然会相应提出"螺丝钉"的要求，也即所谓的"岗位"意识。同时，为了克服专业和分工带来的责任分散的问题，也必然会继续要求生产者以一种责任心的形式完成整体性的相互配合①。而在《千万不要忘记》中，这一技术化、专业化和分工化以及由此带来的问题和对问题的克服，实际构成了季友良等人的叙事内涵。同时，在"革命后"的历史语境中，"年青的一代"的身份也实际完成了转换，也就是说，已经由抗争性政治所型塑的"反对者"转换成了"当家做主"的"生产者"形象，因此，必须讨论的就是"在日常生活中如何实现远大理想"。而这一"远大理想"还必须诉诸某种物质性的生产方式，也就是"还要看到全世界处于穷困和水深火热中的没有解放的劳动人民，除了在政治上和道义上支援他们，还要在经济上给予援助"；而一旦所谓"原始领土"成为一种国家"政治社会"的象征，那么，在"革命后"的历史语境中，就又必然带来国家的治理要求。因此，在中国1960年代所着力塑造的"新人"形象中，实际沉淀着非常复杂的历史内涵和多重的历史要求，但是由于"服从"和"忠诚"的因素被着力放大，又往往可能从政治的层面继续延伸到道德领域，比如说，在"雷锋"身上，固然交织着多重话语的叙事痕迹，但

---

① 参见本书第六章《"技术革新"和工人阶级的主体性叙事》。

是，在一般的接受语境中，"雷锋"这一形象所生产出来的却更多的是他的道德意义。在这一点上，包括季友良在内的1960年代的"新人"形象，在某一方面，我们甚至可以说，1960年代在"千万不要忘记阶级斗争"的政治语境中，着力塑造的却是一种服从性的社会公民道德，强调"心"的修养，并把道德生活普遍化、常识化，也即所谓"六亿神州尽舜尧"，它实际是向内的，要求培养一个"革命中国"的良好公民，也是革命者和生产者的完美结合。

但是，即使在这样一种完美的"新人"形象中，却仍然相对隐藏着某些危机因素。

第一，尽管引入了"(第三)世界革命"这一乌托邦远景，并以此克服"物质生产"和"物质享受"之间的矛盾，但是，它仍然没有从实践和理论上解决社会主义的"分配"和"消费"问题，只是把这一问题暂时"悬置"而已。然而这些问题包括由这些问题生产出来的"欲望"依然存在，而这一"欲望"恰恰构成了1980年代主要的实践和叙事动力之一。

第二，尽管"主人"这一概念帮助完成了"年青的一代"从"反对者"向"生产者"身份的转换，但是，在工业化的历史语境中，机器、机器的异化包括人从这一异化中脱离的冲动，是否仅仅会因为所有制关系的变更而就此消失？这不仅是社会主义时期工业题材的叙事困难，也正是后来1980年代小说的某种思考，异化除了生产关系和社会关系等等，是否还包含了某种技术关系，比如李陀的《自由落体》。

第三，延安时期的"政治社会"的设想首先是建立在"村庄"的空间基础上，在这一空间形态中，假设"大家的事，大家来议，大家来做"，并且"从他切身的事的经验，才能使他懂得与他切身有关系的大者、远者"。那么，在日益现代的社会中，由于科层制的引入，尤其是在高度专业化和分工化的"岗位"上——这一"岗位"隔断了"生活小事"和"国家大事"的直接对话的可能——如何才能恢复"切身的事"和"大者、远者"的密切关联。仅仅依靠意识形态的规训，可能吗？

第四，"大者、远者"的乌托邦理想往往会激发一种浪漫主义的冲动，但是"日常生活"尤其是日常生活里的"生活小事"要求更多的却是一种现实主义的态度（比如，"我的理想是彻底改造盐碱地""生产实践中能出大专家""一心一意把荒山变成花果山"等等），而在实际的叙事活动中，这一浪漫主义往往会受到现实主义的压抑，那么在这一现实主义的压抑下，浪漫主义的冲动怎么样才能获得一种释放的可能性。

第五，最为重要的是，如果说，1960年代着力塑造了一种服从性的社会公民道德（尽管这一服从性的公民道德隐蔽在"阶级斗争"的政治外衣下），那么如何解释"革命""阶级斗争"这些属于抗争性政治范畴所要求的"反对者"的政治决断性？如果说这一服从性的公民道德通过"生产"和"岗位"这一向内和局部的方式被完美体现出来，那么，抗争性政治塑造出来的"反对者"则相对需要一种总体的和扩大的政治决断。因此，1965年10月，毛泽东在一次讲话中强调："如果中央出了修正主义，应该造反。"①可是，这一新的"造反"能够由季友良这一类"新人"形象来承担吗？

我之所以提出这样一些问题，乃在于只要在社会主义的历史条件下"继续革命"，就会延续抗争性政治，就必然要求"生产者"重新回到"反对者"的身份，就必然要求一种合适的政治决断，就必然要求一种总体的和扩大的政治视野……这也正是在"革命后"的历史语境中，"反对者"和"生产者"的身份尴尬。在某种意义上，甚至可以说，1966年爆发的"文化大革命"，恰恰是为了克服1960年代前期所塑造出来的这一服从性的社会公民道德，这也因为，抗争性政治有着它自己对所谓"新人"的道德要求——尽管，它以另一种"服从"的形式出现。

结语："文学青年"为何再次出现

在《年青的一代》中，出现了"林岚"这样一个形象，这个形象可以成为萧继业的一个注释，一段曾经有过的青春、单纯、朝气蓬勃，甚至不成熟的"革命者"的记忆。的确，在林岚身上，我们读到了太多的1960年代的

---

① 逄先知、金冲及主编：《毛泽东传》，第1395页，北京：中央文献出版社，2003年。

记忆。这样一个女孩,单纯、善良、朴实、乐于助人,然而又富于幻想,随时准备远行,她似乎天生反对那种庸俗的小市民,不安于一种平静安逸的生活,同时,她意志坚定,忠诚信仰,具有一种政治的决断力。这样一种形象,我称之为"文学青年"。

佐藤忠男在讨论拓植义春的作品时,曾经这样描述过日本的"文学青年":"在近代日本社会中,有一种叫'文学青年'的群体,很长时间占了某种独特的位置。简单地说,所谓'文学青年'就是希望成为小说家、诗人或剧作家而孜孜学习的青年。然而,在明治·大正时代,'小说和诗不是饭碗'如此观念很普遍,因此,志在文学的年青人也早就将经济上的成功即发财的梦想置之度外。他们的社会形象是:只顾自己切身的欲望——表现自我、追求人类和社会的真实——而埋头于自己事业的多余人。他们,从世俗的标准来看,自然是轻蔑的对象;从反俗的标准来看,却是值得尊敬的硬汉。如此人生价值指向上的特殊类型,作为一个群体,曾经在日本社会上确实存在过。在这个意义上,'文学青年'不外是一种'求道者'群体。"[①]

林岚当然不是佐藤忠男意义上的日本的"文学青年",而且,详细讨论"文学青年"在中国的定义、历史内涵、政治机遇等等,也并不是我在这里所要完成的主要任务。但是,我借助这个概念所要讨论的是,作为一种气质,我们也仍然可以把林岚视之为一个"文学青年",这种气质可以简单地表述为:浪漫、幻想、自由、表现自我、外向或扩张的、反世俗、求道者,等等。这样一种气质或者形式,在中国的现代史上,一直是革命或者抗争性政治的有效的利用资源,尤其是这一形式内含的激情。当然,这一气质也常常同革命——尤其是被体制化了的革命产生激烈的冲突,黄子平在讨论丁玲的短篇小说《在医院中》的时候,显然注意到了陆萍身上的"文学气质"——"这热爱'文学'的气质分明意味着更多的东西:热情、理想、对现状的不满、改变病态环境的决心和实践等等。"[②]

[①] 佐藤忠男:《关于微笑——拓植义春和他的作品》,坂井洋史译,《热风学术》(第四辑),上海:上海人民出版社,2010年。

[②] 黄子平:《病的隐喻与文学生产——丁玲的〈在医院中〉及其他》,王晓明主编:《二十世纪中国文学史论》(下卷),第66页。

在某种意义上，王蒙《组织部新来的年轻人》中的小林，可以看成这一"文学青年"的谱系在1957年的某种终结的征候。这一终结的原因是多方面的，其中之一，或许因为当社会主义逐渐地体制化以后，它需要的不是反对者，而是生产者，是公共道德和秩序的全面修复，因此，在这样一种体制化的压力之下，"文学青年"往往会被归入"小资产阶级"的序列之中。但是，只要社会主义仍然需要"继续革命"，仍然需要抗争性政治，那么，它就仍然需要一种反体制的力量，当然，林岚的"文学青年"前面还要加上"革命"二字，并不等同于剧中的另一人物——夏倩如。

林岚这个人物的出现，恰好显示了1960年代中国政治的另一种需要。她不仅提供了一种使浪漫主义从"生活小事"中解放出来的形式可能，也提供了一种政治决断的性格，同时，我们必须注意到林岚的非职业化特征，这一非职业化特征才可能使林岚从专业的岗位中挣脱出来，从而表现出她的激情、理想、决心和实践——这一非职业化的特征描写在1980年代的张承志的《北方的河》中，我们再度领略。或许，这一非职业化的叙事才可能表达出职业的革命者的气质或性格书写。

1960年代的尴尬之处在于，在"阶级斗争"的统领下，"分配"和"消费"所产生的不同危机以及应对这些危机的不同方式也被混淆在一起。如果说，"分配"可能再度生产出一种抗争性政治以及一种反体制的力量，那么，经由"消费"所生产出来的欲望以及对欲望的控制，则要求重建一种公共道德和秩序，以此压抑个人"脱离领土"的冲动，并相应形成一种服从性的个人品德的修养。这些内在的矛盾和冲突吊诡地统一在1960年代的叙事之中。

某种历史机遇或者政治机遇，注定林岚将脱颖而出而成为另一个时代的象征，她预示了一个时代的出现，也预示了一种力量的出现。这种力量我们或许可以解释为一种反体制的力量，在那个时代，革命以及革命的抗争性政治再度征用了"文学青年"。

最后，我想以这样一种非学术的语言来结束以上的讨论：让我们假设丁少纯、季友良、萧继业、林育生和林岚是如何走进即将开始的"文化大革命"，他们在这一革命时代中的命运、思想、机遇、沉浮，以及分别占据和扮演的不同角色。在这样一种戏剧化的场景假设中,我们或许可能更为清晰地感觉到1960年代文化中的多重的逻辑缠绕。当然,我们还可以继续假设,在1980年代,林岚和林育生更为吊诡的相遇。这一时代的抗争性政治如何有效地征用了个人的消费欲望,而个人的消费欲望又如何利用了抗争性政治的形式。当然,这已经是另外一个时代中的另外一个故事了。

结束语　社会主义的危机以及克服危机的努力

所谓"危机",我更愿意把它解释成一个生产性的概念。在某种意义上,任何一个社会结构同时也是危机的生产装置,当危机被生产出来以后,这个社会有没有能力来克服它以及克服它的资源是什么,就构成了极其重要也是整个社会必须面对的问题。而对危机的克服,则往往提供了一种新的革命的可能性。中国的社会主义同样也在生产自己的危机,包括对危机的克服。在这一意义上,我倾向于认为,社会主义不仅不是革命的结束,反而孕育着新的革命——当然,这一新的"革命"的内在构成因素是极其复杂的。

但是,在今天,讨论社会主义危机或许还具有另外的意义,近三十年以来,也就是所谓"后三十年"生产出了对中国社会主义前三十年的解释。这一解释分成两个方面:一方面是把整个社会主义妖魔化或者污名化;但是另一方面,尤其是近十年以来,随着新左翼和新自由主义的大辩论的开始,社会主义在某种程度上也被理想化或乌托邦化。这一问题在于,如果我们完全把中国社会主义前三十年理想化和乌托邦化的话,那么,我们如何解释1980年代,1980年代的意义到底在什么地方?而且,更严重的问题则在于,如果完全把这段历史理想化,那么中国社会主义前三十年遭遇困境的原因到底是什么?它对我们理解社会主义,提供的反而可能是一种遮蔽性的说法。所以,在这样一种情况下,重新来讨论社会主义的危机,将可能帮助我们更为深刻地进入中国社会主义的历史。

一、什么是社会主义危机

我一直用"革命"这个概念来称呼当代中国——"革命中国",但这只是一个笼统的或比喻性的说法。如果我们把革命解释成一个大规模的,尤其是以武装夺取政权为特征的一种群众运动(或者政治实践)的话,那么在1949年以后,这一"革命"则暂时告一段落。当然,不是说"革命"这个概念停止了运转,而是它仍然在运转,只是表现为另一种形式。因此,1949年以后,我们可以把它称为"革命之后"的语境。1990年代以后,按照一些学者喜欢使用的另一个概念,叫做"后革命",或者"后社会主义"——这个概念表示我们进入到了另外一个历史语境。但是,我愿意把1949年到1980年代——也就是20世纪的后半个时期——称之为"革命之后"的时代。

这个"革命之后"有两个方面的特征:一是强调建设,政权建设和经济建设,因此,它就不是以往那种大规模的以颠覆和反抗为目的的革命运动。所以我们经常会讨论延安,因为延安时期包含了1949年以后这一建设的某些理念甚至制度设计在内,在这个意义上延安特别重要。第二,这个"革命之后",除了建设以外,它还强调了治理,也就是说,它明显突出了国家的重要性。原来的革命是挑战和颠覆原有的国家形式,但是1949年之后,一个建设的社会必定需要治理,因此"治理"这个概念,构成了"革命之后"的第二个特征。要谈到"治理",就会突出国家的重要性。没有国家,就不可能有治理。这些问题,都和列宁主义,尤其是"一国之内实现社会主义"的理念有关。

可是,革命的理念并没有消失。革命的理念进入"革命之后"的历史语境,势必与建设和治理这两个概念产生冲突,这个冲突的核心仍然是一个现代性的问题。这个矛盾怎样来解决?有没有能力来解决?无法解决的时候,就会构成一种危机性的形态,就会生产出这个社会内部的危机因素。

因此,我把社会主义历史阶段,也就是"革命之后"的历史语境中的矛盾,简单地概括为五个范畴:1.平等主义和社会分层之间的矛盾;2.科层制度和全民参与之间的矛盾;3.政治社会和生活世界之间的矛盾;4.内在化和对象化之间的矛盾;5.维持现实和面向未来之间的矛盾。

当然还有很多的矛盾范畴。但是即使通过这五个矛盾范畴的分析,我们也将会看到,由于现代性的介入,它使革命的理念与"革命之后"的历史语境之间产生了一种结构性的冲突,这个结构性的冲突才构成了社会主义的危机。

(一)平等主义和社会分层

中国革命在根本上包含了一种平等主义的政治诉求,因此它一定会导致社会财富分配制度乃至所有权的革命性的改变。但是绝对的平均主义,却为现代性所无法容忍。因此,即使在延安时期的"供给制度"中,仍然包含了一定程度的等级差别,也就是王实味当年所批评的"衣分三色,食分五等"。如果没有这样一种平等的理念,当时激进的"文学青年"就不会对这一供给制内部的等级差别产生如此强烈的抵触情绪。

但是供给制内部的等级差别,一方面是为了保证领导干部的工作需要,另一方面则是为了吸引一部分高级的知识人才。因此,它实际上包含了1949年之后的两个根本性的现代特征:专业化和分工化。而这一现代性特征必然会影响社会财富的分配制度,而我们所熟悉的,就是1950年代供给制向职务等级工资制的转变[①]。而这一转变也实际预示了社会重新分层的可能性。

所以,"革命之后"的社会主义实际上是一个非常复杂的概念。一方面,它强调平等,另一方面在现代性的制约下,又同时对社会重新分层。这个社会分层实际包括了三个方面:第一是干部和群众的差别;第二是脑力劳动和体力劳动的差别;第三是城市和乡村的差别。一个无差别的社会实际上不可能存在,社会主义也是如此。但是,如果这一差别被无限制地扩大,那么,社会主义就不仅可能生产一个新的官僚阶级,也有可能生产一个新的中产阶级。实际情况也是如此。在中国社会主义前三十年的文学方面,

---

① 详见杨奎松:《从供给制到职务等级工资制——新中国建立前后党政人员收入分配制度的演变》,《历史研究》,2007年第4期。

后两类矛盾（即脑力劳动和体力劳动、城市和乡村的差别）实际上处于一种被遮蔽的状态，或者说表达得不是非常的清晰，而且经常会通过个人主义或资产阶级思想这样一些定义，来掩饰或遮蔽这些矛盾。我们看到很多的文学作品，比如《千万不要忘记》，它实际上就是通过对丁少纯的批评来进行掩饰——丁少纯对皮夹克和西装的追求，本身已经呈现了脑力劳动和体力劳动的地位差别。但是为了克服这个差别，仅仅把它定义为"个人主义"或者"资产阶级的名利思想"。而城市和乡村的差别，则被另一种叙述力图克服，比如《艳阳天》里面强调"丰收不忘国家"，在这里，对国家的高度认同遮蔽了这一矛盾的实际存在。这一被压抑或遮蔽的矛盾在1980年代得到了一种"报复性"的叙述，但是这一"报复性"的叙述不仅没有制止社会分层的趋势，反而使得这一分层获得了一种合法性的支持。

但是，干部和群众的差别，则成为平等主义和社会分层矛盾中的一个非常突出的象征。这样一个格局——差距的扩大，新官僚阶级的产生——必然会导致对平等主义这一重要的革命理念的挑战。因此，"反官僚、反特权"一直是中国社会主义前三十年文学中最为重要的主题之一。这一叙事主题在政治的干预中顽强地延续下来，无论它的表现形式怎样千变万化，我们仍然能够感觉到这一主题的存在。而且，这一主题始终得到的恰恰是平等主义这一革命理念的支持。这一支持构成的是一种内在的叙述动力，同时，也是对现实的深刻思考。比如，土改过程中，一部分干部利用权力在资源分配的时候获得了比一般农民更多的胜利果实——无论是土地，还是其他财产。所以今天我们来讨论历史，往往是从历史已经形成的结果来讨论，比如合作化带来的问题。但是，如果当时不搞合作化的话，当年在土改中间获得相当多的资源的这些干部中间，就有可能形成一个新的压迫阶级。赵树理的《邪不压正》《三里湾》，以及柳青的《创业史》等等，都已经涉及这个问题。而且这个阶层比以前的地主阶级更厉害的一点在于，他同时占有政治权力资源和财富资源。这是非常可怕的一个情景。所以，即使在1950年代，文学已经在积极地回应这样一些危机性的因素的出现。这都是社会财富分配过程中间产生的新的问题。这个矛盾处理不好，就会产生危机。

(二)科层制和群众参与

中国在社会主义"革命之后"的语境中,要建设一个现代化的社会必然要走高度专业化和分工化的道路,也就是说,在制度上无可避免地要实行科层制的管理模式。这一管理模式,同时就会产生所谓的官僚主义。王蒙的《组织部新来的年轻人》比较早地在讨论这个问题。但是,在中国革命的理念里,一直在强调群众参与。群众参与是中国革命非常重要的一个特征。那么,在科层制的管理模式中,群众还有没有可能参与,怎样参与?这一矛盾导致了以下几个方面的问题的出现。

第一,一个现代化的企业,需要满足两个条件:1.高度的专业化;2.大量的合格的现代劳动力。社会主义同时面临着这两个问题。毛泽东在《湖南农民运动考察报告》里,曾经描述过"痞子运动",但是所谓"痞子"从来就没有正面地进入过中国当代的文学描写。强调合格的现代劳动力,必定要重新强调工匠精神:通过自己的产品,表达出一种对社会的高度的责任感。所以,在当代文学作品中,大都隐含着"生产"的概念。即使"抓革命,促生产",革命的最终目的仍然是要解决生产的问题。这个问题完全是一个现代性的问题,而在这个问题上,当代文学实际动用了很多的传统资源。比如说,赵树理在他的文章里面,会反复使用一个词——"正派",他一直在说"正派":干部要正派,农民要正派。什么是"正派"?在中国前三十年社会主义的文学中,有大量的老工人或者老农民的形象,这些形象给我们更多的是一种道德性的印象。这一传统资源被"革命之后"的中国社会主义所吸纳,更多的是因为现代性的需要。但仅仅抓住这一点,很容易混淆"革命中国"和"现代中国"之间的边界。也就是说,高度的专业化到底意味着建立一个怎样的社会?

吉登斯在《现代性的后果》中,特别强调了现代社会的抽象性。这个高度抽象的系统涉及很多层面,观念、制度、经济,等等。但是这个高度的抽象系统,必须依靠技术的支持。没有技术的支持,这个高度抽象的系统实际上是无法建立的。这也就是所谓专业性的重要作用,并由此构成现代的专家社会。但是,一个高度抽象的社会同时也是一个高风险的社会,为了克服这一高风险的危机,必然要在个人和社会之间建立一种信任的关系。在现代社会,这一信任的中介常常由专家(技术或知识)承担。

但是,在中国前三十年的社会主义时期,这一高度的抽象系统未必完全由"专家"构成。也就是说,1949年以后的中国革命并无意建立一个专家社会。但是不能说中国社会没有高度的抽象性,它的抽象系统实际上是通过政党政治来完成的,尤其是通过政党领袖——也就是毛泽东——的个人魅力来完成。史华兹在讨论中国的"文化大革命"的时候,观察到的现象是"文革"这么乱,党委实际停止了运转,但中国的社会没有乱,生产没有停止,生活秩序也没有彻底瓦解,因此,他认为,控制中国社会的并不是表层的制度性的东西,他使用了一个概念"德性统治"①。这个"德性统治"实际构成了中国社会的高度的抽象系统,而且得到了这个社会成员的高度信任。只有到了1980年代,这一信任才会出现问题,这就是1980年代的"信任危机"。因此,在中国"革命之后"的历史语境中,形成了和苏联不一样的即由高度分层的专家社会所构成的控制模式——因为这一模式首先面临的是"群众参与"的挑战。

显然,如果片面地强调"专家社会",那么,所谓工农大众就有可能仅仅只是现代性意义上合格的劳动力而已。这和革命的理念就会产生激烈的冲突。而且,"人民"这个概念怎么处理?所谓的"民主"到底意味着什么?人民有没有可能将自己的权利让渡给"专家"——韦伯在《以政治为业》的讲演中已经表示了对这一专家社会的政治忧虑。更为重要的可能是在这样的专家控制下,怎么解决底层人民的"尊严"问题。因此,在专家社会和群众参与之间,实际面临着非常艰难的选择,包括必需的制度创新。

第二,中国社会在中国革命的过程中逐渐形成了自己的动员结构,尽管它是非制度性的。但是这样一种结构必定要和专家社会产生冲突。汤森和沃马克曾经在《中国政治》一书中专门讨论了"动员社会"的特点,其中涉及它和极权主义的区别。他们认为极权主义是不可渗入性的,关键是构

---

① 本杰明·I. 史华兹:《中国的共产主义与毛泽东的崛起》附录一《德性统治:"文化大革命"中领袖与党史的宏观透视》,陈玮译,北京:中国人民大学出版社,2006年。

成这个极权主义的是官僚的、技术上是有能力的,也就是所谓的高度分层的专家社会。而动员社会具有一种永不停息的运动特征,是多样的也是变革的。这是他们对动员社会和极权主义之间的差别性的一个描述①。一个高度专业化的社会,实际很难容忍群众的全面参与。

第三,1949年之后的中国没有可能马上建立一个高度专业化的社会,也和"专家"稀缺,群众识字率低下有很大关系。既然缺乏专家,那么它就必然通过群众参与的方式来解决问题。这样一种群众参与的方式,通过两个层面进行:首先,从延安时代开始,一直到1950年代,形成了一个非常普遍、规模也极其庞大的识字运动,也可以说是一种文化或知识的普及运动。在政治参与的另一面,一定是知识参与,尤其在现代社会。其次,强调知识参与,就不能让知识集中在少数人的手里,而是要让知识普及化,就必须知识公开和技术公开,这在当时是非常重要的,所谓"技术革新"实际也是围绕这些问题。而知识公开和技术公开,挑战的恰恰是所谓"知识产权"这一概念。在"十七年文学"中,比如艾芜的《百炼成钢》,最严厉的批评往往在于一个人"有技术不肯公开",所以这一"群众参与"的确有反现代性的一面,即认为一个现代社会的形成,依靠的不仅仅是少数的专家,而必须是群众普遍性的参与。要普遍参与的话,就必须是知识公开和技术公开,因此,它才会涉及"红"与"专"之间的冲突。但是,它又是非常现代的,在制度层面上,它力图解决的,正是科层制和民主化,也就是经济领域中的政治民主化问题——在1960年代,通过著名的《鞍钢宪法》被相对地表现出来。

当然,问题远没有如此简单。比如,在1980年代,在重新反思社会主义的时候,曾经对所谓的"单位"有过批评和分析,认为中国原来的"单位"承担了很多不应该承担的社会功能。这种批评完全建立在高度分工化和专业化的现代性的基础上。但是反过来说,整个社会主义时期,单位承担了那么多的社会功能,甚至承担了很多的家庭功能——比如单位的浴室向职

---

① 詹姆斯·R. 汤森、布兰特利·沃马克:《中国政治》,第15—16页,顾速、董方译,南京:江苏人民出版社,2004年。

工家属开放——但是这样一种"单位"模式,对职工的凝聚力和感召力是很强的,工人和工厂之间建立起了一种亲密的类似于血缘的关系,这是无法用分工和专业化来进行解释的。

但是,我们仍然能够看到,这一矛盾的存在,一方面抑制了专家—精英集团的产生,但是另一方面,也导致了知识分子政策的许多失误。

(三)政治社会和生活世界

1940年4月第6期的《共产党人》发表了谢觉哉的文章《民主政治的实际》,在文章的第四节"民主的含义是什么"中,谢觉哉着重讨论了列宁有关民主的定义:"列宁的苏维埃定义上说,'他(指苏维埃)是先锋队,是被压迫工农阶级中最觉悟最努力最先进部分的组织形式,因为被压迫阶级的全体广大群众直到而今还是僻处于政治生活及历史之外的,他们的先锋队经过这个机关可以促进他们的教育,训练并领导他们。'民主就是要使从来就'僻处于政治生活及历史之外'的群众,进到政治生活及历史里面来。《查路条》剧里的刘妈妈,是生活在历史之外的,居然负起政治责任来:'朱总司令路过,也要路条子!''谁告示你的?''就是朱总司令告示的。'我们如尚不能把所有像刘妈妈这类的人都过问政治,那民主工作还没到家。真正像刘妈妈一样的人都参加了政治,那力量尚可以计量吗?这是民主的效果。"① 在延安政治的设想中,人民的翻身,"不止是由没吃没穿,翻到有吃有穿,而且是奴隶翻到主人的地位"②。因此,在延安民主问题的辩论上,谢觉哉着重指出的是:"有些同志,以为民主只是官吏由人民选举。当然,这是民主的主要现象。但如没有别的东西,那现代资本主义国家,不是也施行选举吗?人民仍脱不了资产阶级专政的统治。"③ 把民主仅仅解释为某种"选举"制度,王绍光曾经戏称为"选主"④。显然,延安政治对民主的解

---

① 谢觉哉:《民主政治的实际》,《延安民主模式研究资料选编》,第42页,西安:西北大学出版社,2004年。
② 谢觉哉:《民主政治是救人民的,反民主政治是断送人民的》,《延安民主模式研究资料选编》,第34页。
③ 谢觉哉:《民主政治的实际》,《延安民主模式研究资料选编》,第42页。
④ 王绍光:《民主四讲》,北京:生活·读书·新知三联书店,2008年。

释更强调:"大家的事,大家来议,大家来做。在大家公认的条件之下(少数服从多数,个人服从全体……),谁都能发表意见,好的意见一定能被采纳;谁都有出来做事管事的义务与权利。这是民主的实质。"① 因此,《查路条》中的刘妈妈才会引起谢觉哉(也包括延安政治)的高度重视,并将其视为"使从来就'僻处于政治生活及历史之外'的群众,进到政治生活及历史里面来"的高度典型化的戏剧人物。这样一种群众进入"历史"的过程,也就是"大家的事,大家来议,大家来做",谢觉哉认为这才是"民主政治的实际"。这一民主的"实际"正是政治,而所谓"历史"也就是"政治生活"的时间表现形式。我们在此或许可以感觉到,中国社会主义的某些理念或者社会设想已经酝酿在延安1940年代有关"民主"的辩论之中。这一设想我将其称为某种"政治社会"的结构形态,这一结构形态通过"政治"这一公共领域将"僻处于政治生活及历史之外"的群众重新纳入"政治生活及历史"之中,从而构成一种普遍的"政治社会"形态,这样一种社会形态的关键之处在于如何使群众"从他切身的事的经验","懂得与他切身有关的大者、远者"②。因此,一方面是经由政党政治的教育,从而确立一种"大者、远者"的乌托邦图景;另一方面,这一"大者、远者"又必须符合人民的利益,即"切身的事",只有如此,才可能构成一种人人参与的"政治社会",这一政治社会显然并不等同于查特吉基于印度经验所阐释的"政治社会"的理念。

显然,在这一"政治社会"的结构模式中,一方面突出了政党的重要作用,并且认为只有通过这一政党政治才可能使那些"'僻处于政治生活及历史之外'的群众,进到政治生活及历史里面来";另一方面,我们也必须看到,这一"政治社会"的形成显然和当时的战争环境——"例外状态"——有很大的关系。问题显然在于,在进入"革命之后"也就是"常态"的中国社会主义历史语境的时候,这一"政治社会"和民众(尤其是城市)的"生活世界"构成的究竟是怎样的一种关系。

---

① 谢觉哉:《民主政治的实际》,《延安民主模式研究资料选编》,第41页。
② 同上书,第42页。

"政治社会"的可能性之一即是政治空间的无限扩大,并且导致它和"生活世界"之间的激烈冲突。我并不认可那种把政治社会和生活世界完全对立的叙事模式——这会导致一种简单化的历史描述。在这一叙事模式中,个人的生活世界是不容侵犯的,同时也是绝对自足的。因此,它强调了对公权力的警惕和拒绝。生活世界的确有它相对独立的一面,但是也存在着和政治的密切关联,不仅政治渗透和控制着人的生活世界,同时,生活世界也会积极地影响政治。但是生活世界又的确有着相对独立的一面,因此,一旦政治空间无限扩大,就会引起这一世界的反感和不满,包括个人的利益、欲望甚至趣味,等等。

而更重要的是,即使生活世界不是完全独立和自足的,但是它始终有一个自足性的愿望存在,并相应形成一种叙事幻觉。我们必须高度正视这一幻觉的重要性。这一幻觉隐含了种种反抗的可能性,尤其在文学中间。在某种意义上,文学需要处理的正是这样一种幻觉,包括这一幻觉和实践之间的矛盾和冲突。

1960年代前期,这一政治社会和生活世界之间的冲突,变得再度激烈起来。再度激烈的原因之一,即是中国的城市化进程。个人的欲望、时间、趣味、生活方式等等,在这一时间/空间之中,通过种种方式被表征出来,并相应形成一种分散化的趋向。显然,如何面对城市以及城市生产出来的此类问题,恰恰构成了对中国前三十年社会主义最大的挑战之一。而在某种意义上,我们也可以说,中国革命实际上一直没有处理好它和"市民"经验之间的关系。而这一"市民"经验,则在日常生活的层面上,积极回应了1980年代的思想解放运动。

(四)内在化和对象化

在中国前三十年的社会主义实践中,有一个极其重要的概念——主人,用谢觉哉的话,就是人民的翻身,"不止是由没吃没穿,翻到有吃有穿,而且是奴隶翻到主人的地位"。因此,社会主义概念里面隐含着一种非常重要的尊严政治。一个社会重要的,不仅是财富的分配制度,同时还包含这个社会成员的平等和尊严。"主人"这个概念所生产出来的巨大的政治能量以及对国家的认同,已经无需多说。需要讨论的可能是这个概念面临的理论乃至实践过程的挑战。

在我看来,所谓"主人"同时意味着的就是一种内在化的实践过程。比如说,机器原来是工人的对象,现在,不仅机器不是对象,工厂也不是对象,一切都内化为我们自身的一部分,而且在表述上也被身体化——1955年,全国总工会正式发表的《中华全国总工会为保证完成和超额完成国民经济的第一个五年计划告全国职工书》中,除了再次强调国家有关"社会主义工业化"的现代性诉求,同时细致地规定了每一个劳动者所必须具有的劳动品质:"我们要把每一个人、每一台机器、每一分钱和每一分钟都充分地、有效地用在五年计划的建设事业上!厉行节约,人人有责!我们必须节约原材料,降低产品成本和商品流转费用;必须提高产品质量,减少以至消灭废品;必须爱护机器、工具,延长机器和工具的寿命;在基本建设中必须降低工程造价。保证工程质量。贯彻'好、快、省、安全'的方针!我们一定要认真地遵守各种规程,经常地、自觉地巩固劳动纪律。每一个人都要以国家主人翁的负责的态度,和各种浪费现象作斗争。"① 显然,支持这一现代工匠精神的,并不全部来自现代化的理念,而是包含了马克思主义化的"国家主人翁"的政治态度。但是,"异化"的问题是否会因为这一内化的过程就此消失呢?不仅是机器,国家、制度、官员等等,是否还有可能重新被对象化出来,甚至异化?因此,讨论社会主义,更重要的可能是要深入讨论社会主义的异化问题。但是,这一"异化"在中国前三十年的社会主义时期并没有得到理论上的深刻解释。相反,在"主人"的内化过程中,主体无限膨胀。主体的无限膨胀带来的叙事问题是:通过什么语言来表达这一无限膨胀的主体?豪言壮语因此产生!而在另外一种意义上,这一无限膨胀的主体恰恰可能削弱的正是阶级意识。

而且,这一内化不可能彻底,总是有一部分东西、一部分人无法被内在化。内在化的过程必然要生产出它的剩余物,并且重新的对象化。比如,劳动竞赛。劳动竞赛强调的是群众参与,并激发参与的积极性,这一积极

---

① 《中华人民共和国法规汇编(1955年7月—12月)》,第852页,北京:法律出版社,1956年。

性通过"荣誉"而被形式化，但是荣誉的形式必然会区分出先进和落后，先进又必然构成对落后的压抑。任何一个社会都可能存在压抑，关键是如何处理这一压抑性，当然，压抑的本质也各有不同。尽管毛泽东反复强调要正确处理两类不同性质的矛盾（敌我矛盾和人民内部的矛盾），但是随着阶级斗争的扩大化，不仅这两类矛盾实际上的边界有时会变得相对模糊，而且，即使在人民内部，经常使用的批评和自我批评也时时导致面对面的矛盾和冲突。因此，社会主义在生产自己的支持者的时候，同时也在生产自己的反对者，一旦这种"反对"被"命名"——比如"自由"，"反对"就会被意识形态化，这正是1980年代挑战传统社会主义的重要因素之一。

而另一个重要问题是，在一个阶级社会，如何处理"主／奴"关系。在中国前三十年的社会主义则具体表现为"阶级出身"的问题。因此，它又和权利的平等性产生了冲突。这就是遇罗克《出身论》的重要意义。遇罗克当年写《出身论》，不是要求承认出身不好的人怎么样，而是要求出身不好的人也有参加革命的权利。这一持续存在的强大的阶级压抑的记忆，至今仍然存在，并且构成中国后三十年变革的重要因素之一。这是需要认真加以分析的。

因此，存在的悖论反而是，一方面是这一被压抑的阶级记忆的存在，而另一方面，在前三十年中，尽管在强调工人阶级，但是工人阶级的主体性反而在"主人"的概念中逐渐消失。

（五）维持现实和面向未来

如果我们把中国前三十年的社会主义处理成一种内部充满自我否定的历史运动，那么这一运动可能导致的就是维持社会现状和面向未来之间的矛盾和冲突。当中国进入"革命之后"的历史语境，也就是在"一国之内建成社会主义"，就必然强调治理、强调规范、强调生产、强调秩序的整顿和建设——这一秩序同时包括道德和伦理秩序。在这一意义上，它就必然肯定"现实"，并且强调这一"现实"正是历史运动的结果，因此，所谓继承、所谓接班人，都和这一"维持现实"相关。但是，在中国革命的理念中，却始终存在着"面向未来"的根本态度，这一态度可能由两方面组成：1.所谓

"现实"必是某种意义上妥协的结果,因此,如何打破这一妥协的局面,便始终是重新解放"未来"的中心话题;2."未来"或者说"共产主义的设想"始终是中国革命追求的最终理想,因此,中国的社会主义就不可能始终停留或安心于"革命之后"的历史语境之中。这两方面的因素,都有可能导致激进主义的政治或文化观念的产生,这一激进主义的倾向不仅可能存在于高层,也存在于社会的各个层面,并形成对现实批判的激进的反体制力量。而在这一"现实"和"未来"之间的矛盾和冲突中,"青年"就始终是一个被反复争夺和重新叙述的符号。如果说,在漫长的中国革命的过程中,"青年"曾经是"面向未来"的象征("少年中国")以及一种激情的生产装置——由此导致的叙述模式就是"青年教育老年",那么,在"革命之后","青年"却置于"被教育"的叙事模式之中——在1960年代前期,这一模式终于被固定化。当然,这一"青年"在更具体的意义上,更多地带有"文学青年"的意味。但是,一旦中国革命重新启动"未来",这一"文学青年"就会立刻成为重新征用的叙事对象——这一重新征用在1960年代后期,也就是"文化大革命"中,表现得淋漓尽致,并成为主要的反体制力量,同时引申出"造反"和"保守"的概念。需要指出的是,这一自我否定的历史运动过程,波及的是社会持续的不稳定状态,一旦这一状态越出必要的边界,就会导致现实人心的激烈反抗。只有理解这一点,我们才可能理解为什么1980年代"安定团结"的口号会具有如此强大的召唤力量。

上述问题,构成了社会主义内部主要的矛盾范畴——这些范畴的核心就是现代性问题——同时也构成了社会主义内部的危机性因素。当它无法被克服的时候,就会爆发社会危机,并通过种种方式来克服这一危机。

二、克服危机的努力

在1950年代,这些矛盾或许表现得还不是那么激烈。一方面,社会主义的转型刚刚开始,自身的矛盾或危机尚未充分展开,而另一方面,在社会主义和资本主义的竞争过程中,也显示出了强大的自信心。比如,在当时的小说里，出现了"算账"的细节。周立波的《山乡巨变》写刘雨生为了动员盛佳秀入社，和她"算账"：单干成本多少、回报多少，入社以后成本多少、回报又有多少，等等，很自信。但是这并不能证明1950年代的文学就此缺乏自我批判的勇气和力量。比如上海文艺出版社1979年出版的《重放的鲜花》一书，收录了20篇1957年"反右运动"中被重点批判的短篇小说，其中涉及干部和群众关系的有12篇。可以说，"反官僚"的主题实际上构成了这些作品的共同的写作倾向。1957年的"反右"运动是一场复杂的历史事件，但在众多的"右派"中，实际上有一部分恰恰可以称之为"青年左派"。正如我在本书的导论部分所言，在社会主义时期，所谓抗争性政治的边界极其难以界定，一方面，体制希图利用这一抗争性政治来克服体制自身的弊端，而另一方面，一旦这一抗争性政治越出了它所划定的边界，又必然对群众运动加以镇压——"反右""文革"等等，莫不如此。从"双百方针"到"反右"，正好显示了这一抗争性政治在中国的尴尬位置乃至悲剧性的命运。但是随着社会主义自身矛盾和危机的逐步展开，这一抗争性政治将被反复征用，然而它的表现形式却愈加的扑朔迷离。

在我看来，1960年代的前期，中国出现了从积累时代开始转向消费时代的某些征候。这些征候则进一步引发了社会主义内在的危机性因素。这一危机通过分配和消费两个方面被表征出来。

分配引发的不仅是社会重新分层之后的阶层性对抗，同时包含了农村和城市之间的利益冲突。而消费则导致了个人欲望的进一步生产，并逐渐产生了脱离国家政治的冲动。显然，这些危机性因素的出现，导致了这一时期的"千万不要忘记阶级斗争"。

在"阶级斗争"的概念背后，显然是"敌／我"关系的重新辨别。并希图通过这一"敌／我"关系的重新辨别，来克服社会主义内在的危机性因素。因此，它就必然是高度政治化的。在这一高度政治化的克服危机的努力中，出现了"官僚资产阶级""特权阶层"等等诸如此类的说法，这也是1960年代最为重要的思想遗产之一。但我仍然要指出的，是"阶级斗争"这一克服危机的"形式"本身所包含并产生的问题。

如果我们把"阶级斗争"解释成一种"敌／我"关系的处理模式，那么，以这样一种模式来企图囊括并进而解决社会主义内在的所有矛盾，则未免简单。比如，无论是《艳阳天》还是《夺印》，都隐含了乡村和城市的"分配"矛盾，当这些矛盾统统被纳入"阶级斗争"的模式，反而掩盖了真正的利益冲突，而仅仅依靠国家认同，显然也无法真正解决这些矛盾。这些冲突在1980年代，获得了一种"报复性"的叙述可能，比如，张一弓的《犯人李铜钟的故事》，正是建立在对这类作品的重新改写的基础之上。同样，表现在观念领域的矛盾和冲突，显然也无法用"敌／我"之间的"阶级斗争"的模式来予以解决。这一模式反而模糊或者混淆了政治和文化政治之间的区别。

显然，在这一时期，"阶级斗争"被解释成一种"内／外勾结"的模式，而且传统的敌对阶级（比如地主或工商资产阶级）也依然被解释成新生的"特权阶层"甚至比如个人观念的阶级基础。这一模式的问题在于，在具体的实践过程中，由于各种因素的介入，都有可能使它的注意力迅速转移到社会主义的"外部"，并将问题归于"外部"的阶级敌人的腐蚀或诱惑。这样，社会主义内在的危机性因素——比如异化——反而被一掠而过。而"敌／我"关系的无限制的描述，也正是造成阶级斗争扩大化的原因之一。在某种意义上，1960年代实际上夸大了传统敌对阶级的残余力量，并实际形成了一种（尤其是对"出身"不好的子女）歧视性暴力，这也是遇罗克《出身论》的社会原因之一。而随着阶级斗争扩大化，"深挖"一词也浮出水面，并成为"文化大革命"中最为流行的概念之一。"深挖"的直接后果，就是人人自危。因为这一"阶级斗争"的模式逐渐突出了它的政治性（个人的政治立场或者政治态度）辨别标准，而这一政治性往往可能被权力政治所操纵。因此，这一"阶级斗争"的模式不仅没有克服社会主义的危机，反而加速了社会主义内部的反对力量的生产，并且压抑了真正的反体制的力量，或者说真正的抗争性政治的形成。

我并非要根本否定"阶级斗争"的合法性，相反，我以为，1960年代的问题在于，它过于依靠传统的"阶级斗争"的模式，缺乏形式创新。而这一过于仓促的形式化，不仅掩盖了问题的复杂性，同时显得简单甚至粗暴。更严重的问题则在于，正是这一粗暴的形式，引发了1980年代的某种"报复性"叙述，但是这一叙述更多针对的是这一"阶级斗争"的形式，而隐藏在这一形式下面的问题，则被有意或无意地遮蔽。

迄今为止，研究"文革"的学术著作已有不少，尽管未必都如人意，但也多少掀开冰山一角，并使我们得窥藩篱。当然，这一"藩篱"里面的风景更多地局限于政党高层，权力斗争乃至争夺的描述或叙述也往往会因此替代了这一重大的历史时间的全部复杂因素。

尽管对这一历史时间的描述并非是我在此的主要研究任务，但我以为，在某种意义上，1966年爆发的这一运动，也仍然可以视为克服社会主义危机的一种时间上的延续。当然，我在此仅仅局限在"文革"的参加者，尤其是所谓的"新思潮"（或称"异端思潮"）。我选择这一讨论视角，也仅仅只是，在这一"新思潮"的辩论过程中，在许多方面，都涉及1960年代前期所暴露出来的社会主义内在的危机性因素，并且提出了自己的解决方案，而且具有较强的理论色彩，更主要的是，这一"新思潮"的蔓延，已经预示了1980年代的出现。

有关"新思潮"的构成内涵，至今仍然处于模糊不清的争执状态，一种宽泛的解释包含了"文革"早期大多数的"异端"性言论，不仅涉及遇罗克的《出身论》，还包括谭力夫等人的"血统论"观点，等等[①]。而我在此需要讨论的"新思潮"则主要指以1967年《论新思潮——"四三派宣言"》为代表，包括杨曦光（杨小凯）的《中国向何处去》以及北（"北斗星学会"）、决（"决心把无产阶级文化大革命进行到底的无产阶级革命派联络站"）、扬（《扬子江评论》）的《北斗星学会宣言》《怎样认识无产阶级政治革命》《决派宣言》，上海"中串会"（"中学运动串联会"）的《一切为了九大》等等，而1974年李一哲的《关于社会主义的民主与法制》则可视为这一"新思潮"的终结。尽管这一所谓"新思潮"意见殊异，表述不清，但大致来说，我们仍然可以勉强描述出一条从巴黎公社式的激进民主到略有自由主义色彩的法制民主的变化轨迹。而这中间的思潮演变也仍然是一个极为重要的研究

---

① 比如宋永毅主编：《文化大革命和它的异端思潮》，香港：田园书屋，1997年。

领域。

所谓"新思潮"的一个较为明显的特征即在于它对 1967 年的直接反应,在这一年中,"革命委员会"成立,社会开始出现重新体制化的迹象,但是,1966 年所逐渐形成的激进主义思潮并未宣告终结,相反,它和这一重新体制化的运动转变发生了激烈的冲突。一些含糊的思想此刻却变得清晰起来,并通过各种媒介方式逐一发表。北京"四三派"的宣言之所以受到研究者的重视,可能一是明确使用了"新思潮"这一概念,二是在宣言中毫不含糊地指出了"特权人物和人民"之间的尖锐的矛盾冲突,并且运用了马克思主义的观点进行分析——"社会主义社会脱胎于资本主义社会,资本主义社会的分配制度,法权残余不可能一下子消除",而权力则可能腐蚀社会主义社会的领导阶层("'挟重器'的政治经济地位唤醒了许多人头脑中本来就有的非无产阶级思想……他们手中暂代管的财产权力逐渐不受人民支配而变为私有,为他们及他们的家庭、子女和反革命复辟集团服务"),因此,"文化大革命"的斗争焦点应该在于"权力再分配",而且这一斗争应该是持续而永久的。由于"四三派"的出现很大程度上是对于"联动"思潮("血统论")的挑战,因此,有研究者倾向于认为"四三派"的这一政治宣言实际上正是遇罗克《出身论》中"反特权"思想的延续,并且影响了后来杨曦光的《中国向何处去?》[①]。

"反特权"的思想引发了对权力甚至国家的种种思考,尤其是 1968 年以后,构成了民间思想团体的重点思考领域。比如,在一份署名"曹思欣"(即"新思潮"三个字的倒置谐音)的大字报《应当表明的观点》中,作者大段引用了"马克思主义的国家学说",在强调了"国家不过是无产阶级夺取政权以后不得不继承下来的一个祸害"(恩格斯)、"国家是从社会中产生、凌驾于社会之上并日益与社会脱离的力量。因此无产阶级不仅要夺取国家政权,而且非消灭体现这种脱离的国家政权机构不可"(列宁)等等之后,则强调了群众监督国家政权的重要性,并认为:"十七年的国家机关,就是因

[①] 宋永毅主编:《文化大革命和它的异端思潮》,第 244 页。本文所使用的各种"新思潮"文本亦出自该书所收集的文本资料。

为没有很好地置身于革命群众的监督之下,而使无产阶级的最主要最危险的阶级敌人长期隐蔽于无产阶级的政权机构中",因此,即使"革命委员会"这一"无产阶级文化大革命运动中诞生的新生事物",也是由"旧形式脱胎而来,它不免带有旧的残余",更重要的是,"革命委员会的权力是谁给的?是工人阶级给的,是贫下中农给的,是占人口90%以上的广大劳动群众给的",所以,"直接代表群众的三代会,首先是工代会,有责任监督革委会"。而在作者的另一篇文章《关于工代会监督革委会的口号报》中,则进一步明确提出:"我们不仅要打倒走资派,而且要消除产生走资派的条件。不断改革国家机构,并逐步从组织上保证群众的监督,使国家机构密切联系群众,是当前反修防修的重要措施。"① 在某种意义上,甚至可以说,这一权力监督的提法,正是《鞍钢宪法》的一种思想逻辑的延续。如果说,《鞍钢宪法》强调了"党委"对权力(一长制)的监督的合法性,那么,在这些文章中,则进而强调了群众对政党监督的合法性。因此,对权力的思考,开始延伸到政党—国家的层面。

曹思欣的这些思考,在当时并非个别的观点,而是弥漫于整个的"新思潮"之中,杨曦光的《中国向何处去?》被视为这一"新思潮"的代表性作品,并非偶然。正是在这篇文章中,杨曦光不仅批评"十七年来在中国形成的'官僚主义'者阶级",而且认为"革命委员会"只是"由资产阶级篡权的假'公社'","三结合的提出,等于把一月革命中倒台的官僚们又重新扶起来,而三结合不可避免的会成为军队和地方官僚起主导作用的资产阶级篡权的政权形式",只是"对个别人的罢官,而不是对特权阶层的推翻,不是砸烂旧的国家机器"。他甚至极端性地提出,"革命人民自己组织的武装力量……靠武装夺取政权,靠革命国内战争",等等。

将"新思潮"简单地解释为一种无政府主义理论,并不确切。相反,支持这一所谓"新思潮"的,恰恰是巴黎公社式的民主,而他们对1967年建立的"革命委员会"的批判,也正因为它违背了公社原则,所以要重建"中华人民公社"——巴黎公社式的新的民主政体。

---

① 肖帆:《过去与思想——"文革"回忆录(节选)》,《眷念的一瞥——萌萌纪念文集》,第249、252页。

1926年，毛泽东发表《纪念巴黎公社的重要意义》，在文章中，毛泽东总结巴黎公社失败的原因有二：一是没有一个统一的集中的有纪律的党作指挥；二是对敌人太妥协太仁慈①。在这一表述中，可以看到明显的列宁主义的影响。但是，以1966年3月中国纪念巴黎公社起义95周年活动为标志，则更强调公社的选举制度（比如人民有权选举、监督、罢免官员的原则）、群众自发的革命首创精神（比如"自己解放自己"）等等，而在1966年8月8日通过的《中国共产党中央委员会关于无产阶级文化大革命的决定》（简称"十六条"）中则明确指出："文化革命小组，文化革命委员会的成员和文化革命代表大会的产生，要像巴黎公社那样，必须实行全面的选举制度……当选的文化革命小组、文化革命委员会、文化革命代表大会的代表，可以由群众随时提出批评，如果不称职，经过群众讨论，可以改选、撤换。"显然，无论是"十六条"，还是"新思潮"，"巴黎公社"都是一个被共享的理念。问题正在于，为什么这一"公社"理念并没有被运动的发起者贯彻下去，尤其是在"革命委员会"的制度设计上——这正是"新思潮"认为"文革"的领导者背叛了"文革"的原因之一。这其中的原因固然复杂，只能留待"文革史"的专业研究。但是，简略地说，"公社理念"的逐步倒退，暴露了毛泽东个人的理论设想和政治实践之间的悖论乃至分裂。这一悖论和分裂经典地体现在1967年上海的"一月风暴"的过程之中。当"上海人民公社"成立之后，迅速引起高层的震荡，理由之一这涉及"国家体制"问题。一位研究者指出：迫于政治局多数成员的反对压力，考虑到国家体制改变的问题很复杂，因此还是叫革命委员会好一些。这个"革命委员会"实行"三结合"的原则，即革命群众、革命干部和革命军人。并且重新采用了任命制，而不是基于普选制的巴黎公社式的政治设想②。显然，"国家体制"在这里成为一个重要的问题，但问题远不是如此简单，比如说它还涉及国家如何治理，包括科层化的治理模式。同时，更重要的或许还在于，这一"巴黎公社"的原则的引进，可能意味着对列宁主义的一个挑战。即反对把个人的权力

---

① 毛泽东：《毛泽东文集》（第一卷），第35页，北京：人民出版社，1993年。
② 胡鞍钢：《毛泽东与文革》，第216页，香港：大风出版社，2008年。

让渡给政党，而要求人民的直接选举和自己解放自己（革命的首创精神）。因此，1968年以后，"新思潮"就必然会遭遇被严厉取缔的命运。

显然，在"文革"中间，克服社会主义危机的资源逐渐转移到巴黎公社的组织模式和政治设想，但是，它的实践的可能性仍然是非常可疑的，而其极端化的民主倾向，包括对专业化的彻底否定，不仅难以克服当时的国际／地缘政治，同时在国家内部也面临制度上的重重障碍。但是，它所明确提出的"反官僚、反特权"的思想，包括权力监督等等的制度设想，却就此被延续到1980年代。在这一意义上，"文革"未必像有些人认为的那样不具备任何的"理论"含量。当一个时代提出的某些理论，成为另一个时代的普遍思想，我们就很难说这一"革命"没有任何"理论"含量，这种说法是轻薄的，起码，显得轻率。

更值得注意的，可能是1974年出现的李一哲的大字报《关于社会主义的民主与法制》。在这篇文章中，一方面写作者继承了"新思潮"的"反特权、反官僚"的思想，另一方面则首次提出了"民主与法制"的概念，这一概念要求取消言论罪，用法律保护工人、农民的物质利益，强调要反封建、反礼治、反人治——这三点实际上构成了1980年代的思想。而"文革"的意义则被概括为："锻炼人民群众自己解放自己的革命民主精神""上了宪法的人民群众的言论自由……以及未上宪法的串联自由都在这场大革命中真正实行起来"，等等。李一哲的大字报的理论资源显得相对庞杂，既保留了巴黎公社式的民主理念，又吸收了法制思想。我们很难说在李一哲的大字报中表现出了一种自由主义的宪政民主，但是，它和1967—1968年间的"新思潮"的确有了很大的思想差异。

如果说，1967—1968年间的"新思潮"的理论资源主要来自于巴黎公社以及马克思和恩格斯对于巴黎公社的思想阐述，那么，李一哲的大字报则更多地转向了社会主义的外部资源。尽管我目前并不十分清楚李一哲的理论背景，但这一转折的轨迹仍然相对清晰。我之所以提及这一点，乃在于试图说明，1980年代并不是一个偶然的时代，它本身就是社会主义的危机以及克服这一危机的思想和实践的结果，这一结果既昭示了克服危机的社会努力，同时也暗示着在固有的社会主义理论体系中，寻找克服危机的资源的困难。它一方面表明了社会自我更新的强大的生命力量,同时,在种种甚至是偶然的历史机遇中,一旦这一寻找资源的努力转向西方,它本身又暗示着一种新的更大的危机的产生。

三、1980 年代的知识转型

详细讨论 1980 年代并不是我在这里的主要工作,那是我另外一个研究设想。

但是,1980 年代已经成为一个重要的叙述领域,其重要性在于,如果我们不了解前三十年的复杂演变,那么我们就不可能真正了解 1980 年代,同样,如果我们不了解 1980 年代,那么,我们同样不可能了解前三十年以及后三十年的历史运动的多重的逻辑缠绕。因此,在当代中国六十年的历史中,所谓 1980 年代是一个极其重要的转折年代,它预示了中国将逐渐地重新进入"世界体系",而 1980 年代的结束,也宣告了 20 世纪的终结,而用某些理论家的术语来说,也即所谓的"告别革命"。

在多重的叙述视野中,1980 年代又相对地显得含混甚至庞杂,然而,这一含混乃至庞杂的叙述,却可能揭示出 1980 年代的丰富性。但是,我在此却想强调,同样重要的,可能是对 1980 年代的时间处理。这一时间处理既在 1980 年代内部——比如说,如何解释所谓"前三年"(1976—1979)的重要性——也在这一时间的外部,即如何讨论 1980 年代的历史关联。

一些历史材料都涉及了 1980 年代的历史来源,显然,这些来源未必都在同一个逻辑起点上,相反,众多的甚至是偶然的历史机遇,都提出了自己的理论设想,这些设想构成了不同的逻辑起点,而这些众多的逻辑起点才构成了 1980 年代内部的复杂的多重的逻辑缠绕。比如,在一些研究者的叙述中,我们可以看到,1975 年国内形势的主流是全面整顿,而实际上,毛泽东在更早的时候就已提出:"无产阶级文化大革命,已经 8 年。现在,以安定团结为好。全党全军要团结。"一些甚至是偶然的政治机遇也恰恰在此时出现,继 1972 年的《中美联合公报》之后,1975 年,美国总统福特来访，会谈中美建交事，也正是在这一年，蒋介石在台湾去世，蒋经国继任国民党主席。正是这一国内外形势的发展，中共中央决定释放在押的原国民党县团以上党、政、军、特人员。毛泽东并在公安部《关于清理省将级党政军特人员的请示报告》上批示"建议一律释放"。邓小平则批示：拟照主席批示，由公安部照办。县团以上的，也照此原则办理。而在具体的释放过程中，不仅召开释放大会，宣布给予公民权，发给裁定书和释放证，每人发一套布棉衣、一套内衣、一套被褥和帽子、鞋袜、一百元零用钱等等，同时还说明，愿意回台湾的，可以去，并提供方便①。这些琐碎的历史材料能说明什么呢？也许，我们能看到1980年代最为重要的概念之一——"安定团结"的政治来源，或许，也能感受到1980年代的"两岸"关系解冻的某些征候。这并非不重要，尽管在1980年代，整顿秩序变成恢复秩序，但是，秩序的重要性被再次提了出来，而强调秩序必然强调现代社会的重建；同样，民族内部冲突的缓解的政治设想在1980年代逐渐转为阶级和解的理论幻觉。但是，正是这一"大和解"的现代幻觉才导致1980年代对所谓"普遍性"（人性、共同美等等）的追求②。显然，1980年代并非无源之水。

　　同样，一些研究者也注意到了个人成长史意义上的1980年代的历史关联。比如，在《今天》杂志的"七十年代专号"的"编者按"中，北岛和李陀就着重提及"七十年代"的重要意义："我们这里说的'一代人'，是比较具体的，主要是指在七十年代度过少年和青年时代的一代人，这代人正是在那样一个特殊的历史环境里成长起来的；这种成长的历史特殊性造就了很特殊的一个青少年群体，而正是这个群体在文革后的中国历史中发挥了非常重要和特殊的作用……"③ 实际上，不止是个人成长史，也不仅是政治和经济等领域呈现了1980年代的复杂的历史关联性，即使在思想史领域，我们也能同样看到这一关联性的存在。

---

① 参见寓真：《聂绀弩刑事档案》，《中国作家》2009年第2期。
② 参见蔡翔、罗岗、倪文尖：《文学：无能的力量如何可能》。
③ 北岛、李陀：《"七十年代专号"编者按》，《今天》2008年第3期。

这一历史的关联性在于，它提示我们，为什么在1976年之后，中国并没有回到传统的社会主义（"十七年"）之中——尽管，这一重回"十七年"的愿望曾经成为主流意识形态的表述内涵，当然，这个"十七年"我主要指的是被激进的政治实践（"继续革命"）所压抑的"十七年"。历史的延续性还在于，它同时也延续了社会主义的危机以及克服这一危机的历史过程，显然，1980年代不可能不考虑这一历史的关联，并以此作为自己反思的逻辑起点。在这一思考过程中，1980年代的特殊性同时也在积极地参与进来，并形成一种社会转型的契机。

因此，我们起码可以在多种层面上思考为什么1980年代拒绝重回传统社会主义的可能性——这一拒绝相对形成了"改革派"和"保守派"的激烈冲突。当然，我并不会着意扩大这一政治文化层面冲突的绝对性，对于历史发展来说，更多地可能依靠某种逻辑的力量，一旦某种逻辑开始启动，这一逻辑的发展往往会超出个人的意志，并不受这一意志的控制。

显然，这一逻辑的起点正是"改革开放"这一最为重要的概念。比如说，在《班主任》中强调了一种"知识"的开放——尽管这一"开放"在小说中只是被限定在《牛虻》这类作品——那么，这一"开放"势必会引起更为激烈的"读书"要求。这就是1979年4月《读书》杂志创刊号上李洪林的文章《读书无禁区》，而在具体的表述中，"读书"甚至被引申为"民主"的政治权利的要求："在书的领域，当前主要的问题是好书奇缺，是一些同志思想还不够解放，是群众还缺乏看书的民主权利，而不是放任自流。为了适应四个现代化的需要，我们迫切希望看到更多更好的书。应当打开禁区，只要有益于我们吸收文化营养，有助于实现四化的图书，不管是中国的，外国的，古代的，现代的，都应当解放出来，让它在实践中经受检验。"

"民主"的政治诉求在1980年代，尤其在所谓的"前三年"带动了这一时代激烈的变革要求，在某种意义上，我们会看到李一哲的大字报《关于社会主义的民主与法制》的思想延续。用"法制"代替"人制"，用"民主"代替"专制"，正是1980年代最为重要的思想表现形式之一。而"封建"（无论这个词是如何的不准确）则成为前三十年的一个隐喻，并由此划定两个三十年的边界。一方面，它带动了1980年代的思想创新，但另一方面，却由此生产出一种新的思想禁区，这一禁区就是如何讨论社会主义的思想遗产。

更为重要的，可能还在于对"现代化"的解释上，正是在1980年代，"现代化"成为一种不证自明的元话语，并获得了它的权威性。问题则在于，仅仅在技术层面上的解释，可能导致的则是另外一种逻辑发展——从技术崇拜到制度崇拜再到意识形态崇拜，这一内在的逻辑力量无论经过怎样的理论修饰都很难阻挡它的逻辑发展方向。这一方向最终被定格在对"西方"的模仿上——从制度设计到文化生产。

而一个社会的情感结构也在这一时代悄悄发生了变化，经过"伤痕"文学的再三叙述，每个人都成为"受难者"——从知识分子到普通民众，怨愤和恐惧成为对前三十年中国社会主义的最直接的情绪反应。未来被再次提出——这一未来现在被明确为西方式的"现代"，尽管国家意识形态仍在用老式的语言反复阻挠，但在现代的冲击下，几乎溃不成军。

从政治到经济，再到思想和日常生活领域，甚至无意识，似乎都在一种巨大的力量的催动下，要求中国重回世界——一度，中国挣脱了这个世界，并企图重新创造一种世界体系。

1980年代的变革是深刻的，新的思想资源的征用，对传统社会主义的危机进行了有力的克服，不能说这一克服是无效的——这一克服来自多个层面，对个人利益的正视，知识分子政策的调整——这一调整还意味着对专业化的尊重，自由的思想空气，等等。但是，更大的危机也同时生产出来。对平等主义的实际的驱逐，导致社会分层的合法化，并进而导致更为严重的两极分化；对科层制的强调，实际取消了群众参与的可能性，并进而导致下层群众的尊严的消失；个人生活世界的合法性确立，同时公共领域却在逐渐萎缩，阻碍群众进入公共领域的，除了政治，还在于个人欲望的无节制的生产——这一生产来自于商品资本主义的强大力量，当个人进入这样一种资本的逻辑，除了对个人的热忱，同时生产出对公共领域的冷漠；"主人"概念的消亡，使得下层群众再次仅仅成为一个现代意义上的"合格"的劳动力，劳动再次进入一种异化的状态；未来再次失去，"西方"成为我们的未来，任何一种创造性的思想都可能被视为左翼思潮的"复辟"，等等,等等。

显然,社会主义的"退场",意味着对这一"现代"最为重要的制衡力量的消失。而一旦资本的逻辑成为控制我们的最为主要的力量时,它可能导致的就是这个社会另一种危机的积累乃至爆发——三十年后,这一危机我们已经能够感同身受。

我当然无意把这一危机的生产归咎于1980年代,我至今仍然对这一年代充满感情,而且,它提供了多种历史机遇,并打开了我们更为开阔的思想视野。问题只是,我们必须对1980年代重新思考,1980年代不能仅仅成为1980年代人的纪念馆,而应成为历史的图书馆,以供我们反复阅读。同样应反复阅读的,还有中国的前三十年的社会主义,不仅是为什么正当性会生产出它的无理性,还包括它的理论上的有限性。正如我在前面所说,从"文革"前期的巴黎公社式的激进民主到后来李一哲"法制民主"的转变,本身就提出了重要的研究课题。

结　语

我想,对于一个认真的思想者来说,讨论中国的社会主义,并不意味着他要就此重回那个时代——那样,未免过于简单。可是,我们仍然需要这样一种讨论,不仅是它已成为一段历史,而且,我们更需要的是对这一历史的理念的回应。在此回应中,我们讨论历史,不仅讨论它的正当性,还在讨论这一正当性如何生产出了它的无理性;不仅讨论它的巨大的成功的经验形态,还在讨论它的失败和教训——当然,这一失败也仅仅只是在一种相对的意义上。

只要我们仍然坚持这样一种理念,即将劳动和劳动阶级从某种异化的状态中解放出来,那么,我们就必须认真对待我们自己的历史,包括这一阶段的文学史,在这一意义上,历史已经成为一座活着的图书馆,以供我们时时阅读,并反复征用。

而在这座图书馆里,最基本的主题仍然是:世界应该怎样。想象的重要性在"应该怎样"中被凸显出来。如果我们不完全满足于当下的秩序安排，那么，我们就会重新面临这一历史的想象主题：世界应该怎样。而我们一旦企图重新讨论这一世界秩序，那么，我们就会重新走向政治。因此，我以为，在文学性的背后，总是隐藏着政治性，或者说政治性本身就构成了文学性。

主要参考文献

薄一波：《若干重大决策与事件的回顾》，北京：中共中央党校出版社，1991年。
陈飞等编：《回读百年——20世纪中国社会人文论争》，郑州：大象出版社，1999年。
陈建华：《革命与形式——茅盾早期小说的现代性展开》，上海：复旦大学出版社，2007年。
董之林：《旧梦新知："十七年"小说论稿》，桂林：广西师范大学出版社，2004年。
杜润生：《杜润生自述：中国农村体制变革重大决策纪实》，北京：人民出版社，2005年。
费孝通：《乡土中国 生育制度》，北京：北京大学出版社，1998年。
洪子诚：《问题与方法》，北京：生活·读书·新知三联书店，2002年。
洪子诚主编：《二十世纪中国小说理论资料（1949—1976）》，北京：北京大学出版社，1997年。
洪子诚主编：《中国当代文学史·史料选》，武汉：长江文艺出版社，2002年。
胡鞍钢：《毛泽东和文革》，香港：大风出版社，2008年。
黄子平：《革命·历史·小说》，香港：牛津大学出版社，1996年。
李洁非：《典型文坛》，武汉：湖北人民出版社，2008年。
李杨：《50—70年代中国文学经典再解读》，济南：山东教育出版社，2003年。
梁漱溟：《这个世界会好吗——梁漱溟晚年口述》，上海：东方出版中心，2007年。
罗平汉：《当代历史问题札记二集》，桂林：广西师范大学出版社，2006年。
毛泽东：《建国以来毛泽东文稿》（一—十册），北京：中央文献出版社，1987—1996年。
毛泽东：《毛泽东文集》（一—八卷），北京：人民出版社，1993—1999年。
毛泽东：《毛泽东选集》（一—四卷），北京：人民出版社，1966年。
毛泽东：《毛泽东早期文稿》，长沙：湖南出版社，1990年。
南帆：《后革命的转移》，北京：北京大学出版社，2005年。
逄先知、金冲及主编：《毛泽东传》，北京：中央文献出版社，2003年。
齐鹏飞、杨凤城主编：《当代中国编年史》，北京：人民出版社，2007年。
汪晖：《死火重温》，北京：人民文学出版社，2000年。
汪晖、陈燕谷主编：《文化与公共性》，北京：生活·读书·新知三联书店，1998年。

王绍光：《民主四讲》，北京：生活·读书·新知三联书店，2008年。
王晓明主编：《二十世纪中国文学史论》，上海：东方出版中心，2003年。
延安民主模式研究课题组：《延安民主模式研究资料选编》，西安：西北大学出版社，2004年。
杨奎松：《开卷有疑》，南昌：江西人民出版社，2007年。
张化、苏采青主编：《回首"文革"——中国十年"文革"分析与反思》，北京：中共党史出版社，2000年。
赵树理：《赵树理全集》（一——五卷），太原：北岳文艺出版社，2000年。
朱鸿召：《延安日常生活中的历史》，桂林：广西师范大学出版社，2007年。

[美]汉娜·阿伦特：《论革命》，陈周旺译，南京：译林出版社，2007年。
[美]乔恩·埃尔斯特：《理解马克思》，何怀远等译，北京：中国人民大学出版社，2008年。
[美]本尼迪克特·安德森：《想象的共同体——民族主义的起源与散布》，吴叡人译，上海：上海人民出版社，2003年。
[法]让·鲍德里亚：《消费社会》，刘成富、全志钢译，南京大学出版社，2000年。
[法]齐格蒙·鲍曼：《寻找政治》，洪涛等译，上海：上海人民出版社，2006年。
[美]丹尼尔·贝尔：《资本主义文化矛盾》，赵一凡等译，北京：生活·读书·新知三联书店，1989年。
[日]柄谷行人：《日本现代文学的起源》，赵京华译，北京：生活·读书·新知三联书店，2003年。
[英]以赛亚·伯林：《浪漫主义的根源》，吕梁等译，南京：译林出版社，2008年。
[印度]帕沙·查特吉：《被治理者的政治：思索大部分世界的大众政治》，田立年译，桂林：广西师范大学出版社，2007年。
[法]吉尔·德勒兹、菲力克斯·伽塔利：《什么是哲学》，张祖建译，长沙：湖南文艺出版社，2007年。
[英]厄内斯特·盖尔纳：《民族与民族主义》，韩红译，北京：中央编译出版社，2002年。
[美]克利福德·格尔茨：《文化的解释》，韩莉译，南京：译林出版社，1999年。
[芬]尤卡·格罗瑙：《趣味社会学》，向建华译，南京：南京大学出版社，2002年。
[美]艾尔文·古德纳：《知识分子的未来和新阶级的兴起》，顾晓辉、蔡嵘译，南京：江苏人民出版社，2002年。
[美]韩丁：《翻身——一个中国村庄的革命纪实》，韩倞等译，北京：北京出版社，1980年。
[英]安东尼·吉登斯：《现代性的后果》，田禾译，南京：译林出版社，2000年。

[美]莫里斯·迈斯纳:《毛泽东的中国及其发展》,张瑛等译,北京:社会科学文献出版社,1992年。

[美]莫里斯·梅斯纳:《马克思主义、毛泽东主义与乌托邦主义》,张宁、陈铭康等译,北京:中国人民大学出版社,2005年。

[斯洛文尼亚]斯拉沃热·齐泽克:《意识形态的崇高客体》,季广茂译,北京:中央编译出版社,2002年。

[美]爱德华·萨义德:《文化与帝国主义》,李琨译,北京:生活·读书·新知三联书店,2003年。

[美]马克·赛尔登:《革命中的中国:延安道路》,魏晓明、冯崇义译,北京:社会科学文献出版社,2002年。

[德]卡尔·施密特:《政治的浪漫派》,冯克利、刘峰译,上海:上海人民出版社,2004年。

[美]本杰明·I.史华兹:《中国的共产主义与毛泽东的崛起》,陈玮译,北京:中国人民大学出版社,2006年。

[美]詹姆斯·C.斯科特:《弱者的武器》,郑广怀等译,南京:译林出版社,2007年。

[美]詹姆斯·R.汤森、布兰特利·沃马克:《中国政治》,顾速、董方译,南京:江苏人民出版社,2004年。

[德]马克思·韦伯:《新教伦理与资本主义精神》,于晓、陈维纲译,北京:生活·读书·新知三联书店,1987年。

后 记

终于到了可以写"后记"的时候,这意味着一桩漫长的工作的结束,当然,也可以说,它同时意味着另一桩漫长的工作的开始。

这本书的写作的设想,实际上早就隐伏在十年以前,并不是完全为了少年时代的记忆,而是更多地关涉对未来的思考。但是,一直没有动笔。一方面,我需要重新地知识化乃至理论化,另一方面,也因为杂务缠身——那时候,我还在《上海文学》杂志社工作。2002年,我调到了上海大学,2003年,我才终于完全摆脱《上海文学》的日常事务,开始真正进入学院。

感谢上海大学给我提供了一个专业化的工作环境,在这一新的学术空间中,教学、讨论、阅读、思考……几乎成为我全部的生活内容。我也因此能够把我个人的经验包括记忆,重新地知识化,对我来说,这一知识化的过程是极其重要的。

2004年,我的这一研究设想得到了国家社科基金的支持(项目编号:04BZW054),后来还被纳入上海市属高校现当代文学第三期重点学科建设项目(项目编号:S30101)。我在此对这些支持表示感谢。但是,因为各种原因,直到2006年我才正式开始真正进入写作状态。

所有关于这本书的写作构想以及基本理念,我都已在本书的导论和结束语中交代清楚,我在此需要另外补充的是,我在写作中,尽量地在文学史和社会政治史之间建立某种互文的关系,这可能不是一种最好的研究模式,但对我来说,却是一种有用的研究方式。而且对我来说,近年来我愈加坚定地认为,在文学性的背后,总是存在着政治性,或者说,政治性本身就构成了文学性——只要我们愿意重新讨论这个世界,这一讨论本身就是政治的。政治的歧义化乃至多义化,也就此构成文学的复杂性。

可能，我的写作略显庞杂，这是我有意为之。我想，我不可能始终在这个领域工作，因此，我愿意把我的一些想法包括问题的提问方式，尽量地呈现出来。如果，这些想法和问题的提出，将来对一些研究者，尤其是年轻的研究者有所启发，并继续向前，甚至对我现在的工作形成挑战乃至颠覆，那么，这就是本书最大的价值所在。

这些年来，我一直和我的学生在进行各种讨论，这些讨论未必都局限在我的这一工作领域，但对我来说，却是收获颇多，他们的意见有的被我吸收，有的则启动了我的思路。

这些讨论同时也在另外的场合（口头或电子邮件）进行，我和李陀、韩少功、张旭东、王晓明、王鸿生、罗岗、倪文尖、薛毅、王尧、孙晓忠、李海霞等人进行了多种的交流，他们的有些意见也程度不同地进入了我的写作过程之中。

本书的部分章节曾经以论文的形式分别发表在《当代作家评论》《文艺争鸣》《文艺理论与批评》《热风学术》上，在此，我要感谢林建法、张未民、朱竞、李云雷等新老朋友的支持。

我还要感谢北京大学出版社的高秀芹女士，因为有了她的慷慨帮助，本书才得以顺利出版。最后，我要特别地感谢本书的责任编辑黄敏劼，因为她的认真工作，才有效地克服了本书原稿的粗陋之处。

如同我的所有著作一样，书的命运并不是写作者所能控制的，对我来说，思想的愉悦永远在写作的过程之中，而不是它的结束。感谢命运。